PACTOS

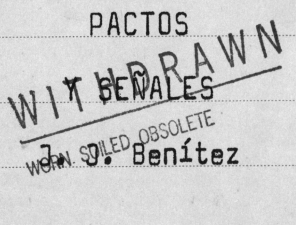
Y SEÑALES

J. J. Benítez

Planeta

PACTOS
Y SEÑALES

«Casi» unas memorias

J. J. Benítez

Obra editada en colaboración con Editorial Planeta – España

Recursos gráficos: Shutterstock

Primera edición impresa en España: febrero de 2015
ISBN: 978-84-08-13678-1

Primera edición impresa en México: abril de 2015
ISBN: 978-607-07-2724-5

Impreso en los talleres de Litográfica Ingramex, S.A. de C.V.
Centeno núm. 162-1, colonia Granjas Esmeralda, México, D.F.
Impreso en México – *Printed in Mexico*

Al doctor Larrazabal,
mi querido y admirado maestro.
Él me ayuda a caminar

Hay otra realidad, no sujeta al tiempo ni al espacio, que nos contempla, divertida.

J. J. Benítez

Nada de lo que vemos nos pertenece; mucho menos lo que no vemos.

J. J. Benítez

El detector de ondas gravitacionales GEO 600, de Hanover (Alemania), apunta la posibilidad de que nuestro universo no sea otra cosa que un holograma. La realidad, por tanto, estaría más allá.

J. J. Benítez

La teoría «M» indica la existencia de trillones de universos paralelos en los que sucede lo posible y lo imposible.

J. J. Benítez

Los hechos no pueden ser negados porque no sean coherentes con las teorías científicas.

Pim Van Lommel

Quizá los sueños más improbables no sean, después de todo, más que los preludios necesarios de la verdad.

Tennyson

Para conocer todo es necesario conocer muy poco; pero para conocer ese muy poco, uno, antes, debe conocer mucho.

Georges Gurdjieff

En cierta ocasión leí: «El 5 de diciembre de 1664 se hundió un barco frente a las costas de Gales. Murieron ochenta pasajeros. El único superviviente se llamaba Hugh Williams. El 5 de diciembre de 1785 se hundió otro barco. Sólo se salvó un hombre: Hugh Williams. El 5 de agosto de 1860 se hundió un tercer buque. Hubo un único superviviente: Hugh Williams». Yo tampoco creo en la casualidad...

J. J. Benítez

La conciencia (me gusta más la palabra «alma») es holográfica; cada unidad tiene conocimiento del total.

Alan Vaughan

Prefiero «señal» a «sincronicidad». Ésta es lejana, vacía y huérfana.

J. J. Benítez

Un hecho aislado puede derribar un sistema.

Frederik Van Eeden

No hay nada tan molesto como una nueva idea.

Ian Stevenson

El mundo —ahora lo sé— funciona con señales. Dios, el Padre, las proporciona, aunque no las solicitemos.

Jordán. Caballo de Troya 8

Por razones de seguridad, algunos nombres,
fechas y emplazamientos han sido modificados.

CUADERNOS DE PACTOS Y SEÑALES

Pactos y señales (en realidad *Cuadernos de pactos y señales*) nació a raíz de mis investigaciones sobre los «resucitados».[1] Tras muchos años de pesquisas llegué a la certeza de que «el más allá» existe.[2] La vida que conocemos no es la única realidad...

Pues bien, el siguiente paso fue inevitable. Alguien (con mayúscula) controla ambas realidades: el más acá y el más allá.

Y me pregunté: ¿podría comunicarme con ese Alguien?

Fue así, lenta y progresivamente, como fui descubriendo el apasionante «juego» (?) de los «pactos» y de las «señales».

Y así amaneció una colección de cuadernos en la que, durante años, he ido registrando, con detalle, mis aventuras con la Divinidad.

Hoy, 1 de septiembre de 2013, es el momento de hacer pública parte de dicha colección de cuadernos. Y debo hacer otra aclaración: no es mi intención convencer a nadie de nada. Sólo busco liberarme.

---

1. Simplifico la compleja realidad de los que se presentan tras la muerte con el concepto «resucitados». Amplia información en *Estoy bien*.

2. Entiendo que es prudente aclarar que no pertenezco a ninguna religión. Abandoné la iglesia católica en 2005, por coherencia, aunque creo —firmemente— en la existencia del buen Dios, al que llamo también el Padre Azul, el motor de la creación, y, por supuesto, en Jesús de Nazaret, el Hombre-Dios, mi creador y socio.

Pero ¿qué entiendo por «pactos y señales»?

Empezaré por las señales. Y lo haré con un suceso que habla por sí solo.[1]

1. El orden de los casos aquí expuestos no fue cosa mía. Y me explico. Una vez reunida la información, y cuando me disponía a elaborar el guión definitivo, Alguien tocó en mi hombro. Comprendí. Introduje los títulos de los 101 sucesos en una copa de cristal, agité los papelitos, y una mano inocente (?) (la mía) fue extrayendo caso por caso. Así se resolvió el asunto del orden en *Pactos y señales*. Después, conforme lo escribía, como era previsible, le hice trampas a Dios. A Él no le importó. Todo lo contrario. Espero que a usted tampoco...

1
QUE SE ABRA
EL CIELO

quel viernes, 25 de septiembre de 1992, se presentó lindo, con una visibilidad media de 12,2 kilómetros.

Respiré hondo.

Me sentía bien.

Y a las ocho de la mañana me dispuse a proseguir las investigaciones ovni, iniciadas días atrás.

Me encontraba en Murcia capital.

Mi intención era simple: viajar a Albacete y proseguir las pesquisas.

Pero, no sé cómo, me equivoqué de carretera. En lugar de circular hacia el norte me dirigí al este.

Cuando me di cuenta, como digo, rodaba en dirección a Alicante.

¿Qué había ocurrido?

Había hecho esta ruta infinidad de veces... En los años sesenta, incluso, trabajé en el diario *La Verdad*, de Murcia. Conocía la zona.

Pues no. El Destino tenía otros planes...

Traté de encontrar una salida y recuperar el rumbo correcto. La fuerza que siempre me acompaña no lo permitió...

Poco después alcanzaba la ciudad de Alicante. Por más vueltas que le di en la cabeza no lo entendí. Como decía mi tío Juliana, soy torpísimo...

Me resigné y modifiqué los planes. En Alicante también había asuntos que resolver.

Según consta en el correspondiente cuaderno de campo, a

eso de las 10 horas y 20 minutos entraba en el Archivo de la ciudad, en la calle Labradores. Consultaría una serie de periódicos locales.

A lo largo de esa mañana hice algunos cálculos, consulté el mapa de carreteras, y tomé la decisión de viajar a Cuenca. Allí trataría de localizar a un viejo amigo: Ángel Díaz Cuéllar, destacado testigo en el célebre caso «Manises».[1] Pasaría la tarde en su casa, en Campillo de Altobuey, en la referida provincia española de Cuenca. Después, ya veríamos...

Y a las 13 horas puse rumbo a Cuenca.

Me detuve en Motilla del Palancar, a escasos kilómetros del pueblo de mi amigo.

Eran las 15 horas. Llamé a casa y Blanca, mi esposa, me dio la noticia: su padre, Ezequiel Rodríguez, había muerto esa mañana, hacia las ocho. Llevaba un mes en coma.

Mi relación con él no fue intensa, pero lo apreciaba. Era un hombre callado y observador.

Modifiqué de nuevo los planes. Tenía que regresar a Bilbao. Marcharía hacia Tarancón y, desde allí, a la carretera N-I. Pero el Destino estaba atentísimo y volví a perderme...

Primero en Guadalajara y, después, en Alcalá de Henares.

Lo sé. No tengo arreglo.

Cuando, al fin, hallé la comarcal que debía desembocar en la N-I, el cielo se encapotó.

Eran las 19 horas.

El cielo, negro como los teléfonos de antes, me miró, amenazador. Eran nubes bajas y reñidas entre ellas. Durante un rato pensé en lo extraño de aquel nuberío.

En Murcia, Alicante y Cuenca, el tiempo había sido espléndido, con más de diez kilómetros de visibilidad en todo el recorrido.

Me encogí de hombros y proseguí, atento a la carretera.

Y digo yo que fue en las proximidades de Torrelaguna, al

---

1. El 11 de noviembre de 1979, un avión de pasajeros se vio abordado por un enorme objeto no identificado. El Super-Caravelle, de la compañía TAE, volaba de Baleares a Canarias. El comandante —Javier Lerdo de Tejada— optó por no correr riesgos y aterrizó en Manises (Valencia). Uno de los testigos, en tierra, fue Ángel Díaz Cuéllar. Amplia información en *Incidente en Manises* (1980).

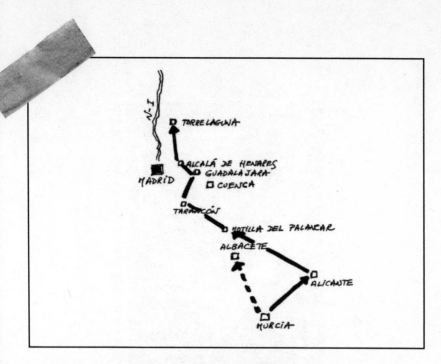

Itinerario seguido por J. J. Benítez el 25 de septiembre de 1992.

norte de Madrid, cuando me asaltó aquella duda. Traté de espantarla. No fue posible. Allí se instaló, obstinada como el nuberío:

«¿Está vivo Ezequiel?».

¡Qué tonterías pensaba! El padre de Blanca estaba muertísimo.

«Pero ¿y si estuviera vivo?»

«Eso no es posible —argumenté—. La muerte es el final.»

Y la duda se hizo más que molesta.

Finalmente acepté algo que, en un primer momento, se me antojó ridículo.

¿Y por qué no?

Solicitaría una señal.

«Si estás vivo —me dije—, házmelo saber.»

Quedé perplejo.

¿Cómo era posible que mi mente —logiquísima— aceptara aquel juego?

Observé el cielo. La tormenta parecía inminente. Debía tener cuidado.

15

Ezequiel, padre de Blanca, me proporcionó la señal que había solicitado.

Y la idea siguió girando y girando...

«¿Y qué señal solicito?»

Las nubes casi tocaban el parabrisas.

Entonces recibí aquella idea:

«Si estás vivo —planteé—, no importa dónde, que se abra el cielo».

Y añadí:

«Ahora».

Miré a lo alto, como un perfecto idiota. Las nubes no oían mis pensamientos. ¿O sí?

Consulté el reloj.

Eran las 19 horas y 20 minutos.

Hice cálculos.

«Que se abra el cielo..., ahora.» Y se abrió. (Foto: J. J. Benítez.)

Con suerte, y alguna que otra parada, estaría en casa en unas cinco horas. Eso era lo importante.

Pues no. Eso no era lo importante...

Y, de pronto, las nubes se abrieron... Y surgió un cañón de luz.

El corazón me dio un vuelco.

Detuve el coche, eché mano de la cámara fotográfica y salí del vehículo.

Estaba desconcertado...

Sólo tuve tiempo de hacer una foto.

Al instante, como por arte de magia, los cielos se cerraron. Y todo fue negrura, nuevamente. Negrura allí afuera, que no en mi corazón...

Cuando quise darme cuenta, la lluvia me acariciaba, conmovida.

«Pobre investigador...»

Llegué a casa cansado y aturdido.

¡Ezequiel estaba vivo!

Después caí en la cuenta: de no haber sido por las tres equivocaciones en las carreteras, yo no me habría encontrado a las 19.20 en el lugar adecuado.

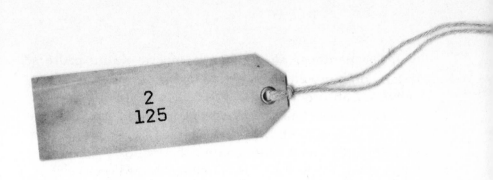

P aqui S. Roque también ha recibido señales, como casi todo el mundo...

Paqui vive en Madrid.

Dos de esas señales llegaron tras la muerte de su padre.

He aquí, en síntesis, la primera, según relato de Paqui:

Las personas que han perdido a su padre me entenderán... Yo lo simbolizo con el dibujo del árbol genealógico. Está el tronco, con sus raíces, fuertemente anclado al suelo. En ese tronco veo a mi padre y a mi madre... Al fallecer mi padre es como si un leñador hubiese dado un fuerte hachazo; tan fuerte que hace tambalear el árbol. El tronco se inclina hacia un lado. Y con ese golpe, las ramas, nosotros, sus cinco hijos, se golpean sin querer... Eso fue lo que sucedió.

El día que falleció (25 de febrero de 2002), mi padre se arregló como todas las mañanas. Pensaba salir para hacer la compra, en compañía de mi madre... Cuando se levantó hizo el siguiente comentario: «Estoy cansado... He soñado que corría mucho... Y no sé por qué...». Cuando mi madre se estaba maquillando entró al baño y le dijo: «Qué guapa estás hoy... Voy bajando. Te espero abajo y voy tirando la basura».

Se sintió mal antes de llegar a los contenedores de la basura. Se sentó en un banco y falleció.

Los hijos nos encerramos en un mutismo difícil de entender... Y pasó el tiempo... Nos dedicábamos a consolar a nuestra madre, cada uno por su lado... Parecía que nos tuviéramos que perdonar algo... Tras la muerte de mi padre se levantó un muro entre los hermanos. Todo eran reproches y enfados..., absurdos.

Y cansada de tanta incoherencia decidí hablarle a mi padre. Fue una petición... Solicité una señal... Pedí que me guiara... Pregunté qué sucedía con mis hermanos... ¿Por qué se había ido de esa forma?... No pudimos despedirnos de él...

Y esperé.

La respuesta llegó al poco, y en sueños... Yo, en el sueño, siempre estaba haciendo algo... Mi padre aparecía a mi lado... Me miraba y sonreía, pero no decía nada... Yo preguntaba, pero sólo oía música... Siempre la misma música... Cuando despertaba no lograba recordar qué música era la que sonaba en el sueño...

Yo sabía que mi padre quería decirme algo, pero no daba con la clave.

Francisco S. Gil, padre de Paqui.
(Gentileza de la familia.)

Y los sueños se repitieron. Siempre igual, siempre la misma música.

Entonces le pregunté: «¿Qué quiere decir la música?».

Y esperé, una vez más.

Tuve otro sueño... Llegué a una sala muy rara... Carecía de paredes... El «suelo» era gris plomizo... Era como estar en el aire... Y allí, en el centro de la «sala», se hallaba mi padre... Estaba sentado en un sillón... Frente a él había otro sillón, cerca, pero lo suficientemente retirado como para no poder tocarle... Nerviosa, y con muchas ganas de abrazarle, supe que debía sentarme en el segundo sillón... Y, de pronto, sonó esa música, la de siempre... Miré hacia arriba, buscando el origen, pero, como te digo, no había techo ni paredes... Era como estar en mitad de no se sabe dónde... Contemplé a mi padre... Sonreía... Y pregunté: «¿Qué quiere decir esa música?... No entiendo... Dime algo, por favor».

Él sólo sonreía, dulcemente. Sentí que me acariciaba con la mirada. Experimenté paz y tranquilidad... Y reconocí la música...

Entonces oí un zumbido y «caí» (?) en la cama... Me desperté bruscamente. En mi mente seguía sonando aquella música...

Me levanté, nerviosa, y fui a la torre de los cedés... «Tiene que estar aquí —me decía—. Lo sé...» Pero, en realidad, no sabía qué estaba buscando...

Nada, no daba con la dichosa música.

Mi marido se levantó y preguntó, asombrado: «¿Qué haces?».

Yo me hallaba en el suelo, rodeada de cedés.

Conté lo sucedido y pidió que tarareara la música.

Lo hice, pero no le sonaba.

Al poco entró en el salón nuestra hija Ariadna. Escuchó lo que tarareaba y exclamó: «Esa canción es de la película de *El rey león*».

¿De *El rey león*?

Busqué el cedé. Allí estaba... ¿Cómo era posible? Mi padre nunca veía esas películas de Disney... Me entró la risa...

La letra de la canción me dejó de piedra. Era la respuesta a mi petición... «El círculo de la vida», así se titula...

La canción, de Elton John, dice, entre otras cosas: «Algunos se quedan por el camino y algunos de nosotros remontamos hacia las estrellas... Hay demasiadas cosas para comprender...».

Mi padre se fue hacia las estrellas. Es el círculo de la vida. No debemos preocuparnos.

Ni que decir tiene que llamé a mis hermanos y quedamos en charlar y solucionar nuestras diferencias.

Aquellos sueños no volvieron a repetirse.

Pero las señales continuaron.

El 29 de agosto de 2011 me reuní con Paqui y con su familia. Blanca y Rosa Paraíso fueron testigos de la conversación.

Y Paqui procedió a contar otra experiencia singular:

La situación, en mi familia, no mejoró... A partir de la muerte de mi padre, mi madre no levantó cabeza... Sufría del corazón... Entonces contaba ochenta años de edad... En noviembre de 2010 la llevé a vivir a mi casa. Tres meses después tuvimos que ingresarla de nuevo... Me sentía muy cansada... Y llegó el 6 de marzo de 2011... Estaba tan agotada que pedí a mis hermanos que se ocuparan de ella durante ese día... Necesitaba descansar... Y salimos fuera de Madrid... Disfrutamos mucho... De regreso, Jara, mi hija, quiso jugar con la nieve y nos dirigimos a la Pinilla. Hicimos un alto en el camino, para ver Ayllón, en Segovia... Allí hicimos fotos y volví a solicitar una señal...

—Papá —le dije a mi padre, fallecido nueve años antes—, no sé qué pasa con esta familia.

Mis hermanos se resistían a ver a nuestra madre. Yo le daba todo el cariño posible, pero ellos se lo tomaban a mal. Supongo que malinterpretaron mis besos y mis abrazos...

—Papá —insistí—, ¿qué puedo hacer? ¿Cómo soluciono el distanciamiento de mis hermanos?... Dame una señal.

De vuelta al coche tomé la cámara de fotos y me puse a

repasar las imágenes que habíamos tomado durante el día. ¡Había doscientas fotografías!

De pronto, una de ellas me llamó la atención. Se veía el cielo, las nubes y, en la esquina inferior izquierda, un número. Amplié la imagen... No había duda... Y comenté: «Hay un "125" en el cielo».

Al llegar a casa lo confirmamos. ¡Era un «125»! Y supe que era la respuesta —la señal— de mi padre...

Pero Paqui no terminaba de entender el significado del «125» y me entregó una copia de la imagen.

Imagen tomada el 6 de marzo de 2011 en Maderuelo. En el recuadro inferior, el «125», ampliado.

Analizamos la fotografía. No había fraude.

En cuanto al número, sinceramente, quedé desconcertado.

En Kábala,[1] «125» equivale a «acuerdo o convenio». A su vez, el referido número puede descomponerse en «100», «20» y «5». Pues bien, siempre desde el punto de vista kabalístico, «100» = «a vosotras, para vosotras» y también equivale a los conceptos «riña, querella y disputa».

«20», por su parte, entre otras opciones, equivale a «fraternidad, declaración, gozo, profetizar y mano abierta».

El «5» tiene el mismo valor que «nube» y «espíritu».

Con estas equivalencias, y conociendo el problema familiar, la construcción del «mensaje», contenido en «125», no fue difícil. Una de las interpretaciones fue ésta: «Para vosotras (las hermanas), que estáis en disputa, declaro (profetizo) fraternidad y júbilo, y lo hago desde el espíritu, desde la nube».

Paqui confesó que, en efecto, hubo acuerdo o convenio entre los hermanos. Y sucedió tras la aparición de la misteriosa foto. Acudieron a un notario y uno de los hermanos se hizo cargo de la madre. A cambio recibió la casa.

Sencillamente asombroso...

1. La Kábala, del hebreo *qabbalah* (interpretación mística de los textos bíblicos), es el yoga de las neuronas, en feliz definición de Dion Fortune. Para algunos especialistas fueron Yavé y su «equipo» quienes instruyeron a Moisés en el misterio kabalístico. Uno de los capítulos más apasionantes es la «guematria» o tratamiento de las letras hebreas por su valor numérico. En suma, al igual que otros fascinantes capítulos —como la «temurá» y el «notarikón»— la guematria es una palanca para mover el subconsciente y animarlo en la búsqueda de la experiencia mística. Existen numerosos textos de iniciación a la Kábala. El lector interesado debe recordar que, para empezar a estudiarla, tiene que contar con un mínimo de cuarenta años...

3
DON ENRIQUE

E nrique López Guerrero fue un cura muy peculiar.

Lo conocí en 1974, en Sevilla (España), cuando investigaba un caso ovni. Don Enrique hizo de intermediario y logró que Adrián Sánchez[1] me concediera una primera entrevista.

Fue así como nació una sincera amistad.

Seis años antes, en septiembre de 1968, en plena dictadura franquista, don Enrique armó un buen revuelo a nivel nacional e internacional. El 17 de ese mes, el diario *ABC* publicaba unas explosivas declaraciones del párroco de Mairena del Alcor (Sevilla). El cura, que entonces contaba treinta y ocho años de edad, hizo afirmaciones como las siguientes:

No sólo creo que existen seres extraterrestres, sino que tengo el convencimiento pleno de que en España reside una colonia cuya misión es totalmente bienhechora y pacífica.

Esos seres extraterrestres proceden del planeta Ummo.

La razón de su viaje a la Tierra no es otra que estudiar nuestra vida y civilización, ayudándonos mediante contactos con grupos de científicos de todo el mundo.

En el universo existe pluralidad de mundos habitados.

1. Adrián Sánchez, viajante de comercio, tuvo un importante encuentro ovni el 20 de marzo de 1974 en las proximidades del pueblo sevillano de Castillo de las Guardas. Amplia información en *Cien mil kilómetros tras los ovnis* (1978).

Los seres extraterrestres que actualmente viven en nuestro planeta llegaron a la Tierra el 28 de marzo de 1950...

Aquella audacia le costó a don Enrique más de uno y más de dos disgustos; en especial con el «club» (la iglesia católica). Pero también es cierto que se ganó la admiración de muchos.

Y, como digo, nos hicimos amigos.

Yo le visitaba en Mairena y conversábamos sobre lo divino y sobre lo humano. Polemizábamos, pero siempre de forma contenida y amable. Nos apreciábamos. Él tenía sus ideas y yo las mías, pero jamás tratamos de imponerlas.

EL SACERDOTE QUE CREE EN LOS «OVNI» *18*

Este es el párroco de Mairena del Alcor, don Enrique López Guerrero, cuyas declaraciones —publicadas ayer en nuestro periódico— tanto revuelo han armado. Cree que en España reside una colonia de seres extraterrestres, llegados a nuestro país en los denominados «ovni». (Foto Cifra)

Primera página del diario *ABC*, de Sevilla (18-9-1968).

Don Enrique López Guerrero.
(Foto: Guillén.)

Me observaba con asombro cuando razonaba que lo del «club» no fue idea del Jefe (Jesús de Nazaret), sino de sus discípulos; especialmente de Pablito, el genio del marketing.

No logré apearle de sus ideas dogmáticas. El infierno era el infierno y Dios hacía justicia, según...

Le expliqué mil veces que eso no era así y que el Padre Azul era otra cosa.

No hubo forma. Jesús de Nazaret se encarnó —según él— para redimirnos de nuestros pecados. Y me reprendía, cariñosamente, sugiriendo que regresara al redil.

Fue en una de aquellas charlas, en su despacho, al hablar de la muerte, cuando don Enrique contó su experiencia con el papa Pablo VI. Esto es lo que recuerdo:

Ocurrió el 6 de agosto de 1978... Podían ser las ocho y media o nueve menos cuarto de la tarde... Yo estaba en mi casa, leyendo... De pronto vi un fogonazo en la habitación... Levanté la vista y observé una especie de nube... En medio de esa nube se hallaba la imagen de Pablo VI... Sonreía... Tenía un aspecto juvenil, como al principio de su pontificado... Y desapareció... En esos instantes —no me digas cómo— supe que Pablo VI había muerto... Encendí el televisor y dieron la noticia del fallecimiento del papa... Me quedé sin habla.

Según contó, don Enrique mantuvo correspondencia con Pablo VI, a través del nuncio.

La última vez que conversamos fue el 21 de febrero de 2009.

Sabía que estaba delicado de salud y quise darle un abrazo.

Polemizamos, cómo no, y, en un momento determinado, me atreví a hacerle una proposición:

—¿Quiere que hagamos el pacto?

—¿Qué pacto?

Don Enrique y J. J. Benítez, en su última conversación. En el cuadro, la imagen de Pablo VI. (Foto: Blanca.)

Le expliqué.

—No sabemos quién de los dos morirá primero...

Sonrió, socarrón.

—Pues bien —continué—, si hay algo después de la muerte, el que muera primero tendrá que avisar al que se queda. Ése es el pacto.

Don Enrique guardó silencio e intentó averiguar cuál era la trampa.

No la había.

—Este pacto —añadí— lo he hecho con mucha gente...

—¿Y qué ha sucedido?

—Siempre he recibido respuesta.

—¿Siempre?

Asentí con la cabeza.

—Por mí no hay problema —aclaró el cura— pero ¿me lo permitirán?

—Es posible...

E insistí:

—¿Acepta el trato?

—Y si muero primero, ¿cómo debo avisarte?

—Sin asustar...

Don Enrique sonrió, nervioso.

—Podemos establecer una señal concreta —adelanté—. Cuanto más difícil, mejor.

—¿Qué señal?

—No sé, habría que pensar...

Y en eso reparé en una imagen que colgaba en una de las paredes del despacho, a espaldas del cura. Era la Virgen de Guadalupe, de México.

—Creo que lo tengo —anuncié—. La señal será ésa...

Y señalé el cuadro.

Don Enrique miró a la Guadalupana y me interrogó:

—¿Qué quiere decir?

—El primero que muera hará llegar una foto, dibujo o estampa de la Virgen de Guadalupe al que se quede...

Don Enrique, perplejo, musitó:

—Eso es imposible...

Sonreí.

—Para su Jefe no hay nada imposible.

—Pero ¿cómo voy a hacer una cosa así?

—No importa cómo. ¡Ah!, y debemos fijar un plazo...

El cura estaba pálido.

—La estampa llegará a las manos del «vivo»[1] al día siguiente del fallecimiento...

—Veinticuatro horas.

—Eso es.

Dejé correr los segundos.

—¿Acepta el pacto?

Don Enrique, que no atrancaba, cedió y nos dimos la mano. Pacto cerrado.

Por supuesto, hice trampa. Él nunca lo supo. Y no se lo dije por respeto.

Al concretar la señal llevé a cabo una «restricción mental», al estilo de la ortodoxia católica.[2]

La señal fue la fijada, sí, pero maticé, mentalmente:

«La estampa de la Virgen llegará a mis manos (si el cura es el primero en morir) si mis planteamientos (sobre la no fundación de la iglesia por parte del Maestro) no son correctos. En otras palabras, si el sacerdote llevaba razón en sus creencias».

Y guardé el secreto...

Meses después, el 25 de septiembre de 2010, don Enrique fallecía en Mairena del Alcor, víctima de un cáncer de esófago. Había sido párroco de Santa María de la Asunción desde 1957. Estaba a punto de cumplir ochenta años. Fue un cura audaz.

Nunca recibí una estampa, foto o dibujo de la Virgen de Guadalupe...

Como decía el Maestro, quien tenga oídos que oiga.

1. Tras la redacción de *Estoy bien* ya no tengo claro quién está más vivo: el muerto o el supuestamente vivo.

2. Según la teología católica, la «restricción mental» consiste en formular un pensamiento (no expresado), procurando no mentir.

4
CARTES: LA LÁPIDA QUE VOLÓ

En ocasiones he tropezado con señales difíciles de clasificar. La registrada en el pueblo de Cartes, en Cantabria, al norte de España, es una de ellas.

Expondré los hechos y que cada cual saque conclusiones..., si puede. Yo no pude...

La noticia la recibí en Algeciras el 25 de noviembre de 1994.

Me la proporcionó un viejo amigo —Ricardo Mediavilla—, nieto de los protagonistas.

He aquí, en resumen, lo que sabía Ricardo:

—Mis abuelos paternos [Felipe Mediavilla González y Carolina Torquillo Quintanar] vivían en la localidad de Cartes. Allí nacieron sus siete hijos. La historia me la contó Cardín, mi padre. El abuelo era un tipo especial. Le gustaba el juego y las mujeres y terminó dándole mala vida a su esposa.

—¿La maltrataba?

—Eso tengo entendido. Yo casi no le conocí. Lo que sé procede de mi padre y de mis tíos.

Y Carolina falleció. Ocurrió el 4 de diciembre de 1932. Y fue enterrada en Cartes. Tenía cuarenta y dos años de edad.

Ricardo hizo una aclaración:

—No se sabe, exactamente, cuándo se produjo el suceso, pero se produjo. De eso no hay duda... Unos dicen que fue a la semana del fallecimiento de Carolina. Otros aseguran que ocurrió más tarde. Y todos coinciden que fue en un aniversa-

31

Felipe Mediavilla y Carolina Torquillo. (Gentileza de la familia.)

rio... La cuestión es que, una noche, mi abuelo Felipe y sus hijos fueron despertados bruscamente... Era de madrugada... Oyeron un golpe seco en la puerta de la casa y se levantaron... Mi abuelo se hizo con un candil, y con la pistola, y se dirigió a la puerta. Con él se hallaban sus hijos Chelo, de diecisiete años; Pachi, de dieciséis; Toñuca, de quince; Cardín, mi padre, de catorce, y Fucu (Josefina), de diez o doce años. Los dormitorios estaban en la planta superior. Mi abuelo abrió la puerta y se llevó el susto de su vida...

Aguardé, impaciente.

—Todos se asomaron a la calle y lo vieron. El abuelo terminó desmayándose. Los hijos lo atendieron y lo llevaron a su cuarto. Dicen que permaneció allí un tiempo. No hablaba. Sólo movía los ojos, espantado. Acudió el médico, pero no supo qué le ocurría.

—¿Y qué fue lo que vieron en la puerta?

—No te lo vas a creer...

—A estas alturas lo he visto casi todo...

—En la calle, cerca de la puerta, apareció la lápida que habían colocado en el nicho de Carolina, mi abuela. El nombre se leía perfectamente.

—¿La lápida?

—Intacta. Y con el nombre de cara a la puerta. El abuelo, como digo, se desmayó.

—¿A qué distancia estaba la casa de Felipe Mediavilla del cementerio?

—A quinientos o seiscientos metros. Entre la casa y el ce-

La lápida de Carolina Torquillo apareció una noche frente al número 16 de la calle Emilio Porrúa. Cuaderno de campo de J. J. Benítez.

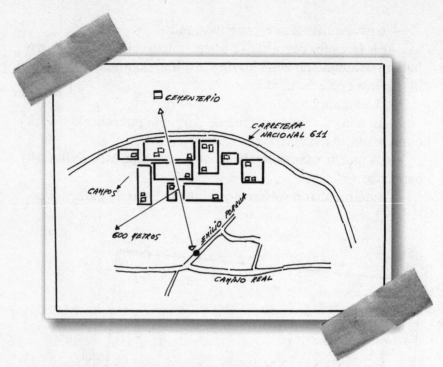

Ubicación de la casa de Felipe Mediavilla, en Cartes (Cantabria). La distancia al cementerio es de 600 metros. Cuaderno de campo de J. J. Benítez.

menterio había campos, muros de piedra, algunos almacenes y otras viviendas...

—¿Y cómo llegó la lápida?

Ricardo se encogió de hombros.

—Nadie lo sabe.

—¿Pudo tratarse de una broma de mal gusto?

—Lo dudo. En Cartes nadie juega con los muertos...

—¿Cuál era el estado de la lápida?

—Impecable, según mi padre, que la vio. No presentaba restos de cemento o de ladrillo, que sería lo normal si hubiera sido arrancada por manos humanas.

—¿Observaron alguna rotura?

—Ninguna. Es como si hubiera llegado volando, literalmente.

—¿Y qué interpretación le da tu familia?

—Probablemente fue una señal. Él no se había portado bien con su esposa.

—¿Una señal de los cielos?

—Eso es.

Felipe Mediavilla falleció el 22 de julio de 1950, como consecuencia de un edema pulmonar.

En el verano de 1980, a los cuarenta y ocho años de su fallecimiento, los restos de Carolina Torquillo fueron exhumados. La sorpresa fue general: el cadáver se hallaba incorrupto. Es más: la ropa, las medias y el rosario que conservaba entre las manos estaban intactos. La noticia dio la vuelta a España.

—Fue a raíz de este suceso —aclaró Ricardo— cuando mi padre me contó lo de la lápida.

Carolina Torquillo, al ser exhumada en 1980. Junto a ella su hija Josefina, ya fallecida. La imagen ha sido tomada del libro *Historia de la villa (Cartes)*, de José Ramón Saiz Fernández. La fotografía aparece en la página 249. De pronto, Alguien tocó en mi hombro. Consulté la equivalencia kabalística de «249» y los cielos me hicieron otro guiño. «249» equivale a «señal de Dios» y «milagro». Mensaje recibido...

Cuando decidí escribir *Pactos y señales* estimé que era bueno darse una vuelta por Cartes. Y allí me presenté un jueves, 8 de noviembre de 2012.

Recorrimos el bellísimo pueblo, interrogué a cuantos vecinos pude, visité la casa de Felipe Mediavilla, todavía en pie, y acudí al cementerio. Hice cálculos y mediciones. Tomé fotografías y me presenté en el Ayuntamiento, solicitando información. Lorena Torres me proporcionó libros sobre la villa. Después le tocó el turno a los certificados de defunción. Los datos proporcionados por Ricardo Mediavilla eran correctos.

Y quedé perplejo, una vez más...

De la calle Emilio Porrúa, donde se encuentra la vivienda del fallecido Felipe Mediavilla, hasta el cementerio de la localidad, hay seiscientos metros, aproximadamente, siempre en línea recta. Hoy, el paisaje ha cambiado, pero las dudas siguen siendo las mismas: ¿cómo llegó la lápida frente al número 16 de dicha calle? La lápida pesaba treinta y siete kilos. ¿Cómo cubrió semejante distancia y cómo se posó, dulcemente, en el

¿Cómo fue que la lápida «brincó» desde el cementerio hasta la casa de Felipe Mediavilla? (Foto: Blanca.)

suelo? ¿Cómo salvó los huertos, los muros de piedra de uno y dos metros de altura, las casas y los almacenes? ¿Cómo es posible que golpeara la puerta de madera, cayera a tierra, y no se quebrara?

Señalado con la flecha, el lugar en el que apareció la lápida. (Foto: Blanca.)

Lo dicho: que el lector saque sus propias conclusiones.

5
LA PIPA DE HYNEK

onocí al profesor J. Allen Hynek en el lejano 1977, en México.

Coincidimos en una cena, en la casa de Ariel Rosales, entonces director de la revista *Contactos extraterrestres*.

Hynek, además de astrónomo y profesor, fue el ufólogo número uno del mundo, sin lugar a dudas.

Era reservado y tímido, siempre con la mirada azul y apacible. Jugueteaba, a ratos, con una pipa negra y roja, tan callada como él.

Me preguntó sobre la primera desclasificación ovni en España.[1]

No recuerdo bien lo que dije. La verdad es que estaba fascinado con su presencia y con aquel delicioso olor a tabaco de pipa, mezcla de brezo y de manzana.

Hynek tenía un excelente amigo, el físico nuclear Willy Smith.

Un buen día, mientras conversaban, salió el tema de la vida después de la vida. Willy se mostró escéptico. Hynek, entonces, le propuso algo: «Si hay vida al otro lado te lo haré saber».

Willy, en esos momentos, lo tomó a broma.

1. En octubre del año anterior (1976), el jefe del Estado Mayor de la Fuerza Aérea Española me entregó doce expedientes sobre otros tantos casos ovni, registrados en mi país. La información había sido confidencial hasta esos momentos. Los casos fueron publicados, íntegramente, en *Ovni: alto secreto* (1977).

Allen Hynek.
(Gentileza de la familia.)

Y ahí quedó la cosa...

Hynek falleció el 27 de abril de 1986, con la llegada del cometa Halley. Tenía setenta y cinco años de edad.[1]

Pues bien, dos años después (1988), el matrimonio formado por María Elena y Virgilio Sánchez-Ocejo, amigos de Hynek y de Willy Smith, viajaron a Orlando (USA) y se alojaron en la casa del físico nuclear.

María Elena y Virgilio me contaron aquella experiencia en diferentes oportunidades.

1. Para algunos, Hynek fue asesinado. Sabía demasiado.

Virgilio Sánchez-
Ocejo. (Gentileza
de la familia.)

María Elena, con la pipa
de Hynek.
(Foto: Blanca.)

40

—Willy tenía un cuarto de invitados —precisó María Elena—. Allí nos quedábamos. Disponía de dos camas, dos mesillas de noche, una mesa y una silla, frente a la ventana, y un butacón.

»Pero ese día, al entrar en la habitación, me sentí mal. Fue algo extraño... Vi a Hynek en el butacón...

Debo aclarar que María Elena era una mujer especialmente sensible.

—Yo no deseaba quedarme —prosiguió—, pero tuve que hacerlo. No logré dormir en toda la noche... Hynek estaba allí.

»Se lo comenté a Willy y nuestro amigo se limitó a responder que Hynek nos quería mucho y que sería incapaz de hacernos daño.

»La noche siguiente fue igual o peor. Dormimos con las luces encendidas... En realidad el que durmió fue Virgilio. Yo no pude... Hynek seguía en la habitación, sentado en el butacón. Estaba aterrorizada.

María Elena y su marido regresaron a Miami y, al poco, Willy les telefoneó.

—Tenía la voz alterada por la emoción —detalló Virgilio—. «No imaginas lo que ha sucedido», me dijo. «¡He encontrado la pipa de Hynek!»

»Traté de tranquilizarlo y, poco a poco, explicó lo sucedido. La costumbre de Willy y de Terry, su mujer, era limpiar el cuarto de invitados cuando éstos se marchaban. Movían los muebles, pasaban la aspiradora y cambiaban la ropa de cama. Y así lo dejaban, para el siguiente invitado. Pues bien, en una de esas limpiezas, al mover el butacón, encontraron la pipa.

—¿Pudo tratarse de un error?

—No lo creo. Willy y Terry son muy minuciosos. Desde que Hynek se alojó en aquella habitación (estamos hablando de 1985), por el lugar pasaron muchos invitados. Willy limpió y movió los muebles muchas veces. Allí no había nada. La pipa hubiera sido vista, con seguridad.

—¿Y cómo sabéis que era la pipa de Hynek?

—Willy lo consultó. La pipa era inconfundible.

—¿Cuál es vuestra conclusión?

—Hynek cumplió su promesa. Después de la muerte hay vida.

El 15 de febrero de 2004 tuve la fortuna de volver a ver a Willy Smith. Seguía tan sorprendido como la primera vez. Y me mostró la pipa. Era idéntica, o muy parecida, a la que había visto en la casa de Ariel Rosales, en México D.F.

Willy Smith, con la pipa de Hynek, misteriosamente aparecida en el cuarto de invitados. (Foto: J. J. Benítez.)

Años más tarde, en diciembre de 2007, cuando recorría Argentina, inmerso en otras investigaciones, fui a conversar con Faruk Alem, un veterano investigador que también conoció a Hynek. Y me relató lo siguiente:

Sucedió al año de la muerte de Hynek. Nos encontrábamos en Buenos Aires, en la calle Corrientes. Nos habíamos reunido para llevar a cabo una serie de «canalizaciones». Y, de pronto, el médium empezó a oler a tabaco de pipa. Todos lo notamos. Pensamos que el olor procedía del exterior, pero no... El médium, entonces, dijo que, en la sala, había una persona, ya fallecida. Y la describió: barba corta y cana, pelo blanco, gafas, ojos claros..., y fumaba pipa. ¡Era Hynek!... El olor a tabaco de pipa era intenso. Lo llenaba todo... Era un gratísimo olor a manzana y a brezo.

Para Faruk, que invitó a Hynek a visitar la Argentina en el año 1982, la presencia de su amigo en la sesión de mediumnidad fue una señal, una grata señal. Hynek seguía vivo.

Y pasaron los años...

Aquel 9 de abril de 2011 me hallaba en plena transcripción de *Caballo de Troya 9*.

A las diez de la mañana, Blanca se presentó en mi despacho.

Lloraba.

Imaginé que traía malas noticias.

Así era.

Acababa de abrir un correo electrónico, procedente de Miami. En él anunciaban el fallecimiento de nuestra querida amiga María Elena, esposa de Virgilio Sánchez-Ocejo.

Sabíamos que estaba delicada de salud, pero nadie podía imaginar un final tan rápido.

El correo lo enviaba Alyssa Pérez.

En un primer momento, Blanca no reconoció al remitente y estuvo a punto de no abrirlo, y de borrarlo. No lo hizo, por fortuna. Y al leer la comunicación se dio cuenta: el texto había sido redactado por Virgilio y enviado por Alyssa, una de las hijas.

Le rogué que lo imprimiera y seguí con lo que llevaba entre manos.

En realidad no pude. La imagen y la voz de María Elena entraron de lleno en mi mente y allí se quedaron.

Apreciábamos de corazón a aquella gran cantante y mejor persona.

Miré el reloj. Señalaba las 10.15.

Y la idea llegó con fuerza: «Haz el pacto con María Elena».

No importaba que estuviera muerta.

Y así lo hice:

«Si estás viva, si te encuentras donde imagino que te encuentras, por favor, házmelo saber».

¿Qué señal solicitaba? Era importante concretarla, y especificar el plazo.

Fue fulminante.

En esos instantes, en mi mente se instaló una palabra: «Hynek».

Me gustó la señal.

Acudí al cuaderno y escribí:

«Hago el pacto con María Elena. Si está viva, como creo, deberá darme una señal... A lo largo del día de hoy (ése es el plazo) recibiré la palabra "HYNEK". No importa por qué medio».

Y a las 10.30 horas, como tengo por costumbre, hice un alto y me dirigí a la cocina con el fin de calentar un segundo café. Y en ello estaba cuando reparé en un par de folios, depositados sobre la mesa. Blanca había cumplido mi ruego. Era el correo electrónico de Virgilio. Al empezar a leer tuve que detenerme. El corazón se agitó. La comunicación empezaba así:

Estimados Juanjo y Blanca,
Hoy recibí el CD de Hynek. Muchas gracias...

Y Virgilio daba cuenta del fallecimiento de su esposa.

Habían transcurrido veinte minutos desde la formalización del pacto (!).

A lo largo de ese día no volví a recibir la palabra «Hynek». El CD contenía los archivos fotográficos de Hynek (más adelante

Correo electrónico escrito por Virgilio Sánchez-Ocejo. La palabra «Hynek» aparece en el lugar número 10. (Archivo de J. J. Benítez.)

me referiré a ellos). «Causalmente» llegaron a manos de Virgilio, en Miami, el mismo día del fallecimiento de su esposa. Pero sucesos más maravillosos estaban por llegar...

esde los tiempos de la universidad he sentido una especial simpatía por Ernest Hemingway, premio Pulitzer y Nobel de Literatura. En más de una y en más de dos ocasiones me he sorprendido a mí mismo contemplando aquel rostro de barba blanca y mirada pícara.

Y digo yo que esa atracción puede deberse, no sólo a su ex-

Hemingway.

celente y espartana literatura, sino, sobre todo, a algunos puntos en común en ambas vidas.

Me explico.

Hemingway amaba la ciudad de Pamplona. Yo nací en ella.

Hemingway quería ser Cézanne y pintar con las palabras. Yo quería ser Miguel Ángel y he terminado pintando con las palabras.

Hemingway fue periodista antes que escritor. Yo también.

Hemingway escribió *El viejo y el mar*. A mí me hubiera gustado escribir *El viejo y la mar*.

Hemingway escribía en los márgenes de cualquier cosa. Yo también aunque, para mí, los márgenes son femeninos.

Hemingway adoraba a Azorín. Las frases cortas se le escapaban de las manos. A mí me sucede lo mismo, aunque mi autor de cabecera es otro: Pepe García Martínez, de Murcia.

Hemingway pensaba que, al escribir prosa, lo importante es lo que no se dice. Yo practico ese principio de forma religiosa.

Hemingway fue tan pobre que no disponía ni de la luz de la luna. Yo fui mucho más pobre que Hemingway.

Hemingway no veía bien. Yo dispongo de un ojo para ver de lejos y otro para ver de cerca.

Hemingway se dejó la vida en las carreteras. Yo estoy a punto.

Hemingway se convirtió al catolicismo. Yo he huido de él.

Hemingway escribió *La quinta columna*. Yo también.

Hemingway tenía una biblioteca de seis mil volúmenes (expropiada por Fidel Castro). Yo he reunido seis mil libros (que serán expropiados por el olvido).

Hemingway tiene un planeta con su nombre: «3656». Yo tengo una estrella en la constelación de Virgo a la que han puesto «Juan José Benítez López» (13 h 22' 29" y 14° 8' 604").

Quizá por esto, y por mucho más, cuando se presentó la ocasión de visitar su casa, en Florida (USA), no titubeé. Hemingway vivió allí once años. Hoy es un museo.

Ese domingo, 19 de agosto de 2007, me levanté inquieto.

Y durante las tres horas del viaje a Cayo Hueso, al sur de Miami, me vi asaltado por algunos pensamientos, a cual más extraño: Hemingway se suicidó el 2 de julio de 1961, a los sesenta y un años de edad. Yo, en esos momentos, estaba a punto de cumplir sesenta y uno...

Y regresó la vieja cuestión: «¿Está vivo Hemingway?».

Me respondí a mí mismo que sí. Por supuesto que está vivo.

«Solicita una prueba», replicó la voz que siempre me acompaña.

Y fui maquinando un plan.

Sí, pediría una señal...

«Si estás vivo, como creo —planteé—, cuando visite tu casa, en Cayo Hueso, por favor, házmelo saber.»

No especifiqué qué clase de señal. Lo dejé a su criterio.

Estaba seguro. Hemingway me haría un guiño.

Y a las doce entramos en la mansión.

Ni que decir tiene que me paseé despacio, contemplando con lupa cada detalle y cada rincón. Blanca y nuestra amiga Rebecca, que nos acompañaba, no sabían nada de mi tejemaneje con el bueno de Hemingway.

Casa de Hemingway en el 907 de Cabeza Blanca, en Cayo Hueso (Florida). (Foto: Blanca.)

Pero ¿qué buscaba? ¿Cuál era la señal?

Eso no importaba. Él respondería...

Conté los libros de las vitrinas: 126.

No me dijo nada.

Inspeccioné el baño, el dormitorio, el salón, el comedor, las fotografías, el cuarto de trabajo, la viejísima máquina de escribir...

Nada de nada.

Permanecí un tiempo en el jardín. Encontré un penique junto a la piscina.

Negativo.

Quizá me había precipitado. Hacía cuarenta y seis años de la muerte de Hemingway. «Probablemente —me dije— estará en la quinta galaxia... ¿Por qué se iba a molestar en responder a un chiquilicuatro como yo?»

Pero el instinto me animó. La señal llegaría. Siempre llega.

A las 15 horas nos dispusimos a abandonar la casa museo. Fue entonces cuando uno de los empleados nos proporcionó documentación sobre Hemingway. La repasé, distraído. Y en eso, al leer la dirección de la casa, me detuve. Hice cálculos. Sentí un escalofrío... Allí estaba la señal. Hemingway había cumplido.

La casa museo se encuentra en el número 907 de la calle Cabeza Blanca.

¿«907»?

Aquello era una fecha. Septiembre (día 7), según el cómputo norteamericano. Hemingway lo era. Nació en Oak Park (Illinois).

¡El día de mi cumpleaños!

Pregunté a los funcionarios. La respuesta fue la que aparecía en el impreso: 907 de Cabeza Blanca.

Sumé los dígitos (9 + 7 = 16 = 7). En otras palabras: 7 de septiembre de 2007. Estábamos en ese año. Faltaban escasos días para mi aniversario.

Me di por satisfecho.

Allí estaba la señal, encriptada en el número en el que se alza la casa en la que vivió mi amigo Hemingway.

Asombroso.

Hemingway sigue vivo...

7 LA VACA QUE LLORA

No estoy seguro...

De no haber sido por aquel grabado, en la roca, quizá la petición, a los cielos, no se hubiera producido.

Estaba agotado, pero acepté.

El guía quería mostrarnos algo especial.

Y a las cinco de la tarde llegamos a Ifferi, a treinta minutos de Djanet, al sur de Argelia.

Me hallaba hipotecado —cómo no— en otra investigación; esta vez sobre pinturas rupestres y grabados antiguos en los desiertos argelinos. Acabábamos de descender de la meseta del Tassili N'Ajjer.

Pero mereció la pena.

Allí, sobre un peñasco negro y rojo, los hombres de la Edad de Piedra habían esculpido un grupo de vacas de largos cuernos. Una de ellas lloraba...[1]

Contemplé los grabados durante largo rato. Después, como si alguien invisible tirara de mí, caminé en solitario por las dunas.

Aquel jueves, 10 de mayo de 2001, empezaba a escurrirse entre los dedos.

El sol ni se despidió. Se ocultó, con prisa, en uno de los muchos horizontes de arena.

Después comprendí.

1. Amplia información en *Planeta encantado: Astronautas en la Edad de Piedra*.

La vaca que llora, en el desierto argelino. (Foto: J. J. Benítez.)

El sol lo sabía... Era lógico que diera paso a la noche.

Me senté en lo alto de una de las dunas e intenté pensar.

Miento. No quise pensar. Sólo deseaba disfrutar del momento.

La noche, en el desierto, no avisa. Llega y llega.

Y el firmamento, de pronto, se me echó encima.

Yo sabía que el ojo humano puede contemplar del orden de ocho mil estrellas y pico. Lo sabía porque lo había leído en *Caballo de Troya*. Eso dice el mayor...

Y las vi destellar en blanco y negro, y en azul, y en rojo.

Levanté la mano, amparado por la oscuridad, pero ni siquiera las rocé. Y las estrellas cuchichearon entre ellas, como si estuvieran al tanto de lo que iba a suceder.

¡La *bellinte* del Padre!

Fue entonces, jugando a perseguir estrellas, cuando recibí aquella imagen: era la de Encarna Rodríguez, una amiga barbateña de toda la vida. La queríamos a rabiar. Nadie, en el uni-

Encarna Rodríguez. (Foto: Blanca.)

verso, preparaba los huevos fritos como ella; en especial las patatas.

Poco antes de viajar a Argelia nos dieron la noticia: Encarna se moría. Un cáncer de páncreas le había salido al encuentro. Los médicos eran pesimistas. No le daban más allá de cinco o seis meses de vida.

Las estrellas dejaron de titilar y me observaron, curiosas.

Sólo fue un segundo. Después siguieron a lo suyo, centelleando.

Y pensé: «Podría hacer una petición al Padre Azul...».

Entonces oí la voz interior que me habita:

—¿Y por qué miras hacia arriba? Estoy dentro de ti...

Quedé perplejo.

—Tienes razón —repliqué—. Es la costumbre...

—¿Y qué deseas?

Dudé. No sabía cómo plantearlo.

—¡Ánimo! Soy todo oídos.

—Verás... Tengo una amiga. Se llama Encarna... Pues bien, si no interfiere en tus planes, me gustaría...

La voz siguió en silencio. Él bien sabía, pero le encanta escuchar a sus criaturas.

—Me gustaría que le prolongaras la vida..., al máximo.

—¿Y por qué?

—Se me ocurren dos razones. Primera, para tu mayor gloria...

Pensé que el Padre se apresuraría a contestar, pero no. Continuó en silencio.

Me animé.

—Segunda: porque a Encarna le apetece asistir (viva) a la boda de su hija Inma. Eso será en breve...

—Lo de «viva» sobra, ¿no crees?

—Bueno —me excusé—, era por concretar.

—Entiendo.

Ahí terminó la «conversación».

La petición estaba hecha. E insistí, buscando la comprensión de las estrellas: «Para tu mayor gloria...».

Puede que transcurriera un minuto. Quizá ni eso.

De pronto, en lo alto, apareció un punto luminoso. Se movía, decidido, entre las ocho mil. Pensé en un satélite artificial. Me extrañó el movimiento de vaivén. El balanceo no era propio de un satélite. Y fue aproximándose.

Olvidé a Encarna, y también al Padre Azul. Lo olvidé todo.

¡Un ovni!

Pensé en avisar al guía. Desistí. Ni siquiera lo veía...

Y me centré en la observación. El vaivén era dulce, como si nadara.

Y el desierto se quedó en silencio.

El objeto llegó a mi vertical y se detuvo. Era como una luna llena.

«Eso no es un satélite —pensé—. Eso es...»

No hubo tiempo para nada.

En segundos, la luz se apagó. Y desapareció.

Permanecí un rato sobre la duna, tratando de localizarlo. Fue inútil.

No volvió a aparecer.

Y lo tomé como lo que era: una señal del Padre Azul. En esos momentos estuve seguro: Encarna asistiría a la boda de su hija.

Y así fue. Ab-bā, el Padre, permitió que mi amiga viviera dos años y cinco meses más.

Encarna murió el 4 de octubre de 2003. Ella nunca supo...

El lunes, 6 de octubre, tras el funeral en San Paulino, en Barbate, me reuní con un grupo de amigos, con el fin de festejar la partida de Encarna.[1]

Pues bien, en mitad del almuerzo, ante mi desconcierto, vi entrar en el restaurante a una Encarna joven, sonriente y luminosa. Flotaba. Vestía una túnica de color hueso. Se situó frente a mí, al otro lado de la mesa, y alzó el dedo pulgar derecho. Entendí el gesto.

«Todo está bien...», transmitió.

Y desapareció.

Encarna, evidentemente, sigue viva.

Lástima de huevos fritos con patatas...

1. Cuando fallece alguien querido acostumbro a celebrarlo. Ese alguien ha dejado de sufrir y ha vuelto a la verdadera patria. Es un motivo de alegría.

8
CIELO AMARILLO

E l 24 de marzo de 2008 murió el actor Richard Widmark.[1]

Contaba noventa y tres años de edad.

Él y Gary Cooper iluminaron buena parte de mi infancia y de mi juventud.

Cuando me enteré del fallecimiento de Widmark escribí lo siguiente:

«Se ha ido también Widmark, el hombre que sonreía con la mitad de la cara; uno de mis actores favoritos.

Ahora sí sabe qué es el beso de la muerte...

Gracias, Richard, por aquellas noches en el cine de verano de Barbate, cuando sacabas el revólver mucho más rápido que cualquiera de nosotros.

Gracias, Richard, por cabalgar juntos, aunque éramos más de dos.

Gracias, Richard, por enseñarme cómo es un submarino por dentro y por hacerlo navegar en una pantalla de cine, y en blanco y negro.

---

1. Si tuviera que elegir algunas de sus más de sesenta películas me decidiría por las siguientes: *El beso de la muerte, Cielo amarillo, Un rayo de luz, El diablo de las aguas turbias, Lanza rota, Huida hacia el sol, El hombre de las pistolas de oro, El Álamo, Vencedores o vencidos, Dos cabalgan juntos, La conquista del Oeste, Cuando mueren las leyendas* y *La ley del talión*.

Richard Widmark.

Gracias, Richard, por tener las pistolas de oro, y por conquistar el Oeste de nueve a doce de la noche, cuando a nadie se le ocurre conquistar nada.

Gracias, Widmark, por quedarte a vivir en la leyenda...».

Pues bien, mientras escribía este pequeño homenaje, sentí la necesidad de hacer el pacto con él.

«¡Qué tontería! —pensé—. ¡No le conocía de nada!»

No importaba.

Haber visto, y vivido, cincuenta y dos de sus películas me daba cierto derecho.

«Si estás vivo —planteé—, si estás en los mundos MAT,[1] como supongo, por favor (lo dije en inglés, por si las moscas), dame una señal.»

De pronto llegó una idea.

Me dirigí al cuaderno de pactos y señales y anoté la que debería ser la señal:

«Si estás vivo, cada 26 de diciembre (fecha del nacimiento del actor), el cielo se volverá amarillo, allí donde esté».

Me pareció una señal demasiado difícil y, tras meditarlo, la suavicé:

«Con una vez (el 26 de diciembre de 2008) será suficiente».

Era el mes de marzo...

Como era presumible, olvidé el pacto.

Y llegó el 26 de diciembre.

Me encontraba en la República Dominicana.

Llovía torrencialmente.

Y a las seis de la tarde escampó.

Me asomé a la ventana del hotel, en Punta Cana, y quedé perplejo. Y recordé...

No supe qué hacer.

Finalmente tomé la cámara y fotografié aquel hermosísimo cielo amarillo.

Widmark había cumplido.

Y creí ver su media sonrisa entre las nubes.

Widmark está vivo.

Y cada año —allí donde esté—, al llegar el 26 de diciembre, el cielo y mi corazón se vuelven amarillos.

1. MAT (mitad de la palabra *MATERIA*) es el lugar en el que se despierta tras el dulce sueño de la muerte. Eso se deduce de las palabras del Maestro en *Caballo de Troya*. La persona fallecida «despierta» con un cuerpo físico, similar al que tuvo en vida, pero diferente: mitad materia orgánica, mitad sustancia espiritual. (Amplia información en *Hermón. Caballo de Troya 6* y *Al fin libre*.)

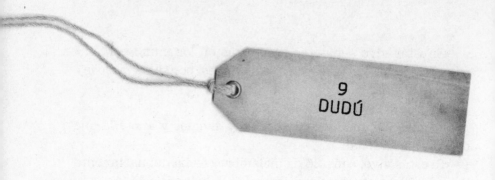

A quel nuevo viaje al desierto fue inolvidable.

Amo el desierto.

El 25 de noviembre de 2007 salimos de Illizi, en Argelia, con rumbo al Djerat, un *wadi* o cauce seco repleto de pinturas rupestres y de grabados antiquísimos.

La expedición la formaban Javier Lago, de *Cultura Africana*; Blanca, mi esposa; Rosa Paraíso; Iván, mi hijo mayor, como fotógrafo; los guías tuareg (Tahart, Kattanga y Amadú), los camelleros y un servidor.

El *wadi* Djerat tiene treinta kilómetros de longitud. Es un río seco, al norte del Tassili N'Ajjer, y prácticamente en medio de la nada. Es un lugar ardiente, infectado de escorpiones y de víboras cornudas, las más temidas de África.

Henri Lhote, el aventurero francés, visitó en 1975 la práctica totalidad de las estaciones o abrigos en los que existen pinturas y grabados. Llevó a cabo un catálogo de setenta y cinco estaciones y cuatro mil imágenes (más de mil grabados han sido datados en el llamado periodo «bubaliano» y trescientos en el «bovidiano»).

Yo no aspiraba a tanto.

Me contentaba con estudiar, medir y fotografiar un par de cientos de esas hermosísimas imágenes, la mayoría de diez mil y catorce mil años de antigüedad.

En principio era una expedición más, sin demasiadas pretensiones.

Pero el Destino sabía y permanecía atento...

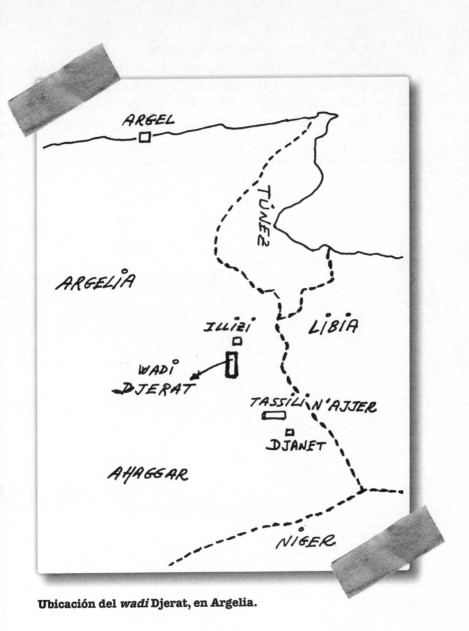

Ubicación del *wadi* Djerat, en Argelia.

Arrancamos y fuimos recorriendo el *wadi*. Quedamos desconcertados. Las imágenes son más sugerentes de lo que afirmaba Lhote. Algún día tendré que referirme a aquel tesoro de forma exhaustiva. Sí, cuando escriba «Cuadernos casi secretos».

Mi intención, ahora, no es ésa.

Y sigo leyendo en el cuaderno de campo:

«El lunes, 26, en un paraje llamado Aba-N-Tenouart, tras la cena, observamos dos luces extrañas... Una lanzaba fogonazos hacia el suelo... La otra se movía, como a empujones, entre las estrellas... No escuchamos ruido... Al poco desaparecieron».

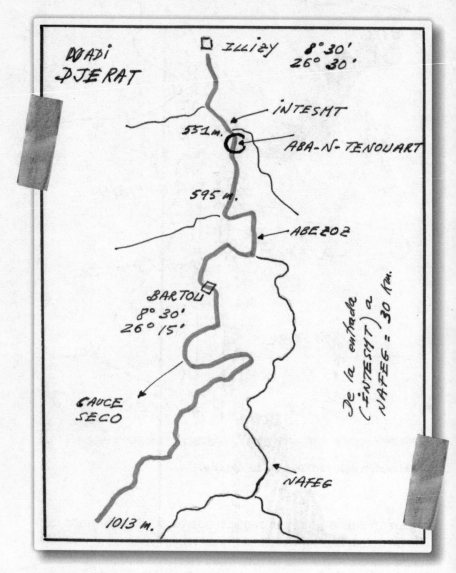

Aba-N-Tenouart, lugar del avistamiento. Cuaderno de campo de J. J. Benítez.

Betty Hill, en 1961.
(Gentileza de la familia.)

Recordé la noche de Encarna, junto a la vaca que llora.

¿Sabían los seres que tripulaban esas naves que estábamos allí?

La pregunta me pareció de lo más tonto...

Y proseguimos las exploraciones.

Cada jornada estudiábamos del orden de cincuenta pinturas y grabados. Eso representaba continuas marchas a pie. Calculé de seis a ocho kilómetros diarios.

Pero en esa visita al Djerat, además de las referidas observaciones, yo había incluido un trabajo extra.

Años atrás, en el 2000, Betty Hill, una norteamericana abducida en 1961,[1] dio a conocer unos signos que me resultaron

1. El caso del matrimonio mixto (Barney y Betty Hill) fue ampliamente difundido por la prensa y por el escritor John Fuller (*El viaje inte-*

El matrimonio Hill fue introducido en una nave en septiembre de 1961.

familiares. Al parecer los vio en el interior de la nave; concretamente en un libro que le mostró uno de los tripulantes.[1]

rrumpido). El 19 de septiembre de 1961, el matrimonio fue interceptado por un objeto no identificado entre las localidades de Lancaster y Concord, cerca de Portsmouth (USA). Betty y Barney fueron introducidos en la nave y sometidos a diferentes exámenes. Los seres presentaban grandes cabezas, con los ojos rasgados. No medían más de 1,60 metros.

1. El libro, de unos tres centímetros de grosor, tenía la cubierta oscura. Betty Hill había solicitado una prueba al tripulante que la acompañaba en el interior de la nave. Éste accedió y le mostró un libro. «Yo quería algo —manifestó Betty— que pudiera mostrar a mis amigos y vecinos y que fuera la prueba de que estuve en el ovni.» Betty abrió el libro y lo hojeó. Estaba escrito en su totalidad. Era una escritura desconocida para ella. Formaba columnas e iba de arriba abajo. Betty memorizó cuanto pudo. El tripulante le permitió cargar el libro pero, cuando salían de la nave, se lo quitó. Al parecer, el resto de la tripulación no estaba conforme con el «regalo». Y Betty se quedó con dos palmos de narices.

Cuando los vi, como digo, sentí algo extraño. Los examiné cuidadosamente e hice consultas. Ninguno de los profesores, expertos en beréber, supo traducirlo. Confirmaron la naturaleza de la escritura —beréber antiguo—, pero ahí quedó el asunto. Ni que decir tiene que ninguno de estos sabios (españoles, italianos y franceses) supo del origen de los símbolos. No lo consideré oportuno.

Signos memorizados por Betty Hill y llevados al *wadi* **Djerat por J. J. Benítez.**

El beréber es un idioma que se habla en buena parte del norte de África. Yo había visto aquellos signos en los desiertos, junto a pinturas rupestres de diez mil años y al lado de grabados mucho más antiguos. Pero una cosa es el beréber moderno y otra, muy distinta, el antiguo. Éste se ha perdido.

Conseguí una buena copia de lo que mostró Betty Hill, la plastifiqué, y viajé con ella al Djerat. Mi intención era simple: pasear los símbolos entre los hombres del desierto e intentar averiguar si alguien acertaba con la traducción.

Pero dejé el «trabajo extra» para el último momento.

La expedición prosiguió con normalidad y los resultados —espectaculares— fueron registrados en los cuadernos de campo.

Y llegó el viernes, 30 de noviembre.

Nos hallábamos de nuevo en Aba, de regreso a Illizi. Era el paraje en el que vimos las dos extrañas luces.

Acampamos y nos dispusimos a descansar.

Había sido otra jornada intensa y dura.

Y sucedió lo imposible...

Leo lo escrito esa misma noche, a la luz de la hoguera:

«Llegada a Aba a las 16.30 horas... El nombre (Aba) también es sintomático... El Padre quería decirme algo..., y me lo dijo.

Cenamos *chorba*. Deliciosa. Cebolla, pepino, calabacín, zanahoria, patata, ajo, especias, aceite y sal... He repetido.

La noche está negra e inmensa, sin luna. Hablamos de las estrellas. Los tuareg escuchan. Javier Lago traduce del español al árabe...

Pero el cansancio empieza a doblegarnos.

Es el momento... Me hago con la cartulina plastificada, con los signos que vio Betty Hill en el interior de la nave, y se la entrego a Tahart, el guía. Le pido que eche un vistazo y que me diga qué es... Pronto se le unen Amadú, jefe de los camelleros, y Kattanga...

Nos hallamos alrededor del fuego de campamento. Blanca y Rosa están algo más retiradas, a cosa de cuatro metros... No sé qué hacen.

Y los tuareg hablan entre ellos y discuten a voces.

Presiento algo...

Javier, finalmente, traduce:

—Dicen que parece una oración...

—¿Entienden los signos?

—Sí —aclara el paciente Javier—, dicen que es beréber, pero muy antiguo.

Continuaron hablando y polemizando. Uno le quitaba la cartulina al otro y éste la volvía a arrebatar. Y seguían las voces.

Amadú (izquierda) y Tahart, que tradujeron los símbolos. (Foto: Iván Benítez.)

—¿Qué más?

Javier solicita calma. Estamos en el desierto y entre tuareg.

Así discurren los minutos, tensos.

«Algo es algo —me digo—. ¡Beréber antiguo!»

Y mil ideas llegan en tropel.

Finalmente, Tahart cuadra la traducción. Y lee:

«Soy Dudú... Estoy aquí abajo... en la Tierra... ¿Desde cuándo existes (tú), Dios?... Soy yo, Dudú... Háblame... Dame una orden».

Quedo perplejo.

Y pregunto y pregunto:

—¿Una oración?

El guía asiente, y añade:

—Eso parece. Es una oración que alguien dirige a Dios.

—¿Y se llama Dudú?

Tahart y el resto asienten. Y aclaran:

—Dudú es un nombre común entre los bereberes. Era propio de gente antigua y fuerte, físicamente.

Por supuesto, nadie en el campamento, ni siquiera Blanca, sabía del origen de los signos.

Y guardé silencio al respecto.

¡Dios mío! ¡Una oración contenida en un libro no humano! ¡Un libro escrito en beréber antiguo! ¿Cómo era posible?

Podían ser las 18 horas y 35 minutos.

Y en eso, Blanca y Rosa nos alertaron con sus gritos.

Y señalaron en dirección norte.

Olvidé la traducción.

En la negrura distinguí una luz.

Nos pusimos en pie. Todos menos los tuareg.

Era blanca, densa, como luz sólida.

Se dirigía en silencio hacia nosotros.

Volaba muy bajo. Quizá a doscientos metros del suelo. Quizá ni eso.

No vi luces «anticolisión».

«Eso no es un avión, ni tampoco un helicóptero —pensé—. Pero ¿qué haría un avión en mitad de la nada?»

¡Eso es un ovni!

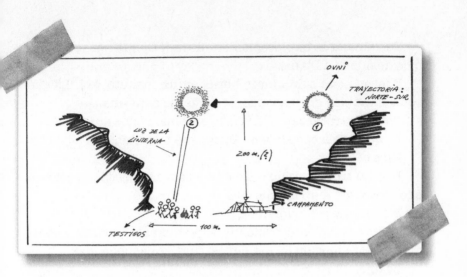

«El objeto se colocó casi en nuestra vertical, a cosa de doscientos metros del suelo.» Cuaderno de campo de J. J. Benítez.

Y recordé la «luna llena» que se detuvo sobre mi cabeza el 10 de mayo de 2001, al solicitar al Padre Azul que prolongara la vida de Encarna.

Fue cuestión de segundos.

El objeto —todo luz— siguió aproximándose.

Tomé la linterna y la prendí cinco veces, dirigiendo el haz hacia el ovni.

Cinco linternazos.

Todos vieron cómo el cañón de luz moría en el objeto. Cinco veces...

Y en eso, al proyectar el último haz, la masa luminosa desapareció. Estaba casi en nuestra vertical.

Se hizo el silencio.

Nadie volvió a verlo... Nadie hizo una foto (!).

Lo tomé, naturalmente, como una señal: una importante señal.

Me hallaba en el buen camino.

Y pensé en Betty Hill, fallecida el 17 de octubre de 2004. ¡Cuánto hubiera disfrutado con aquella aventura!

Terminada la exploración en el *wadi* Djerat nos trasladamos de nuevo a Djanet.

Fueron siete agotadoras horas en un maldito 4×4. Llegué con las rodillas machacadas, pero mereció la pena...

Y en ese trotar por el desierto argelino pensé mucho.

Lo que había sucedido en Djerat era muy fuerte.

Hice cálculos.

Habían transcurrido cuarenta y seis años desde el célebre encuentro del matrimonio Hill.

Y continué reflexionando...

¿Cómo debía interpretar que, justamente, cuando procedían a la traducción de los signos, surgiera aquella luz?

Lo dije.

Lo tomé como una señal. Alguien trataba de comunicarme algo.

Y proseguí con las especulaciones.

Aquella escritura (beréber antiguo) aparece junto a pinturas en el Tassili, y también en otros remotos abrigos de los desiertos de Libia, Mali y Marruecos. Son escenas nítidas, en las que se observa a seres enfundados en trajes espaciales y escafandras.[1] Es obvio que criaturas no humanas descendieron en estos lugares hace miles de años. Y fui más allá...

Esas criaturas no humanas enseñaron lo que hoy conocemos como beréber a los paisanos del entonces jardín del Sahara.

Y fue en el citado Tassili N'Ajjer donde pude contemplar una pintura que me dejó perplejo: un individuo, provisto de escafandra, tira de varias mujeres desnudas, como si quisiera introducirlas en un objeto que se encuentra a su espalda y posado en el suelo. Entre los investigadores lo llamamos «El secuestro». Y me vino a la mente la abducción de Barney y Betty Hill.

Aquello era un manicomio.

¿Fueron los seres de Tassili los que secuestraron a los Hill?

1. Amplia información en la serie *Planeta encantado* (*Sahara rojo, El anillo de plata, Escribamos de nuevo la historia y Astronautas en la Edad de Piedra*).

Habían pasado diez mil o quince mil años...

Pero, como sé por experiencia, en el fenómeno ovni todo es posible (y más).

Y solicité una señal.

Si todo aquello era cierto, y si mis apreciaciones eran correctas, debería recibir una confirmación, una señal.

Pero ¿cuál?

Me sentí incapaz de concretarla. Y lo dejé al criterio de «ellos».

El domingo, 2 de diciembre (2007), lo dedicamos al descanso.

Blanca y yo decidimos dar un paseo por Djanet.

Y terminamos visitando uno de los mercadillos artesanales.

Eran las doce del mediodía.

De pronto, «alguien» me tomó por la nariz y me condujo, directamente, frente a uno de los puestos. El artesano vendía de todo, pero fui a fijarme en una de las piezas: un candado de bronce, muy común entre los tuareg. De él colgaban dos rústicas llaves. En una de las caras me llamó la atención un conjunto de signos bereberes. Lo tomé entre las manos y lo acaricié.

«No puede ser —me dije—. Estoy soñando.»

Pero no. Me hallaba despierto, y bien despierto.

Los cinco signos daban forma a un símbolo que había visto muchas veces y que lucen algunos ovnis en la panza: -]||[-.

¡«UMMO»![1]

¿Cómo no me había dado cuenta?

Pregunté el significado. El tuareg dijo que se trataba del nombre del artesano: «Ibrahim».

¿Ibrahim?

El nombre, muy común, es una derivación de «Abraham».

---

1. Los «ummitas», según mis investigaciones, son una raza (no humana) que habría llegado a la Tierra en los años cincuenta del siglo xx. Durante años enviaron cartas y escritos científicos a decenas de ufólogos y destacados hombres de ciencia. Las naves de estos supuestos extraterrestres presentan en la panza un extraño símbolo, parecido a los signos bereberes que encontré en el candado tuareg, en Djanet (Argelia).

Al principio no reaccioné. Después, poco a poco, fui comprendiendo: Abraham (en beréber): ⵎⵎ .

¿Era ésta la señal que había solicitado?

Regresamos al hotel y continué especulando:

«Abraham se llamaba en realidad Abram. Dios (?) le cambió el nombre. Y fue Dios (?) quien lo sacó de Ur de Caldea, a orillas del río Éufrates, y lo "guió" en un largo peregrinaje por tierras de Egipto y de Canaán (Israel y Jordania). Esto sucedía hacia el 2000 a. de C.

Después, en el encinar de Mambré, cerca de Hebrón, tuvo un encuentro con tres seres que Abraham identificó con el propio Dios».

Y una serie de locas (?) dudas se posaron en mi mente:

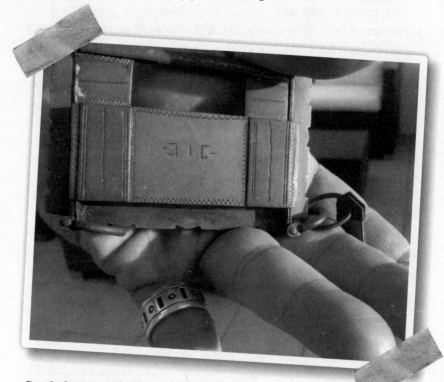

Candado tuareg hallado por J. J. Benítez en Djanet (Argelia). En él se aprecia el nombre de Abraham, en beréber. (Foto: Blanca.)

**Ovni sobre San José de Valderas (Madrid).
El símbolo, en la panza, es similar al nombre de
Abraham, en beréber. (Archivo de J. J. Benítez.)**

«¿Fueron los seres que descendieron en Tassili los que
guiaron a Abraham? ¿Fueron esas criaturas —dioses para
Abraham— las que modificaron su nombre y anunciaron que
sería "'ab hamôn" (padre de multitud)? ¿Por qué, en beréber,
el nombre de Abraham es similar al símbolo "ummita"? ¿Fueron las naves "ummitas" las que velaron por Abraham y su
familia?».

Y fui más allá...

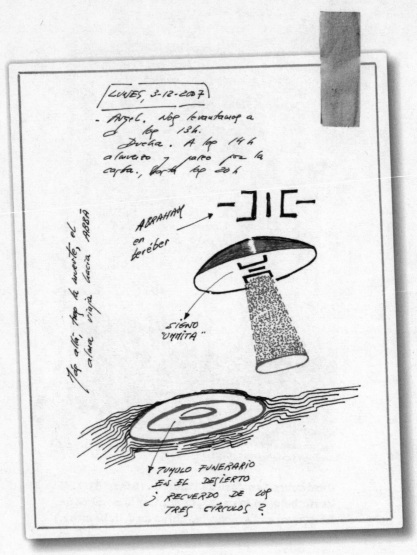

Cuaderno de campo de J. J. Benítez.

«Hacia el año 1980 a. de C., Abraham conoció a Melquisedec, un personaje misterioso, citado en el Génesis (14, 17),
que, al parecer, le habló de un Hijo de Hombre que estaba por
llegar. Y le adoctrinó también sobre la existencia del buen
Dios, el Padre Azul, y sobre el alma inmortal.

Melquisedec no tenía familia. Nadie supo de dónde venía.

Nadie supo cómo desapareció. Para mí fue el verdadero precursor del Hombre-Dios (Jesús de Nazaret). Melquisedec comunicó la buena nueva a Abraham y le anunció que la bandera del Hijo del Hombre estaba formada por tres círculos.»

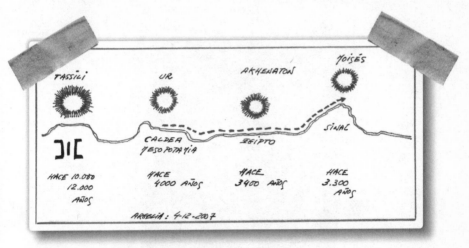

Cuaderno de campo de J. J. Benítez.

Mi cabeza echaba humo (con hache) y opté por solicitar una segunda señal. Tampoco especifiqué.

«Si esto es real —escribí—, si Abraham tuvo relación con las criaturas "ummitas", por favor, hacédmelo saber.»

Y a las 17.30 horas —no sé exactamente por qué— regresamos al mercadillo. Blanca quería seguir mirando. Me resigné y la acompañé como mero guardaespaldas. La seguí durante un rato, sumido en mis pensamientos: «¿Abraham = ⵂ? ¿Son los seres que tripulan los ovnis los viejos ángeles de la Biblia? ¿Están al servicio de la Divinidad?».

Y ocurrió por segunda vez.

«Alguien» (?) me tomó por la nariz y me arrastró —literalmente— hasta uno de los puestos.

¡Asombroso!

Allí estaba la señal...

¡Un segundo candado con el cuerpo de latón y el arco de acero!

Lo tomé, desconcertado.

«Imposible», me dije.

Sin embargo era real...

En una de las caras aparecían, grabados, tres círculos (!).

¡Los tres círculos de la bandera del Maestro![1]

Comprendí.

Segundo candado, con los tres círculos.
(Foto: Blanca.)

¿Para qué sirve un candado? Obviamente para «guardar y preservar algo valioso». Eso fue lo que hizo Abraham con la buena nueva que le comunicó Melquisedec. Y la noticia llegó, incluso, a Moisés. Después, con el paso de los siglos, la naturaleza humana mutiló, deformó y cambió. Hoy, Dios y sus ángeles presentan una cara muy distinta a la real...

Quizá todo empezó en Tassili.

1. En la otra cara del candado se lee el número «261». En Kábala, «261» equivale a «amarrar, atar, padres y antepasados».

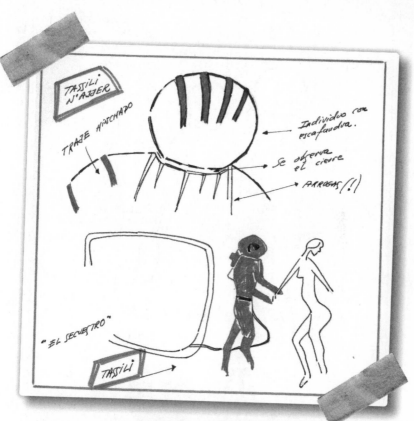

Individuo con escafandra y traje hinchado (Tassili N'Ajjer). En la parte inferior, reproducción de lo que llaman «El secuestro». Cuaderno de campo de J. J. Benítez.

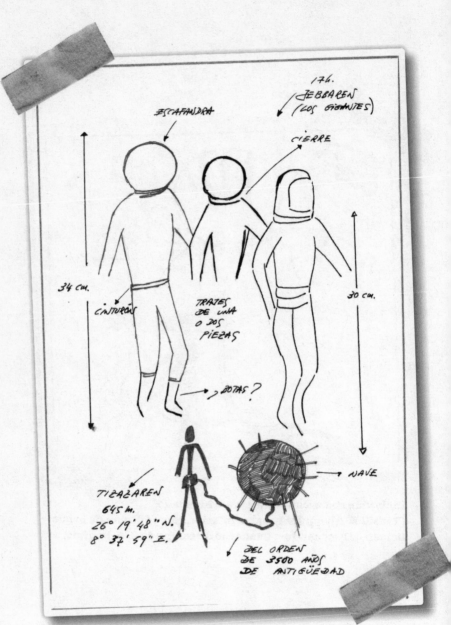

Astronautas en la Edad de Piedra (Tassili N'Ajjer).
En la parte inferior, otra extraña pintura (Djerat): un
individuo de gran altura aparece atado a una esfera.
Cuaderno de campo de J. J. Benítez.

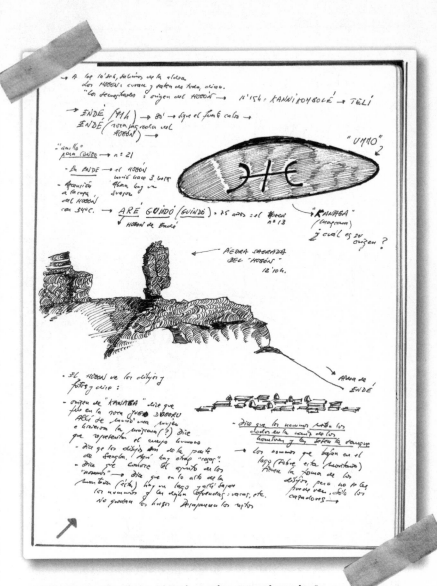

Nave «ummita» sobre Mali, según el testimonio de
los dogon. Sucedió hacia el año 1000 de nuestra era. Cuaderno de
campo de J. J. Benítez.

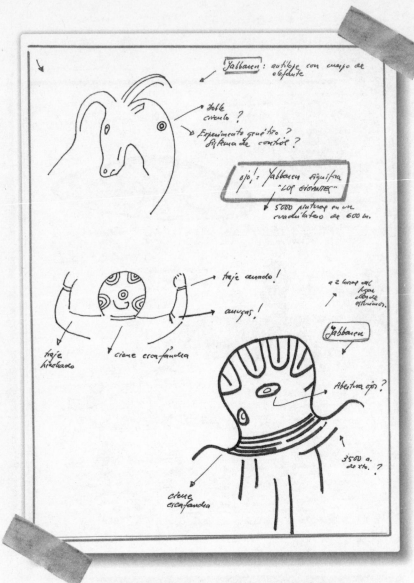

En Tassili N'Ajjer sumé cinco mil pinturas. Algunas, como las presentes, hablan por sí mismas. Cuaderno de campo de J. J. Benítez.

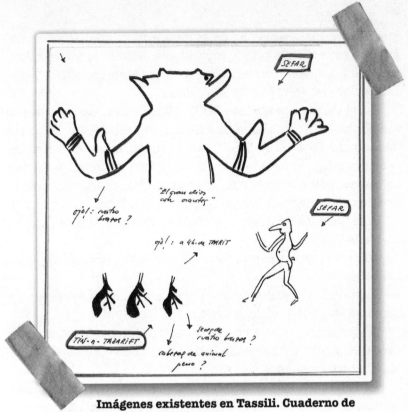

Imágenes existentes en Tassili. Cuaderno de campo de J. J. Benítez.

El viernes, 13 de septiembre de 2013, al terminar el capítulo sobre los candados descubiertos en el mercadillo de Djanet, me dirigí al archivo. Necesitaba una determinada documentación.

Y sucedió algo extraño (?).

¿He escrito «archivo»? Debería decir la jungla de los archivos...

Y me puse a buscar.

Abrí algunas carpetas y maldije el desorden y mi mala cabeza.

A los quince minutos, o menos, al trastear entre los papeles, aparecieron aquellas fotografías...

¡Las había olvidado!

Acudí a los cuadernos de campo y verifiqué la sospecha: aquella experiencia no fue incluida en el guión inicial de *Pactos y señales*. Sencillamente, se borró de la memoria.

He aquí una síntesis de la misma:

Corría el mes de abril de 2001. Habíamos viajado de nuevo a Argelia. Esta vez al sur, al Ahaggar. Y trabajé durante días en las pesquisas sobre Tin-Hinan, la mujer gigante que, al parecer, condujo al pueblo tuareg desde las montañas del Atlas, en Marruecos, a la región de Abalessa, cerca de Tamanrasset.[1]

Me acompañaban Javier Lago y mi hijo Iván.

Días después contratamos dos 4×4 y emprendimos el camino hacia Tassili.

Fue un viaje largo y pesado. Tuvimos que dormir al pie de los vehículos.

Visitamos la ermita de los padres blancos, en Assekrem, y también los grabados de Hirhafok.

Según consta en el cuaderno de campo correspondiente, esos días pensé mucho en la bella Ricky. La veía en todas partes, incluso en sueños.[2]

Y lo atribuí a las investigaciones que seguía practicando en torno a ella y que algún día tendré que hacer públicas.

Fue así, más o menos, como llegamos al 3 de mayo, jueves.

Ese día amaneció a las 5.30. Desayunamos y partimos hacia Djanet.

El desierto de piedra se transformó en inmensos arenales.

Los Toyota volaban.

Visitamos nuevas tumbas circulares, algunas con dos y tres anillos y una cúpula en el centro.

Los tuareg persiguieron gacelas. Nuestro chófer y guía —Hamed ben Abdelkader— se lo pasó en grande.

---

1. Amplia información sobre Tin-Hinan en *Planeta encantado*: *El anillo de plata* y *Tassili*.

2. Ricky, norteamericana, aseguraba que había tomado el cuerpo de una mujer muerta en Yucatán, en un accidente de tráfico. Ricky decía proceder de la constelación de Orión. (Amplia información en *Ricky-B.*)

El cielo se presentó infinitamente azul.

«Ricky... La echaba de menos.»

A las doce nos detuvimos. Hora de almorzar.

Y en ello estábamos cuando aparecieron aquellas «nubes», por llamarlo de alguna manera.

Todos lo vimos.

A cosa de 30 grados sobre el horizonte, en mitad del azul, vimos algo que parecían letras (?).

Primero pensamos en nubes, como digo. Pero no. ¡Formaban letras!

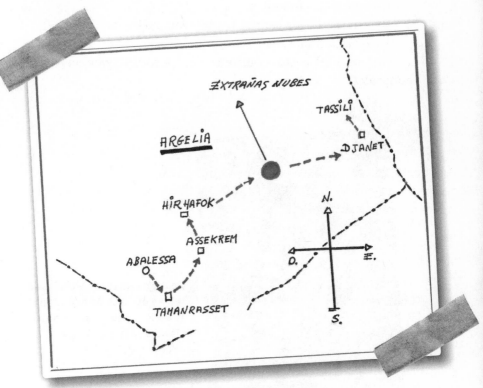

Lugar en el que aparecieron las «letras».
Cuaderno de campo de J. J. Benítez.

Me levanté para tomar la cámara fotográfica. Cuando me hice con ella, las «nubes» o «letras» empezaron a difuminarse, y desaparecieron. Y el cielo continuó mágicamente azul.

Hablamos y dibujamos lo que acabábamos de contemplar. La imagen fue ésta:

IO[O↑

¿Pudo tratarse de la estela de un avión?
Lo rechazamos.
Además, ¿dónde estaba el avión?
Era inaudito.
El espectáculo se prolongó un minuto, o menos.
Insisto: todos lo vimos.
E intenté que los tuareg tradujeran las letras.
Parecía beréber...
Hamed y el resto lo intentaron, pero no llegaron a nada concreto.

Testigos de las misteriosas letras en el cielo argelino: Iván Benítez (izquierda), Hamed y Javier Lago. (Foto: J. J. Benítez.)

Parte de la palabra (?) significa «Orión». El resto presentaba distintas interpretaciones, según el traductor.

Antes de reanudar la marcha hice fotografías del lugar y del cielo azul.

«¡Qué extraño! —me dije—. Ricky decía proceder de Akrón, un planeta de Orión.»

Iván tomó nota de las coordenadas exactas: 24° 16' 16" N y 7° 34' 01" E y proseguimos el viaje.

Una semana más tarde, como he relatado, al hacer la petición al Padre Azul para que prolongara la vida de mi amiga Encarna, una «luna llena» se detuvo en la vertical del lugar en el que me encontraba, cerca de Djanet.

Pero las sorpresas no terminaron ahí...

Al regresar a España, y revelar las fotografías del viaje, encontré algo no menos singular. En una de las imágenes —tomada tras la aparición de las «letras»— aparecía una «esfera» (?) blanca, casi perfecta, en mitad del cielo azul. Una esfera que nadie vio...

Tenía aspecto de nube, pero no lo era.

Y el nombre de Ricky regresó a mi mente con fuerza...

¿Qué estaba pasando?

Extraña esfera (que nadie vio), fotografiada por J. J. Benítez en el desierto argelino.

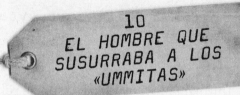

A quel miércoles, 7 de febrero de 2007, eché una mirada a la revista *Más allá*. Era la hora del almuerzo.

La hojeé, distraído.

Al llegar a la página 12, el corazón me dio un vuelco.

A dos columnas, de entrada, en la sección titulada «Planetario», publicaban una fotografía de Rafael Farriols y la noticia de su fallecimiento. Había tenido lugar el 27 de diciembre del año anterior, a los setenta y nueve años de edad.

Me puse en contacto con Carmela, la mujer, y confirmó la noticia.

Fue entonces cuando comprendí por qué me había sentido tan mal en aquellas fechas. La tristeza fue tal que Blanca sugirió que anulásemos el viaje a Gambia, programado para el 28 de diciembre (2006).

Afortunadamente me recuperé y viajamos a Gambia, enredándome en nuevas investigaciones.

Rafael Farriols fue uno de los grandes estudiosos del tema «Ummo».

Tuve la fortuna de conocerle.

Conversamos muchas veces, y siempre sobre el delicado asunto de los «ummitas». Él creía en ellos a pie juntillas. Había reunido más información que nadie y, sobre todo, recibió pruebas de su existencia.

Compartimos confidencias.

Me mostró sus archivos (miles de documentos sobre «Ummo») y me reveló secretos que no he dado a conocer (todavía).

Rafael Farriols.
(Foto: J. J. Benítez.)

Escribió varios libros sobre ovnis y sobre Dios. Uno de ellos, en particular, me impresionó: *Un caso perfecto*, en el que narra los sucesos ovni registrados en junio de 1967 en San José de Valderas (Madrid). A partir de ese libro me interesé por los «ummitas».

Rafael Farriols, además, era discreto, eficaz y generoso.

La última vez que charlamos fue en un hotel, en Barcelona.

Le puse al tanto de mis indagaciones, en especial sobre «Ummo», y le anuncié una sorpresa. Guardó silencio, expectante. Sonreí, malicioso, pero no revelé lo que había descubierto.

—Te lo haré llegar —le dije— en cuestión de meses...

No pudo ser. Farriols murió al poco.

La sorpresa era la siguiente: durante años estuve investigando sobre el referido y polémico fenómeno de los «ummitas».

Hallé mucha información, inédita, y la reuní en un libro.[1] En dicho trabajo incluí algunas de las experiencias de Farriols. Una de ellas —que da título al libro— me impresionó. Rafael, siguiendo el consejo de los «ummitas», subía por las noches a su estudio y les formulaba preguntas, en voz baja. En realidad susurraba. Siempre llegaban las respuestas, pero por correo postal. Farriols, en efecto, fue *El hombre que susurraba a los «ummitas»*.

El libro, en definitiva, era la sorpresa. Pero no llegó a leerlo (al menos en la Tierra).

La idea de que lo tuviera en sus manos me hacía feliz. Allí aparecen casos que él no conoció.

Pues bien, esa tarde, tras saber del fallecimiento de mi amigo, acudí a la pequeña huerta y, como cada día, dediqué una hora y media al trabajo con la azada.

Y en ésas estaba cuando llegó la idea: ¿por qué no hacer el pacto con Farriols?

Él tenía sentido del humor...

Dicho y hecho.

A las 18 horas regresé a mi despacho y escribí en el cuaderno de pactos y señales:

«Si estás vivo —no importa en qué MAT—, por favor, Rafa, dame una señal».

No especifiqué. Y tampoco establecí un plazo. Lo dejé a criterio de Farriols.

A las 20.30 horas, concluido el tiempo que destino al estudio, me reuní con Blanca en la cocina.

Y rogó que la acompañara a su ordenador.

—Tengo una sorpresa —anunció.

La seguí, dócil y alarmado. Las sorpresas de las mujeres casi siempre lo son...

Tecleó en la computadora y en pantalla apareció la portada de un libro.

—Acaba de llegar —aclaró—. Lo ha enviado la editorial.

No acerté a hablar. Palidecí. Blanca lo percibió y preguntó. Le conté el pacto que acababa de establecer con Farriols y sonrió, comentando:

1. *El hombre que susurraba a los «ummitas»* (Planeta, marzo de 2007).

—Pues sí que ha sido rápido...

La portada en cuestión era la de mi nuevo libro, a publicar un mes más tarde. Planeta la enviaba para su aprobación. El libro era *El hombre que susurraba a los «ummitas»*. La sorpresa, en fin, me la dio él a mí...

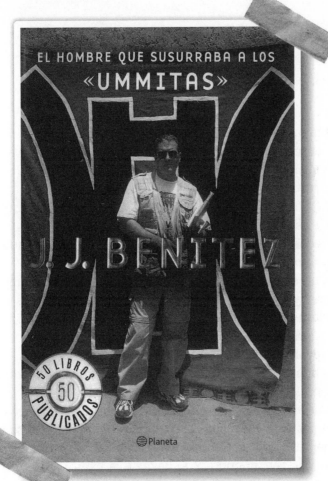

Portada del libro número cincuenta de J. J. Benítez. Fue la respuesta a su petición. El número «50», en Kábala, equivale a «para ti».

11
LOS «SEÑORES DE LOS CÍRCULOS»

S iempre me impresionan los llamados «círculos de las cosechas». Empecé a interesarme en ellos al arrancar en la aventura ovni; de eso hace cuarenta años...

Y durante ese tiempo los he investigado en silencio.

Puede que algún día me decida a publicar lo mucho que he hallado. Puede...

No necesité demasiado tiempo para comprender que los «círculos» no son obra humana. Al menos la mayoría.

Para mí está claro: una inteligencia superior (no humana) los diseña y los materializa en cuestión de segundos (casi siempre durante la noche).

¿Se trata de mensajes a la humanidad?

Muy probablemente.

Pues bien, aquel 20 de noviembre de 2006 me encontraba en Venezuela.

Recuerdo que alternaba la investigación con la lectura. Uno de los libros que manejaba se titula *El enigma de un arte anónimo*, de Andy Thomas. Es un excelente trabajo sobre los «círculos». Lo recomiendo. Y al llegar a la página 194, una de las imágenes aéreas me llamó la atención. Fue descubierta en agosto de 1991 en la campiña inglesa de Barnes, al oeste de Milk Hill. Se trataba de una larga hilera de símbolos, compuesta por dieciocho signos.

Analicé cuidadosamente la figura y casi estuve seguro: ¡era beréber! ¡Eran los mismos signos que pueden contemplarse en los desiertos del norte de África!

Wiltshire (Inglaterra). Agosto de 1991.
Imagen que recuerda el lenguaje beréber.
(Foto: Andrew King.)

Y las preguntas y las dudas llegaron de la mano: ¿qué relación hay entre la inteligencia creadora de los «círculos de las cosechas» y el anciano idioma de Tassili? ¿Me hallaba ante las mismas criaturas? ¿Eran los gigantes que descendieron en el Sahara hace diez mil o quince mil años los que daban forma a los «círculos»?

Lo he dicho: los creadores de las figuras, en los campos de cereales, son una inteligencia superior (no humana). Y voy más allá: esa inteligencia tripula naves. Los ovnis han sido vistos —a decenas— antes, durante y después de la aparición de las figuras.

Y una idea empezó a aletear a mi alrededor...

«Si los responsables de los "círculos" y los que guiaron a Abraham son los mismos..., solicita una prueba.»

Al principio me pareció absurdo.

¿Quién era yo, pobre mortal, para hacer un pacto así?

Pero terminé aceptando. Me encantan los desafíos y los imposibles...

Y escribí:

«Si los "círculos de las cosechas" son obra de una inteligencia no humana, y si dicha inteligencia superior tiene relación

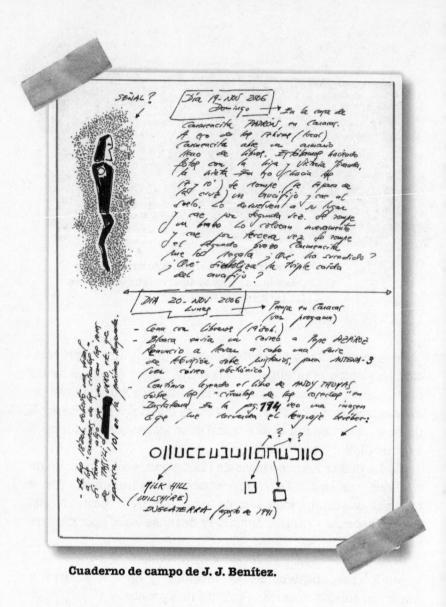

Cuaderno de campo de J. J. Benítez.

con las criaturas que fueron pintadas en Tassili y que guiaron a Abraham desde Ur de Caldea, entonces recibiré una señal».

Me detuve.

Inspeccioné de nuevo la imagen con los dieciocho signos bereberes. Allí observé «palos» y «ceros». Y me pregunté:

«¿Qué señal solicito?».

Y llegó otra idea:

«Que aparezca "IOI" ("palo-cero-palo") (101) en cualquier lugar del mundo».[1]

A las 18.20 horas concreté el pacto:

«Si sois lo que creo que sois, en la próxima temporada estival (2007), en algún lugar del mundo, aparecerá un "círculo de las cosechas" en forma de "IOI" (101)».

Los «círculos», como es sabido, se presentan fundamentalmente al final de la primavera y, sobre todo, en el verano, cuando las mieses están crecidas.

Sonreí para mis adentros.

¡Qué ridiculez!

Imagen «solicitada» por J. J. Benítez en noviembre de 2006. Se formó en Inglaterra en agosto de 2007. (Foto: Lucy Pringle.)

1. Más adelante explicaré mi apasionado romance con el «IOI». La expresión «palo-cero-palo» (IOI) nació a raíz del incidente ovni en Los Villares, en Jaén (España), y del hallazgo del anillo de plata que siempre me acompaña. Dicho anillo presenta nueve «palos» y nueve «ceros» (IOIOIOIOIOIOIOIOIO). En mi opinión, el símbolo clave es «IO», aunque utilizo «IOI», por su mayor garra visual. (Amplia información en páginas próximas y en Ricky-B.)

¿Es que esta inteligencia (o lo que fuere) es capaz de leer los pensamientos de siete mil millones de seres humanos?

Pero hecho estaba...

Cerré el cuaderno y olvidé el singular pacto.

Nueve meses después recibí una grata sorpresa.

El 12 de agosto de 2007, en un paraje conocido como Alton Barnes, en Wiltshire, al suroeste de Londres, muy cerca del lugar en el que fue descubierta la larga expresión en beréber, fue detectada una impecable figura, con la forma que yo había solicitado: ¡«IO» o «O»! (según se mire).

Quedé tan desconcertado que guardé silencio. Nadie lo supo, hasta hoy...

Imagen aparecida el 12 de agosto de 2007 en Wiltshire (Inglaterra). (Foto: Steve Alexander.)

Dos años después volvió a suceder...

Aquel jueves, 12 de junio de 2008, me encontraba en Madrid.

Investigaba varios casos ovni. Uno de ellos me pareció especialmente interesante. El testigo aseguraba haber tenido encuentros con una «ummita». La llamaba «Rayo de la Aurora».

Hablamos por teléfono y cruzamos algunas cartas.

Y, conforme avancé en la investigación, el caso se torció. Había detalles que no cuadraban. Y empecé a sospechar. ¿Podía tratarse de un loco o de una trampa?

Decidí verle la cara al supuesto testigo. Las miradas y los gestos no engañan...

La reunión sería a las 17 horas.

Y a las 16, cuando me disponía a salir del hotel, rumbo al lugar en el que habíamos quedado, llegó una idea.

Me pareció absurda.

Cuando investigo el fenómeno ovni no echo mano de asuntos así...

Pero la idea siguió martilleando: «Solicita una prueba».

Quise espantarla. No pude.

Y antes de salir de la habitación escribí:

«Solicito una señal a los creadores de los "círculos de las cosechas"».

Absurdo, me dije. Pero continué:

«Si el caso de la "ummita" es cierto, en algún lugar del mundo (no importa dónde), antes de que finalice el verano, deberá aparecer el símbolo de "Ummo" (⌘)».

Miré el reloj y apunté la hora: 16.20.

Y acudí a la entrevista.

Al finalizar, las dudas aumentaron.

Y olvidé la petición a los «señores de los círculos».

Un mes después, el 15 de julio, al chequear las nuevas imágenes de los «círculos de las cosechas» quedé perplejo.

¡No era posible!

Repasé las fotografías.

Allí estaba...

El mismo día de la solicitud —12 de junio— apareció un enorme símbolo «ummita» en los campos italianos. Ubicación: 44° 07' 18" N y 12° 11' 21" E.

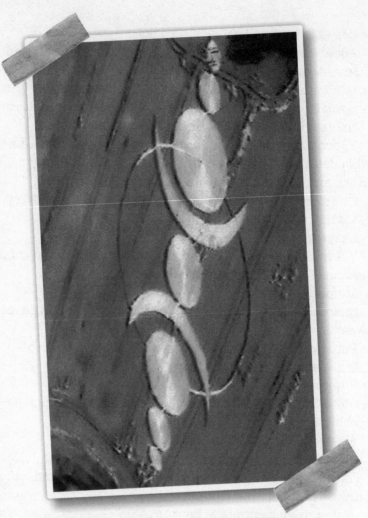

Símbolo «ummita» aparecido en Lizzano (Italia) el 12 de junio de 2008. (Foto: Bruno Tommasini.)

Indagué y supe que la figura fue descubierta en la mañana del citado 12 de junio. Curioso: yo formulé la petición a las cuatro y veinte de la tarde. ¿Cómo era posible que el símbolo fuera creado con horas de antelación? En el momento de la «solicitud», obviamente, yo no sabía nada de esa figura.

Pero el asunto no quedó ahí.

Por si tenía alguna duda, el 27 de junio (2008) fue descubierta otra figura, también con el símbolo «ummita». En esta

94

**Baden (Wuerttemberg), en Alemania.
Reportado el 27 de junio de 2008. (Foto: Rolf Holderfied.)**

ocasión, el hallazgo se produjo en los campos de cereal de Alemania.[1]

1. Con el paso del tiempo descubriría que no he sido el único en recibir «señales» de este tipo. Mencionaré tres ejemplos: la noche del 21 de julio de 1992, el doctor Steven Greer, fundador y director del Centro para el Estudio de la Inteligencia Extraterrestre (CSETI, por sus siglas en inglés), acampó con su grupo cerca de Woodborough Hill, en Wiltshire. Una noche se encontraron dentro de un círculo de las cosechas (ya formado) con Gary Keel, Paul Anderson, Colin Andrews y la clarividente María Ward, entre otros, para llevar a cabo un experimento: proyectarían hacia los «señores de los círculos» un determinado diseño (tres círculos formando un triángulo equilátero, unidos con sendas líneas rectas). A la mañana siguiente se informó de la existencia de una nueva formación en Olive's Castle. Era idéntica a la proyectada.

El segundo caso lo vivió mi amigo Colin Andrews. Un día se tumbó en la cama y pidió que apareciera un círculo tan cerca de su casa como fuera posible. Se quedó dormido y soñó con una cruz celta. Al despertar, el granjero Geoff Smith le comunicó que había descubierto una cruz celta en un campo de cereal muy cercano a la casa de Colin.

El tercer caso fue protagonizado por el piloto Busty, su hijo Nigel y el investigador Pat Delgado. Así lo cuenta Pat: «El 23 de agosto de 1986

95

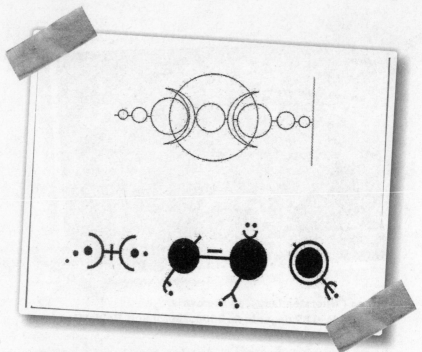

Diagramas de Andreas Müller. En el dibujo superior, representación de la figura aparecida en Italia. En el inferior, réplica de los «círculos» detectados en Alemania el 27 de junio. El símbolo de «Ummo» es nítido.

Me faltó tiempo, claro está, para acudir ante mi notario favorito —José María Florit—, en Sevilla (España), y rogarle que levantara acta de una tercera petición a los «señores de los círculos». Florit, eficaz y generoso, lo hizo sin parpadear. El documento dice así:

realizábamos uno de nuestros vuelos regulares de reconocimiento. Era una hermosa mañana, con buena visibilidad. Cuando nos aproximábamos a Cheesefoot Head observamos dos formaciones en los campos. Ya las habíamos investigado. Tomamos nuevas fotos y, cuando nos alejábamos, Busty comentó: "Sólo nos falta encontrar todas las formaciones que hemos visto hasta hoy, reunidas en una, como la cruz céltica". Al día siguiente, Busty descubrió lo que había "solicitado", y en el mismo lugar donde se registró la petición». (Amplia información en *Diseños misteriosos*, de Freddy Silva, y en *Testimonios circulares*, de Pat Delgado y Colin Andrews.)

«Por la presente solicito a los responsables de los círculos de las cosechas que, antes de que concluya la temporada 2008, aparezca el siguiente símbolo (no importa en qué país):

IOIOIOIOIOIOIOIOIO

(Nueve "palos" y nueve "ceros".)
En Ab-bā, a 16 de julio de 2008».

De momento, que yo sepa, no se ha cumplido...[1]

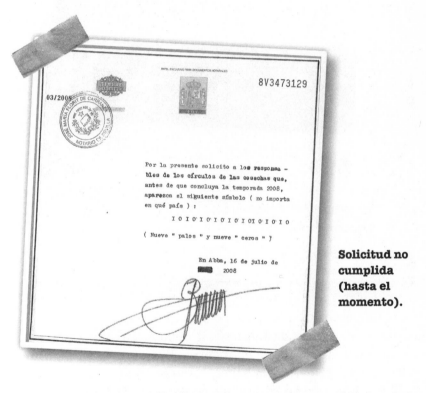

Solicitud no cumplida (hasta el momento).

1. El protocolo que me entregó Florit es el número 1208, con fecha 18 de julio de 2008. Pues bien, «1208», en Kábala, equivale a «señales celestiales» (!). Si sumamos los dígitos de la fecha del protocolo (18 más 7 más 2008), hasta reducirlos a un solo número, obtendremos un «8». Pues bien, en Kábala, el «8» tiene el mismo valor que las palabras «sorprender, admirar y quedar estupefacto». Así quedé yo: estupefacto.

Y me pregunto: ¿cómo es posible contemplar semejante cúmulo de factores? Lo dicho: estamos ante una inteligencia no humana...

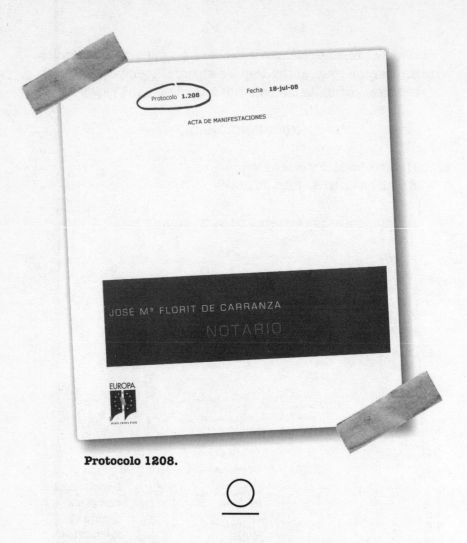

Protocolo 1.208

Fecha 18-jul-08

ACTA DE MANIFESTACIONES

JOSÉ Mª FLORIT DE CARRANZA

NOTARIO

EUROPA

Protocolo 1208.

O

El universo de las señales no conoce límites.

Lo vivido por Agustín Amaya lo demuestra, una vez más.

Supe del caso por Miguel Ángel del Puerto, un viejo y entrañable amigo. Él levantó la liebre, como se dice en periodismo...

Y el 14 de julio de 2008 pude conversar con Amaya.

En síntesis, la experiencia fue la siguiente:

—Sucedió en la primavera de 1979 —relató Amaya—. Yo tenía veinte años. Ese día me encontraba en la casa de mi abuela, en un cortijo próximo a río Grande, en Tólox (Málaga). Recuerdo que estaba aburrido. Tomé papel y lápiz y me puse a garabatear. E hice una serie de dibujos. Fue algo inconsciente...

Le interrumpí.

—¿Qué quieres decir?

—Dibujé sin ninguna intención. La mano iba sola. A eso me refiero cuando digo de forma inconsciente. Y surgió un triángulo. Después, sobre los lados, dibujé sendos cuadrados. Al final rematé el dibujo. Y salió lo que salió. Estaba asombrado.

—¿Por qué?

Amaya se echó a reír.

—Soy muy mal dibujante. «Aquello», sin embargo, era perfecto. Nunca supe cómo lo logré. Y lo guardé como un tesoro. No me preguntes por qué, pero así fue. El dibujo me tenía intrigadísimo. Lo llevé a un platero del pasaje de Chini-

Agustín Amaya junto a la figura que dibujó en 1979.
En la esquina del cuadro, el llavero de plata y el colgante de oro
que diseñó con dicha figura. (Foto: Miguel Ángel del Puerto.)

tas, en Málaga, y fabricó un llavero. Después hice un colgante y lo llevé colgado del cuello.

—¿Conoces el significado del dibujo?

—He preguntado a personas que dicen tener capacidad paranormal, pero las respuestas no me han convencido.

Y pasaron los años...

—Un buen día, en 1996 —prosiguió Agustín—, al hojear una revista me llevé el susto de mi vida. Era *Enigmas*. En uno de los reportajes se hablaba de los «círculos de las cosechas». Pasé las hojas, sin más, pero, de pronto, como digo, me asusté. Una de las imágenes me resultó familiar; muy familiar... ¡Era el dibujo que había hecho dieciséis o diecisiete años antes!

Amaya se refería a una figura aparecida el 23 de julio de 1995 en Inglaterra. Concretamente en Winterbourne (Wiltshire). Años antes, un médium norteamericano llamado Anka dijo haber recibido dicho dibujo mediante «canalización».

Figura aparecida en 1995, en Inglaterra, idéntica a la dibujada por Amaya. (Foto: Steve Alexander.)

Examiné lo trazado por Amaya en 1979, y las fotografías tomadas sobre Wiltshire, en 1995, y llegué a la única conclusión posible: eran idénticos (!).

¿Qué sucedió?

La respuesta es simple: la inteligencia superior a la que me he referido había vuelto a actuar.

Fue Miguel Ángel del Puerto quien me puso tras la pista de otro fenómeno relacionado también con los «señores de los círculos».

Indagué y quedé no menos perplejo.

El 22 de julio de 1991 aparecieron en Grasdorf (Alemania) unos magníficos «círculos». Fueron fotografiados y difundidos y, al poco, un buscador de tesoros llegó al lugar. Paseó el «buscametales» por el interior de los «círculos» y encontró tres placas de oro, plata y bronce (casi puros). Se hallaban a medio metro de profundidad. Lo más asombroso es que las referidas placas lucían unos extraños grabados, idénticos a las figuras localizadas en el cereal.

Es evidente que «alguien» trata de comunicarnos algo...

«Círculos de las cosechas» en Alemania
(22 de julio de 1991). (Foto: M. Hesemann.)

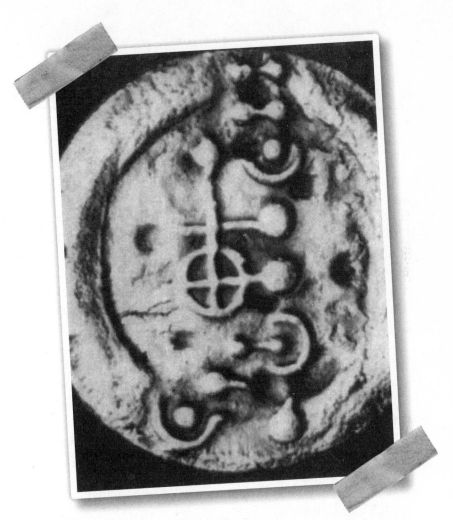

Grabado en una de las placas metálicas halladas bajo tierra, en el lugar en el que fueron localizados los «círculos» de Grasdorf (Alemania). Nadie, hasta el momento, ha descifrado los símbolos. (Foto: M. Hesemann.)

E l 26 de enero de 2013 nos reunimos a almorzar con Moisés Garrido y Lourdes Gómez.

Moisés, a pesar de su juventud, es un veterano investigador. Lo conocí hace treinta años.

Ha luchado, y lucha, por esclarecer el complejo fenómeno ovni.

He leído sus libros, y muchos de sus reportajes, y sé que trabaja con tanta paciencia como minuciosidad.

Por eso me fié —desde el primer momento— de lo que nos contó aquel sábado, en Zahara de los Atunes.

Lourdes Gómez es una joven y activa periodista que investiga también el universo de los misterios. Llegó avalada por Moisés. Fue suficiente.

Y contaron una singular experiencia, vivida en una playa de Huelva (España).

Se trataba de otra señal...

Tras oírles rogué que lo escribieran. Y así lo hicieron.

He aquí una síntesis:

A veces ocurren hechos anómalos —escribió Moisés—, curiosos «guiños» que desafían las leyes de la causalidad, «señales» que parecen estar dirigidas intencionadamente por supuestas «fuerzas invisibles»... Una de estas extrañas «sincronicidades» me sucedió la noche del 8 de octubre de 2011.

Después de asistir a la presentación del libro *De Tartessos a Marte*, escrito por mi buen amigo y paisano Ignacio Garzón, un grupo de colegas del misterio, que habíamos asistido al evento, nos desplazamos a El Cruce, una playa a escasos kilómetros de Punta Umbría (Huelva).

Teníamos la intención de llevar a cabo una «alerta-ovni», como en otras ocasiones.

Raúl M. Ortega (izquierda), Lourdes y Moisés, en la noche del 8 de octubre de 2011. La suma de los dígitos de las fechas de nacimiento de los tres testigos es igual a 171. Pues bien, en Kábala, «171» tiene el mismo valor que las palabras «señal» y «rastro». (Gentileza de Moisés Garrido.)

En un principio pensamos en ir a Mazagón, pero sugerí que fuéramos a El Cruce. En dicha playa, el 25 de julio de 1982, el rejoneador Rafael Peralta tuvo un importante encuentro ovni.[1]

1. Respecto al encuentro ovni de Rafael Peralta, en *La quinta columna* se narra lo siguiente: «Aquella noche de domingo, 25 de julio (1982) —comenzó el rejoneador—, después de torear en La Línea y dejar a mi cuadrilla en Sevilla, tome el Mercedes y me dirigí a Punta Umbría, donde veraneaba mi familia».

**Encuentro de Rafael Peralta con un ovni en 1982.
Cuaderno de campo de J. J. Benítez.**

Mamen, su esposa, que asistió a nuestra primera y sosegada conversación en «Rancho Rocío», la finca de Peralta en Puebla del Río, ratificó las palabras del torero.

... Iba solo y, poco más o menos hacia las cuatro de la madrugada, cuando me aproximaba al cruce de El Rompido, a corta distancia de la carretera de la izquierda —la que lleva a Punta Umbría—, divisé unas luces rojas y amarillas intermitentes. No se hallaban exactamente sobre la calzada sino en el interior, en dirección al mar y sobre la arena. Pensé en un accidente. «Algún coche o camión —me dije— ha volcado...» Así que fui parando, hasta detenerme a veinte metros del lugar donde brillaban las luces. Me bajé del automóvil y, pensando que quizá necesitaban

Tengo por costumbre, cada vez que voy al campo o a la playa para realizar una alerta ovni, alejarme durante unos minutos del resto de participantes. Me encanta meditar mientras observo el cielo estrellado.

---

ayuda, me encaminé resuelto hacia el sitio. Fue entonces cuando empecé a percatarme de que «aquello» no tenía pinta de accidente. Allí, en el suelo, se hallaba un objeto que yo no había visto en mi vida. Brillaba como la plata. ¿Has visto una bandeja iluminada por el sol? Algo parecido. Era casi cuadrado, con los cantos «matados» o achaflanados. Calculo que podía tener alrededor de cinco o seis metros de largo por otros tres o cuatro de alto. Entonces, confuso y con una extraña sensación en el estómago, consciente de que aquel artefacto no era normal, me detuve. Creo que pude llegar a diez metros, aproximadamente. En esos instantes reparé en el individuo que se hallaba a la derecha del objeto. Era alto. Su cabeza podía estar a un metro por debajo del «techo» del aparato. Esta referencia le daba una talla de 2,60 o 2,70 metros. Los cálculos, como comprenderás, son estimativos. Total, que me quedé mirando, absolutamente perplejo. El «tío» aquel se hallaba de cara. Supongo que ya se encontraba en el lugar cuando acerté a aproximarme. No tenía brazos o, al menos, yo no supe o no pude distinguirlos. La cabeza aparecía cubierta con una especie de malla metálica. Era cuadrada y, como te digo, no le vi cabello ni facciones. En cuanto a la piernas, no partían de las ingles, como hubiera sido lo natural, sino de más abajo. Durante varios segundos me quedé mudo, observándole, sin poder dar crédito a lo que tenía delante. Y en eso soltó un extraño sonido, muy difícil de reproducir. Parecía una «frase» gutural, seca y entrecortada. Algo así como «ba-ra-ra-rá...». Con cierto tono metálico, pero no demasiado. Y muy rápido. Por supuesto no me sonó a ningún idioma conocido. Entonces reaccioné y le pregunté: «¿Qué dices?». Pero no hubo respuesta. Al punto se dirigió al objeto y desapareció, supongo que en el interior. No me preguntes por dónde entró. No sé si lo hizo por un costado o por detrás. La cuestión es que, en un abrir y cerrar de ojos, el objeto se alzó del suelo y se alejó en silencio, rumbo al mar. Y yo, muerto de miedo —lo confieso sinceramente—, regresé al coche y allí permanecí un rato. Y te digo esto porque la impresión fue tal que necesité del orden de seis u ocho minutos para recordar dónde había metido las llaves del Mercedes. Por fin descubrí que las llevaba en el bolsillo. Arranqué y salí como un tiro. Al llegar a casa se lo conté a mi mujer. El reloj de cuarzo, de pulsera, curiosamente, se había detenido a las cuatro y pico de la madrugada. Al cabo de dos o tres horas echó de nuevo a andar con toda normalidad. El del coche, sin embargo, no sufrió alteración alguna. Y tampoco las luces o el motor... (Amplia información en *La quinta columna*.)

Me alejé unos cincuenta metros del grupo, hacia la orilla del mar.

La luna iluminaba el entorno.

Y llevé a cabo una llamada mental a las inteligencias que pudieran estar viéndonos.

Fue una petición...

Me concentré y formulé lo siguiente: «Si estáis ahí, dadme una señal...».

Pasaron los segundos, pero no ocurrió nada. Ninguna nave alienígena hizo acto de presencia (tampoco la esperaba, la verdad).

Pero, cuando retrocedí sobre mis pasos, con el fin de volver al grupo, se acercó Raúl M. Ortega, psicoterapeuta junguiano. Y preguntó qué hacía.

Confesé sin rubor lo que había solicitado a los de arriba y sonrió, comprendiendo que merecíamos alguna «señal». Eran muchos años detrás de los no identificados.

En ese momento, ambos nos percatamos de la existencia de una frase, escrita en la arena húmeda con enormes letras mayúsculas, muy bien alineadas.

Nos quedamos perplejos.

La frase decía, en castellano: «ESTUVIMOS AQUÍ».

No dábamos crédito a lo que estábamos viendo.

¡Era una casualidad imposible!

En ese momento se acercó la periodista Lourdes Gómez.

Contamos lo ocurrido y quedó asombrada.

La frase aparecía a escasos metros del lugar donde Rafael Peralta vio un ovni y una especie de robot.

Pero lo más extraño estaba por suceder...

Le pedí a Lourdes que hiciera una fotografía con su teléfono móvil, ya que yo no tenía la cámara a mano.

Al sacar el móvil del bolsillo, para hacer la referida foto, una ola, con más fuerza que las anteriores, avanzó por delante de la orilla y borró lo escrito en la arena.

Era como si la «señal» fuera, únicamente, para nosotros.

Si la frase hubiera sido escrita a cien metros a la derecha, o a la izquierda, no la habríamos visto. Estaba en el lugar correcto, en el día correcto, y a la hora correcta.

**Reconstrucción de la frase
«ESTUVIMOS AQUÍ».
(Gentileza de Moisés Garrido.)**

Fue una respuesta, clara y contundente, a mi petición.
Así lo sentimos los tres amigos...

El relato de Lourdes fue, básicamente, idéntico.

Al día siguiente de nuestra conversación —a petición mía—, Lourdes y Moisés regresaron a la playa en cuestión, dibujaron las dos palabras —ESTUVIMOS AQUÍ—, las fotografiaron, e hicieron comprobaciones.

He aquí los resultados:

Moisés Garrido midiendo una de las letras.
(Foto: Lourdes Gómez.)

• Las letras del 8 de octubre de 2011 medían del orden de 1,10 metros de altura por 50 centímetros de ancho (cada una).

• Aparecían bien marcadas en la arena mojada, con una profundidad aproximada de tres o cuatro centímetros.

• El trazo era impecable, sin señal alguna de error, duda, o rectificación. (Como sabes —decía Moisés—, no es fácil mantener la línea recta cuando uno dibuja sobre la arena. Muy frecuentemente te vas a los lados.)

• Eran letras estándar. No vimos ninguna que se saliera de lo común. La *Q* era tal y como la dibujamos. Recordamos que la «i» (de «aquí») estaba acentuada. Las letras repetidas eran gemelas. La primera «i» presentaba un punto.

• No recordamos ver pisadas junto a las palabras...

Este detalle me pareció especialmente significativo. Si alguien hubiera escrito desde la arena, las huellas habrían apa-

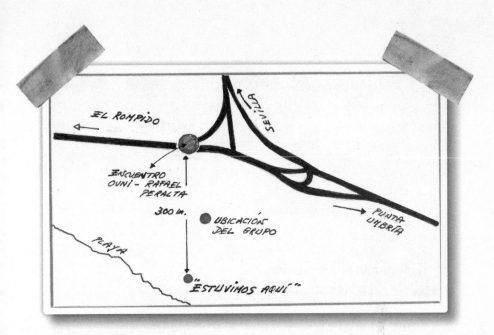

Mapa del lugar de los hechos, según estimación de Moisés Garrido y Lourdes Gómez.

recido muy cerca, necesariamente. Conclusión: la frase fue ejecutada desde lo alto.

• La distancia entre el punto en el que vimos la frase y el lugar del encuentro ovni de Rafael Peralta es de trescientos metros, exactamente.

Y la imagen de los «señores de los círculos» regresó a mi mente...[1]

1. Como un juego, por puro divertimento, sometí la frase «ESTUVI-MOS AQUÍ» al estudio kabalístico. «Estuvimos» consta de nueve letras y «aquí» suma cuatro. Pues bien, «94» equivale a «playa». Si sumamos 9 y 4 el resultado es 13. En Kábala, «13» tiene el mismo valor que «regalo», «don», «afecto» y «proyectar». Lo dicho: una inteligencia no humana nos vigila...

13
ROSWELL

 quello era dinamita...
Lo leí entusiasmado.

Junto a la nave siniestrada hallaron cuatro pequeñas criaturas...

Uno de los soldados, nervioso, disparó contra uno de los seres cuando trataba de huir. Lo mató en el acto...

Corría el mes de mayo de 2012.

Yo andaba enredado en la lectura de unos documentos confidenciales sobre la nave extraterrestre, supuestamente estrellada en Roswell.[1]

Me los había proporcionado un general de la USAF, ya fallecido.

La lectura, como digo, me impresionó vivamente.

Y fue en esos primeros días de mayo (2012) cuando, al concluir la lectura de los papeles, me vi asaltado por un tropel de ideas, a cual más loca; mejor dicho, a cual más supuestamente loca.

---

1. En los primeros días del mes de julio de 1947, un objeto no identificado se estrelló en las cercanías de la pequeña población de Roswell, en Nuevo México (USA). Fueron muchos los testigos que vieron la nave siniestrada y a las criaturas que permanecían en los alrededores. El ovni y sus ocupantes fueron recuperados por los militares. Días después, la Fuerza Aérea Norteamericana templaba los ánimos de la opinión pública, afirmando que la nave estrellada era, en realidad, un globo. Mintieron, una vez más...

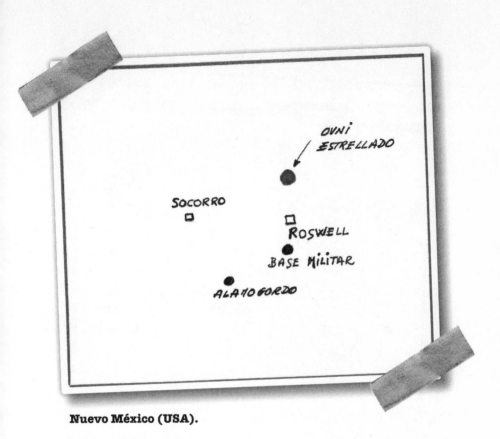

Nuevo México (USA).

Una voz, en mi interior, repetía:

La nave de Roswell no se estrelló accidentalmente...

La nave de Roswell fue accidentada...

La nave de Roswell fue derribada por los propios extraterrestres, pero no por los seres que la pilotaban...

Los tripulantes de esa nave eran robots orgánicos; mitad máquinas, mitad seres vivos...

El derribo fue minuciosamente programado, incluida la tormenta eléctrica que se registró en la zona...

La humanidad necesitaba un cambio tecnológico y «ellos» se lo dieron...

Y las locas ideas me atosigaron durante días.

Las rechacé, pero regresaban.

La nave de Roswell (1947) fue estrellada por los propios extraterrestres. Cuaderno de campo de J. J. Benítez.

Finalmente decidí seguir el juego. E hice un pacto con «ellos».

«¡Qué absurdo!», me dije, pero seguí adelante.

«Si la nave de Roswell no se estrelló accidentalmente —planteé—, por favor, dadme una señal.»

¿Y qué señal solicitaba?

Todo aquello era ridículo...

Tenía que ser una señal compleja; cuanto más compleja, mejor.

Y llegó la solución.

Virgilio Sánchez-Ocejo, en Miami. (Foto: Blanca.)

En ese tiempo yo esperaba respuesta a dos cartas enviadas a mis buenos amigos Virgilio Sánchez-Ocejo y Manu Larrazabal, mi maestro de Kábala.

Y escribí en el cuaderno de pactos y señales:

«8-5-2012: las fechas que encabecen dichas cartas deberán contener la señal. Me explico. Los dígitos de tales fechas, convertidos a letras por el método de Cagliostro, ofrecerán una palabra coherente y de gran importancia para mí».

Fin del protocolo.

Lo repasé de nuevo y quedé alucinado.

«Eso es poco menos que imposible...»

Pero dejé de lado a la razón y seguí el consejo de la bella intuición (¿de qué me suena la frase?).

«¡Ánimo!... ¡Confía!»

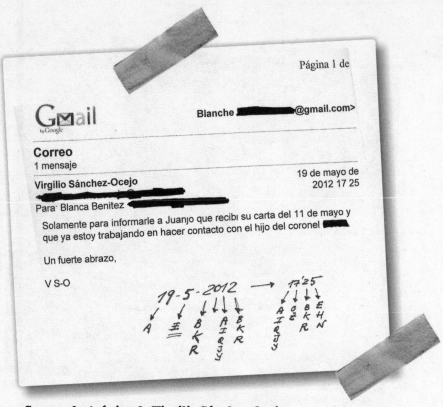

Gmail by Google

Blanche ████████@gmail.com>

Correo
1 mensaje

Virgilio Sánchez-Ocejo
████████@██████

19 de mayo de
2012 17 25

Para: Blanca Benítez ████████

Solamente para informarle a Juanjo que recibí su carta del 11 de mayo y que ya estoy trabajando en hacer contacto con el hijo del coronel ████

Un fuerte abrazo,

V S-O

**Correo electrónico de Virgilio Sánchez-Ocejo.
Al pie, apuntes de J. J. Benítez.**

Y confié, sí, y esperé.

Once días después del pacto llegó un correo electrónico de Virgilio. Era la respuesta a mi carta.

Me lancé sobre la fecha (19 de mayo de 2012) y sometí los números al referido código de Cagliostro.[1]

1. El método de Cagliostro asigna los siguientes valores numéricos a las letras del alfabeto:

1	2	3	4	5	6	7	8
A	B	C	D	E	U	O	F
I	K	G	M	H	V	Z	P
Q	R	L	T	N	W		
J		S		X			
Y							

¡Imposible!

El resultado me dejó atónito.

Repasé las combinaciones de letras. Todo parecía correcto.

«¡Imposible! —repetí—. Debo de estar soñando...»

No lo estaba. Entre las diecinueve letras resultantes se presentó una única palabra coherente. ¡Y qué palabra!

Por supuesto que era, y es, de gran importancia para mí.

De hecho, mi casa lleva ese nombre: ¡Aba!

¡Aba! Es decir, Padre, referido a Dios. ¡El Padre Azul!

¿Cómo podía ser?

Me serené y repasé lo escrito en el cuaderno de pactos y señales. No convenía precipitarse. Estaba claro: la señal debía aparecer en las fechas de las dos respuestas. Había llegado una. Faltaba la segunda.

Y me dije: «Imposible. La fecha de la carta del doctor Larrazabal puede ser cualquiera...».

La esperada misiva de Manu llegó el 6 de junio de 2012. Aparecía fechada el 18-5-2012. Curiosamente, un día antes del correo de Virgilio (misterios del servicio de Correos).

Y practiqué la misma operación, mediante el referido código de Cagliostro.

Convertí la fecha «18-5-2012» en letras.

El resultado me dejó sin habla.

Repetí y repetí las operaciones...

Siempre surgía la misma palabra.

¡Dios de los cielos!

Entre las veintiuna letras —clara y espléndida— amaneció de nuevo la palabra «Aba».

Era imposible, pero cierto...[1]

Me negué a averiguar la probabilidad matemática de que algo así pueda producirse, y por partida doble.

El mágico mundo de las señales...

La nave de Roswell, por supuesto, fue estrellada.

Por cierto, en esas mismas fechas recibí una carta en la que me advertían: «Hay gente leyendo sus "comunicaciones"».

---

1. Otra curiosidad. La palabra «abab», leída al revés, «baba», significa también «padre», en árabe.

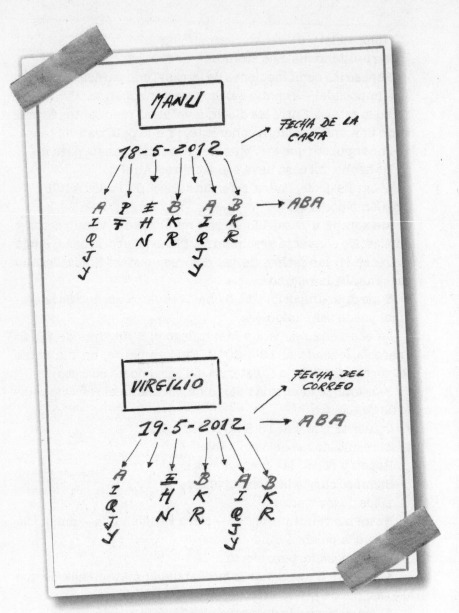

Conversión de los dígitos de las fechas a letras, por el
procedimiento de Cagliostro. En ambas fechas se
presenta la palabra «Aba», el Padre Azul. Cuaderno de
campo de J. J. Benítez.

14
«DAME UNA SEÑAL»

maía Bikuña fue receptora también de una sorprendente señal.

Ella, una mujer joven, se hallaba muy unida a su tío y padrino, al que llamaré M. A.

Amaía Bikuña. (Gentileza de la familia.)

Imagen obtenida por Amaía a los pocos minutos de haber formulado la petición.

Las primeras noticias sobre lo ocurrido en 2005 las recibí por correo electrónico. Y, como tengo por costumbre, sometí el asunto a la técnica de la «nevera».[1] Dejé pasar el tiempo y, tres años después, me reuní con Amaía y su marido en una importante capital del País Vasco. Era el 7 de noviembre de 2012.

Amaía relató lo sucedido y lo hizo exactamente igual que en los correos electrónicos.

No tuve duda. Decía la verdad.

He aquí, sintetizada, la singular experiencia:

—Mi tío y padrino —explicó Amaía— tuvo una existencia muy difícil. Tras el divorcio, la familia lo repudió y se quedó en la calle, sin nada... Murió el 5 de junio de 2005. A mí se me partió el corazón. Cinco días después —el 10 de junio—, hacia las 23 horas, me encontraba en casa. Vivimos en un tercer y último piso, en un bloque de viviendas. La ventana del dormitorio está orientada al sur... Me hallaba muy triste, como

---

1. Amplia información en *Estoy bien*.

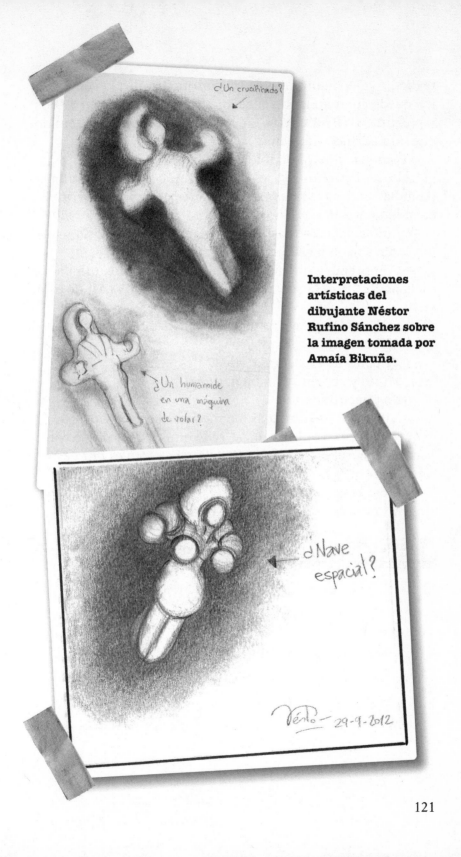

Interpretaciones artísticas del dibujante Néstor Rufino Sánchez sobre la imagen tomada por Amaía Bikuña.

121

te digo... ¿Qué había sido de mi padrino?... Abrí la ventana y me quedé contemplando el cielo... Entonces me dirigí a Dios y pregunté: «¿Está vivo?»... Y supliqué: «Dame una señal de que mi padrino está bien».

»Tomé la cámara de fotos, una Ixus 30 (digital), enfoqué al cielo, y disparé tres veces. Cada vez que lo hacía miraba la pantalla, pero no vi nada... Fue al disparar por tercera vez cuando apareció «aquello»...

Y Amaía volvió a mostrar la imagen que ya conocía y que fue analizada exhaustivamente en su momento.

—Comprendí —prosiguió la muchacha—. Dios me había escuchado... ¡Era la señal!... Me arrodillé y lloré... Mi tío está vivo.

—¿Cuál fue la pregunta que formulaste a Dios?

—¿Cómo está él? ¿Está vivo?

—¿Y cómo interpretas la señal?

—Mi tío y padrino está bien, y vivo.

—No tienes duda...

—Ninguna. Y te diré más: no me interesa averiguar qué es lo que aparece en la imagen. Yo sé lo que es. Sólo deseo compartirla con la gente que ve más allá... Esa foto es pura esperanza.

Y Amaía recalcó:

—Mi tío y padrino vive. No sé dónde, pero vive...

Comparto la firme opinión de Amaía. Después de la muerte hay vida; mucha más vida que ahora.

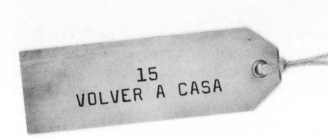

15
VOLVER A CASA

Siento una gran ternura hacia este hombre.

Se llama Ventura.

Ha perdido a dos de sus hijos.

Su dolor fue tan intenso que pensó, incluso, en quitarse la vida. Pero un día recibió una señal y comprendió...

He conversado muchas veces con él.

Esto fue lo que me contó:

Ventura.

Mi hijo Enrique falleció el 15 de agosto de 1994... Pues bien, a los veinte días de su muerte me encontraba tan mal, tan deprimido, que decidí suicidarme... La vida no tenía sentido para mí... Tomé el coche y me dirigí a Garabandal, en Cantabria [España]... Al llegar al puerto de Piedras Luengas decidí que era el lugar... Subiría hasta la cima y me despeñaría con el automóvil... Tenía lleno el tanque de gasolina... Era cuestión de tomar velocidad y arrojarse al vacío... Pero, al llegar a lo alto, algo me detuvo... El cielo estaba azul, limpio y sin nubes... Entonces apareció un objeto lenticular, muy blanco... Quedé perplejo... Y pensé en mi hijo Enrique... Fue entonces cuando sentí aquella paz... Y me eché a llorar... Enrique y mi familia no se merecían algo así. No me suicidaría... Pedí al Padre Azul que me perdonase y me dirigí a Garabandal... Al día siguiente fui a Peña Sagra... Tomé la máquina de fotos y solicité una señal... «Si mi hijo Enrique está con voso-

Enrique, fallecido en 1994. Según Fernando Calderón, autor del cuadro, «alguien guió mis manos; yo lo pinté, pero no fui yo». **(Gentileza de la familia.)**

tros —y pensé en los hermanos de la luz—, por favor, que me haga una señal...» El cielo estaba nublado... Faltaba poco para el atardecer... Hice una fotografía y me fui... Al revelar la película apareció algo que no había visto... Fue la señal... Fue la confirmación de que Enrique está con el Padre Azul... ¡y vivo!

En su momento analizamos la imagen tomada por Ventura. El objeto que se distingue a la izquierda es algo sólido, enorme, y con un «detalle» desconcertante: la temperatura del mismo era de 15 grados bajo cero (!).

Ventura, insisto, nunca vio aquel objeto en el cielo.

Lo cierto es que la señal se cumplió.

Algún tiempo más tarde falleció el segundo hijo varón, también llamado Ventura. Era el 12 de septiembre de 2011.

Y mi amigo recibió otra señal...

Sucedió el 30 de octubre de ese mismo año, a las doce del mediodía.

A la izquierda de la imagen, el objeto que Ventura no vio.

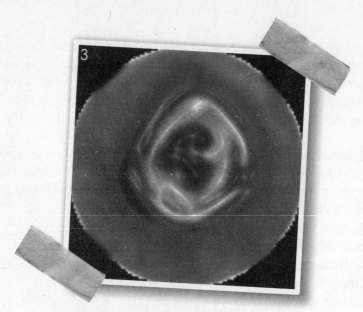

**Ampliación del objeto captado por Ventura.
(Archivo de J. J. Benítez.)**

Me hallaba con una médium —relató Ventura— y, de pronto, se puso a escribir... Dijo que le dictaba mi hijo, recientemente fallecido... Y escribió lo siguiente: «... Se siente tanta paz en este lado que no sé cómo describir... Es como volver a casa... Todos vinieron a recibirme... Los abuelos juntos, y sonriendo... Me gustó tanto encontrarme con ellos otra vez... Se sienten tan felices... Todos lo estamos aquí y todos sabréis cómo es este lugar... Yo volveré a buscarte y abrazarte, papá, cuando llegue tu momento... No hay que sentir miedo pues todos tenemos guías espirituales que nos acompañan en la vida y después también... Hay mucho amor aquí; se siente de otra manera... Paz y unión con todos, pero yo nunca sentí algo parecido en la Tierra... Yo quisiera que no sintierais dolor al pensar en mí, porque yo me siento feliz aquí... Yo cumplí mi trabajo en la vida y elegí marchar justo en este momento... Esto es muy importante para los que me quieren pues ellos aprenderán a sentir la vida de una forma diferente... No es posible que puedas ver como veo yo ahora... Qué valioso es ayudar a los demás... Tú sabrás todo esto cuando llegues aquí... Estoy en casa ya... No se puede describir la serenidad y

Ventura, fallecido en 2011. (Gentileza de la familia.)

la paz que siento aquí... Quisiera que pudieras sentir aquí, conmigo, papá, lo que yo siento ahora... Es todo tan distinto a cuando vivimos en la Tierra... No sientas dolor por mí... Quiero transmitirte la sensación de paz tan grande que se respira aquí... La vida en la Tierra es tan corta... Aquí no se vive el tiempo... No hay tiempo... Es un fluir continuo, rodeado de todos los que quiero... Nunca sientas dolor, papá, yo soy feliz... Estoy contigo siempre que pienses en mí... Todo se ve diferente cuando vives en el cuerpo... Todo lo que decides hacer está bien... Tú eres libre de vivir... Te quiero mucho, papá».

Por supuesto, no hay forma de comprobar, científicamente, que se trata de un mensaje del hijo muerto. Pero eso poco importa. Para Ventura fue una señal...

Y añado: hermosa y esperanzadora.

¡A la mierda el método científico!

16
«HAZ LA FOTO»

Supe de Raquel Nalvaíz a raíz de una fotografía ovni, tomada por ella misma en las costas alicantinas en el verano de 1989.[1]

Raquel se interesó por el fenómeno ovni y, poco a poco, fue viviendo otras experiencias. Dos de ellas encajan en el trabajo que llevo entre manos: pactos y señales.

Así contó la primera vivencia:

Sucedió el 25 de marzo de 2003, cuando vivía temporalmente en Villanueva de Gállego, un pueblo situado a doce kilómetros de Zaragoza... Hacía *footing* por la carretera bajo la luz de las estrellas... Serían las diez y media o las once de la noche... Mentalmente me dirigí a «ellos» y me ofrecí para cualquier plan que sirviera a la humanidad... Con el corazón inflamado por la hermosura del cielo estrellado, y completada mi rutinaria carrera, me dispuse para terminar cuando, de pronto, desde el fondo estelar, apareció una luz preciosa...

1. En agosto de 1989, Raquel Nalvaíz se hallaba en Benidorm (Alicante). Tomó una serie de fotos y, al regresar a Zaragoza y revelar la película, en una de las imágenes descubrió un objeto volante no identificado. La fotografía fue tomada a las 15 horas. Raquel no vio el ovni. Los análisis fueron determinantes: la imagen era real; no había truco o error. La imagen fue tomada con una cámara automática Kónica (35 mm). El objeto presenta una cúpula que refleja la luz del sol. No se trata, por supuesto, de ningún aparato conocido.

Raquel Nalvaíz.
(Gentileza de la familia.)

Ovni sobre Benidorm (1989). (Foto: Raquel Nalvaíz.)

Ampliación del ovni «invisible» que sobrevoló Benidorm en el verano de 1989.

Era de color verde esmeralda... En apenas cuatro segundos pasó de ser del tamaño visual de una canica al de sesenta centímetros de diámetro... Dejó de tener la apariencia de esfera y se convirtió en lo que te dibujo...

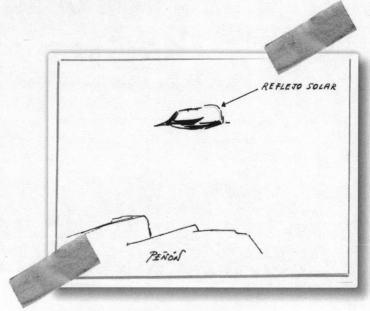

Cuaderno de campo de J. J. Benítez.

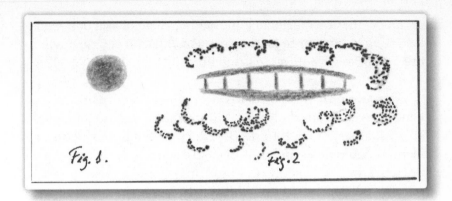

Fig. 1.   Fig. 2.

Como detalle destacable te diré que en torno al objeto había algo así como vapor; como si la nave estuviera muy caliente y desprendiese dicho vapor.... Pero lo curioso es que la luz verde esmeralda que emitía el objeto, al reflejarse en el vapor, resultaba de color rosa intenso.... ¿Cómo una luz verde puede provocar un reflejo rosa?... Ni que decir tiene que la sensación interna fue totalmente positiva, sin ninguna señal de miedo... Todo lo contrario: sentí alegría y cierta sorpresa y asombro... Todo ello en el más absoluto silencio... El objeto desapareció por detrás de un puente que se eleva sobre el terreno... Me di la vuelta y me fui pitando para casa, adentrándome en el pueblo... A todo esto observé cómo un coche aparcó en un lateral y el conductor, que seguro vio lo mismo que yo, se bajó y quedó mirando al cielo. No quise acercarme... En los días siguientes se sucedieron «comunicaciones» a nivel mental... Pedí más pruebas de que aquello era lo que parecía ser, y no un mentalismo... Y se me dijo: «Quita la maceta de la ventana, o la flor que tanto te gusta será arrancada mañana»... Evidentemente no hice caso... Me pareció absurdo... A la mañana siguiente, la flor había sido arrancada... Nunca supe por quién... Yo no había comentado el encuentro ovni con nadie... Imagínate mi sorpresa... Por lo que pude averiguar, en esas fechas hubo varios incidentes con ovnis, detectados por los radares militares que se ubican cerca del pueblo, concretamente en los montes de Zuera...

La segunda experiencia de Raquel, relacionada con «señales», tuvo lugar veinte meses después. Sucedió el 6 de noviembre de 2004. He aquí su testimonio:

Mentalmente solicité a los hermanos mayores un nuevo «encuentro»... Quería fotografiarles, dado que me había sido sustraída la famosa foto de Benidorm... Total, por pedir... Y alguien debió de escuchar... El caso es que en la tarde del 6 de noviembre (2004) sentí una gran inquietud interior... No sé por qué pero me sentí impelida a salir a la terraza... Me hallaba en el piso de mis padres, en Zaragoza... Entonces lo vi... En el horizonte, un gran punto luminoso blanquiazul presidía el cielo... Las estrellas no habían aparecido aún... El tamaño del objeto era como el de Venus a simple vista... Pero no era Venus... Me metí en la casa y grité a mi hermana: «¿Quieres ver un ovni?»... Fui a buscar la cámara de fotos... A lo que regresé, el punto luminoso ya no estaba... Sentí una gran decepción... Pero una fuerte inquietud interna, como el fluir de un pensamiento, me dijo: «Haz la foto, saldremos»... Así lo hice, aunque no de muy buena gana... La primera escéptica soy yo... Así me va, claro... Para mi sorpresa, al revelar la película, aparecieron tres puntos luminosos....

Las experiencias de Raquel Nalvaíz me recordaron un lejano suceso, vivido por mí en 1976. Llevaba cuatro años investigando el fenómeno ovni. Un buen día, en compañía de José Luis Barturen y Javier Fuentes (fotógrafo) ascendimos al monte Gorbea, en Vizcaya (España). Teníamos la intención de comunicarnos con «ellos» (!). Dejamos atrás los bosques de hayas y robles y nos detuvimos a cosa de 1.300 metros de altitud. Allí acampamos. Y allí permanecimos toda la noche, pendientes del cielo.

No vimos nada, claro está, pero, de madrugada, los tres percibimos algo extraño: se hizo un silencio absoluto en la peña y, acto seguido, notamos calor.

Lo comentamos.

Ni el silencio ni la súbita oleada de calor eran normales, y menos a 1.300 metros de altura.

Imagen captada por Raquel Nalvaíz en noviembre de 2004 en Zaragoza (España). (Gentileza de Raquel Nalvaíz.)

Fue en esos instantes cuando «escuché» (?) aquella «voz» (?) en mi mente: «Estamos aquí... Dispara junto a la luna».

No dije nada a mis compañeros. Sentí pudor. Pero disparé e hice varias fotografías. La luna llena resplandecía.

Al revelar la película (en blanco y negro) me llevé la gran sorpresa: junto a la luna aparecía una esfera enorme y luminosa. Calculé un tamaño diez veces superior al de la luna.

Ahora lo sé: fue un guiño de «ellos», los tripulantes de las naves.

Imagen tomada por J. J. Benítez en el monte Gorbea (1976). La esfera tenía un diámetro superior al de la luna. Cuaderno de campo de J. J. Benítez.

133

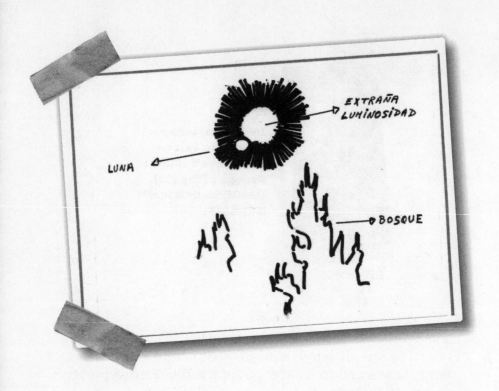

134

17
LA LUZ DE VENECIA

En junio de 2012 recibí una comunicación que me sorprendió.

La firmaba Mayra Al Shadily.

Decía, entre otras cosas:

... Antes quiero agradecer sus esfuerzos y la valentía demostrada en sus libros... Hace más de cuatro meses que quería escribirle pero siempre me faltaba valor... Me dije que esperaría una señal y la señal llegó. Por eso le escribo. Esa señal está relacionada con el fenómeno que quiero explicarle... Entiendo que lo sucedido está relacionado con sus investigaciones... Se lo contaré de forma superficial porque el asunto de la luz tiene muchos años... La casa rural de mis padres se encuentra en el departamento de Chinandega, frente al Pacífico, en Nicaragua... Es un lugar apartado... No hay electricidad... Hace ocho meses que abrieron un camino... Mis padres llegaron a esa finca en 1967, cuando yo tenía un año de edad... Pues bien, al poco de vivir allí, mis padres se dieron cuenta de algo muy extraño: en ocasiones, a veces todos los días, se presentaba una luz, y siempre por la tarde, a la misma hora... Era una luz muy potente... Y allí se quedaba buena parte de la noche, sobre el embarcadero... Nunca ha hecho daño a nadie... La ha visto mucha gente... No sabemos qué significa ni por qué aparece en las proximidades de la casa... Cada cual tiene su versión... Unos hablan de almas en pena... Yo estoy segura de que se trata de ovnis... Y un día decidí contarle lo que estaba sucediendo desde hacía años... Usted podría investigarlo... Pero dudé... Y decidí solicitar una prueba a los cielos... Eso fue en enero (2012)... Y me dije: «Si tengo que hablar con el señor Benítez, que aparezca de nuevo la luz, y en un plazo de cinco meses»... ¡Y apareció!... El 15 de mayo, a los cinco meses, la luz se presentó de nuevo, y a la misma hora de siempre: a las ocho de la noche... Es por eso que le escribo y le informo...

Dejé reposar el asunto y el 1 de diciembre (2012) me reuní con Mayra en Madrid.

La mujer llegó con una hermana.

Y entró en detalles sobre la misteriosa luz de Venecia:

—Veamos si lo he entendido —comenté—. En la península de Cosiguina, en Nicaragua, se ve una extraña luz desde hace, al menos, cuarenta y cinco años...

Mayra asintió.

—Tú deseabas contármelo, pero dudaste...

—Así fue.

—Y en enero de este año (2012) solicitaste una señal...

Egta (izquierda) y Mayra. (Foto: Blanca.)

Testigos de la «luz de Venecia». El padre de Mayra (derecha) y dos de sus tíos. (Gentileza de la familia.)

Mayra ratificó lo dicho y amplió:

—Yo dije en mi mente que si el fenómeno se repetía en el término de cinco meses, le escribiría. Y así fue: a los cinco meses justos...

—¿Cómo lo has sabido?

—Llamo habitualmente a mi padre y a mi hermano por teléfono. Ellos viven allí, en la península de Venecia. La luz se presentó a las ocho de la tarde del 15 de mayo.

—¿Cuándo fue la última vez que observaste la luz?

—Me marché al extranjero en 1989 y regresé a mi país en 1996. Fue entonces, cuando estaba a punto de volver a Nicaragua, cuando pensé en la luz de Venecia. «Me gustaría volver a verla», me dije. Al llegar se lo comenté a mi madre y a una tía pero, al parecer, hacía muchos años que no la veían. Y me resigné. Acudimos a la finca a las cuatro de la tarde. Yo estaba muy nerviosa. No hacía otra cosa que asomarme al exterior. ¡Y a las ocho de la noche se presentó! Fue una emoción muy grande.

Solicité a Mayra que me diera detalles sobre la luz:

—Es un foco potente. Se acerca a la casa despacio y sin ruido. La rodea y, finalmente, permanece quieta sobre el embarcadero. Allí se queda toda la noche. Lo ilumina todo, como si fuera de día. Hay gente que la ha visto desde el mar y se asombran ante la tremenda iluminación. Y han llegado a preguntar a mi padre cómo lo consigue...

—¿Alguien ha intentado acercarse?

—Sí, pero la luz no lo permite. Si caminas hacia ella se aleja. Y si insistes, se apaga.

—¿Hay perros en la finca?

—Sí, y ladran furiosos. Después, conforme la luz se acerca, guardan silencio.

—¿Se aproxima la luz a otras casas?

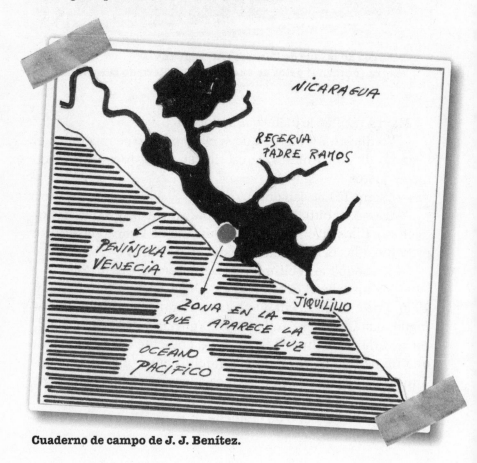

Cuaderno de campo de J. J. Benítez.

—No, sólo a la nuestra, y sólo cuando hay gente de la familia. En ocasiones se ha dejado la casa al cuidado de otras personas, pero la luz no se ha presentado.

—¿Ofrece siempre el mismo aspecto?

—A veces cambia y se transforma en una bola de fuego. Otros la han visto en forma de zarza que arde y no se consume.

Por supuesto, me prometí que viajaría a Nicaragua lo antes posible...

Pero las sorpresas no terminaron ahí.

Mayra, como decía, acudió a la reunión con una hermana.

Egta, ante mi asombro, había sido protagonista de una experiencia con «resucitados».[1]

Y me sigo preguntando: ¿quién mueve los hilos de nuestras vidas?

1. Amplia información sobre el caso de Egta en *Estoy bien*.

H ace tiempo que sospecho que el fenómeno ovni guarda una estrecha relación con los «resucitados». No tengo la certeza absoluta, pero casi... Y voy más allá en mis especulaciones: ¿son esas naves no humanas las responsables de la «recogida» de las almas de las personas fallecidas?[1]

Las experiencias vividas por Matilde Prats le llevan a uno a pensar en esas hipótesis.

El 13 de octubre de 2012 tuve la suerte de conocerla.

Y me contó lo siguiente:

—Mi padre se llamaba Aurelio Prats Llanses... Nació en Lérida... Era un personaje muy especial... En vida repitió muchas veces: «Si hay algo tras la muerte os lo haré saber»... Y aquella madrugada del 23 al 24 de julio de 1952 falleció súbitamente... Nos encontrábamos en Palma de Mallorca, de vacaciones en casa de unos amigos... Fue un ataque al corazón... Nadie lo esperaba... Avisamos a mi hermano y a la familia y fueron llegando... Pues bien, a las veinticuatro horas del fallecimiento, sucedió algo asombroso... Mi madre y yo estábamos dormidas... Fermín, mi marido, descansaba en el sofá, en el mismo dormitorio... Mi padre se hallaba todavía

---

1. Horas y días antes de las grandes catástrofes (terremotos, guerras, inundaciones, etc.), en los lugares donde se van a producir las referidas calamidades, numerosas personas observan objetos y luces no identificados. Es como si supieran...

Aurelio Prats, padre de Mati.
(Gentileza de la familia.)

de cuerpo presente... Y, de pronto, en mitad de la noche, fuimos despertadas... No sé qué sucedió... Eran las doce y diez de la noche... Estábamos aterradas, y sin poder hablar... Entonces miramos por la ventana y vimos una estrella muy brillante... Esa estrella se fue haciendo grande... Se acercaba... Y se acercó hasta la casa... Se colocó muy cerca y llenó la habitación de luz... Traté de avisar a mi marido, pero no despertó... La luz permaneció un momento frente a la ventana y

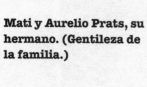

Mati y Aurelio Prats, su hermano. (Gentileza de la familia.)

Francisca M. Arranz, madre de Mati. (Gentileza de la familia.)

después se fue alejando... Y se convirtió de nuevo en una estrella... Sé que fue una señal... Mi padre cumplió lo pactado.

Tras oír el suceso procedí a interrogar a Mati:

—¿Cómo fuisteis despertadas?

—No lo sé. Nos encontrábamos en la misma cama. De pronto nos despertamos y nos sentamos. No sabemos qué pasó. Lo cierto es que no podíamos movernos.

—¿Dónde se hallaba la casa?

—En Palma, a las afueras. Era un segundo piso.

—¿Había otras casas delante?

—Sí, pero más bajas.

—¿De qué color era la luz?

—Blanca; de un blanco muy puro...

—Dices que se acercó...

—Sí, y se quedó quieta frente a la ventana, a corta distancia.

Traté de concretar.

—¿Podrías calcular la distancia?

—No sé, quizá a dos o tres metros. La luz de la estrella entró en la habitación. Todo se iluminó. Yo, entonces, grité: «Mamá, mamá, ¿lo ves?». Ella dijo que sí, que lo estaba viendo.

—¿Qué tamaño podía tener la «estrella»?

Mati no supo precisar. Dijo que ocupaba todo el marco de la ventana.

—¿Tu marido debería de haberse despertado?

—Claro. Yo lo llamé varias veces.

—¿Tuviste alguna sensación o sentimiento especial mientras contemplabas la luz?

—Miedo y frío...

Y Mati explicó:

—Mientras la estrella permaneció a la vista, junto a la ventana, mi madre y yo experimentamos un frío raro... Como si estuviera nevando, o mucho más. Pero eso era imposible. Estábamos en Palma y en el mes de julio...

—¿Cuándo desapareció el frío?

—Al alejarse la estrella...

—¿Podrías calcular el tiempo que permaneció frente a la ventana?

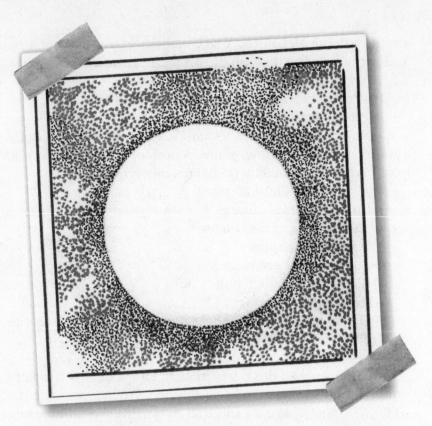

La «estrella» se situó frente a la ventana del dormitorio de Mati y de su madre. Cuaderno de campo de J. J. Benítez.

—Segundos. No lo sé con exactitud. Y te diré algo más: aquella luz, la que entraba en el dormitorio, no producía sombras.

—¿Y después?

—La luz empezó a moverse y fue alejándose y alejándose, hasta quedar como un punto en el cielo. Entonces recuperamos el movimiento, pero nos quedamos dormidas de nuevo. A la mañana siguiente pregunté a mi madre y se limitó a decir «que eran cosas de Dios». Algún tiempo después supe que mi hermano, Aurelio, también vio la estrella junto a la ventana. Él dormía en el piso de abajo.

—Esto sucedió en la noche del 24 al 25 de julio...

—Así es. Eran las doce y diez de la madrugada del 25. Mi padre fue enterrado ese día 25.

—¿Cómo interpretas la presencia de esa luz?

Mati me miró, asombrada. Y comentó, convencida:

—Sólo tiene una explicación: mi padre me hizo una señal.

Dudó unos segundos y prosiguió:

—Y te diré lo que pienso sobre esa «estrella». Era mi padre, en su nuevo estado.

Diez años después, también en la madrugada del 24 al 25 de julio (1962), Mati tuvo otra experiencia, igualmente notable.

Primero escuché su versión:

—Me hallaba en Cadaqués con Graciela, una amiga cubana... Mi hijo había alquilado una casa preciosa, cerca del mar... Era el 24 de julio, aniversario de la muerte de mi padre... Yo sabía que esa noche sucedería algo especial... Se lo conté a Graciela, pero no prestó atención... Cenamos en el pueblo y regresamos a la casa... Al llegar tomé una colchoneta y me tumbé en la terraza, de cara al cielo... Graciela me observaba sin decir una sola palabra... No dije nada y formulé una pregunta mental a mi padre: «Papá, ¿en qué formas existes allí donde te encuentras ahora?»... Fue instantáneo... Una enorme bola o escudo de fuego cruzó el cielo, dejando una estela azul, muy larga... Para mí estuvo claro: fue la respuesta de mi padre... Él, ahora, es energía... Energía inteligente... Mi amiga, al ver el escudo luminoso, se desmayó... Al día siguiente llegó otra amiga y nos encontró enfermas... No podíamos hablar ni tragar saliva... Muy asustada nos metió en el coche y nos trasladó al hospital... Allí nos hicieron pruebas y los médicos preguntaron: «¿Han estado expuestas a alguna radiación?»... No dijimos nada, claro está... Nos habrían tomado por locas...

Concluida la exposición, Mati respondió a mis preguntas:

—¿Cuánto tiempo pasó entre la pregunta mental, a tu padre, y la aparición del escudo?

—Fue instantáneo.

—¿Vio alguien más la bola de fuego?

—Además de Graciela, que yo sepa, una niña que vivía en la casa de al lado. A la mañana siguiente, cuando estábamos en la terraza, desayunando, oí a la pequeña que le gritaba al padre, en catalán: «*Pare, aquella bola de foc haurà incendiat el bosc?*». Era obvio que ambos la habían visto.

—¿Se incendió el bosque?

—No.

—¿Qué dictaminaron los médicos?

—No lo supimos. A la mañana siguiente, como te decía, empezamos a sentirnos mal. Teníamos la garganta en carne viva. Pasé días en el hospital, sin poder hablar.

Finalmente, Mati relató lo sucedido el 24 de julio de 2009:

—Fue mi última experiencia. Estábamos en Barcelona, en la terraza de casa. Y a eso de las doce de la noche apareció de nuevo la «estrella». Permaneció unos segundos frente a nosotros y se retiró, como lo hizo en Palma de Mallorca. Esta vez, sin embargo, no se perdió entre las estrellas. Esta vez la vimos entrar en un objeto más grande. Era enorme, con forma de cigarro puro. Y el aparato se movió hacia el Tibidabo.

No hice más preguntas. Estaba claro...

 a experiencia que me dispongo a relatar nació el 1 de septiembre de 2013.

Acababa de empezar *Pactos y señales*.

Por la tarde, el rato de estudio lo dediqué al número pi: 3,14159...[1]

Pi[2] es un número santo. Bellísimo. Juguetón. Ubicuo. Pi aparece en los lugares más insospechados. Eso dicen los científicos. Y, sobre todo, es el único número que no tiene final. Mejor dicho: somos los humanos quienes no sabemos ponerle un final.[3]

En mi opinión —y tras años de estudio—, en los decimales de pi se halla encriptada la historia del mundo..., y mucho

1. Con Franco era 3,1416. Misterios de la dictadura...

2. Al contrario de las fracciones comunes, pi no es periódico. En otras palabras: no repite sus dígitos de forma indefinida. Sólo por esto, pi debería ser considerado un número emparentado con la divinidad. Aristóteles lo intuyó en el siglo IV a. de C. Pi, además, no se deja calcular mediante las combinaciones habituales: adición, sustracción, multiplicación o división. Aristóteles lo llamó número irracional. Pi, en definitiva, fue la muerte de un sueño: no es posible alcanzar la cuadratura del círculo. Y añado: pi es el sueño de los sueños...

3. En diciembre de 2002, el profesor Kanada, ayudado por una computadora (Hitachi SR8000), consiguió calcular el valor de pi con un total de 1.240 mil millones de decimales. El ordenador en cuestión era capaz de llevar a cabo dos billones de operaciones por segundo. Yasumasa Kanada necesitó seiscientas horas para alcanzar el récord.

más. A saber: la historia de cada ser humano, incluido su futuro (!).[1]

Pues bien, en esas estaba, buceando en los primeros 99.701 decimales de pi,[2] cuando lo «vi».

Y «leí», asombrado:

«Entre el 3 y el 9 de septiembre (2013) te visitará la tristeza...».

Recuerdo al lector que era la tarde del 1 de septiembre de 2013.

Y pi continuó:

«Alguien se apaga».

Quedé perplejo.

Pi ya me había proporcionado otras «profecías». No tenía por qué dudar.

Y me dediqué a pensar: «¿Quién se estaba apagando?».

Por más que lo intenté no logré hacerme una idea.

Esa noche, en la cena, lo comenté con Blanca, mi sufrida compañera.

—Sigo estudiando a tu primo pi —le dije.

Blanca estaba al tanto de mi locura con el número santo y puso cara de circunstancias. La verdad es que me había visto recorrer los 99.701 decimales de pi más de tres y más de cuatro veces.

Pero la curiosidad pudo con ella:

—¿Y qué dice tu primo pi?

Se lo conté.

Me miró, preocupada. Sabía que no estaba jugando. Y ambos recorrimos mentalmente el abanico de amigos y familiares de cierta edad.

Me encogí de hombros. No sabía...

Y Blanca formuló la pregunta clave:

1. Bueno sería que el paciente lector participe en el juego. Basta con que recorra los citados decimales y comprenderá.

2. En *La proporción trascendental*, editado por Ariel (páginas 242 a 269), se incluye la relación de los citados 99.701 decimales del número pi. El libro, obra de dos matemáticos insignes (Ingmar Lehmann y Alfred Posamentier), es, además, especialmente atractivo y útil. Lo recomiendo.

—Cómo puedes saber una cosa así... ¿Te lo inventas?

—Por supuesto que no...

Y añadí algo que ella sabía:

—Todo está en pi.

—No comprendo. ¿Los números te hablan?

Sonreí.

—Algo así...

Ahí quedó el asunto.

Y pasaron los días.

Yo estaba pendiente...

Y el 8 de septiembre, domingo, a las 15.10 horas, en pleno almuerzo, sonó el teléfono de Blanca.

Era Padrón, de Venezuela. Un viejo amigo.

Le comunicó a Blanca que nuestro común amigo, Enrique Castillo, estaba agonizando.

Enrique Castillo con J. J. Benítez en Costa Rica (1985). (Foto: Ricardo Vilchez.)

Blanca y yo nos miramos. No hubo palabras.

Pi había acertado, una vez más.

Enrique Castillo Rincón era ingeniero en telecomunicaciones. Había nacido en Costa Rica. En los años setenta tuvo varios encuentros con ovnis. A raíz de estas experiencias lo dejó todo y se volcó en la difusión del fenómeno de los no identificados. Investigó numerosos casos, dio conferencias, escribió artículos y un libro en el que cuenta sus contactos con los seres de Pléyades.

Era, sobre todo, amigo de sus amigos.

Nos reunimos con él por última vez el sábado, 20 de abril de 2013, en Bogotá.

Charlamos de lo humano y de lo divino.

Y llegó el 17 de septiembre, martes.

A las nueve de la mañana, Blanca se presentó en mi despacho y anunció el fallecimiento de Enrique.

Lo esperaba.

Portada del libro de Enrique Castillo:
Ovni: gran alborada humana.

Luz, de Capilla del Monte (Argentina), había enviado un correo electrónico, dando cuenta de la muerte. Blanca telefoneó a la familia y confirmó la noticia: Enrique Castillo falleció en la mañana del día anterior, 16 de septiembre (2013), lunes.

Esa misma mañana del 17 acudí al cuaderno de pactos y señales y escribí: «Si estás vivo, como creo, házmelo saber». Establecí una señal elemental: «A lo largo del día de hoy, 17, deberé recibir una noticia ovni». No especifiqué la vía. Daba igual. Enrique, ahora, conoce el secreto ovni. La señal tenía que estar relacionada con su gran pasión: los no identificados.

Y, de pronto, mientras repasaba lo escrito, recordé algo importante.

«No puede ser», me dije.

Supongo que palidecí.

La señal solicitada a Enrique Castillo ya se había cumplido.

Me explico.

El día anterior, 16 de septiembre, lunes, en la mañana en la que falleció Enrique, yo recibí una noticia ovni.

Quedé estupefacto.

Hacia las 13 horas de ese lunes, 16, al terminar de escribir, me dirigí a la playa. Necesitaba caminar y pensar.

Nada más pisar la arena me salió al paso un joven. Me saludó y se presentó. Era Teo, un carpintero de Lebrija, un pueblo de Sevilla. Estaba pasando unos días de descanso y sabía que

**Ovni fotografiado por Teo Dorantes.
Hora: 14.08. Cámara: Canon Powershot (SX220 HS). Tiempo de exposición: 1/1250. Diafragma: f/6. Visión del objeto: 3 minutos. Altura: alrededor de quinientos metros. El ovni, al parecer, giraba a gran velocidad sobre su propio eje.**

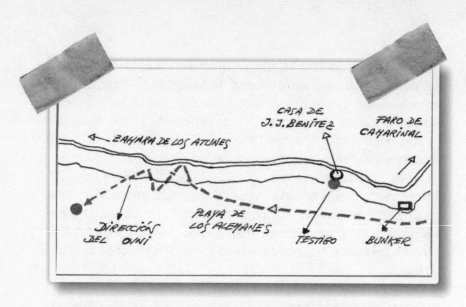

El objeto —según Teo— era de color blanco grisáceo. No se desplazaba a gran velocidad. Tal y como se indica en el plano, hizo un movimiento de zigzag y se perdió en dirección a la mar. Teo lo observó con prismáticos. La forma le recordó una hélice. No escuchó ruido. Cuaderno de campo de J. J. Benítez.

yo vivía por la zona. Había leído mis libros, me identificó, y no dudó en estrechar mi mano.

Hablamos un rato. Explicó que su padre, Teo Dorantes, carpintero como él, también era lector de mi obra.

Y fue así como supe del avistamiento de un ovni, en una playa cercana, a las dos de la tarde del 11 de agosto de ese mismo año. Teo me dio toda clase de explicaciones. El objeto fue visto por cientos de personas. Teo consiguió hacer una fotografía. El ovni sobrevoló mi antigua casa.

Le di vueltas y vueltas.

No había duda. Era la señal. Castillo se había adelantado al pacto.

Y sigo preguntándome: si en esa playa, a esa hora, se congregaban más de mil veraneantes, ¿cómo es que fui a tropezar con Teo, el carpintero de Lebrija?

Qué pregunta tan tonta...

Lo importante es que Enrique Castillo vive.

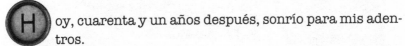

20
ALGUIEN SONRIÓ DESDE LO ALTO

Hoy, cuarenta y un años después, sonrío para mis adentros.

En aquel tiempo no comprendía y, lo que era peor, me asustaba...

Haré un poco de historia.

Inicié las investigaciones ovni en 1972, en *La Gaceta del Norte*, en Bilbao (España). Esto lo he comentado muchas veces. Lo que no he dicho nunca es que, poco antes del inicio, viví una experiencia difícil de clasificar.

Una noche de mayo, al regresar del periódico, me ocurrió algo que, en esa época, no supe explicar. Una «fuerza» desconocida me impulsó a bajar a la calle y disparar la cámara fotográfica hacia el cielo. Me pareció ridículo, pero obedecí. Al revelar la diapositiva apareció una enorme bola luminosa que yo no vi, por supuesto. La examiné con lupa. No era la luna. Se hallaba cerca de la terraza del edificio. Las ventanas del último piso me sirvieron de referencia. Yo vivía entonces en ese bloque de viviendas, en la calle Particular de Alzola.

Guardé la imagen y no dije nada.[1] No me atreví.

Fue una señal, pero lo supe muchos años después...

En aquel tiempo, mis preocupaciones eran otras. Vivía en un pequeño piso, en la referida calle de Particular de Alzola. Me costaba acostumbrarme al ruido y al bullicio de la ciudad.

---

1. La fotografía en cuestión fue publicada, por primera vez, en 2001 (*Mis ovnis favoritos*). Transcurrieron veintinueve años.

Esfera luminosa sobre la casa de J. J. Benítez, en Bilbao.
Mayo de 1972. El periodista siguió una orden interior,
bajó a la calle y disparó hacia lo alto. «Allí no había nada.»
Al revelar la película se encontró con la sorpresa.

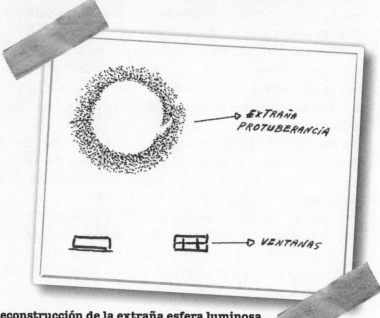

Reconstrucción de la extraña esfera luminosa
fotografiada sobre la ciudad de Bilbao en 1972.
Cuaderno de campo de J. J. Benítez.

Negurigane, en Lejona (Vizcaya, España).
(Foto: Gras.)

Y empecé a pensar en la posibilidad de mudarme a un lugar más tranquilo, lejos de la metrópoli. Pero sólo era un sueño...[1]

Y pasaron los años.

Nació mi hijo Iván. Después llegaron Satcha y Lara.

Y lo que, en un principio, sólo había sido un bello sueño terminó convirtiéndose en una obsesión. Era preciso cambiar de vivienda. Ya no cabíamos...

Busqué y busqué. Fue inútil. No daba con lo que necesitaba.

Hoy sé que conviene ser paciente en la vida. Todo está delicada y minuciosamente diseñado. Todo se gana en su momento, y según lo «contratado»...

Y un día se presentó el año 1976.

Recuerdo que recibí una llamada telefónica.

Alguien, en Lejona, había visto ovnis.

---

1. Ahora sé que conviene ser cauto con lo que se sueña porque los sueños se cumplen (aquí, en vida, o en lo que llamo el mundo de Nunca Jamás). Pero esa es otra historia...

Y volé hacia la pequeña población, situada a veinte kilómetros de Bilbao.

En una urbanización llamada Negurigane (Camino de Neguri, en vasco), un total de nueve vecinos habían observado las evoluciones de dos objetos volantes no identificados.

Recorrí la urbanización. Conversé con los testigos y puse de pie la investigación: dos objetos discoidales, brillantes, y con una especie de cúpula en lo alto, permanecieron por espacio de una hora frente a los atónitos observadores. Los ovnis fueron vistos, incluso, con un potente telescopio. El avistamiento tuvo lugar el 13 de enero.

Y sucedió algo asombroso.

El caso me interesó, por supuesto, aunque era uno más...

Lo que me dejó perplejo fue la urbanización, y lo que ocurrió a continuación.

Caso ovni publicado en *La Gaceta del Norte* el 5 de febrero de 1976. (Archivo de J. J. Benítez.)

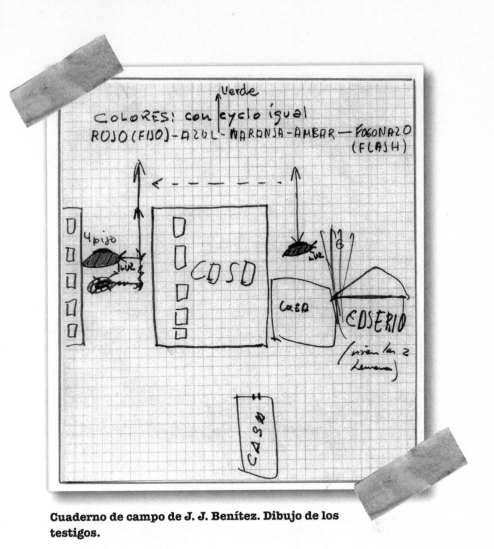

Cuaderno de campo de J. J. Benítez. Dibujo de los testigos.

¡Era el lugar que buscaba desde hacía cuatro años!

Se trataba de una zona apacible, aislada sobre una pequeña colina, y relativamente cerca del periódico.

Pues bien, al interrogar a los últimos testigos —un matrimonio norteamericano—, hice una pregunta que no tenía nada que ver con la investigación ovni:

—¿Saben si se vende algún piso en la urbanización?

Lona y Lerry Lucas se miraron, desconcertados.

Me arrepentí al momento.

Y el ingeniero nuclear comentó, perplejo:

—Sí, se vende uno... El nuestro... ¿Cómo lo ha sabido?

157

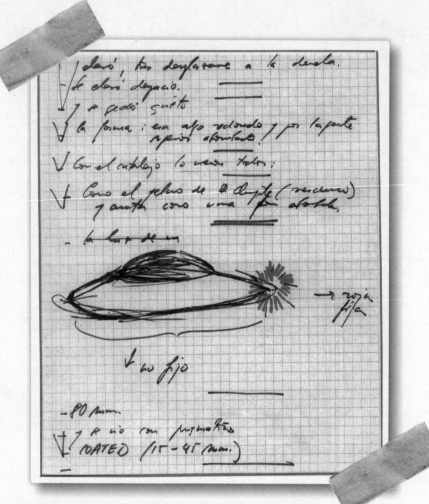

Cuaderno de campo de J. J. Benítez, con anotaciones sobre el caso ovni registrado desde Negurigane. «Las naves eran como el yelmo de Don Quijote», dijeron los testigos.

Terminado su trabajo en la central nuclear de Lemoniz, el ingeniero y su esposa decidieron regresar a USA. Acababan de decidirlo. Ni siquiera habían puesto el piso en venta.

No lo dudé.

Y me fui a vivir a Negurigane. Allí pasaría diez años.

Lo sé: alguien, complacido, sonrió desde lo alto...

21
EL MANTECO

as señales llegan siempre en el momento justo.

El Manteco puede dar fe de ello...

Pero empecemos por el principio.

El 5 de septiembre de 2007 fue otro día negro para la localidad gaditana de Barbate, en la que vivo desde hace mucho.

A eso de las dos y media de la tarde, Blanca y yo vimos pasar varios helicópteros.

Hacía horas que soplaba un incómodo y seco viento de levante.

Después se presentó un buque naranja, del Servicio de Salvamento Marítimo.

Algo pasaba...

Efectivamente, al poco llegó la noticia: el pesquero *Nuevo Pepita Aurora*, con dieciséis tripulantes a bordo, había volcado a escasa distancia del faro de Camarinal. El fuerte levante lo escoró cuando se hallaba cerca de su puerto base, en Barbate. El pesquero terminó con la quilla al aire. En el desastre murieron tres marineros y otros cinco desaparecieron. Ocho pescadores lograron salvarse.

Días después escuché un rumor que me dejó perplejo: uno de los supervivientes salvó la vida gracias a la aparición de la Virgen del Carmen, patrona de la localidad.

Me pareció raro, pero localicé al pescador y conversé con él.

Se trataba de José Crespo, más conocido en el pueblo como Manteco.

Nuevo Pepita Aurora, con la quilla al aire.
(Foto: Iván Benítez.)

José Crespo.
(Foto: Blanca.)

En aquel tiempo contaba cuarenta y siete años de edad. Había sido marinero durante más de treinta. No sabía nadar y formaba parte del grupo político de Izquierda Unida.

Cuando comenté la naturaleza del bulo que circulaba por la zona, José sonrió sin ganas. Y sentenció:

—Eso es un cuento...

Y explicó lo ocurrido:

—Procedíamos del caladero marroquí de Larache. Habíamos tenido buena pesca. En la bodega, de la que yo era responsable, transportábamos ochenta o noventa cajas de sardinas y boquerones. Todo iba bien. Regresábamos a casa... Y al llegar a la altura de cabo Espartel saltó el levante.

—¿A qué hora?

—Alrededor de la una de la tarde. Eran olas de cinco y seis metros... El viento soplaba fuerte, con rachas de noventa kilómetros por hora. Las primeras sacudidas se produjeron en mitad del Estrecho... Una de las olas barrió la cubierta y el patrón, José Vega, con gran pericia, desaguó el barco con un giro de cierre en popa. El arte de pesca, sin embargo, cayó al agua. Lo recuperamos y seguimos la navegación. Teníamos miedo. Aquello se ponía feo. Las olas eran como montañas. Y la tripulación se protegió en el interior del barco... A los quince o veinte minutos, una segunda ola nos dobló de nuevo... Y se presentó una tercera, más grande si cabe... La embestida escoró el barco y terminó volcando... Fueron momentos angustiosos... Todos gritaban y nos golpeábamos con las paredes... No sabíamos hacia dónde huir... Todo era oscuridad... Logré agarrarme a unos hierros en la zona de proa, entre el casco y el carrete del cerquero. Allí había una bolsa de aire... Y aguanté como pude...

—¿Cuánto tiempo?

—Quince o veinte minutos, hasta que se presentó la luz...

—¿Qué luz?

—Un foco blanco.

—La prensa —recordé— aseguró que habías visto la luz del día...

El Manteco dudó.

—Estaba en el interior del barco. La oscuridad era completa. No había un solo boquete por el que pudiera entrar la luz del sol.

—Entonces...

Se encogió de hombros. José, sinceramente, no lo sabía.

—Descríbeme la luz.

—Blanca, como la espuma.

—¿De qué tamaño?

Hizo un gesto con las manos, y redondeó:

—Unos cincuenta centímetros de diámetro.

—¿Dónde se hallaba?

—A mi derecha, a cosa de tres o cuatro metros.

Cuaderno de campo de J. J. Benítez.

Hay que recordar que el *Nuevo Pepita Aurora* se hallaba volcado, con la quilla al aire, y el Manteco agarrado a unos hierros, con el agua por el cuello.

—¿Pudo tratarse de una luz del barco?

—No. Todas estaban apagadas.

—¿Cuánto tiempo la observaste?

—Quizá diez minutos.

—¿Se movió?

—Al principio no. Después, cuando decidí ir hacia ella, fue por delante. Salió del interior del pesquero y se dirigió a la superficie.

—Vayamos por partes. ¿Por qué decides seguir a la luz?

—Si continuaba allí moriría. No sé nadar, pero no me importó. Me dejé caer, de pie, y nadé a lo perro hacia la luz. Tragué agua y lo pasé mal.

—¿Y la luz?

—Me enfocaba y se movía. Así salí del barco y aparecí por babor. Los compañeros me vieron y el patrón me lanzó un

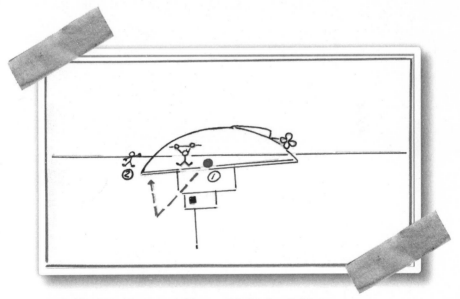

Posición 1: la «luz» aparece en el interior del barco, a la derecha de José Crespo. Posición 2: la «luz» «guía» al Manteco hasta la superficie del agua. Cuaderno de campo de J. J. Benítez.

«rosco» [salvavidas]. Después, con no pocos esfuerzos, me sacaron del agua.

—¿Cuánto tiempo te acompañó la luz bajo el agua?

—Alrededor de veinte segundos.

—¿Volviste a ver la luz?

—No, desapareció.

—¿Cuál es tu interpretación? ¿Qué pudo ser esa luz?

—Lo desconozco.

—Está claro que te salvó la vida...

—Así es. Me lancé tras ella. Eso me ayudó.

—En otras palabras: la luz apareció en el interior del barco, permaneció a tu lado unos diez minutos y, posteriormente, te «guió» a la superficie. ¿Correcto?

—Correcto.

No tengo una explicación satisfactoria para la luz que auxilió a José Crespo. Para mí fue una señal. No era su momento.

22
RISITAS

El 17 de octubre de 2011 fue un viernes mágico.

Andaba empeñado en la enésima reorganización de la «jungla»; es decir, de los archivos.

Y, de pronto, fui a descubrir una serie de diapositivas.

Las contemplé, perplejo.

Habían sido tomadas en los años setenta, en México.

En ellas se veía a un anciano. Yo le interrogaba, grabadora en mano.

Pero no recordé el nombre del personaje.

En los marcos de las diapositivas no figura anotación alguna.

Sabía que las imágenes fueron tomadas en la ciudad de Cuernavaca, en la casa de un escritor e investigador. Y sabía que aquel hombre había hablado de una cuarta humanidad, capaz de volar, y de llevar a cabo obras titánicas, sólo detectables desde el cielo. El investigador en cuestión aseguraba que esa cuarta humanidad se extinguió hace ocho mil años. Y habló también de nuestra civilización —la llamaba la quinta humanidad— y de cómo desaparecería en el siglo XXI...

Pensé y pensé, pero fue inútil. No daba con el nombre del entrevistado.

Podía consultar los cuadernos de campo pero, al no disponer de la fecha en la que llevé a cabo la entrevista, la labor se me antojó casi faraónica.

Ése no era el camino...

Y recordé igualmente que, poco antes de mi visita a Cuernavaca, Ariel Rosales, entonces director de la revista *Contactos extraterrestres*, en México, había publicado un largo reportaje sobre la obra del investigador cuyo nombre se borró de la memoria.

Era una pista...

Si daba con el reportaje, el problema quedaba resuelto.

Yo tenía la colección completa de *Contactos extraterrestres*.

Y me encaminé, decidido, hacia la estantería en la que dormía la referida revista «catorcenal».

Tomé la pequeña escalera y me situé frente a los volúmenes, perfectamente encuadernados.

**Portada de la revista *Contactos extraterrestres*
(21-12-1977). (Archivo de J. J. Benítez.)**

Volví a desmoralizarme.

Frente a mí se presentaron quince tomos, con un total de 13.500 páginas (!).

Era como buscar una aguja en un pajar... Necesitaba días.

Y a punto estaba de abandonar cuando oí aquel susurro.

Era una voz interior, muy familiar para mí.

—Echa mano de un volumen —insinuó—. No importa cuál.

En lo alto de la escalera, desconcertado, no supe qué hacer.

Como digo, yo conocía esa «voz», y desde hacía mucho...

—Pero —repliqué—, es imposible...

Escuché una risita. Y la voz insistió:

—Alarga la mano... Es fácil... Incluso tú puedes hacerlo.

—Son más de trece mil páginas —me defendí—. Nadie podría...

Oí nuevas risitas.

—¿Qué pierdes con intentarlo?

—Nada —respondí—, pero me asustas...

—Sólo quiero hacerte un favor.

Cierto.

Y extendí la mano, extrayendo un tomo, al azar (?).

Y allí mismo, sobre la pequeña y no menos sorprendida escalera, hojeé el volumen.

Calculo que no discurrieron ni siete minutos.

De pronto, al pasar una de las páginas, lo vi.

Casi caí de la escalera.

¡Imposible! —me dije—. ¡Imposible!

¡Allí estaba el reportaje que buscaba!

Se trataba del número correspondiente al 21 de diciembre de 1977.

¡Dios de los cielos!

El investigador se llamaba Daniel Ruzo.[1]

Y al bajar de la escalera miré en mi interior y di las gracias.

Entonces volví a escuchar aquella risita...

---

1. Daniel Ruzo escribió, entre otras obras, *Los últimos días del apocalipsis* y *El valle sagrado de Tepoztlán*. Defendía que la quinta humanidad —nosotros— será demolida por una gran catástrofe natural.

Daniel Ruzo, entrevistado por J. J. Benítez en la ciudad mexicana de Cuernavaca.

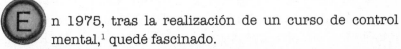

23
TERRITORIO SAGRADO

E n 1975, tras la realización de un curso de control mental,[1] quedé fascinado.

La mente es una herramienta poderosa.

Gracias a las técnicas enseñadas en dicho curso pude penetrar en el interior de las plantas y beberme los verdes y los amarillos.

Gracias al control mental pude volar —literalmente— a los anillos de Saturno, y escuchar su música.

Gracias al poder de la mente descendí, a cuerpo gentil, a lo más profundo de la fosa de Las Marianas. Once kilómetros bajo la superficie de la mar... Once kilómetros de belleza y de descubrimientos.

Gracias a la mente entré, de cabeza, en los infiernos del Sol y jugué con las explosiones nucleares.

Gracias al método Silva tuve la posibilidad de visualizar el interior de las personas y, sobre todo, aliviar sus dolencias.

Pues bien, a lo largo de dicho curso se produjeron dos vivencias que interpreté como sendas señales. Pero no me percaté de ello hasta mucho después...

La primera sucedió nada más empezar el curso.

Al entrar en el benéfico estado alfa se presentó ante mí una criatura que jamás había visto. Dijo llamarse Oxalc. Era enor-

1. Mediante técnicas especiales de relajación, el método Silva utiliza las ondas cerebrales alfa para la proyección de la mente a los lugares más insospechados. Es un curso tan atractivo como útil. Lo recomiendo.

me. Medía más de dos metros. Las espaldas eran interminables. Vestía una especie de mono o buzo de vuelo, muy ajustado al cuerpo. El rostro era blanco. Parecía cincelado. Los ojos, rasgados, sostenían una mirada firme y dulce. Supe que era mi amigo. Más que eso...

Y habló y dijo:

—Soy uno de tus guías... Te acompañaré a todas partes, menos al territorio sagrado del futuro... Ése no te pertenece.

Y desapareció.

Quedé impresionado.

La segunda experiencia tuvo lugar durante uno de los ejercicios. El curso era impartido en el hotel Carlton, en el centro de la ciudad de Bilbao (España). Nos hallábamos sentados en uno de los salones. El instructor —Teo Sevilla— dio las instrucciones: debíamos relajarnos y proyectarnos mentalmente a nuestros respectivos domicilios. Una vez allí teníamos que recorrer la casa y fijarnos en algún detalle que no fuera normal. E insistió: «Que no sea normal...».

Así lo hicimos.

Yo volé a la calle Particular de Alzola, donde vivía, y me paseé, feliz, por la vivienda. Era un juego divertido.

Teo Sevilla (derecha), instructor de J. J. Benítez en el curso de control mental. En el centro, José Silva, creador del método. (Foto: Gras.)

Hallé todo normal.

Y dejé la cocina para la última exploración.

Al entrar quedé extrañado.

Me fijé bien.

No había duda.

Sobre el frigorífico descansaba una pecera de cristal. La había comprado para mis hijos.

Volví a mirar.

¡Qué raro!

Los dos peces flotaban boca arriba, muertos.

Esa mañana, cuando abandoné la casa rumbo al curso, los pececillos estaban bien...

¿Qué había sucedido?

Traté de fijarme en los detalles.

Los peces, naranjas, aparecían muertos en la superficie del agua. No vi a nadie en la casa.

Al «regresar» lo comenté en público.

Teo escuchó con atención e hizo algunas preguntas.

—Sí, estaban muertos —repliqué con seguridad.

—¿Lo estaban esta mañana, cuando saliste de la casa?

—No. Nadaban como siempre.

Teo Sevilla meditó lo que iba a decir. Y lo dijo:

—Quizá no has «visto» el presente, sino el futuro...

Escuché, perplejo.

—La mente —añadió— no sabe controlar el tiempo. Tú crees que estás en tu casa, hace quince minutos, pero no... Esos peces, seguramente, morirán mañana o dentro de un tiempo. Eso es lo que has visto.

Esa noche, al concluir la sesión de control mental, corrí a la casa. Entré en la cocina como un meteoro.

¡Los pececillos tropicales estaban vivos!

Y quedé confuso.

Pero Teo, el maravilloso Teo, llevaba razón.

Una semana después, al regresar a mi domicilio, escuché lloros. Eran mis hijos. Lamentaban la muerte de los habitantes de la pecera de cristal. Nadie supo por qué habían muerto. Aparecieron flotando, panza arriba.

Guardé el asunto como un secreto de Estado.

Pero la experiencia con los pececillos de color naranja avivó mi instinto periodístico. No podía ser de otra manera...

¡Era capaz de ver el futuro!

Y caí en la trampa...

Recuerdo que corría el mes de enero de 1976.

Lo dispuse todo.

Busqué un lugar tranquilo y me preparé para proyectarme, mentalmente, a las primeras páginas del periódico en el que trabajaba como reportero. *La Gaceta del Norte* era un rotativo

**Hundimiento del petrolero *Urquiola*
(12-5-1976).**

172

tipo sábana, enorme. La «lectura» de los titulares de la referida primera página tenía que ser fácil...

Y lo fue.

Durante semanas repetí el ejercicio de proyección mental a las primeras páginas de mayo, junio y julio de 1976. Insisto: me hallaba en el mes de enero.

Y fui anotando las noticias que me llamaron la atención.

Así fue como llené aquel pequeño cuaderno de tapas azules.

Pero, casi al final de dicho mes de enero, al proyectarme, «leí» y «vi» algo que me obligó a detener la experiencia.

«Hundimiento del petrolero *Urquiola*», decía una de las noticias.

El buque aparecía en una fotografía, a cuatro columnas.

El siniestro se produjo (se produciría) frente a las costas de Galicia.

Después «leí» otra información que me dejó más perplejo, si cabe: «Terremoto en Pekín: miles de muertos y desaparecidos».

Me sentí confuso y angustiado.

Si las noticias eran auténticas, ¿qué debía hacer?

Traté de pensar. Lo conseguí a medias.

Me paseé varias veces frente al edificio de la naviera, propietaria del *Urquiola*. ¿Entraba? ¿Les comunicaba lo que había «visto»? No conocía la fecha exacta del siniestro. En los ejercicios de proyección mental no lograba «leer» la fecha del periódico...

Desistí, claro está.

Me hubieran tomado por loco...

En cuanto a lo del terremoto, sencillamente, sirvió para dar carpetazo a la loca aventura.

¿Qué podía hacer?

Y recordé las palabras de Oxalc: «Te acompañaré a todas partes, menos al territorio sagrado del futuro...».

Nunca más utilicé el poder de la mente para ver el futuro.

El 12 de mayo (1976), en efecto, se registró el hundimiento del petrolero *Urquiola* frente a las costas de La Coruña.

Del seísmo prefiero no hablar...

Alguien me advirtió, lo sé.

Y a raíz de aquellas experiencias —no sé cómo explicar-

173

lo—, de vez en cuando, sin proponérmelo ni buscarlo, aparecen en mi mente escenas concretas, extraordinariamente vívidas. Son como secuencias de una película. Veo y escucho y se esfuman. Después, esas «visiones» (?) se cumplen...[1]

Mencionaré algunas:

• Meses antes de la muerte de la princesa de Gales (31 de agosto de 1997) «vi» a la reina de Inglaterra en un despacho. Al otro lado de la mesa, de pie, se hallaban dos hombres, de uniforme. Hablaba uno de los militares. La reina prestaba atención. El hombre dijo: «Todo está preparado. Cuando S. M. lo ordene, Diana será anulada, según lo previsto». La reina no dijo nada. Tomó una taza y bebió. Después, sin palabras, movió la cabeza afirmativamente. Y los militares se cuadraron y se retiraron.

• A principios de julio de 2011 amaneció otra de esas escenas en mi mente. Vi un atentado y mucha gente muerta. Me equivoqué de escenario al interpretar la visión. Pensé que el horror se registraría en el País Vasco. Lo comenté con Blanca y con Leire, su hija. Y di una fecha: 22 de julio. Eso fue lo escrito en el cuaderno de campo correspondiente. El 22 de julio se produjo la matanza de Utoya, en Noruega. Murieron 69 jóvenes, tiroteados por Breivik, un fanático de extrema derecha.

• En otra ocasión llegó a mi mente la visión de una gran metrópoli, sumergida bajo las aguas. Escuché lamentos.

• Y también «vi» una quinta guerra entre árabes y judíos. El conflicto estallaba a raíz de un terrible atentado en una importante ciudad de Israel. Morían miles de personas. Los aliados, utilizando un avión francés, lanzaban una bomba nuclear sobre el ejército árabe. Fin de la guerra, que no del odio.

Y las extrañas «secuencias» siguen llegando...

1. Esas «visiones» o flashes empezaron mucho antes... Pero ésa es otra historia.

 l doctor Fernando Jiménez del Oso fue mi amigo, mi hermano, mi maestro, mi cómplice y mi confidente.

De él se ha dicho casi todo.

Era humano, sí.

Se conmovía ante una mirada.

Era calvo, sí.

Pero le traía sin cuidado.

Era generoso, sí.

Le vi muchas veces vacío por dentro.

Era feo, sí.

Pero las mujeres pensaban lo contrario.

Era inteligente, sí.

Tanto que supo sobrevivir a Fernando Jiménez del Oso.

Era perspicaz, sí.

Por eso se hizo psiquiatra.

Era valiente, sí.

Y salió en televisión hablando de enigmas y misterios cuando nadie salía en televisión hablando de enigmas y misterios.

Era romántico, sí.

Por eso flipaba con Drácula.

Creía en Dios, sí, a su manera.

Por eso no perdía la ocasión de hacer el «pacto» con quien fuera menester...

El último del que tuve noticia fue con una tal Milagro.

Me lo contó Leyre Azpiroz:[1]

1. Leyre Azpiroz vivió una intensa experiencia con su abuelo, ya fa-

Ese año de 1990, cerca del verano, acudí con mi padre a la casa de Fernando Jiménez del Oso... En esos momentos, Fernando estaba investigando los extraños ruidos del palacio de Linares, en Madrid... Y mi padre me obligó a contar la experiencia con el abuelo muerto... No me hizo gracia, pero lo conté... Fernando escuchó pacientemente, como siempre hacía, y comentó: «No puedo decir si esa experiencia con tu abuelo muerto fue real o no. Lo que sí te digo es que no se trata de un caso aislado. Te contaré algo que me sucedió a mí...».

Entonces procedió a narrar la historia de su «pacto» con una amiga llamada Milagro... El primero de los dos que pasara al «otro lado» debería dar una señal al sobreviviente... Eso significaría que había vida después de la muerte... Y un día, al volver a casa, la mujer de Fernando le dijo: «Te ha llamado Milagro»... Y él respondió: «¡Vale! ¿Te ha dicho algo?». Pilar replicó: «No, sólo que me asegure de decirte que ha llamado»... Al cabo de tres días, Fernando se encontró con un amigo y le anunció que Milagro había fallecido dos semanas antes.

Llamé a Pilar y confirmó el hecho, pero hizo un par de precisiones:

No fui yo quien recibió la llamada telefónica, sino su secretaria... Milagro, una amiga de Fernando, preguntó por él. La secretaria la interrogó, por si quería dejar algún recado, y la voz le dijo que no... «Dígale, únicamente, que le ha llamado Milagro»... La secretaria se lo comunicó a Fernando y, al cabo de unos días, éste se encontró con un amigo común... Fue entonces cuando supo que Milagro llevaba muerta más de una semana.

El bueno de Fernando falleció el 27 de marzo de 2005, Domingo de Resurrección, como no podía ser de otra manera.

----

llecido. Una mañana sonó el teléfono y atendió Leyre. Era el citado abuelo. Preguntaba por Pepe Azpiroz, padre de Leyre. (Amplia información en *Estoy bien*.)

Pilar y Fernando Jiménez del Oso. (Foto: J. J. Benítez.)

Recuerdo que le ofrecí una rosa roja.

Y me di cuenta de que no había hecho el pacto con él. Ya se sabe: en casa del herrero...

No importaba. Lo haría después de muerto.

Y así fue.

Acudí al cuaderno de «pactos y señales» y escribí: «Querido Fernando, si estás VIVO (con mayúsculas), por favor, házmelo saber..., pero sin sustos, que te conozco».

Y establecí el protocolo: «En el siguiente número de la revista *Enigmas* (que él había dirigido) deberá aparecer un dibujo de Jiménez del Oso (lo olvidé: también era un excelente dibujante)».

Y maticé: «El dibujo, obra de Fernando, tiene que publicarse en la página tercera; en la que escribía su columna mensual: "Y digo yo..."».

Esperé.

El 1 de abril acudí al quiosco de la prensa, en Barbate, y compré el recién publicado número de *Enigmas*.

Decepción.

En la página tercera, en el editorial, Fernando mencionaba mi nombre, pero no aparecía la señal establecida: el dibujo del psiquiatra.

Algún tiempo después, indagando, supe que ese número, el 113, fue cerrado el 14 de marzo (2005). En otras palabras: trece días antes del fallecimiento de Jiménez del Oso.[1] Y decidí darle otra oportunidad.

El dibujo de marras tendría que aparecer —necesariamente— en el número siguiente y en el mismo espacio: la página tercera.

No tardé en reprocharme: «Eso es absurdo. Fernando ya no está. Él no escribirá "Y digo yo"...».

Y volví a esperar; esta vez nervioso...

Y llegó, puntual, el número 114 de *Enigmas*.

¡Dios bendito!

¡Allí estaba el dibujo que establecí como señal!

Era una caricatura de sí mismo, tirando de un ovni.

Fue una emoción intensa.

Fernando Jiménez del Oso sigue VIVO...

Tres meses más tarde, en la noche del 21 al 22 de junio de ese año 2005, tuve un sueño especialmente vívido.

Me encontraba en mitad de una carretera. Nunca supe en qué lugar.

Entonces se presentó Fernando Jiménez del Oso. Vestía los inevitables vaqueros y una chamarra marrón.

Dejó que me acercara.

Tenía el rostro serio.

---

1. Fernando ingresó en el hospital el viernes, 11 de marzo de 2005, para llevar a cabo una operación prevista con antelación. Fue intervenido de una pleurosis. Le extrajeron cuatro litros de líquido. Pero surgieron complicaciones y tuvo que ser operado de nuevo. Todo salió bien y Fernando comentó con Loren (director de la revista en funciones) que quizá el domingo, 27, pudiera recibir el alta. Pero empezó a fallar el otro pulmón y Fernando quedó encharcado. Él mismo solicitó que no se hiciera nada más y lo sedaron.

**Caricatura aparecida en la página tercera del número
114 de la revista *Enigmas* (sección «Y digo yo...»).**

Y, sin más, me echó una bronca: «¿Por qué has abandonado el tema de las piedras grabadas de Ica?».

Eso fue todo.

¡Ah!, lo olvidaba: Fernando apareció en el sueño con las manos limpias, sin el inseparable cigarrillo.[1]

Reconocí que llevaba razón. Desde 1975 no he vuelto a publicar nada sobre el enigma peruano.[2]

Y tomé buena nota...

1. Y digo yo: ¿cómo lo habrá logrado? No imagino al psiquiatra sin el cigarro en la mano...

2. El misterio de las piedras grabadas de Ica, en Perú, fue publicado en *Existió otra humanidad* (1975).

25
RETOUR

M ari Luz fue dulce y refinada.

La conocí en 1990 en Algorta (Vizcaya, España).

En aquel tiempo me contó una asombrosa experiencia con su difunto marido.[1]

Mari Luz y su marido.
(Gentileza de la familia.)

1. Amplia información sobre el caso en *Estoy bien*.

Pues bien, el 8 de septiembre de 2012, cuando preparaba *Estoy bien*, surgieron ante mí las fotografías de Mari Luz con su esposo. Ella me las había enviado.

En 1990, Mari Luz contaba setenta años de edad; quizás más. Habían transcurrido veintidós años. Y pensé: «Puede haber muerto. O quizá no».

E hice caso a la idea que acababa de recibir.

Escribiría una nota y le anunciaría que, al fin, redactaría el libro en el que aparecían ella y su marido.

Y fue en esos momentos, al escribir, cuando se me ocurrió hacer el pacto con Mari Luz. Como digo, quizá había fallecido...

Y redacté la siguiente nota:

«Querida Mari Luz: Ignoro si continúas con nosotros, o si te encuentras en la "luz". Han pasado muchos años, lo sé. Quizá esta carta pueda recibirla alguno de tus hijos o nietos. Quería comunicarles, sin más, que en 2013 pondré manos a la obra en el libro del que te hablé, y en el que aparece M. Luz y su marido (Eguillor). Cuando se publique me gustaría enviártelo.

En fin, espero recibir alguna respuesta. M. Luz era una mujer dulce. Saludos».

Después acudí al cuaderno de pactos y señales y escribí:

«Si estás en la "luz", si sigues viva, házmelo saber».

Y establecí la señal: «Alguien responderá a mi carta».

Ese mismo 8 de septiembre, sábado, eché la misiva al correo.

La respuesta no se hizo esperar, pero yo tardé un tiempo en recoger las cartas en el apartado. Fue el 1 de octubre, lunes, cuando llegó a mis manos la referida «respuesta». En realidad, a primera vista, no hubo tal. Y me explico: la carta enviada a Madrid, a la dirección de Mari Luz, fue devuelta.

Sentí tristeza y comprendí que mi amiga había fallecido.

La carta fue reexpedida el 12 de septiembre. El sobre presentaba un sello en el que se leía «DEVUELTO-*RETOUR*».

¿*Retour*?

Eso es francés...

Y una voz familiar susurró en mi interior: «Consulta el diccionario...».

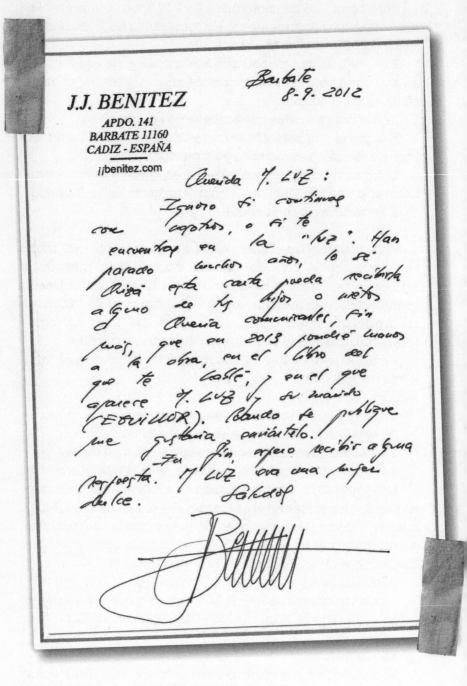

J.J. BENITEZ

APDO. 141
BARBATE 11160
CADIZ - ESPAÑA

¡¡benitez.com

Barbate
8-9-2012

Querida M. Luz:

Ignoro si continúas con agobios, o si te encuentras en la "luz". Han pasado muchos años, lo sé. Quizá esta carta pueda recibirla alguno de tus hijos o nietos. Quería comunicaros, fin amigos, que en 2013 pondré manos a la obra, en el libro del que te hablé, y en el que aparece M. Luz y su marido (ESTUILOR). Cuando te publique me gustaría enviártelo.

En fin, espero recibir alguna respuesta. M. Luz era una mujer dulce. Saludos

Carta enviada por J. J. Benítez a Mari Luz.

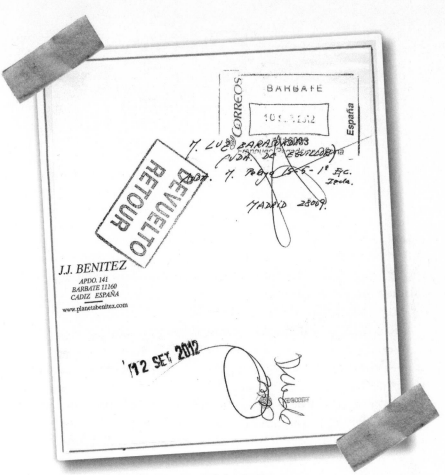

Carta devuelta por el servicio de Correos.

Así lo hice.

Retour significa «regreso o retorno». Seguí las consultas y verifiqué que la palabra «regreso» equivale a «acción de regresar o volver al sitio de donde se ha salido». «Retornar», por su parte, es «volver a un lugar en el que se estaba antes».

Quedé maravillado.

Mari Luz respondió, ¡y de qué forma! Ella estaba ahora en el lugar del que había salido... Ella regresó a la vida que tenía antes de vivir.

S upe de la dramática experiencia de Sabina en agosto de 2012. Llegó a mi casa de la mano de Germán Fernández, un amigo común.

Sinceramente, nos impactó.

He aquí una síntesis de las conversaciones:

—Teníamos una hija preciosa —explicó Sabina—. Se llamaba como yo. Era generosa y atenta. Sólo tenía quince años. Deseaba cuidar niños... Pero un trágico 23 de mayo de 2011 se puso muy enferma... A eso de las doce de la noche no tuvimos más remedio que llevarla al ambulatorio del pueblo... La tensión estaba en cuatro... Perdió la conciencia... Y cuando le colocaban las «pegatinas», para llevar a cabo el electro, Sabina se incorporó y exclamó: «Uno, dos, tres, cuatro»... Yo no estaba delante... Los testigos fueron su padre y un ATS... En esos momentos me hallaba en una sala contigua, rellenando los formularios de admisión...

—¿Se incorporó en la camilla? ¿Cómo puede ser si estaba inconsciente?

—No lo sabemos. El padre no le dio importancia y la ayudó a tumbarse de nuevo. Pero Sabina siguió empeorando y los médicos aconsejaron el inmediato traslado a un hospital más grande... Así se hizo... Y a las doce y veinte entré en una ambulancia, con mi hija... Salimos del pueblo y nos dirigimos a la capital... Cuando habían pasado veinte minutos, aproximadamente, la niña se incorporó en la camilla, se quitó la máscara de oxígeno con la mano derecha, abrió los ojos, y dijo: «Uno, dos, tres»...

La interrumpí.

—¿Se incorporó sin ayuda?

—Sí.

—¿Estaba inconsciente?

—Sí.

—Pero dices que abrió los ojos...

—En efecto. Y era una mirada a ninguna parte. Tenía los ojos muy abiertos pero carecían de vida.

—¿Era su voz?

—Sí, firme y con prisa; como si tuviera necesidad de decir algo...

La animé a proseguir.

—Acto seguido cayó en la camilla. Lo hizo de golpe. Traté de quitarle la mascarilla, al tiempo que preguntaba: «¿Qué quieres decir?... ¿Qué me quieres decir?... ¡Te quiero!». Yo estaba aterrorizada... No sabía qué estaba pasando...

—¿Seguía inconsciente?

—Sí, todo el tiempo. Y a los cinco minutos volvió a suceder... Se incorporó de nuevo, con fuerza, abrió los ojos, me miró y exclamó: «Uno, dos, tres»... Y se repitió la escena: se derrumbó en la camilla, sin sentido... Yo no sabía qué hacer... Estaba aturdida... No comprendía... Y transcurrieron otros cinco minutos... Sabina se alzó por tercera vez, retiró la mascarilla y dijo: «Me muero»... Y cayó de nuevo, de espaldas... Diez minutos más tarde ingresamos en el hospital... Era la una de la madrugada... Sabina falleció a las tres y media... Los médicos dictaminaron meningitis viral (sepsis meningo-cócica).

Me interesé por el posible significado de las expresiones de Sabina, pero la madre no supo a qué atenerse. No sabía.

En realidad, nadie sabía.

Días después del fallecimiento de la niña, el hospital remitió el preceptivo informe a los padres. En él se habla de la causa de la muerte, así como de las pruebas realizadas y del juicio clínico.

La madre recibió la carta y se encerró en su habitación.

Sabina, madre e hija.
(Gentileza de la familia.)

Al comprobar el contenido se echó a llorar desconsoladamente.

—Estaba hundida —comentó Sabina—. Y le dije a mi hija:
«Me quiero ir contigo...».

Y sucedió algo mágico.

—De pronto, en mitad del llanto, oí una música... Procedía del cuarto de la niña... Salí y me di cuenta: el aparato de
música estaba funcionando...

—¿Alguien pudo ponerlo en marcha?

—Lo pregunté. Miguel, el padre de Sabina, estaba con uno
de mis hijos, en el ordenador, en otro cuarto... El otro hijo se
hallaba en su habitación. Jugaba con la Play... Nadie había
entrado en el cuarto de Sabina...

—Pero el aparato funcionaba...

—Sí, y la música sonaba alta...

—¿Qué música era?

Sabina volvió a emocionarse.

—Era una canción de Leona Lewis... Se titula *Happy* («Feliz»).

En esta ocasión, Sabina sí comprendió el mensaje de su hija. Porque de eso se trataba. El aparato se activó solo y fue a sonar una melodía muy significativa. Algunos de los versos dicen: «Tengo que encontrar mi lugar... No se preocupen... Estoy tratando de ser feliz... Sólo quiero ser feliz... Tengo que encontrar mi lugar...». Y yo añado: Sabina ya lo encontró.

Leona Lewis.

Tras las conversaciones con la madre llevé a cabo las consultas pertinentes.

¿Qué quiso decir Sabina al pronunciar aquellos números?

El resultado —según la Kábala— me dejó perplejo.

El número «1» representa al «Absoluto» (Dios).

El «2» simboliza «la casa».

El «3» equivale a «Padre» y tiene el mismo valor que la palabra «volver». Significa, además, «revelación».

Respecto al número «4», en Kábala = Ab-bā (!).

En suma: el «mensaje» puede traducirse de la siguiente manera: «Volver (vuelvo) a la casa de Ab-bā (el Padre Azul), el Absoluto».

Hice mil comprobaciones.

No había duda.

En cuanto a los números (1, 2, 3 y 4), si los sumaba, arrojaban igualmente una cifra muy significativa: «10» (palo-cero).

Quedé desconcertado.

«10», en Kábala, equivale a «volar al cielo» (!).

Y comprendí las señales proporcionadas por Sabina.

Ella, como Mari Luz, y como todos los que fallecen, había vuelto a la realidad. Había retornado (retour) a la verdadera y definitiva vida. La materia (la Tierra) sólo fue una experiencia... Otra cuestión es que la corta vida de Sabina no sea fácil de comprender. Pero ella voló al cielo. Ella regresó a la casa del Padre Azul. Y lo advirtió.

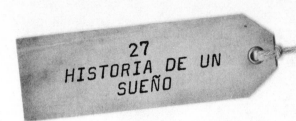

epe Guisado, amigo e investigador sevillano, me advirtió.

Y me habló del caso.

Pero, enredado en otras pesquisas, no presté la debida atención.

Llegado el momento, sin embargo, el Destino tocó en mi hombro. Y lo hizo cuando supe de la amarga experiencia de Sabina. Fue entonces cuando saltaron las alertas.

Me apresuré a buscar a Rosi Rodríguez, y a su familia, y me reuní con ellos el 16 de septiembre de 2012. Pepe Guisado se hallaba presente.

He aquí una síntesis de lo vivido por Rosi:

—La muerte de mi madre —Dolores García—, ocurrida en la madrugada del 3 de septiembre del año 2000, me llenó de tristeza. Fue un duro golpe. Tenía sesenta y cinco años. Todavía era joven. Y me enfadé con Dios.

Conviene aclarar que Rosi es católica, apostólica y romana. Ejerce también como catequista.

—Total —prosiguió—, dejé de hablarle. Y lo puse de vuelta y media. Dejé de confesar y de comulgar. No entendía por qué se la había llevado.

—¿Piensas que el Padre Azul fue el responsable de la muerte de tu madre?

Rosi me miró, alarmada. ¿Con qué clase de loco estaba hablando?

Dolores García, madre de Rosi.
(Gentileza de la familia.)

—Él se la llevó —resumió—. ¿Qué puedo pensar?

No insistí. Tampoco era el momento de explicar la «ley del contrato»...[1]

Y a finales de octubre, Rosi tuvo un sueño muy especial:

—Habían pasado casi dos meses desde el fallecimiento de mi madre. En el sueño caminábamos por una calle, cerca del cementerio. Por delante marchaban mi padre y Pepi, mi hermana. Se acercaba el Día de los Difuntos. La costumbre es ir al cementerio y arreglar la tumba. Pues bien, en ésas, en el sueño, se presentó mi madre. Yo me detuve. Mi padre y mi hermana no la vieron y continuaron su camino. Mi madre aparecía feliz y sonriente. Y me dijo:

»—Niña, ¿dónde vais?

1. Amplia información sobre la «ley del contrato» en *Al sur de la razón*.

»Me quedé mirando, extrañada. Y respondí:

»—¿Dónde vamos a ir?

»—¿Qué pasa? —preguntó ella.

»En esos instantes me di cuenta. Mi madre no sabía que estaba muerta.

»—¿Tú no lo sabes? —comenté—. Tú ya no estás con nosotros.

»Entonces, al verla tan feliz, pregunté:

»—Y tú, ¿cómo estás?

»—Estoy bien —respondió—. Muy bien, muy bien... estupendamente. No tengo ningún dolor.

»Mi madre, entonces, agarró la falda por la cintura y la estiró, al tiempo que exclamaba:

»—Mira esto...

»Sí, estaba muy delgada. En eso, Pepi miró hacia atrás y me llamó. Ahí terminó el sueño.

Intenté redondear algunos detalles.

—¿Por qué fue un sueño especial?

—Era muy real. Era como si estuviéramos hablando, pero en vida. Era muy vívido. Nunca lo olvidaré.

—Dices que tu madre parecía feliz...

—Su cara era de felicidad. Sonreía todo el tiempo. En vida lo pasó mal. Tenía reuma. Tuvo dolores durante catorce años y «caballos» en los oídos. Se presentó muy delgada.

—Háblame de su aspecto físico...

—La dentadura era perfecta. No llevaba gafas...

—¿Las necesitaba en vida?

—Sí.

—¿Cómo vestía?

—Llevaba una blusa blanca y una falda de color negro.

—¿Era ropa habitual?

—Sí. La blusa lucía una rosa bordada, en color rosa, y con un tallo verde. La falda tenía una cremallera en el costado izquierdo.

—Cuando separó la falda de la cintura, ¿cómo lo hizo?

—Con las puntas de los dedos. La estiró cosa de veinte o treinta centímetros.

—¿Viste los pies?

—No.

—¿Aparecía maquillada?

—No.

—¿Y qué pensaste después del sueño?

—Me quedé más tranquila...

—¿Por qué?

Rosi dudó, pero fue sincera:

—Mi madre no sabía leer ni escribir... Pensé que, al morir, podía estar perdida. Ella no sabía leer los carteles.

Quedé sorprendido. Nunca imaginé que en el cielo hubiera carteles...

—¿Piensas que está viva?

—Ahora sí...

Y en diciembre de ese año 2000 tuvo lugar otro hecho poco común:

—Mi marido y yo acudimos a un mercadillo. Y, no sé por qué, fui a detenerme frente a uno de los puestos. Había muchos discos. Y tampoco sé decirte por qué, pero me fijé en uno de los cedés. Lo compré y, al regresar al coche, lo introduje en el aparato de música. Era un disco de un grupo muy conocido: La Oreja de Van Gogh. Y, ante nuestra sorpresa, saltó la última canción, la número 14... Se titula *Historia de un sueño*.

—¿Quieres decir que no sonó la primera canción, como hubiera sido lógico, sino la catorce?

—Exacto. Y en esa canción se habla de sueños...

Escuché el CD en cuanto fue posible y, en efecto, algunos versos son sorprendentes: «Perdona que entre sin llamar... Tenía que contarte que en el cielo no se está tan mal... Promete que serás feliz... Tan sólo me dejan venir dentro de tus sueños para verte a ti...». No cabe duda: el compositor —Xabi San Martín— estuvo especialmente «inspirado»...[1]

1. La canción me recordó el caso de Luana Anjos, en Brasil. Amplia información en *Estoy bien*.

14. Historia de un sueño 3.44

Música y letra: Xabi San Martín

Perdona que entre sin llamar,
no es ésta la hora y menos el lugar
Tenía que contarte que en el cielo no se está tan mal.

Mañana ni te acordarás,
"tan sólo fue un sueño" te repetirás.
Y en forma de respuesta pasará una estrella fugaz.

Y cuando me marche estará mi vida en la tierra en paz.
Yo sólo quería despedirme, darte un beso y verte una vez más.

Promete que serás feliz,
te ponías tan guapa al reír
Y así, sólo así,
quiero recordarte.
Así, como antes,
así, adelante,
así, vida mía,
mejor será así.

Ahora debes descansar
deja que te arrope como años atrás.
¿Te acuerdas cuando entonces te cantaba antes de ir a acostar?

Tan sólo me dejan venir
dentro de tus sueños para verte a ti.
Y es que aquella triste noche no te di ni un adiós al partir

Y cuando me marche estará mi vida en la tierra en paz.
Yo sólo quería despedirme, darte un beso y verte una vez más.

Promete que serás feliz,
te ponías tan guapa al reír
Y así, sólo así,
quiero recordarte.
Así, como antes,
así, adelante,
así, vida mía,
ahora te toca a ti,
sólo a ti,
seguir nuestro viaje.
Se está haciendo tarde,
tendré que marcharme.
En unos segundos vas a despertar

15.

Música: Amaia Montero y Xabi San Martín
Letra: Pablo Benegas
producido por Xabi San Martín y mezclado
junto a Bori Alarcón

Editorial de todos los temas SONY/ATV Music Publishing

Letra de la canción *Historia de un sueño*, de La Oreja de Van Gogh.

Rosi, con el disco en el que aparece *Historia de un sueño*. (Gentileza de la familia.)

La canción —tampoco sé por qué me fijé— tiene una duración de 3 minutos y 44 segundos. En Kábala, «344» equivale a «encantamiento y paraíso». El número de orden de *Historia de un sueño* («14») tiene el mismo valor que la palabra «plegaria».

Y resulta igualmente asombroso (?) que esa mañana del domingo, 16 de septiembre de 2012, poco antes de reunirme con Rosi, yo estuviera repasando un cuaderno de campo de 1998 en el que pude leer: «13 de enero: Regreso a "Ab-bā" a las 22 horas. Cena. Hablamos Blanca y yo del libro de los "resucitados". A ambos se nos ocurre un título, a la vez: *Estoy bien* (!)».

Lo que te conté mientras te hacías la dormida, de La Oreja de Van Gogh.

¿Casualidad? Lo dudo...

Por cierto, entre 1998 y 2012 transcurrieron catorce años. Es decir: 1 + 4 = 5 = 101 (palo-cero-palo).

Sí, la magia de las señales...

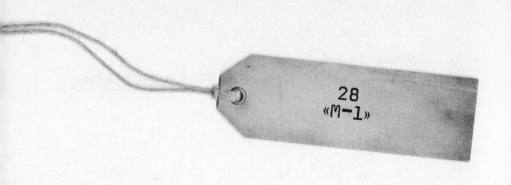

F ue un viernes, 11 de enero de 2002, mientras paseaba por la bella ciudad peruana de Cuzco, cuando se me ocurrió hacer el pacto con Javier Cabrera Darquea. Llevaba días pensando en él. Javier fue el médico que reunió más de once mil piedras grabadas en la población de Ica.[1]

Según mis noticias, Cabrera había fallecido doce días antes.

Me hallaba en Perú, grabando la serie de documentales *Planeta encantado*. Uno de los objetivos era entrevistar a Javier Cabrera. Pero el Destino tenía otros planes...

Aun así no modifiqué el programa. Me trasladaría a Ica al día siguiente y grabaría en la casa museo el domingo, 13 de enero.

Conocí a Cabrera en 1974, cuando me mostró las piedras por primera vez. Quedé fascinado. Desde entonces procuré visitarle con regularidad. Javier me habló de sus descubrimientos, de sus preocupaciones y de sus sueños. Nos hicimos amigos. Yo sentía una especial veneración hacia él.

Y decidí hacer el pacto.

Y escribí: «Si estás vivo —quizá en los mundos MAT— dame una señal».

---

1. Cabrera defendía que las piedras grabadas eran obra de una humanidad desaparecida. En los grabados se ven operaciones quirúrgicas, dinosaurios conviviendo con el hombre, aparatos voladores, planos aéreos de la Tierra e, incluso, trasplantes de órganos. La ciencia nunca reconoció las teorías del médico de Ica. Amplia información en *Existió otra humanidad*.

Javier Cabrera Darquea.
(Foto: Fernando Múgica.)

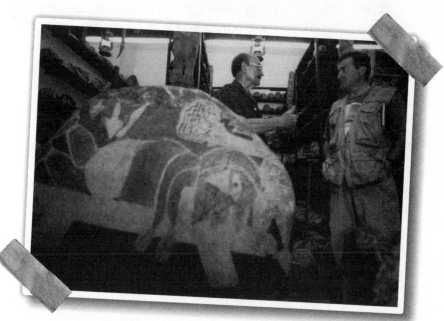

Javier Cabrera y J. J. Benítez en la casa museo de Ica.
En primer plano, una piedra grabada en la que se
describe un trasplante de cerebro. (Foto: Iván Benítez.)

Y establecí el protocolo:[1] «El día que acuda a Ica, mientras visite tu casa museo, deberé ver o recibir la letra "M" y el número "1"; es decir: "M-1" (equivalente a MAT-1)».

Finalicé el protocolo y me eché a reír. La señal era demasiado difícil...

Pero ¿quién soy yo para dudar de la eficacia de los cielos?

Y respeté lo escrito.

El domingo, 13 de enero, según lo previsto, el equipo de *Planeta encantado* se presentó en la plaza de Armas de Ica. En total, diez personas.

Eran las 11.30 de la mañana.

Yo era todo ojos...

Llamé al viejo portón, color caoba, y esperamos.

Abrió María Eugenia, una de las hijas del doctor Cabrera.

No respondí al saludo. En realidad me quedé mudo.

No podía moverme.

Estaba petrificado.

En la pared rosa de la fachada de la casa museo, cerca de la jamba derecha del portón, a cosa de 1,70 metros del suelo y perfectamente visible, descubrí una «M», mayúscula, y, al lado, un «1» (M-1). Habían sido pintados con lápiz de carbón.

Blanca, junto a la señal «M-1».
(Foto: J. J. Benítez.)

1. El pacto es firme cuando queda registrado por escrito. Es lo que llamo «protocolo».

Imagen tomada días antes del fallecimiento de Javier Cabrera (en el centro). En la pared (señalado con el círculo) no se observa ninguna marca. (Gentileza de María Eugenia Cabrera.)

El equipo pensó que me sucedía algo y fue necesario retrasar la grabación del reportaje.

Por supuesto que me pasaba algo... ¡Me hallaba feliz y desconcertado! ¡Era la señal solicitada!

Cuando pregunté, María Eugenia aseguró que la marca (M-1) era cosa de los instaladores del agua, o quizá de los electricistas.

Poco importaba.

La cuestión es que «M-1» apareció en el lugar y en el momento oportunos...

Javier Cabrera está vivo y, en esos momentos, en MAT-1.

Cabera había cumplido..., como siempre.

Revisé la casa museo pero no hallé ninguna otra señal.

Al repasar la fachada, Blanca advirtió la existencia de un contador de la luz. En él aparecía el familiar «IOI» (palo-cero-palo) y otra numeración: 97,5 kWh. Era el consumo eléctrico de la casa hasta ese momento.

Tomé nota y, al regreso a España, verifiqué que el número «97», en Kábala, equivale a «destino». El «5», por su parte, tiene el mismo valor que la palabra «portón» y «entrada» (!).

Como decía el mayor de la USAF en *Caballo de Troya*, mensaje recibido...

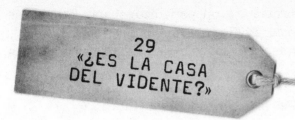

29
«¿ES LA CASA DEL VIDENTE?»

E n ocasiones, las señales proceden de personas desconocidas.

A estas alturas del «negocio» sé que nada es imposible para el buen Dios.

Éste fue el caso de Jesús de Polanco...

El sábado, 21 de julio de 2007, a eso de las dos de la tarde, me enteré, por la radio, del fallecimiento de Polanco, fundador

Jesús de Polanco.

del grupo PRISA, propietario del periódico español *El País* y de la Cadena SER (Sociedad Española de Radiodifusión).

La verdad es que no lo conocía. Jamás tuve relación con él.

Y esa tarde, hacia las 18 horas, al encerrarme con el fin de estudiar, oí de nuevo la maravillosa «voz» interior:

—Haz el pacto con Polanco —susurró.

—¡Qué tontería! —repliqué—. No le conocía de nada...

Y los susurros insistieron.

También he aprendido a seguir los consejos de ese Alguien que me habita desde los cinco años. Él sabe...

Así que tomé el cuaderno de pactos y señales y escribí: «Mi desconocido Jesús de Polanco: siento molestarte. Sé que ahora estás feliz y con la boca abierta... Cumplo órdenes. Si te encuentras en "M-1", por favor, hazme llegar una señal. Insisto: siento molestarte...».

¡Qué ridiculez!

Y la «voz» susurró:

—¡Cabezota!

Pensé en la señal y rematé el protocolo: «El 23 de julio, lunes, deberá aparecer en el correo la letra "k" o la palabra "ka"».

Eran las 18.30 horas del sábado, 21 de julio de 2007.

Y apreté: «Nada de correo electrónico. Tiene que ser en el correo de a caballo... Recuerda: "k" o "ka"».

El lunes, 23, Blanca acudió a Barbate y recogió las cartas.

A la hora del almuerzo las revisé. Había muchas.

Leí la mitad y el resto se quedó para el día siguiente.

La verdad es que el pacto con Polanco se difuminó. En las diez cartas leídas no se presentó la señal convenida. Y pensé: «Me he equivocado».

El martes, 24, leí el resto de la correspondencia.

¡Sorpresa!

Una de las misivas era de Ana María Alonso de la Sota, egiptóloga.

Enviaba un informe sobre «K», el personaje mitológico del antiguo Egipto. Y adjuntaba seis páginas sobre «k», extraídas del diccionario de Elisa Castel. Recordé que se lo había pedido meses atrás.

el hombre sobrevive a la muerte, tiene que unirse de nuevo a su *Ka* en el Más Allá, aunque haya dejado su cuerpo, lo cual es una idea lógica» El *Ka* fue traducido por Gaston Maspero como "doble vital", aunque también se ha empleado el término "doble" y "gemelo" Está representado en el templo de la reina Hatshepsut en Deir el-Bahari (Dinastía XVIII). Allí el dios Jnum se encuentra moldeando en su torno de alfarero una figura que corresponde a la reina y otra gemela que representa a su *Ka*. Es decir, como elemento del ser humano nacía y se creaba con la persona o con cada divinidad. Pero curiosamente el *Ka* también está presente en objetos teóricamente inanimados como son las estatuas (como representaciones fieles del hombre) o los alimentos. Por otro lado la expresión "ir al

Ka" fue un giro idiomático egipcio para expresar "renacer" y "morir" (Gordon 1996).

El *Ka* era invisible, permanecía junto al hombre hasta que acaecía la muerte, momento tras el cual se unía a la divinidad. Sin embargo, para que subsistiera necesitaba nutrirse de alimentos y bebidas que eran ofrendadas por un clero instituido para tal misión, "los sacerdotes del *Ka*", o, en su defecto, por las vituallas representadas en los muros o mesas de ofrendas, ubicadas en las tumbas a modo de talismán mágico, para el caso de que estas ofrendas no se hicieran puntualmente. La falta de esta alimentación causaba la desaparición del *Ka* y, por tanto, esfumaba la esperanza de vida tras la muerte y por ello estas ofrendas iban acompañadas de una frase "tipo", «Ofrenda para su *Ka*». Es decir, siempre que el *Ka* viviera en la eternidad, se garantizaba la vida eterna del individuo.

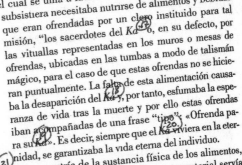

Es evidente que el *Ka* no se nutría de la sustancia física de los alimentos, sino que tomaba de ellos su esencia espiritual. Así el soporte material servía para la alimentación de los sacerdotes encargados de su culto.

Veamos qué nos dicen los propios egipcios en relación con el *Ka*: en los *Textos del las Pirámides* (§1652-1653), del Reino Antiguo, se relaciona el *Ka* de Atum-Jepri con la animación del "ser" de estos dioses, pero además también lo para la "animación" de la pirámide del monarca, para que ésta perdure y a guardar el "alma" del fallecido a través de la eternidad.

En los *Textos de los Sarcófagos*, del Reino Medio, también se menciona al . En el Encantamiento 254, se exhorta al hombre para que cuide su "doble"

Parte del informe remitido por Ana María Alonso de la Sota sobre «K».

Conté las letras «k» y las palabras «ka» que contenían el informe y la carta de Ana María: ¡57!¹

La carta de Ana fue fechada el 7 de julio y matasellada el día 11. Blanca acudía cada semana a Correos. ¿Por qué la misiva de la egiptóloga llegó a mis manos, justamente, cuando efectué el pacto?

Pura magia...

Pero la cosa no quedó ahí.

Ese martes, 24 de julio (2007), tuve que viajar a Cádiz capital. Fue un viaje relámpago.

Y a las 19 horas, de regreso a «Ab-bā», cuando circulaba frente a un almacén de madera llamado Polanco, cerca de Chiclana, sonó el teléfono móvil.

En esos momentos le daba vueltas y vueltas al asunto de Polanco.

También era casualidad... ¿Casualidad? Lo dudo.

No suelo responder al teléfono cuando conduzco, pero esta vez lo hice.

Leí un número terminado en 629. No supe quién era.

—Diga...

Y contestó una señora:

—¿Es la casa del vidente?²

Me quedé de piedra.

—No, se ha confundido —acerté a responder.

Y corté la comunicación.

Lo tuve claro. Al Padre Azul le chiflan las señales...

---

1. Asombroso: el número «57», en Kábala, equivale a «duelo, dolor, pena y aflicción».

2. En hebreo, «vidente» equivale a «profeta».

30
UNA RÁFAGA
DE VIENTO

Isabel Sánchez es muy especial... Y le suceden cosas especiales.

Una de ellas se registró el 4 de agosto de 2007.

Isabel pasaba unos días de descanso en una playa del sur de España, cerca de «Ab-bā», mi casa.

Así me lo contó:

Isabel M. Sánchez.
(Gentileza de la familia.)

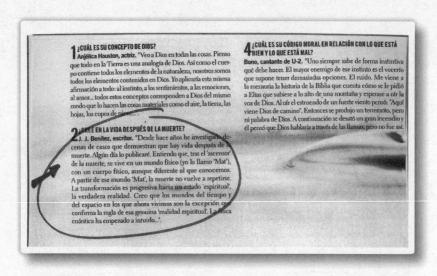

El viento abrió la revista por una página en la que aparecía un texto de J. J. Benítez.

Ese día me hallaba en la playa, cerca del mar... Me quedé sola... Todos se bañaban... Mi tía Manoli había conseguido una serie de revistas... Se las prestó una amiga... Casi todas eran atrasadas... Puede que hubiera quince o veinte... Pues bien, decidí hojear una de ellas... La tomé, al azar, y la puse sobre las rodillas... Y en eso estaba cuando, de pronto, se levantó un viento muy fuerte... Me pareció un viento raro... Agitó la revista y ésta se abrió por una página en la que aparecía un escrito suyo... Era la respuesta a una pregunta... Una especie de encuesta... Yo he leído sus libros y me llamó la atención... Y el viento cesó, tan misteriosamente como llegó... Entonces leí lo siguiente: «¿Cree en la vida después de la muerte?», le preguntaba el periodista. «Desde hace años», respondía usted, «he investigado decenas de casos que demuestran que hay vida después de la vida. Algún día lo publicaré.[1] Entiendo que, tras el "ascensor" de la muerte, se vive en un mundo físico (yo lo llamo "MAT"), con un cuerpo, aunque diferente al que conocemos. A partir de ese mundo "MAT", la muerte no vuelve a repetirse. La transformación es progresi-

1. La información aparece en *Estoy bien*.

206

va hacia un estado "espiritual", la verdadera realidad. Creo que los mundos del tiempo y del espacio en los que ahora vivimos son la excepción que confirma la regla de esa genuina "realidad espiritual". La física cuántica ha empezado a intuirlo...».

Pues bien al día siguiente recibimos una llamada telefónica... Miguel Ángel, un amigo de mi tía, había sufrido un accidente... Acababa de morir... El fallecimiento se produjo hacia la una, la hora en la que el viento agitó la revista y la abrió por la página que he mencionado... Era joven... Tenía cuarenta y dos años... No sé explicarlo, pero supe que aquel viento obedecía a una fuerza sobrenatural... Suspendimos las vacaciones, claro.

Sutilezas de Ab-bā, el Padre Azul...

A quel 24 de marzo de 2012 fue sábado.

Me hallaba solo.

Blanca había emprendido una de sus habituales aventuras. Se encontraba en Nepal, con un grupo de amigas.

Por la mañana, a eso de las doce, acudí a Correos.

Jorge Suárez. (Gentileza de la familia.)

A las 14 horas, mientras almorzaba, fui abriendo las cartas y leyéndolas.

Una hora más tarde, cuando me disponía a abrir la última misiva, sonó el teléfono.

Era Blanca, desde Katmandú.

Y me dio la noticia: Jorge Suárez, de Capilla del Monte, en Argentina, había muerto. La información se la hizo llegar Luz, esposa de Jorge.

Jorge Suárez falleció el 15 de marzo, como consecuencia de un aneurisma de aorta. Lo conocí en 1989, en una expedición al cerro del Uritorco, en compañía del querido doctor Jiménez del Oso. Nos hicimos amigos. Jorge era un gran investigador del fenómeno ovni y mejor persona.

Fue instantáneo: al recibir la noticia de su fallecimiento pensé en hacer el pacto con él.

No lo hice en vida, pero eso, como ya he mencionado, poco importa.

Y escribí: «Si estás vivo, si estás en los mundos MAT, como creo, por favor, házmelo saber».

Y establecí la señal: «En la próxima remesa de cartas deberá aparecer la palabra MAT».

Y proseguí mi trabajo, sin percatarme de la carta que había quedado por abrir.

Fue a las 21 horas de ese sábado, 24 de marzo, al regresar a la cocina, cuando me fijé en la carta. Era de Néstor Rufino, de Sevilla. Aparecía fechada el 16 de marzo (al día siguiente de la muerte de Jorge) (!).

La leí dos veces.

En la carta se repetía la expresión «mundos MAT» en tres ocasiones.

Supongo que palidecí.

Jorge Suárez está vivo.

Tres días después llegaba otra carta, fechada el 17 de marzo, enviada por Isabel Jiménez, de la localidad madrileña de Parla. En ella leí también la expresión «mundos MAT»..., por si tenía alguna duda.

vueltas al asunto. Yo también pienso que mi madre debe de estar mejor que nosotros, en esos mundos MAT que usted describe en "Al fin libre". La vida me pa-

Ya le digo, fue un sueño muy especial. Pensé en los mundos MAT pero cualquiera sabe...

un grupo de mundos agrupados en una retícula rectangular. He pensado si serían los mundos MAT... Le dibujo unos croquis:

VENTANAL

«Mundos MAT», repetido tres veces en la carta de Néstor. Jorge Suárez cumplió el pacto.

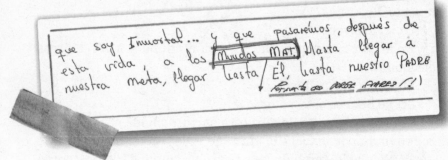

que soy Inmortal... y que pasaremos, después de esta vida, a los Mundos MAT Hasta llegar a nuestra meta, llegar hasta El, hasta nuestro PADRE

«Mundos MAT» (Carta de Isabel Jiménez, de Parla).

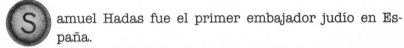

32
SAMUEL HADAS

S amuel Hadas fue el primer embajador judío en España.

Lo conocí en 1985, por mediación de Pilar Cernuda, una de las mejores periodistas españolas.

Samuel Hadas. (Gentileza de la familia.)

Samuel Hadas me recibió en diferentes oportunidades.

Nos caímos bien, creo.

Él supo de mis investigaciones en Israel, siempre tras los pasos del Jefe, y tuvo a bien regalarme La Misná (1.436 páginas sobre la ley oral judía). Aprendí mucho con su lectura.

Pues bien, el 13 de enero de 2010, miércoles, al leer la prensa, tropecé con la noticia: Hadas acababa de fallecer.

Le deseé un tránsito rápido y apacible y pensé, de inmediato, en hacer el pacto. Samuel, como buen judío, disfrutaba de un agudo sentido del humor...

Me fui al cuaderno de pactos y señales y escribí:

«Si estás vivo, dame una señal».

Y redondeé: «Envíame una estrella. No importa cómo. Plazo: 24 horas».

Y dudé.

¿Una estrella de David o una de cinco puntas?

No importaba. La cuestión era recibir una estrella.

La verdad es que casi me eché atrás. La señal se me antojó difícil. Pero mantuve el protocolo.

Hadas es puntual y cumplió.

Al día siguiente, jueves, en el correo, encontré una carta de Diego Vallejo, de Navarra (España). Junto a la misiva había adjuntado un precioso regalo: dos dibujos, fabricados con recortes de papeles de colores. Uno era para Blanca y el otro para mí. En el mío se distinguían siete estrellas (!) de cinco puntas cada una. Formaban la constelación de Orión, mi favorita. Todo un detalle por parte de Vallejo y de Hadas... En el cuadro de Blanca no aparecía ninguna estrella.

Me di por satisfecho.

Hadas está vivo.

Cuadro de Diego Vallejo, con siete estrellas. (Foto: Blanca.)

213

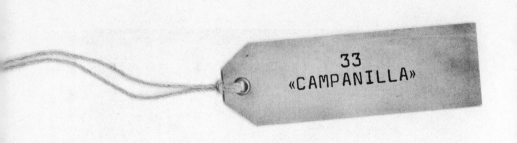

33
«CAMPANILLA»

E ran las nueve de la mañana del 29 de diciembre de 2007.

Nos dirigíamos al aeropuerto de Ezeiza, en las proximidades de Buenos Aires.

El taxi volaba.

De pronto sonó el teléfono móvil de Blanca.

Mi mujer mantuvo una breve conversación y colgó.

—«Campanilla» ha muerto —comentó con tristeza—. Ha sido esta madrugada...

«Campanilla» era el doctor Enrique Vila, un viejo y querido amigo.

Blanca telefoneó a la viuda y confirmó la noticia.

El sabio falleció a las tres de la madrugada de ese 29 de diciembre, en Sevilla (España). Contaba sesenta y siete años de edad.

Y digo bien. Enrique Vila era el típico sabio despistado. Su pasión era el estudio. Había escrito libros sobre parapsicología. Le fascinaban las experiencias cercanas a la muerte. Al morir tenía entre manos dos libros que no llegó a concluir: *Vivir con los ángeles* y *La enfermedad como camino*. Enrique era de otro mundo. En realidad flotaba. De ahí el sobrenombre de «Campanilla».

Y, mientras rodábamos hacia el aeropuerto, traté de recordar: ¿había hecho el pacto con él?

Casi estuve seguro: no lo hice.

Y allí mismo, en Ezeiza, improvisé un pacto con Enrique Vila.

Enrique Vila, María Ángeles, su viuda, y *Seti*, el pastor alemán. (Gentileza de la familia.)

«Si estás vivo —escribí en el cuaderno de campo—, si has visto la luz, como supongo,[1] por favor, dame una señal.»

¿Qué señal solicitaba al bueno de «Campanilla»?

Fue entonces, mientras hacíamos tiempo en el aeropuerto, al hojear un libro sobre el Amazonas, cuando llegó la idea. Y escribí:

«Si está vivo, que vea o que me regalen una mariposa azul. Plazo: hasta las campanadas de fin de año».

¿Una mariposa azul?

«Eso es casi imposible —me dije—. La *Morpho* es una mariposa tropical. Habita en las selvas del Amazonas y de Centroamérica. Estoy en Argentina, a punto de entrar en un avión, y rumbo a España...»

---

1. Uno de los libros más importantes del doctor Vila fue *Yo vi la luz*, sobre experiencias cercanas a la muerte.

Pero un pacto es un pacto y lo dejé estar. «Campanilla» es capaz de eso y de mucho más.

El vuelo —Air Comet (7038)— despegó de Buenos Aires a las 13 horas y 55 minutos (con una hora de retraso). El Airbus 340 lo pilotaba el comandante Ignacio Blázquez.

Ni que decir tiene que en las 11 horas y 20 minutos que duró el vuelo no vi una sola *Morpho*.

A las siete y media de la mañana del día siguiente embarcábamos en el AVE, rumbo a Sevilla. En el tren tampoco sucedió nada extraño, salvo una gratificante conversación con Rafael Álvarez, *el Brujo*, un actor de teatro al que admiro.

A las 13 horas llegamos a «Ab-bā», en la costa de Cádiz.

La mariposa azul seguía sin dar señales de vida.

Y decidí relajarme. Había tiempo...

Recuerdo que fue a las 13.30 cuando entré en mi despacho, dispuesto a organizar papeles.

Al acercarme a la mesa la vi...

¡Una mariposa azul!

¡Dios bendito!

No la recordaba, aunque siempre había estado allí, estampada sobre el tapete negro de goma de *Discovery Channel* en el que deposito habitualmente la taza de café. *La Morpho*, preciosa, se hallaba «posada» muy cerca de dos palabras que se me antojaron especialmente significativas en esos momentos: «aventura humana».

Me sentí invadido por una intensa emoción.

«Campanilla» —lo sabía— está vivo.[1] A su manera cumplió el pacto...

---

1. En griego, las palabras «mariposa» y «alma» se escriben de la misma manera: «psyché». Las mariposas azules simbolizan la esperanza y la resurrección.

Una mariposa azul sobre la mesa del despacho de J. J. Benítez.
(Foto: Blanca.)

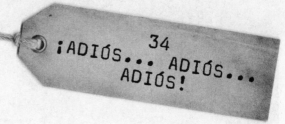

Por supuesto, no fui el único en tener una experiencia con el difunto «Campanilla». También al doctor Moli le sucedió «algo» especial.

Manuel Molina, *Moli*, es otro gran amigo de Enrique Vila.

Esto fue lo que me contó:

Ese día [29 de diciembre] me dieron la noticia de la muerte de mi querido amigo y colega, aunque llamarle colega es un gesto de presunción por mi parte. Jamás podría llegar a su altura científica y humana...

Un tumor cerebral terminó con su vida.

Pues bien, Adela y yo nos trasladamos a Sevilla y acompañamos a la viuda en el tanatorio. A la hora de retirarnos a descansar, Ángeles no permitió que fuéramos a un hotel y solicitó que durmiéramos en su casa.

Así lo hicimos.

Y durante un buen rato recordamos a «Campanilla».

Después nos fuimos a dormir.

Desde hace tiempo, cada vez que salgo de viaje, tengo la costumbre de dejar el móvil cerca de la cama. Mi madre ya es octogenaria y nunca se sabe...

El caso es que, de madrugada, la pantalla del teléfono se iluminó, y de qué forma...

Me desperté y vi la habitación iluminada. Podía distinguir los detalles.

Eché mano del móvil y comprobé que no había ninguna llamada.

¡Qué extraño! ¿Por qué se iluminó?

Miré el reloj. Las dos y cincuenta y cinco minutos.

Y recordé: era la hora en la que falleció Enrique.

Habían transcurrido veinticuatro horas justas...

Después creí ver a mi amigo, en la habitación, despidiéndose.

Enrique me decía adiós, con las manos abrazadas.

Fue una sensación increíble. Me llenó de paz.

Le saludé y me di la vuelta, justo en el momento en que se despertaba Adela. Mi mujer preguntó por la iluminación que llenaba el cuarto.

—Ha sido Enrique —le dije—. Ha venido a despedirse.

A la mañana siguiente, Ángeles preguntó:

—¿Has tenido alguna visita esta noche?

Respondí afirmativamente y la viuda replicó:

—Enrique...

Esa mañana del 31 de diciembre, «Campanilla» fue incinerado.

Fue también un teléfono celular el protagonista del caso vivido por Elías Bravo, otro médico español.

He aquí una síntesis de mis conversaciones con él:

Mi padre ingresó en el hospital por su propio pie... Padecía una reagudización de EPOC (enfermedad pulmonar obstructiva crónica)... El caso es que se agravó en los últimos días... No podía respirar... Se ahogaba... Fue una larga y dura agonía... El 18 de enero de 2002, a eso de las cuatro y media de la tarde, cuando me encontraba trabajando en la clínica Asepeyo, escuché tres pitidos... Era el teléfono móvil... Lo llevaba debajo de la bata de médico, en el bolsillo de la camisa... Quedé asombrado... ¡El teléfono estaba lógicamente apagado!... Fueron tres pitidos fuertes y nítidos... Me hice con el celular y vi, en pantalla, la palabra «adiós»... Tuve un presentimiento... Se repitió tres veces, y parpadeando: «Adiós... Adiós... Adiós»... Mi padre, que se hallaba en otro hospital, falleció esa madrugada... No he logrado explicar lo sucedido... El teléfono, como te digo, se encontraba bloqueado... Mi trabajo, como médico, así lo requiere... Y, sin embargo, sonó tres veces... Después se quedó en blanco... Tampoco pude entenderlo... Para que aparezca en blanco hay que manipularlo... Para colmo, mi padre no tenía celular, y tampoco mi madre, que en esos momentos estaba con él... Sencillamente, mi padre quiso despedirse... Así lo interpreto.

Algunos años después me tocó vivir una experiencia parecida a la del doctor Bravo.

Esto fue lo que escribí en el cuaderno de pactos y señales:

«15 de marzo de 2008, sábado.

Por la mañana, mientras escribo *El habitante de los sueños*,[1] Blanca entra en el despacho y me comunica que ha llamado Pedro Lloberas, de Barcelona... Ha muerto Rosita Torrents, amiga desde hace muchos años... Era una eminente grafóloga y perito caligráfico de la Audiencia Territorial de Barcelona... Decido hacer el pacto con ella... "Si estás viva, por favor, dame una señal"... La señal la dejo a su criterio... Ella sabe... Eran las 11.01 horas... En esos instantes, mi teléfono móvil aparece en negro... No lo entiendo... No es un problema de batería... Después comprendí... Rosita se dio prisa en responder al pacto... Ella había fallecido el día anterior, justamente a las 11.01 horas... ¡101!... ¡Rosita vive!».

1. Novela no publicada.

Rosita Torrents
Boley.
(Gentileza
de la familia.)

35
UNA MARIPOSA
NEGRA Y AMARILLA

Años después de la experiencia con la mariposa azul, en plena organización de *Pactos y señales*, fui a recibir una carta que me hizo volar a Murcia (España). La escribía Pedro García, un hombre sabio y humilde, sin duda.

Pedro —¡qué casualidad!— contaba una singular experiencia con una mariposa...

Pedro y Lala, su esposa. (Foto: Blanca.)

222

El 23 de agosto de 2013 me reuní con Pedro y con Lala, su esposa, en una pequeña pedanía de Lorca, al norte de Murcia. A la conversación asistieron Juan Antonio Ros, investigador, y Lorena, su mujer.

—En aquel tiempo —explicó Pedro— vivía en la ciudad de Veracruz, en México. Concretamente en la calle Constitución, en el número 57. Era una casa de huéspedes que se llamaba Florencia.

Lala Cruz asintió.

—Sucedió en la tarde del 4 de mayo de 1991. De pronto, a eso de las ocho, Lala, mi mujer, vio una mariposa negra y amarilla...

Lala volvió a asentir con la cabeza.

—Dice que salió de mi pecho, pero de eso no estoy seguro. Y la mariposa empezó a revolotear a mi alrededor.

—¿Dónde se encontraba usted en ese momento?

—En mi habitación. Traté de espantarla, pero no hubo forma. La mariposa me seguía a todas partes. Salía del cuarto y volaba a mi lado. Llegó a posarse en los hombros en varias ocasiones.

—¿Cómo era?

—Pequeña y muy bonita.

Tres horas después, hacia las once de la noche, Pedro recibió una llamada telefónica de España.

—Era mi hermano. Me comunicó que mi madre estaba muy grave.

—¿Y la mariposa?

—Continuó a mi lado, incansable.

—¿Revoloteaba alrededor de otras personas?

—No. Sólo permanecía conmigo. Entré y salí de la casa, como le digo, y siempre la tuve cerca.

Fue una noche muy larga para Pedro. Él sabía que su madre agonizaba. Y la mariposa negra y amarilla no se despegó de su lado.

—Así fue —prosiguió—. La mariposa estuvo conmigo hasta las cinco de la madrugada. A esa hora volvió a telefonear mi hermano. Y me dio la noticia: mi madre acababa de morir.

—¿Qué sucedió con la mariposa?

—Desapareció.

Hice cuentas. La pequeña mariposa permaneció nueve horas junto a Pedro.

—Jamás volvimos a verla —añadió con los ojos húmedos.

—¿Cómo interpreta su presencia?

—No lo sé con exactitud. Quizá fue el espíritu de mi madre. Quizá quiso despedirse.

—¿Cree en las casualidades?

Pedro sonrió.

—No, para nada.

—¿Qué opina de la muerte?

—La gente está engañada...

—No comprendo.

—La muerte no existe. Somos eternos. El cerebro es un instrumento del alma y nos hace creer lo que no es cierto. Con la muerte no se termina: se empieza o, mejor dicho, se continúa.

—¿Cree usted que somos eternos?

—Procedemos de la eternidad y a ella regresaremos.

—¿Y qué es la vida?

—Un malentendido.

—¿Cómo dice?

—Interpretamos la vida de forma errónea. No es lo que parece. Nacemos para vivir; es decir, para experimentar. Y eso sucede durante un tiempo. Después volvemos a la realidad.

—Eso me suena...

—Claro —sonrió con picardía—. Lo he leído en sus libros...

—¿Por qué me escribió?

—Al leer *Caná* sentí un impulso. Fue como si «alguien» susurrara: «Escríbele y cuéntale».

Teresa, madre de Pedro. (Gentileza de la familia.)

Lo dicho: Pedro es un hombre sabio...

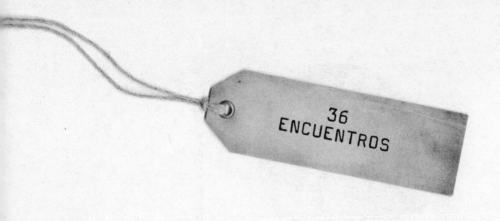

36
ENCUENTROS

Supongo que le ha sucedido a casi todo el mundo.

Me refiero a los encuentros imposibles, o supuestamente imposibles.

En mi opinión, cuando se analiza con detalle, cada uno de esos «encuentros» se convierte en una señal.

Es como si los cielos, en un momento delicado para la persona, susurraran: «¡Ánimo! Todo está bien...».

Pero lo sé: la vida se ocupa de no dejarnos ver...

En mis archivos duerme una treintena de encuentros extraños y misteriosos.

He seleccionado cinco.

No sé si son los más importantes. En su momento me impactaron.

El primero de estos encuentros lo vivió Alain, hijo de Blanca, mi esposa. Alain es un joven de treinta y pocos años, muy querido.

Así lo contó:

—Vivía entonces en Buenos Aires. Como sabes, hacía la carrera de cine. Fue en octubre. No sé si estábamos en 2006 o en 2007... La cuestión es que, a eso de las dos de la tarde, cuando regresaba a casa, sucedió algo insólito... Caminaba por la avenida del Libertador... Yo iba sumido en mis pensamientos, y con la cabeza baja... La caldera se había estropeado... Eso significaba un gasto extra de quinientos pesos... Tenía que recortar las cuentas mensuales...

Maika, mi mujer, e Iraultza, el niño, se encontraban en España... Los echaba de menos... Y fue a la altura del número 6000, más o menos, frente al Instituto de la Armada, cuando vi caminar hacia mí a un hombre... Era alto y fuerte... Quizá medía 1,90... Tenía aspecto desaliñado, barba y pelo largos... No lo conocía de nada... Y al llegar a mi altura, sin más, exclamó:

»—Tranquilo... Todo va a salir bien.

»Me detuve y dije:

»—¿Sí?

»Y él respondió:

»—El camino lo tienes delante de tus ojos. Sólo debes seguir haciendo el bien.

»Me acerqué, le di las gracias, y estreché su mano. Después continué... Crucé la calle, miré hacia atrás, pero ya no estaba... Había desaparecido.

—¿Cuánto tiempo pasó hasta que miraste hacia el desconocido?

—Nada. Segundos...

—¿Pudo ocultarse en algún portal?

—No.

—Descríbelo.

—Era joven. Podía tener alrededor de treinta y cinco o cuarenta años. Vestía pantalón vaquero.

—¿Era un mendigo?

—No lo parecía.

—¿Te miró a los ojos?

—Sí.

—¿Sonrió?

—No, en ningún momento.

—¿De qué color eran los ojos?

—Marrones.

—¿De quién fue la iniciativa de estrechar la mano?

Alain trató de recordar.

—Creo que mía.

—¿Cómo fue el apretón de manos?

—No fue intenso. Tengo la sensación de que le pillé desprevenido. Parecía algo nervioso.

Alain y su hijo, Iraultza. (Foto: Blanca.)

—¿Te sirvió el consejo?

—Ya lo creo. Fue de gran ayuda en esos momentos.

Algún tiempo después, ya en España, Iraultza (en vasco significa «revolución») sufrió el asalto de un virus desconocido que provocó un fallo hepático fulminante. La vida del pequeño, que entonces contaba cinco años de edad, se vio en grave peligro. Tuvo que ser trasladado en helicóptero a Madrid y allí, afortunadamente, pudo ser trasplantado. Hoy se recupera poco a poco y, en ocasiones, destaca como un niño muy especial. He aquí dos ejemplos:

—Ama —comentó a su madre tras el trasplante de hígado—, a que esto [la vida] es un libro que alguien está leyendo...

—¿Cómo? —preguntó Maika.

—Sí, la vida es un libro que alguien está leyendo.

—Y tú, ¿cómo sabes eso?

—Lo tengo en la memoria...

En otra oportunidad, conversando con la madre, Iraultza afirmó, rotundo:

—No os preocupéis... Estoy aquí para ayudaros a cambiar de era.

No cabe duda. El hombre de la avenida del Libertador sabía de qué hablaba. No se refería a la caldera, por supuesto...

El 14 de junio de 1987, el periódico español *El País* publicó una información que me dejó perplejo. En ella se mencionaba un caso ovni, registrado en las islas Canarias el 5 de marzo de 1979. Hubo miles de testigos y alrededor de medio centenar de fotografías. Lo investigué a fondo. Para *El País* se trataba de un misil ruso, con destino a Siberia (!). El último párrafo de la información, firmada por Carlos Yárnoz, decía textualmente: «En los últimos años sólo una persona ajena al Cuartel General del Aire ha podido leer los informes sobre supuestos ovni. Se trata de la Reina, aficionada a estos temas, que hace meses solicitó que, si era posible, le permitieran conocer los citados documentos. Días más tarde, desde el Estado Mayor del Ejército del Aire le fue remitido al palacio de la Zarzuela el archivo completo, y poco después la Reina lo devolvió».

Años antes, en uno de mis viajes con los Reyes de España, yo había tenido oportunidad de conversar con Doña Sofía y, justamente, sobre dicho archivo secreto. Le expliqué que los militares guardaban información al respecto, pero que era confidencial. Ella hizo muchas preguntas y yo respondí hasta donde sabía.

Al leer lo publicado en la prensa decidí averiguar si la información era correcta. ¿Recibió Doña Sofía el archivo ovni del Ejército del Aire?

Pero, enredado en otras pesquisas, dejé pasar un tiempo; demasiado...

El 30 de octubre de 1992 (cinco años después de la publicación de la noticia) retomé el caso, al fin...

Noticia aparecida en *El País* sobre el archivo ovni entregado a S. M. la Reina de España. (Archivo de J. J. Benítez.)

Escribí al palacio de la Zarzuela, interesándome por el asunto, pero no obtuve contestación.

Me dirigí al Ejército del Aire y, al poco, ante mi sorpresa, recibí respuesta del teniente general Emiliano F. Alfaro Arregui. En la carta reconocía que había dado orden de enviar el archivo ovni a la Reina.

La noticia de *El País*, en suma, era correcta, aunque incompleta.

Y decidí localizar a Alfaro Arregui, con el fin de sostener una entrevista y ampliar detalles.

En la carta no aparecía la dirección del teniente general; solo el nombre del pueblo en el que, supuestamente, residía: Majadahonda, en Madrid. Imaginé que estaba jubilado.

E inicié las investigaciones por el Cuartel General del Aire, en Madrid.

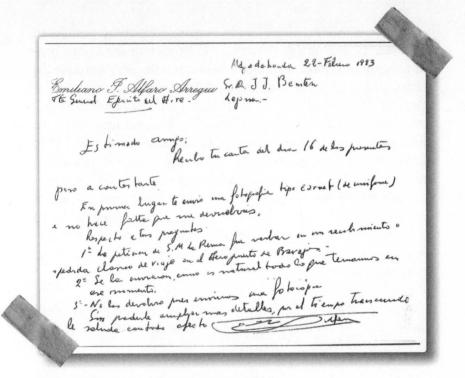

Carta del teniente general a J. J. Benítez.

El 4 de marzo (1993), a primera hora de la mañana, me presenté en el edificio de la plaza de Moncloa.

Mi gozo en un pozo.

Los intentos para ubicar a Alfaro Arregui fueron estériles.

El Ejército del Aire, con razón, no estaba autorizado a facilitar esa clase información.

Tendría que pensar en otro camino...

No me rendí.

Peinaría Majadahonda.

Terminaría encontrando al general...

Y a las doce del mediodía abandoné el Cuartel General del Aire.

La siguiente cita, a las 13.30, tendría lugar en la sede del periódico *El Mundo*. Allí esperaba mi compadre, Fernando Múgica. Almorzaríamos juntos.

Y sigo leyendo en el cuaderno de campo correspondiente:

231

«... Día soleado... Camino sin rumbo... Pienso y pienso en la forma de dar con el general... Esta misma tarde me presentaré en el pueblo e iniciaré la búsqueda... Primero en los bares, después preguntaré en las farmacias, después... Camino por la calle Princesa... Necesito hacer unas fotocopias... Entro en una librería... A las doce y media decido tomar un café... Me fijo en un bar... Entro... Es la cafetería Yenes... Pido el café y observo a la clientela... De pronto, en una de las mesas... ¡No puede ser!... Aquella cara me suena... ¡Es el general Alfaro!... Está sentado con otros dos señores... Pago el café y me decido a abordarle... ¡Es él!... ¡Es su peña!... ¡Allí se reúne con los amigos!... Le hablo de su carta... La recuerda y me invita a sentarme... Hablamos... Y ratifica lo dicho en la misiva...».

—La petición de la Reina —explicó— no fue por escrito. Fue verbal. Nos encontrábamos en la recepción, o en la despedida, no lo recuerdo, de un vuelo interior.

—¿En qué aeropuerto?

—En Barajas... En esa época era jefe del Estado Mayor.

Emiliano Alfaro tomó posesión de la jefatura en octubre de 1978, procedente de Sevilla. Fue jefe del Estado Mayor del Aire durante tres años. Eso significa que la entrega del archivo ovni tuvo lugar entre 1978 y octubre de 1981.

—¿Devolvió la Reina los documentos?

—No tenía por qué hacerlo. Le enviamos copia.

—¿Enviaron la totalidad de los expedientes?

El general sonrió, pícaro, y eligió no contestar.

Y proseguimos la conversación.

Por supuesto llegué tarde a la reunión con Fernando Múgica.

Mereció la pena.

Al día siguiente, asombrado ante el inesperado encuentro con el general, hice algunas pesquisas. Pregunté en la Cámara de Comercio de Madrid por el número de bares, cafeterías y tabernas existentes en la capital de España. E hice otro tanto en la Asociación Empresarial de Hostelería y en el Registro Mercantil. El resultado me dejó atónito:

Don Emiliano
F. Alfaro Arregui.
(Gentileza de la
familia.)

¡20.700! El encuentro con el general fue una señal de los cielos. Lo sé...

También el general del Ejército del Aire Español Dolz del Espejo y González de la Riva vivió un encuentro inexplicable.

Conocí a don Carlos Dolz en los años ochenta.

Conversamos muchas veces. Siempre sobre el fenómeno ovni. Él fue testigo de un objeto volante no identificado y por sus manos pasaron papeles secretos relacionados con dicho asunto.

En una de esas conversaciones, sin embargo, don Carlos me habló de otro tema:

—Sucedió la víspera del alzamiento nacional.[1] Podían ser las diez de la noche. Nos encontrábamos en una céntrica ca-

1. Don Carlos se refería al 17 de julio de 1936, víspera del golpe de estado del general Franco contra el gobierno constitucional.

General Dolz.
(Gentileza de la
familia.)

lle de Madrid. Me hallaba con otros militares en el interior de un coche. Teníamos una misión secreta.

—¿Qué misión?

—Cuando pasen cincuenta años lo sabrás...

Me resigné. Don Carlos era así.

—Esperábamos, nerviosos, la llegada de un compañero —prosiguió el general—. Y, de pronto, se acercó una mujer. Yo estaba al volante. Se aproximó a la ventanilla y exclamó: «Buena suerte».

Nos quedamos de piedra. Nadie sabía de aquella misión.

—¿Cómo era la mujer?

—No sé decirte. Aparecía totalmente de negro, con la cabeza cubierta.

—¿Y qué sucedió?

—Desapareció al momento. Tampoco sé decirte por dónde se fue. Se desmaterializó, o algo así.

—¿Y qué opina ahora, después de tantos años?

—Que existe un orden sobrenatural que lo controla todo. En ocasiones se materializa...

—No me diga que Dios estaba del lado de Franco...

—Quién sabe...

A Miguel Ángel Docampo le tocó vivir un encuentro que tampoco tiene una explicación lógica.

Miguel Ángel Docampo (derecha), con J. J. Benítez. (Foto: Blanca.)

235

Sucedió en Asturias (España).

He aquí una síntesis de su relato:

Nos encontrábamos en La Felguera... Mi padre y yo caminábamos por la calle Ingeniero Fernando Cas... Eran las 12.15 horas del jueves, 26 de enero de 2012... Marchábamos hacia el garaje en el que guardamos el coche... Mi padre debía acudir al médico... Yo le acompañaba... Cuando nos hallábamos a veinte o treinta metros del portón del garaje activé el mando a distancia y la puerta empezó a abrirse... En esos instantes, frente a nosotros, por la acera del garaje, apareció una pareja de raza gitana... La mujer iba más adelantada... El hombre era alto y con una barba descuidada... Se movían despacio... Mientras la puerta se abría, el hombre se detuvo unos instantes y miró hacia el interior de la cochera... Después continuó su camino... No tardamos en alcanzar el garaje... Yo crucé el umbral, dispuesto a llegar hasta el vehículo, y, en eso, el gitano giró sobre los talones y se dirigió hacia nosotros... Primero me miró a mí... Después le habló a mi padre y exclamó:

—Buenos días.

Mi padre replicó:

—Buenos días...

El gitano, entonces, alzó el brazo izquierdo y señaló el interior de la cochera, al tiempo que decía:

—El coche tiene la batería descargada.

Mi padre balbuceó algo... Y el gitano dio media vuelta y prosiguió su camino... Yo no hice caso y me dirigí a la furgoneta... Traté de arrancar el vehículo... Imposible... Lo intenté varias veces... Las luces parpadeaban... El arranque fallaba... ¡La batería estaba muerta!... Y en esos instantes recordé las palabras del gitano... Tuvimos que ir a pie hasta el centro médico... El lunes, 30, comprobamos que la batería estaba agotada... No la habíamos cambiado en ocho años...

Pasado el tiempo interrogué a Docampo:

—¿Cómo era el gitano?

—Joven. Quizá rondase los veinticinco o treinta años.

236

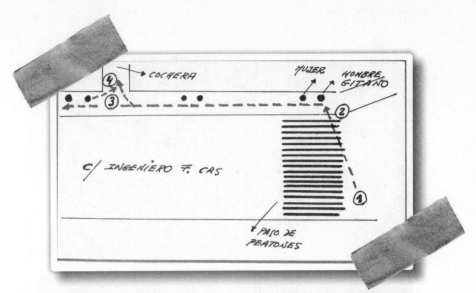

1. Los Docampo caminan hacia la cochera. Miguel Ángel activa la puerta automática del garaje y observa a una pareja gitana que camina por la acera de enfrente. 2. La mujer y el hombre se dirigen hacia la cochera. 3. Los Docampo llegan a la altura del garaje. 4. El gitano vuelve sobre sus pasos y anuncia que la batería del coche está agotada. Cuaderno de campo de J. J. Benítez.

Alto. El pelo aparecía negro y rizado. La piel era la de un gitano. Vestía un abrigo verde.

—¿Lo habías visto con anterioridad?

—Nunca. Y no he vuelto a verlo.

—¿Qué me dices de la mujer?

—Caminaba encorvada. Era gruesa y bajita. Vestía totalmente de negro. En ningún momento se detuvo, ni habló con nosotros.

Traté de reconstruir lo sucedido.

—Veamos. Tú caminabas con tu padre y, al activar la puerta del garaje, observaste a la pareja...

—Sí. Marchaban por la acera de la cochera. Nosotros, en esos instantes, cruzábamos la calle y nos situamos por detrás del hombre y de la mujer. Caminaban despacio. No tardamos en alcanzarlos. En ese breve recorrido fue cuando el gitano se inclinó y miró al interior de la cochera.

—¿Cuántos vehículos había en el garaje?

Montaje de Miguel Ángel Docampo sobre la fotografía. Su padre y él a la entrada del garaje. El gitano se acerca. (Foto: Miguel Ángel Docampo.)

Señalado con la flecha, el Peugeot Partner de los Docampo. (Foto: Miguel Ángel Docampo.)

—La cochera tiene capacidad para dieciséis plazas. El nuestro ocupa el número 7. En esos momentos podía haber alrededor de ocho vehículos.

Y Miguel Ángel se preguntó, con razón:

—¿Cómo es posible que aquel desconocido supiera que nuestra furgoneta tenía un problema y que acertara en el diagnóstico?

—¿Observaste algo anormal en el coche?

—Nada. Estaba cerrado, como siempre. Nadie lo había manipulado.

—¿Lo hablaste con tu padre?

—Sí, pero tampoco encontró una explicación.

O

El encuentro de María Ángeles Acosta, en la ciudad de Sevilla, fue igualmente singular.

Las primeras noticias me llegaron de la mano de Néstor Rufino, a quien ya he mencionado en páginas anteriores.

En una carta del 11 de marzo de 2003 decía textualmente:

... Una compañera de trabajo sufrió la pérdida de su padre y poco tiempo después la de su hermano. La pobre quedó muy mal. Todos pensábamos que iba a perder la razón, pero se fue recuperando. Yo le presté un libro suyo *(Al fin libre)*, porque me pareció que era lo mejor que podía hacer por ella. Fue un éxito. Le gustó muchísimo y, según me contó, le ayudó a ver las cosas de otra manera. Me dijo que el día del velatorio de su hermano apareció allí un hombre un poco extraño que ella no conocía, y que le dio el pésame. Estuvo hablando con él, pensando que era amigo de alguno de sus hermanos, pero el caso es que después comprobó que no lo conocía nadie. Después de entregarle el libro, ella pidió una prueba de que su hermano estaba en algún sitio, todavía «vivo»... Fue el día del Corpus, en plena procesión... Ella pensaba en esto, mientras su marido intentaba saber por dónde tenían que ir para ver la comitiva por otro sitio. El caso es que mi amiga se volvió y detrás suyo estaba aquel personaje extraño que nadie conocía y que le comenté antes. Este hombre fue quien le indicó el camino que debían seguir...

Solicité nuevos detalles y Néstor, amable y paciente, me los proporcionó:

... No sé cuándo fue la muerte del hermano —decía en otra de sus cartas—, pero calculo que tuvo lugar en 2000 o primeros meses de 2001. Puede que Mari Ángeles estuviera de baja un tiempo, aunque no estoy seguro. Un buen día le ofrecí el libro y lo aceptó de buena gana. Poco después me dijo que había ocurrido algo sorprendente a raíz de su lectura. Según me contó mi amiga, durante el velatorio de su hermano, vio a un hombre extraño que se le acercó y la consoló. Ella no lo conocía de nada pero, en un primer momento, supuso que se trataba de un amigo de otro hermano suyo que andaba por allí. Aquel hombre, de nariz «porrona», con marcas como de viruela y «cara de bueno», se acercó después a consolar al hermano...

A raíz de la lectura de *Al fin libre*, mi amiga pidió una prueba de que su hermano seguía «vivo» y obtuvo una señal...

Ocurrió en la mañana del Corpus del año 2001.

Ella estaba viendo pasar el cortejo cuando, de pronto, alguien se le acercó y le preguntó la hora. Ella se volvió y vio que quien hablaba era el hombre del velatorio. Como es lógico se sobresaltó y buscó a su marido entre la gente, pero al volver a mirar el hombre se había marchado. En ese momento estaba pasando la representación del Señor del Gran Poder, del que ella es muy devota. Poco después, la familia se desplazó a la plaza del Salvador para ver de nuevo la procesión. Allí, mi amiga volvió a ver al hombre. Atravesaba las filas de la procesión...

Néstor, excelente dibujante, me proporcionó una copia del retrato robot del extraño personaje que fue visto por la testigo.

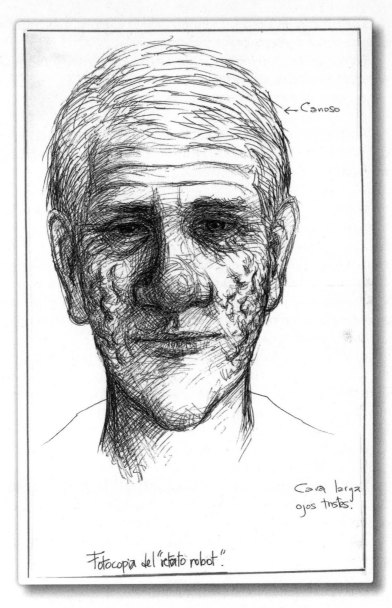

Retrato robot del hombre picado de viruela.
(Dibujo de Néstor Rufino.)

Por último, el 23 de mayo de 2003, viernes, me reuní en Sevilla con Ángeles Acosta y con Néstor.

La mujer ratificó lo que había avanzado Néstor y redondeó algunos de los pormenores.

He aquí una síntesis de la larga conversación:

—Mi padre —explicó Mari Ángeles— murió el 10 de enero del año 2000. El 10 de noviembre de ese mismo año falleció mi hermano Francisco Javier.

—¿Cómo murió?

—En accidente de tráfico. Lo trasladaron al Instituto Anatómico Forense. Podían ser las diez de la noche. A mi otro hermano, David, le dio un ataque de nervios y salió al exterior. Yo también salí del edificio y fue en esos momentos cuando vi al hombre picado de viruela por primera vez. David hablaba con él. Aquel hombre le consolaba y terminó abrazándole. Yo pensé que era un compañero de trabajo.

Solicité que lo describiera.

—Medía alrededor de 1,70 metros. Aparentaba sesenta y tantos años. La nariz y las orejas eran grandes. La primera llamaba la atención. Tenía los ojos tristes y la cara con marcas. El pelo era canoso. Se comportaba de forma muy amable.

—¿Habló contigo en esa ocasión?

—No. Me limité a contemplarle.

Semanas después, a principios de 2001, Néstor le prestó *Al fin libre*, un libro en el que cuento las experiencias con mi padre muerto.

—El libro me impresionó y me ayudó a soportar la dura carga.

—¿Cuándo y por qué solicitaste la señal?

—Fue a raíz de la lectura del libro. Ahí aconsejas que se haga...

Asentí.

—Pues bien, el día del Corpus, en junio de ese año (2001), me hallaba con mi hija en la plaza del Salvador, en el centro de Sevilla. Asistíamos a la procesión. Y fue en esos momentos, más o menos hacia las nueve de la mañana, cuando se me ocurrió solicitar una señal. Quería saber si Francisco Javier seguía vivo.

—¿Cuál fue la señal?

—No establecí ninguna. Sencillamente, lo solicité. El cielo sabría dármela...

Y ya lo creo que se la dio.

—Nada más pedir la señal —prosiguió Ángeles— noté la presencia de alguien a mi espalda. Fue todo muy rápido. Y esa persona me preguntó la hora. Al volverme vi al extraño personaje del Instituto Anatómico Forense, el hombre picado de viruela...

—¿Estás segura?

—Totalmente. Y me asusté. Retrocedí y lo perdí de vista.

—¿Volviste a verlo?

—Después, al cabo de un tiempo, creí verlo entre la comitiva de la procesión. Caminaba entre la gente, tan tranquilo.

—¿Cómo vestía?

—Llevaba un traje, zapatillas de lana, ¡y un puro!

—¿Qué explicación le das a la presencia del hombre picado de viruela?

—No sé qué pensar, sinceramente.

—¿Crees en la casualidad?

María me miró, perpleja. Y replicó:

—Ahora no.

—¿Por qué?

—Acababa de solicitar una señal a los cielos. Entonces apareció el hombre... Un hombre que nadie conocía. ¿Qué debo pensar?

Lo dejamos ahí. El lector sabrá sacar conclusiones.

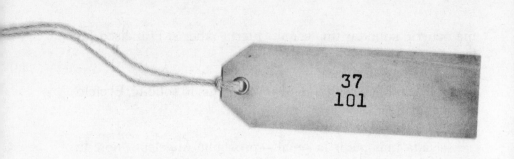

Nunca imaginé que mi relación con aquel símbolo fuera tan intensa y fructífera.

Ahora, cuando «tropiezo» con un «palo-cero-palo» (IOI), sé que Alguien me está transmitiendo algo o, simplemente, dando por buenos mis pensamientos. Pero iré por partes en esta nueva aventura.

Todo empezó en julio de 1996, en un inolvidable viaje a Egipto.

En aquellas fechas andaba enfrascado en otra investigación apasionante: Ricky, ya mencionada en páginas anteriores.

Después de meses de intensas pesquisas mi cabeza empezó a echar humo.

Necesitaba un descanso, y alejarme temporalmente del tema.

Y así lo hice.

Viajé a Egipto con Blanca y con unos amigos e intenté serenarme.

Lo conseguí a medias.

Ricky seguía en mi mente, hiciera lo que hiciera...

Y en la noche de nuestra llegada a El Cairo (en esos momentos no supe por qué), a eso de las dos de la madrugada, me levanté de la cama y me asomé a la terraza de la habitación.

Contemplé las pirámides y solicité una señal: «Si estoy en el buen camino, si el caso Ricky es auténtico... "ellos"[1] me darán una señal».

Ricky. (Archivo de J. J. Benítez.)

Era, como digo, la madrugada del 16 al 17 de julio de 1996. Tomé el cuaderno de campo y establecí el protocolo:

«Dos luces en el cielo... Una al encuentro de la otra y en rumbo de colisión... Y, al reunirse, un fogonazo».

Esa debía ser la señal...

1. Después de cuarenta años persiguiendo ovnis, cuando hablo de «ellos», está claro que me refiero a los tripulantes de esas naves no humanas...

Pasaron nueve días, pero no se produjo. No vi una sola luz.

Pero el 25 de julio sucedió algo especial, muy especial...

Nos habíamos trasladado al mar Rojo, a la zona de Sharm el Sheikh.

Por una serie de misteriosas «causalidades» tuvimos que retrasar el ascenso al macizo del Sinaí.[1] Y Blanca y yo optamos por bucear un rato. Fue en esas circunstancias cuando mi mujer «perdió» (?) un anillo de oro. Resultó herida en una pierna con un coral y «alguien», un extraño personaje, la sacó del agua. Yo me dediqué a buscar el anillo y lo hice durante más de una hora. El resultado, como era de prever, fue infructuoso. El anillo de Blanca estaba perdido.

Y al abandonar la mar ocurrió algo insólito: ¡encontré un anillo de plata!

El anillo de plata.
(Foto: J. J. Benítez.)

1. Amplia información en *Ricky-B* y en *Planeta encantado: El anillo de plata*.

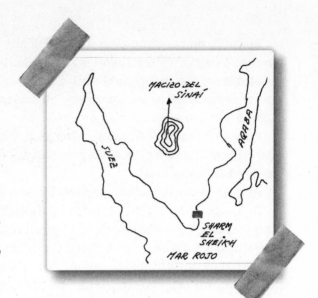

Sharm el Sheikh, lugar en el que J. J. Benítez encontró el anillo de plata. Cuaderno de campo de J. J. Benítez.

Teoría de Bartolomé Rey sobre «IOI».

El anillo en cuestión presenta dieciocho símbolos en su perímetro exterior (ver imágenes). Se trata de «IO» («palo-cero»), repetidos nueve veces cada uno, aunque tengo un amigo —el pintor Bartolomé Rey— que hace otra clase de lectura. Él lo escribe así: O̲, y argumenta por qué.

Pues bien, ahí quedó el asunto. Aparentemente, una casualidad. Pregunté por el posible propietario, pero no tuve éxito. Nadie sabía nada.

Al regresar a España me esperaba otra sorpresa...

El 16 de julio, horas antes de solicitar la señal frente a las pirámides, un vecino de la localidad de Los Villares, en Andalucía (España), fue testigo de la presencia de un ovni y de tres tripulantes. El hecho se produjo a las doce del mediodía, en las proximidades del referido pueblo. Dionisio Ávila, vecino de Los Villares, fue a «tropezar» con una nave en forma de media naranja. En lo alto del objeto aparecían unos símbolos que empezaban a ser familiares para mí: IOI.

Los Villares (Jaén): Dionisio Ávila (izquierda), con J. J. Benítez y el investigador Loren Fernández Bueno. (Foto: Iker Jiménez.)

Tres seres aparecieron junto a la nave. (Dibujo de Néstor Rufino.)

Quedé desconcertado.

Uno de los seres —según Ávila— lanzó una «luz» a los pies del jubilado. Cuando Dionisio la recogió, la «luz» se extinguió y, en su lugar, se presentó una pequeña esfera de piedra negra con la superficie cubierta por signos desconocidos. Tres de esos símbolos eran los ya referidos «IOI».

Me faltó tiempo para visitar a Dionisio en Los Villares.[1]

Contó de nuevo la historia y me regaló el «lucerillo», como llamaba él a la piedra esférica.

1. Amplia información en *Ricky-B.*

El «lucerillo».
(Foto: J. J. Benítez.)

E inicié una exhaustiva investigación sobre la piedra y, por supuesto, sobre el no menos enigmático anillo de plata.

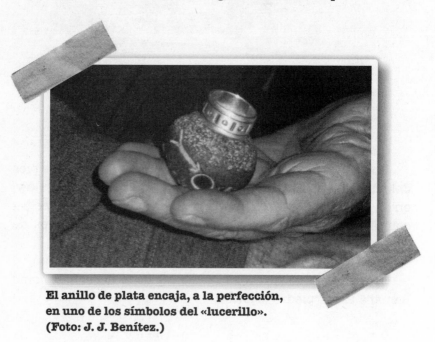

El anillo de plata encaja, a la perfección,
en uno de los símbolos del «lucerillo».
(Foto: J. J. Benítez.)

Me ha hecho mucho pensar la coincidencia de _0 con el 0I o I0I de tu anillo.

Imaginemos, por un momento que somos orfebres y alguien nos manda decorar un anillo con el símbolo _0 a lo largo de su circunferencia. ¿Cómo lo haríamos? ¿Cuál sería el modelo más estético?

1 — Este no queda bien no es estético ni proporcionado.

2 — Por supuesto yo lo haría así. Quizá el símbolo sea _0 y no 0I

Versión del pintor Bartolomé Rey sobre la posición de «I0» en el anillo.

«Ellos» habían respondido a la petición, y con una señal doble...

Fue así como nació mi romance con «I0I» o, si lo prefiere, con «I0» o con « O̲ »...

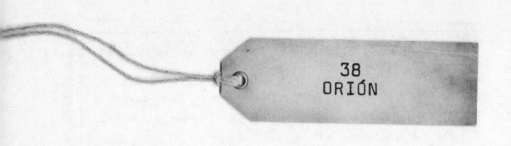

L os científicos y especialistas que examinaron el anillo de plata quedaron desconcertados. Se trata de un anillo aparentemente normal, pero no...

«Tiene un comportamiento inteligente», dijeron.

Lo sometieron a diferentes pruebas y descubrieron dos características asombrosas. A saber:

1. Al ser contemplado con una cámara de termovisión, el anillo emite una poderosa luz blanca, invisible al ojo humano. Las imágenes son elocuentes. Tanto el perímetro interior, como el exterior, aparecen inundados de luz.

Nadie supo hallar una explicación. El componente básico del anillo es la plata. En su interior, según las radiografías, no existe nada extraño. Curiosamente, también los símbolos emiten luz.

Se hicieron numerosas tomas, comparándolo con otros anillos. El resultado fue siempre el mismo: los anillos «normales» no emiten luz, como es lógico; el que fue rescatado del mar Rojo, en cambio, tiene un permanente halo a su alrededor.

2. El anillo de plata presenta diferentes temperaturas a lo largo de su estructura. Esto, desde el punto de vista de la física, es tan difícil como comprometido. Si el anillo está colocado en un dedo, dichas temperaturas oscilan entre 7,3 grados Celsius y 36,5. Lo habitual es que el anillo alcance y mantenga la temperatura propia de la mano (alrededor de 36 grados Celsius). En el anillo de plata no sucede así. Las cámaras detecta-

El anillo, con un halo de luz blanca a su alrededor. (Foto: Sánchez Viera.)

ron 7,3 grados, 10,2, 20 y 15,4. Es decir, temperaturas imposibles. ¿Cómo lo consigue? La ciencia no sabe, no contesta... Si el anillo es retirado de la mano, y colocado sobre cualquier superficie, la temperatura del mismo se dispara por encima de la medioambiental. Hicimos pruebas. Si la temperatura ambiente era de 18 grados Celsius, el anillo, al situarlo sobre una mesa, alcanzaba 22,4 grados e, incluso, 30.

Meses después del hallazgo del anillo, en uno de los viajes por USA, fui a conocer a una persona especial. Era oficial del ejército norteamericano. Según dijo, llevaba años trabajando para los servicios de Inteligencia Militar de su país. Lo hacía en el área de «visión remota».[1] En otras palabras: era una psí

1. Tras la Segunda Guerra Mundial, el ejército USA puso en marcha un proyecto que terminó por convertirse en un «cuerpo de ejército». Se trataba de personas con capacidad paranormal. Uno de los proyectos secretos se llamó «Puerta a las estrellas». Los videntes o médiums se trasla

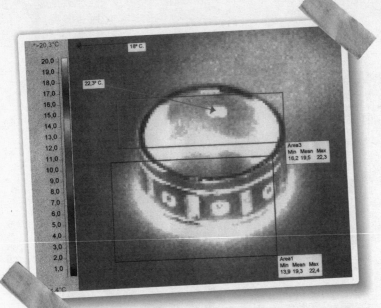

Fuera del dedo, y a una temperatura ambiente de 18 grados Celsius, algunas zonas del anillo alcanzan 22 grados. La física no tiene explicación. (Foto: Sánchez Viera.)

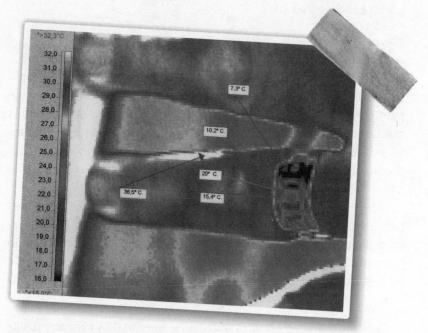

El anillo, colocado en la mano, registra temperaturas imposibles: 7,3 grados Celsius, 10,2, 20 y 15,4. La temperatura normal de la mano es de 36,5 grados. (Foto: Sánchez Viera.)

quica, con el don natural de ver más allá de lo visible y de «leer», incluso, el pensamiento de las personas. La creí, a medias. Y la sometí a varias pruebas. Me impresionó. La llamaré Orión.

Y conforme hablaba con ella recibí una idea.

Al regresar a España encargué varias copias del anillo de plata. Fueron todas gemelas, también en plata.

Ocho meses más tarde, el 24 de julio de 1998, viajé de nuevo a la costa oeste de Estados Unidos y me reuní con Orión.

Fue otra larga charla.

Blanca me acompañaba.

Hablamos desde las 14 horas hasta las 21.

Y en mitad de la conversación le presenté una copia del anillo de plata, rogándole que lo examinara y que me dijera qué era lo que veía...

Orión aceptó, encantada. Yo le caía bien.

Tomó la copia, cerró los ojos y se concentró.

Así permaneció largos segundos. Yo, por supuesto, no dije nada sobre dicha copia, ni tampoco sobre la génesis del verdadero anillo de plata.

Y esperamos.

—No me dice nada —comentó Orión—. Es un anillo de plata, sin más...

Quedé confuso.

—Pero...

---

daban con la mente a los lugares más remotos, incluido el planeta Marte, y proporcionaban información sobre ejércitos, arsenales, submarinos, prisiones, etc. Muchos de ellos eran contratados como supuestos traductores o secretarios, con el fin de «leer» los pensamientos en las reuniones con altos dignatarios. De esta forma se sabía quién decía la verdad... En el caso de Orión, cuando era una niña fue llevada a la Casa Blanca y sentada frente al presidente Kennedy. El programa necesitaba fondos y Orión tenía que demostrar sus capacidades paranormales. La niña relató una bronca que habían mantenido esa misma mañana John F. Kennedy y su esposa, Jackie. El problema surgió porque la primera dama deseaba cambiar la decoración de su vestidor. Kennedy se opuso y la acusó de derrochadora. Ella replicó: «Soy una Bouvier y me gusta gastar el dinero en lo que no se ve». Kennedy quedó impresionado y concedió los fondos.

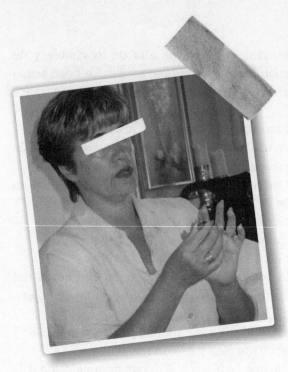

Orión, con el anillo de plata entre las manos. (Foto: Blanca.)

Orión se encogió de hombros. Y prosiguió:

—Veo a un artesano. Es un hombre alto y flaco... Se llama Juan... En el lugar hay cuadros pintados por uno de sus hijos...

Y fue describiendo el taller-joyería de mi amigo, Juan Rivera, en la calle Rosario, en Cádiz. Allí, justamente, había encargado las copias. Orión acertó en casi todo, incluyendo la rotura de uno de los brazos de Juan cuando era niño.

Aquella mujer era sorprendente.

E insistí:

—Pero, y el anillo... ¿Qué ves?

Volvió a cerrar los ojos, al tiempo que apretaba la pieza entre las manos.

—Nada, no veo nada —concluyó—. Es un anillo...

Y preguntó, intrigada:

—¿Qué se supone que tengo que ver?

Me rendí, desconcertado.

Y procedí a entregarle el anillo original, al tiempo que preguntaba (con toda la inocencia de que fui capaz):

—Y sobre éste, ¿qué opinas?

Orión tomó el segundo anillo, lo examinó brevemente, y repitió la secuencia. Cerró los ojos y se concentró.

Dos segundos después clamó:

—¡Quema!...

—¿Cómo dices?

—¿Qué es esto?

No esperó respuesta. Cerró de nuevo los ojos y permaneció en silencio.

De vez en cuando los abría, me miraba alarmada, y volvía a lo suyo.

Finalmente, al cabo de varios minutos, comentó, muy excitada:

—¡Esto es tecnología!

Y señaló el anillo.

—¡Esto es tecnología no humana!...

—No entiendo.

—Yo tampoco.

Y precisó:

—Es un corrector de ADN.

Regresó al silencio y continuó «mirando».

—¡Es asombroso! —añadió—. Está hecho en la Tierra, pero no por manos humanas...

La dejé hablar, y seguí grabando.

—¡No es humano!... ¡No es humano!... Veo un rey... El anillo ha pertenecido a un rey... ¡Es un rey de reyes!... El que posea el anillo tendrá el don de la profecía...

La voz de Orión se quebró. Y sus ojos se humedecieron:

—El secreto está en la «R» del sello...

El anillo, en efecto, presenta en su interior una «R», circunscrita en un círculo. Posiblemente, el cuño del platero (?).

—La «R» —balbuceó, emocionada—. Un rey de reyes...

No la saqué de ahí. No quiso hablar más. Estaba muy alterada.

Me devolvió el anillo y cambiamos de asunto.

Me resigné.

¿Qué había querido decir?

Y poco antes de abandonar la casa solicité una señal: «Si es

cierto lo que afirma, por favor, proporcionadme una prueba».
No especifiqué.

A las nueve de la noche nos despedimos y tomamos un taxi.

Al entrar en el vehículo, rumbo al hotel, reparé en algo que se encontraba en el suelo del turismo, entre mis pies. La tomé, intrigado. Y se la mostré a Blanca.

Era una moneda de un cuarto de dólar.

Aparecía brillante, como recién salida de fábrica.

Y en una de las caras leí: «En Dios confiamos». En otras palabras: «Confía».

Moneda de un cuarto de dólar, aparecida a los pies de J. J. Benítez, en un taxi. A la derecha se lee: «*In God we trust*» («En Dios confiamos»). (Foto: J. J. Benítez.)

«Ellos» respondieron a mi petición, sin duda...[1]

1. «10» (repetido nueve veces) = 90. Pues bien, en Kábala, «90» equivale a «bóveda celeste» y a la expresión «para vosotros». Curiosamente, en beréber, «101» significa «de ellos». En Kábala, «101» tiene el mismo valor que Micael, el Dios de nuestro universo (Jesús de Nazaret). Por su parte, «10» = Dios y a la palabra «cielo». Los signos del anillo de plata, por tanto, podrían significar: «De ellos (Dios) para vosotros».

39
FRASQUITO

Frasquito es uno de mis nietos. Tengo diez.

Frasquito nació el 25 de abril de 2004, domingo, a las 12 horas y 7 minutos.

Frasquito es un niño especial, como todos.

Al nacer no llegó al mundo con un pan bajo el brazo. Lo hizo con un «101».

Así consta en mi cuaderno de campo:

«Frasquito ha nacido en el hospital de Puerto Real... Por la tarde, al entrar en la habitación, Blanca descubre que en la cama de al lado, en la barra derecha del somier, alguien ha pintado un "palo-cero-palo"...

Supongo que se trata de una identificación rutinaria, pero también es "casualidad"...

El 27, cuando pido a Blanca que fotografíe el "101", la cama ha desaparecido. La muchacha y su bebé, llamado Blanca (!), han abandonado el hospital...

Me quedo pensativo...

¿Significa el "IOI" que Frasquito es un niño especial?

Ya lo creo que lo es...

Y caigo en la cuenta de otro detalle interesante.

Si el "palo-cero-palo" hubiera aparecido en la cama de Mar, la madre de Frasquito, las sábanas lo hubieran tapado y nadie lo habría visto... Pero se presentó en la de enfrente... Así había más posibilidades de verlo...

Sutilezas del Padre Azul».

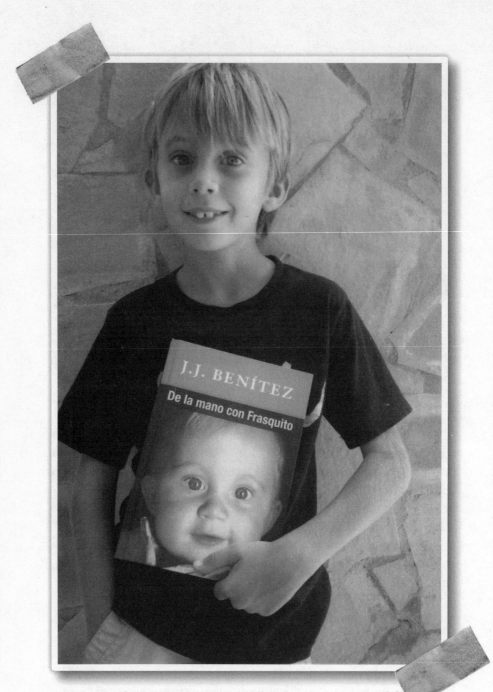

Frasquito, en la actualidad. (Foto: Blanca.)

Poco después, cuando Frasquito contaba cuatro años, se convertiría en el protagonista de un libro: *De la mano con Frasquito.*

No sé si lo he dicho: «101», para mí, cuando aparece, es Dios, afirmando con la cabeza. Y lo traduzco por «está bien, estás en lo cierto, tranquilo, todo saldrá bien».

Para mí hay tres grandes pintores: Miguel Ángel, Leonardo y Fernando Calderón.

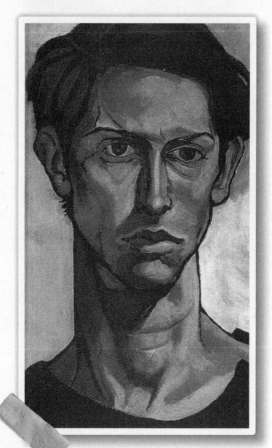

Autorretrato de Fernando Calderón López de Arroyabe. Él dijo en cierta ocasión: «Lo que nos obstinamos en llamar realidad no es más que una diminuta parcela del caos que hemos vallado y colonizado para no sucumbir al vértigo de un universo cuya magnitud y complejidad nos desbordan».

La última vez que conversé con Fernando Calderón fue un domingo, 6 de octubre de 2002. Quedamos en Villaverde de Pontones, en el bar Stop, en Cantabria (España). Después almorzamos en la playa de Isla.

Conversamos como si estuviéramos sedientos de palabras. No había tiempo.

Él lo sabía y yo lo sabía... Fernando se moría.

«Un "alien" —se reía de sí mismo— me devora por dentro.»

Calderón no estaba satisfecho con su trabajo, aunque ha sido uno de los grandes muralistas del mundo. En realidad, la fama y la gloria lo dejaban indiferente. Buscaba la sencillez y las cosas pequeñas y las coleccionaba en su casa y en el corazón. Lo conocía todo el mundo, pero él se desconocía. Era lento, pero seguro; en especial con los amigos (tenía, al menos, cinco). Un día le sugerí que ilustrara los *Caballos de Troya*. Casi lo hizo. Le encantaba investigar, leer y, sobre todo, pensar. Y en su mente mezclaba los colores de los pensamientos. Pura deformación profesional. Creía en el más allá, y mucho más que en el más acá. Fue un espectador de la vida, y aprovechó para pintarla con sus propios colores. Se moría por la be-

Cuadro pintado por Fernando Calderón. En la parte superior, retrato de la bella Ricky. A la derecha, el anillo de plata.

Fernando Calderón (izquierda) y J. J. Benítez, el día del pacto. (Foto: Blanca.)

lleza; es decir, por lo femenino. Abrazaba a los árboles y les cantaba. La mar no le gustaba. Le parecía mal peinada. Nadie es perfecto...

Y en los postres, tras desnudar a Dios y a los hombres, hicimos el pacto.

Fue un trato al que ingresé temblando.

Yo sabía —él sabía— que no le quedaba mucho tiempo de vida.

Pero aceptó, feliz.

Nos dimos la mano y escribí: «El primero de los dos que muera, si hay algo al otro lado, hará llegar un "IOI" al que se quede».[1]

Fin del protocolo. No establecimos un plazo.

Nos despedimos con un «hasta luego»...

En aquel abrazo se llevó parte de mi alma. No sé cómo pudo ser.

Y el 3 de abril del año siguiente (2003) recibimos malas noticias: Fernando empeoraba por momentos.

Sólo supe rezar...

Nueve días después, en la tarde del 12 de abril, Blanca y yo acudimos a una novillada benéfica en Zahara de los Atunes, en Cádiz (España).

Nos sentamos en las gradas de sol.

El día era luminoso y azul, como pintado por Fernando Calderón.

A las 18.15 horas dio comienzo la novillada: paseíllo, fotos...

El primer novillo hizo acto de presencia a la 18.20.

Lo recibió José Rivera, *Riverita*, y empezó a trastearlo, arrastrándolo hacia la zona de sol. Y empezó a torearlo a nuestros pies.

Fue entonces cuando Blanca, mi mujer, se percató de algo:

—¿Has visto?

—¿Qué?

—El toro...

—¿Qué le pasa al toro?

Blanca señaló al animal y puntualizó:

—En el costillar...

Al descubrirlo me quedé frío.

—¡Dios mío!

Y supe que Fernando Calderón había muerto.

---

1. A Fernando Calderón le fascinaba la historia de Ricky y, en especial, la del anillo de plata. Llegó a dibujar un cuadro en el que aparece la bella norteamericana y el anillo. El citado cuadro se encuentra hoy en mi poder.

Saladillo, de la ganadería de Manuel Sánchez, con el «101» en el costillar. Pesó 520 kilos. Nació en Aracena (Huelva). Su padre se llamaba *Flor de jara*. La madre, *Saladilla*. Nació el 11 de noviembre de 1999. El «101» ha sido retocado, para una más fácil identificación. (Foto: Blanca.)

Miré el reloj.

Eran las 18 horas y 45 minutos.

El novillo lucía en el costado un número: ¡101!

Al regresar a casa llamamos a los hijos de Fernando. Bianca confirmó la noticia: su padre murió a las 18.40. Su otra hija, Bruna, ratificó también el fallecimiento.

Curioso: Fernando Calderón falleció cinco minutos antes de que viéramos el «101».

Había cumplido el pacto.

Al día siguiente viajamos a Bilbao y, desde allí, a Cantabria.

No es muy habitual en mí, pero deseaba asistir al funeral de Calderón.

Y fue durante esas horas, en el viaje, cuando insistí e insistí: «Dame otra prueba. Sé que estás vivo, pero dame otra señal...».

El lunes, 14 de abril, partimos de Bilbao a las nueve y media. Blanca compró dos rosas rojas.

Llegamos a El Bosque, a la casa de una de las hijas, a las once de la mañana. Allí se hallaban Marly, la ex mujer, y los hijos.

Me aproximé al cuerpo.

Fernando se había consumido. Parecía un maniquí. Alguien, sensible y amoroso, fue a colocar un pincel entre los dedos.

Fernando presentaba una leve sonrisa, como diciendo: «Que os zurzan...».

Depositamos las rosas junto al cadáver y abandonamos el lugar.

Necesitaba aire.

El funeral se ofició en Borleña, en la iglesia de Antonio, Abad.[1]

Y allí sucedieron algunas cosas extrañas...

Yo seguía empeñado en lo de la segunda señal y fui todo oídos.

El cura habló y, de pronto, hizo alusión a un pasaje del evangelio de Juan (14, 1): «No se turbe vuestro corazón —dijo Jesús—. Creéis en Dios; creed en mí también... En la casa de mi Padre hay muchas mansiones».

Estuve seguro. Esa frase —«en la casa de mi Padre hay muchas mansiones o moradas»— iba dirigida a mí. Fue otra señal de Fernando.

Y un segundo sacerdote se dirigió a los asistentes y dijo: «Estad tranquilos. Fernando, ahora, ha vuelto a la casa de Ab-bā...».

Tercera señal.

Fue en esos instantes cuando lo vi, o creí verlo...

¡Era Fernando Calderón!

Se hallaba en mitad de la capilla, entre la gente.

Me froté los ojos.

Seguía allí, flotando.

1. Desde hace tiempo considero que no hay santos. La santidad es imposible en la Tierra. Santo equivale a perfecto.

Era más alto, bastante más alto.

Vestía una larga túnica blanca.

Y, de pronto, comenzó a bailar.

Al llegar cerca de mí me miró con dulzura y exclamó: «¡Es fantástico!... ¡Fantástico!... Mejor de lo que imaginas».

Parecía muy alegre y divertido. No sé explicarme.

Beatriz, otra de las hijas, cerró la ceremonia con la lectura de los célebres versos de Teresa: «muero porque no muero».

Fernando continuaba danzando, aparentemente ajeno a todo.

«Vivo sin vivir en mí, y en tan alta vida espero, que muero porque no muero...»

¡Dios bendito! Nadie parecía ver al genio.

«... Aquella vida de arriba —prosiguió Bea— es la vida verdadera: hasta que esta vida muera, no se goza estando viva; muerte no seas esquiva; vivo muriendo primero, que muero porque no muero.»

Al terminar, en mitad de un emocionante silencio, Fernando dejó de bailar y se aproximó a su hija.

Ella no se percató de nada. ¿O sí?

Y el pintor se inclinó sobre la muchacha, besándola con amor.

Ahí dejé de verlo.

Después acompañamos al féretro hasta una pequeña colina.

Una de las coronas de flores rezaba: «Tu compañera y amiga, la pintura».

Todos regresaron tristes. Yo no.

Fernando Calderón sigue vivo.

Y mi relación con el «palo-cero-palo» se fue estrechando.

41
UTAH

o sucedido aquel miércoles, 6 de julio de 2005, fue, como poco, sorprendente.

Veamos.

Ese mes de julio yo había cumplido uno de mis sueños: visitar e investigar las pinturas rupestres y los petroglifos de la región de Moab, en el estado norteamericano de Utah.

Nos acompañaba la incondicional Rebecca.

La noche anterior, en el hotel Landmark Inn, en Moab, los lugareños hablaron de Castle Valle, no muy lejos. Allí podíamos contemplar una buena colección de petroglifos.

Decidimos visitarlo.

Nos dibujaron un mapa y, a la mañana siguiente, temprano, partimos hacia el paraje en cuestión.

Pero nos perdimos, claro está...

Después de preguntar, y de numerosas idas y venidas, terminamos desembocando en un parking solitario y remoto, situado en Castle Rock.

Eran las doce del mediodía.

En el aparcamiento se hallaba un único vehículo. Nos detuvimos a cierta distancia y observamos.

¿Preguntábamos de nuevo?

En el interior del automóvil se distinguían dos hombres.

Blanca y yo, deseosos de estirar las piernas, decidimos echar una ojeada por los alrededores. Puede que encontráramos pinturas...

Y así lo hicimos.

Castle Rock, también conocido como Castleton Tower. (Foto: Tom Till.)

Durante una hora caminamos por un desfiladero, entre piedras, con la única compañía del silencio y de los lejanos avisos de las serpientes de cascabel.

No vimos nada interesante.

Al regresar, el vehículo, con los dos hombres, había desaparecido.

Rebecca, muy excitada, contó lo siguiente:

—Salí del carro y acudí al otro 4×4. Pregunté por Castle Valle, pero los hombres no supieron darme razón. Se bajaron del coche y entablamos conversación. Me quedé asombrada. Eran muy altos. Y, sin más, sin venir a cuento, uno de ellos, un tal Andrew, empezó a hablar de extraterrestres. Preguntó si yo creía. Le dije que sí. Entonces, el segundo individuo tomó unos prismáticos y empezó a mirar hacia donde os encontrabais. Guardaron silencio durante algunos segundos.

Después, el de los prismáticos se dirigió a su amigo, pero lo hizo en una lengua que no comprendí...»

—¿Eran norteamericanos?

—Eso dijeron. Vivían en California y trabajaban en la Kawasaki. Estaban allí de paso. El de los prismáticos continuó observando vuestros movimientos y, de vez en cuando, hablaba con el otro, siempre en ese idioma raro, muy gutural. Andrew me dio un consejo: «Dile a tus amigos que visiten Alaska. Allí encontrarán pinturas rupestres muy antiguas. Algunas tienen veinte mil años». Y digo yo: ¿cómo sabía que buscábamos pinturas y petroglifos?

—Muy simple —le interrumpí—. Quizá se lo dijiste al preguntar por Castle Valle.

Rebecca permaneció pensativa. Y añadió finalmente:

—Yo diría que no hablé de ese asunto...

Ahí quedó el suceso.

Y el instinto tocó en mi hombro.

«¿Quiénes eran aquellos hombres? ¿Por qué seguían nuestros pasos con los prismáticos? ¿Por qué hablaron de los ET? ¿Por qué nos invitaron a visitar Alaska?»

Al entrar de nuevo en el todoterreno, «algo», superior a mí, me invitó a solicitar una señal.

¡Qué tontería!, me dije.

Pueden ser simples turistas...

Pero la fuerza que siempre me acompaña insistió: «Solicita una prueba».

Bien. No perdía nada con probar...

Y pensé: «Si esos hombres no son humanos deberé recibir una señal».

No establecí plazo ni tampoco especifiqué qué clase de señal.

Fue fulminante.

A las 13.15 horas nos detuvimos en un restaurante, perdido en la nada.

Habían transcurrido diez minutos desde que salimos del aparcamiento de Castle Rock.

Recuerdo que se llamaba Denny's, en las proximidades de Courthouse.

De pronto, frente a la puerta, vi una motocicleta.

Y mis ojos se desviaron hacia la matrícula.

¿Por qué me fijé en la placa?

Sinceramente, no tengo idea. Bueno, ahora sí lo sé. Así tenía que ser...

Leí, perplejo: «101-ETH (Colorado)».

Estuve seguro. Era la señal...

Blanca, junto a la moto, señalando la matrícula. (Foto: J. J. Benítez.)

Y en cuanto fue posible me hice con un diccionario de inglés e intenté ordenar las ideas.

«101» estaba claro. «ET», por su parte, es la forma, abreviada, de la palabra «extraterrestre».

La señal, como digo, era obvia: «101-ET».

¿Y qué debía pensar de la «H»?

En el diccionario aparecen numerosas palabras que empiezan por hache. Sumé 1.526.

272

Ampliación de la matrícula. (Foto: J. J. Benítez.)

Estudié diferentes combinaciones y apunté las siguientes posibles frases:

- 101: la clave o pista *(hint)* ET
- La clave o pista ET es 101
- 101: la casa *(home)* ET
- 101: Muy *(highly)* ET
- 101: Él *(him)* es ET
- 101: ET superior *(higher)*
- 101: ET aquí *(here)*
- 101 es de los ET *(hers)*
- 101: ET (es) real *(highness)*

De todas ellas me quedé con la primera: «101: ET *Hint*». Es decir: «101: la clave, pista o indicación (indirecta) para entender o buscar algo (a los ET)».

E hice averiguaciones.

¿Cuántas motocicletas se hallaban registradas en esos momentos en el estado de Colorado?

La cifra me dejó de piedra: ¡98.000!

El cálculo de probabilidad matemática de que una de esas 98.000 motos, en cuya matrícula se leen «101» y las letras «ETH», apareciera ese día, y a esa hora, frente al Denny's, en el estado de Utah, es tan bajo que marea...

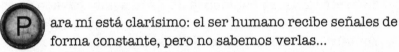

42
MI UNICORNIO
AZUL

Para mí está clarísimo: el ser humano recibe señales de forma constante, pero no sabemos verlas...

Aquel año (2005) no fue bueno.

El 27 de marzo, como dije, se fue el doctor Jiménez del Oso. Después...

Conocí a Paco Padrón en los años setenta. Teníamos el mismo vicio: perseguir ovnis. Era periodista, actor de teatro, guitarrero, pintor, locutor, presentador de televisión, poeta, fotógrafo y, sobre todo, como predicaba Disraeli, amaba con pasión.

Paco Padrón era canario, pero se sentía universal. Fue un valiente. Habló de lo prohibido cuando estaba prohibido. Reía cuando todos lloraban. Lloraba sólo por los demás. De él se reía por pura definición. Aprendí mucho de él y, lo más importante, supo consolarme cuando lo necesité.

Pero un día cayó enfermo...

Según consta en uno de mis cuadernos de campo, el jueves, 9 de septiembre de 2004, Ricardo Martín, de Santa Cruz de Tenerife, amigo común, me telefoneó. Paco Padrón había empeorado. Tuvo que ser hospitalizado. Presentaba un derrame pulmonar.

—No está bien —informó el paciente y bondadoso Ricardo—. Ha perdido diez kilos. Está triste. Y me ha dicho que te diga: «Dile a Juanjo que hable con el Jefe... Él sabe».

Recordé mi trato con el Padre Azul, en el Sahara, en 2001. Aquella noche le pedí que prolongara la vida de mi amiga Encarna. Y lo hizo.

Pues bien, hablé con Ab-bā, el Padre de los cielos, y supliqué: «Si no interfiere en tus planes, por favor, me gustaría que Paco viva un poco más». Y añadí, pícaro: «Para tu mayor gloria».

Paco Padrón mejoró, y de forma inmediata.

Y las señales siguieron llegando...

Meses después, el 10 de junio del año 2005, sucedió algo —como diría—... poco común.

Me hallaba solo en casa. Blanca había acudido a la inauguración de la vivienda de un vecino, Paco Ballesta. Cené y a las 22.30 horas, no sé por qué, salí al jardín. La verdad es que «alguien» me sacó fuera...

Levanté la vista y contemplé un firmamento nevado de estrellas. Casi podían cogerse con la mano. La luna, en creciente, no contaba. El brillo de las estrellas se la comía.

Y, de pronto, apareció un objeto. Traía rumbo sur-norte. Era blanco. No percibí ningún ruido.

Volaba relativamente bajo. Calculé quinientos metros.

Al llegar a mi vertical se apagó.

Pensé en la cámara fotográfica, pero no quise moverme.

Hice bien.

Al poco (cuestión de tres segundos) se presentó de nuevo.

No era un avión, y tampoco un helicóptero.

Navegó un corto espacio y desapareció por segunda vez.

No volví a verlo, aunque permanecí en el exterior de la casa durante casi dos horas.

¿Dos desapariciones?

Eso fue lo que presencié...

Pero no caí en la cuenta hasta cincuenta días después.

«Alguien», en efecto, me había proporcionado una señal.

El 27 de julio de ese año (2005), Ricardo volvió a telefonear. Paco Padrón había sido ingresado en la Unidad de Cuidados Paliativos, en Tenerife (Canarias). Estaba grave. Ricardo aseguró que la muerte era cuestión de horas.

El 30 de julio, a las 13 horas, tras escuchar *Mi unicornio azul*, de Silvio Rodríguez, Paco regresó a la realidad.

Fue curioso. Esa mañana del sábado, 30 de julio, no levanté cabeza. Me sentí fatal, sin fuerzas... Al recibir la noticia de la muerte de Paco, el malestar desapareció.

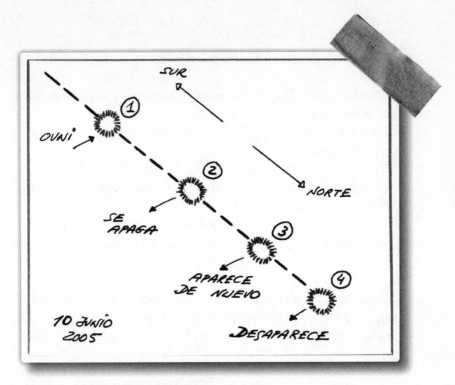

Cuaderno de campo de J. J. Benítez.

El Padre Azul le prolongó la vida durante diez meses...

Y me vino a la mente el ovni que contemplé cincuenta días antes. Desapareció en mi vertical por dos veces. Dos «desapariciones», sí... Y comprendí: la primera fue la del doctor Jiménez del Oso. La segunda desaparición acababa de suceder...

Mensaje recibido.

Esa misma tarde, hacia las 18 horas, algo más sereno, hice el pacto con Paco Padrón. Y escribí: «Si te encuentras en MAT-1, como creo, por favor, házmelo saber».

Y cerré el protocolo con lo siguiente: «De aquí al 21 de agosto (Navidad) alguien deberá saludarme con la palabra *lehaim*. Es válido que aparezca en el correo postal o en el electrónico».

La palabra *lehaim* («por la vida») era muy apreciada por Paco. Terminaba muchas de sus cartas, o las conversaciones telefónicas, con dicho brindis; una expresión muy querida, igualmente, por el Hombre-Dios.

El plazo, como digo, fue fijado desde ese momento (18 horas del 30 de julio de 2005) a las doce de la noche del 21 de agosto.

Días después, Blanca y yo emprendimos un viaje por China.

Era viernes, 5 de agosto...

Hasta esa fecha, nadie me había saludado con la palabra hebrea *lehaim*.

Y pensé: «¿Y quién va a hacerlo en China?».

Pero el 11 de agosto sucedió algo que me alertó.

Eran las 14 horas.

Nos disponíamos a viajar de Pekín a la ciudad de Xi'an.

Me tocó pasar por uno de los arcos de seguridad. Creo que en esos momentos circulaban por el aeropuerto miles de turistas y de chinos.

Pues bien, deposité las gafas y los rotuladores en la bandeja correspondiente, y me dispuse a cruzar bajo el escáner. Fue entonces, al depositar la bandeja en la cinta rodante, cuando

J. J. Benítez en el aeropuerto de Pekín, mostrando la placa en la que aparece el familiar «10-1». (Foto: Blanca.)

uno de los funcionarios me entregó una placa de plástico de color azul. Presentaba un número. Era el que correspondía a la bandeja en la que acababa de dejar mis pertenencias.

Supongo que palidecí.

¡Increíble!

¡Era el familiar «101»!

¡Dios bendito! Miles de pasajeros y el «palo-cero-palo» me toca a mí...

Comprendí.

«Alguien» me decía: «Tranquilo... Estamos aquí».

Aquel «IO-I» no lo olvidaré jamás... Y supe que Paco Padrón andaba cerca.

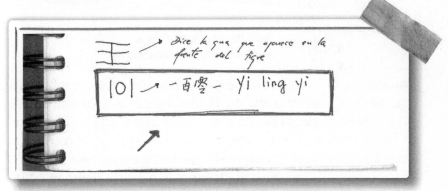

«IOI», en chino, se dice *yi ling yi*. Cuaderno de campo de J. J. Benítez.

Pero el viaje por China terminó y nadie me saludó con la palabra seleccionada.

Regresamos a «Ab-bā» a las 17 horas del 21 de agosto.

Faltaban siete para que concluyera el plazo.

Y empecé a preocuparme.

Quizá la señal era demasiado difícil...

Y sigo leyendo en el cuaderno de campo:

«... Hacia las 19 pido a Blanca que consulte los correos electrónicos...[1] Negativo... La palabra *lehaim* no aparece por

1. Jamás he tocado un ordenador. Es un problema de fidelidad a las Olivetti...

**Paco Padrón sigue vivo.
(Gentileza de la familia.)**

ningún lado... No pierdo la esperanza.... Paco era cumplidor (a
su manera), aunque era un vacilón (tanto que se murió una
hora antes que en la península)... Julio Marvizón, que ha guar-
dado la casa en nuestra ausencia, se ha ocupado de recoger el
correo... Lo repaso y compruebo que tampoco aparece *lehaim*...
¡Ay, Dios!.. Preparamos el «belén» y la cena de Navidad... Llamo al doctor Moli, para felicitarle, pero no responde... A las
21.40 suena el móvil de Blanca (el único que siempre está ope-
rativo)... Es Manolo Molina *(Moli)*... Me retiro de la cocina y
hablamos... Concretamos un próximo viaje de investigación a
Granada... Todo está bajo control... Y, de pronto, sin venir a
cuento, exclama:

—*Lehaim!*

Espeso silencio.

Y termino preguntando:

—¿Cómo dices?

—*Lehaim!* —repite Manolo—. ¡Por la vida!...

—¿Por qué dices eso?

—Es Navidad...

Moli, por supuesto, no sabe nada sobre el pacto con Paco
Padrón.

Me quedo perplejo.

280

¡Paco está vivo! ¡Se encuentra en MAT-1!... Ha respondido a mi petición...».

Días después, cuando Moli y yo nos vimos, conté el asunto del pacto.

Moli escuchó, desconcertado. Y añadió:

El día que falleció Paco Padrón sucedió algo extraño... Me encontraba en Granada, buscando unos papeles... Lo hice por media casa... No lograba encontrarlos... Abrí uno de los cajones de la mesa del ordenador, en mi despacho, pero tampoco los vi... Al cerrar, por la parte posterior de la mesa, cayó algo... Pensé que podían ser los papeles que buscaba... ¡Sorpresa!... Era un sobre, de junio de 1997, enviado por Paco Padrón... Se quedó enredado entre los cables... Y al comprobar el remite pensé: «Paco ha muerto»... Eran las 13 horas, más o menos... Se lo comenté a Adela... Ese mismo día, al hablar con vosotros, me lo confirmasteis...

Lo desconcertante es que Moli no guarda los sobres en los que llegan las cartas. En este caso, la misiva de Paco era la

Doctor Manuel Molina
(Moli). **(Foto: J. J. Benítez.)**

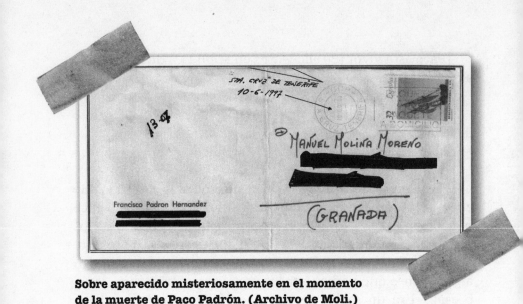

Sobre aparecido misteriosamente en el momento de la muerte de Paco Padrón. (Archivo de Moli.)

respuesta a una serie de preguntas, formuladas por Moli, para un proyecto que no llegó a cuajar. Consistía en un premio anual a los investigadores del tema ovni. El proyecto tenía un título muy significativo: «Al cielo con ellos».

Y sigo preguntándome: ¿qué hacía ese sobre detrás del ordenador? ¿Por qué se precipitó al suelo en el momento de la muerte de Padrón?

A finales de ese mes de agosto (2005) tuve una vivencia que no olvidaré jamás.

Sucedió a las once de la mañana. Acababa de tomar el segundo café. Escribía, justamente, sobre los mundos MAT...

Y, frente a mí, al otro lado del cristal de la ventana, vi (o creí ver) a Paco Padrón.

Se me erizaron los pelos...

¡Era él!

Caminó (?). Atravesó el cristal y se detuvo frente a mí, a escasos centímetros de la mesa en la que escribía.

¡Era Paco! Estoy seguro...

Vestía una túnica blanca, hasta los pies. Tenía pelo.

Sonreía sin cesar.

Entonces levantó el brazo izquierdo y se llevó las puntas de los dedos a los labios. Los mantuvo dos segundos frente a la boca y abrió la mano, en el típico gesto de «esto es fantástico» (!).

282

Y desapareció.

Por cierto, no cojeaba...

Quedé vivamente impresionado. Paco Padrón y Fernando Calderón habían coincidido: «¡Esto es fantástico!». En otras palabras: el lugar en el que se hallaban era magnífico e imposible de imaginar.

Me llené de esperanza, una vez más... Y recordé lo dicho por el Hijo del Hombre sobre el más allá: «El ojo humano no ha visto nada igual...».

Trece meses después de la marcha de Paco recibí otra señal, no menos emocionante.

Fue el día de mi cumpleaños, 7 de septiembre de 2006.

Ese día visitamos Estocolmo y hacia las 13 horas —según consta en el cuaderno de campo— regresamos al barco. Blanca me había regalado un viaje de placer.

Leí y caminé sobre cubierta. En total, veintiuna vueltas. A las 20.30 horas cenamos. Mi mujer me regaló un reloj.

Y a las diez y media nos sentamos en una de las cubiertas.

Sonaba una música deliciosa.

Y me dejé llevar por la intuición.

Me dirigí al Padre Azul y rogué que me permitiera seguir haciendo su voluntad. Lo que en *Caballo de Troya* se denomina «principio Omega»...

Ése fue mi deseo de cumpleaños.

Instantes después, la orquesta se despidió con una última melodía.

Quedé atónito...

¡Era *Mi unicornio azul*, la última canción que escuchó en vida Paco Padrón!

«Mi unicornio azul ayer se me perdió... Se fue.»

Y di las gracias a Ab-bā y, por supuesto, a mi amigo y hermano, Paco Padrón, allá donde esté...

—*Lehaim!* —brindé.

Y Blanca respondió:

—*Lehaim!* ¡Por la vida!

Como dice Rafael Sánchez Suárez, «los amigos no mueren; se difuminan sus defectos».

43
OTROS
ENCUENTROS CON
«PALO-CERO-PALO»

Aquel 21 de abril de 2012 caminaba por un centro comercial, en Cádiz.

Hacía tiempo para ir al cine.

De pronto me salió al paso un mueble. En él dormitaban, aburridísimos, varios cientos de cedés. Eran canciones de todos los colores y épocas. Las pobres se hallaban en el limbo de las ofertas.

Eché un vistazo, por pura compasión...

Fue entonces cuando uno de los cedés me miró intensamente.

Yo conocía aquella cara y aquel nombre.

Me había acompañado en los veranos de mi lejana primera juventud.

Era José Luis y su guitarra.

Leí, ávido.

Y los títulos de las canciones me transportaron al Barbate de los años sesenta.

José Luis y su guitarra alumbraron mi primer amor. Yo tenía catorce años...

José Luis y su guitarra se bañaron conmigo en la mar, junto a mi amada, y la resucitaron en mis sueños.

José Luis y su guitarra llenaron las noches y los días, mientras esperaba que ella apareciera por el fondo de la calle.

Mariquilla... Campesina... Escríbeme...

Mi corazón lloró. A mí ya no me quedan lágrimas...

Era el único CD de José Luis en el limbo de las ofertas.

Me lo llevé, y bien arropado.
Y al pagar reparé en el código de barras.
No era posible...
Allí estaba mi amigo, el «palo-cero-palo» (!).

«101» en el código de barras. Otro «aviso».

Al llegar a casa consulté la Kábala. Pura curiosidad.
Las tres canciones más emocionantes —*Mariquilla, Cam-*

CD1	JOSE LUIS y su guitarra		CD2	
1 • **MARIQUILLA** envía TONO JLG1 al 7789 J. L. Martínez	2:34	1 • **LA PLENA DE SAN ANTÓN** envía TONO JLG13 al 7789 Chago Montes	2:29
2 • **LA NOCHE ESTÁ CON LOS DOS** envía TONO JLG2 al 7789 Gcia. Serrano / Gcia. Abril	2:40	2 • **BLANCA ESTRELLA** envía TONO JLG14 al 7789 P. A. Acevedo	2:30
3 • **CAMPESINA** envía TONO JLG3 al 7789 J. Reina	2:37	3 • **MI PEQUEÑA MELODÍA** envía TONO JLG15 al 7789 J. L. Martínez	2:52
4 • **SOLEDAD** envía TONO JLG4 al 7789 J. L. Martínez	3:08	4 • **ESPAÑOLA** envía TONO JLG16 al 7789 Manolo Díaz	2:34
5 • **SEÑORITA LUNA** envía TONO JLG5 al 7789 Eduardo Casas	2:32	5 • **AL PARAGUAY** envía TONO JLG17 al 7789 Eladio Tarifa	2:33
6 • **AY MI TUNA** envía TONO JLG6 al 7789 Verdugo / M. Llorente	2:46	6 • **MI RONDA** envía TONO JLG18 al 7789 J. L. Martínez	3:06
7 • **ECOS DE MI CANTAR** envía TONO JLG7 al 7789 J. L. Martínez / J. Quintero	2:35	7 • **MI CANCIÓN DEL RECUERDO** envía TONO JLG19 al 7789 J. L. Martínez	2:34
8 • **ITALIANO** envía TONO JLG8 al 7789 J. L. Martínez	2:36	8 • **YO SIENTO COMO TÚ** envía TONO JLG20 al 7789	2:47
9 • **DOS LAGRIMITAS** envía TONO JLG9 al 7789 Elorrieta / M. Llorente	2:39	9 • **LA ÚLTIMA COPA** envía TONO JLG21 al 7789 Caruso / Carraro	2:57
10 • **DESTINOS PARALELOS** envía TONO JLG10 al 7789 J. L. Martínez	2:17	10 • **LA DEL REBOZO BLANCO** envía TONO JLG22 al 7789 R. Fuentes / R. Cárdenas	3:15
11 • **POKER** envía TONO JLG11 al 7789 Javier Quintero	3:05	11 • **CABECITA EN EL HOMBRO** envía TONO JLG23 al 7789 Paulo Borges / A. Valder	2:56
12 • **ESCRÍBEME** envía TONO JLG12 al 7789 Guillermo Castillo	2:42	12 • **CONTIGO EN LA DISTANCIA** envía TONO JLG24 al 7789 C. Porrillo de la Luz	3:14

Mariquilla, en el puesto número uno. *Campesina*,
en el tres y *Escríbeme*, en el doce.

pesina y *Escríbeme*— ocupaban los lugares «1», «3» y «12», respectivamente.

Y supe que esos números encerraban un «mensaje». Un «recado» de Alguien, exclusivamente para mí.

«1-3-12.»

Y leí, sorprendido (?): «1» = «símbolo del Absoluto». «13» = «regalo». «12» = «Dios».

Y seguí leyendo: «1312» = «Hijo del Hombre».

Lo sabía. El CD de José Luis y su guitarra era un regalo del Jefe... Él es así.

Aquel CD me esperaba...

¿Fue la intuición?

Probablemente...

El caso es que obedecí.

Y me presenté ante mi notario favorito...

Esta vez rogué que levantara acta del final de los *Caballos de Troya*.

Eran las 11 horas del 13 de enero de 2006.[1]

Florit examinó el folio que le había entregado y lo dispuso todo.

Leyó el texto, con el referido final de los *Caballos*, y no parpadeó.

—Firma aquí...

Poco después me hacía entrega del expediente.

Al repasarlo, ya en casa, me di cuenta de un «detalle» que había pasado inadvertido.

Quedé maravillado.

El número de protocolo era el 14.

En otras palabras: 1 + 4 = 5 = 101 (!).[2]

En Kábala, el número 14 equivale a «valioso» y también a «oro».

Dios, efectivamente, habla con símbolos...

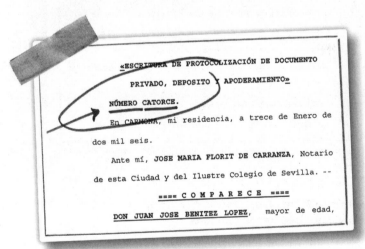

Protocolo número 14.

1. *El día del relámpago*, que cierra la serie *Caballo de Troya*, fue publicado en 2013.

2. El número 5 (en base 10) equivale a 101 (en base 2).

PROTOCOLIZACIÓN DE DOCUMENTO PRIVADO, DEPOSITO Y
APODERAMIENTO, y al efecto: -----------------------

=== E X P O N E ====

I.- Que me requiere a mi el Notario,
acogiéndose a la facultad que le reconoce el
Reglamento Notarial para que protocolice en la
forma que se detallará a continuación un testimonio
por mi obtenido de cuya total correspondencia con
el documento original, doy fe, extendido en un
folio y firmado en el día de hoy por el
compareciente y a mi presencia.

II.- Manifiesta el Sr. Benitez que el contenido
de dicho documento constituye el desenlace final de
la serie literaria "Caballo de Troya", de la cual
es autor. Igualmente, quiere hacer constar el
compareciente que dicho documento no contraviene
ninguna norma legal o jurídica tanto civil como
fiscal o penal, para lo que solicita que yo, el
Notario, lea dicho documento a su presencia, y bajo
secreto notarial guarde silencio sobre su
contenido. ---

III - La protocolización del mencionado
testimonio se lleva a cabo, a solicitud del
requirente mediante su introducción por mi el

**13 de enero de 2006. J. J. Benítez depositó,
ante notario, el final de los *Caballos*.**

Y de nuevo «palo-cero-palo»...

Ocurrió el 4 de septiembre de 2006.

Esa mañana desembarcamos en la ciudad rusa de San Petersburgo.

Y decidimos callejear, a la aventura.

A las dos de la tarde nos reunimos con Inna Kuzina, amiga e intérprete de ruso.

Almorzamos y a las cuatro nos encaminamos hacia la iglesia de la Resurrección. Yo tenía especial interés en visitarla.

Fue en ese trayecto cuando coincidimos con un automóvil cuya matrícula me llamó la atención.

¡Allí estaba mi amigo! ¡«101»!

Lo fotografié y pensé: «Alguien trata de decirme algo».

Pero no supe a qué podía referirse...

Matrícula fotografiada por J. J. Benítez en San Petersburgo, minutos antes de un intento de robo.

Inna Kuzina (izquierda) y Blanca.
(Foto: J. J. Benítez.)

Cinco minutos después nos detuvimos en un mercadillo.

Blanca e Inna querían echar un vistazo.

Me resigné.

En esos instantes aparecieron tres individuos.

Dos se colocaron a mi izquierda y el tercero lo hizo a mi derecha, muy cerca.

Fue todo rápido.

El sujeto de la derecha me mostró un libro; una especie de guía. Habló en ruso. Supongo que pretendía vendérmela. Situó el libro a la altura del bolsillo derecho de mi pantalón y percibí cómo introducía los dedos.

Las mujeres se encontraban un poco más allá...

Y el tipo hizo presa en la cartera.

Y tiró de ella.

Me revolví y, desconcertado, el ladrón soltó el botín y dio media vuelta, alejándose. Los otros desaparecieron entre la gente.

Me libré de un disgusto por los pelos...

Y recordé el «101».

Fue un aviso, sin duda.

Comprendí.

La observación de un «palo-cero-palo» puede significar la ratificación de un pensamiento o de una idea y, cómo no, un toque de atención o una invitación a la calma.

Tengo mucho que aprender, lo sé.

En agosto de 2011 decidí viajar a Grecia.

Tenía asuntos que verificar, relacionados con *Rayo negro*.[1]

Siempre actúo de la misma manera.

Cuando recibo una información procuro contrastarla (hasta donde es posible).

Éste fue el caso de *Rayo Negro*.

Adelantaré algo.

En *Rayo negro*, Jesús de Nazaret habla del alma; una criatura que siempre me intrigó. ¿Existe? ¿Cuál es su cometido?[2]

---

1. *Rayo negro* es la información que sigue a *El diario de Eliseo*. En estos momentos (2013) no ha sido publicada. (Amplia información en *El día del relámpago*.)

2. El mayor habla del alma en *Saidan. Caballo de Troya 3*. Asegura que fue descubierta a raíz de los estudios sobre el «cuerpo glorioso» del Maestro. «Todo empezó —dice— cuando, en una de las áreas de aquel encéfalo —que venía a corresponder a la corteza del tercer ventrículo, bajo el tálamo—, los científicos detectaron unos átomos de un gas noble (el kriptón). En total 86 conjuntos biatómicos que giraban en órbitas comunes. Los planos orbitales, sensiblemente paralelos, dis-

En *Rayo negro* el Maestro dice:

• El alma humana es como una copa... Se va llenando con el paso de los días.

• Al beberla nos autorrealizamos.

• Ella (el alma) crece con los pensamientos y con las experiencias.

• Buscamos a Dios gracias a ella...

• Tratamos de imitar al Padre Azul gracias a ella...

• A veces es de color naranja.

• Nos distinguimos del mundo animal gracias a ella.

• Los conflictos surgen como consecuencia del desequilibrio entre la mente y el alma.

• No confundáis la mente con el alma.

• El alma es eterna; la mente no.

• El alma es un regalo del buen Dios.

• El alma llega con la «chispa» divina...[1]

• El alma no es física, pero tampoco de naturaleza espiritual.

• El gran objetivo del hombre es descubrir que está habitado.

Y decidí solicitar una señal; mejor dicho, dos...

Primera: «Si el alma existe, en la próxima visita a las ruinas de Éfeso, alguien me entregará un "palo-cero-palo"».

Fin del protocolo.

Y el 29 de agosto, lunes, dediqué la mañana a la antigua ciudad de Éfeso.

---

frutaban de un "eje" común que, a su vez, describe un movimiento vibratorio armónico cuya frecuencia y amplitud estaban en función de la temperatura (0,2 megaciclos para 35 grados Celsius)...» Esos 86 conjuntos biatómicos, en síntesis, vienen a ser la «percha» en la que se «sostiene» el alma.

1. En los *Caballos de Troya*, Jesús de Nazaret explica que la «chispa» viene a ser una parte «infinitesimal» (?) del buen Dios. Cuando el niño toma su primera decisión moral (aproximadamente a los cinco años), la «chispa» desciende y se instala en la mente del ser humano. Con la «chispa» llega el alma. Y allí permanecen de por vida.

Me impresionó su belleza, pero no logré ver un solo «IOI».

A las 13 horas, al regresar al autobús, Ester Kaya, la guía, me entregó una bolsa. Contenía un cuestionario impreso. Pura rutina.

Me quedé clavado al suelo.

En la bolsa aparecía, feliz, un «IOI».[1]

Segunda: «En *Rayo negro* se dice que el Maestro visitó Atenas. Pues bien, si fue así, si Jesús pisó Atenas, deberé recibir una señal cuando llegue a la Acrópolis».

Y establecí dicha señal: de nuevo un «palo-cero-palo».

«Alguien lo mostrará o me lo entregará.»

El 2 de septiembre, viernes, a primera hora de la mañana, acudimos a la Acrópolis, en Atenas.

Al tomar su primera decisión moral (no golpear al perro con el palo), la «chispa» divina desciende y se instala en la mente del niño. Con la «chispa» llega el regalo del alma. Cuaderno de campo de J. J. Benítez.

1. En la última mudanza, la bolsa en cuestión se perdió. Siento no poder ofrecer la imagen del «palo-cero-palo».

La recorrimos de arriba abajo.

Negativo.

El «palo-cero-palo» no se presentó...

Y a las 10.30 horas, al volver al bus, lo vi en el parabrisas del vehículo, muerto de risa... Estuvo allí todo el tiempo.

El ciego, como siempre, era yo... Olvidé que Jesús nunca mentía.

«IOI» en el parabrisas del bus. (Foto: Blanca.)

Cuando el investigador Sánchez-Ocejo me hizo entrega del voluminoso archivo fotográfico de Hynek, el ufólogo número uno del mundo, me vi asaltado por un pensamiento preocupante: «¿Cómo trasladaría aquel tesoro desde USA a España sin levantar sospechas?».

El 16 de agosto de 2007 me reuní con Virgilio Sánchez-Ocejo en la ciudad norteamericana de Miami.

Y procedió a la entrega del archivo: diez cajas, con un total

Virgilio Sánchez-Ocejo, en el momento de la entrega del archivo fotográfico de Hynek. (Foto: Blanca.)

de mil diapositivas, todas relacionadas con el fenómeno ovni. Como digo, un «tesoro» para cualquier investigador.[1]

El doctor Hynek, a quien me he referido en páginas anteriores, lo había donado al físico Willy Smith una semana antes de su muerte (1986). Y Willy hizo otro tanto. Poco antes de morir, el 11 de julio de 2006, el archivo pasó a manos de Virgilio.

Meses después, Sánchez-Ocejo estimó que las imágenes estarían más protegidas bajo mi tutela.

Y así se hizo.

Fue entonces, como digo, cuando surgió aquella inquietud...

El traslado del material fotográfico a España no era ilegal, pero con los gringos nunca se sabe...

Y el 22 de agosto, miércoles, acudimos al aeropuerto de Miami.

Las cajas, con el millar de fotografías, fueron repartidas en el interior de las tres maletas que integraban el equipaje.

Blanca, para estos menesteres, es muy hábil.

Las protegimos con ropa..., y rezamos.

Era la única forma de esquivar los controles policiales.

De haber transportado el material en una o en dos bolsas de mano, los funcionarios podrían haber hecho preguntas incómodas, o algo peor...

El vuelo fue plácido, aunque quedaba la segunda aduana, en Madrid.

Despegamos a las 17.45, con cuarenta minutos de retraso.

Duración del vuelo: ocho horas y veinte minutos.

Comandante: Alfonso Redondo.

Llegada a Barajas a las 8 horas y 10 minutos.

Ahí empezó el nuevo calvario.

Las maletas aparecieron a las nueve. Mejor dicho, la cinta escupió dos; de la tercera ni rastro...

En esa tercera maleta azul viajaban seis cajas, con casi seiscientas diapositivas.

Pensé lo peor...

Pero se presentó.

1. Parte del archivo fotográfico de Hynek puede ser contemplado en la actualidad en mi página web: ‹www.jjbenitez.com›.

Fue la última, pero lo hizo.

Eran las 9.30 de la mañana.

Recuerdo que sudaba.

Y fue al llegar frente a la Guardia Civil, en la aduana, cuando reparé en un pequeño-gran «detalle». En Miami no me percaté de ello.

¡Mi amigo, «palo-cero-palo», había viajado con nosotros!

Para ser exacto, con las maletas...

¡Aparecía en cada una de las etiquetas de identificación del equipaje!

¿Cuándo aprenderé a confiar?

No hubo ningún problema.

La Guardia Civil nos invitó a pasar, sin más.

«IOI» en las etiquetas de identificación del equipaje.

Blanca, triunfante, al abandonar el aeropuerto de Madrid-
Barajas. El archivo fotográfico de Hynek estaba a salvo.
(Foto: J. J. Benítez.)

Iñaki Mendieta Buruchaga fue un cura muy querido.

Era un *kui*. En otras palabras, un ser humano sin fondo, generoso, imaginativo y amante de la naturaleza.[1] Era, además, valiente y culto. En marzo de 1976 fue testigo de una formación ovni sobre Opacua (País Vasco). Contempló cuarenta objetos no identificados. Pues bien, fue audaz y no tuvo reparo en confesarlo en televisión. Fue grafólogo profesional, detective y periodista. Lo nunca visto... Y fue el primer cura que dotó de alarma a una iglesia (Santa Ana, en Llodio).[2]

Pero Mendieta, sobre todo, fue un corazón sin puertas. Entrábamos y salíamos sin pedir permiso. Y él encantado...

En 1978 bautizó a mi hija Tirma.

Hablamos mucho, sobre todo de lo humano. Después, como pasa siempre, la vida nos distanció. Él se quedó en el País Vasco y yo huí de ETA...

Iñaki Mendieta.

1. Amplia información sobre *kui* en Jordán. *Caballo de Troya 8* y en ‹www.jjbenitez.com› («Yo Chita, tú *kui*»).

2. Cuando entraban los ladrones sonaban las campanas de la iglesia. Cayeron más de uno y más de dos chorizos.

El 19 de marzo de 2008, mi hijo Iván me telefoneó.

—El cura Mendieta —anunció— ha muerto...

Iñaki falleció el 17 de marzo, a los setenta y un años de edad.

No lo dudé.

Acudí al cuaderno de pactos y señales y escribí: «Amigo Iñaki, si estás vivo, como creo, por favor, házmelo saber».

Y pensé en una señal.

Tenía que ser difícil...

Iván había prometido visitarme en cuestión de días.

Y volví a escribir: «Iván, cuando llegue, me proporcionará una sorpresa... Positiva, claro».

No especifiqué el tipo de sorpresa. De eso se ocuparía el cura...

Y ya lo creo que se ocupó.

Mi hijo llegó a «Ab-bā» el lunes, 24 de marzo.

Iván, el día de su llegada a «Ab-bā». (Foto: J. J. Benítez.)

Gran decepción: no traía nada para mí.

Pasé la mañana confuso, sin saber qué pensar.

Iván se fue a correr por los alrededores y regresó a la hora de comer.

Se cambió de ropa y apareció con una camiseta negra.

Casi me desmayo...

En el pecho, a la altura del corazón, lucía un «palo-cero-palo» (!).

Iván traía otra camiseta —idéntica— para mí.

Y bendije al cura *kui*...

Mendieta está vivo, vivísimo.

Y mis aventuras con el «palo-cero-palo» continuaron...

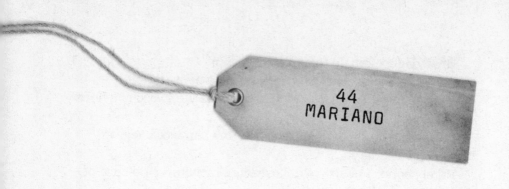

Aquel sábado, 22 de febrero de 1992, soplaba un fuerte e incómodo viento de levante.

Me hallaba en la zona de Barbate, el pueblo en el que me gustaría morir.

Rodaba detrás de algunos casos ovni.

Blanca me acompañaba.

Y sigo leyendo en el cuaderno de campo:

«... No consigo localizar a mi primo Juan Francisco Romero, más conocido en Barbate como *Sardina*... Perdió un hijo (José María) hace una semana en un accidente de tráfico en Castellón... Me gustaría darle el pésame, pero no tengo su teléfono...».

Y con esta preocupación proseguí las pesquisas.

Esa mañana terminamos en Caños de Meca.

Tras almorzar en Las Acacias opté por llamar a otro primo —Soler— y le comenté que necesitaba localizar al Sardina. Eran las cuatro de la tarde.

Quedamos en vernos a las cinco, en El Patio, un bar muy conocido en Barbate, junto a la playa. Allí me diría cómo ubicar al Sardina.

Cinco minutos después telefoneé a mi viejo amigo Castillo.

Deseaba verle y cenar con él.

Fue en esos momentos cuando Castillo me dio la noticia: «Ha llamado Manolo Molina *(Moli)*, de Granada. Me ha dicho que te diga que ha muerto Mariano... Tú le conoces».

Mariano Carmona Almendros era un gran aficionado a los enigmas. Había regentado la librería Almendros, en la ciudad de Granada. Era un bromista empedernido y mejor persona. En realidad era mi compadre. Fui padrino de bautizo de una de sus hijas. Mariano arriesgó la vida para salvar la de unos niños cuando celebraban una fiesta en su casa. El traje con el que se disfrazó salió ardiendo y, para evitar que los niños corrieran peligro, se arrojó a la piscina. Sufrió gravísimas quemaduras. Su salud, poco a poco, fue deteriorándose.

Había fallecido el día anterior, 21 de febrero, viernes.

Blanca y yo quedamos desolados...

Y a las 16.30 salimos de Las Acacias, rumbo a Barbate.

Me sentía triste. Quería mucho a Mariano. Había compartido con él los años más difíciles, cuando arranqué con *Existió otra humanidad...*[1]

Y sucedió algo asombroso.

A la altura de la venta Los Olivos, a medio camino entre Caños y Barbate, creí ver a Mariano.

Se hallaba sentado en el asiento de atrás del vehículo.

Lo descubrí por el espejo retrovisor.

**Mariano Carmona.
(Gentileza de la familia.)**

1. *Existió otra humanidad* fue publicado en septiembre de 1975.

Se me erizaron los pelos.

Volví a mirar por segunda vez.

Allí seguía, sonriente. Y me miraba, feliz.

Al levantar la vista por tercera vez ya no lo vi.

Dudé, pero terminé comentándoselo a mi mujer.

—No quiero asustarte —le dije—, pero creo que acabo de ver a Mariano...

Blanca me contempló, atónita. Sabía que no bromeaba.

—Mariano está muerto —argumentó—. ¿Cómo puede ser?

—Está muerto, pero no...

Y se encendió una vieja polémica.

Yo defendía que mi amigo continuaba vivo —vivísimo—, allí donde estuviera. Blanca dudaba.

—Está muerto —se empeñaba, no sin razón—. Muertísimo, como tú dices...

—Sí, pero vive.

—¿Cómo va a vivir si acaba de morir?

—Te digo que está vivo... Y más que nosotros.

Nos acercábamos a Barbate.

Y decidí proponer algo. En realidad fue un pacto con Mariano.

—Podemos solicitar una prueba...

Blanca me miró, asustada.

Fui al grano.

—Hagamos un pacto con Mariano... Si está vivo, como creo, mi primo Sardina aparecerá a las cinco, en El Patio...

Blanca pensó a toda velocidad. Y replicó:

—Eso es casi imposible... Ni siquiera sabemos si está en el pueblo.

—¿Aceptas?

Blanca se encogió de hombros.

—Si el Sardina se presenta en el bar —remaché—, significará que Mariano está vivo, y que acabo de verlo en el asiento de atrás.

Blanca se giró y examinó el asiento vacío.

Y yo volví a consultar el espejo retrovisor.

Allí no había nadie...

A las 17.05 horas aparcaba frente al bar, en la playa del Carmen, en Barbate.

Soler, mi primo, esperaba en la puerta.

Blanca y yo quedamos clavados al suelo.

No era posible...

¡Allí estaba el Sardina!

Nos abrazamos y me apresuré a preguntar:

—¿Tú qué haces aquí?

El Sardina, desconcertado, resumió:

—Ha pasado algo raro. Me encontraba en el bar La Parada, como todos los sábados, y, de pronto, decidí que tenía que ir a lo de Diego Revuelta. He cogido el coche, pero, en lugar de ir por el camino habitual, he tirado por el paseo Marítimo... En la curva de El Castillo me he cruzado con el vehículo de Soler. Hemos parado y me ha dicho que a las cinco estarías en El Patio... Y aquí estoy.

Soler (izquierda), J. J. Benítez y Juan Francisco Romero, *Sardina*. (Foto: Blanca.)

Pasé parte de la tarde interrogando a mi primo sobre el extraño cambio de ruta.

Sardina no tenía idea de por qué modificó el itinerario.

Blanca y yo no dijimos nada.

No era necesario.

Ella, ahora, sabe que Mariano está vivo, vivísimo...

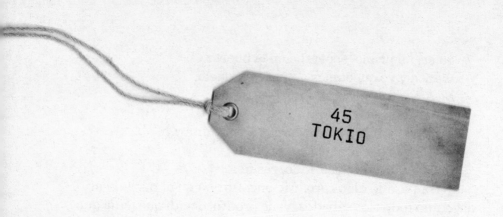

45
TOKIO

unque lo conté en *Mágica fe*, entiendo que es bueno
repetirlo.[1] Aquélla fue una señal de lujo...
Corría el mes de octubre de 1980.

Me encontraba en Japón, como periodista, cubriendo la visita oficial de los Reyes de España.

Recuerdo que fue al entrar en el hotel New Otani, en Tokio.

Alberto Schommer, el Miguel Ángel de la fotografía, compañero de fatigas en numerosos viajes con Don Juan Carlos y
Doña Sofía, hizo un comentario: «En Japón conozco a un fotógrafo. Me encantaría saludarlo pero no tengo su teléfono y
tampoco la dirección».

Alberto mencionó el nombre pero, sinceramente, no lo recuerdo.

Inconscientemente —hoy ya no estoy tan seguro—, en lo
más íntimo, deseé que Schommer encontrara a su amigo. Ahí
quedó la cosa.

Dos días después, olvidados comentario y deseo, Alberto y
yo tuvimos la infantil ocurrencia de visitar el metro de Tokio.

Elegimos la estación más próxima al hotel: Akasaka-Mit-
suke, en la confluencia de las líneas roja y marrón.

Por aquello de la emoción, entramos en plena hora punta.

Schommer preguntó qué dirección tomábamos.

Me encogí de hombros y subimos al primer tren que acertó
a pasar.

1. *Mágica fe* fue publicado en noviembre de 1994.

Alberto Schommer en Japón.
(Foto: J. J. Benítez.)

Embarcamos en la línea roja.

Entre las ocho galerías sumé 170 estaciones.

¡Qué locura!

El número de viajeros, en esos momentos, superaba el millón.

Era una disciplinada masa de ciudadanos, fervorosamente pegada a otro millón de libros y periódicos.

Schommer alucinaba y yo más...

La marea amarilla nos envolvió y nos devoró.

Una hora después decidimos regresar. Ya habíamos visto bastante.

Aguardamos el tren de retorno...

Al llegar, las puertas resoplaron y se abrieron.

Y vimos salir a cientos de japoneses.

Alberto, de pronto, se estremeció.

Frente a él se había materializado su amigo, el fotógrafo.

—¡Imposible! —exclamó Alberto.

Merche Casla. (Gentileza de la familia.)

—¡Imposible! —clamó el nipón.

Y yo, desconcertado, recordé el íntimo deseo, dos días antes.

Ahora lo sé: fue otro guiño del Padre Azul...

Pero no fue la única señal relacionada con la familia Schommer.

El 25 de agosto de 2013, domingo, me hallaba ojeando la prensa cuando, en la sección de «Obituarios», leí la noticia del fallecimiento de Mercedes Casla, esposa de Alberto Schommer.

Merche había muerto el día anterior.

Llamamos a Alberto, a San Sebastián, y confirmó el fallecimiento.

Esa misma noche del domingo, 25, se me ocurrió hacer el pacto con la queridísima Merche.

Además de Alberto, ella tenía otro amor: los libros.

¡Cuántas veces entré en Estudio 2, la librería de Merche y de su hermana en la confluencia de las calles Diego de León y Serrano, en Madrid!

Y escribí en el cuaderno de pactos: «Si estás viva, como supongo, por favor, dame una señal».

La idea llegó de inmediato. Y seguí escribiendo: «Mañana, lunes, cuando acuda a Correos, alguien me habrá enviado un libro... A ella le encantará».

Y a las 14 horas del 26 de agosto procedí a abrir las cartas.

¡Sorpresa!

Uno de los sobres contenía cuatro libros (!).

Los enviaba Dan Bermejo, desde Valladolid (España).

El hombre tuvo la gentileza de regalarme *Crónicas desde el frío espacio* (tres volúmenes) y *Profanadores de planetas*.

Lo sé: Mercedes Casla está viva. En realidad, cuatro veces viva...

46
LA OREJA DE VAN GOGH

Hay sueños tan especiales como significativos.
Éste fue el caso de María Santos.
Así me lo contó:

María Santos.
(Gentileza de la familia.)

En el sueño me vi entrando en un estudio de pintor... Lo primero que vi fue una escalera, a la derecha... Subía a un piso, a una especie de troj, de madera... Allí había muchos cuadros apoyados en la pared... A continuación miré al fondo y vi una cristalera bastante grande... Los cristales aparecían sucios y turbios, aunque entraba mucha claridad... Luego miré a mi izquierda y vi dos cuadros enormes... Junto a uno de ellos, agachado, descubrí a un hombre... Pintaba... Me fijé en los cuadros... Uno era un paisaje, un campo con flores o algo amarillo y verde... Recuerdo que predominaba el amarillo...

Caminé hacia el segundo cuadro... Eran nenúfares, entre crudo y rosa pálido... Y exclamé: «¡Qué bonito! Parecen de nácar»... Después miré a mi izquierda y el hombre se incorporó... Se vino hacia mí y me dijo: «¿Te gustan? Te los voy a regalar...». Le dije que eran demasiado grandes para mi casa y que parecían cuadros más propios de un museo... «Te los haré más pequeños», replicó... Entonces lo miré a la cara y le dije: «Tú eres Van Gogh»... Respondió que sí, que lo era... Y con disimulo contemplé la oreja izquierda... Y vi que la tenía completa... Entonces, detrás de él, observé una mesa larga, contra la pared, repleta de pinceles y pinturas... Todo aparecía muy desordenado... Percibí el olor a pintura y a trementina... Ahí terminó el sueño... A la mañana siguiente acudí a una enciclopedia y quedé sorprendida: Van Gogh había muerto el 29 de julio de 1890... El sueño tuvo lugar, justamente, a los cien años... Van Gogh se suicidó.[1]

María, impresionada, acudió a la iglesia y ofreció una misa por el alma del genio del pelo rojo.

En una de las conversaciones con María solicité detalles sobre el sueño:

1. Según las últimas investigaciones, en especial las de Steven Naifeh y White Smith, Van Gogh no se suicidó. Al parecer recibió el disparo de un adolescente llamado Jean Secretan. Van Gogh no quiso inculparle y dijo que se había pegado un tiro. La pistola nunca fue encontrada y tampoco el cuadro que pintaba en esos momentos. Tras el disparo, Van Gogh se levantó y caminó un largo trecho hasta la casa en la que se hospedaba; algo poco probable de haberse tratado de un suicidio.

Autorretrato de Van Gogh con la oreja vendada (1889). Según la historiadora alemana Wildegans fue Gauguin quien mutiló el lóbulo de la oreja izquierda de Van Gogh.

—Dices que el hombre estaba pintando nenúfares...

—Así es.

—¿Estás segura?

—Completamente. Eran preciosos...

Durante días repasé la obra pictórica de Van Gogh y hallé gladiolos, girasoles, melocotoneros de flores rosas, lirios, almendros en flor, campos de trigo (con o sin cuervos), tulipanes, rosas, adelfas y viñedos rojos, pero ni un solo nenúfar. Ni blancos ni amarillos. Según mis noticias, Van Gogh nunca pintó nenúfares (en esta vida).

—Dices que en el sueño se veía una gran cristalera. ¿Pudiste identificar el exterior?

—No.

—¿Te recordó París?

—No sabría decirte...

—Y qué me dices de la oreja...

—La tenía perfecta.

—¿Cómo sabías que era la izquierda?

—No lo sé. Lo supe...

—Dices que el sueño tuvo lugar el 29 de julio de 1990...

María asintió.

—¿Cómo explicas que coincidiera con el centenario de su muerte?

—No tengo explicación. Van Gogh es un gran pintor, me gusta, pero tenía escaso conocimiento sobre él y sobre su obra.

Tras escuchar a María llegué a las siguientes conclusiones, siempre provisionales:

1. El sueño no fue casual (nada lo es).

2. Tras la muerte se trabaja, y en lo que a uno le gusta. Obviamente, Van Gogh sigue pintando...

3. En el otro lado, el aspecto físico es impecable. Por eso Van Gogh presentaba ambas orejas.

a llamaré Ali.

     Es otra criatura especial...

En 2013 vivió una interesante experiencia. He aquí su testimonio:

El 24 de enero mi padre fue operado... Tenía cáncer... Estando en el hospital me faltaron las fuerzas para seguir dándole ánimos... Había días en los que empeoraba y se venía abajo... Fue entonces cuando decidí pedir una señal... Si yo estaba convencida de que saldría adelante, también podría convencerle a él... Y le pedí a Ab-bā, al Padre Azul, una señal: «Si es verdad que mi padre se va a curar —le dije— hoy veré un colibrí»... «No importa cómo: en una fotografía, en la tele, en un dibujo... Como sea»... Y esa misma noche (yo estaba agotada, y mi madre se quedó en el hospital, para que yo durmiera en su casa), viendo la televisión, durante la publicidad, apareció un colibrí hermosísimo... Sí, mi padre se curará... Y recuperé las fuerzas... Y así fue... Mi padre está curado.

Cuando solicité detalles, Ali aclaró:

... Mi padre fue operado de un cáncer de colon... Le extirparon todo el intestino grueso, empalmando el intestino delgado con el recto... Desde el día de la intervención hasta el alta hospitalaria transcurrieron veintiún días, con sus correspondientes y larguísimas noches... La operación fue bien, larga pero sin complicaciones... Los tres primeros días, como es lógico, fueron muy molestos y dolorosos... El cuarto día notó mejoría... Estaba contento y optimista... Lo peor había pasado...

El intestino aún no funciona... La sonda nasogástrica le duele... Nervios, bajones de ánimo...

Pasan los días y el intestino empezó a funcionar... ¡Genial!... Le retiraron la sonda... ¡Qué alivio!... Pero volvieron los vómitos y tuvieron que colocarle la sonda de nuevo... Mi padre se desesperaba... Creía que la cosa iba mal... Pero ahí estaba la familia, la mejor del mundo... Le dábamos ánimos... Yo le hacía reír... Pasaron los días... Le fue retirada la sonda... Empezó a pasear por la planta del hospital, «suero en mano»... Y aparecieron nuevamente los vómitos... Mi padre lloraba... No quería que le colocaran la sonda... Pero no había más remedio... Mi padre se vino abajo, una vez más... No sabía qué hacer... No sabía cómo animarlo... No sabía cómo convencerlo de que todo iba a salir bien... Y pasaron los días y empecé a agotarme... No tenía fuerzas... Yo era la primera que debía convencerme de que mi padre terminaría curándose... Sólo así podría ayudar... El caso es que solicité una señal... Fue el sábado, 9 de febrero... Eran las seis de la mañana... Había bajado a la primera planta, a buscar un café largo de máquina... Volví a la habitación y me lo fui bebiendo, apoyada en la repisa de la ventana... Miré las estrellas y dije:

—¡Por favor, Ab-bā, necesito fuerzas! ¡Necesito una señal tuya! Si mi padre va a salir de ésta, si todo va bien, si se va a curar, por favor, Papá, ¡dame una señal!

Me quedé pensando unos segundos y se me ocurrió:

—Hoy quiero ver un colibrí. Me da igual cómo, dónde y de qué manera: en foto, en dibujo, en la tele...

Pasó el día y, llegada la noche, mi madre me dijo que me fuera a casa, a dormir y que descansara... Tito me recogió y nos fuimos a casa de mis padres... Serían las 21.30 horas, más o menos... Tito preparaba algo para cenar mientras yo descansaba en el sofá (estaba como si me hubiera caído de un quinto piso)... Veía la tele... Daban las noticias... No recuerdo el canal... Pusieron anuncios antes de dar los deportes o el tiempo, no sé... El caso es que, en uno de los anuncios (creo recordar que de telefonía móvil), en dibujos, apareció un árbol con muchos colores y muchas flores (predominaba el naranja) y por la derecha se presentó un increíble y precioso COLIBRÍ, también en dibujos... Se me erizaron hasta los pelos de las zapatillas... ¡La señal!... ¡Mi señal estaba ahí!.. Sí, Dios me decía que sí, que mi padre se curaba... Ahora sí, ahora sí que estaba eufórica... Mi padre ya no se hundiría jamás... Y así fue... Mi padre mejoró... Le dieron el alta... Hoy puedo decir que ha superado el cáncer.

Ali y su padre.
(Gentileza de la familia.)

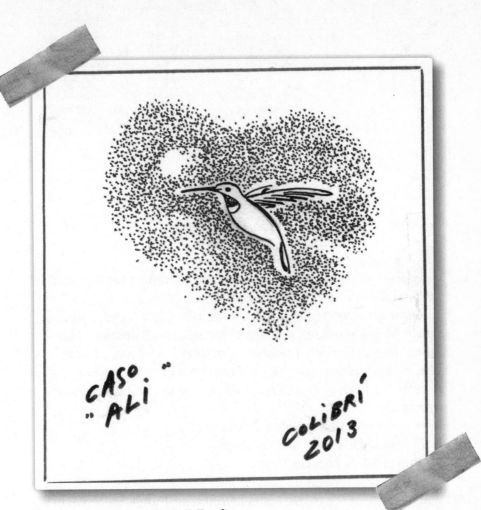

Cuaderno de campo de J. J. Benítez.

48
THOR

Mi primer perro se llamaba *Thor*.

Fue un pastor alemán fuerte y noble. Llegó cuando era un cachorro y nos llenó de alegría.

Perseguía todo lo que fuera capaz de volar. Acabó con las patas de los muebles y con las zapatillas. Disfrutaba con el agua. Jamás mordió a nadie. Se pasaba las horas a nuestros pies, contemplándonos. Era el primero en recibirme. No sabía de enfados ni de malas caras. Respondía con amor, constantemente.

Y así transcurrieron catorce años...

Pero un día tuve que sacrificarlo.

Fue el 14 de julio de 1999.

Thor padecía una displasia[1] galopante y dolorosa. Su calidad de vida empeoró. No podía levantarse. Sufría. No tuve más remedio que sacrificarlo.

Cavé una tumba en el jardín y lloré.

Esa tarde lo llevamos hasta la fosa. Me miró dulcemente, como si comprendiera, y se tumbó. Dejó hacer al veterinario y se fue...

Como digo, lloré.

Fue curioso.

1. *Thor* presentaba una displasia fibrosa poliostótica. Es decir, un defecto en el desarrollo esquelético, de carácter genético. Los huesos de las patas traseras se vieron atacados en forma de fibrosis de la médula diafisaria.

Blanca, con *Thor*.
(Foto: J. J. Benítez.)

En diez días había enterrado a mi padre y a mi perro.

Pero sólo lloré por *Thor*...

Sabía que mi padre es inmortal y *Thor* no.

Y, mientras cubría el cuerpo, llegó una duda. Se posó en mi hombro y planteó: «¿Hay cielo para perros?».

Al día siguiente, jueves, acudí a un vivero y compré un rosal.

Deseaba plantarlo sobre el cadáver de *Thor.*

El rosal se hallaba podado.

Nadie, en el vivero, supo decirme qué clase de rosas podía dar.

¿Rojas, blancas, anaranjadas...?

Imposible saberlo, de momento.

Y, de regreso a casa, se me ocurrió hacer un pacto con el Padre Azul.

Rosas rojas sobre la tumba de *Thor*. (Foto: J. J. Benítez.)

«Si hay cielo para perros —le dije—, por favor, dame una señal.»

Y establecí el protocolo: «Cuando florezca, el rosal deberá dar rosas blancas... Si es así, si las flores son blancas, sabré que *Thor* está en el cielo».

Cada día visitaba la tumba y contemplaba el rosal.

Y así pasaron semanas y meses...

Pero el rosal no florecía.

Y el pacto quedó casi olvidado.

Nueve meses más tarde, al atardecer del 14 de abril de 2000, Blanca salió al jardín con el ánimo de cambiar la bombilla ubicada cerca de la tumba de *Thor*. Acababa de fundirse.

Y, de pronto, escuché sus gritos...

Acudí, alarmado.

—¡Mira! —exclamó—. ¡Mira la tumba!

Quedé perplejo.

El rosal había florecido, al fin...

Pero las rosas no eran blancas, sino rojas.

¡Rojas!

Era la señal que esperaba.

Y llegué a una conclusión: el único cielo para las mascotas es nuestra memoria. Allí sí viven eternamente...

49
ATILA

Atila es un perro especialmente noble.

Se trata de un labrador retriever, de pelaje liso, negro brillante, corto y denso como una manta.[1] Tiene una mirada de caramelo. Es excepcionalmente inteligente y bondadoso.

Su dueño —Carlos Zuluaga— lo quiere a rabiar, y con razón.

Me entrevisté con Carlos en octubre de 2013 en la República Dominicana.

Y me contó su «aventura» con *Atila*:

—Sucedió el 24 de septiembre de 2012, día de la Merced... Me encontraba en Santo Domingo, en mi casa, en compañía de mi hermano Francisco... Eran las doce del mediodía... Recuerdo que estaba tomando una sopa de verduras... Y empecé a sentirme mal... Primero fueron sudores... Acudí al dormitorio y conecté el aire acondicionado... Pero seguía mal... Me senté en el sofá, en la sala, y ahí empezó el fortísimo dolor en el pecho... Era horrible... Mi hermano estaba sentado en el comedor... Fue entonces cuando el perro se puso visiblemente nervioso... Iba y venía entre mi hermano y yo... Se sentaba frente a Francisco y le miraba con ansiedad... Después cami-

---

1. El labrador retriever, también conocido como «cobrador de Labrador», es una raza que procede de Terranova (Canadá). Existen antecedentes en el siglo XVI. Es un perro muy hábil en la caza, así como en la captura en el agua. Sus dedos aparecen palmeados. Forma parte, habitualmente, de las brigadas caninas de la policía.

naba hasta el sofá, en el que me hallaba, me observaba, y regresaba junto a mi hermano... Yo lo llamaba, pero casi no me prestaba atención... *Atila* seguía pendiente de Francisco... Y continuaba el dolor... El perro tenía la mirada fija en mi hermano... Parecía que le dijera: «¡Ayúdalo!»... Entonces mi hermano comprendió, y tomó la iniciativa... «Vamos a la clínica», dijo... El dolor en el pecho era muy intenso... Allí me hicieron pruebas y un electrocardiograma...

Carlos me mostró el electro. El ECG era anormal: presentaba síntomas de infarto anteroseptal (progresión anormal de la onda R).

—El perro, en definitiva, te salvó la vida...

Carlos asintió y acarició a *Atila*.

—¿Recuerdas si ladraba en esos momentos?

—No, sólo miraba a Francisco, y con una mirada que lo decía todo. Él percibió la gravedad del problema antes que nosotros, y nos advirtió con sus idas y venidas y, sobre todo, con sus miradas.

Carlos y *Atila*.
(Foto: Blanca.)

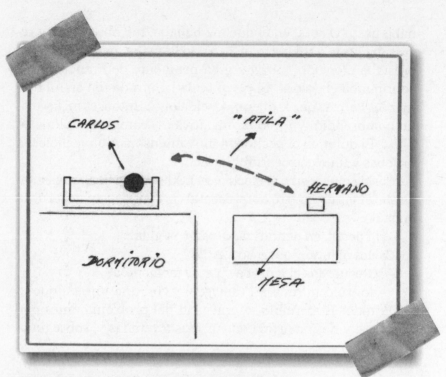

El instinto de *Atila* salvó la vida de Carlos, su dueño. Cuaderno de campo de J. J. Benítez.

Hoy, Carlos está recuperado, pero *Atila* sigue a su lado, pendiente...

50
MAYLING

En Estados Unidos de Norteamérica conocí a Nelly.
Tenía una perra pequinesa llamada *Mayling*.
Con ella vivió una singular experiencia...
Esto fue lo que me contó:

Sucedió en septiembre de 1980... Ella —*Mayling*— vivía conmigo... Esa mañana me preparé y me fui a la oficina, como cada día... *Mayling* se quedó feliz... Le preparé su plato de comida y el agua... Pura rutina... Y a eso de las once de la mañana, sentada a la máquina de escribir, ocurrió algo extraño... Frente a mí, como a medio metro, a la altura de los ojos, se presentó la imagen de la perrita... Era como una fotografía... Era ella... Me sorprendió mucho... ¿Qué estaba pasando?... ¿Le sucedía algo a *Mayling*?... Traté de serenarme... Yo la había dejado en perfecto estado... Comía, feliz... La oficina estaba a veinte minutos de la casa y pensé en acudir a la hora del almuerzo, pero descarté la idea... No hice caso a la intuición... y continué trabajando... Por la tarde, cuando regresé a la casa, me llevé una sorpresa... La cerradura había sido manipulada... La puerta estaba entreabierta y la casa patas arriba... Habían entrado a robar... *Mayling* se hallaba detrás de la puerta, sentadita... No le hicieron daño... Esa misma tarde hablé con una vecina y me dijo lo siguiente: a eso de las diez y media de la mañana (una media hora antes de que viera a *Mayling* en la oficina), su marido coincidió en la calle (frente a la puerta de mi apartamento) con un joven que le infundió sospechas... Al preguntar qué hacía por allí, el individuo se excusó, asegurando que se le había caído una llave... El vecino tenía prisa y se marchó...

Pregunté a un profesor de parapsicología y me dijo que, probablemente, la perra se «proyectó» como consecuencia del miedo... Fue una señal.

Mayling. **(Foto: Nelly.)**

Aquella mañana —no recuerdo la fecha, ni quiero recordarla— me peleé con Blanca.[1]

Vivíamos entonces en Sopelana (Vizcaya).

Y decidí marcharme.

Necesitaba serenarme. Necesitaba pensar. Necesitaba una señal.

¿Debía continuar con Blanca?

---

1. Debo aclarar que todas las broncas con mi mujer tienen su origen en mi torpeza y en mi mala cabeza. Todas...

Al cerrar la cancela de madera que daba acceso al jardín, y cuando me disponía a abandonar el lugar, recibí la «señal» que buscaba... Y bien merecida que la tuve.

De pronto sentí un fuerte dolor en los gemelos de la pierna derecha.

Al girar encontré al perro del vecino: un enorme mastín, famoso en el barrio por sus malas pulgas.

Se había escapado de la casa...

Y el muy cobarde fue a morderme por la espalda, y sin razón.

Fue una herida importante.

No tuve más remedio que regresar a la casa...

Blanca me curó, solícita, y yo entendí el «mensaje».

El Padre Azul, cuando es menester, no se anda con chiquitas.

A finales de los años ochenta investigué un caso que me dejó perplejo.

Cuán cierto es que cuanto más investigo menos sé...

Ocurrió en un bellísimo pueblo de Guipúzcoa (España).

La madre —a la que llamaré Maider— accedió a contar lo sucedido aquel 26 de marzo:

—Mi marido y mi hijo lo habían preparado todo para ir de pesca. Y esa mañana, temprano, tras desayunar, se dispusieron a montar en el coche...

A Maider se le saltaron las lágrimas, pero se recuperó, y prosiguió:

—Teníamos un perro ovejero... Se llamaba *Ixil* («silencioso», en euskera). Era amable y tranquilo. No daba guerra... Pero aquel día se volvió loco. De pronto, sin que nadie supiera por qué, el perro, que entonces contaba cinco años de edad, se lanzó a los pies de mi hijo y empezó a tirar del pantalón... Pensamos que quería jugar, pero no... No hubo forma

327

de tranquilizarlo... Tiraba y tiraba del pantalón... Y llegó a romperlo... Logramos separarlo pero, en un descuido, volvió a lanzarse a los pies del muchacho y tiró de nuevo de él... Ya estaban cerca del automóvil... Mi marido se puso serio y fue necesario reñirle... «¿Qué le pasa a este perro?»... Nadie lo sabía... Conseguí encerrarlo en la casa y ellos se fueron... ¡Dios mío!... Dos horas después sufrieron un accidente y mi hijo falleció...

Ixil, según la madre, no salió de la casa. Y allí murió, de pena. Se negó a comer y a beber.

Ixil sabía y trató de retener al hijo...

51
MOOGLI

a desaparición de *Moogli* fue un misterio.

Pero bueno será que empiece por el principio.

En realidad, la historia de *Moogli* es la de Jesús, un niño de Albacete (España). Un niño muy especial...

Fue su hermana —a la que llamaré Io— quien me la contó en su momento.

He aquí una síntesis:

Lo que voy a contar —explicó Io—, y a pesar de que resulte increíble, es la verdad. No es algo que me hayan contado, sino que lo he vivido en «mis propias carnes». Son muy pocas las personas a las que he confiado esta vivencia, y hoy se la confío a usted, porque no creo que la casualidad exista, y si esto ha surgido así será porque el Universo tiene sus propios planes...

Cuando yo tenía dieciséis años, tuve una época en la que cada día, al levantarme por la mañana, la primera idea que me venía a la cabeza era que mi madre (que ya tenía cuarenta) se iba a quedar embarazada. En casa éramos tres hermanos: el mayor de diecinueve, luego yo y otro hermano con catorce... Y pese a que en los planes de mis padres no entraba tener otro hijo, esa misma Navidad, mi madre se enteró de la noticia de su estado... Como eran las fechas que eran, ella nos anunció que si era niño se llamaría Jesús.

Y Jesús nació con prisa un 10 de junio de 1988, un mes justo antes de la fecha prevista.

Aquella semana las pesadillas comenzaron a hostigarme cada noche. Soñaba que mi hermanito se moría.

Jesús era un niño precioso, de cabellos ondulados rubios y de tez morena, cariñoso hasta el extremo, creativo, abierto y con un corazón, un sentido de la justicia y un saber estar impropios para su edad. Imagínese... era el «juguete» de la casa, un niño feliz muy querido por todos.

Rondaba los tres años de vida la primera vez que él nos anunció que iba a morir. Cuando mi madre lo levantaba para ir al colegio, se le abrazaba y le decía: «Mamá, me voy a morir». Mi madre se molestaba por el comentario y le preguntaba por qué decía esas cosas... «Porque es verdad», replicaba mi hermano. Este hecho se repitió más veces.

Jesús, hermano de Io.
(Gentileza de la familia.)

Unas semanas antes de que todo ocurriera, estábamos en la cocina tomando café mi madre y yo, ultimando los detalles de su comunión, mientras él jugaba en el suelo con sus juguetes. De repente se levantó, y poniéndose de pie se colocó entre las dos, nos abrazó, nos besó y nos dijo: «Me voy a morir». Sinceramente, nos dejó de piedra... Y con su mano me daba suaves golpecitos en la cara, como cada vez que estaba intranquilo, y me decía: «Brujita» (palabra que mi hermano utilizaba conmigo en plan de broma cariñosa)...

Teníamos una relación extraordinaria.

Desde el primer día que entró en casa sentí su presencia como un valioso y hermoso regalo, y mi corazón (como el de todos los que lo conocían) se hacía grande con el suyo cada día. Hablaba con él de sus cosas y también de las mías y entre nosotros siempre existió una gran complicidad.

Le gustaba hacer dibujos en mi mesa, mientras yo estudiaba.

Recuerdo que la noche antes de su primera comunión me preguntó si podía dormir conmigo. Noté que se sentía inquieto y le dije que sí.

Lo abracé dejándole que me contase... «¿Y si no lo hago bien?... ¿Y si me equivoco?», decía. Le dije que no tenía de qué preocuparse, que todo iba a salir muy bien y que si se sentía inseguro sólo tenía que mirarme, porque yo estaría a su lado..., tan cerca, tan cerca que si extendía su mano me podría tocar. Después nos dormimos abrazados.

Al día siguiente Jesús se levantó listo y contento para el gran día, pero yo estaba tan agotada que no podía moverme de la cama. No tenía fuerzas y mi energía estaba por los suelos...

Todo salió estupendamente, no faltó nadie. Se sentía el rey. Rió, jugó, nos deslumbró con sus ocurrencias..., fue genial. Al llegar a casa, por la noche, se sentó sobre mis rodillas y me dijo: «Io, yo quiero que sea otra vez mi comunión». Y lo entendí, me sentí satisfecha y respiré tranquila.

Quince días después, un fatídico 28 de mayo, volvió de la escuela con un amiguito y le hice un bocadillo de paté. Mi madre no se encontraba en casa y me pidió permiso para ir con su bici a la casa del otro niño, que vivía cerca. Yo dudé, pero el otro niño dijo que le llevaría la bici mientras mi hermano se comía el bocadillo. Lo encontré bastante nervioso, pero insistió mucho y al final accedí.

Jesús nunca se iba a ningún sitio sin permiso, pero aquel día, junto con un grupito de compañeros del cole, se fueron a ver un circo que acababa de llegar al pueblo. Hicieron una carrera echándose cada uno por una calle diferente. Una calle estrecha, un coche que venía..., mi hermano cayó mal y bueno... Ni una gota de sangre, pero el golpe en la cabeza resultó fatal.

Estuvo dos días en la UCI.... Y lo más curioso de todo es que cuando pasé a verlo (yo insistía en que luchara...), sentí claramente que me decía que había elegido irse. En aquel mismo momento yo sabía que había visto la luz (no sé cómo explicar esto)... Entre luz y niebla pude verlo cogido de la mano de una mujer de mirada dulce, quizá para hacerme saber que no se encontraba solo... Me pareció muy valiente su actitud y le pedí que cuando llegase mi momento de «cruzar al otro lado», viniese a esperarme.

(Discúlpeme si no soy capaz de explicarme mejor, pero no encuentro las palabras para ello.)

En mi casa, a cincuenta kilómetros del hospital, nuestro perro —*Moogli*—, que iba a esperarlo cada día a la puerta de la escuela para acompañarlo a casa, no dejaba de aullar.

Donamos todos sus órganos (que según nos comunicaron más tarde sirvieron para salvar a cinco personas), y cuando trajeron su cuerpecito sin vida a casa fue tremendo. Reconozco que estaba llena de temor, porque no sabía si podría soportarlo, pero tenía que enfrentarme y verlo por mucho que me costase... Y, ¡oh, maravilla!... Cuando lo vi entendí que aquel cuerpo estaba vacío. No quedaba ni rastro de mi hermano en él... Sentí un alivio indescriptible, incluso alegría (porque mi hermano no se había quedado atrapado en él. ¡No estaba muerto! Se había liberado).

Fue en aquel momento cuando noté su presencia. Como si de una nube se tratara, lo sentía «flotar» sobre mi cabeza. Podía notar su energía, su amor... Supe entonces que estaba bien, y al salir de la habitación sentí que su presencia (textualmente hablando) me acompañaba a lo largo del pasillo. Como si pudiera comunicarse conmigo telepáticamente, me anunció que se pondría en contacto conmigo por medio de Alicia.

Alicia era una psicóloga psicoanalista que conocí en un curso que estaba realizando y que constaba de tres partes. Cuando aconteció todo esto, faltaba por realizar la tercera y última parte.

Yo no tenía ánimos para cursos, pero después de aquello tenía que ir, aunque solo fuera para comprobar que no era obra de mi desesperada imaginación.

Llegó el día, y en el mismo instante en que nos vimos, Alicia comenzó a sentirse mal, y aunque le costó acercarse a mí, cuando lo hizo, agarró con su mano el anillo que había colgado del cuello con una cadenita, que había pertenecido a mi hermano, y que yo misma había mandado agrandar con el fin de ponérmelo.

—¿De quién es este anillo? —preguntó sin soltarlo—. Toda la fuerza viene de aquí...

—Era de mi hermano.

Entonces comenzó a repetir lo que él (mi hermano) le decía:

—No debes llorar. Cuando tú lloras, yo lloro...

Me dijo que podía sentir que él estaba bien, que aunque su cuerpo era el de un niño, su sabiduría y su evolución eran las de un anciano.

Pude entender perfectamente a qué se refería, porque en numerosas ocasiones y pese a su corta edad, había sobresalido siempre su exquisita sensibilidad. Su razonamiento emocional y su dedicación a los demás siempre nos cautivaron.

Alicia, entonces, empezó a darme golpecitos en la cara, con su mano, igual que hacía mi hermano de manera cariñosa.

Y a continuación añadió:

—Io, tienes que vivir por mí. No le digas a mamá que estoy bien, porque no te va a entender.

Pero algo no encajaba... Le dije a Alicia que eso no era posible... Él jamás me llamaba así...

Ella, entonces, mirándome, dijo:

—Es cierto, no te ha llamado Io... Te ha llamado «brujita».

Me comentó que le había parecido descortés decírmelo así... ¡No quería insultarme!

Sonreí y le dije que no se preocupara.

Acababa de demostrar que mi hermanito querido se encontraba allí, conmigo, hablándome, y que seguía vivo... Yo podía sentirlo a mi lado.

En aquel momento fue como si me hubiesen quitado una oscura venda de los ojos, y experimenté una claridad de conciencia desconocida para mí hasta ese momento.

Alicia, después, apretó el anillo entre sus manos y me dijo que él quería que lo guardase...

Le pregunté si quería que lo dejase en el cofre de mis padres, que era donde estaba... Pero ella respondió que no, que él le decía que lo dejase en una cajita de bambú que yo tenía en mi habitación.

—No debes preocuparte —explicó Alicia—. Él está bien... Lo sé porque yo me siento muy bien.

Ni ella ni nadie de los allí presentes conocía mi casa, y mucho menos mi habitación. Nadie sabía de la existencia de aquel joyero de palitos de bambú ni qué guardaba en él.

Alicia confesó que nunca antes le había ocurrido algo así. Me dio las gracias por haber vivido aquella experiencia tan extraordinaria, al igual que yo a ella y nos despedimos.

Nunca he vuelto a verla.

Durante mucho tiempo después, mi hermano me visitó cada noche, en sueños. Corriendo y jugando feliz con sus amigos (más niños) y un perro.

Después de su muerte nos dijeron que nuestro perro —*Moogli*— seguía esperándolo cada día a la salida del colegio. A los quince días, a partir de esa fecha, *Moogli* salió de casa y ya no regresó. Lo buscamos por todas partes. Mi padre, incluso, fue a la perrera, pero no conseguimos encontrarlo...

Es por todo esto que tengo claro que la muerte no existe. Sólo es un cambio de plano en el que seguimos evolucionando. No hay que tener miedo cuando llegue el momento, sólo abrirse a la experiencia y ponerse en las manos del Padre. Él no se equivoca...

En una de sus cartas, Io me regaló un bello —bellísimo— texto de Marianne Williamson, la escritora norteamericana.

Encaja, a la perfección, en el sentido que pretendo dar a *Pactos y señales*. El lector sabrá juzgar...

He aquí dicho texto:

Nuestro miedo más profundo no es que seamos inadecuados.

Nuestro miedo más profundo es que somos inconmensurablemente poderosos.

Lo que nos asusta es nuestra luz, no nuestra oscuridad.

Nos preguntamos: ¿quién soy yo para ser brillante, encantador y fabuloso?

En realidad, ¿quién eres para no serlo?

Eres una criatura de Dios.

Jugar a ser insignificante no le sirve al mundo.

No hay nada inspirador en encogerse para que los demás no se sientan inseguros a tu alrededor.

Hemos nacido para dejar de manifiesto la Gloria de Dios que hay dentro de nosotros, que no está solo en algunos, sino en cada uno de nosotros.

Y, al dejar que nuestra propia luz brille, inconscientemente, les damos permiso a otros para que hagan lo mismo.

Al liberarnos de nuestro propio miedo, nuestra presencia, automáticamente, libera a otros.

Se puede decir más alto, pero no más claro...

Curioso. Cuando seleccionaba los casos para este bloque, sobre mascotas y señales, el Padre Azul me hizo un nuevo guiño.

De pronto, Blanca dejó sobre mi mesa un correo electrónico.

Era de mi buen amigo José Couceiro, de Ciudad Real (España).

Lo leí, maravillado.

¿Cómo podía saber Couceiro que me hallaba preparando un libro sobre la existencia de un orden invisible y benéfico?

Cuando escribo, salvo mi mujer, nadie sabe en qué consiste el nuevo libro. Ni siquiera la editorial. Es otra vieja manía.

El texto decía así:

En el vientre de una mujer embarazada se encontraban dos bebés.

Uno pregunta al otro:

—¿Tú crees en la vida después del parto?

—Claro que sí. Algo debe existir después del parto. Tal vez estamos aquí porque necesitamos prepararnos para lo que seremos más tarde.

—¡Tonterías! No hay vida después del parto. ¿Cómo sería esa vida?

—No sé pero, seguramente, habrá más luz que aquí. Tal vez caminemos con nuestros propios pies y nos alimentemos por la boca.

—¡Eso es absurdo! Caminar es imposible. ¿Y comer por la boca? ¡Eso es ridículo! Nos alimentamos por el cordón umbilical. Para eso está... Te digo una cosa: la vida después del parto no existe. Aquí se acaba todo... El cordón umbilical es demasiado corto.

—Pues yo creo que hay algo. Tal vez sea una vida distinta a la que estamos acostumbrados.

—Pero nadie ha vuelto del más allá, después del parto. El parto es el final de la vida. A fin de cuentas, la vida no es más que una angustiosa existencia en la oscuridad. Ahí termina todo.

—No sé, exactamente, cómo será la vida después del parto, pero seguro que veremos a mamá, y ella nos cuidará.

—¿Mamá? ¿Tú crees en mamá? ¿Y dónde está?

—¿Dónde? ¡En todo nuestro alrededor! En ella, y a través de ella, es como vivimos. Sin ella, este mundo no existiría...

—No me lo creo... Nunca he visto a mamá. Por tanto, es lógico que no exista.

—A veces, cuando estamos en silencio, tú puedes oírla. Canta. Y muchas veces notas cómo nos acaricia... ¿Sabes?... Yo pienso que hay una vida real que nos espera. Ahora nos preparamos para ella...

Sí, fue una señal oportunísima.

Y termino este capítulo con un suceso que me impactó vivamente.

Lo vivió Carlos Larrieu, médico, doctor en Antropología e Historia y licenciado en Psicología.

He aquí su testimonio:

A finales de los años ochenta, la empresa para la que trabajaba me envió a Belice... Debía llevar a cabo un estudio antropológico sobre una de las etnias: las mujeres arahuacas... En San Pedro conocí a una familia, descendiente de los

Carlos Larrieu.
(Foto: Blanca.)

arahuacos, e hice una buena amistad con ellos... Disponían de una pescadería y la surtían con la pesca que capturaban en las aguas cercanas... Los acompañé en diferentes ocasiones.

Una tarde del mes de febrero sentí la necesidad de salir a navegar... Quería dar una vuelta por el sur de cayo Ambergris... Y salí de San Pedro en la pequeña zódiac de la familia... No dije hacia dónde me dirigía... La zódiac tenía un motor de cinco caballos y un depósito auxiliar... Me hallaba tan absorto en mis pensamientos que no tuve la precaución de revisar el nivel del tanque... Y navegué hasta un lugar conocido como «diez islas de coral», ubicadas a siete millas... Allí no vive nadie... Sólo hay cocoteros y alguna que otra *palapa* (chozas en las que los pescadores suelen guardar sus aperos)...

En un momento determinado decidí regresar a San Pedro, pero el motor empezó a fallar... Me había quedado sin gasolina...

Comprendí que mi situación era alarmante... No disponía de radio, ni de ningún otro sistema de comunicación... El viento era fuerte y me arrastraba mar adentro... Tampoco disponía de agua ni de comida...

Comprendí: podía morir...

Y me dejé arrastrar... No tenía alternativa...

Caí en un profundo sueño y soñé con una ola gigante...

Me tragaba... Y un pez, que no supe definir en el sueño, me sacaba a flote...

Desperté sobresaltado... Amanecía... La mar se hallaba en calma... Y pensé en mis amigos, los dueños de la zódiac... Quizá, al comprobar que no regresaba, se hubieran hecho a la mar, en mi búsqueda... Pero sólo era una suposición... Además, ¿en qué dirección debían buscarme?...

El viento del oeste arreció, y también mi temor... Me hallaba impotente... No podía hacer nada, salvo rezar... Y en eso vi aparecer una familia de delfines, muy comunes en aquellas aguas... Saltaban alrededor de la embarcación y emitían silbidos, como si comprendieran mi angustiosa situación...

Estaba tan desesperado que me puse a hablar con ellos y les grité:

—¡Por favor, id a San Pedro!... ¡Necesito ayuda!

Delfines: ¿ángeles camuflados?
(Foto: Blanca.)

No tuve que repetirlo... Al instante desaparecieron...

Y pasaron las horas... Creí que iba a morir...

Pero, a eso de las doce del mediodía, oí un ruido...

¡Era un motor!

¡Dios santo!... ¡Un motor!

Me puse de pie e hice señales con los brazos, al tiempo que gritaba como un loco...

Lo primero que acerté a ver fue un delfín... Dio un gran salto... Detrás apareció la familia, saltando también de forma desordenada... Reconocí a uno de los delfines... Tenía la aleta dorsal de color negro...

Finalmente se presentó la barca, con mis amigos...

Eran Joan y su esposa, Lastenia.

Nos abrazamos, y lloré como un niño.

Y, sin preguntar, el buen hombre comentó:

—Dale las gracias a los delfines. Ellos te han salvado. Llegaron al embarcadero y me hicieron comprender con sus saltos, y con los continuos golpes de sus cabezas en el agua, que

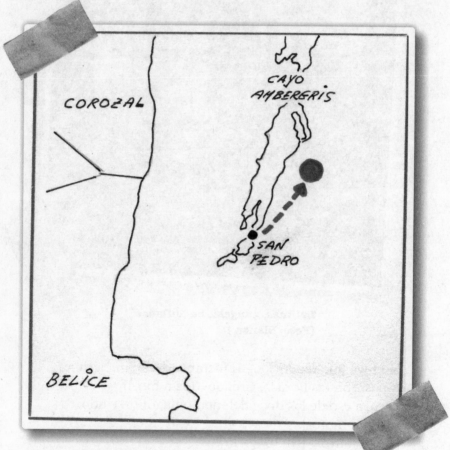

Lugar en el que los delfines localizaron la zódiac de Carlos. Cuaderno de campo de J. J. Benítez.

algo estaba sucediendo. No lo pensé. Arranqué el motor y los seguí. Ellos me han traído hasta aquí.

Durante meses, Carlos siguió viviendo con los delfines que le salvaron la vida. Se bañaba con ellos en el embarcadero de San Pedro.

Ellos sabían...

52
EL MELOCOTONERO

 os sueños, en ocasiones, son mucho más que sueños.
Lo dijo el Maestro...

Para mí constituyen un canal entre los hombres y otras dimensiones desconocidas.

Se trata, sí, del patio de atrás de los cielos (tampoco son palabras mías).[1]

Maritxu. (Foto: Flor Fernández.)

1. Amplia información sobre los sueños en *Estoy bien* y en los *Caballos de Troya*.

Lo vivido por Maritxu lo confirma, una vez más.

Maritxu Erlanz Mainz me impresionó.

La conocí en septiembre de 1972, en San Sebastián (España).

Yo, entonces, era un joven y descreído reportero...

Pero Maritxu, como digo, me «jinotizó» (que es mucho más que hipnotizar).

Sus ojos emanaban luz y la sonrisa no terminaba nunca...

Maritxu era una bruja, en el mejor sentido de la palabra.

Cuando era niña descubrió que era distinta.

En su casa, en el Roncal (Navarra), empezó a ver «bengalitas»...

—Eran luces pequeñas —explicaba Maritxu—, como las de una vela... Eran luces inteligentes... Se movían a ras del suelo y esquivaban los muebles.

Maritxu tenía diez años.

Después empezó a ver a través de las rocas y de las paredes.

—No había cuerpos opacos para mí...

Y Maritxu hablaba con el río, y con las nubes, y con las ranas...

Se abrazaba a los árboles, como hacía Fernando Calderón, y lloraba con ellos. No soportaba su inmovilidad.

—La naturaleza y yo éramos una familia... El sol lo era todo para mí.

Maritxu comía hielo e imitaba a las brujas de Burgui.

—Yo quería ser bruja y hablar con los peces...

Y lo consiguió.

Empezó a leer los pensamientos y a captar el aura de la gente.

—En el aura están todas las enfermedades: las pasadas y las futuras...

Se casó en 1938 con Giovanni Güller y se trasladaron a Pamplona. Allí abrieron un café —El Suizo— que hizo historia. Y allí dio comienzo un nuevo fenómeno: Maritxu, de pronto, veía cómo las personas se convertían en piedra. Al poco, esa persona fallecía.

—Fue la época de las «pétreas»...

En 1952 cerraron El Suizo y se mudaron a Ulía, un bello monte, próximo a San Sebastián. Aquel caserío, en Ulía, sería igualmente famoso.

Maritxu patentó 36.000 grimorios (fórmulas mágico-matemáticas, muy secretas, que sólo ella entendía). Con los grimorios protegió al Rey de España en sus viajes (eso decía) y acertó quinielas.

Después llegó la percepción de los terremotos. «Vio» el maremoto de Agadir (1960) mucho antes de que se registrara.

—Fue una pesadilla... No sabía a quién avisar...

Maritxu «vio» la muerte de Franco, y con veinte días de antelación.

—Al expirar salió una pequeña nube blanca de su pecho...

Y contempló, espantada, la tragedia del avión *Alhambra de Granada* (1985), en el monte Oíz, en Vizcaya. Murieron 141 pasajeros.

—No fue como dijeron... La culpa no fue del piloto... Fue un atentado... Algo o alguien importante iba en ese avión.

Conversé con Maritxu de Güller en numerosas ocasiones. Nos hicimos muy amigos.

También habló de mi pasado, de mi presente y, sobre todo, de mi futuro.

A día de hoy (2013) se ha cumplido un 70 por ciento de lo que pronosticó.

Auguró un gran éxito editorial (*Caballo de Troya*), dos grandes desgracias (una se ha cumplido) y mi «desaparición», proporcionando, incluso, la fecha (!).

Y en aquellas inolvidables conversaciones, en San Sebastián, aparecía siempre el «sueño de Ulía».

En síntesis, esto fue lo que contó:

—Sucedió en la primavera de 1968. Vivíamos en el caserío de Ulía. Frente a la casa había una campa. Allí prosperaba un precioso melocotonero. Recuerdo que estaba en flor... Pues bien, una noche tuve un sueño. De pronto, en la oscuridad, se presentó una gran luz... Descendió hacia la campa y se posó junto al melocotonero... Entonces vi salir de la luz a dos hombres... Eran muy altos... Llevaban escafandras y unas alas plegadas a la espalda... Se aproximaron y exclamaron: «Buscamos Pasajes. Queremos comer pescado fresco»... Ahí terminó el sueño... A la mañana siguiente, al acercarme al melocotonero, quedé sorprendida: estaba calcinado...

—¿Quieres decir que aparecía quemado?

—Totalmente.

—Quizá fue una helada...

Maritxu sonrió, benévola.

—En primavera no hay heladas.

—¿Cómo era la luz?

—Muy blanca.

—¿Llegó a tomar tierra?

—Eso me pareció, pero no estoy segura.

—Hablemos de los seres. ¿Qué altura alcanzaban?

**La intensa luz calcinó
el melocotonero de Ulía.
Cuaderno de campo de J. J. Benítez.**

345

—Cerca de dos metros.

—¿Viste las caras?

—Sí, pero no las recuerdo.

—¿En qué idioma hablaban?

—En español, pero no pronunciaban las palabras.

Debo aclarar que Pasajes de San Pedro es un pueblo costero de Guipúzcoa, y muy popular por su pescado.

Pero la cosa no terminó ahí...

A los pocos días, Maritxu y Vitori, su hermana, vieron entrar en el caserío a dos extranjeros...

—Eran altos y morenos —explicó Maritxu—. Hablaban italiano. Y, de pronto, exclamaron: «Buscamos Pasajes. Queremos comer pescado fresco».

»Nos quedamos de piedra, como las "pétreas". Era la repetición del sueño.

—¿Estás segura?

—Por completo.

Y Vitori asintió, añadiendo:

—Nos enseñaron los pasaportes y hablaron de un experimento que habían hecho recientemente... Algo relacionado con los sueños.

—Preguntaron también por un restaurante de Pasajes —añadió Maritxu—. Se llamaba Cámara. Yo, entonces, les dije que fueran a Cumbre, en Ulía.

—¿Guardaban alguna semejanza con los individuos del sueño?

—Eran igualmente altos, pero no sé decirte mucho más.

—¿Dirías que eran los mismos?

—Estoy convencida. Además, ¿cómo es posible que preguntaran exactamente lo mismo?

Como escribía Paco Padrón en su libro *Luces de medianoche*, al dormir despertamos; es al despertar cuando caemos en un oscuro sueño...

53
LA ROSA
DE JERUSALÉN

A quel 19 de marzo de 2002, martes, hizo frío en Jerusalén. Mucho frío...

Me hallaba en Israel, empeñado en el rodaje de varios documentales para la serie de televisión *Planeta encantado.*

Al día siguiente estaba previsto que grabásemos en la llamada «tumba del inglés», un cuidado jardín, en la Ciudad Santa, en el que, supuestamente, fue sepultado el cadáver de Jesús de Nazaret.[1]

Yo estaba inquieto, pero por otras razones.

Desde hacía meses, en mi mente burbujeaba un asunto delicado.

Había llegado con fuerza y no dejaba de latir. Lo llamé la «ley del contrato».

La idea (?) se presentó, como digo, con intensidad inusitada, y por diferentes canales.

En esencia, y según entendí, se trata de lo siguiente: según esta «ley» (?), la mayoría de los humanos nace con un «contrato» previamente aceptado y «firmado».

Si esto fuera así (está por ver), el libre albedrío, en la Tierra, sería un bello sueño. Sólo eso...

---

1. En 1882, el general Gordon, soldado inglés y estudioso de la Biblia, llegó al convencimiento de que dicho huerto era el célebre Gólgota de la crucifixión. El jardín fue comprado en 1894 por la Asociación del Sepulcro del Jardín, con sede en Londres. Según los arqueólogos protestantes, éste sería el huerto de José de Arimatea, mencionado en el Nuevo Testamento.

«Tumba del inglés», en Jerusalén. (Foto: Iván Benítez.)

Cada persona llegaría al mundo con una misión. A saber: experimentar el tiempo y el espacio. En otras palabras: experimentar la materia (la imperfección).

Si la «ley de contrato» fuera verdad, todo estaría «pactado»: riqueza, enfermedad, soledad, anonimato, dolor, miseria, guerras, momentos felices, oscuridad, etc. Todo. Incluso la forma y el momento de la muerte.[1]

Y la información recibida concluía así: «Al nacer, todo queda borrado. No sabemos quiénes somos ni de dónde procedemos».

La noticia, de ser cierta, desequilibraría muchas de las creencias religiosas, incluida la teoría de la reencarnación.

Obviamente me cansé de solicitar pruebas.

«Aquello» era tan grave como revolucionario...

Todas las señales solicitadas resultaron positivas.

Y ese 19 de marzo —movido quizá por el lugar en el que me encontraba— me propuse pedir la penúltima señal.

1. Más información sobre la «ley del contrato» en *Al sur de la razón*.

Esa noche, antes de acostarme, escribí en el cuaderno de campo: «Si la "ley del contrato" es cierta, si al nacer olvidamos quiénes somos en realidad y por qué estamos aquí, mañana, en la "tumba del inglés", encontraré o recibiré una rosa».

Dudé.

No era temporada de rosas, y menos con aquel frío.

Pero mantuve el protocolo.

Me encanta poner las cosas difíciles a Dios...

A la mañana siguiente, temprano, desembarcamos en el jardín.

Llovía mansamente. Era una lluvia aburrida.

Dejé a los muchachos preparando las cámaras y los equipos y me alejé, perdiéndome en el recinto.

Caminé en solitario, pendiente. Por supuesto, nadie sabía nada.

El jardín es grande.

Necesité tiempo para inspeccionarlo.

Negativo...

No vi una sola rosa... Era lógico.[1]

Y me dispuse a regresar a la pequeña plazoleta en la que se levanta la supuesta tumba del Maestro.

Fue entonces cuando percibí un reflejo...

Llegó del fondo del huerto.

Me detuve y creí ver algo...

Me adentré entre los árboles y la maleza y, finalmente, quedé clavado al suelo.

¡Dios bendito!

¡Era una rosa blanca!

Me hacía señas desde un rincón.

Algunas tímidas gotas de agua se habían posado entre los pétalos.

Sentí una intensa emoción.

No podía ser...

---

1. El 20 de marzo de 2002, según la meteorología judía, la temperatura mínima, en Jerusalén, fue de 8,5 grados Celsius. La máxima alcanzó 12,8. Se registró una humedad relativa del 83 por ciento y una precipitación de lluvia de 1,52. Velocidad del viento: 22,2 km/h.

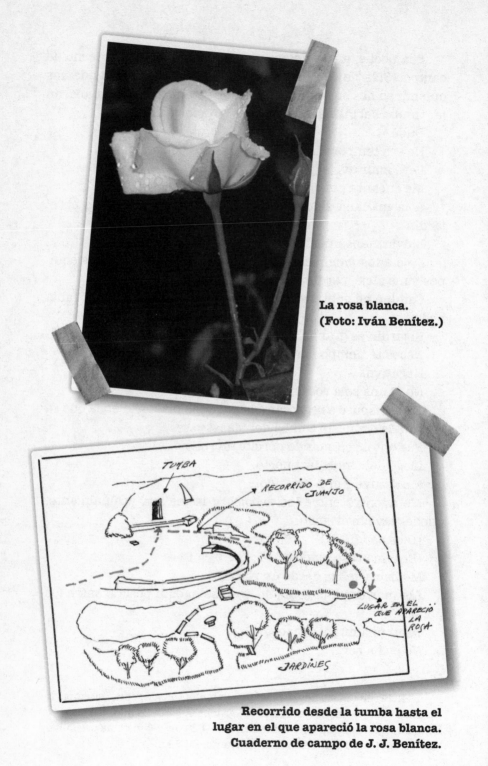

La rosa blanca.
(Foto: Iván Benítez.)

Recorrido desde la tumba hasta el
lugar en el que apareció la rosa blanca.
Cuaderno de campo de J. J. Benítez.

**Testigos de la rosa blanca. De izquierda a derecha:
Marta Guerrikabeitia (producción), Piru Vaquera (sonido),
Blanca, Rafa Carvajal (realizador; detrás de Blanca), J. J.
Benítez, Rafa Bolaños (director de fotografía; detrás de
J. J. Benítez) y Tomie Ferreras (cámara). (Foto: Iván Benítez.)**

Volví a recorrer el jardín, pero no hallé ninguna otra rosa.
¡Era la única!

Pregunté a los guardas.

«No es tiempo de rosas», declararon.

Y allí mismo arrodillé el alma y agradecí al Padre Azul el delicado regalo.[1]

Para mí, naturalmente, la «ley del contrato» es cierta.

1. En ocasiones deposito rosas blancas —siempre blancas— a los pies del Cristo del Amor, en Sevilla. Interpreté el color de la rosa como un guiño de Ab-bā.

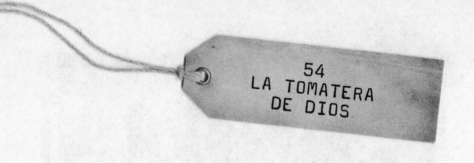

54
LA TOMATERA
DE DIOS

Cuanto más sé de Él, más me asombra...

El Padre de los cielos es tierno, imaginativo, sensible, delicado, prudente, AMOROSO, cálido, pícaro, envolvente, listo, atento, femenino, detallista, desconcertante, generoso, bello, tramposo, intuitivo, previsor, chistoso, piloto, chismoso, paciente, puntual, misericordioso, sabio, tolerante, chiripitifláutico, poeta, audaz, críptico, azul, respetuoso, interminable, confidente, infantil, confidencial y amigo. Además es UNO en TODO.[1]

A lo que iba...

Lo vivido por Juani Delgado lo demuestra.

He aquí lo que me contó en septiembre de 2007:

Estimado Juan José:

Empezaré esta carta presentándome. Mi nombre y dirección ya los conoce. Tengo cincuenta y un años, soy española, casada, y con un hijo de veintiocho.

Hace varios años que, de vez en cuando, algo en mi interior me animaba a escribirle y contarle las cosas que me están pasando, pero otra parte de mí se negaba. Pensaba: «¿Por qué voy a molestar a este señor si no me conoce y yo a él tampoco?».

---

1. He intentado enumerar las virtudes y los rasgos que adornan a Ab-bā pero he tenido que rendirme. He llegado a 39. Curioso: si uno se asoma a la Kábala observará que el número «39» tiene el mismo valor que «El Eterno es UNO» (!). ¿Casualidad? Lo dudo...

El 25 de junio de 2007 sufrí una intervención quirúrgica importante. Hace algunas semanas lo vi en televisión. Le estaban haciendo una entrevista. Los días siguientes ese «algo» en mi interior insistía continuamente en que debía escribirle.

Me dirigí a Dios y le dije: «Padre, yo no sé si debo escribirle, no tengo su dirección ni su teléfono. Trae a mis manos su dirección y le escribiré».

Busqué su nombre completo en uno de sus libros pero no venía. Así que desistí.

Pasaron varios días y mi hermana Marina me llamó por teléfono (ella ignoraba que yo tenía en mente escribirle) y me dijo: «Juani, ¿tú le has escrito a J. J. Benítez?». Le dije que no y me contó lo siguiente: «Este verano, en Honduras, entré en una librería para comprar unos cuentos a los niños y vi un

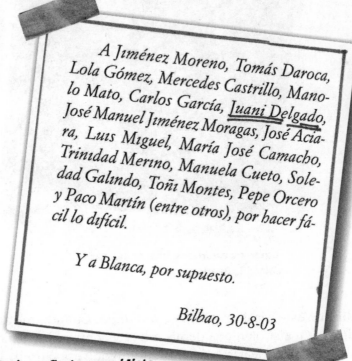

A Jiménez Moreno, Tomás Daroca, Lola Gómez, Mercedes Castrillo, Manolo Mato, Carlos García, <u>Juani Delgado</u>, José Manuel Jiménez Moragas, José Aciara, Luis Miguel, María José Camacho, Trinidad Merino, Manuela Cueto, Soledad Galindo, Toñi Montes, Pepe Orcero y Paco Martín (entre otros), por hacer fácil lo difícil.

Y a Blanca, por supuesto.

Bilbao, 30-8-03

Dedicatoria en *Cartas a un idiota*.
El libro fue escrito tras un gravísimo «percance».
La Juani Delgado que aparece en dicha dedicatoria es una de las enfermeras que me atendió y no la Juani que me escribe.

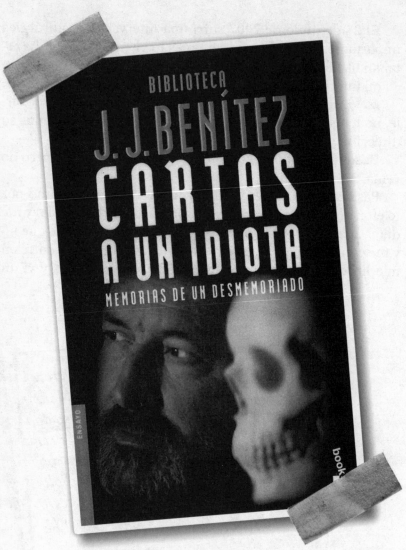

Cartas a un idiota, una señal para
Juani Delgado.

libro de este escritor: *Cartas a un idiota*. Cuando me alejaba,
algo me insistió en que debía volver y comprarlo. Así lo hice.
Al terminar de leerlo he comprendido que era para ti. Te va a
sorprender ver tu nombre y apellido en la dedicatoria».

¿Casualidad? Muchas personas tienen el mismo nombre y
apellido... Hace ya varios años que lo sé, las casualidades no

existen. Dos cosas que Dios me dice a menudo son: «Nada ocurre por casualidad» y «Todo es posible para mí».

Lo que realmente me sorprendió fue ver que en el libro había un apartado de correos donde podía escribirle. De nuevo el Padre trajo a mis manos lo que le había pedido; por tanto, ya no tengo ninguna duda.

Después de la operación estoy perdiendo peso, me siento muy débil y no sé qué va a pasar conmigo. Por eso debo escribirle ya, aunque debo hacerlo a ratos, para no agotarme.

En primer lugar le contaré una señal que Dios me envió el 11 de enero de 1997.

Era sábado por la tarde. Fui a casa de mi madre, que vive en la misma calle que yo. Ella estaba cosiendo, sentada en el sofá, poniendo hombreras a un jersey.

Sobre las 19.30 horas, aproximadamente, llamaron a la puerta. Era mi hermana Mayte, que venía con la hermana y la madre de su novio y una vecina de éstas. Venían de Madrid. La futura cuñada de mi hermana se casaba y habían ido a elegir el vestido de novia.

Mi madre recogió la costura, para atenderlas.

Cuando se marcharon cogió de nuevo la costura, pero la aguja se había perdido.

La buscamos. No aparecía.

Yo estaba preocupada ya que de niña me clavé unas tijeras al sentarme encima y, cuando se pierde una aguja, me pongo nerviosa.

Recuerdo que le dije: «Mamá, tenemos que encontrarla. Estabas cosiendo, sentada en el sofá. ¿Y si nos la clavamos al sentarnos?».

Buscamos, pero no apareció.

Mi madre comentó: «¿Sabes lo que te digo?: que voy a coger otra aguja y a seguir cosiendo».

Volvieron a llamar a la puerta. Era mi hermana Marina. Le pedí que me ayudara a encontrar la aguja. No la vimos. Mi madre terminó de coser las hombreras y dijo: «Me lo voy a probar». Yo la seguí hasta el dormitorio, palpando el jersey, y temiendo que se la clavara...

Dejé a mi madre y a mi hermana en la habitación y volví

de nuevo al salón. Me puse a mirar en el suelo, a los pies del sofá, y se me ocurrió dirigir el pensamiento al Padre: «Dios mío, por favor, haz que vea la aguja».

Seguí buscando, pero no la vi.

Me quedé pensativa, y preocupada, detrás de la mesa, mirando hacia la puerta de la calle. De repente, por mi lado derecho, vi un rayo de luz blanca, muy brillante, que partía del suelo e iba, directamente, a mis ojos. Era como un cordón recto de luz. Calculé después que el grosor era como la mitad de mi dedo meñique.

Jamás había visto una luz tan brillante y a pesar de eso podía mirarla con los ojos muy abiertos. No deslumbraba.

Me quedé sin poder articular palabra.

Me agaché muy despacio. Cuando estuve cerca del suelo vi que la luz partía de la aguja. La cogí y, en ese momento, el rayo desapareció. Pero la aguja seguía brillando en mi mano con la misma intensidad de la luz blanca.

En ese momento grité: «¡Mamá, bendito sea Dios! ¡Mira lo que me ha pasado!».

Las dos vinieron enseguida al salón y, al verme con la aguja en la mano, mi madre dijo: «Ya has encontrado la aguja». Yo les dije: «Pero ¿es que no veis como brilla? ¿No veis la luz blanca?». Contestaron que veían una aguja normal.

Al cabo de unos segundos, la aguja dejó de brillar.

Cuando conté lo que me había pasado, mi madre no se lo creía.

«Son figuraciones tuyas —dijo—. Ha debido ser el reflejo de la lámpara.»

Pero yo sabía muy bien lo que había visto.

Recuerdo que al día siguiente no tenía otra cosa en mi mente.

El lunes, en la oficina, no podía concentrarme en el trabajo.

Cuando salí, por la tarde, fui a casa de mi madre y le dije: «Saca el costurero y dame la aguja». Encendí la lámpara y coloqué la aguja en el suelo, en el mismo sitio donde la encontré, y le pedí a mi madre que observara, a ver si la luz de la lámpara se reflejaba en la aguja.

Imposible. Sabíamos que estaba ahí porque acababa de ponerla.

Aquello fue asombroso...

Después recordé que, semanas antes, había dirigido mi pensamiento al Padre: «Dios mío, llevo toda la vida hablándote y nunca me has enviado una señal. No sé si mis pensamientos llegan a ti o si se pierden en el espacio. No sé si debo seguir enviándote mis pensamientos. Si me envías una señal, que no sea como un flash, que dure lo suficiente como para saber que realmente ha pasado».

Con esa señal, Dios me hizo saber: «Estoy aquí, te escucho. Sigue hablando conmigo».

Desde aquel día me siento más cerca del Padre. Ahora, cuando le hablo, tengo la completa seguridad de que siempre me escucha y, lo más sorprendente, algunas veces me contesta.

Cada 11 de enero compro un ramo de flores para nuestro Padre y lo coloco en la mesa del salón de mi madre.

En marzo de 2002 me sucedió algo curioso. Nuestro Padre volvió a contestarme.

Estaba en la cocina, lavando los platos, y observando el patio de luces dirigí mi pensamiento al cielo: «Dios mío, qué tristeza ver siempre paredes y ventanas, con lo que me gusta la vegetación, las flores... Pero, ya ves, estoy condenada a ver este panorama... Es imposible que crezca vegetación en las paredes».

Cuando llegó el mes de mayo, cuál no sería mi sorpresa al ver que crecía una planta en la junta de la gruesa tubería de la bajada de los váteres. Le salieron pequeñas flores blancas. Llegó a alcanzar cerca de un metro. Al final terminó secándose y cayó.

¿Casualidad? No lo creo. Llevo viviendo en este piso desde 1978 y jamás había pasado nada parecido. Creo que Dios me dijo con esto: «¡Todo es posible para mí!».

En el mes de julio de 2004 volví a dirigir mi pensamiento a Dios acerca de este tema. Estaba lavando los platos y, de nuevo, observando el patio, me acordé de la planta que creció en la tubería. Y pensé: «Dios mío, qué tonta fui... No saqué

Juani Delgado y la
tomatera de Dios.
(Gentileza de la
familia.)

358

una foto a aquella planta, con lo curiosa que estaba creciendo en la tubería... Pero, ya ves, Padrecito, perdí la oportunidad. Es imposible que vuelva a caer otra semilla ahí».

Cuando regresé de las vacaciones el 26 de agosto me encontré con la sorpresa de que estaba saliendo otra planta de la misma tubería, pero de la junta que está más arriba. Le he sacado varias fotografías. Mi madre dijo que era una tomatera. Ella conoce la planta. Cuando fue creciendo empezaron a salir tomates aunque no llegaron a ponerse rojos. La planta estuvo un año, creció, echó los tomates, se secó y, un día, en septiembre de 2005, llovió con fuerza y se desprendió.

De nuevo el Padre me habló a través de la planta: «¡No hay nada imposible para mí!».

Lo dicho. Ab-bā es tierno, AMOROSO y juguetón...[1]

---

1. Juani Delgado se fue con el Padre Azul el 21 de diciembre de 2014.

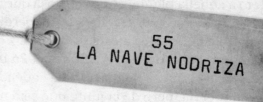

quella aventura, en Lima, fue un aviso...
Pero lo capté a medias.

Han pasado casi cuarenta años. Ahora entiendo...

Me hallaba en Perú, en un nuevo viaje informativo con los Reyes de España.

Esa noche, después del trabajo, un grupo de periodistas decidimos salir a cenar.

Éramos ocho: Pilar Cernuda, Ana Zunzarren, Alberto Schommer, Iñaki Gabilondo, Monchi Rato, Gianni Ferrari, Jaimito Peñafiel y yo.

En realidad, el suceso no encerraría mayor importancia, de no haber sido por la atmósfera que lo precedió.

Aclararé antes un «detalle», vital para comprender el alcance del «incidente».

Aquellos viejos amigos llevaban tiempo polemizando con una de mis habituales cantinelas: «La nave nodriza proveerá».

El contencioso había discurrido siempre entre la broma y la superficialidad. Salvo contadas excepciones, nadie deseaba entrar en el fondo del asunto. Resultaba muy comprometedor, decían...

Comprendí.

Servidor, cuarenta años atrás, también sonreía maliciosamente cuando alguien hablaba de la Providencia.

Y aquella noche, mis compañeros vieron el cielo abierto. E, implacables, me retaron.

Y lo hicieron, comprometiendo a los cielos con algo de poca

monta, palpable, inmediato y, en consecuencia, de juicio sumarísimo.

Deseaban y exigieron una prueba —una señal— por la vía de urgencia. Una demostración, en fin, de la realidad de ese invisible y benéfico gobierno de los cielos.

Y digo yo que fue cosa igualmente de la Providencia que el momento, lugar y forma se presentasen como se presentaron.

A saber:

Dos de la madrugada.

Los periodistas abandonamos el restaurante Las Trece Monedas, en la ciudad de Lima.

Nuestra intención era regresar al hotel, pero nos hallábamos a mucha distancia.

Y nos encontramos en mitad de una interminable, oscura y desierta callejuela.

Transcurridos un par de minutos, alguien se alzó por encima del jolgorio y advirtió de lo avanzado de la hora y de la dificultad para encontrar un medio de transporte.

Curiosamente, nadie se alarmó. La solución estaba a nuestras espaldas. Bastaba con entrar de nuevo en el local y telefonear a una parada de taxis.

Pero, de pronto, espontáneamente, el grupo desenfundó las acostumbradas chanzas. Y me situaron en el punto de mira, desafiándome:

—¿Y para qué está la nave nodriza?

La iniciativa cobró fuerza.

—Telefonear es una tontería...

Y el ataque se generalizó.

—¿Qué mejor oportunidad? Si la Providencia, como predicas, está al loro, que lo demuestre...

Y alguien remató:

—Necesitamos dos taxis..., y en treinta segundos.

Me observaron y dieron por hecho que me echaría atrás.

Mi reacción los desarmó:

—Muy bien —repliqué sin perder la sonrisa—. Treinta segundos. ¿Quién cronometra?

Se hizo el silencio.

Lo que empezó como un juego empezó a desmandarse.

Alguien consultó el reloj y cantó el pistoletazo de salida:

—¡Ahora!

No podía creerlo: la Providencia buscando taxis...

Pero el reto iba en serio.

Dirigí la mirada hacia uno de los extremos de la calle y el personal, intrigado, se unió a la exploración.

Yo mismo estaba sorprendido. Mi seguridad era tal que ni siquiera me molesté en formular la petición: «Dos taxis en treinta segundos».

La zona, alejada del centro, no se prestaba a este tipo de bromas.

—Veinte segundos... —anunció el cronometrador.

La negra callejuela continuaba desierta. Ni una luz, ni una señal de vida.

—Veinticinco...

Las mujeres se agitaron, inquietas.

Nadie comprendía mi absoluta e irritante calma (yo tampoco).

—Veintisiete...

De pronto, todos palidecieron.

¡Un piloto verde flotaba en la lejanía!

Y avanzó, lento, hacia el grupo.

Alguien, tartamudeando, comentó:

—Dijimos dos taxis...

Y el silencio se espesó.

Y, en un alarde, los cielos enviaron una segunda y diminuta luz verde.

—¡Treinta segundos! —proclamé, feliz.

Y los ánimos se desataron:

—¡La madre que lo parió!... ¡Imposible!

Del resto no recuerdo gran cosa.

La nave nodriza (el Padre Azul) había escuchado...

Y sucedió por segunda vez...[1]

En esta ocasión me encontraba en Madrid.

Fue el 20 de octubre de 2007, sábado.

Había terminado una investigación y me disponía a regresar a Barbate.

El avión salía a las diez de la mañana, rumbo a Jerez.

Y sigo leyendo en el cuaderno de campo:

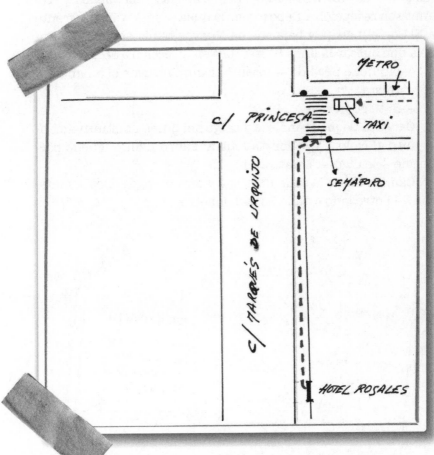

**Desde mi petición al Padre Azul hasta la aparición
del taxi pudieron transcurrir dos minutos.
Cuaderno de campo de J. J. Benítez.**

1. En realidad ha ocurrido muchas veces, pero tampoco se trata de agotar al lector...

«... A las siete me despiertan... Estoy en el hotel Rosales... Blanca se ha quedado en "Ab-bā"... Debo darme prisa... Al afeitarme, como de costumbre, oigo la radio... Dan la noticia del asesinato de un taxista, en Madrid... Los taxistas, indignados, han declarado un día de huelga... Dicen que se concentrarán en la plaza de Cibeles... Me echo a temblar... ¿Cómo llego al aeropuerto?.. Consulto el billete... El vuelo sale a las 10.05... Terminal 2... Estoy perdido... Sólo queda una solución: el metro... El problema es que soy un despistado... Puedo aparecer en Cuenca... Pregunto en recepción... Debo tomar la línea 6, en Argüelles (frente a El Corte Inglés), y bajarme en Nuevos Ministerios... Allí tendría que buscar la línea 8 (siempre en dirección a Moncloa)...

—No tiene pérdida —intenta tranquilizarme el amable recepcionista.

—Si tú supieras...

Cargo la pequeña maleta y salgo del hotel... Instintivamente miro al cielo... Y solicito ayuda al Padre Azul... "Puedo perderme —le digo—. Estate atento"...

Camino hasta la calle Princesa y me detengo en los semáforos... Al otro lado está la boca del metro...

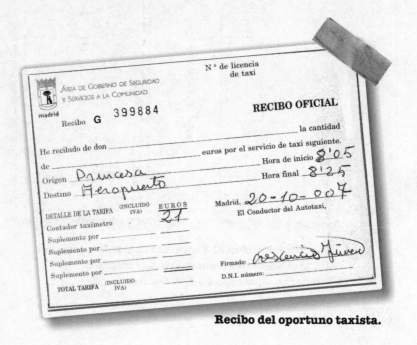

Recibo del oportuno taxista.

Sigo preocupado...

"Me perderé, seguro."

El semáforo continúa en rojo.

De pronto, procedente de la plaza de España, veo un taxi... Se aproxima lentamente... No luce el piloto verde... Supongo que está ocupado... Y el vehículo se detiene... El taxista baja del coche y me pregunta:

—¿Adónde va?

Luz verde. Camino a su encuentro, al tiempo que respondo:

—A Barajas, al aeropuerto...

El taxista mira a derecha e izquierda. No hay compañeros a la vista. Y replica:

—¡Suba!

No puedo creerlo.

En Madrid hay veinte mil taxis. Todos en huelga, menos uno. Y ése coincide en mi camino, nada más salir del hotel.

¡Imposible, pero cierto!

Y una familiar voz susurra en mi interior: "Hombre de poca fe..."».

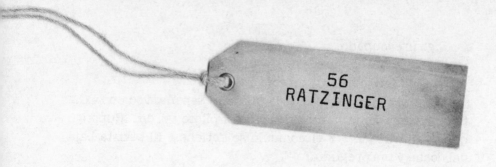

Lo sucedido aquel 21 de abril de 2005, jueves, fue una señal... de categoría.

Hacía dos días que el cardenal Ratzinger había sido elegido papa.

¡Dos días!

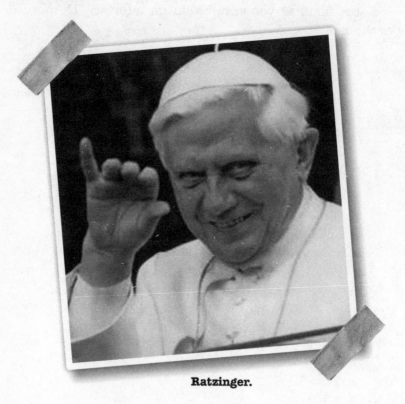

Ratzinger.

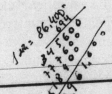

reunificar a los cristianos

icado el acercamiento a ortodoxos y protestantes

la octubre de 1978: ecumenismo, fideli-
os dad al Concilio Vaticano II, afirma-
te ción de la importancia de los obispos y
n promesa de diálogo. El nuevo Papa ho-
le menajeó a su "venerado predecesor"

("me parece sentir su mano fuerte estrechando la mía", dijo) y expresó un
"sentimiento de inadecuación" ante la
responsabilidad que acababa de asu-
mir.

Anotaciones de J. J. Benítez
en la página tercera de *El País*,
en la tarde del 21 de abril de 2005.

367

Esa tarde del 21 de abril, siguiendo la costumbre, eché un vistazo a la prensa nacional.

En esta ocasión le tocó a *El País*...

Al llegar a la página tercera me detuve en una crónica de Enric González. En ella daba cuenta de los deseos de Benedicto XVI, el nuevo papa. Pretendía reunificar a los cristianos.

En la parte inferior de la página, a cuatro columnas, Lola Galán, enviada especial a Roma, escribía sobre los problemas de la chimenea de la capilla Sixtina. El título de la información era el siguiente: «La Sixtina se llenó de humo debido a un fallo durante la quema de las papeletas».

Pues bien, al leer las horas en las que se registraron las tres fumatas (20.04-11.52-17.50), «algo» que no sé explicar satisfactoriamente me obligó a copiar dichas horas en el margen derecho de la citada página tercera.

Y durante casi una hora escribí y escribí e hice toda clase de cálculos.

El resultado final fue el siguiente:

$$2004 - 1152 - 1750 = 694$$

La suma de los dígitos de «2004» era igual a «6» ($2 + 0 + 0 + 4 = 6$).

La suma de los dígitos de «1152» era igual a «9» ($1 + 1 + 5 + 2 = 9$).

En cuanto a «1750», la suma de los dígitos era igual a «4» ($1 + 7 + 5 + 0 = 13 = 1 + 3 = 4$).

Las horas de las tres fumatas, por tanto, eran equivalentes al número «694».

Acudí a la Kábala y quedé perplejo.

«694» tiene el mismo valor que «abdicar».

¿Quién movía mi mano?

¿Abdicaría Ratzinger?

Eso era impensable el 21 de abril de 2005...

Pero fui fiel a lo «dictado».

Anoté las operaciones e intenté averiguar la fecha de dicha renuncia.

lla Leonina, adonde fue a hacer las maletas para trasladarse al Vaticano. / REUTERS

lenó de humo debido
ıema de las papeletas

se resolvió el problema, pero no cabe la menor duda de que debió llevar su tiempo. Mientras la fumata blanca era clara y visible a partir de las 17.50, las campanas no tocaron a fiesta por el nuevo Papa hasta las 18.04.

La confusión era tal que hasta la CNN dio cuenta de una nota de la Radio Vaticana que aseguraba que el humo blanco que ascendía por el cielo era, en realidad, una fumata negra. En realidad, ninguna de las tres fumatas del cónclave ha estado exenta de problemas. La primera, a las 20.04 del lunes 18 de abril, resultó equívocamente

blanca durante unos segundos, antes de volverse negra. La de la mañana siguiente, a las 11.52, resultó totalmente gris desde el primer momento hasta que se extinguió en el aire.

En cuanto a la presentación del nuevo pontífice también registró un pequeño retraso respecto a la media hora habitual. El cardenal protodiácono, Jorge Arturo Medina Estévez, encargado de hacerla, no salió al balcón de las Bendiciones hasta las 18.43, para anunciar al mundo la buena nueva. Cinco minutos después saldría a escena el nuevo papa Benedicto XVI.

sobre las razones por las que Ratzinger decidió llamarse Benedicto: "Nos dijo en broma que lo hacía porque el pontificado de Benedicto XV había sido breve". "Más en serio", prosiguió, "nos explicó que Benedicto XV había sido el Papa de la paz en el difícil periodo de guerra [la I Guerra Mundial] e hizo también referencia a san Benedicto de Norcia, padre de las órdenes monacales, patrono de Europa y hombre de gran fe".

También se supo algo sobre el desarrollo de las votaciones secre-

tas que condujeron a la elección de Joseph Ratzinger como pontífice. Cuando un nutrido grupo de cardenales abandonaba el Vaticano, tras la misa inaugural de Benedicto XVI, un periodista de la agencia Ansa preguntó en voz alta si Ratzinger había superado con mucho las 77 papeletas necesarias. Con gestos, varios purpurados indicaron que en la cuarta votación habían sido muchas más de 77. Otro, también con gestos, pareció expresar que el apoyo a Ratzinger había ascendido con cada votación.

La suma de las horas de las fumatas arrojó un número clave: «694».

Ese «alguien», mágico e invisible, me «guió» hacia los números centrales de la secuencia: «11-5-2».

Quedé pensativo.

¿La abdicación se produciría el 11 de mayo? ¿Quizá el 11 de febrero?

Continué jugando con los números y descubrí que «11-2» ocupa la quinta, sexta y octava posiciones, respectivamente, en la mencionada secuencia numérica.

¿«568»?

La Kábala arrojó para ese número un significado igualmente misterioso (en esos instantes): «palabras de amargura y culto divino».

El «694», además de equivaler a «abdicar», tiene el mismo valor numérico que las palabras «religión, mensajero y rodear».

El «enigma Ratzinger» (es decir, la secuencia numérica, sin mencionar la palabra «abdicación») fue enviado a Rosa Paraíso, responsable de mi página web, el 22 de abril de ese mismo año (2005).[1]

Posteriormente fue colgado en la sección «Concurso».

Nadie acertó a la hora de descifrar la misteriosa secuencia numérica. En mi archivo conservo algunas de las respuestas más intrigantes. Sumé cientos de «soluciones».

Pues bien, el 11 de febrero de 2013, Benedicto XVI anunció su decisión de abdicar (!).

Y recordé el «mensaje» recibido casi ocho años antes: «El 11 de febrero, palabras de amargura: abdicación».

Medio mundo se preguntó: ¿por qué abdicaba el papa?

Hablaron de ancianidad, y también de miedo y de debilidad ante los poderes oscuros de la curia romana...

Alguien calificó el Vaticano de nido de víboras.

La respuesta, para mí, se hallaba en el referido «694».

El número, en Kábala, equivale también a *TOREF YAD* («debilidad»).

El doctor Larrazabal, mi maestro de Kábala, lo expresó a la perfección en una carta del 23 de febrero (2013):

---

1. Página oficial de J. J. Benítez: ‹www.jjbenitez.com›.

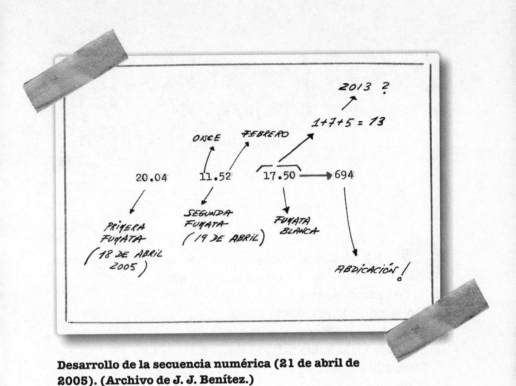

Desarrollo de la secuencia numérica (21 de abril de 2005). (Archivo de J. J. Benítez.)

La renuncia o abdicación del papa Benedicto XVI el pasado día 11, está descrita en el número 694, como bien me decías: *HITPATER* («abdicar») y también la causa de la abdicación: *TOREF YAD* («debilidad»).

Creo que es una verdad parcial que esa renuncia, a sus ochenta y seis años, sea por su debilidad de anciano para seguir viajando y desarrollar todo el esfuerzo que, hoy en día, precisa el ejercicio del papado. Eso es verdad, pero creo que la debilidad también se debe a la incapacidad de poderse enfrentar a las intrigas vaticanas, en el momento actual muy activas. Creo que hay poderosas fuerzas negativas que «cercan la religión», como tú expresabas en aquella carta.

Lo dicho: una señal de categoría...

57
CORAZÓN DE PIRITA

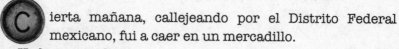

Cierta mañana, callejeando por el Distrito Federal mexicano, fui a caer en un mercadillo.

Y, de pronto, lo vi.

Me saludó con reflejos dorados.

Era un hermoso corazón de pirita.

El artesano lo había tallado con mimo.

Pesa 420 gramos y presenta una profunda herida en el costado derecho.

La simbología me atrajo y lo compré.

Al acariciarlo, los brillos amarillos y cuadrados de la herida se volvieron locos.

Es frío al principio, cuando no te conoce...

Después, al tenerlo entre las manos, se dulcifica.

Lo llevé a casa y, desde entonces, me acompaña en el despacho, siempre en silencio.

Le gusta encaramarse en los papeles y, sobre todo, en las carpetas azules. Y me observa...

Yo también le miro y hablamos. Él lo hace con sus brillos. Le entiendo perfectamente.[1]

Pues bien, aquel 13 de septiembre de 2009, a eso de las 11.55 horas, el corazón de pirita resbaló (?) desde lo alto del manuscrito de *El habitante de los sueños*, y se estrelló en la mesa de cristal en la que escribo y hago la revolución (es decir, en la que pienso).

---

1. Debo aclarar que, desde hace mucho, considero a las cosas como criaturas. Así me lo enseñó el Maestro.

Mi amigo, el corazón de pirita. Cada vez que se cae muere alguien conocido. (Foto: Blanca.)

No sé qué le sucedió. Es raro que se caiga...

El susto fue mayúsculo.

En esos momentos recibí un flash: «A alguien se le ha roto el corazón».

Y quedé preocupado.

Acaricié a mi amigo y lo devolví a su lugar.

Al día siguiente, 14 de septiembre, lunes, llegó la noticia: Patrick Swayze, el actor, había fallecido. Y murió, justamente, pocas horas después del «aviso» del corazón de pirita.

Patrick me hizo disfrutar de lo lindo en *Ghost*, una película emblemática sobre la vida después de la vida y, por supuesto, sobre señales.[1]

1. Patrick Swayze falleció a los cincuenta y siete años, como consecuencia de un cáncer de páncreas. Le fue detectado dos años antes. Participó en dos grandes éxitos: *Dirty dancing* y *Ghost*.

Patrick Swayze.

○

Y volvió a suceder...

A las 10.30 horas del 30 de agosto de 2013, el corazón de pirita, sin venir a cuento, se deslizó de nuevo desde lo alto de una carpeta y fue a precipitarse sobre la mesa de cristal. Pero, no contento con ello, dio un par de saltos y se lanzó, de cabeza, contra el mármol del piso.

El estrépito fue importante.

Quedé petrificado.

Blanca oyó el ruido y entró en el despacho, alarmada.

Le expliqué.

Yo estaba pálido...

Ambos sabíamos lo que «aquello» podía significar.

Ese mismo día, viernes, recibí la noticia: había muerto mi querido y admirado Manuel Martín Ferrand, periodista y maestro de periodistas.

Tuve el privilegio de conocerle en los años sesenta en la Universidad de Navarra. Allí me dio clases de radio. Era ameno, imaginativo e incansable. Me enseñó a amar la radio. Sabía

Manolo Martín Ferrand.

375

hablar y, sobre todo, sabía oír. Ahora, supongo, hará periodismo —del bueno— en las estrellas...

Mi amigo, el corazón de pirita, no ha vuelto a las andadas. Cada día hablamos, de mil cosas.[1]

---

1. Por pura curiosidad consulté la Kábala. «420» (el peso del corazón de pirita) equivale a «varita mágica» (!).

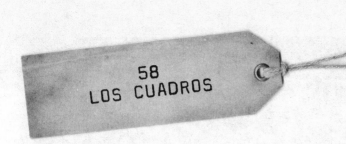

58
LOS CUADROS

Dice una antigua tradición inglesa que la caída de un cuadro augura una muerte inminente.

Nunca he sido supersticioso (trae mala suerte).

Por eso no presté demasiada atención a la caída de aquella fotografía en «Ab-bā», mi casa.

Fue en enero de 2008.

En la entrada, Blanca había colgado 63 cuadros. Son recuerdos de sus viajes.

Pues bien, uno de ellos se vino abajo.

Al poco, sin explicación, un segundo cuadro cayó al piso.

Esta vez sí me fijé y tomé nota.

Eran las 16 horas del martes, 29 de enero.

Examiné la foto. En ella aparece Blanca en un bosque de Costa Rica (mayo de 1997). Mi mujer está posando frente a un cartel en el que se recuerda que, en aquel lugar, se filmó la película «1492: la conquista del paraíso».

Le di vueltas y vueltas, intentando hallar una «pista».

¿Qué suponía la caída del cuadro?

En el cartel se ven dos números: «1492» y «1992».

Se me ocurrió restarlos. Obtuve «500»; es decir, «5» $(5 + 0 + 0 = 5)$.

¡El «5» equivale a «101»!

Me intrigó.

¿Qué tenía que ver Blanca con el «5»?

Acudí a la Kábala y comprobé que el número equivale a «espalda», «planear» y «volar».

Imagen caída el 29 de enero de 2008.
(Foto: J. J. Benítez.)

No me dijo nada.

Cinco meses más tarde, el 27 de julio, Blanca sufría un grave accidente cuando navegaba en una lancha, en las costas de Samaná, en la República Dominicana. La acompañaba su hija Leire. Yo no estaba.

El responsable de la embarcación aceleró indebidamente y,

en uno de los zapatazos, los pasajeros salieron por los aires. Blanca terminó golpeándose la espalda con el filo de uno de los asientos. Resultado: varias vértebras fracturadas.[1]

Tuvo que permanecer inmovilizada durante meses.

Poco faltó para que se quedara en una silla de ruedas.

Y recordé el «aviso» del cuadro caído y la asombrosa precisión de la Kábala: «espalda», «planear» y «volar» (!).

Hoy, afortunadamente, Blanca está recuperada y sigue viajando.

El 21 de marzo de 2009 ocurrió de nuevo.

Al atardecer oí un fuerte ruido.

Abandoné el despacho y llegué a la entrada, donde se alineaban los ya referidos 63 cuadros de Blanca.

Uno se había precipitado al suelo. El cristal se hizo añicos.

Pensé en el viento de levante.

Una corriente, al abrir la puerta, pudo arrojarlo al piso.

Pero me quedé inquieto...

Y con razón.

A los pocos días (3 de abril) llegó la noticia del fallecimiento de Juan Manuel Romero Cotelo, compañero de pesca en *La gitana azul*, la lancha de Castillo. Era un entrañable amigo, al que me referiré en un próximo capítulo.

Pero no quedó ahí la cosa...

Dos días más tarde (5 de abril), Marco Antonio Fernández y Saavedra, de Chile, me notificaba la muerte de otro gran amigo: Giovanni Carella Allaria.

---

1. La vertebra más afectada fue la dorsal 10. Se apreció una línea de fractura en el margen lateral derecho, con solución de continuidad de la cortical y pequeño desplazamiento de fragmentos. La línea de fractura se extiende hasta la proximidad del muro vertebral, encontrándose una irregularidad que pudiera condicionar la integridad del mismo. Los informes médicos hacían alusión a otros problemas en los espacios C5-C6 y C6-C7 (protrusiones disco-osteofitarias).

Juan Manuel Romero.
(Foto: Blanca.)

No salía de mi asombro...

Giovanni fue un editor audaz. Tan valiente que se metió en la aventura de publicar mi primer libro de poemas: *A solas con la mar*.

Giovanni fue actor, productor audiovisual, empresario, y, sobre todo, un romántico. Los nombres de dos de sus empresas lo dicen todo: Seamos Humanos Editorial y Producciones Acto de Ser.

Giovanni Carella fue el padre de Mágica Fe, la niña en cuyo nombre me inspiré para uno de mis libros de ensayo.

Al año siguiente, la racha prosiguió.

El 17 de mayo (2010) no fue un cuadro lo que se precipitó

Giovanni Carella (izquierda) y J. J. Benítez.
(Foto: Blanca.)

al suelo. Esta vez le tocó al calendario que colgaba en mi despacho.

Se hallaba a 1,80 metros del piso.

En un primer momento lo atribuí al fuerte viento de poniente de ese día. La ventana estaba abierta y eso pudo provocar la caída.

Pero «alguien» tocó en mi hombro...

«No es eso.»

Y el 22 de ese mismo mes de mayo, el calendario cayó nuevamente al suelo.

Me eché a temblar...

En esta oportunidad, la ventana estaba cerrada.

Ese mismo día —no creo en la casualidad, ya lo dije— llegó a mis manos un libro de Adolfo Aragüés: *Naturaleza, ornitólogos y pajareros*. Tuvo a bien enviármelo, y con una cariñosa dedicatoria.

Adolfo Aragüés en el programa de Radio Zaragoza
Aragón y su naturaleza, con Tere Herrero.

Y a continuación (día 23), recibí la noticia del fallecimiento de Aragüés (!).

Adolfo fue un pionero en el estudio de las aves en Aragón.

Lo conocí durante la etapa en *El Heraldo* (1968-1972). Me ayudó infinito. Con él diseñé y escribí *Fauna de Aragón*, mi primera serie periodística sobre animales. Me llevó lejos y alto, y asistí, maravillado, al milagro de la naturaleza. Siempre estaré en deuda con Adolfo Aragüés Sancho.

A partir de la noticia de la muerte de Aragüés, Blanca revisó las alcayatas de la casa. Lo hizo a conciencia. A partir de esos momentos era casi imposible que un cuadro volviera a caerse...

Pues no.

382

Sucedió otra vez...

El 2 de octubre de 2013, un retrato de Blanca fue a parar al piso.

Examinamos el cuadro.

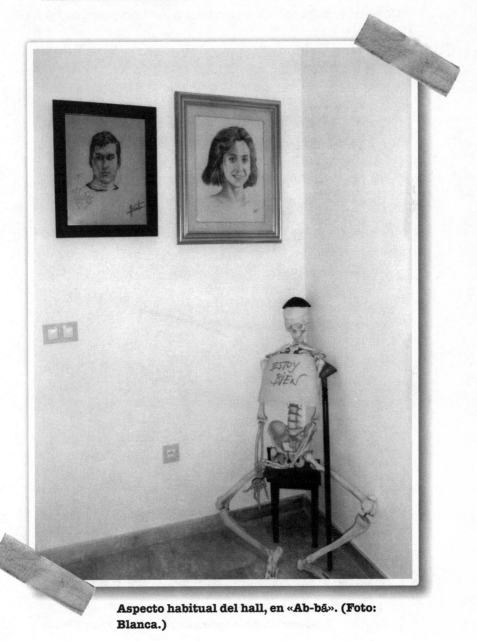

Aspecto habitual del hall, en «Ab-bā». (Foto: Blanca.)

La cuerda que lo sujetaba aparecía deshilachada. Aparentemente, al romperse dicha cuerda, el cuadro cayó, precipitándose contra otro «primo mío», un esqueleto de plástico, a tamaño natural, que recibe a las visitas en el hall.

Observé el escenario como lo hacen los forenses: de lo general a lo particular.

Trayectoria del cuadro, en su caída. (Foto: Blanca.)

Y Blanca y yo reconocimos que «aquello» era muy raro.

Me explico:

El cuadro, que mide 70 por 59,5 centímetros, con un peso de 3 kilos y 400 gramos, había rozado al esqueleto, terminando en el suelo, de forma lateral, y perfectamente apoyado en la pared. La *kipá* o solideo judío que cubría a «mi primo» se hallaba ligeramente removida.

Asombrosamente, el cristal del cuadro se hallaba intacto.

La escarpia seguía en su lugar, a 2,05 metros del suelo.

Nadie, en la casa, escuchó el ruido que, lógicamente, tuvo que hacer el enorme cuadro, al caer.

Es más: esa mañana, al pasar por el hall, con el fin de tirar la basura, pensé que Blanca había retirado el cuadro para proceder a su limpieza. Me llamó la atención lo bien colocado que se hallaba, perfectamente apoyado en la pared.

Blanca negó que hubiera retirado el retrato.

Días después llegaba la noticia de la muerte de Miguel de Zahara, otro querido compañero de mi infancia y lejana primera juventud, en Barbate.

Blanca volvió a asegurar los cuadros, incluidas las hembrillas cerradas.

Fue inútil.

Siguieron cayendo...

Y lo tomé como lo que son: avisos de muertes inminentes y también señales.

Uno de los sucesos fue, sencillamente, espectacular. Pero la historia merece un tratamiento aparte...

Miguel de Zahara.
(Gentileza de la familia.)

59
LA GITANA AZUL

Navegué muchas veces en la barquilla de mi amigo y hermano Antonio Castillo.

La lancha tenía un nombre oficial —*Juan Antonio*—, pero yo la bauticé con otro más propio: *La gitana azul*.

Tenía ocho metros de eslora, un motor italiano especialmente comprensivo, un casco y una cubierta de pino piñonero y un mástil azul y blanco, siempre silencioso y vigilante.

La gitana azul, en sus días felices.
(Foto: J. J. Benítez.)

En ella viví sensaciones nuevas...

La gitana azul me mostró la desnudez de la mar. Nunca la había visto tan de cerca...

Y ella me enseñó a respetarla.

En *La gitana azul* conocí los diferentes perfumes de la mar, según el momento, y según quien se asoma a sus aguas.

Y descubrí, asombrado, que la mar hablaba por las amuras.

En *La gitana azul* llené los bolsillos del alma con decenas y decenas de estrellas...

Allí experimenté la emoción del principiante y tensé los sentidos, como nunca.

Allí pesqué y amé mucho.

En *La gitana azul* robé momentos felices. Muchos...

Pero el 9 de agosto de 2002, *La gitana azul* se cansó de pistonear y se fue al fondo.

Nadie entendió...

Todo el mundo la quería. Estaba perfectamente amarrada y protegida en su atraque de toda la vida, el 21. La segunda punta, en el puerto de Barbate, es muy segura.

¿Por qué lo hizo?

Mi amigo Castillo.
(Foto: J. J. Benítez.)

388

Rescate de *La gitana azul*, en el
puerto de Barbate. (Foto: J. J. Benítez.)

¿Fue un aviso?

¿Se suicidó?, como alegaron algunos viejos marineros.

¿Qué motivos tenía?

Días después, Castillo sufrió un ataque al corazón. Las arterias —dijeron— estaban obstruidas en un 80 por ciento.

Nunca supe si Castillo sufrió el infarto al recibir la noticia del hundimiento de *La gitana azul* o si la barquilla se quitó la vida porque sabía que su patrón no volvería a navegar con ella.

Obviamente se amaban...

Al visitarlo en el hospital, Castillo, hombre de pocas palabras y silencios intensos, me hizo un par de comentarios.

Primero: «Vienen mal dadas, *ompare*».

Segundo: «Me gustaría vivir un poco más... ¿Puedes hablar con tu Jefe?».

Al abandonar el hospital, en Puerto Real, alcé los ojos al cielo y supliqué al Padre Azul que prorrogara el «contrato» de mi amigo. Y susurré: «Para tu mayor gloria...».

Hoy, 8 de diciembre de 2013, cuando escribo estas líneas, Castillo sigue vivo y disfruta de sus nietas, de las cañas de pescar, de los silencios, de la partida de dominó en La Bolera y del *Barsa.*[1]

---

1. Consulté la Kábala y comprobé que el número del atraque («21») equivale a «esposa, pareja y mujer». Sí, Castillo y *La gitana azul* hacían buena pareja. Castillo falleció el 23 de mayo de 2014.

60
LARA

E l 7 de septiembre de 1993 recibí un regalo de cumpleaños muy especial: una fotografía de 23 por 29 centímetros en la que aparecen mis cuatro hijos: Iván, Satcha, Lara y Tirma. Acudieron a un estudio, la firmaron y me la obsequiaron.

La enmarqué y, desde entonces, permanece a la vista, muy cerca de mí.

Años después decidí hacer una foto de la foto.

Deseaba una copia más pequeña. Quería llevarla en la cartera...

Y así lo hice.

La sorpresa llegó al revelar la fotografía.

Sobre la cabeza de Lara se presentó un potente círculo blanco.

En un primer momento pensé en un reflejo luminoso, provocado por el flash de la cámara.

Rechacé la idea.

El flash no era circular; es más: ni siquiera usé flash...

Y ahí quedó el misterio.

Algún tiempo más tarde, para sorpresa de todos, en la parte posterior izquierda de la cabeza de Lara dio la cara un tumor de casi tres centímetros de diámetro.

Nos aterrorizamos.

Se trataba de un neurinoma del VIII par de 2,9 centímetros de diámetro máximo.

Afortunadamente era benigno.

Un potente círculo luminoso sobre la cabeza de
Lara. (Foto: J. J. Benítez.)

Fue intervenida el 17 de octubre de 2007 en el Hospital Universitario La Paz, en Madrid.

La intervención —translaberíntica— se prolongó durante trece horas y media.

Lara perdió la audición del oído izquierdo y necesitó rehabilitación.

Hoy está bien. Ha tenido, incluso, mellizos...

«Alguien», en efecto, me previno.

61
CORAZÓN DE PIEDRA

Me sucede con frecuencia, pero no consigo acostumbrarme.

Aquel martes, 22 de mayo de 2012, me levanté de la cama totalmente abatido. No tenía fuerzas. No lograba explicar el malestar. Había dormido bien. Mi salud era buena.

¿Por qué me sentía agotado?

Esa mañana escribí como un autómata.

La mente escapaba a cada poco. Aparecía distraída. No lograba sujetarla...

A las 13 horas, como es habitual, me dirigí a la playa.

Necesitaba hablar con el Padre Azul.

Caminé con dificultad.

La mar me vio pasar y casi no hizo olas. Parecía saber algo.

Me detuve una y otra vez.

Me ahogaba.

Una tristeza infinita se me echó encima.

Quería llorar, pero no pude.

Y a las 14 horas emprendí el regreso.

Fue entonces cuando lo vi.

Me miraba, desconsolado, entre miles de conchas y de pequeñas piedras, todas huérfanas.

Lo tomé, intrigado... Y pregunté:

—¿Qué haces aquí, tan solo?

No respondió.

Lo acaricié y le di calor.

Entonces se puso dorado...

El corazón de piedra. (Foto: Blanca.)

Era una pequeña piedra, con una forma singular. Era un corazón perfecto.

Tuve un presentimiento.

«Alguien ha muerto —me dije— o está muriendo.»

Al entrar en casa, Blanca me dio la noticia: Araceli, la madrina de mi hija Tirma, había sufrido una parada cardiorrespiratoria. Estaba en coma.

El suceso tuvo lugar a las cinco de la madrugada.

Ya no se recuperó.

Todos la queríamos.

Vivía cerca de Pamplona (España).

Ara murió tres días después.

El misterioso agotamiento desapareció cuando Araceli falleció.

Tirma y su madrina, Araceli. (Foto: Arsenio Álvarez.)

62

CORAZÓN DE GOMA

Hace tiempo que conozco a Néstor Rufino.
Nos carteamos con frecuencia.
El 13 de febrero de 2012 me envió la siguiente carta:

Querido Juan José:

El pasado 9 de febrero falleció mi madre. Como ya le conté en mi anterior carta, llevaba desde principios de diciembre en el hospital. Cuando pensamos que ya estaba todo superado y que quedaba poco tiempo para que le dieran el alta, su estado se complicó por problemas respiratorios. Ella ya estuvo ingresada hace tres años por el mismo motivo, pero entonces consiguió superarlo. Ahora, después de tanto dolor, curas y esfuerzos, empezó a empeorar. Se le empezó a notar porque hablaba con más dificultad; como si hubiera tomado alcohol, alguna droga o algo así, pero no... Sus pulmones no eliminaban el carbónico y su estado fue empeorando. Al final entró en un estado de postración muy triste y apenas parecía respirar. El día antes de morir, los médicos nos advirtieron de la gravedad de su estado y le pusieron una inyección para estimular su cerebro. Durante un rato pareció reanimarse y se comunicó con nosotros, aunque no la entendíamos muy bien, porque tenía colocada una escafandra que le tapaba casi toda la cara. En ese rato de lucidez, nos señaló con el dedo a mi hermano Víctor y a mí, que éramos los que estábamos con ella en ese momento, y también señaló varios puntos en el vacío, aunque allí no había nadie más, aparentemente...

Hizo un gesto con los brazos. Los abrió y trazó como un gran círculo. Dijo algo así como «la madre...». Después dijo: «Los hijos son lo más grande». Se llevó ambas manos al pecho e hizo un gesto como el de abrazarnos. Y mi hermano y yo la abrazamos y le dijimos que la queríamos. Fue un momento muy emotivo. Sobre todo, tierno e infinitamente triste...

También dijo algo raro. Dijo que «la humanidad va a desaparecer». Me sorprendió.

El jueves, sobre las seis de la tarde, regresé al hospital... Mi madre se puso tensa y el color de su cara se volvió morado... Toqué el timbre para avisar a los enfermeros. Después de esta reacción, mi madre se quedó quieta, con los ojos entreabiertos y me di cuenta de que había muerto. Un electro lo confirmó poco después.

En el velatorio ocurrió algo bastante insólito. Mi madre tenía la costumbre de pedirnos que la llamáramos por teléfono cuando volvíamos a casa, después de ir a verla. Quería asegurarse de que llegábamos bien. Como le digo, estaba con mi hermano César en el velatorio y se me ocurrió comentarle algo: «Hay que ver, mamá, que siempre nos pedía que la llamáramos por teléfono y ahora que se nos ha ido, podría llamarnos ella para decirnos que llegó bien, que está bien...». Fue decir esto y, automáticamente, sonó un móvil que una amiga de mi hermano tenía en su bolso. Se escuchó una melodía y después algo así como «Tantas veces te llamé...».

Mi hermano y yo nos quedamos de piedra. ¿Casualidad?

Mi madre siempre nos llamaba y era lógico pensar que lo primero que ella haría, si pudiera, sería llamarnos para avisarnos de que se encontraba bien...

Dos meses más tarde, Néstor me enviaba la siguiente comunicación:

Sevilla, 20 de abril de 2012
Querido Juan José:
Espero que se encuentre bien. Por aquí la vida sigue, que no es poco... Le escribo para trasmitirle un mensaje muy bonito que me hizo llegar mi hermano Víctor, el pequeño.

El otro día fue su santo, el 12 de abril, y mi madre tenía la costumbre de felicitarnos siempre. A cada uno en su día.

El caso es que mi hermano estaba en su trabajo y en un momento determinado se acordó de este detalle de nuestra madre y lo echó de menos. Se volvió en su asiento y se encontró encima de la mesa una gomilla con forma de corazón. Le copio su mensaje:

«Hola hermanitos.

Hoy (12) es mi santo, y estaba yo esta mañana pensando en que era una pena que mamá no me iba a poder felicitar por teléfono hoy. A todo esto, me di la vuelta y vi lo que vais a ver en la foto.

Me pareció bonito...

Os adjunto la foto y que cada cual piense lo que le parezca. A mí me parece una felicitación preciosa...».

Corazón de goma. (Foto: Víctor.)

Néstor llamaba la atención sobre algunos de los números que aparecían en esos instantes en la pantalla del teléfono, en la referida mesa de Víctor.

Uno de ellos correspondía a la hora en la que descubrió el corazón de goma: 09.35.

Néstor buscó en el Nuevo Testamento y encontró que Lu-

Víctor con su madre. (Gentileza de la familia.)

cas, en 9, 35, dice lo siguiente: «Y vino una voz de la nube, que decía: "Éste es mi Hijo, mi Elegido..."».

En cuanto a la extensión telefónica (395228) —continuaba Néstor—, la suma de los dígitos es igual a 29... He aquí otra señal: 2-9 (febrero 9), la fecha de la muerte de mi madre...

Sonreí para mis adentros... No era el único que jugaba con los números.

Y si sumamos los dígitos de la fecha (12-04-12) —añadía mi amigo—, resultará «2-8». ¿8 de febrero? Ese día —víspera de su muerte— mi madre pronunció aquella enigmática frase: «La Humanidad va a desaparecer».

El total de los números que aparecen en la pantallita del teléfono —concluía Néstor— es igual a «palo-cero-palo»...

¿Le suenan?

¡IOI!

Yo también eché un vistazo...

«935», en Kábala, tiene el mismo valor numérico que «conclusión, finalización y causa de las causas: Dios».

Si contemplamos los números por separado (9 y 35), el resultado es el siguiente: «9» equivale a «renacer». «35» a «luz».

En otras palabras: «renacer a la luz». La madre de Néstor, en efecto, renació a la luz.

El número de la extensión telefónica (395228) suma 29. Pues bien, en Kábala, «29» equivale a «celebración y fiesta» (era el santo de Víctor).

Lo dejé ahí...

Obviamente no soy el único que recibe señales.

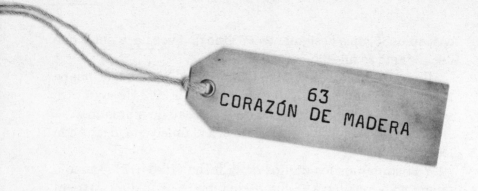

63
CORAZÓN DE MADERA

A quel 25 de noviembre de 2009 me hallaba en Carolina del Norte (USA), enredado en una peligrosa investigación. Buscaba a uno de los testigos de las ruinas en la Luna.[1]

Algún día (si sigo vivo) debería publicar estas «aventuras». A lo que iba...

Tanto Blanca como Rebecca Torres, que nos acompañaba, y yo mismo nos sentíamos cansados. Llevábamos días detrás de aquel sujeto...

Y ese miércoles, 25 de noviembre, de mutuo acuerdo, lo dedicamos al descanso.

Visitaríamos la cercana población de Chapel Hill, en el condado de Orange. Se trata de una pequeña ciudad, con una de las universidades más prestigiosas de Estados Unidos.

Quedé fascinado con los amarillos y los rojos de sus bosques.

El padre de Rebecca llevaba varios días en el hospital, en Saint Croix, en las Islas Vírgenes. Estaba agonizando.

Rebecca disimulaba, pero se la notaba angustiada.

A las diez y media de la mañana, cuando visitábamos el museo, recibió una llamada telefónica.

Alguien, desde el hospital de Saint Croix, le comunicó que se disponían a desconectar a Pascual, su padre. No merecía la pena seguir manteniéndolo vivo de forma mecánica.

Rebecca no pudo evitar las lágrimas.

---

1. Amplia información en *Planeta encantado: Mirlo rojo*.

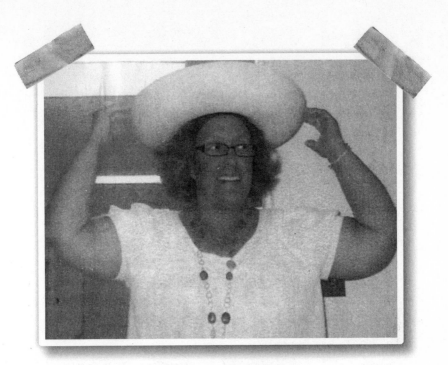

Rebecca. (Foto: Blanca.)

Nos sentamos y hablamos.

Traté de consolarla:

—La muerte no es el fin —le dije—. Hay otra vida...

Me miró sin comprender.

—¿Otra vida?

—En realidad, la verdadera vida...

Rebecca movió la cabeza, negativamente. No creía en nada. No insistí.

Blanca se levantó y se dirigió a la tienda del museo. Al poco regresó con un pequeño obsequio: un corazón de madera.

Y se lo entregó a nuestra amiga.

Rebecca lloró desconsoladamente.

Y me arriesgué:

—Si quieres puedes solicitar una prueba...

—¿Una prueba?... ¿Para qué?

—Es muy simple —resumí—. Cuando fallezca, si continúa vivo, tu padre podría darte una señal, una prueba de que está bien...

Hablaba en serio y Rebecca lo sabía.

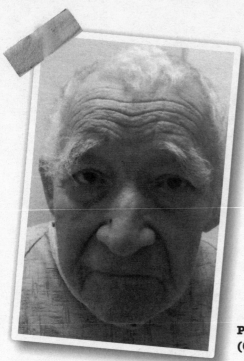

**Pascual, padre de Rebecca.
(Gentileza de la familia.)**

—¿Y qué señal le pido?

Aguardé unos segundos, hasta que llegó la idea:

—Cuando él muera, si hay vida después de la vida, recibirás una llamada telefónica...

—¿Una llamada? ¿De quién?

—Eso no importa... Pero tiene que ser nada más morir.

Rebecca aceptó.

Abandonamos el museo y reanudamos el camino.

A los quince minutos nos detuvimos en una estación de gasolina. Necesitábamos repostar.

Y en ello estaba cuando, de pronto, sonó el celular de Rebecca.

Eran las 11.15 horas.

Rebecca palideció.

Una de las enfermeras de Saint Croix, amiga suya, le comunicó que su padre acababa de fallecer.

Pascual seguía vivo, pero guardé silencio.

64
OXALC

Supe de la existencia de aquella criatura en septiembre de 1974, cuando investigaba en Perú.

Mi periódico —*La Gaceta del Norte*— me había enviado a recabar información sobre supuestos encuentros entre seres extraterrestres y los miembros del IPRI (Instituto Peruano de Relaciones Interplanetarias) (!).

La gente del IPRI afirmaba tener comunicación con los tripulantes de los ovnis.

Uno de esos tripulantes se llamaba Oxalc.

Era un ser gigantesco —decían los peruanos—. Actuaba como un guía.

Al principio no hice mucho caso.

Después del doble avistamiento ovni en los arenales de Chilca, al sur de Lima, en la noche del 7 de septiembre de 1974, las dudas me asaltaron.[1]

¿Podía ser cierto?

E intenté contactar con el tal Oxalc.

Probé la escritura automática y resultó (!).

Y durante semanas recibí una serie de extraños escritos y comunicaciones, todos firmados por Oxalc.[2]

Después, merced a control mental, lo vi (o creí verlo) en las proyecciones mentales y en los viajes astrales.

1. Amplia información sobre el doble avistamiento en *Ovnis: S.O.S. a la humanidad* (1975).

2. ¿Debería hacer públicos esos supuestos contactos? Lo he pensado muchas veces. Algo me dice que no, de momento.

Se presentó como un hombre muy corpulento (más de dos metros de altura), ojos rasgados, cabello largo y rubio (casi blanco), rostro duro (como picado de viruela) y traje ajustado. Lucía un ancho cinturón y unas botas hasta las rodillas.

Nunca lo he visto sonreír.

Me acompañaba (y me acompaña), protegiéndome.

Y terminó convirtiéndose en un personaje familiar al que siempre acudía en busca de consejo o de ayuda.

Nadie lo supo jamás...

Y en el verano de 1977 sucedió algo que me dejó perplejo y que —supongo— guarda estrecha relación con él.

Veamos.

Yo estaba aprendiendo a montar a caballo.

Un grupo de amigos de Barbate decidimos dar un paseo.

Alquilamos unos caballos en Atlanterra (Tarifa) y nos dirigimos al llamado Cortijo del Moro, en lo alto de la sierra del Retín.

A la ida todo fue bien.

Al regresar, sin embargo, mi jamelgo se volvió loco...

De pronto —nunca supe por qué— se lanzó al galope.

Fue un galope entre piedras, árboles y maleza, y cuesta abajo.

Recuerdo que me volví y, como pude, le lancé las gafas de sol a Maricharo...

Mis compañeros se quedaron con la boca abierta.

¿Adónde iba aquel loco?

No supe qué hacer ni cómo parar aquella locomotora.

Tiré de las riendas hasta hacerme sangre en las manos.

Me apreté al vientre del animal.

Grité.

Supliqué.

Fue inútil.

El caballo no galopaba: volaba...

Se había desbocado.

Si caía, el golpe contra las piedras podía ser mortal.

No conseguí nada.

El caballo, ciego, siguió lanzado, ladera abajo.

Y pensé en un último recurso...

No tenía alternativa. Me daba igual cinco que veinticinco.

E invoqué el nombre de Oxalc.

«¡Ayúdame!»

Fue instantáneo.

El caballo se detuvo en seco.

Nunca he bajado tan rápido de un caballo.

El animal sudaba, presentaba las orejas gachas y la cabeza alta. Los ojos aparecían fijos en un punto. Parecía espantado.

Nunca supe por qué se detuvo. ¿Qué fue lo que vio?

Cuando llegaron mis amigos, el caballo continuaba en la misma actitud. Necesitamos tiempo y esfuerzo para hacerlo caminar.

Mis amigos nunca supieron...

¿Qué podía decirles?

En mayo del año siguiente (1978) recibí otra «señal» del misterioso personaje.

Me hallaba en el Coto de Doñana (Huelva).

Grabábamos una serie de documentales sobre ovnis para Televisión Española.

Así lo conté en su momento:[1]

«... Al fin, cuando mi reloj señalaba las cinco de la tarde, entramos en un pequeño calvero donde se levantaban dos chozas, propiedad de la familia Anillo Rodríguez (barqueros).

Aquella buena gente se dedicaba a pasar veraneantes y turistas desde las poblaciones de Sanlúcar y Bonanza hasta esta parte del coto, y viceversa. Ésa era su vida. A veces requerían también sus servicios para trasladar, en un pequeño falucho, al que habían acoplado un motor fuera borda, a los científicos o visitantes de la reserva.

El Guadalquivir, en plena desembocadura, aparecía como

1. Amplia información en *Tempestad en Bonanza* (un equipo de TVE tras los ovnis).

mucho más que un simple río. Era ya el umbral del Atlántico. De una orilla a otra, entre la playa de la Marismilla y el puerto de Bonanza, por concretar, las aguas se extendían sus buenos dos kilómetros.

Y tras rematar las filmaciones de aquel día con las palabras de Espinar Anillo, el guarda jurado (que también había visto ovnis), los diez hombres del equipo de TVE, entre los que ya no se hallaba el doctor Jiménez del Oso, nos dispusimos a comer.

Cuando preguntamos a los barqueros dónde podíamos comprar algunas provisiones, la respuesta descompuso los frágiles ánimos del equipo. Allí no había existencias para tantas personas. La única solución era cruzar la desembocadura del Guadalquivir y tratar de conseguirlas en Bonanza.

Pero el barquero dijo que no, que no se podía pasar al otro lado.

Un fuerte temporal azotaba las costas y la desembocadura y cualquier intento de navegar en su pequeño bote con diez personas a bordo hubiera resultado suicida.

La negativa de José, el propietario del falucho, fue tan firme que algunos de los componentes del equipo estallaron. Y comenzaron las críticas... Tanto Gerardo Zubiría, productor del programa, como yo fuimos acusados de incompetencia.

En mitad de aquella violenta situación rogué al barquero que me acompañara hasta la orilla. Y así lo hizo José, un paisano de condición noble que, en realidad, miraba más en aquellos instantes por nuestra seguridad que por su pecunio.

Quise extremar la posibilidad de cruzar al otro lado. Pero fue el propio estado de la mar quien me vino a demostrar lo peligroso de la idea. Mientras el viento soplaba desde el fondo de la desembocadura, la fuerte corriente, en sentido contrario, lanzaba al espacio cortinas de agua y de espuma.

Nuestra situación se hizo más agria cuando el viejo marino sentenció que la marea tardaría unas tres horas en retirarse...

Por otra parte, pensar en deshacer el difícil camino que acabábamos de concluir, por el interior del coto, hubiera resultado mucho más arduo, con el gravísimo riesgo de quedar definitivamente atascados en las dunas...

Así que, después de meditarlo, llamé a Gerardo y, sin que el resto del grupo pudiera oírnos, propuse a José, el barquero, que intentara la travesía hasta el puerto de Bonanza. Sólo embarcaríamos Gerardo y yo. Y, por supuesto, el riesgo quedaría compensado con una sustanciosa suma de dinero.

Tanto insistimos que José Anillo Rodríguez aceptó.

Tras llamar a su sobrino, un muchacho de poco más de dieciséis años, nos dirigimos hacia la orilla.

La lancha, de seis metros de eslora, fue empujada hasta el agua por el barquero y su ayudante. Mientras tanto, Gerardo y yo nos enfundamos sendos anoraks. La recomendación del barquero fue simple:

—Será más prudente que no lleven peso alguno...

No nos percatamos en aquel momento del sentido de estas palabras. ¿Quién podía sospechar lo que nos aguardaba?

Y de un salto entramos en la falúa, mientras el equipo contemplaba la maniobra desde el cercano bosque de pinos mediterráneos.

El sobrino de José se situó a proa mientras el barquero ocupaba su puesto a popa, al mando del motor. Y en medio, Gerardo y yo.

De un solo tirón, José Anillo puso en marcha el fuera borda. Y las palas sacaron, a la ya encrespada superficie de las aguas, un borbotón de arena y fango.

—¡Agárrense con fuerza! —gritó el barquero al tiempo que apuntaba con la falúa en dirección al gris y lejano dique del puerto de Bonanza.

No tuvo que repetir la recomendación.

A pocos metros de la playa, la violencia del viento era tal que el bote, más que surcar las aguas, volaba sobre las crestas de las olas.

Por fortuna, el viento barría a nuestro favor. Y José Anillo tenía que vérselas, únicamente, y no era poco, con las gargantas que formaba la corriente y que hacían caer la proa de la chalupa con golpes secos...

Por supuesto, una caída en aquellas aguas hubiera supuesto la muerte...

Navegando a toda potencia, la embarcación necesitó casi

tres cuartos de hora para aproximarse a la orilla izquierda del Guadalquivir.

Al saltar a tierra, los cuatro chorreábamos agua. Pero dimos por bien empleado el mal trago. Y nos refugiamos en una de las tabernas del puerto, ordenando la comida.

Una vez depositadas en el fondo de la embarcación las cajas con las viandas, los cuatro nos dispusimos para la parte más difícil de la travesía.

Y Anillo, como hiciera en la primera ocasión, arrancó el motor con un fuerte y seco golpe de mano.

Nuestro almuerzo había sido colocado cuidadosamente en el centro de la falúa, protegido entre Gerardo y yo.

Y la lancha empezó a alejarse de la costa, en dirección a la playa de la Marismilla.

Esta vez, el viento soplaba de cara. Y el agua empezó a barrer el endeble bote, obligándonos a achicar.

Anillo, buen conocedor de la mar, buscaba sin cesar el equilibrio entre la fuerte corriente y el viento. Si la falúa quedaba atravesada, Dios sabe qué hubiera sido de nosotros...

Pero, súbitamente, dejamos de oír el familiar tableteo del motor. El fuera borda se había parado.

Me revolví hacia José, interrogándole con la mirada.

Pero Anillo se volcó sobre el motor y no dio explicaciones.

Y propinó varios y violentos tirones al cable...

Fue inútil.

Y José, ante lo grave de la situación, gritó a su sobrino:

—¡Pronto! ¡A los remos!

El muchacho, con gran destreza, amarró los remos y trató de enderezar la falúa, que había iniciado la marcha hacia el alto espigón del puerto de Bonanza.

—¡Más fuerte!... ¡Más fuerte! ¡Nos vamos a estrellar!

Los gritos del barquero, pálido y desencajado, chorreando agua y con ambas manos agarrotadas en la anilla del cable, terminaron de alarmarnos. Y Gerardo y yo nos pusimos en pie. Y a punto estuvimos de acelerar nuestro fin. La embarcación se bamboleó peligrosamente.

—¡No se muevan! —gritó el barquero—. ¡Hagan lo que yo

les diga! ¡Cojan esos troncos y prepárense! Si el viento empuja contra la pared del puerto nos haremos pedazos...

Del fondo del viejo casco, entre las cuadernas medio podridas, sacamos dos troncos de unos dos metros de longitud. Y con ellos entre las manos esperamos los acontecimientos.

La lancha, a merced de las olas y del viento, se dirigía, directamente, contra el cada vez más próximo muro del puerto, de unos cuatro metros de altura.

Un nuevo golpe de mar nos levantó de la superficie del agua, lanzándonos cerca del espigón.

El barquero, que seguía empeñado en arrancar el motor, increpó al ayudante para que forzara el ritmo de los remos.

Y el muchacho multiplicó el esfuerzo, levantándose materialmente del asiento cada vez que hundía las palas en la mar.

En uno de aquellos golpes, el remo izquierdo se quebró...

Fue entonces cuando Anillo gritó:

—¡Ahora!.. ¡Preparados para aguantar el golpe!... ¡José, tú con el remo!

Y todos a una, tratando de conservar el equilibrio, nos pusimos en pie y nos preparamos para resistir el embate contra el muro.

La falúa llegó por su banda de babor hasta el espigón.

Y, como un solo hombre, el remo y los troncos, así como el brazo del barquero, se estrellaron contra el cemento...

Jamás olvidaré aquel golpe seco.

—¡Cuidado! —gritaba el barquero—. ¡El viento nos lanza otra vez!... ¡Cuidado!

Tras un segundo choque nos mantuvimos alejados, temporalmente.

El agua había entrado en la lancha y la comida flotaba entre los pies.

Aquellos esfuerzos —pensé— terminarían por resultar inútiles. La violencia del mar y del viento acabarían por agotarnos y la embarcación se estrellaría contra el dique...

La avería del motor se había producido a poco más de cincuenta metros de la orilla, donde nace el espigón. Era preciso resistir otros cien o ciento cincuenta metros para alcanzar el

El equipo de TVE que rueda trece programas sobre OVNIS

A punto de naufragar

HUELVA (Europa Press). — Dos de los componentes del equipo de Televisión Española que ruedan por diferentes puntos de España trece capítulos sobre el paso de objetos voladores no identificados (ovnis), estuvieron a punto de naufragar en el puerto de Bonanza, en la desembocadura del Guadalquivir (Cádiz), cuando la lancha en la que iban sufrió una avería en el motor y la embarcación quedó a merced del fuerte oleaje.

Durante más de 30 minutos, los periodistas que ocupaban el bote evitaron, utilizando los remos de la barca y un tronco, que las olas estrellaron la embarcación contra el muro que bordea el puerto, pudiendo al fin llegar a tierra.

Los cuatro ocupantes de la barca —dos periodistas y dos ayudantes de la zona— regresaban a reunirse con el resto del equipo de rodaje, tras haber comprado provisiones en una población cercana.

N. de la R.

Uno de los reporteros que viajaba en aquellos momentos en la citada lancha, era nuestro compañero en las tareas informativas J. J. Benítez que ha colaborado como asesor de la referida serie de reportajes de TVE.

Dicha serie ha sido filmada hasta el momento en un total de 14 provincias. En total, el equipo ha filmado más de 6.000 metros de película, habiendo recorrido unos 10.000 kilómetros e interrogado a unos 80 testigos del paso o aterrizaje de «ovnis».

26-5-78

Noticia aparecida en la prensa española. (Archivo de J. J. Benítez.)

morro. Si lográbamos bordear la punta del dique y entrar en el puerto quizá pudiéramos salvarnos...

Pero aquellos pensamientos naufragaron.

Otro golpe de mar, más violento que los anteriores, nos lanzó de nuevo contra el muro. Y el remo se quebró.

El siguiente choque, quizá, fuera el último...

Y José Anillo, consciente del crítico momento, gritó:

—¡Fuera las botas!... ¡Rápido!

¡Dios mío!

Creo que el ser humano no siente miedo a la muerte. Siente terror ante esos instantes que la preceden...

Y, en segundos, las botas quedaron flotando en el fondo de la falúa.

Ya nada importaba.

Y sin saber cómo, una vez más, invoqué aquel familiar y mágico nombre:

Oxalc.

Fue súbito.

El tableteo del motor se abrió paso...

Sonó como una dulce melodía.

Poco después, la lancha se alejaba del dique: un espigón gris que, en ocasiones, aparece en mis pesadillas.

Oxalc, sí...».

Al rememorar estos hechos acude a la memoria, indefectiblemente, otro suceso en el que también invoqué un nombre...

Un nombre más notable (supongo).

Así consta en uno de los cuadernos de campo:

«... 14 de marzo de 1980.

Salgo de Sevilla. Hotel Bécquer... Son las diez de la mañana... Pongo rumbo a Bilbao... El coche va bien... Sigo probando un Peugeot 504... Me detengo a comprar unas jarras de barro en La Carolina... La radio medio funciona... Me siento cansado... Ayer (13 de marzo) fue el cumpleaños de Maricharo... Después de las investigaciones en Algeciras y Málaga opté por trasladarme a Sevilla... Llegué a las tres de la madrugada... Era muy tarde para parar en Barbate... Lástima: siempre es hermoso callejear por el pueblo... Por la tarde, al cruzar Madrid, empezó a preocuparme el estado de las carreteras... Las noticias hablan de nieve y cadenas... Mal asunto...

A las ocho, en Burgos, tomo un café y reanudo la marcha...

La calefacción no funciona.

Estoy helado.

Empieza a nevar cerca de Pancorbo...

Disminuyo la velocidad. Me repito mentalmente que baje de los 120 kilómetros por hora...

De pronto, a las 20.45, veo a lo lejos, en plena autopista, las luces destellantes de una ambulancia (?)... Aparecen en el mismo sentido de la marcha, creo...

He activado el limpiaparabrisas y, al accionar el agua, ésta ha quedado medio congelada... ¡Maldita sea!... ¡No veo!...

No me he dado cuenta de lo que significa el intenso frío...

La radio se ha estropeado definitivamente...

Sigo mirando la luz... Está a la izquierda de la autopista, en el arcén...

¡Es un camión-grúa!

Cuando me encuentro a cosa de cincuenta metros del camión entro en una lámina de hielo...

¡Dios mío!

Fue instantáneo.

El Peugeot, con sus tres mil kilos de peso, empieza a bailar sin control...

La sangre hierve.

En segundos comprendí que podía estrellarme...

¿El freno?

"¡No, no!", pensé.

Y traté de reducir la velocidad... Metí la tercera, pero, al embragar, la máquina se acelera...

¡No puedo sujetarlo!

¡Se dirige hacia el morro del camión-grúa!

¡Dios...!

Peugeot 504. (Foto: J. J. Benítez.)

El hielo me había atrapado...

Cuando estaba a punto de estrellarme frontalmente contra el camión, conseguí dar un volantazo...

El coche se fue a la izquierda y terminó colisionando contra el camión-grúa, pero lateralmente.

Salgo despedido hacia la zona derecha de la autopista.

¡No hay forma de controlar el vehículo!

E instintivamente exclamé: "¡Jesús... Jesús!".

Fueron mis únicas palabras.

El Peugeot hizo un trompo y fue a empotrarse en un muro de nieve.

Allí quedé, perplejo.

"El cinturón"... Y procedí a soltarlo.

"El combustible"... Y apagué el contacto.

Me había quedado al revés, de cara a los que circulaban hacia Bilbao.

"¡Tengo que salir!"

Y con una sangre fría que no logro entender conecté los intermitentes dobles e intenté abrir la puerta.

Negativo.

Estaba bloqueada por la nieve.

Salté al otro lado y escapé por la derecha... Una ola de frío me sacudió y me despabiló...

¡Dios mío!

¿Qué había ocurrido?

Alguien acudió en mi auxilio... Me encontraba perfectamente.

Y recordé el nombre del Maestro... Él me protegió, lo sé».

Al día siguiente, 15 de marzo de 1980, Quini Quintero, fotógrafo, tuvo un sueño oficialmente imposible...

Así me lo contó:

... Recuerdo que tenía dieciocho años... Vivía entonces en Sevilla, con mi hermano y mi cuñada... En la noche del 14 al 15 de marzo, mientras dormía, tuve un mal sueño, que me llenó de temor y de angustia... Fue una pesadilla... Eso lo comprobé después, por el estado en que dejé la cama... No paraba de dar saltos y vueltas... Trataba de salir del sueño en el que me hallaba inmerso... Aunque sabía que estaba soñando, tenía la sensación de que aquello que percibía estaba ocurriendo realmente... Eso me producía una ansiedad que iba creciendo a medida que intentaba salir del trance... En el sueño veía que Félix Rodríguez de la Fuente[1] se había estrellado en una avioneta, y en un lugar misterioso e inhóspito... Podía ver un paisaje de bosque montañoso y nevado... Sentía el tra-

---

1. Félix Rodríguez de la Fuente fue un burgalés empeñado en la defensa de la naturaleza. Sus programas en TVE fueron famosos. Murió mientras rodaba una carrera de trineos, en Alaska.

siego de personas, alteradas por la situación... Podía sentir también una especie de desesperanza de la gente por el mundo de la naturaleza salvaje, como si algún plan diabólico, y oculto, hubiese conspirado para retirar del planeta a uno de sus más enconados defensores...

Cuando, al fin, logré escapar de la pesadilla, salté de la cama y, con el corazón acelerado, en un acto reflejo que no he logrado entender, me dirigí corriendo al televisor...

No había explicación para ese comportamiento... Encendí el televisor y, en esos instantes, empezaban a dar las primeras noticias sobre el accidente aéreo en Alaska en el que había muerto Félix Rodríguez de la Fuente... Era el día de su cumpleaños...

Tenía cincuenta y dos años.

Quini. (Gentileza de la familia.)

Félix Rodríguez de la Fuente.

Cuando conversé con Quini le hice una sola pregunta:

—¿Era tu costumbre levantarte de la cama y prender el televisor?

—No.

La magia de los sueños...

No me cansaré de repetirlo.

Al terminar de escribir el caso vivido por Quini Quintero permanecí pensativo. Eran las 13 horas del 5 de diciembre de 2013, jueves.

¿Cómo era posible? —me pregunté—. ¿Qué son realmente los sueños? ¿Quién los controla? ¿Para qué sirven?

He estudiado mucho los sueños...

Sé que resultan vitales para la regeneración del organismo

(tanto humano como animal), así como para la selección de lo que merece la pena guardar en la memoria.

Pero sé que son algo más...

Acudí a la playa y continué el diálogo con el Padre Azul.

Y le dije: «Dame una señal. Sé que no estoy equivocado. Los sueños son el patio de atrás de los cielos».

Y continué la rutina diaria...

Tras el almuerzo (siempre a las 15 horas) me senté en mi butacón favorito y vi las noticias.

Mi mente seguía lejos, inmersa en la misteriosa mecánica de los sueños.

A las 16 horas reanudé el estudio. Después, más ejercicio...

«Por favor, Padre —insistí—, dame una señal.»

A las 18 horas corregí el capítulo que había escrito esa mañana.

«Estoy seguro. El Padre Azul responderá...»

A las 20.30, como de costumbre, ojeé la prensa.

Cené a las 21 y regresé al querido y paciente butacón.

A las 22.30 sentí que el sueño me vencía...

Le di un beso a Blanca y me retiré al dormitorio. Ella continuó viendo la televisión. Recuerdo que daban *La noche de Suárez*, un programa sobre el ex presidente del gobierno español. Lo emitía Televisión Española por la primera cadena.

Y a las 22.45, aproximadamente, tras «acurrucarme en la voluntad del Padre», quedé profundamente dormido.

Tuve varios sueños.

Recuerdo tres.

En uno de ellos tenía un periódico en las manos. Y leía una noticia a cuatro columnas: «Mandela ha muerto».

A las siete de la mañana desperté y fui al baño.

Mientras me afeitaba puse la radio.

Quedé desconcertado.

¡Mandela había fallecido la noche anterior!

Lo comenté con Blanca.

—¿Cómo es posible que hayas soñado con la noticia de la muerte de Mandela si te fuiste a la cama a las 22.30?

Blanca hizo memoria y añadió:

Nelson Mandela, fallecido a las
20.50 horas (local) del jueves,
5 de diciembre de 2013. El número de preso —46664—,
en Kábala, equivale a «doble padre y protector» (!).
Mandela era llamado *tata* («padre») en el dialecto xhosa,
del idioma bantú («4» = «padre» y «666» = «protector»).
Y añado: protector y padre de blancos y de negros.

—Anoche interrumpieron el programa de televisión y ofrecieron una última hora: Mandela había muerto...

—¿A qué hora dieron la noticia?

—Alrededor de las once de la noche.

—A esa hora yo estaba dormido.

Blanca no lo dudó. Me conoce bien.

Como digo, quedé perplejo.

Soñé la noticia de la muerte de Nelson Mandela, y la vi impresa en un periódico, cuando todavía no había sido hecha pública...

Lo interpreté como una respuesta del Padre Azul.

Pero el misterio sigue: ¿qué son realmente los sueños?

La historia de Francisca Romero y de Pepi Reyes no tiene igual. Nunca vi nada parecido en el mundo de las señales.

Pero empezaré por el principio...

Me gustan los cementerios.

No hay como un camposanto para percibir la brevedad de la vida.

Cierto día, cuando me hallaba frente a la tumba de mi tío José Juliana, en Barbate, Rafael, el enterrador, un viejo conocido, pasó a mi lado. Se detuvo y comentó:

—Conozco a un hombre que puede contarte una historia interesante...

Conversamos.

—La esposa de ese hombre, ya fallecida —prosiguió Rafael—, vio el accidente de los hijos antes de que se produjera, y por televisión.

Pensé que estaba de broma, pero no.

Rafael insistió y acordamos vernos con el amigo.

Fue así como conocí a Eduardo Rodríguez Córdoba.

Creí que lo había visto todo, pero no...

Los hechos no sucedieron exactamente como contó el enterrador, pero casi.

—Ocurrió en la mañana del viernes, 16 de enero de 2009 —resumió Eduardo—. A eso de las ocho y algo me despertó mi mujer. Se llamaba Francisca. Estaba muy alterada. Gritaba. Lloraba. Dijo algo sobre la televisión, pero no entendí. Traté de calmarla. Francisca repetía una y otra vez: «Mis niños, mis niños...». Cuando, al fin, pudimos hablar, dijo que acababa de ver en la televisión el accidente del coche de Rosendo y de José, nuestros hijos... «Eso no puede ser», le dije. Pero ella insistía...

Le interrumpí.

—Veamos si lo he entendido. Francisca se levantó de la cama y conectó el televisor...

—Así es.

—Entonces vio las imágenes de un accidente de tráfico...

—Sí.

—¿Usted lo vio?

—No.

—¿Y cómo supo que era el coche de sus hijos?

—No lo sé...

—¿Dieron los nombres en el reportaje?

—No me lo dijo. Creo que no.

—¿Vio la matrícula del vehículo?

—No.

—No lo entiendo...

—Yo tampoco. Y le dije: «No te preocupes. Hay muchos accidentes...». Pero ella insistía y lloraba. «Mis niños, mis niños». Eso era lo que repetía.

Y Eduardo Rodríguez Córdoba continuó el relato:

—Sin saber qué hacer, ni cómo calmarla, acudí a la casa de unos vecinos. Son buenos amigos. Necesitaba que se quedaran con Francisca mientras yo acudía a la Guardia Civil. Y así lo hice. Pero en el cuartel no sabían nada. Una hora después, más o menos, empezaron a llegar las noticias. Era cierto. Mis hijos se habían estrellado contra un camión en la carretera de Tarifa a Algeciras. Los dos murieron en el acto. Un tercer pasajero, amigo de mis hijos, resultó herido de gravedad.

El asunto se me antojó confuso.

Francisca había muerto. No podía interrogarla.

Poco faltó para que abandonase...

Pero la intuición tocó en mi hombro. Y susurró: «Adelante».

Y me puse en marcha.

Mi primer movimiento fue reunir un máximo de información sobre el referido accidente.

En síntesis, esto fue lo ocurrido:

**Francisca, madre de los fallecidos.
(Gentileza de la familia.)**

Dos jóvenes de la localidad de Barbate —Rosendo y José Rodríguez Romero—, hermanos, de treinta y treinta y cuatro años de edad, respectivamente, fallecieron a las 6.50 horas del 16 de enero de 2009 en un violento choque del turismo que conducía Rosendo. El Volkswagen de los barbateños colisionó con un camión. El siniestro se produjo en el kilómetro 94,300 de la carretera nacional 340, en el término municipal de Tarifa. El Volkswagen Golf, matrícula 4103 BLC, impactó con un camión que transportaba contenedores y que era manejado por Juan Carlos Sedeño Lara, de cuarenta y un años. Según la Guardia Civil, el conductor del camión-remolque había bebido e invadió el carril por el que circulaba el turismo. Un tercer pasajero del Volkswagen —Fernando Rodríguez Melero—, de cuarenta y un años, resultó gravemente herido. Los tres jóve-

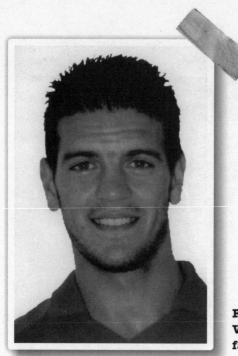

Rosendo, conductor del Volkswagen. (Gentileza de la familia.)

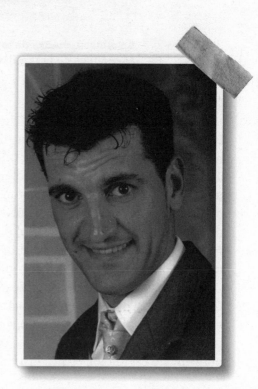

José Rodríguez Romero. (Gentileza de la familia.)

nes eran albañiles y se dirigían a sus puestos de trabajo, en San Pablo de Buceite (Cádiz).

El parque de bomberos de Algeciras recibió una llamada de urgencia a las 6.53. Una dotación se desplazó de inmediato al lugar del siniestro. Al llegar encontraron un camión volcado y al turismo empotrado en el quitamiedos ubicado a la derecha de la calzada. Los bomberos tuvieron que abrir el techo y un lateral del Volkswagen para extraer al herido y recuperar los cadáveres.

El conductor del camión resultó ileso, pero quedó atrapado en la cabina.

A las 7.27 horas, el juez ordenó el levantamiento de los cuerpos.

Al analizar los datos me hice una pregunta: si el accidente se produjo a las 6.50, ¿cómo pudo verlo Francisca en televi-

Fernando Rodríguez Melero (izquierda), superviviente del siniestro, con Eduardo, padre de los fallecidos. (Foto: J. J. Benítez.)

sión a las ocho y poco de esa mañana? Soy periodista y sé de lo que hablo. Entre el siniestro y la emisión por televisión pasaron noventa minutos, aproximadamente. Muy poco tiempo, a mi juicio.

La historia era confusa, sin duda.

Pero proseguí las indagaciones.

En cuanto fue posible conversé también con Fernando Rodríguez Melero, el superviviente.

Explicó cuanto sabía y cuanto recordaba:

—Salimos de Barbate a las seis y cinco de la madrugada. Era un camino que conocíamos bien. Lo hacíamos a diario. Pero, en esa ocasión, el viaje fue extraño...

—¿Por qué?

—No hablamos casi. El día se presentó triste. Poco antes del choque le hice un comentario a Rosendo, que conducía. Señalé hacia el hermano, que se hallaba justo detrás del conductor, y le dije: «Mira, el que dice que no duerme...».

—¿José estaba dormido en el momento del golpe?

—Sí. Yo iba en el asiento del copiloto. Entonces miré hacia abajo, hacia la radio del coche. No sé por qué lo hice, pero miré. Y, de pronto, Rosendo exclamó: «¡Dios!». Levanté la vista y vi un bulto. No vi luces. Y nos estrellamos contra el eje, entre la cabina y el remolque. El turismo hizo unos trompos y fue a estrellarse contra el quitamiedos de la derecha. Después todo fue silencio. Y pensé: «Éste debe de ser el silencio de la muerte».

Solicité detalles sobre el misterioso silencio.

—No sé explicarlo —comentó—. Todo se detuvo. No había ruido. Nada hacía ruido: ni los árboles, ni los pájaros, nada. Uno de los guardias se aproximó y habló por un móvil: «Dos muertos y un herido», dijo. Después llegaron las ambulancias y los bomberos...

—¿Cuánto tiempo permaneciste en el interior del turismo?

—Calculo que treinta o cuarenta minutos; como mucho una hora, pero me pareció una eternidad...

—¿Estabas consciente?

—Sí, y con unos dolores horribles. Escupí, incluso, los dientes.

—¿Era de noche?

—Sí, claro.

—¿Recuerdas haber visto alguna cámara de televisión?

—No, ninguna.

Cuatro o cinco meses después del accidente, a Fernando le sucedió algo poco común:

—Era la primera vez que conducía después del accidente —explicó—. Me acompañaba Rosario, mi mujer. Nos dirigíamos al juzgado de Algeciras. Serían las diez de la mañana, poco más o menos. Y, de pronto, al pasar por el lugar del golpe, la radio se encendió.

—¿Pudo activarse sola?

—Imposible. Esa radio tiene un sistema de seguridad que lo impide. Se nos pusieron los pelos de punta.

—¿Cómo lo interpretaste?

—José y Rosendo están vivos. No sé cómo, pero lo están...

Naturalmente me puse en contacto con los vecinos de Francisca.

Y surgió otra sorpresa...

Andrea Bernal y Pepi Reyes, madre e hija, respectivamente, fueron las que atendieron a Francisca, a petición de Eduardo, el marido.

Primero conversé con Pepi.

He aquí una síntesis de la entrevista:

—Esa mañana del 16 de enero, viernes, me levanté como siempre. Serían los ocho u ocho y cuarto. Me extrañó no oír Radio Olé, la emisora que ponía Francisca cuando se levantaba. Me asomé a la ventana y vi a otra vecina. Se disponía a llevar a la hija al colegio. Y le pedí que me trajera una viena...[1] A los pocos minutos llamaron a la puerta. Y me dije: «Qué ligera anda hoy fulanita». Al abrir no encontré a la vecina sino a Eduardo. Lo noté nervioso. Y preguntó: «¿Está tu madre?». Pasó y contó lo que sucedía. La mujer, al parecer, estaba muy alterada.

1. Pequeño bollo de pan.

Pepi Reyes y Andrea, su madre. (Foto: Blanca.)

—¿A qué hora llamó Eduardo?

—No habían dado las nueve. Entramos en la casa y encontramos a Francisca en el sofá, llorando y golpeándose. Repetía sin cesar: «¡Mis niños, mis niños!». Mi madre y yo, como pudimos, intentamos calmarla. Fue difícil. Tenía un ataque de nervios. Finalmente se tranquilizó un poco y hablamos. Dijo que a eso de las siete y cuarto de la mañana se levantó de la cama. No había podido dormir en toda la noche. Se hallaba muy inquieta. Fue a la cocina, se hizo una tila, y regresó a la cama. Pero continuaba mal, muy nerviosa, y se levantó de nuevo. Entonces fue directa al televisor de la sala y lo prendió. Fue cuando vio el accidente y supo que los hijos habían muerto.

—¿A qué hora conectó el aparato?

—Alrededor de las ocho y veinte. Eso fue lo que entendimos.

—¿Qué dijo que había visto?

—Un coche accidentado.

428

—¿Cómo supo que era el Volkswagen de los hijos?

—Ella hablaba de las ruedas. Decía que eran las del coche de Rosendo. Francisca le acompañó a comprarlas...

—¿Comentó en qué canal vio el accidente?

—Sí, en Canal Sur.

—Pero ¿cómo podía estar tan segura de que se trataba de José y de Rosendo?

—Nadie se lo explica. Francisca era una mujer normal y equilibrada. Esa mañana, sin embargo, estaba fuera de sí.

Y Eduardo, como fue dicho, dejó a su mujer en compañía de las vecinas y se dirigió, presuroso, al cuartel de la Guardia Civil.

Pero la noticia no había llegado aún a Barbate. Nadie sabía nada.

Y Pepi prosiguió:

—Dejé a mi madre con Paca y regresé a mi casa. Tenía que arreglarme e ir a trabajar. Y se me ocurrió algo. Conecté el televisor y sintonicé Canal Sur. «Quizá repitan la noticia», me dije. Tomé la ropa y me fui al salón. Y empecé a vestirme mientras veía la televisión. Entonces lo dieron...

—¿Qué dieron?

—La noticia del accidente. Me quedé pálida.

—¿Qué fue lo que viste?

—Un coche, destrozado. La presentadora dijo que se había producido un accidente en la carretera de Algeciras. No dieron nombres. Salió también la Guardia Civil y el atasco en la carretera.

—Haz memoria. ¿A qué hora pasaron la noticia?

Pepi no dudó. Lo recordaba perfectamente:

—Entre las nueve y veinte y las nueve y media de la mañana.

—¿Estás segura?

—Por completo. Como te digo, me estaba vistiendo.

—¿Recuerdas a la presentadora?

—Era joven y morenita.

—¿Escuchaste la voz del periodista en el lugar del accidente?

—El reportaje no tenía voz.

Y Pepi, asustada, se apresuró a volver a la casa de Francisca. Y, como pudo, por señas, le hizo ver a la madre que era cierto.

Media hora después, hacia las diez, se confirmó la noticia. E insistí:

—¿Se grabó el reportaje con luz de día o era luz artificial?

—Había luz natural.

—¿Filmaron la matrícula del Volkswagen?

—No lo creo. Yo conocía esa matrícula. De haberla visto la hubiera recordado.

—¿Reconociste el coche?

—La verdad es que no. Estaba destrozado. Lo enfocaron lateralmente, por el costado izquierdo.

—¿Filmaron los cadáveres?

—No los vi.

—¿Y al herido?

—Tampoco.

—¿Qué recuerdas del atasco?

—A la Guardia Civil, dando paso a los coches.

Tras oír el testimonio de Pepi interrogué a Andrea, su madre.

La versión fue idéntica, y añadió:

—Paca, tras la muerte de los hijos, decía: «A los siete meses veré a los niños». Y lo repetía. Pues bien, murió el 23 de agosto de ese mismo año (2009), a los siete meses del fallecimiento de José y de Rosendo.

Francisca, según me informaron, murió de cáncer..., y de tristeza.

El día anterior a la tragedia acudió a la casa de Rosendo; algo que no era habitual en ella.

Durante días traté de poner orden en los pensamientos.

En aquel suceso, como dije, había algo que no cuadraba.

Y lo analicé una y otra vez, pero sin resultado: si el accidente tuvo lugar a las 6.50 de la mañana, ¿cómo pudieron verlo Francisca en Canal Sur a las 8.20 u 8.30 y Pepi a las 9.20?

Por muy rápido que hubieran trabajado los reporteros, y dado que el lugar (kilómetro 94,300) se encuentra a veinte o treinta minutos de Algeciras, no tuvieron tiempo material de acudir al escenario de los hechos, filmar, regresar y editar la noticia para que fuera emitida a las horas ya mencionadas. Esa labor requiere del orden de tres horas.

Y, de inmediato, encaminé las pesquisas hacia Canal Sur y hacia Televisión Española. Ambas disponen de centros regionales en Andalucía.

En Canal Sur, en Cádiz, fui recibido por Javier Carlos Lacave, productor.

Fue muy amable.

Me mostró el reportaje del siniestro y confirmó que la noticia fue emitida a partir de las 14 horas en Canal Sur Noticias 1; no antes. Y repitió: «No antes».

Quedé desconcertado.

El reportaje fue filmado con luz natural. Calculé que alrededor de las diez de la mañana; quizás más tarde.

En la filmación, además, se veía la matrícula del turismo y a uno de los agentes de la Benemérita, hablando ante la cámara.

Esto no guardaba relación con lo emitido a las 8.20 horas, según la versión de Francisca. A esa hora (8.20 u 8.30) no había amanecido todavía. La salida del sol, ese 16 de enero de 2009, se registró a las 9.03.

La duración del reportaje fue de 1 minuto y 3 segundos.

Y seguí preguntándome: ¿qué fue lo que vieron la madre de José y de Rosendo y Pepi Reyes, la vecina?

Ni una ni otra hablaron de la matrícula, y tampoco de las declaraciones del agente. La segunda, Pepi, estaba segura: cuando transmitieron la noticia no había sonido.

Y por consejo de Lacave me puse en contacto con Begoña Curiel, la redactora de Canal Sur, con base en Algeciras. Begoña se desplazó al lugar del accidente y cubrió la noticia.

La mujer recordaba el asunto. Y declaró, con seguridad, que el desplazamiento al kilómetro 94,300 no se llevó a cabo antes de las diez de la mañana. El cámara, Alberto Villanueva, también lo confirmó.

Localicé igualmente al reportero de Televisión Española, Isaías Bueno. Y comentó lo siguiente:

—Aquella mañana fui a cubrir la noticia para nuestro informativo regional y TD1 (Telediario 1). La hora a la que llegué al lugar fue sobre las diez o diez y media de la mañana, y la emisión de la noticia se hizo a las 14.00 horas, en el informativo territorial, y entre las 15.15 y las 15.30 en el TD1. Recuerdo que el conductor del camión dio positivo en la prueba de alcoholemia, y que una casa de campo que lindaba con la carretera quedó seriamente dañada. Cuando llegué al lugar, los cuerpos ya no estaban. Los habían retirado, y el vehículo siniestrado creo que ya no estaba, pero sí el camión.

»Con respecto a este asunto no recuerdo mucho más, pero sí estoy completamente seguro de que la noticia se emitió a las 14 horas y a las 15, en nuestros informativos...

Conclusión: la noticia del accidente fue emitida a las 14.03 horas en Canal Sur y a partir de las 14 en el informativo territorial de TVE, así como entre las 15 y las 15.30 en el noticiero nacional de esta última cadena.

En otras palabras: cuando Francisca y Pepi vieron el accidente en Canal Sur, la reportera —Begoña Curiel— no había llegado aún al lugar del siniestro (!).

¿Quién filmó entonces lo visto por las mujeres y quién lo emitió?

La respuesta es tan simple como comprometida: «alguien» (que cada cual piense lo que quiera o lo que pueda) manipuló el tiempo y el espacio...

Asombroso: lo que vieron en Barbate, en la televisión, no había sido grabado todavía.

CRONOLOGÍA DE LOS SUCESOS

• A las 6.50 del 16 de enero de 2009 se produce la colisión en la carretera de Tarifa a Algeciras.

• 7.15 (aproximadamente): Francisca, madre de los fallecidos, se levanta, inquieta, y se hace una tila. Regresa a la cama pero no puede dormir y se levanta de nuevo.

• 8.20 (aproximadamente): conecta el televisor y contempla las imágenes de un accidente de tráfico. Francisca asegura que es el coche de sus hijos, José y Rosendo.

• 9.20 (aproximadamente): Pepi Reyes, vecina de Francisca, enciende el televisor de su casa y ve el accidente de tráfico.

• A las diez de la mañana llega la noticia del fallecimiento de los hermanos Rodríguez Romero.

• Los reporteros de Canal Sur y TVE se presentan en el lugar del siniestro a partir de las diez o diez y media de la mañana.

• Las noticias son emitidas a las 14 horas, en Canal Sur, y a partir de las 14 en el informativo territorial de TVE, así como entre las 15 y las 15.30 en el canal nacional de Televisión Española.

65

PERDIDOS EN PARACAS

Nunca sabes lo que te reserva la vida...

Es otro de los «encantos» de este mundo.

Aquel miércoles, 16 de enero de 2002, todo presagiaba un día relativamente tranquilo.

Pero no...

Nos hallábamos nuevamente en Perú. Trabajábamos en la filmación de otro documental para la serie *Planeta encantado*.

A las 15 horas y 15 minutos partimos en helicóptero desde la ciudad de Ica. Nos dirigimos al noroeste, a la península de Paracas. Me acompañaban Piru, ingeniero de sonido, y Tomie, el cámara. El resto del equipo se dedicó a otros menesteres.

Nuestra intención era filmar y medir el célebre «candelabro» o «tridente» de Paracas, ubicado en la península del mismo nombre.

Primero grabaríamos desde el aire y después en tierra, al pie del «candelabro».

Y así fue.

Aterrizamos a las 15.45 y a cierta distancia, con el fin de no dañar la impresionante figura.

Y el helicóptero se alejó.

El piloto prometió regresar en dos horas.

E hicimos nuestro trabajo.

Tomamos imágenes y medimos el gigantesco «tridente».

Recuerdo que me impresionó el «vaciado» de la figura.

¿Cómo es posible que haya resistido el paso de los siglos y los fortísimos vientos del desierto?

Piru (parte superior) y Tomie.
(Foto: Blanca.)

Llevé a cabo algunas tomas de muestras y, al profundizar en uno de los brazos, la arena, inicialmente rojiza, se fue volviendo de color dorado.

Aquello me sorprendió.

Es evidente que el «candelabro» fue diseñado para servir de «faro», o de «señal», a alguien que tenía la capacidad de volar. Pero ¿quién lo hacía antes de la llegada de Colón?

Concluido el trabajo nos sentamos al pie del «tridente».

Yo continué sumido en mis pensamientos.

Muy cerca, el océano Pacífico nos miraba, azul y perezoso.

El sol no tardaría en ocultarse.

Parecía tener prisa...

De vez en cuando explorábamos el cielo, a la búsqueda del helicóptero.

Y las estrellas se presentaron, sin avisar.

Pero el helicóptero no dio señales de vida.

Y nos encontramos en una situación embarazosa, por utilizar una expresión caritativa.

El «candelabro» de Paracas. (Foto: J. J. Benítez.)

Nos cansamos de esperar...

El problema es que, confiados, no tuvimos la precaución de cargar un teléfono. En realidad sólo disponíamos del equipo de filmación.

Carecíamos de todo: agua, comida, linternas, prendas de abrigo...

Y aquel desierto, junto al de Atacama, en el norte de Chile, es uno de los más severos del mundo.

Empezamos a notar el frío.

Y a las 19 horas, en mitad de la oscuridad, tomamos la decisión de caminar.

¿Hacia dónde?

Lo hicimos hacia el este. En esa dirección se hallaban dos poblaciones conocidas: Pisco y Paracas.

Tendríamos que caminar toda la noche...

¿Resistiríamos?

Pero la aventura fue de mal en peor.

436

A pesar de nuestra buena voluntad, y de los ánimos que nos infundíamos mutuamente, el desierto empezó a devorarnos.

Estábamos agotados.

Estábamos sedientos y hambrientos.

Estábamos cabreados, muy cabreados...

Mataría al piloto con mis propias manos.

Nos detuvimos varias veces, tratando en vano de orientarnos.

Y empezamos a gastar bromas sobre el más allá. Mala señal...

A las nueve de la noche volvimos a detenernos.

El equipo pesaba como el plomo.

Estábamos desolados. ¿Qué podíamos hacer?

Todo era negrura, en cualquier dirección.

Temblábamos de frío y de miedo.

Fue en esos momentos cuando levanté el alma hacia las estrellas y comenté, para mis adentros: «Padre, no tenemos idea de cómo salir de aquí... ¿Te importa echarnos una mano?».

Y antes de levantarnos, y proseguir la marcha, Piru y Tomie vieron una luz en la lejanía.

¡Se acercaba!

Corrimos hacia ella...

Y se presentó un vehículo.

El equipo, alertado, lo había enviado desde Ica.

Abrazamos al conductor.

Se llamaba Jorge Espejo.

Al regresar, Espejo comentó: «Han tenido mucha suerte. Sólo el 2 por ciento de los que se pierden en este desierto consigue sobrevivir».

Y el Padre Azul, desde el interior, me hizo un guiño.

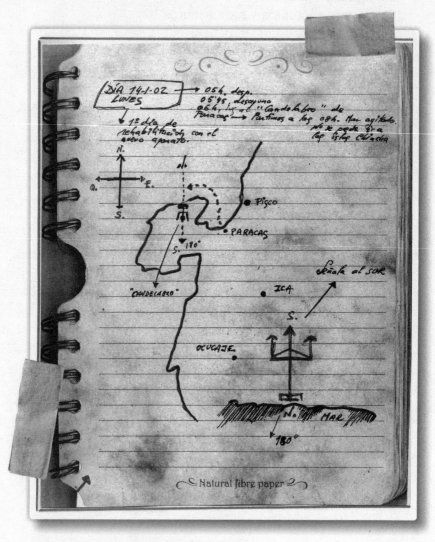

Cuaderno de campo de J. J. Benítez.

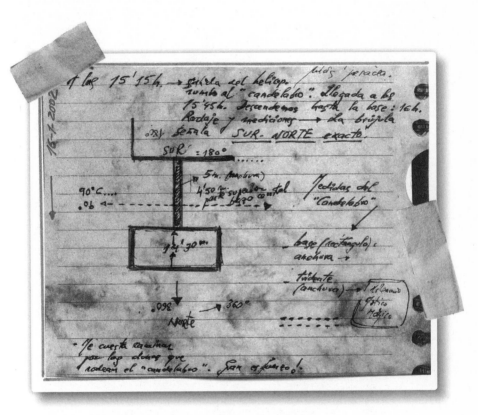

Cuaderno de campo de J. J. Benítez.

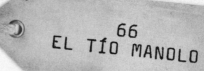

66
EL TÍO MANOLO

Manuel López Simón era hombre de pocas palabras, pero especialmente cumplidor.

Era mi tío.

Yo le quería.

Manuel López Simón. (Gentileza de la familia.)

Desde niño me contaba historias fantásticas, y no tan fantásticas, sobre mi segundo gran amor: la mar.

Fue motorista. Lo sabía todo sobre motores de barcos. La mayor parte de su vida transcurrió en la estrecha negrura de los tambuchos, apestando a grasa y a gasoil. Jamás le vi protestar.

Sufrió mucho.

Perdió a dos de sus hijos y a Gloria, la mujer, en un corto periodo de tiempo.

Caminaba todos los días hasta el cementerio. Y lo hacía de luto riguroso y con la cabeza baja.

No fui capaz de convencerlo de que sus seres queridos no estaban allí.

Ahora lo creo con seguridad: los cementerios son la máxima expresión de nuestra ignorancia.

Pues bien, el 24 de abril de 2009, Blanca recibió una llamada de Ani, una prima.

Mi tío Manolo se hallaba en el hospital, gravemente enfermo.

Y al entrar en el coche, con el fin de dirigirnos al hospital, me fijé en el cuentakilómetros. Es otra manía.

Marcaba 131.101.

Miré el reloj (13 horas y 1 minuto). Necesitaba una hora para llegar a Puerto Real.

Y caí en la cuenta: ¡allí estaba mi amigo! ¡Palo-cero-palo!.

Y pensé: «Algo está a punto de suceder».

Minutos después, cuando apenas habíamos recorrido un par de kilómetros, sonó de nuevo el móvil de Blanca.

Mi tío acababa de fallecer.

Y quedé perplejo.

Manolo murió a las 13 horas. Exactamente lo que señalaba el cuentakilómetros: 13—1—101 (!).

Por supuesto, no lo atribuí a la casualidad. Fue, sencillamente, una señal.

Al día siguiente, sábado, a eso de las once y media de la mañana, mientras escribía, se me ocurrió hacer el pacto con Manolo.

«Si estás vivo —pensé—, por favor, dame una prueba.»

Desde la ventana de mi despacho contemplaba la mar.

El día había llegado azul y ventoso.

Un intenso poniente, con fuerza tres, levantaba olas muy serias. Llegaban a la playa, rabiosas...

¿Qué señal solicitaba?

Y pensé en algo casi imposible: una vela...

Y escribí en el cuaderno de pactos y señales: «Si estás vivo, como creo, antes de que termine la mañana, ante mí, aparecerá una vela».

Contemplé de nuevo la mar. Estaba muy enfadada.

«Quizá me he pasado —pensé—. Nadie sale a navegar con un temporal así.»

Pero mantuve el pacto.

Y seguí a lo mío, escribiendo.

Quince minutos más tarde, al levantar la vista de la querida y anciana Olivetti Studio 46 (de hierro y azul, naturalmente), quedé desconcertado.

Frente a mí, en mitad de la mar, surgió un velero blanco, con el trapo desplegado.

Cabeceaba y apenas avanzaba.

Salté sobre la cámara e hice fotos.

Sentí una profunda emoción.

Mi tío Manolo sigue vivo...

Se cumplió la señal. (Foto: J. J. Benítez.)

67
LA CALAVERA

El 15 de marzo de 1995, a las 19.30 horas, recibí una llamada telefónica de Lice Moreno, compañero de correrías tras los ovnis.

Me advirtió: «Atención al año 2002... Especialmente a enero y a febrero... Veo riesgo de infarto... Problemas de tipo cardiopulmonar».

Lice fundamentaba la advertencia en la astrología.

No hice caso.

No creo en la astrología.

Además, faltaban siete años...

Afortunadamente (?) lo escribo casi todo.

Y llegó el 22 de enero de 2002.

Me encontraba en la isla de Pascua.

Esa tarde, en la ascensión por la ladera interior del volcán Hanga Roa, me sentí mal. De pronto experimenté un fortísimo dolor en el pecho. Fue como si me atravesaran con una larga aguja de hacer punto. Tuve que detenerme. No podía respirar.

Poco a poco, el dolor fue remitiendo.

Sudaba y tenía escalofríos.

Me asusté y escribí en el cuaderno de campo: «¿Peligro de infarto?».

A partir de ese día, y durante seis meses, me tocó vivir un total de trece episodios semejantes.

Así lo reflejé en los correspondientes cuadernos.

Fueron estocadas, más que dolores, y siempre en el pecho.

Si me detenía, el dolor se amansaba y se iba.

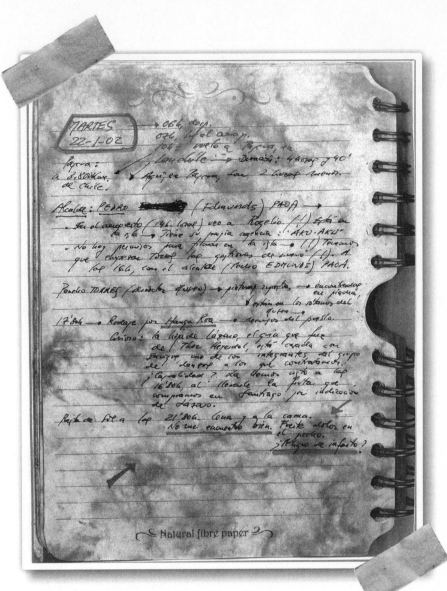

Cuaderno de campo correspondiente al 22 de enero de 2002.

Y así viajé por dieciocho países, filmando *Planeta encantado*.

No dije nada a nadie; tampoco a Blanca.

De haberlo hecho, la realización de los documentales hubiera peligrado.

J. J. Benítez en el cráter de Hanga Roa, en Pascua, poco antes de sufrir la primera angina de pecho. (Foto: Iván Benítez.)

Uno de los momentos más difíciles se registró en Argelia, en la subida a la meseta del Tassili N'Ajjer. En los 1.800 metros de ascensión, las anginas de pecho —porque de eso se trataba— se repitieron cuatro veces. Creí morir...

Pero resistí.

Y llegó el 9 de julio (2002).

Eran las 16 horas.

Hacía calor.

Me hallaba en el dormitorio de mi casa, en «Ab-bā». Trataba de descansar.

Al fondo, sin sonido, gesticulaban los colorines de un televisor.

Y de pronto lo vi...

No sé explicarlo, pero allí estaba: mi pie izquierdo no era un pie.

Y me sobresalté.

No sé cómo pero el pie se había transformado en una calavera. Eso, al menos, fue lo que vi (o creí ver).

Era un cráneo humano que se movía despacio, muy lentamente. Los movimientos de la calavera coincidían con los del pie.

Durante segundos no me atreví a parpadear.

¿Qué era aquello? ¿La muerte? ¿Qué hacía en mi pie?[1]

Me incorporé de un salto y huí.

Fue inútil.

La visión de la calavera permaneció (y permanece) en mi memoria.

Y continué con el trabajo y, naturalmente, prosiguieron los «avisos».

El 15 de julio me hallaba en Bilbao, en plena labor de postproducción de la mencionada serie de televisión.

Recuerdo que caminaba por la Gran Vía.

Entonces se presentó el dolor.

Fue más agudo...

Me detuve, aterrorizado.

A los pocos segundos se fue.

Continué mi camino y, en nada, regresó.

Nuevo aviso.

Y sucedió por tercera vez.

¡Tres anginas en trescientos metros y en terreno plano!

Y «Alguien», más sensato que yo, susurró en mi interior: «Llama a Manu».

Así lo hice.

Manu Larrazabal era médico en el hospital de Santa Marina, cerca de Bilbao.

Era (y es) un buen amigo.

Me citó para el 23, martes.

Ese día, tras las pruebas oportunas, Manu dio su opinión: «Las coronarias podrían estar obstruidas».

Y explicó:

—Al bombear no hay suficiente riego, debido, justamente, a la obstrucción. Eso produce el dolor.

El 24 de julio, miércoles, por consejo de los médicos, llevé a cabo nuevas pruebas.

---

1. Amplia información en *Cartas a un idiota* (2005).

Fue un desastre.

En la de esfuerzo (caminar sobre una cinta rodante) aguanté dos minutos. El dolor se presentó puntual y feroz.

Fede, el cardiólogo, fue sincero: había que practicar un cateterismo. Era la forma de concretar el grado de obstrucción de los vasos.

Me eché a temblar.

¿Qué hacía con el trabajo?

Manu se puso serio:

—Elige: tu vida o el trabajo...

A las doce y media abandoné Santa Marina. Conseguí convencer a los médicos para que el cateterismo fuera practicado en Cádiz.

Manu estaba triste.

Algún tiempo después confesó que creía que era la última vez que nos veíamos.

Y en el viaje por carretera hasta «Ab-bā» (1.200 kilómetros) me lo fumé todo. Sabía que era el final del vicio. Cayeron dos paquetes de Ducados, varios puros y un palo de escoba...

No podía entenderlo.

Tenía cincuenta y cinco años. Hacía deporte. Difícilmente me metía en excesos...

¿Qué había ocurrido?

Algún tiempo después lo averiguaría, pero esa es otra historia...

Llegué a Barbate a las 23.30 horas.

Le di la noticia a Blanca y reaccionó valientemente. No hubo lágrimas.

El 26 de julio, viernes, me sometí al cateterismo en la clínica La Salud, en Cádiz. Lo practicó Jesús Oneto. Empezó a las 16 horas.

Todo fue bien hasta que, súbitamente, noté cierto revuelo en la sala.

No supe lo que sucedía hasta mucho después...

A eso de las nueve de la noche, como digo, el personal médico y sanitario empezó a entrar y a salir del lugar en el que me hallaba tumbado.

Fue en esos instantes cuando noté que me dormía.

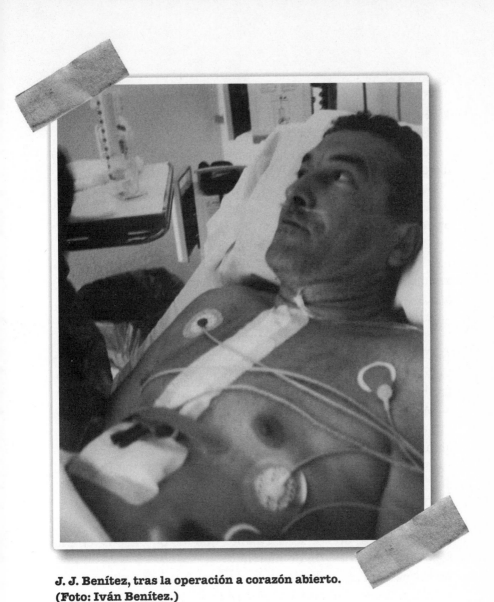

**J. J. Benítez, tras la operación a corazón abierto.
(Foto: Iván Benítez.)**

Era un sueño plácido y dulcísimo.

Y me fui apagando...

Era la muerte, que llegaba.

Una de las arterias, próxima al corazón, fue seccionada, accidentalmente, por la guía de plástico del catéter.[1]

1. El cateterismo cardíaco es un procedimiento médico invasivo, aunque el riesgo para el paciente es mínimo. Consiste en introducir una

Mala suerte...

Y la vida empezó a derramarse, como la sangre.

Pero yo me encontraba muy bien.

Era un sueño fantástico.

El médico intensivista, a mi lado, no hacía otra cosa que darme conversación.

«¡Qué pelma! —pensé—. Sólo quiero dormir...»

El benéfico sueño —del que no quería salir— se prolongó dos o tres minutos.

Oneto y su gente, comprendiendo la gravedad del momento, «objetivaron la disección aguda» merced a un estent, un «minisubmarino» de titanio que apuntaló la brecha. El estent, a 16 atmósferas, evitó la muerte súbita.

Muerte en cinco minutos...

Y comprendí por qué había visto una calavera en el pie.

Esa misma noche me trasladaron a la UCI del hospital Puerta del Mar. La ambulancia desplegó la sirena y las luces destellantes. Me sentí como un presidente de gobierno.

A primera hora de la mañana del día siguiente, 27 de julio, Jiménez Moreno, *el Maño*, y su equipo, me operaron a corazón abierto.

Mi pobre corazón permaneció setenta minutos fuera del cuerpo, detenido.

Otro récord personal...

Meses después, cuando todo se normalizó (más o menos), Tomás Daroca, uno de los cirujanos que me operaron, comentó: «Tienes un corazón de hierro».

Me consolé, sí, aunque no sé si eso es bueno o malo...

Y desde aquí solicito disculpas a Lice Moreno, por mi incredulidad.

La calavera en el pie fue un aviso para que diera un golpe de timón en mi vida.

Ahora lo sé: lo importante no son los grandes ideales, sino las pequeñas-grandes cosas.

Y mi «contrato» prosigue...

---

sonda de plástico, con una cámara, en el sistema vascular. Generalmente se introduce por la vena femoral (por la ingle) hasta el corazón.

E l 29 de agosto de 2012 será difícil de olvidar...

Por la mañana visitamos La Esperanza, una antigua salina ubicada en Puerto Real (Cádiz), muy cerca del hospital donde fui operado a corazón abierto en 2002.

Nos acompañaba Alejandro Pérez Hurtado, profesor de la universidad y, probablemente, el español que más sabe de salinas.

Allí supe de un nuevo caso ovni, protagonizado por uno de los guardas.

Sucedió el 27 de julio de 2002, hacia las tres de la madrugada.

Un objeto silencioso, con forma de disco, se detuvo sobre la vertical del vigilante.

Era un disco con luces de colores a su alrededor —manifestó el testigo—. Giraba sobre sí mismo... Al cabo de un rato se alejó.

Y lo hizo, al parecer, en dirección a Cádiz.

Cinco horas después, como expliqué, yo era intervenido en el hospital Puerta del Mar.

Por la tarde de ese 29 de agosto llevé a Blanca al aeropuerto de Jerez. Tenía que volar a Bilbao.

Regresé a «Ab-bā» y, tras cenar algo, fui a sentarme en mi butacón favorito.

«Qué extraño —pensé—. Esa nave fue vista en las proximidades de Cádiz, y en la fecha de la operación...»

Y tuve un presentimiento.

452

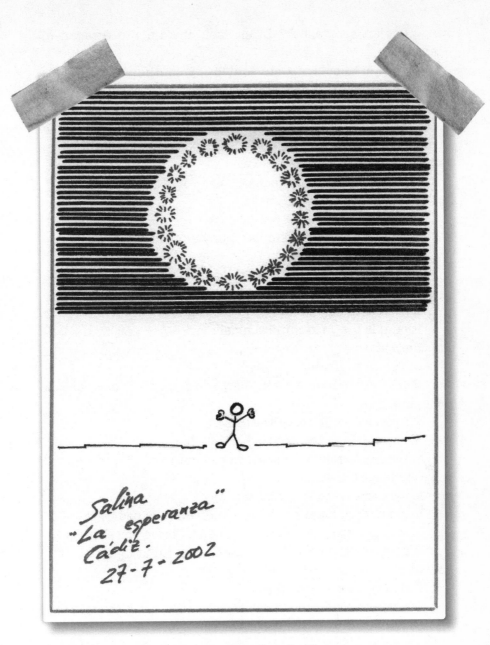

Cuaderno de campo de J. J. Benítez. Caso La Esperanza.

«¿Podían ser "ellos"? Si era así, obviamente estaban al tanto...»

Prendí el televisor —sin sonido— y continué batiendo los pensamientos...

Fue entonces, a las diez de la noche, cuando vi «aquello».

El salón se hallaba tenuemente iluminado por la luz de la cocina, muy próxima, y por los destellos de la pantalla del televisor.

Lo vi pasar por mi derecha.

Se deslizaba a ras del suelo.

Podía estar a seis metros...

Era una sombra (?), similar a un balón de rugby.

Pensé en un gato...

Y desapareció entre los muebles.

Me levanté, rápido.

Quizá había dejado alguna puerta abierta...

Prendí la luz y examiné el lugar.

Negativo.

Allí no había nada.

Me dirigí a la cocina y a la puerta de entrada. Todo aparecía cerrado.

Ningún gato pudo haberse colado.

Pero yo había visto algo...

Y, receloso, volví a sentarme en el butacón.

Olvidé las luces...

Me levanté de nuevo y las apagué.

Regresé a mi lugar e intenté racionalizar lo ocurrido.

Yo había visto algo negro y pequeño. Corría por el suelo.

No tuve tiempo de seguir analizando aquel aparente absurdo.

Entonces la vi (o creí verla).

El corazón se detuvo.

Se hallaba muy cerca, a cosa de seis o siete metros.

Me miraba...

Sentí un súbito e intenso frío.

Flotaba o era muy alta. O ambas cosas...

Entonces sonrió y alargó los brazos hacia mí, como si quisiera abrazarme.

Y comenzó a avanzar...

Se deslizaba por encima de los muebles.

Seguía con los brazos extendidos.

Seguía con aquella sonrisa...

Vestía una larga túnica o camisón blanco.

No tuve duda: ¡era la Siciliana!... Mi supuesta madre...

No sé de dónde saqué las fuerzas.

Salté del butacón y corrí hacia el dormitorio.

Me encerré y esperé, aterrorizado.

No pasó nada más.

Por supuesto, no dormí en toda la noche.

Al día siguiente recibí la noticia: la Siciliana había sido in-

La Siciliana.

gresada en un hospital de Pamplona dos días antes, el 27 de agosto. Su estado era «especialmente delicado», según los médicos.

Mi supuesta madre falleció algún tiempo después.

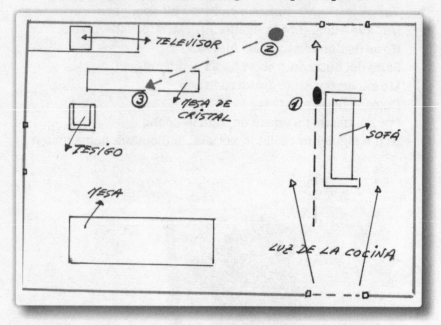

1. Aparece una sombra a ras del suelo. 2. Visión de la Siciliana. 3. Avanza hacia el testigo. Cuaderno de campo de J. J. Benítez.

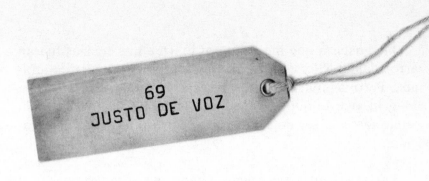

Ana M. Alonso de la Sota, a la que me referí en *Estoy bien*, fue decidida y cumplidora, incluso después de la muerte.

Fue egiptóloga.

Durante años sostuvimos una estrecha amistad.

Mis dudas sobre el antiguo Egipto son muchas y ella era paciente y generosa.

Un día surgió el tema de la muerte...

Le dije que era un puro trámite...

Ella respondió con lo siguiente:

... Verdaderamente lo que temo de la muerte es el «tránsito». Deseo morir sin darme cuenta. Ahora, cuando me falta la respiración, me apresuro a ponerme el oxígeno.

Mi querido marido (J. J., como tú) se mató en un coche a los treinta y seis años. Yo tenía treinta y cuatro y cuatro hijos, de siete años a seis meses, así que seguí trabajando para sacarlos adelante sin pararme a pensar demasiado en la muerte.

Por la noche rezaba con los pequeños: «Que la luz perpetua les ilumine»... De pronto sentí horror por lo que estaba pidiendo. ¿Hay algo más atroz que la luz iluminándome perpetuamente?

Sí que siento abandonar mis libros. Tengo muchos amigos en el otro lado. La duda es: ¿hay otro lado?

A veces pienso en la reencarnación, pero realmente no creo en nada y siento gran curiosidad.

Me gustaría que me incineraran. Que mis cenizas fueran arrojadas al Nilo, con las de Terenci Moix, mi querido amigo... Pero las mías podrían ser esparcidas por El Retiro, en Madrid, puesto que allí te conocí. ¿Qué te parece? También tengo terror a ser enterrada viva, por eso lo de la incineración...

Fue al recibir estas líneas cuando se me ocurrió hacer el pacto con ella.

Y se lo sugerí en otra carta. Decía así:

«Barbate. 1-2-09.

Querida amiga:

¿Hacemos un pacto?

Lo he hecho ya con muchos amigos. Es un juego, y mucho más. Se trata de lo siguiente: el primero de los dos que pase al otro lado deberá proporcionar una prueba al que sobreviva. Será la señal de que, al otro lado, seguimos VIVOS.

Tenemos que pensar bien la señal, en el caso de que aceptes el "juego".

Se me ocurre una, pero quizá tú pienses otra. Lo dejo a tu criterio. Mi señal es la siguiente: el que sobreviva recibirá una rosa roja el mismo día del fallecimiento del otro. Eso indicará que el fallecido sigue VIVO, ¡y de qué forma!

Espero tus noticias...».

La respuesta de Ana (ella firmaba *Neferana*) no se hizo esperar.

El 10 de febrero de 2009 me escribía cosas así:

... ¡Pues claro que quiero hacer el pacto! No lo considero un juego, pero sí dudo de que consigamos algo. Se ha probado ya muchísimas veces a lo largo de los años... En cuanto a la señal creo que en el otro lado va a ser imposible hacerse con algo tan tangible como una rosa... Creo que sería mejor un mensaje... Cuenta conmigo para el pacto y espero poder cumplirlo.

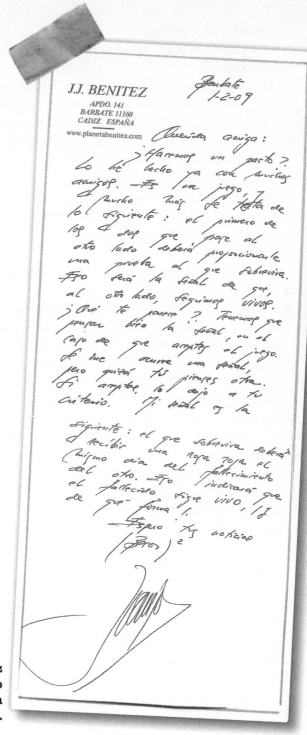

J. J. Benítez
propone el pacto
a Ana María
Alonso de la Sota.

459

Acepté, por supuesto.

En lugar de la rosa sería un «mensaje».

Pero ¿cuál?

Eso no importaba.

Y escribí en el cuaderno de pactos y señales: «Ana María Alonso de la Sota y yo hemos hecho el pacto, con fecha 10 de febrero de 2009. El que sobreviva recibirá un mensaje del otro. No importa cuál».

Y ahí quedó el asunto.

Dos años después, Ana fallecía en Madrid. Sucedió el 30 de diciembre de 2011. Tenía ochenta y cuatro años de edad.

La noticia de su muerte me la proporcionó Marina, una de las hijas.

La carta, con el anuncio, llegó a mis manos el 28 de enero de 2012.

Había transcurrido casi un mes desde el óbito.

Junto a las cariñosas palabras de Marina encontré un calendario de mesa para 2012. Era obra de Ana, por supuesto. Ella lo diseñó. Cada mes aparecía acompañado por una bella imagen del antiguo Egipto. Y, nada más abrirlo, hallé dos fotografías de Neferana. Una con las pirámides al fondo. La otra junto a los restos de una estatua que, en un primer momento, no identifiqué. Al pie de esta última foto, de su puño y letra, Ana había escrito: *«MAÁ-HRW* = JUSTIFICADO. JUSTO DE VOZ. Se dice de los muertos».

Tuve un presentimiento...

E hice algunas averiguaciones.

La estatua correspondía al dios Bes, protector de los muertos (!).

Sentí un escalofrío...

¿Protector de los muertos?

Y recordé el pacto.

El primero en salir de este mundo enviaría un mensaje al otro.

¿Era ésta la señal de Ana?

Analicé lo escrito por la egiptóloga.

«Justo de voz» hacía alusión al pesaje del alma del muerto, según los egipcios. Si la balanza permanecía equilibrada, el di-

"MAÁ-HRW" = JUSTIFICADO
JUSTO DE VOZ
se dice de los muertos.

Ana junto a la estatua de Bes, protector de los muertos.
Al pie, el mensaje.

funto era considerado «justo» o «justificado» y continuaba hacia las regiones celestiales.

No era necesario ser muy despierto para comprender que Ana me estaba enviando un «mensaje», ¡y de su puño y letra!

Ana se hallaba en el otro lado, ¡y viva!

Así lo interpreté.

¡Era lo pactado dos años antes!

Ana —«justa de voz»—, tras la muerte, continúa viva en las regiones celestes...

Y me lo hizo saber veintiocho días después de su fallecimiento.[1]

Sin embargo no quedé satisfecho.

Y solicité otra señal.

Lo dejé a criterio de Ana.

Yo me limité a establecer un plazo: la nueva señal (la que
fuera) debería recibirla el 30 de enero, lunes. Era 28, como
dije.

En esa fecha tenía concertada una reunión con Liana Romero, en Chipiona (Cádiz).

1. En Kábala, el número «28» equivale a «renacer, alegrar, vivir y regalo». Sin comentario...

70
SONORA

E se lunes, 30 de enero de 2012, llegamos a la casa de Liana, en Chipiona, a las 13 horas.

Al entrar, mi amiga comentó: «Tengo algo que decirte... No sé si será importante...».

Fui todo oídos.

—Anoche, hacia las diez y media, sonó la campana que tengo en lo más alto de la casa... Fue muy raro... Está atada,

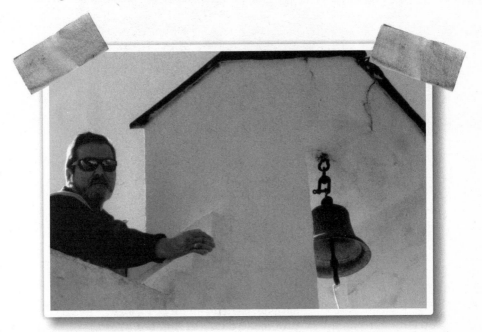

J. J. Benítez junto a *Sonora*, la campana de Liana. (Foto: Blanca.)

y bien atada, y no hubo viento... No sé qué pensar... Es como si alguien quisiera decirme algo.

Y pensé en la egiptóloga.

Solicité a Liana que me mostrara la campana.

Así lo hizo.

Subí a la azotea y, como pude, por una cornisa, me aproximé a *Sonora*. Así se llama la espléndida campana que luce en lo alto.

Se hallaba atada, en efecto.

El viento, por muy fuerte que hubiera soplado, no la habría movido.

Junto a la palabra «Sonora» leí «Northern-1912».

Anillo de origen supuestamente egipcio, hallado en un pozo, en la propiedad de Liana Romero. (Foto: Blanca.)

Y al bajar estuve seguro: Ana me había proporcionado la señal solicitada.

Pero la cosa no quedó ahí...

De pronto, en mitad de la conversación con Liana Romero Swirski, la mujer puso ante mí un anillo dorado.

Y preguntó:

—¿Qué opinas?

Lo examiné.

—Parece egipcio..., y muy antiguo.

Liana sonrió, pícara, y aclaró:

—Lo encontramos al perforar el pozo que hay frente a la casa.

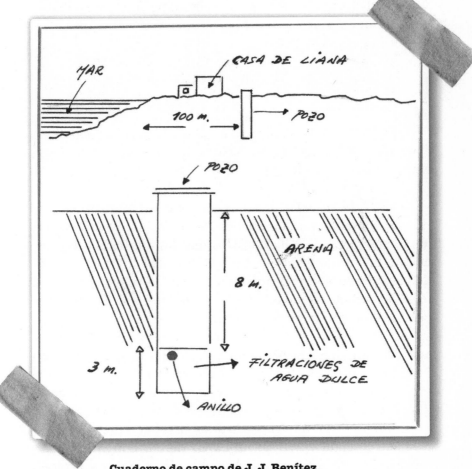

Cuaderno de campo de J. J. Benítez.

—¿Cuándo?

—En 1964.

—¿Y a qué profundidad?

—A ocho metros.

El anillo presentaba un rostro desgastado, enmarcado en un tocado típicamente egipcio.

Sentí un escalofrío.

Aquella pieza, obviamente, era egipcia o tenía relación con el arte egipcio.

¡Ana fue egiptóloga!

Era una nueva señal... ¡La tercera desde que hiciera el pacto!

Me di por satisfecho. Ana María Alonso de la Sota sigue VIVA, y disfrutando de la luz perpetua, por mucho que le inquietase una luz así...

Liana, a continuación, pasó a relatar la experiencia vivida con su padre, Manuel Romero Hume. En principio, ésta era la razón de nuestra entrevista.

—El 12 de julio de 1989 —relató Liana—, mi padre se sintió mal... Había pasado una mala noche... Entonces vivía aquí, conmigo... Y lo llevé al Hospital Militar de San Carlos, en San Fernando (Cádiz)... Un ATS le había colocado la sonda para orinar sobre la próstata, y no en la vejiga... Al pobre lo aliviaron y se quedó ese día en el hospital... El caso es que, cuando esperaba a que le curaran, noté algo raro... Se hizo un súbito silencio y los pasillos se quedaron vacíos... Entonces apareció un joven, enfundado en una bata blanca... Caminó hacia mí... Pasó por delante y, sin mirarme, exclamó: «Si yo fuera tú no me iría»... Y continuó su camino... «¿Cómo dice?», pregunté... Y salí tras él... Él, entonces, sin volverse, repitió: «Si yo fuera tú no me iría»... Y desapareció en un recodo del pasillo... Indagué, pero no fui capaz de dar con el supuesto médico... No sé por dónde se fue... Lo comenté con el urólogo que curó a mi padre pero no supo aclarar el misterio... A mi padre lo subieron a planta... Allí almorcé con él y gastamos bromas... Estaba de buen humor y tranquilo... Y, de pronto, recordó el pacto que habíamos hecho tiempo atrás... «El primero de los dos que muera, si hay algo en el más allá, tocará la campana de casa.» No le hice mucho caso... Y me fui para Chipiona... Preparé su cuarto y coloqué flores en la casa... Al día siguiente, temprano, acudí al hospital... Subí a la habitación, pero me quedé en la puerta... Entonces vi las manos de la enfermera, cortando el pijama de mi padre... Y supe que había muerto... Al parecer despertó esa mañana y gritó: «¡Liana, Liana!»... Y cayó muerto... Ese 13 de julio de 1989, hacia las 15 horas, al regresar a casa, la campana sonó dos veces... ¡Estaba amarrada!... ¡Y no había viento!... ¡Era imposible que se moviera!.. Fue mi padre, lo sé... Cumplió el pacto... Está vivo... Mi padre no gastaba bromas con estos asuntos.

Cuando solicité una interpretación, Liana fue clara y precisa:

Manuel Romero Hume y Liana. (Gentileza de la familia.)

—Mi padre, al cumplir el pacto, al hacer sonar la campana, confirmó lo que yo sabía: «Estoy bien».

Era la cuarta vez que la bondadosa Liana me contaba su experiencia.

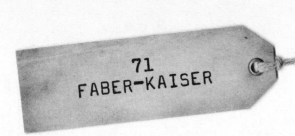

71
FABER-KAISER

 me dispongo a entrar en otro capítulo inquietante: las señales y los números.

Empezaré por Andreas Faber-Kaiser.

Las nuevas generaciones, probablemente, no saben de quién hablo.

Faber fue un investigador de enigmas. Vivió en Barcelona, aunque se sentía ciudadano del mundo. Odiaba las fronteras; sobre todo las interiores. Fundó una revista mensual: *Mundo desconocido*. En sus páginas —hoy desaparecidas— nos refugiamos muchos de los que soñábamos imposibles.

Faber era audaz, frío y discreto.

Se atrevió con los más poderosos: denunció a los militares norteamericanos, por sus sucios manejos, y a las farmacéuticas, por asesinar en silencio. Le costó caro...

Pero vayamos a lo que importa.

En octubre de 1985 hice el pacto con él. Sucedió durante una excursión al cráter Irazú, en Costa Rica. Participábamos en un congreso internacional sobre «Las nuevas fronteras de la ciencia».

Y, medio en broma, surgió el tema del más allá.

Faber y yo nos comprometimos a proporcionar una señal al que sobreviviera. Y establecimos la señal. Bien difícil, por cierto: «La suma de los dígitos de la hora de la muerte, así como los del día, mes y año de dicho fallecimiento, debería arrojar un número concreto. En el caso de Faber-Kaiser sería el "8". Yo elegí el "9"».

CONGRESO INTERNACIONAL
"100 AÑOS DE INVESTIGACIONES
DE LOS GRANDES MISTERIOS
DEL HOMBRE"

MEMORANDUM

HOTEL IRAZU

CADENA DE HOTELES SANTA MART

NOS COMPLACE COMUNICARLES QUE EL COMITE ORGANIZADOR DEL CONGRESO LES HA
PREPARADO UN VIAJE DE PASEO AL VOLCAN IRAZU

SALDREMOS MAÑANA MIERCOLES A LAS 8:30 a m DEL HOTEL.

ESTE VIAJE INCLUYE UNICAMENTE A LOS CONFERENCISTAS, SUS SEÑORAS ESPOSAS
Y AL COMITE ORGANIZADOR, ASI COMO A UN REPRESENTANTE DEL HOTEL IRAZU.

PARA COORDINAR CUALQUIER ASPECTO RELATIVO A ESTA INVITACION, POR FAVOR
COMUNIQUENSE CON DON RAFA MENDEZ.

JUAN JOSE BENITEZ

CHARLES BERLITZ

JAVIER CABRERA DARQUEA

ANDREAS FABER KAISER

SALVADOR FREIXEDO Y SEÑORA DE FREIXEDO

JOHN A KEEL

JOHN Y ANTONIETTA LILLY

JACQUES VALLEE

ENRIQUE CASTILLO RINCON Y SEÑORA DE CASTILLO

JACOBO GRINBERG SYLBERBAUM

CARLOS DE LEON Y SEÑORA DE LEON

CARLOS ORTIZ DE LA HUERTA

RICARDO VILCHEZ NAVAMUEL

CARLOS VILCHEZ NAVAMUEL

GRETCHEN ANDERSEN

P/ COMITE ORGANIZADOR
Rafael Méndez

CONGRESO INTERNACIONAL
"100 AÑOS DE INVESTIGACIONES
DE LOS GRANDES MISTERIOS
DEL HOMBRE"

DIRECCION: CONGRESO INTERNACIONAL, APTDO. POSTAL 8033, SAN JOSE — COSTA RICA, AMERICA CENTRAL
TELEX 2307 IRAZU APTDO. POSTAL 962- 100 IRAZU

Invitación para visitar el volcán Irazú. (Archivo de J. J. Benítez.)

Foto histórica. Congreso internacional en Costa Rica (1985). De izquierda a derecha: *la Negra* (esposa de Enrique Castillo), Carlos Ortiz de la Huerta (de pie), J. J. Benítez, Andreas Faber-Kaiser, Javier Cabrera y Salvador Freixedo. (Archivo de J. J. Benítez.)

Andreas falleció el 14 de marzo de 1994, a las 20.20 horas. Los dígitos (20 + 20 + 14 + 3 + 1994) sumaron el número establecido por él: «8».

Faber, en definitiva, seguía vivo.

Todo esto, mejor o peor, fue narrado en mi libro *Mágica fe* (1994).

Lo que no conté en esos momentos fue lo ocurrido en la tarde de aquel 14 de marzo de 1994.

Circulaba por la carretera de Zaragoza a Bilbao. Regresaba de otra investigación. Iba solo.

Y, súbitamente, el reloj del salpicadero del coche se vino abajo. Quedó muerto.

Señalaba las 20 horas y 20 minutos.

Me extrañó. Nunca había fallado.

Esa noche, a las 21.30, recibí una llamada de Enrique Ma-

Salpicadero del vehículo. El reloj se detuvo a las ocho y veinte de la tarde del 14 de marzo de 1994, coincidiendo con la muerte de Andreas Faber-Kaiser, gran amigo de J. J. Benítez. (Foto: Blanca.)

rín. Me anunció la muerte de Faber-Kaiser. Había fallecido a las 20.20.

No podía creerlo. ¡Era la hora en la que el reloj del coche dejó de funcionar![1]

En el taller de reparaciones no supieron aclarar el misterio.

Las ruedas dentadas que movían el reloj estaban en perfecto estado.

Acudí a un segundo especialista, en la calle Briñas, 43, en Bilbao.

Luis, el mecánico, examinó las piezas con lupa. Y sentenció: «Alguien ha manipulado el ordenador que regula el salpicadero».

1. Se me ocurrió anotar los números que marcaban los cuentakilómetros (total y parcial). El primero arrojaba 332.063 kilómetros. El segundo: 915. La suma de los dígitos del primero = «8» (!). El número elegido por Faber. La suma de 915 = «6». En otras palabras: 8 + 6 = 14 = 5 = 101. «86», en Kábala, equivale a «yacer» o «descansar».

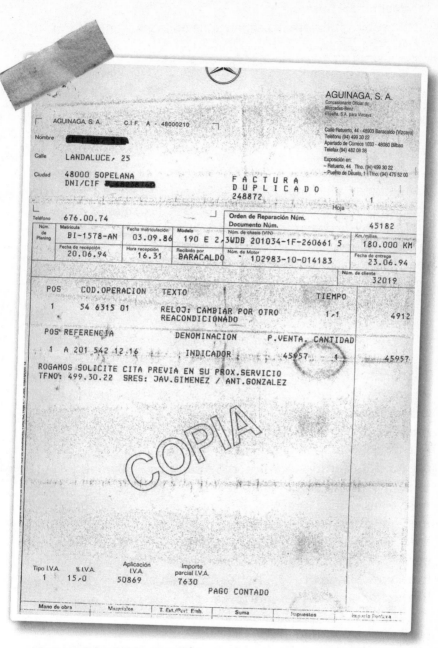

AGUINAGA, S. A.
Concesionario Oficial de
Mercedes-Benz
España, S.A. para Vizcaya

AGUINAGA, S. A.   C.I.F. A - 48000210

Nombre ▮▮▮▮▮▮▮▮▮▮

Calle   LANDALUCE, 25

Ciudad   48000 SOPELANA
DNI/CIF ▮▮▮▮▮▮▮▮▮

Calle Retuerto, 44 - 48903 Baracaldo (Vizcaya)
Teléfono (94) 499 30 22
Apartado de Correos 1033 - 48080 Bilbao
Telefax (94) 482 08 38
Exposición en:
- Retuerto, 44 Tfno. (94) 499 30 22
- Puente de Deusto, 1 - Tfno. (94) 475 52 00

F A C T U R A
D U P L I C A D O
248872

Hoja   1

Teléfono 676.00.74				Orden de Reparación Núm. Documento Núm.		45182
Núm. de Planing	Matrícula BI-1578-AN	Fecha matriculación 03.09.86	Modelo 190 E 2,	Núm. de chasis (VIN) 3WDB 201034-1F-260661 5		Km./millas 180.000 KM
Fecha de recepción 20.06.94	Hora recepción 16.31	Recibido por BARACALDO		Núm. de Motor 102983-10-014183		Fecha de entrega 23.06.94

Núm. de cliente   32019

POS	COD.OPERACION	TEXTO			TIEMPO	
1	54 6315 01	RELOJ: CAMBIAR POR OTRO REACONDICIONADO			1,1	4912

POS	REFERENCIA	DENOMINACION	P.VENTA	CANTIDAD	
1	A 201 542 12 16	INDICADOR	45957	1	45957

ROGAMOS SOLICITE CITA PREVIA EN SU PROX.SERVICIO
TFNO: 499.30.22 SRES: JAV.GIMENEZ / ANT.GONZALEZ

Tipo I.V.A.	% I.V.A.	Aplicación I.V.A.	Importe parcial I.V.A.		
1	15,0	50869	7630		

PAGO CONTADO

Mano de obra	Materiales	T. Ext./Port. Emb.	Suma	Impuestos	Importe Factura

Factura del cambio de reloj.

Permanecí mudo.

Yo sabía quién era el responsable de la manipulación.[1]

Doce años después volví a tener una curiosa experiencia con Faber-Kaiser.

Andreas investigó a fondo el tristemente célebre envenenamiento de miles de ciudadanos españoles por un supuesto aceite de colza adulterado. Los hechos se produjeron en 1981.

Desde el primer momento, médicos y especialistas dieron la voz de alerta: los afectados (tres mil muertos y más de veinte mil lesionados) habían sido envenenados, no por la colza, sino por una partida de tomates «contaminada».[2]

Hablé con Faber sobre el asunto.

Para él estaba claro:

Los tomates envenenados procedían de Fort Detrick (USA), uno de los laboratorios militares en los que se trabaja en guerra biológica... Los tomates (6.250 kilos), todavía verdes, de la variedad lucy, contenían un potente veneno sistémico; es decir, un tóxico introducido en la raíz de la planta, que terminó por ser asimilado por el fruto. El tóxico era un organotiofosforado del grupo fenamiphos (4-[metiltio]-m-toliletilisopropilamidofosfato). Una vez en el interior del fruto se transforma en un fitometabolito de gran agresividad. Al ingresar en el cuerpo humano, el poderoso veneno —inhibidor enzimático— provoca, entre otros efectos, neuropatía periférica, con atrofias musculares y deformaciones en las extremidades superiores. Existe un alto porcentaje de posibilidades de muerte... La mortífera carga fue repartida por los

1. Por cierto, Faber, me debes 50.000 pesetas (ver factura del cambio del reloj del coche).

2. Más información en mi página web: ‹www.jjbenitez.com›. («Historias inventadas. ¿O no?»: «Operación Lamentación».)

Andreas Faber-Kaiser (izquierda) y J. J. Benítez, en los tiempos felices. (Foto: Enrique Marín.)

servicios de Inteligencia norteamericanos entre los mayoristas de frutas y verduras de Madrid que, a su vez, vendieron los tomates en los mercadillos ambulantes de la capital de España y alrededores (Alcalá de Henares, Alcorcón, Torrejón de Ardoz, Carabanchel, San Fernando, Coslada, Getafe y Hortaleza, entre otras poblaciones). Desde Madrid se difundió a diferentes regiones españolas.

Poco después, comprobados los efectos, los militares norteamericanos usaron el veneno contra las tropas soviéticas, en la guerra de Afganistán.

El ensayo de guerra química en España no fue reconocido por las autoridades.[1]

1. El avión militar que transportó la carga envenenada hasta la base aérea de Torrejón (Madrid) disponía también del correspondiente antídoto, consistente en un oponente de la acetilcolina.

El doctor Muro, que defendió la tesis de un envenenamiento por vía

Cuando Faber-Kaiser hizo público este sucio asunto[1] contrajo el sida y murió.

Siempre he considerado —y lo he dicho públicamente— que Andreas fue «anulado».

Molestaba a los militares, a los servicios de Inteligencia y a las farmacéuticas...

Pues bien, así las cosas, cuando me hallaba investigando la muerte de mi amigo, sucedió algo que me dejó perplejo.

Así consta en mi cuaderno de campo:

«Esa mañana del miércoles, 5 de julio de 2006, me dirigí a la hemeroteca, en Cádiz...

Necesitaba verificar algunos datos.

Terminada la consulta, a las 13 horas, abandoné el edificio y emprendí viaje de regreso a "Ab-bā".

Al salir del aparcamiento, en la plaza de San Antonio, me llegó un "flash". Otro...

En mi mente apareció Alexander Haig, secretario de Estado USA. Con él llegaron los tomates envenenados a Madrid. El general bajaba del avión en el que transportaron el tóxico. Haig sonreía. Era una sonrisa diabólica.

Una hora después llegaba a casa.

Nada más entrar, Blanca me mostró una fotografía, en blanco y negro, de Andreas Faber-Kaiser.

—La acabo de encontrar —explicó—. Andaba buscando

---

digestiva, fue cesado en su cargo. Posteriormente falleció de un cáncer de pulmón.

Juan José Rosón, ministro del Interior en España en esas fechas, uno de los hombres mejor informados sobre el envenenamiento masivo, también murió de cáncer de pulmón.

Higinio Olarte, colaborador del doctor Muro, falleció de cáncer de hígado. Otros dos componentes del equipo de Antonio Muro tuvieron que ser intervenidos quirúrgicamente y se les extirparon sendos cánceres.

Ernest Lluch, ministro de Sanidad a partir de 1982, que tuvo conocimiento del ensayo de guerra bacteriológica por parte de Estados Unidos, fue asesinado (supuestamente por ETA).

1. Faber-Kaiser escribió un libro titulado *Pacto de silencio*. No llegó a tener difusión, lógicamente. En él contaba la repugnante maniobra de los militares norteamericanos, entre otros oscuros asuntos.

una tarjeta para la asistencia en viajes y, de pronto, al abrir una carpeta, la vi.

—¿A qué hora?

—A la una, más o menos.

Supongo que palidecí. Y mi mujer lo notó:

—¿Ocurre algo?

Preferí no involucrarla. Y guardé silencio».

A esa hora, como dije, «vi» a Haig, descendiendo del avión militar que lo trasladó a Madrid en 1981.[1]

Foto de Faber-Kaiser, hallada por Blanca (aparentemente por casualidad).

1. Haig aterrizó en Torrejón (Madrid) en un avión Hércules KC-130 H. Era el 8 de abril de 1981. El entonces secretario de Estado USA traía la misión de renegociar el Tratado Mutuo de Amistad y Cooperación, firmado en 1976.

Nadie recordaba que la foto de Faber estuviera en ese cajón y en esa carpeta. Es más: ése no era su sitio. La foto no tenía por qué estar allí...

Naturalmente lo tomé como un guiño de mi amigo.

Sentía una gran admiración y cariño hacia Rafael Vite.

Fue un investigador (en realidad un historiador que investigaba).

Amaba Vejer de la Frontera, en Cádiz. Era su pueblo. Investigó su historia y a los hijos ilustres. Se carteó con expertos americanos y me acompañó en muchas de las pesquisas por la zona.

Era un hombre serio (por fuera) y gentil (por dentro).

Presumía de ser católico, apostólico y romano.

Llevaba a la Virgen de la Oliva en el corazón y en la cartera.

Y un buen día (13 de agosto de 2003) me visitó en «Ab-bā».

Le acompañaban Charo, su esposa, y la bella Teresa, su hija.

Me lo había preguntado alguna vez, pero volví a explicárselo:

—«Ab-bā», el nombre de mi casa, significa «Papá», en arameo. Se refiere a Dios, al Padre Azul...

Conversamos toda la tarde.

Y surgió el tema de la muerte.

Le propuse hacer el pacto.

Rafael se resistió.

No le gustaba tutear a la muerte.

Pero, siempre dispuesto a complacer, terminó aceptando.

Fue un pacto similar al que llevé a cabo con Faber-Kaiser.

Hora, día, mes y año del fallecimiento del primero que se fuera deberían sumar «8» (en el caso de Vite) y «9», si el difunto era yo.

Nos dimos la mano.

Y apunté los detalles.

Dos años más tarde (28 de noviembre de 2005) lo visité en su casa, en Vejer.

Cualquier excusa era buena para conversar y disfrutar del dulce de membrillo, especialidad de Charo.

Rafael Vite con la señorita Julia, su nieta.
(Gentileza de la familia.)

Ese día renovamos el pacto.

A la conversación asistieron Diego, hijo de Rafael Vite, la bella Teresa, Charo, Blanca y la esposa de Diego.

Y, como era previsible, se encendió la polémica.

Unos creían en el más allá y otros dudaban.

La palabra que iba y venía era «imposible».

«Imposible» regresar y avisar al que se queda...

«Imposible» seguir vivo cuando estás muerto...

«Imposible»...

Y en esas estábamos cuando Vite, mi amigo, que no había abierto la boca, se levantó y abandonó la sala.

Al poco regresó.

Traía un sobre en las manos.

Se sentó de nuevo y continuó atento a la conversación.

Todo el mundo miraba el sobre blanco...

Pero Vite no dijo nada.

Al concluir la visita, cuando nos acercábamos a la cancela

Moneda de 12 euros, regalo de Vite. (Foto: Blanca.)

de hierro de la entrada, Vite me tomó por el brazo y me separó del grupo.

Entonces, entregándome el sobre, susurró, de forma que no pudiera ser oído por el resto:

—No hagas caso... Lo imposible es lo bello.

El sobre contenía una moneda de plata de 12 euros, conmemorativa del IV Centenario de la Primera Edición de *El Quijote* (1605–2005).

Examiné el regalo.

—¿Doce euros? —exclamé—. Imposible...

Rafael Vite se limitó a sonreír con picardía.

El 12 de noviembre de 2011, mi amigo falleció.

Me avisó la bella Teresa.

Indagué la hora de la muerte.

Rafael Vite había muerto en los brazos de la hija.

Falleció a las 13 horas y 40 minutos.

Hice cálculos.

Sumé los dígitos y apareció el «8» (!).

Rafael Vite sigue vivo...

Y recordé sus hermosas palabras: «Lo imposible es lo bello».

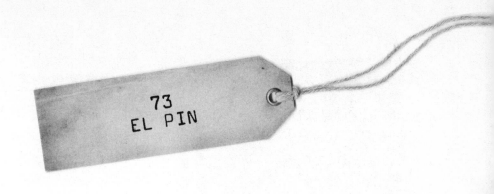

73
EL PIN

Blanca regresó a casa desconcertada.

Le dio vueltas y vueltas al asunto, pero no comprendió.

Y, de vez en cuando, me miraba, y pensaba: «¿Tendrá razón?».

Claro que la tenía...

El Padre Azul cuida de sus criaturas por igual.

Veamos.

Esa mañana del 29 de junio de 2012, mi mujer (qué mal suena lo de «mi mujer») se dirigió a la oficina de Unicaja, en Zahara de los Atunes (Cádiz).

Había recibido una tarjeta de crédito y necesitaba conocer el pin (número de identificación personal).

Me acerqué a Aurora, una de las empleadas —explicó Blanca—, y comenté lo que necesitaba... Y añadí que me gustaría tener un pin que pudiera recordar con facilidad... Y le dije cuál... Era una cifra de cuatro dígitos, todos iguales... Aurora me entregó un sobre cerrado... Contenía el pin de la nueva tarjeta... Y me dijo: «Primero hay que activar la tarjeta. Después puedes modificar el pin»... Y así se hizo... Me acompañó al cajero automático y activó la tarjeta... A continuación pidió que abriera el sobre... Lo hice y leí el pin... ¡Asombroso! ¡Era el número que deseaba!... Se lo enseñé a Aurora y quedó tan desconcertada como yo... «¡Es imposible!», aseguró... «Hay miles de números de identificación y son seleccionados por un ordenador, al azar.»

Blanca. (Foto: J. J. Benítez.)

Aurora Sánchez Pacheco, directora de Unicaja en Zahara de los Atunes (Cádiz), y testigo del «milagro» del pin. (Foto: Blanca.)

Pregunté cuántos clientes disponen del correspondiente pin.

El parque de tarjetas de pago, en circulación, es superior al millón.

Y recordé las palabras de Vite: «Lo imposible es lo bello».

Sí, el Padre Azul es así...

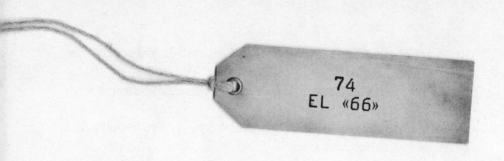

74
EL «66»

Amo el cine y, en consecuencia, amé también a Emilita.

Emilia Acereto Muñoz murió con ochenta y ocho años, pero todos la conocían como Emilita.

Decía que todo el mundo es bueno y, posiblemente, tenía razón.

Era la mujer más «viajada» de Barbate, y no porque hubiera hecho muchos kilómetros, que nunca los hizo, sino porque viajaba con la imaginación.

Emilita era taquillera del cine Avenida y del Puerto, el inolvidable cine de verano. Allí nos sentábamos con los jazmines y

Emilita, la mujer más
«viajada» de Barbate.
(Gentileza de la familia.)

486

las damas de noche y disfrutábamos de las películas y de las estrellas.

Emilita —dicen— llegó a ver más de diez mil películas. En otras palabras: dio varias veces la vuelta al mundo.

Lo sabía todo de todo el mundo.

Un día, cuando la conocí, me propuse imitarla: yo también quería ver diez mil películas.

Y voy camino de ello...

El caso es que el 21 de mayo de 2008, cuando escribía sobre Emilita, se me ocurrió hacer el pacto con ella.

Le encantaba el número «66». Lo jugaba a los «ciegos», casi a diario.

Me fui al cuaderno de pactos y señales y escribí: «Si estás viva, por favor, regálame un "66"».

No especifiqué cómo... Tampoco establecí plazo.

Y al día siguiente acudí a Correos, como era habitual.

¡Sorpresa!

Una de las cartas, certificada, contenía un regalo. Lo enviaba una lectora de Bilbao: Iris Fernández Santamaría. Se trataba de un cuaderno en blanco. Me encantan...

Pues bien, en el sobre, destacado, leí un número: «66» (!).

Era el peso del envío.

Para mi asombro, la carta había sido matasellada el 15 de ese mes de mayo: ¡seis días antes de que formulara la petición!

Lo dicho: ¿quién mueve los hilos?

Emilita cumplió el pacto. (Foto: Blanca.)

C on Juan Manuel Romero Cotelo, al que he mencionado en páginas anteriores («Los cuadros»), disfruté de la mar y de la palabra.

Nos embarcábamos en *La gitana azul* y hacíamos como que pescábamos.

Castillo, el patrón, lo sabía, pero dejaba hacer.

En realidad eran singladuras en las que trabajábamos la amistad y perfeccionábamos los silencios.

Después, a la vuelta, jugábamos a las confidencias...

Un día —según «contrato»—, Juan Manuel fue asaltado por una ataxia traidora; una enfermedad degenerativa de muy mal mirar.

Y la ataxia se lo robó todo.

Castillo y yo lo visitábamos.

Una de aquellas tardes, cuando todavía hablaba, sostuvimos una conversación que me marcó. He aquí lo que recuerdo:

—Tengo miedo —manifestó Juan Manuel—. Sé que voy a morir...

—¿Por qué tienes miedo?

Juan Manuel me miró, estupefacto.

—Aquí estoy bien, dentro de lo que cabe... En el otro lado, suponiendo que exista, no sé...

—Hay otra vida —insinué—. La verdadera...

—¿Cómo lo sabes?

—Tengo información. Mucha. Hay gente que ha vuelto y ha contado algo...

Juan Manuel sonrió con desgana. Y añadí:

—¿Qué necesidad tengo de mentir?

—Eres buena persona —susurró Juan Manuel—. La gente así miente para no hacer daño...

—No soy buena persona y tampoco miento.

—Pero ¿qué es la muerte? —intervino Castillo—. Tú lo sabes...

—Lo sé porque lo he vivido. La muerte es un dulce sueño.

—¿Sin más?

—Sin más. Te duermes y despiertas en otro lugar. Allí todo es distinto. Nadie quiere regresar...

—Pero ¿por qué tenemos que morir? Si el más allá existe podíamos pasar como quien abre una puerta...

—En realidad, eso es la muerte: abrir una puerta o tomar un ascensor.

Y añadí, sabiendo que no sería comprendido:

—La muerte es uno de los mejores inventos del Padre Azul. La muerte debería provocar alegría entre los que se quedan. La muerte es la gran liberación. Cuando mueras —y miré a los ojos de mi amigo— celebraré una fiesta...

El 3 de abril de 2009, Juan Manuel falleció.

Ese viernes, mientras escribía un breve texto, para que fuera leído en el funeral, hice el pacto con él. Y escribí:

«Si estás en los mundos MAT, como supongo, por favor, Juan Manuel, dame una señal».

Pensé y pensé, pero no daba con la señal.

Alguien, entonces, susurró desde mi interior: «Cuenta las líneas de lo escrito».

El pequeño homenaje sumaba veintinueve líneas.[1]

---

1. El texto en cuestión decía así: «¡Qué difícil tratar de dibujar el amor!

Eso fue Juan Manuel: amor químicamente puro.

Ahora dicen que se ha ido, pero no es cierto, y la prueba está en que su recuerdo se alarga en la memoria.

¡29!

Ésa sería la señal.

Y anoté en el cuaderno de pactos: «Cuando acuda a Caños de Meca, para arrojar las cenizas de mi amigo a la mar, "tropezaré" con el número "29". Alguien me lo entregará o me saldrá al paso».

Y establecí el plazo: «Hasta el regreso a "Ab-bā"».

Al día siguiente, sábado, 4 de abril, hacia las 20 horas, la familia y un reducido grupo de amigos caminamos por la playa de Trafalgar, a la búsqueda de la mar.

Carmen, la viuda, y Manolito, el hijo, marchaban delante.

La mar, respetuosa, se había retirado.

Y cientos de rocas, negras y verdes, se asomaron, curiosas.

El viento del noreste se detuvo y el cielo, limpísimo, también se quedó quieto.

Manolito cumplió con la breve y sencilla ceremonia.

Juan Manuel fue un hombre bueno, en el sentido machadiano de la palabra, hasta el punto de derramar generosidad; algo poco común.

Y todos nos apresurábamos a colocarnos a su lado, por lo que pudiera tocarnos.

Juan Manuel deslumbraba por sus pellizcos a la vida.

Era veloz con la imaginación y más rápido, aún, con la sonrisa.

Supo abrir cada instante, y vivirlo, por si llegaban otros duros, que llegaron.

Y en la maleta de la memoria —su único equipaje al más allá— sabemos que se ha llevado amor, su inevitable socarronería, y el recuerdo de un potaje de garbanzos con pulpo...

Ahora, al pasar al otro lado, Juan Manuel ha sido aplaudido por los vivos y por los muertos.

Y estoy seguro de que se le habrá quitado el miedo a la muerte.

Entre otras razones porque no ha muerto: sólo ha cambiado de oficina.

Ahora trabaja un poco más arriba...

Y allí se sentará, a ver pasar la vida, por muy eterna que sea.

Sabemos que Juan Manuel Romero era (es) tan buena persona que no cambiará de cielo hasta que lleguemos.

No se ha ido un esposo, un padre o un amigo: nos hemos ido todos con él.

Juan Manuel, por favor, no te bebas el cielo tú solo.

Fue un privilegio conocerte. Hasta luego».

Las cenizas de Juan Manuel se disolvieron en el agua...

Yo miraba a todas partes.

El «29» no se había presentado.

El hijo de Juan Manuel se hizo con la caja de cartón, en la que trasladaron las cenizas, y me la entregó, como recuerdo.

Fue entonces, al inspeccionarla, cuando lo vi.

En una pegatina leí lo siguiente: «Cementerio mancomunado. Bahía de Cádiz. D. Juan Manuel Romero Cotelo. 4 de abril de 2009».

¡2009!

Es decir: 2 y 9: ¡29!

Entendí que Juan Manuel había cumplido. Allí estaba la señal.

Al llegar a casa consulté la Kábala.

El «29» equivale a «fiesta, solemnidad y celebración».

Fue lo que prometí en aquella inolvidable conversación. La muerte es una celebración (o así debería ser).

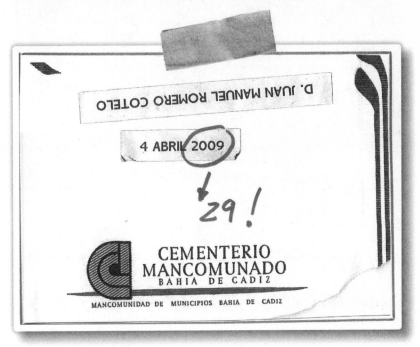

Pegatina en la que «apareció» el «29».

Esa misma noche, Castillo y yo levantamos las copas por el amigo que había regresado a la realidad. Después llegó la fiesta.

A raíz de la señal, tras meditarlo, me presenté en la notaría de Florit, en Sevilla, y le rogué que levantara acta de algunas voluntades:

A saber:

De izquierda a derecha: Castillo, J. J. Benítez y Juan Manuel. (Foto: Blanca.)

1. Que es mi deseo —cuando llegue mi última hora— ser incinerado. Las cenizas deberán ser arrojadas a la mar (si fuera posible frente a Barbate).

2. Que nadie llore.

3. Prohibido celebrar funerales o cualquier otro rito religioso. «No olvidéis que soy apóstata (gracias a Dios).»

4. En su lugar, si fuera posible, deseo que se celebre una gran fiesta.

5. Que alguien, por favor, lea, íntegramente, la carta firmada por mí y que se incorpora a la presente acta.[1]

---

1. La carta dice así:

«Queridos: Cuando procedáis a leer estas palabras estaré muerto; es decir, disfrutando de la otra vida (la verdadera).

Sólo deseo comunicaros que fue bueno vivir cerca de vosotros.

Cometí muchas equivocaciones, pero era lo pactado.

De todas formas, pido perdón por el sufrimiento que haya ocasionado. No era mi intención...

Siempre traté de hacer las cosas correctamente, aunque mi corta inteligencia no daba para más.

No es preciso que me recordéis. No lo necesito.

En todo caso, si os empeñáis, leed alguno de mis libros. Ahí está mi pensamiento y lo mejor de mí mismo.

Descubrí —tarde— que la vida está para ser vivida, y no para otras cosas.

Descubrí —tarde— que el buen Dios no es religioso y que está pendiente de todo y de todos.

Descubrí —tarde— que todos los seres humanos son superiores a mí en algún sentido y descubrí, igualmente, que, hagáis lo que hagáis, y penséis lo que penséis, estáis condenados a ser felices...

Vivid, pues, con amor... y dejaos de coñas marineras.

Alzo una copa (invisible para vosotros) y brindo por la vida y por la auténtica realidad (la que yo, ahora, disfruto).

Lehaim!

Juanjo Benítez».

presente   recoja   en   acta   las   siguientes

manifestaciones que verbalmente y a mi presencia

hace: ---

Que es su deseo cuando llegue su última hora: -

1.- Ser incinerado. Sus cenizas deberán ser

arrojadas a la mar. Si fuera posible, frente a Bar-

bate (Cádiz, España). -------------------------------

2.- No deseo que se derramen lágrimas. En rea-

lidad no me habré ido. Sigo vivo, y mas y mejor que

vosotros. --

3.- Prohíbo celebrar funerales o cualquier otro

rito religioso. No olvideis que soy apóstata, gra-

cias a Dios. ---

4.- En su lugar, si fuera posible, deseo que se

celebre una gran fiesta. ----------------------------

5.- Que alguien, por favor lea íntegramente la

carta firmada por mi y que se incorpora a la pre-

sente acta. --

Y no teniendo nada más que hacer constar, doy

por concluida la presente acta, que leo al compare-

Últimas voluntades de J. J. Benítez.

494

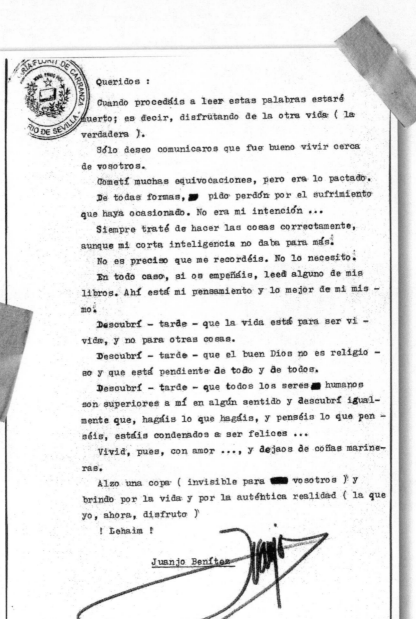

Queridos :

Cuando procedáis a leer estas palabras estaré muerto; es decir, disfrutando de la otra vida (la verdadera).

Sólo deseo comunicaros que fue bueno vivir cerca de vosotros.

Cometí muchas equivocaciones, pero era lo pactado.

De todas formas, ■ pido perdón por el sufrimiento que haya ocasionado. No era mi intención ...

Siempre traté de hacer las cosas correctamente, aunque mi corta inteligencia no daba para más.

No es preciso que me recordéis. No lo necesito.

En todo caso, si os empeñáis, leed alguno de mis libros. Ahí está mi pensamiento y lo mejor de mi mismo.

Descubrí - tarde - que la vida está para ser vivida, y no para otras cosas.

Descubrí - tarde - que el buen Dios no es religioso y que está pendiente de todo y de todos.

Descubrí - tarde - que todos los seres■ humanos son superiores a mí en algún sentido y descubrí igualmente que, hagáis lo que hagáis, y penséis lo que penséis, estáis condenados a ser felices ...

Vivid, pues, con amor ..., y dejaos de coñas marineras.

Alzo una copa (invisible para ■■ vosotros) y brindo por la vida y por la auténtica realidad (la que yo, ahora, disfruto)

¡ Lehaim !

Juanjo Benítez

Carta que deberá ser leída cuando J. J. Benítez muera o desaparezca.

495

AJ9772534

01/2011

ES COPIA DE SU ORIGINAL, y a instancia de DON JUAN JOSÉ BENÍTEZ LOPEZ, expido copia en tres folios, el presente y los dos posteriores, correlativos en orden y de la misma serie. En SEVILLA el mismo día de su otorgamiento. DOY FE. -------------

Documentación existente en la notaría de José María Florit de Carranza, en Sevilla, sobre qué hacer cuando muera J. J. Benítez.

76
LOS DIECIOCHO

sta nueva y asombrosa aventura dio comienzo el 13 de marzo de 2012.

Ese día recibí una carta, firmada por dos queridos compañeros de clase.

Decía así:

Pamplona, 10 de marzo de 2012

Estimado amigo y compañero:

Cuando hace veinticinco años nos reunimos decíamos que hacía mucho tiempo desde que habíamos dejado el colegio Santa María la Real. Han pasado otros veinticinco y de nuevo os volvemos a convocar para celebrar en Pamplona un encuentro de hermandad y amistad, en el que podremos nuevamente confraternizar, rememorar tiempos pasados, y, por qué no decirlo, recordar a aquellos compañeros que desgraciadamente ya no están entre nosotros...

La fecha de la celebración es el próximo 5 de mayo. El programa es el siguiente:

12 horas: Misa en el colegio Santa María la Real, c/ Sangüesa, Pamplona.

14 horas: comida de hermandad en el restaurante San Ignacio, avda. San Ignacio, 4, Pamplona.

A fin de poder efectuar la reserva en el restaurante, necesitamos conocer el número de asistentes, por lo que rogamos nos confirmes tu asistencia mediante un correo electrónico o una llamada telefónica.

Lorenzo Guíndano y Joaquín Ibarra.

La convocatoria me llenó de sorpresa. ¡Habían pasado cincuenta años!

Pero también llegaron las dudas...

Todos hemos cambiado.

Esa clase de reuniones me entristece...

Hablé con Joaquín Ibarra y me dio detalles.

Y en la conversación salió el tema de los compañeros desaparecidos. Habían muerto dieciocho. Era el 30 por ciento.

Quedé desolado.

El 28 de abril, a petición mía, Joaquín me proporcionó la lista de fallecidos.[1]

¡Dios santo!

Recordaba a casi todos...

Y decidí acudir a la reunión, y algo más...

Ese mismo 28 de abril hice el pacto... ¡con los dieciocho!

Era la primera vez que llevaba a cabo un pacto colectivo.

Y escribí: «Si estáis vivos, como creo, el día de la misa, y de la comida, tendré un encuentro con el número "18"».

Y aclaré:

«... Ese día viviré una experiencia especial con el "18". Da igual cómo se presente. El caso es que el "18" será protagonista...».

El pacto me pareció difícil.

Los «18» podían estar en la quinta galaxia. ¿Por qué se iban a preocupar de mí?

Pero mantuve el protocolo.

Y el 4 de mayo, viernes, víspera de la celebración, Blanca y yo tomamos el vuelo Sevilla-Bilbao. De allí nos trasladaríamos a Pamplona.

El avión despegó a las 14.10 horas.

Recuerdo que iba absorto en la lectura de unos documen-

---

1. Fallecidos: José Luis Buil Borruel, José María de Carlos Sanz, Jesús María Esparza San Martín, Ricardo Francés Herrero, Fernando García Franco, Juan Guruceaga Garciandía, Miguel Ángel Iriarte Ayúcar, Alberto López Joven, José Luis Lorente Gaztambide, Ángel Rodolfo Merino Imirizaldu, Esteban Muruzabal Marco, David Otaegui Diez de Heredia, Javier Puig Montanya, Luis Javier Silva Ortega, Francisco Javier Ugarte Lilly, Miguel Unzu Urmeneta, José Antonio Vera Urdaci y Enrique Yarnoz Elizari.

tos, proporcionados por un militar norteamericano. Era una confesión sobre lo ocurrido en julio de 1947 en las proximidades de Roswell, en Nuevo México (USA). Una nave no humana —como ya referí en el capítulo 13— fue a estrellarse en un rancho. Los militares no tardaron en cercar el lugar y capturar el aparato y a las pequeñas criaturas que lo tripulaban.

Al entrar en el avión, y acomodarme, deposité el cuaderno de campo en el bolsillo existente frente al asiento. Allí dejé también las gafas de sol y la funda de los lentes para leer.

Y seguí a lo mío, perplejo ante las revelaciones de aquellos papeles.

Al llegar a Bilbao, Leire, la hija de Blanca, nos trasladó en su coche hasta la estación de autobuses.

Yo continuaba enfrascado en los documentos de Roswell.

El bus partió de Bilbao a las 18 horas.

Llegada a Pamplona a las 20.

Nos dirigimos a la casa de mi hijo Iván, en Berriozar.

La cena y la tertulia se prolongaron hasta las tres de la madrugada.

Nos acostamos y, al día siguiente, a eso de las diez, me dispuse a entrar en la ducha.

Fue en esos instantes cuando llegó el flash.

Vi el cuaderno de campo sobre la mesa de un despacho...

¡Era mi cuaderno, el que cargaba desde la salida de «Ab-bā»!

El siguiente pensamiento me desarmó: ¿dónde estaba ese cuaderno?

Y comprendí que lo había perdido de vista.

La mente aparecía en blanco.

¿Dónde lo había dejado?

Repasé mis cosas, la maleta...

Negativo.

El cuaderno había desaparecido.

La deducción fue inmediata: tenía que haberlo olvidado en el avión. ¿O fue en el coche de Leire?

Advertí a Blanca de lo que sucedía y se puso en contacto con la hija. Mi cuaderno de campo no se hallaba en su vehículo.

¿Lo olvidé quizás en el bus?

Rechacé la idea.

Y regresó la imagen del bolsillo en el que lo deposité, junto con las gafas.

¡No podía creerlo!

Era la primera vez que olvidaba un cuaderno de campo.

Allí guardaba nombres y datos. ¡El trabajo de investigación de un año por España y América!

Como digo, me hallaba perplejo.

¿Cómo no me di cuenta mucho antes?

Era como si «alguien» lo hubiera borrado de la mente, «resucitándolo» en el momento justo.

Y, desolado, pedí a Blanca que buscara las tarjetas de embarque del vuelo Sevilla-Bilbao.

No había opción. Tenía que llamar a la compañía aérea e intentar averiguar si el cuaderno se hallaba en alguna parte.

Pensé lo peor.

El avión aterrizó en Bilbao a las 15.30. Después, probablemente, efectuó otros «saltos». Eso significaba que los servicios de limpieza lo habrían recogido. ¿O no? Pudo llevárselo alguien...

La cabeza echaba humo...

Traté de relajarme.

Volví a la ducha e intenté pensar.

No fue posible.

No logré recordar qué había sucedido con el dichoso cuaderno de campo.

Y me resigné.

«Se ha perdido —me dije—. Alguna vez tenía que ocurrir...»

Blanca no tardó en atacar la difícil empresa. Era sábado. Todo estaba cerrado. Nadie respondía a las llamadas. Y Blanca se puso en contacto con Rosa Paraíso, para que le ayudara a localizar el cuaderno.

Yo tenía que acudir a la misa, con los viejos compañeros de Santa María la Real.

Me sentí atado de pies y manos.

Fue en esos momentos, mientras apuraba un café, cuando me fijé en las tarjetas de embarque que Blanca había depositado sobre la mesa de la cocina.

¡Oh, Dios!

Casi derramé el café.

¿Estaba soñando?

En las tarjetas aparecían sendos «18» (!).

¡Nos habíamos acomodado en los asientos 18F y 18E!

No lo recordaba...

Y comprendí.

¡Era lo pactado con los dieciocho!

¡El cuaderno de campo, casi seguro, se había quedado en el asiento 18F!

El «18», en efecto, se convirtió en el protagonista del día...

En eso, justamente, consistía la señal.

Y de la perplejidad pasé a una íntima satisfacción: los dieciocho compañeros seguían vivos...

¡A paseo el cuaderno de campo!

A las 13 horas, terminada la misa, el grupo de supervivientes se reunió en las escaleras de acceso a la entrada principal del colegio. Y nos hicimos la obligada foto.

En esos momentos sonó el teléfono.

Blanca me dio la noticia: el cuaderno había aparecido. Se

Tarjetas de embarque del vuelo Sevilla-Bilbao (4 de mayo de 2012).

Tarjeta de embarque
Boarding pass

Nombre/Name
RODRIGUEZGOMEZ/BLA

De/From
SEVILLA

A/To
BILBAO
VUELING AIRLINES
Vuelo/Flight   Clase/Class   Fecha/Time
VY 2509 Y 04MAY14:10 10
MARKETING FLT IB5506
Puerta/Gate   Embarque/Boarding   Asiento/Seat Seat
05   13:40   18FE

Equipaje/Bags   Reg/BN   Etiqueta/Tag Number Nmbr
                093

vueling

LIMITER RELEASE

Blanca, al unir las tarjetas
de embarque, se llevó otra
sorpresa. Las letras de los
asientos formaban la palabra
«FE». Los minutos del
embarque: 101.

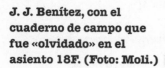

J. J. Benítez, con el
cuaderno de campo que
fue «olvidado» en el
asiento 18F. (Foto: Moli.)

hallaba en la oficina de objetos perdidos, en el aeropuerto de Bilbao.

Colegio Santa María la Real, de los Hermanos Maristas (Pamplona). Los dieciocho fallecidos cumplieron el pacto.

Pero la aventura no había terminado...

Al día siguiente, domingo, 6 de mayo (2012), lo preparamos todo para un viaje a las Bardenas Reales, a cosa de una hora, aproximadamente, de la ciudad de Pamplona.

Quería visitar el escenario de un caso ovni.

Y a las 10.30, poco antes de salir de la casa de Iván, me di cuenta: carecía, obviamente, de cuaderno de campo. Tampoco disponía del rotulador que utilizo habitualmente: un Pilot V5, de punta fina. En algún momento de aquel viaje había fallecido...

Me consolé.

Ya encontraría algo donde anotar las características del paisaje, y también algún bolígrafo.

Por cierto: me llamó la atención la coincidencia (?). El caso de Bardenas tuvo lugar en agosto de 1947; al mes del «accidente ovni» de Roswell. Como se recordará, en esos momentos andaba enredado en la lectura de los papeles proporcionados por un militar USA, testigo del suceso de Nuevo México.

Pues bien, habíamos quedado con el testigo, y un amigo común —Nacho Aldaia—, en la gasolinera de Valtierra. Desde allí marcharíamos al desierto de Bardenas.

Montamos en el coche e Iván me pidió un favor: ¿podía acompañarnos uno de sus amigos?

Ningún problema.

Y desde Berriozar nos desviamos hacia la calle Monasterio Viejo de San Pedro.

Moisés Pérez, el amigo, estaba esperando.

Nos saludamos y ocupó el asiento de atrás.

Parecía un hombre encantador.

Y lo era...

Nada más sentarse me entregó un regalo: ¡un cuaderno y un Pilot V5, de punta fina!

Sonreí para mis adentros.

El Padre Azul está en todo...

El coche se dirigió entonces hacia Errotazar y, desde allí, terminó entrando en la calle Río Arga.

Y, probablemente influenciado por el oportuno regalo de Moisés, comenté lo ocurrido el día anterior con los dieciocho compañeros fallecidos.

Iván y Moisés escucharon atentamente.

Y concluí: «Para mí están vivos...».

En ese instante (11.20 horas), el vehículo de mi hijo se situó detrás de otro automóvil.

Iván trató de adelantarlo, pero tuvo que esperar a que un tercer coche lo rebasara.

Quedé perplejo.

Y rogué a Iván que no adelantara, al tiempo que señalaba el vehículo que nos precedía.

504

Un coche fúnebre apareció ante nosotros.
(Foto: Iván Benítez.)

—¿Te has fijado?

Iván inspeccionó el automóvil que tenía delante.

Marchaba despacio. Quizá a veinte o treinta kilómetros por hora.

—¡Es el coche fúnebre en el que trasladaron los restos de tu abuelo!

No tuve duda. La matrícula —NA-1946-AY— era la que yo recordaba.

Mi padre murió el 2 de julio de 1999. Nunca más volví a ver aquel furgón.

La mencionada matrícula, como publiqué en *Al fin libre*, contiene un «mensaje»: «Desfalleció. Destinado a la altura».

Comprendí la señal.

Los dieciocho también estaban destinados a la altura...

¡Fue asombroso!

¿Por qué el coche fúnebre circulaba tan lentamente?

Obviamente, para que me fijara en él y, sobre todo, en la

FURGÓN FUNERARIO.- Día 4-VII Matrícula del furgón:
NA-1946-AY

NA-AY : NA = אָ נ por favor, os ruego
AY = ? אַ dónde, cuál, como qué.
Vuestro padre ha fallecido y esta pregunta os la hacéis
los familiares: « ¿Dónde [ha ido], por favor? »

Aquí viene la respuesta :

47 מ = 40, ה = 5, בֶ = 2
בָּמָה colina, altura, cima.

1946 (año de tu nacimiento) :
אֶתשרמו (אָ = uno-mil, ת = 400, ש = 300, ר = 200, מ = 40, ו = 6,
ו בֶ desfalleció אַמָ רֹ ד dicho, destinado.

« Desfalleció destinado a la altura.»

¿Te dije alguna vez que los números se comportan como
las partículas elementales? ¿Comprendes por qué los hebreos
dicen que las letras (números) son los ladrillos con los que está
constituido el Universo? ¿Que cuando conectas sus prejuicios
AB-BÁ te da respuestas?
¿Aún hay alguien que piensa que son «casualidades»?
Tú y yo (y otros muchos) desde luego que no lo pensamos...

Un abrazo de tu amigo :

Manu

NA-1946-AY: «Destinado a la altura».

matrícula. Y se presentó, justamente, cuando me refería a los
dieciocho...

Mensaje recibido.

El lunes, 7 de mayo, recogí el cuaderno de campo en el aeropuerto de Bilbao. Se hallaba, feliz, sobre la mesa del empleado. Eso fue lo que vi en el flash.

Y me pregunto: ¿qué cúmulo de circunstancias tuvo que darse para que me sentara en el asiento 18, para que olvidara el cuaderno de campo en el avión, para que las tarjetas de embarque formaran la palabra «fe» y «101» y para que, en la mañana del domingo, apareciera ante mí el furgón que trasladó los restos mortales de mi padre?

Prefiero no indagar más...

 on Julio Forniés Aznar fue el padre de mi primera esposa.

Era abogado.

Nos llevábamos estupendamente.

Compartíamos inquietudes filosóficas y, sobre todo, un amor desmesurado por los libros. Él tenía cientos y permitió que los leyera, uno tras otro. Después, tras su muerte, heredé la biblioteca. Sus libros me acompañan y me socorren.

Don Julio.
(Foto: J. J. Benítez.)

508

El buen hombre falleció el 16 de marzo de 1984, en Zaragoza.

A raíz de su muerte, Felisa, la viuda, se vino a vivir con nosotros a Lejona, en el País Vasco.

Estaba enferma.

Fueron meses de sufrimiento para todos...

Y un buen día, por la mañana, cuando me encontraba hablando por teléfono en mi domicilio, de pronto, lo vi...

¡Era don Julio!

Habían pasado cinco meses desde su fallecimiento.

Me quedé sin habla.

Se hallaba al fondo del pasillo, a cosa de seis metros.

Vestía como siempre, de forma impecable: chaleco, traje y corbata roja.

No vi el habitual cigarrillo (Celtas sin emboquillar) colgado en los labios.

Sentí un escalofrío.

¡Dios mío, don Julio estaba muerto!

¿Qué hacía allí?

Caminó un par de pasos y me miró.

Habló, pero no oí palabras. Lo que dijo sonó en mi cabeza, nítidamente:

—20 de junio...

Y dejé de verlo. Desapareció.

Aquello pudo durar treinta o cuarenta segundos.

No sé qué hice a continuación.

Me hallaba como en una nube.

Después anoté la «visión» e intenté averiguar a qué se refería.

¿20 de junio?

¿Qué quiso decir?

No logré hilar una solución...

Y llegué a pensar que todo fue consecuencia de algún trastorno mental pasajero.

Pero yo me encontraba perfectamente...

¿20 de junio?

Olvidé el asunto, claro está.

Cinco años después, Felisa, la viuda de don Julio, falleció.

Murió el 20 de junio de 1989.

En Kábala, «206» (20 del 6) tiene el mismo valor numérico que «muerte», «digno del más allá» y «adivinación».

Comprendí.

Don Julio me advirtió: el sufrimiento terminaría el 20 de junio. Y así fue.

¡OJO CON LO QUE SE DESEA!

 orría el año 1979.

Me hallaba en Estocolmo.

Esa noche tuve un extraño sueño...

Vi niebla.

Me encontraba en un lugar sin suelo y sin paredes. No logré identificarlo.

La niebla fue abriéndose y apareció un ataúd.

Yo sabía que estaba vacío...

¿Es mi ataúd?

Pero yo estoy vivo. Esto es absurdo...

Veo también un avión.

El ataúd viaja en ese avión.

Entonces se presentó un número. Era enorme.

20.004.

Los dígitos bailan y leo «2004».

Ahí terminó el sueño.

Al regresar a España decidí abonarme al 20.004. Y jugué a la lotería cada semana.

No tocó nunca...

Y pasaron los años.

En 1990 empezó a rondarme un deseo; un bello y, aparentemente, imposible deseo: quería trasladarme a vivir a Barbate, el pueblo de mi padre.

En Barbate me presentaron a la mar...

En Barbate me enamoré por primera vez...

En Barbate deseaba morir...

Y digo que se trataba de un sueño imposible porque, como era habitual en mí, en esas fechas tenía de todo menos dinero.

Pero el bello sueño siguió acariciándome.

Y llegó el mes de diciembre de ese año (1990).

Y se produjo el «milagro».

Como cada sorteo de Navidad, yo había comprado varios décimos del 20.004.

Blanca protestaba, con razón. Era mucho dinero.

Y ese día, poco antes del 22 (fecha del sorteo), tuve que acudir a Bilbao para llevar a cabo algunas gestiones.

Al terminar, hacia las 13 horas, monté en el coche con el ánimo de regresar a casa, a Sopelana.

Pero sucedió algo que no he logrado explicar racionalmente (ni falta que hace).

En lugar de tomar la carretera habitual me vi circulando por el centro de la villa.

Era como si «alguien» condujera el vehículo.

Tenía la mente en blanco.

Y dejé hacer.

Aparqué en la calle Colón de Larreátegui, en doble fila, y descendí del coche, encaminándome a la administración de lotería número 25: los 400 Millones.

Los empleados me conocían. Allí compraba, habitualmente, el 20.004.

Y, como un autómata, solicité una serie completa, pero de otro número.

Le dije a la señorita (se llamaba Remedios) que eligiera ella el número y que no me lo mostrara. Lo dobló y me lo entregó. Tuve que pagar con un talón.

Regresé al coche y guardé los décimos en la guantera.

Y pensé, mientras rodaba hacia casa: «¿Qué estoy haciendo? Blanca me matará...».

No dije nada, por supuesto, y ahí quedó el asunto.

Pasó el sorteo del Gordo y, naturalmente, el 20.004 no tocó.

Pero teníamos salud...

Dos días después (24 de diciembre), decidimos viajar al sur de Francia.

Fue un viaje rápido. Por la tarde estaríamos de vuelta.

Y a las 09.45, en la gasolinera de Algorta, cuando repostaba, recordé los décimos que dormían en la guantera del coche.

Se los entregué a Blanca y tuve que aguantar una buena bronca.

Por la tarde, hacia las 17 horas, de regreso a Sopelana, mi mujer desplegó la lista oficial de la lotería y consultó el número.

Mi padre y Blanca, con los décimos premiados.
(Foto: J. J. Benítez.)

Yo me encerré en el despacho, a lo mío.

Entonces oí un grito.

Pensé que Blanca había sufrido un accidente.

Al llegar a la cocina la encontré temblando y sin color. Balbuceaba, pero no lograba entender.

Blanca señalaba la hoja del periódico.

Después empezó a llorar y a reír, a partes iguales.

Me hice con los décimos y comprobé que había tocado.

Fue un maravilloso regalo del Padre Azul...

Tapamos trampas, repartimos, y pude hacer realidad el querido y, como dije, aparentemente imposible sueño. Y nos trasladamos a vivir a Barbate.

Insisto: ¡Ojo con lo que se desea! Siempre se cumple (aquí o en el país de Nunca Jamás).

Y, hablando de sueños, he aquí algunos de los que he tenido a lo largo de la vida, y que se han cumplido:

• Deseaba dedicarme por entero a la investigación y el 1 de mayo de 1980 fui llamado por José Manuel Lara, propietario de la Editorial Planeta. Y en ello sigo.

• Deseé escribir la vida de Jesús de Nazaret y surgió una información que dio lugar a los *Caballos de Troya*. Pura magia.

• Deseaba averiguar cómo era el Maestro y lo tuve ante mí, a 600 kilómetros de altura, cuando «viajé» con la ayahuasca.

• Deseaba alcanzar las estrellas y, de pronto, me regalaron una.[1]

• Deseaba ver un ovni..., y aparecieron.

---

1. El 21 de agosto de 1998 (Navidad), Estrella Sánchez, de Madrid, tuvo la gentileza de regalarme una estrella. Está en la constelación de Virgo. Se llama «Juan José Benítez». Fue registrada en la Biblioteca del Congreso de Estados Unidos y en la Guía Astronómica de Lugares del Cosmos.

Madrid, 7 Septiembre 1998

Estimado Sr. Benítez

Si álguien merece tener
una estrella propia, sin duda,
es usted

Ruego acepte este regalo
en agradecimiento a sus desvelos
en intentar descubrir a esos
seres que, ¿quién sabe?, quizás
vengan de su estrella..

Atentamente,

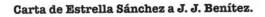

Carta de Estrella Sánchez a J. J. Benítez.

• Deseaba saber cómo es la muerte y el buen Dios permitió que me asomara y que la viera.

• Deseaba escribir un libro más que Julio Verne y casi lo he conseguido.

• Deseaba conocer el futuro y me presentaron al número pi.

• Deseaba pintar y me dieron una máquina de escribir, para que pintara con las palabras.

• Deseaba viajar y he dado más de cien veces la vuelta al mundo.

• Deseo la soledad y el silencio y casi lo he logrado...

79
MONCHI RATO

Conocí a Monchi Rato en los años setenta.

Viajé con él a USA, Perú, México, Argentina, Japón, África e Indonesia, siempre cubriendo los viajes reales, periodísticamente hablando.

Fue periodista y empresario.

Fue discreto, observador y especialmente trabajador.

Me asombraba su forma de ayudar a la gente. Su mano derecha nunca supo lo que hacía la izquierda.

Me decía: «Que tu trabajo haga crecer a los demás».

Tenía por costumbre enviarle cada nuevo libro.

En enero de 2012, el *Caballo de Troya 9* me fue devuelto.

Me extrañó.

Y tuve un presentimiento.

La dedicatoria del *Caballo 9* decía: «Para Ichu y Monchi. Feliz 2012, lleno de sueños cumplidos. No importan el tiempo y la distancia. Os queremos. (Abrazos)²».

El 15 de enero (2012) recibí la noticia de su fallecimiento, en Madrid.

Ese mismo día me refugié en el cuaderno de pactos y señales y escribí: «Querido Monchi: si estás vivo, como creo, por favor, dame una señal».

Al principio lo dejé a su criterio, pero, al poco, rectifiqué.

El 19 de ese mes, jueves, yo tenía concertada una reunión con dos editoras de Planeta: Marcela Serras y Maria Guitart.

Y pensé: «Ese día recibiré una gran noticia. Esa será la señal de Monchi». Así lo escribí.

Monchi Rato entre J. J. Benítez y la que fue Reina de España, Doña Sofía, contemplando una piedra grabada de Ica (Perú), regalo de J. J. Benítez al Palacio de la Zarzuela. (Arrodillados, a la derecha, unos jovencísimos Iñaki Gabilondo y Ana Zunzarren.) (Foto: Gianni Ferrari.)

El 19, como estaba previsto, almorcé con *las Vikingas*, en Sevilla.

Marcela y Maria traían una excelente noticia.

Con motivo del treinta aniversario del *Caballo de Troya* (a celebrar en marzo de 2014), la editorial había programado un masivo lanzamiento del *Caballo 1* en todo el mundo y a un precio muy asequible: 1,9 euros.

Era uno de mis sueños incumplidos: que los *Caballos* pudieran llegar al último rincón del planeta y casi regalados.

Me di por satisfecho.

Monchi Rato había cumplido.

En 2014, los *Caballos* superaron los siete millones de ejemplares vendidos. Eso representa un total, aproximado, de veintiocho millones de lectores.

80
BACAICOA

L o pensé en 1968, cuando Miguel París me contó, por primera vez, su asombrosa experiencia en el frente ruso de Novgorod, en 1942.[1] El 18 de enero de ese año, Miguel fue salvado de una muerte segura, gracias a la oportuna intervención de un compañero de la División Azul: Francisco Bacaicoa de Marcos... ¡muerto por un mortero el 10 de noviembre de 1941! Es decir, 68 días antes del referido 18 de enero de 1942.

La historia, fascinante, me obligaba a localizar a los parientes de Bacaicoa y a reunir un máximo de información sobre el muerto que salvó al vivo (!).

Sabía, por Miguel París, que Bacaicoa era nacido en Fuenmayor, un pueblo de La Rioja (España).

Allí debía acudir...

Pero lo fui dejando.

«Mañana, sin falta», me decía.

Y pasaron treinta y cinco años.

Muy típico en mí...

Pero no olvidé la investigación.

Y en agosto de 2003 me puse en marcha...

Y leo en el cuaderno de campo de esa época:

«Lunes, 25 de agosto (2003).

Llamo a un tal Francisco Bacaicoa, de Fuenmayor. No contesta. Insisto a las 20.30. No responde.

---

1. Amplia información en *Estoy bien* (2014).

Francisco Bacaicoa
de Marcos.
(Gentileza de la
familia.)

26 de agosto.

A las 09.30 horas nueva llamada a Fuenmayor. Se pone una señora. Dice que su marido, Francisco Bacaicoa, falleció hace años. Podría ser alguien de la familia. La mujer dice que tiene una cuñada —Pilar— a la que debería preguntar. Vive en Zaragoza.

28 de agosto, jueves.

A las 15.30 inicio otra tanda de llamadas telefónicas para intentar localizar a los Bacaicoa.

Consulto a Telefónica.

No hay forma de conseguir información si no dispongo del segundo apellido o de la calle...

Hay varios Bacaicoa en Zaragoza.

Solicito un nombre, al azar.

La señorita, amable, me proporciona uno: Consuelo Bacaicoa.

Hablo con ella.

Dice no conocer la historia.

Me remite a Fuenmayor.

Asegura que hace algún tiempo la ingresaron en la Casa Grande[1] y allí conoció a gente de Fuenmayor. Podrían ser familia. Unos primos de aquéllos tienen, o tenían, un bar en Bilbao.

29 de agosto, viernes.

Viaje a Fuenmayor. Llegada a las 11.15.

Me hago con una guía de teléfonos y localizo nueve Bacaicoa.

Anoto los nombres, teléfonos y direcciones.

Decido iniciar las pesquisas por el Ayuntamiento. Quizá sepan...

Nadie conoce la historia de Rusia. Es lógico. En el Ayuntamiento son jóvenes.

En la fachada veo un bar. Se trata del hogar del pensionista.

Tomo un café. Pregunto a la señora que atiende el bar. Señala un rincón y dice que uno de los parroquianos es un Bacaicoa.

Resulta ser el segundo de la lista: Félix Bacaicoa Barrasa.

No recuerda a Bacaicoa de Marcos, pero me proporciona algunas pistas. Habla de Manuel Bacaicoa Medel, de ochenta y pico años. Puede que sepa. Vive en la calle Frontón.

Regreso al Ayuntamiento. Sacan libros. Uno de los funcionarios habla de un tal Agustín Martínez, ya fallecido. Estuvo en la División Azul. La hija —Petra, casada con Isidro Salaberri Tejero— podría darme información.

La búsqueda se oscurece... ¡Han pasado sesenta años!

Al abandonar el Ayuntamiento opto por "dejarme guiar".

"Ellos" saben...

Pienso en el Bacaicoa de la calle Frontón. Hay que buscar la casa...

A los pocos metros, todavía frente a la fachada del Ayuntamiento, "algo" o "alguien" (?) me obliga a detenerme y a preguntar.

Por la calle caminan dos parejas de ancianos.

1. Hospital de Zaragoza.

Pregunto por Manuel Bacaicoa Medel.

¡Increíble!

Uno de los abuelos es el que busco. Salían en esos momentos de paseo. Un minuto más tarde no lo habría localizado.

Bacaicoa Medel, de ochenta y siete años, recuerda a Bacaicoa Marcos. Lo conoció. Lo llamaban *Polainas*. Confirma que murió en Rusia y habla de Pedro Álvarez Bacaicoa, alias *el Alemán*, un pariente. Me dice cómo encontrarlo.

A las doce y media, en un bar próximo, encuentro a Pedro.

Recuerda a Bacaicoa y amplía mi información.

Me acompaña hasta el domicilio de otro Bacaicoa, Gerardo Hernaiz Bacaicoa, en la calle Siglo Veinte.

La esposa, Francisca Gómez, me toma por un cobrador de impuestos.

Gerardo y Francisco Bacaicoa de Marcos eran primos. Eso creo...

Me facilitan nueva información. El Bacaicoa que salvó a Miguel París trabajó en la Guardia Imperial, en Zaragoza. Era de los servicios de Información. Vivía en la pensión Colón.

Gerardo me pone en contacto con su hermano Carlos. Vive en Santurce, en Vizcaya. También conoció a Bacaicoa.

Lamentablemente, nadie dispone de una sola fotografía.

Me hablan de una sobrina —Angelines Castillo Bacaicoa—, residente en Logroño.

Francisca Gómez, esposa de Gerardo, habla con ella. Promete buscar una foto, si es que existe.

Francisca apunta otra pista: Lucía, la única hermana viva de Bacaicoa de Marcos. Vive en Buenos Aires. Puede tener noventa y nueve años. Mal asunto...

A las 13 horas vuelvo al Ayuntamiento.

Nieves, una de las funcionarias, me entrega algunos datos.

Francisco Bacaicoa de Marcos nació el 4 de octubre de 1909, en Fuenmayor. Tenía treinta y dos años cuando murió.

Regreso a Bilbao por la tarde. He peinado medio pueblo.

30 de agosto, sábado.

Fuenmayor, en La Rioja (España). (Foto: J. J. Benítez.)

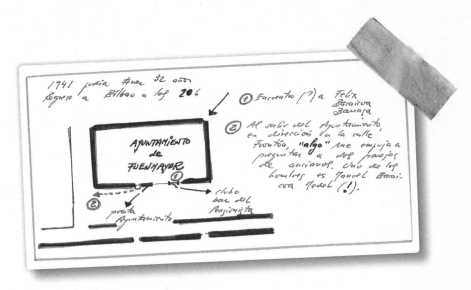

Cuaderno de campo de J. J. Benítez.

Entrevista con Carlos Hernaiz Bacaicoa, primo del Bacaicoa que murió en Rusia.

Confirma lo que ya sé y dice no disponer de fotografías...».

En ocasiones, como en el caso de Bacaicoa, las señales llegan de forma sutil, y en plena calle...[1]

1. Sería Fernando Sierra, esposo de mi hija Lara, quien encontraría finalmente la única fotografía conocida de Francisco Bacaicoa de Marcos. Fue el 24 de septiembre de 2012 en el Archivo Histórico Militar de Ávila (España).

81
EN LOS CIELOS TAMBIÉN HAY MALA UVA

Nunca lo entendí, pero así ocurrió...

En ocasiones, las señales resultan de difícil comprensión.

Éste fue el caso vivido por Remedios López Simón, mi supuesta madre, y por Francisca Simón Hernández, mi abuela materna.

La Siciliana lo contó mil veces.

He aquí una síntesis de la experiencia:

Pudo suceder en 1929, aunque no es seguro...

Mi supuesta madre tenía entonces cuatro o cinco años.

Vivían en la calle Nueva, en la población malagueña de Estepona (España).

La Siciliana se encontraba en la escalera exterior de la casa, jugando.

Y vio una luz blanca que salía del piso superior de la vivienda.

Subió y, al entrar en la habitación, asistió a una escena que nunca olvidó: la madre, Francisca, hablaba con un ser alto y luminoso.

El ser le decía que Juan López Rodríguez, padre de la Siciliana, se estaba ahogando.

Y el ser de luz desapareció.

Mi supuesta madre y mi abuela cayeron al piso, desmayadas.

Cuando se recuperaron, los vecinos dieron la noticia: el barco pesquero en el que faenaba mi abuelo Juan se había hundido.

Juan López Rodríguez, mi abuelo.

Fueron momentos de angustia.

Finalmente, la familia pudo abrazar a Juan López Rodríguez. Mi abuelo se salvó.

Para la gente de Estepona, el ser de luz que anunció la tragedia fue la Virgen del Carmen. Y la casa fue una romería...

Lo dicho: hay señales con muy mala leche.

82
«ESTOY BIEN»

E sa mañana del 1 de junio de 2013, Blanca y yo nos encontrábamos a punto de subir al tren que nos trasladaría desde Madrid a la localidad de Pinto.

Había quedado con José Manuel Rodríguez. Sabía de un caso ovni, protagonizado por un militar.

Y a las diez sonó el móvil de Blanca.

Era José Manuel.

El testigo se había puesto súbitamente enfermo.

Investigación aplazada.

Y nos dirigimos al hospital en el que se hallaba mi hija Lara. Dos días antes había dado a luz a Eric y a Alex, mellizos.

A los pocos minutos de nuestra llegada se presentó en la habitación Pilar Entrena, enfermera y amiga de Lara.

Al saber que preparaba un libro sobre pactos y señales me contó su experiencia:

—Mi padre se llamaba Pedro. Tenía ochenta y siete años cuando murió... Falleció en Gandía... Él y yo habíamos hecho el pacto... El primero que muriera, si hay algo al otro lado, debería avisar al superviviente... Le pedí que no me asustara... Y en 2012, dos años después de su muerte, tuve un sueño muy real... Mi padre apareció en el sueño y me dijo: «Estoy bien».

—¿Qué aspecto presentaba tu padre?

—Sólo vi la cabeza, muy cerca, a cosa de cuarenta o cincuenta centímetros.

Pedro Entrena, fallecido el 8 de diciembre de 2010. Se presentó a su hija, en sueños, dos años después. (Gentileza de la familia.)

—¿Dijo algo más?

—Sí, pero no lo recuerdo.

—¿En qué lugar se hallaba?

—Tampoco sé definirlo. Parecía un sitio abierto, pero todo estaba lleno de una luz amarilla. De la cara también salía luz. Era traslúcido. Me recordó la película *Ghost*. Sonreía todo el tiempo, feliz.

—¿Usaba gafas?

—En vida sí; en el sueño, no.

—¿Te molestaba la luz?

—No, al contrario.

—¿Y qué sucedió?

—Le pregunté por Píter, mi marido, también fallecido. Él, entonces, dijo: «Mira, ahí viene». Giré la cabeza en el sueño y contemplé una especie de camino. Al fondo, a cosa de ochenta metros, lo vi. Caminaba con otro amigo, también muerto. Ahí terminó el sueño.

—¿Tuviste la sensación de que seguían vivos?

—Más vivos que en vida...

Y digo yo: ¿fue casualidad que el militar, amigo de José Manuel Rodríguez, se pusiera enfermo en esos momentos?

¿Fue cosa del azar que Pilar llegara al hospital esa mañana?

Obviamente no...

Pilar. (Foto: Blanca.)

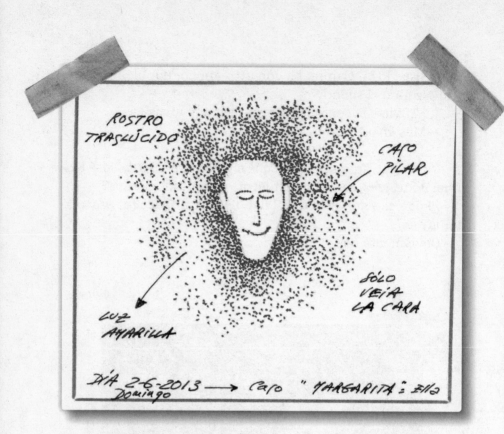

Cuaderno de campo de J. J. Benítez.

María José Reyes Varo no era especialmente religiosa, pero a raíz de aquel sueño... ¿O no fue un sueño? Conversé con ella en varias oportunidades.
He aquí una síntesis:

En nuestra vida todo iba bien... No faltaba trabajo, ni amor, ni dinero, ni salud... Mis padres eran mayores y estaban enfermos, pero entendía que eso formaba parte de la normalidad; ley de vida...
A finales de 2004, mi hija Lucía empezó a tener problemas de acoso en el instituto... Le costaba integrarse... Y surgieron los ataques de ansiedad y las taquicardias... Durante meses mi vida transcurrió entre el trabajo, la casa, el cuidado de mis padres y el instituto... Cada día me llamaban con un problema nuevo... La orientadora y la psicóloga ayudaban, pero Lucía tenía catorce años y no mejoraba... La vida se convirtió en un infierno... No sabía qué hacer... Le diagnosticaron psicosis inespecífica... Se tranquilizó con la medicación pero la situación no mejoraba... Y en eso —marzo de 2005— me descubrieron un cáncer de mama... No hace falta explicar lo que va unido al diagnóstico... El sufrimiento fue extremo, así como la soledad... Ese mismo año, en julio, falleció mi madre... En diciembre, la niña empezó a girar el tronco, hasta el punto que la deformidad no le permitía caminar... No podía sentarse... Temblaba... No podía comer, ni asearse... En un plazo de cuatro meses perdió

veinte kilos... Estaba totalmente desorientada, inválida y delgadísima...

Y el peregrinaje por neurólogos, psiquiatras y traumatólogos se convirtió en el pan nuestro de cada día.

El diagnóstico no estaba claro.

Le hicieron pruebas y más pruebas.

Por fin dieron con la enfermedad: se trataba de una distonia muscular... Una enfermedad rara que, al parecer, padecen en España entre cuarenta mil y cincuenta mil personas...

Los médicos apuntaron una solución: colocar unos electrodos en ambos globos pálidos, en el cerebro... Eso podría estimularla... Pero eso exigía una operación, y muy delicada...

Estábamos desesperados...

Me habían hablado de una monja, muy milagrosa: santa Ángela de la Cruz... Soy creyente, pero nunca he sido «santera»... Y sentí la necesidad de ir... En una de las visitas al hospital de Sevilla nos acercamos al convento de las Hermanas de la Cruz... Allí están los restos de la monja, en una urna, debajo del altar...[1] Me acerqué y me llamó la atención el cuerpecito, menudo, como si fuera una muñeca... Parecía que no estaba muerta... Había un buzón donde se depositaban los deseos... Una hermana me entregó tres trozos de papel... Tenía que escribir mis deseos... En los tres escribí lo mismo: «Lucía, Lucía y Lucía»... Hice un donativo y me dieron un frasco con aceite... Según la monja era con el que se había ungido a la santa... También me dieron un escapulario y una estampa.

Desde aquella visita, algo cambió en mí.

La esperanza empezó a brillar...

Habían sido cinco años de sufrimiento.

Cada noche, cuando mi niña dormía, le hacía una cruz

---

1. María de los Ángeles Guerrero González (Ángela de la Cruz) fue la religiosa fundadora de la Congregación de las Hermanas de la Compañía de la Cruz. Murió el 2 de marzo de 1932, a los ochenta y seis años, en Sevilla. Fue canonizada por Juan Pablo II el 2 de mayo de 2003. Dedicó su vida a los pobres y a los enfermos.

con el aceite en las partes que más le dolían... Le pasaba también la estampa por el cuerpo y rezaba hasta que me quedaba dormida... Lucía contaba que notaba mejoría... Ni ella ni mi marido sabían de aquel secreto ritual...

Y a principios de 2009 nos llamaron del hospital... Nos dijeron que habían elegido a Lucía como candidata para la operación... Teníamos que pensarlo muy bien... La intervención era difícil...

María José Reyes y Lucía, su hija.
(Gentileza de la familia.)

No sabíamos qué hacer.

La decisión era compleja.

Las dudas no nos dejaban vivir, pero teníamos que contestar...

Entonces solicité una señal... Y le dije a sor Ángela: «Por favor, dime algo... Visítame en sueños... ¿Qué debo hacer?».

Y una mañana, mientras mi marido se preparaba para irse a trabajar, yo me incorporé en la cama, coloqué dos almohadas, y esperé a que se fuera... No recuerdo si estaba despierta o dormida... El caso es que vi a la santa junto a la cama... Tenía una foto de Lucía en las manos y la acariciaba... Después desapareció...

Sentí que todo iba a salir bien y que ella intercedería a favor de la niña...

Ese mismo día llamamos a los médicos y dijimos que sí a la operación.

El 25 de marzo de 2009 fue operada en Sevilla... Permaneció doce horas en el quirófano... Todo salió bien... Entró en silla de ruedas y salió por su propio pie... Seguimos luchando, porque la enfermedad es crónica, pero camina, come, se asea y su calidad de vida ha mejorado muchísimo... Y la nuestra también.

En una de las conversaciones con María José Reyes Varo traté de profundizar en la visión, propiamente dicha.

—¿Estás segura de que la monja era Ángela de la Cruz?

—Sí, era la que yo había visto en fotos. Era una persona mayor.

—¿Qué edad representaba?

—Unos sesenta años...

—¿Cómo vestía?

—Hábito marrón y cuello blanco.

—¿Presentaba alguna verruga en la cara?

María José trató de recordar.

—No, yo no vi nada de eso.

—¿Consideras que fue un sueño?

—Tampoco lo sé con certeza. Sé que recibí una impresión muy vívida, muy clara...

—¿En qué lugar apareció la monja?

—Al otro lado de la cama, en el derecho. Permanecía de pie. Primero me hizo un gesto, para que me tranquilizara.

—¿Cómo fue este gesto?

—Alzó las manos y pidió calma.

—¿Y después?

—Vi a la sor con la foto de la niña entre las manos. Me la mostró y la acarició.

—¿Cómo la acarició?

—Lo hizo con la derecha.

—¿Qué más?

—Ahí terminó el sueño, o lo que fuera. Entonces se acercó mi marido y me dio un beso. Yo tenía el corazón muy acelerado. Desperté (?) sobresaltada. E interpreté que se trataba de la señal que había solicitado. No había problema para la operación de Lucía. Y así fue.

Ángela de la Cruz.

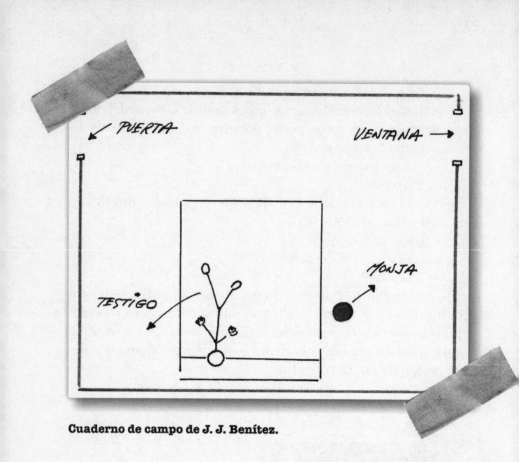

Cuaderno de campo de J. J. Benítez.

84
DOBLE COMO
VARA DE NARDO

 me dispongo a entrar en un capítulo tan fascinante como delicado: las señales y los invidentes.

Conocí a Dolores H. de Paco en octubre de 2012.

Tuvo una singular experiencia con su abuelo, Antonio Heredia Heredia.

—Mi abuelo estaba ciego —contó Dolores—. Se quedó sin vista en la explosión de una caldera, en un barco, en Melilla... Hacía morse con los buzos... Tenía los ojos en blanco... Eso le sucedió a los treinta y tres años... Yo le leía los libros... Y fue en una de esas ocasiones, mientras leía, cuando hicimos el pacto... Si marchaba antes que yo (prometió), y si podía, regresaría y me diría cómo se encontraba... El 16 de marzo de 1989 se puso muy malo... Era asmático... Lo llevamos a Urgencias y allí pasó algo extraño... De repente dijo que veía una luz muy potente, en la pared... Nadie vio nada... Pero él insistió... Entonces aseguró que estaba viendo a Manolo, un hijo muerto... Eso fue por la tarde... Los médicos nos aconsejaron que lo trasladáramos a casa... Estaba muy grave... Y así lo hicimos... Al día siguiente, 17, toda la familia se hallaba en la casa... Yo me quedé a solas con él, en la habitación... El abuelo tenía puesto el oxígeno... Le cogí las manos y le dije: «No luches más. Manolo te espera»... Y murió en uno o dos minutos... Apagué el oxígeno, le di un beso y le deseé buen viaje... Podrían ser las cuatro o las cinco de la tarde... Di la noticia y lo vestimos... Después llegó la funeraria... Y a eso de

Antonio Heredia Heredia, ciego. (Gentileza de la familia.)

las cuatro de la madrugada sucedió algo raro... Sentí frío en la casa... Fue en el comedor... El cadáver se hallaba en uno de los cuartos... Era un frío intenso... Me fui hacia el cadáver... Tenía una increíble sonrisa... El frío duró segundos... Mi padre sintió una mano en su hombro, al tiempo que experimentaba el frío... El frío lo sentimos todos... Estábamos dieciséis o diecisiete personas en la casa...

Dos meses después del fallecimiento —en junio de 1989—, Dolores vio a su abuelo:

—Me encontraba en la casa de Uchi, un familiar. Y, de pronto, me vino un perfume dulce y muy intenso, casi mareante.

—¿Qué clase de aroma?

—Olía a nardo. La abuela también empezó a olerlo. Y exclamé: «¡El abuelo está aquí!»... Entonces lo vi...

—¿Dónde?

—En el salón.

—¿Qué aspecto presentaba?

—Muy joven. El abuelo falleció con ochenta y tres años.

—¿Podrías precisar la edad?

—Alrededor de cuarenta y cinco años, con el pelo negro y hacia atrás. Y lo más desconcertante: no tenía los ojos en blanco. ¡Los tenía normales! Eran marrones.

—¿Quieres decir que veía?

—Sí.

—¿Cómo vestía?

—Con una túnica de color blanco, ajustada. Y pregunté: «Abuelo, ¿eres tú?». Él respondió: «Doble, doble como la vara de nardo, ¿recuerdas?». Mi abuelo gastaba esta broma cuando hablaba de sus apellidos. Era Heredia y Heredia. Le dije que sí, que lo recordaba, y pregunté:

»—¿Cómo estás? ¿Qué te duele? ¿Has visto a tu hijo Manolo? ¿Estás con él?

»—Te prometí que vendría, si podía, y aquí estoy. Estoy bien. Ya no me duele nada y sí, mis ojos, antes ciegos, pueden ver otra vez... No estoy con Manolo. Él está en otro sitio, pero sí que lo vi...Él vino a esperarme... Lo vi pero ya no estoy con él. Manolo está bien y en otro sitio... Ya lo volveré a ver... Está en otro nivel... Estad tranquilos... Estoy bien... No tengáis pena... Ya no hay dolor... Me tengo que ir... ¡Debo irme!... Os quiero. Adiós... Tanto amor... ¡Aquí hay tanto amor!

»Y desapareció.

—¿Le viste los pies?

—No.

—¿Qué fue lo que más te llamó la atención?

—La felicidad que irradiaba y el hecho de que pudiera ver.

Dolores y su abuelo. (Gentileza de la familia.)

a primera noticia sobre el sorprendente suceso registrado en Los Naveros, en Cádiz (España), me la proporcionó el incansable investigador e historiador Rafael Vite.
Corría el mes de abril de 1991.
El informe decía así:

Suceso extraordinario ocurrido en la población gaditana de Vejer de la Frontera.

Allá por el año 1957 vivía en el poblado de Naveros, del término municipal de Vejer de la Frontera (Cádiz), el matrimonio formado por Juan Camacho Daza y Dolores Alba Rodríguez. Ambos eran ancianos y Dolores padecía ceguera total después de sufrir una grave enfermedad en la vista.

Atendía a los ancianos una sobrina de Dolores llamada Juana López Alba.

El 13 de diciembre de dicho año fallece Juan Camacho por el que su mujer sentía verdadera adoración. Ésta, en aquellos tristes momentos, no tenía consuelo, y su estado de agitación era tal que parecía haber perdido la razón.

Según explica la sobrina, su tía se hincó varias veces de rodillas pidiendo a la santa del día, precisamente santa Lucía, patrona de los invidentes, que le devolviera aunque sólo fuera un poco de vista para poder ver por última vez a su querido esposo.

Pues bien, el milagro, o lo que fuera, se produjo.

Después de algunas horas de intensa agitación y nerviosismo, la anciana comenzó a dar gritos, diciendo que ya veía, lo que produjo verdadera estupefacción en todas las personas que en aquellos momentos se encontraban en la vivienda velando el cadáver. Éstos le preguntaban a la anciana viuda, especialmente las mujeres, cómo eran sus vestidos, qué dibujos tenían, etc., etc., y Dolores, sin dudarlo, contestaba con exactitud.

En los dos o tres días siguientes a este insólito suceso, la sobrina, Juana López, teniendo que hacerse un arreglo en su abrigo, se lo dio a su tía para que lo descosiera en parte, lo que hizo más que nada para ver cómo se las componía la anciana para realizar dicha tarea.

El resultado fue que la faena quedó perfecta.

A la semana siguiente, y de forma gradual, Dolores Alba volvió a perder totalmente la visión, que ya no recuperó, falleciendo el año de 1965.

Un dato importante a consignar es que cuando se produjo este hecho extraordinario, la anciana llevaba catorce años sin vista.

El oftalmólogo que la había tratado, D. Pedro Vélez, de San Fernando (Cádiz), siempre manifestó que la ceguera de la anciana, por la grave enfermedad padecida, glaucoma,[1] era total, y que jamás podría recuperar la visión.

Relata por último la sobrina que, con la tribulación de aquellos días en la familia, no pensaron en haber llevado a su tía al oculista para que la hubiera reconocido de nuevo.

Siguiendo las pistas proporcionadas por Vite dediqué un tiempo a la búsqueda de Juanita López Alba.

Y di con ella...

¡Seguía viva!

1. Con el glaucoma, el sistema de drenaje del ojo queda cegado y el fluido intraocular no puede circular. Esto provoca un incremento de la presión en el interior del ojo que termina dañando el nervio óptico, provocando la pérdida de visión. El glaucoma, en general, no presenta síntomas.

Dolores Alba.
(Archivo: Rafael Vite.)

Leyó el informe de mi amigo y se mostró conforme. Era correcto.

Y añadió algunos detalles:

—Mi tío Juan murió alrededor de las doce del mediodía de ese 13 de diciembre de 1957.

—¿De qué murió?

—A causa de un ataque al corazón.

—El informe de Rafael Vite dice que Dolores Alba, su tía, llevaba años ciega...

—Así es.

—¿Veía algo?

—Nada. Era totalmente ciega.

—¿Y qué sucedió?

—Lloraba delante del cadáver y pedía que Dios le permitiera verlo, aunque sólo fuera un momento. Así estuvo horas...

—¿El cadáver se hallaba en la casa?

—Sí. Y, de pronto, mi tía empezó a dar gritos... ¡Veía!

—¿A qué hora se produjo el suceso?

—Por la tarde. Quizás a las seis.

—¿Sucedió algo extraño en la casa?

Juanita me miró sin comprender.

—¿Alguien vio luces —aclaré— o sintió ruidos no habituales?

—No lo recuerdo...

—Continúe.

—Los familiares y vecinos que llenaban la casa se alarmaron. Y se armó un buen jaleo. Todos preguntaban a mi tía. Todos querían saber lo ocurrido, pero nadie lograba explicarlo, y mucho menos la tía.

—¿Alguien examinó sus ojos?

—Sí, acercaron velas y candiles y comprobaron que veía. La luz le molestaba. Después empezaron con las adivinanzas...

—¿Adivinanzas?

—Le presentaban una cuchara o un trozo de pan y preguntaban: «¿Qué ves?». Y ella lo decía.

—Quiere decir que recuperó la vista...

—Sin duda.

—Cuénteme lo del abrigo...

—A los siete días del prodigio le entregué un abrigo. Era mío. Tenía que descoserlo. Y la mujer empezó la tarea. Y lo hacía con precisión. Entonces me asusté y se lo quité.

—¿Cuándo perdió de nuevo la visión?

—Pasaron ocho o nueve días. De pronto empezó a no ver... Y terminó ciega del todo, como antes.

—¿Por qué no la llevaron al médico?

Juanita se encogió de hombros.

—Eran otros tiempos...

—¿Qué edad tenía usted cuando su tía recuperó la vista?

—Cincuenta y cinco años.

—¿Recuerda si la pérdida final de la visión fue simultánea en ambos ojos?

—No, primero perdió la vista en uno y después en el otro.

—Antes de recuperar temporalmente la vista, ¿cuánto tiempo estuvo ciega?

—Trece o catorce años.

Juanita López Alba.
(Gentileza de la familia.)

Los Naveros tiene su propio «milagro». (Foto: J. J. Benítez.)

Dolores Alba murió el 24 de diciembre de 1965, también en la finca de Los Naveros.

Tras la localización de los certificados de defunción de Juan Camacho Daza y Dolores Alba me dediqué a peinar la pequeña población de Los Naveros. Muchos de los ancianos a los que interrogué conocían el suceso, pero nadie supo explicarlo.

Al ponerme en contacto con el hijo del oftalmólogo —Pedro Vélez—, también oftalmólogo, no supo darme razón. No sabía nada de lo sucedido en 1957 y tampoco conservaba los archivos de su padre. Pedro Vélez García, que trató a Dolores Alba, falleció en 1967.

Acudí a la hemeroteca, pero no fui capaz de hallar una sola noticia sobre el desconcertante asunto de Los Naveros. La prensa no se enteró. Lo único llamativo, en esos días, fue un gran apagón, registrado horas antes de que Dolores Alba recuperara la vista.

Sospechoso, sí...

Años después de la investigación en Los Naveros tuve noticia de un caso parecido, pero con final feliz.

La singular historia de Juan Miguel Cortés tuvo lugar en 1988.

Él vivía en la población murciana de Llano de Brujas.

El investigador Juan Antonio Ros, nieto de Cortés, me proporcionó los primeros datos.

He aquí el informe de Ros:

**Juan Miguel Cortés.
(Foto: Blanca.)**

547

... Años antes (no he podido precisar la fecha), mi abuelo tuvo un incidente que, quizá, estuvo relacionado con lo sucedido en 1988. Tú juzgarás...

Pudo ser en 1986, pero, como te digo, no es seguro.

Ocurrió una oscura noche de verano...

Por la zona donde vivimos el agua es bastante escasa.

Desde que tenía catorce años, mi abuelo se ha dedicado a la agricultura.

Justo detrás de su casa tiene unos terrenos en los que cultivaba patatas, tomates, pimientos, etc., para el consumo diario.

Por aquel entonces, y debido a la sequía, no circulaba agua por las acequias... Para paliar este grave problema, cada equis tiempo soltaban agua de los embalses para que la gente pudiera regar sus huertos y plantaciones.

Pues bien, una noche sin luna le tocó regar a mi abuelo.

No podía dejarlo pasar...

No era la primera vez que regaba a la luz de una linterna.

Eran las dos o las tres de la madrugada...

Juan sujetaba una azada y la linterna.

Y, de pronto, según palabras textuales, «se hizo de día».

El «sol» brillaba como a las dos de la tarde...

Mi abuelo soltó la herramienta, y la linterna, y salió corriendo hacia la casa.

No le hizo falta la linterna para alumbrar el camino.

«Aquello», lo que fuese, ya lo hacía... Veía perfectamente.

Una bola de fuego le acompañó todo el trayecto.

Al llegar a la puerta de la casa, «aquello» desapareció.

Mi abuelo estaba muy asustado.

Despertó a la familia pero, al salir, la luz ya no estaba. Todo seguía a oscuras...

Y llegó 1988.

Ese verano, Cortés sufrió un grave accidente.

Veamos el relato de Ros:

... Sucedió en la época estival.

Mi abuelo, para variar, continuaba con sus labores agrícolas.

Ese lunes se hallaba trabajando en la propiedad de un vecino al que llaman Nene Mateo. Fumigaba las malas hierbas de un huerto de limoneros (hoy desaparecido). Se ayudaba con una antigua máquina, de las que se colocan a la espalda.

Aquella labor, por supuesto, la había realizado muchas veces.

Pero ese día se presentó la tragedia...

Sucedió durante los preparativos.

Llenó el depósito con agua y añadió el veneno.

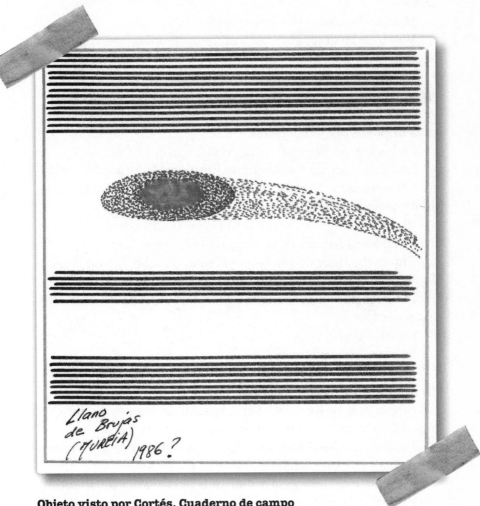

Objeto visto por Cortés. Cuaderno de campo de J. J. Benítez.

Cargó la fumigadora a la espalda y dejó las botellas en el suelo. Pero el líquido de una de ellas, mal cerrada, al impactar con la tierra, le salpicó en la cara y en los ojos.

Tan rápido como pudo dejó la vieja máquina y corrió a lavarse a una poza cercana.

El veneno le abrasaba los ojos...

Recogió sus cosas y regresó a la casa.

Su hermana, Dolores, y mi abuela, Mercedes, se extrañaron ante la temprana llegada del abuelo. Tenía los ojos enrojecidos.

Muy nervioso, contó lo sucedido.

Volvió a lavarse; esta vez con agua potable, pero los ojos siguieron empeorando.

Al día siguiente (martes), mi abuelo empezó a perder visión. Y acudieron a un hospital, en Murcia. Desde allí lo desviaron a la Arrixaca, en El Palmar. Era el centro hospitalario más importante de la región.

Le hicieron todo tipo de pruebas.

La respuesta de los médicos fue demoledora: «No podemos hacer nada. El veneno ha quemado los ojos. La ceguera será inevitable e irreversible».

El miércoles, la visión se redujo en un 50 por ciento. Aun así, mi abuelo ayudó en la siega de la hierba.

El jueves, Juan no pudo moverse de la casa. Ya no veía.

La ceguera total llegó en noventa y seis horas...

Los ojos parecían manchas de sangre. Quedaron cerrados para siempre...

Dejó de comer.

Fue una tragedia.

Mi abuelo, trabajador e incansable, se vio, súbitamente, en la cama, sin poder moverse.

El viernes, Dolores, su hermana, sugirió a mi madre que lo llevaran a un curandero muy popular en la zona.

Tenían que desplazarse en un viejo ciclomotor y mi abuelo se negó, ante el riesgo de caer de la Vespino.

Mi madre y Dolores acudieron a la consulta de Joaquín, el curandero, y expusieron la situación. Y rogaron que fuera a visitarlo. Pero el curandero no aceptó. Y propuso que lo trasladaran a su consulta. Lo atendería sin necesidad de esperar.

Pepe, *el Paquito*, un vecino, se brindó a llevar a mi abuelo en su coche.

Y así fue.

Juan se presentó en la consulta del curandero, en la pedanía de El Raal, acompañado de su hermana y de mi madre.

Joaquín lo atendió. Lavó los ojos con agua bendita y con saliva y llevó a cabo algunos rezos.

Por la tarde regresó a la consulta. Joaquín tenía que repetir las oraciones...

Al volver a El Raal, mi abuelo tuvo que esperar en la sala habilitada al efecto. Joaquín estaba atendiendo a una mujer.

Estuve en esa sala de espera y la recuerdo como un lugar grande, con bancos de madera, olor a ambientador, y un enorme cuadro, con la cara de Jesús, colgado en la pared, a la derecha de la entrada.

A mi abuelo, al igual que en la visita de la mañana, le acompañaban mi madre y Dolores, la hermana.

Y, mientras esperaban, mi madre se fijó en el cuadro. Y sugirió a Juan que tocara la bellísima imagen del Maestro.

Él accedió y, entre las dos, ayudaron al abuelo a levantarse del banco y, poco a poco, fue acercándose a la pared.

Juan Miguel Cortés alzó los brazos y fue a colocar las palmas de las manos sobre el rostro de Jesús de Nazaret.

Y mi abuelo rompió a llorar...

«¿Dónde estás? —decía—. ¿Dónde estás que no te veo?»

Y repetía estas palabras, al tiempo que pasaba las manos sobre la imagen. Después, sin dejar de llorar, se frotaba los ojos...

Y sucedió lo increíble.

De pronto, una luz salió del cuadro e impactó en la cara del abuelo.

Curiosamente, nadie vio nada. Sólo Juan.

Y mi abuelo recuperó la vista.

«¡Veo! —gritaba—. ¡Veo!»

Las personas que se hallaban en la consulta no daban crédito.

Debido al alboroto, el curandero salió de la consulta y fue informado.

Mi abuelo y Joaquín se abrazaron.

Para cerciorarse de que era cierto, el curandero le hizo preguntas, señalando algunos de los objetos de la sala. Mi abuelo respondió correctamente.

Teresa, mi madre, no dejaba de agradecer a Joaquín el prodigio realizado. Pero él contestó: «No tienes que darme las gracias, pues yo no he hecho nada. Ha sido un milagro del Señor».

Regresaron a casa y los ojos de mi abuelo fueron recuperando la normalidad.

Y él repetía: «Pero ¿es que no habéis visto la luz? ¿Nadie vio la luz que salió del cuadro y que se estrelló en mi cara?».

Nadie la había visto...

Cuando se conoció la noticia, por la casa pasaron muchas personas. Incluso, avisados por el párroco de una iglesia cercana, se personaron dos periodistas del diario *La Verdad*, e interrogaron a Juan durante horas. Nunca se publicó nada...

Imagen de la que partió la luz rojiza. (Gentileza de Juan Antonio Ros.)

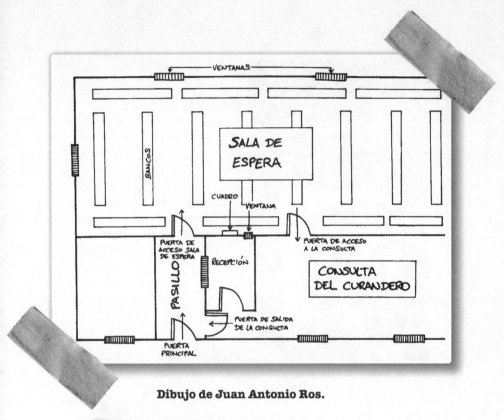

Dibujo de Juan Antonio Ros.

Dolores, hermana
de Cortés; testigo
del prodigio.
(Foto: Blanca.)

Teresa, hija de Juan Miguel Cortés, sugirió a su padre que tocara el cuadro. (Foto: Juan Antonio Ros.)

Venenos utilizados por Juan Miguel Cortés en la fumigación. (Foto: Juan Antonio Ros.)

En noviembre de 2012 tuve la fortuna de conocer personalmente a Cortés y a su familia.

Nos recibieron en la casa del abuelo, en Llano de Brujas.

Y allí confirmé cuanto había relatado Juan Antonio Ros.

Primero hablamos del objeto que fue visto por Juan Miguel Cortés:

—Era ovalado —aclaró Cortés—, y muy brillante. Presentaba una larga cola, como la de las estrellas fugaces.

—¿Escuchó ruido?

El abuelo negó con la cabeza, y añadió:

J. J. Benítez y Cortés. (Foto: Blanca.)

—Ninguno. Ni cuando estaba lejos, ni tampoco cuando se me echó encima.

—Dice que se hizo de día...

—Eso fue lo que me desconcertó. Eran las dos o las tres de la madrugada. No había amanecido. Y, de pronto, se hizo de día...

—¿Cómo era la luz?

—Blanca, muy fuerte. Lo veía todo: los árboles, la tierra, las piedras...

—¿Se fijó si daba sombras?

Cortés lo meditó y replicó:

—No vi sombras, ahora que usted lo dice... Y debería de darlas, claro.

—Claro...

—¿Y cómo es que una luz no da sombras? —preguntó Cortés.

Me encogí de hombros. No lo sabía.

El abuelo prosiguió:

—Me asusté, la verdad. «Aquello» se me echó encima, colocándose a la altura de los árboles. Y me siguió hasta la casa. Yo no atinaba con la llave. Y como llegó se fue. Desapareció de pronto. Ya no lo volví a ver.

—¿A qué lo compararía?

—Al sol, por el brillo; no por la forma.

Juan Miguel Cortés nunca ha leído sobre ovnis o sobre extraterrestres. Es más: no cree en nada de eso. Para él, lo que le salió al paso aquella noche fue el sol (!).

Después entramos en el asunto de la ceguera.

Cortés tampoco supo explicar el prodigio.

—¿Cómo era la luz que salió del cuadro?

—Muy fuerte... Me recordó un flash.

—¿De qué color?

—Rojiza.

—¿De qué parte del cuadro salió?

—De la izquierda.

—¿Se desplazó despacio o rápidamente?

—Ya se lo he dicho: como un flash.

—¿Sintió dolor?

—No, ninguno.

—¿Cómo pudo ver la luz si estaba ciego?

—Pues la vi...

Era evidente que Cortés veía perfectamente, pero llevé a cabo algunas pruebas.

Señalé un despertador, situado a cuatro metros, y le rogué que me dijera la hora.

—Son las 13.30...

Así era.

Y el abuelo indicó, incluso, la posición del minutero.

Cortés veía mejor que yo...

Y me hice las mismas preguntas que se hizo Juan Antonio Ros: ¿qué relación había entre los tripulantes del ovni que le salió al paso a Cortés y el prodigio de 1988? ¿Fueron esos seres los que provocaron la curación de Juan Miguel? ¿Por qué se presentó el objeto algunos años antes del prodigio?

Preguntas sin respuestas, lo sé...

87
LA «CONVERSACIÓN»

La experiencia vivida por Agus Aguirre me dejó igualmente perplejo.

Lo entrevisté el 5 de mayo de 2013.

Esto fue lo que contó:

Agus.
(Foto:
Blanca.)

—Ocurrió en el invierno de 1985... Vivíamos entonces en Vallecas (Madrid), en la calle Huelga... Me encontraba en el salón, con mi madre... Era por la tarde... Ella hacía punto y veía la televisión... Yo tenía catorce años... Recuerdo que estaban dando un programa sobre experiencias cercanas a la muerte... Al escuchar los comentarios de los participantes, ella fue asintiendo... «Eso, así...», decía... Mi madre había tenido una experiencia de ese tipo... Yo le pregunté y, tras insistir, contó que, cuando la operaron del corazón, vio a la gente que la rodeaba... Lo vio desde el techo del quirófano... Sabía quién la quería y quién no... Continuamos conversando y se me ocurrió proponer un trato... Tú lo llamas «pacto»... El primero de los dos que muriera tenía que avisar al otro... Mi madre sonrió y dijo: «Cuando venga haré así»... Alzó la mano, en dirección a la bombilla del techo, y unió el pulgar y el índice de la mano derecha... «Haré chin..., chin», exclamó... Yo lo interpreté como un cambio en la intensidad luminosa... Algo así como «toques» de luz...

Francisca Aguirre, madre de Agus. (Gentileza de la familia.)

Agus y su madre, Francisca Aguirre, no volvieron a hablar del asunto.

Francisca falleció diez años después.

Y Agus Aguirre siguió con el relato:

—... Mi madre murió en la quinta planta del hospital Gregorio Marañón, en Madrid... Eran las dos de la madrugada del 14 de febrero de 1995... Tenía cincuenta y seis años... Pues bien, pasó el tiempo y en noviembre de 2002, siete años después de su fallecimiento, sucedió algo maravilloso... Me hallaba en otra casa, en la calle Mata del Agua, también en Vallecas... Serían las ocho o las nueve de la noche... Estaba sentado en el sofá, viendo la tele... Mi novia se había quedado profundamente dormida, con la cabeza sobre mis piernas... Entonces noté una presencia a mi alrededor... No sé cómo explicarlo... Me sentí envuelto... Era algo físico... Como si me sumergiera en el agua... Se me erizaron los pelos... Me envolvió por completo... Y pensé en mi madre... ¡Era ella!... Me sentí muy bien... Feliz... Y pregunté: «¿Eres tú, mamá?»... Al momento, las bombillas de uno de los plafones del techo aumentaron la intensidad luminosa... Fueron dos «toques»... Lo interpreté como un «sí»... Y empecé a preguntar... Las bombillas incrementaban la intensidad a cada pregunta... En total formulé tres... Y me despedí: «Me voy a descansar», le dije... Entonces se registraron cuatro cambios de intensidad, todos seguidos... Lo asocié a un «adiós»... Quedé agotado y feliz... En eso despertó mi novia, pero no se enteró de nada... Y me vio con una gran sonrisa.

El siempre paciente Agus aceptó mis preguntas.

—¿Cuántos plafones había en el techo?

—Dos.

—¿Estaban encendidos?

—Sí, pero los «toques» sólo se produjeron en uno de ellos.

—¿Se fundieron las bombillas?

—No.

—¿Saltó el diferencial?

—Tampoco.

—¿Se registraron interferencias en el televisor?

—No lo recuerdo, pero creo que no.

—¿Qué clase de preguntas formulaste?

—Todas personales.

—¿En alguna de las preguntas se produjo retraso en la respuesta?

—En ninguna. Las oscilaciones luminosas fueron inmediatas.

—En otras palabras: tu madre no dudó a la hora de responder...

—Las «respuestas» fueron rápidas y claras.

—¿Estás seguro de que fue tu madre?

—Al cien por cien...

—¿Por qué no hiciste más preguntas?

—No lo sé, y podía haberlo hecho.

—Dices que tu novia se quedó profundamente dormida...

—Sí, y lo hizo poco antes de que me sintiera envuelto en aquella maravillosa «presencia».

—¿No te parece raro?

Agus se encogió de hombros. Y añadió:

—No sé qué decirte. Fue raro, sí...

—¿Cuánto tiempo se prolongó la «conversación»?

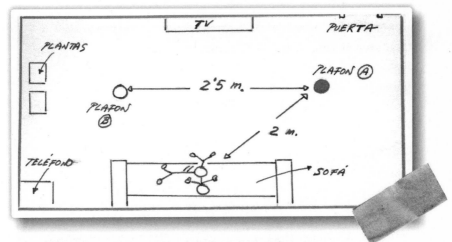

Los cambios en la intensidad luminosa se registraron en el plafón A. Cuaderno de campo de J. J. Benítez.

—Cuatro o cinco minutos.

—¿Y qué opinas de la experiencia?

—Demostró que mi madre está viva. Cumplió el trato.

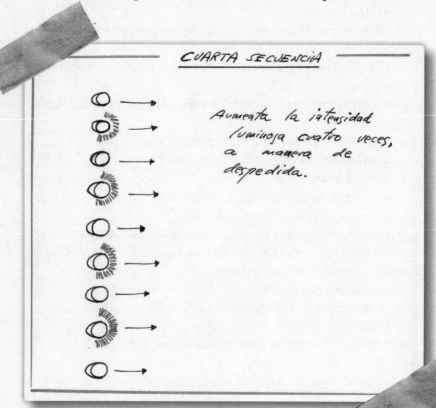

Cuaderno de campo de J. J. Benítez.

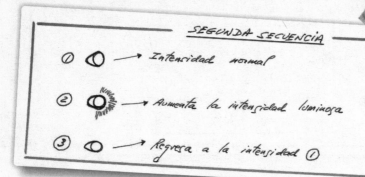

Cuaderno de campo de J. J. Benítez.

Ese 5 de mayo, mientras conversábamos, Agus solicitó una señal a su madre. Me lo confesó días después.

—Quería saber si mi madre estaba conforme con que se hiciera pública esta experiencia.

—¿Qué señal solicitaste?

—Ninguna. Lo dejé a su criterio, como tú dices...

Pues bien, esa tarde del 5 de mayo de 2013, cuando Agus regresó a su casa, en Zahara de los Atunes, tomó a los perros y se dirigió a la playa.

Y en ello estaba, paseando, cuando, entre las dunas, descubrió un hermoso grupo de flores violetas.

—Eran las que le gustaban a mi madre...

Y Agus procedió a fotografiarlas.

Plafón desprendido en el salón del apartamento de Agus.
(Foto: Agus Aguirre.)

Al regresar a casa le esperaba una sorpresa: mientras él fotografiaba las flores violetas, las luces del salón-comedor estallaron, sin causa aparente. Y el plafón se desprendió del techo.

—Quedó colgando de los cables...

Y Agus añadió:

—En esos momentos entró una golondrina en el salón. Para mí fue una doble señal. Mi madre estaba conforme con la publicación.

Ese domingo, 5 de mayo, no sé si lo he mencionado, fue el Día de la Madre...

Daisy, **frente a las flores violetas. (Foto: Agus Aguirre.)**

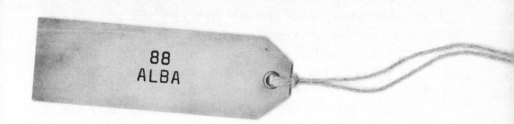

88
ALBA

nsisto: el mundo de las señales es mágico.

Me explico.

Aquel miércoles, 9 de enero de 2013, me hallaba inmerso en una nueva mudanza.

Mover una casa y diez mil libros es una locura y media...

Pues bien, en mitad de aquel desbarajuste, en un rincón, apareció un CD de especial importancia para mí. Contenía la traducción, al inglés, del *Caballo de Troya*.

Al abrir el estuche me llevé otra sorpresa.

En el interior descubrí tres folios, delicadamente plegados.

Aquello era obra mía, sin duda.

Se trataba de una carta de Juan José Infante, fechada el 31 de enero de 2004.

La recordaba.

Pero ¿cómo había ido a parar al interior del estuche?

Me encogí de hombros...

Era mejor no indagar.

Al leerla quedé atónito.

¡Se había presentado en el momento oportuno!

En esos días me esforzaba por organizar la redacción de *Pactos y señales*.

No cabe duda: «alguien» hila muy fino allí arriba...

La carta, entre otras cosas, decía lo siguiente:

... Estimado Sr. Benítez:

De los libros suyos que he podido leer, en contra de la mayoría de los españoles que prefiere *Caballo de Troya*, yo prefiero *La rebelión de Lucifer*, que leí hace ya bastante tiempo, no por adhesión o rechazo o creencias religiosas sino por la calidad de la aventura descrita.

En primer lugar, presentarme. Mi nombre es Juan José Infante, sevillano y hombre muy normal...

Durante mi vida las desgracias se han cebado especialmente conmigo...

No he podido resistir la tentación de comunicarme directamente con usted después de haber leído una entrevista que concedió a *El Mundo Salud* en la que le preguntaban si creía en la existencia después de la muerte y sobre las pruebas que tiene.

No hace todavía un año que perdí a mi hija por una sepsis estreptocócica, de forma repentina. Pasó de estar muy sana a irse de mi vida en tan sólo diez días. Como podrá suponer, el sentido de mi vida ha desaparecido, y me limito a respirar...

El 13 de diciembre de 2002 nació mi hijo Alejandro. Alba tenía cinco años...

Cuando murió, en el féretro depositamos una muñeca muy conocida: la Barbie Rapunzel. Portaba en su vestido grandes cantidades de purpurina tornasolada (color salmón). Cuál fue mi sorpresa cuando, sorprendentemente, comenzó a aparecer en el rostro de su hermano Alejandro, primero, y en los nuestros, después, la referida purpurina. Aparecía tres o cuatro días y después desaparecía. Al cabo de una o dos semanas volvía a aparecer en las mismas condiciones y con la misma frecuencia. Como podrá suponer, a mi hija Alba le encantaba la citada muñeca...

Intentamos permanecer fríos ante los acontecimientos y limpiamos minuciosamente toda la casa, en profundidad, pensando que al ser un material tan poco pesado podría moverse con el aire. Pero después de esto siguió ocurriendo... Y lo más asombroso es que sólo aparecía una purpurina. Si yo intentara llevar a cabo la operación, depositándolas de una en una, no lo conseguiría. Debido a su pequeñez, siempre depositaría más de una. Y el misterio fue extendiéndose a otras personas de la familia.

He de decirle que el fenómeno desapareció cuarenta y cinco días después del nacimiento de mi otro hijo, Samuel, nacido el 5 de enero de 2004. Había transcurrido casi un año desde el fallecimiento de Alba.

Me gustaría saber, según usted y sus experiencias, si cree en la inmortalidad del hombre... ¿Cree que ella ha vuelto? ¿Es cierto que permanecen siempre junto a nosotros?

Si es posible me gustaría que razonara su reflexión...

Atentamente.

**La muñeca
Barbie Rapunzel.**

¡Dios santo!

¡Habían pasado nueve años!

Localicé a Infante y, amabilísimo, a pesar del tiempo transcurrido, accedió a la entrevista.

Nos reunimos con él y con Luisa, su esposa, en un hotel de Sevilla.

Juanjo Infante y Luisa. (Foto: Blanca.)

Confirmaron lo expuesto en la carta y añadieron otros datos.

He aquí una síntesis de la larga conversación.

—Nuestra hija —manifestó Juanjo— sentía gran cariño por aquella muñeca. Por eso la enterramos con la Barbie.

—Alba murió el 15 de febrero de 2003. ¿Cuándo se produjo la presencia de la primera purpurina?

—El 1 de mayo de ese año —intervino Luisa—, el Día de la Madre. Apareció en mi cara.

—¿Acostumbras a maquillarte?

—No. Después la vimos en el capazo del niño. Fue ese mismo día.

—Y apareció igualmente —añadió Juanjo— en la cara del bebé. Y seguimos viéndola en la ropa y en otras personas...

—Fue asombroso —terció Luisa—. Bañaba a Alejandro y, tras secarlo, se presentaba la purpurina.

—¿También en la cara?

—¡En todo el cuerpo!

Alba y su madre, Luisa. (Gentileza de la familia.)

—¿De qué color era la purpurina?

—Igual que la de la Barbie: salmón.

—¿Cuánto tiempo se prolongó el fenómeno?

—Unos diez meses. Aparecía y desaparecía.

—¿Era habitual que Alba llevara purpurina en la ropa?

—Siempre —comentó la madre—. Estaba todo el día con la Barbie...

Nueve meses después de la muerte de Alba, Luisa vivió un sueño que la dejó perpleja:

—Fue en noviembre de 2003. Estaba embarazada de Samuel. Ese día llovía. Me sentí cansada y decidí acostarme un rato. Serían las cuatro de la tarde. Y caí en un profundo sueño. Y tuve una ensoñación... Estábamos en casa. Se celebraba una fiesta. La casa era muy grande, con habitaciones amplias.

Luisa hizo un inciso.

—Obviamente no era mi casa. Mi apartamento es más pequeño...

Y prosiguió con el sueño, propiamente dicho:

—Había mucha gente. Todos estaban muy contentos. Es por ello que deduje que se celebraba una fiesta.

—¿Conocías a los asistentes?

—Eso también fue raro. Sólo a mis padres y a Juanjo, mi marido.

—¿Y el resto?

—Ni idea. Juanjo tocaba la guitarra en una habitación. Era la primera vez que lo hacía desde la muerte de Alba. Yo me encontraba en el salón-comedor, atendiendo a otras personas. La puerta de la casa estaba abierta de par en par. Entonces, de repente, entró mi hija. En el sueño sabía que Alba ya no se encontraba entre nosotros... Y percibí que mi familia y el resto de los invitados también sabían de la pérdida de nuestra hija... Lo supe por sus caras de sorpresa... Lo dejé todo y corrí hacia ella... Lloraba y gritaba su nombre... La casa era inmensa. No la alcanzaba nunca...

—¿Qué aspecto presentaba Alba?

—Su cuerpo había crecido de acuerdo al tiempo transcurrido en la realidad.

—Habían pasado nueve meses...

—Sí. La vi más alta, con el pelo largo, más esbelta...

—¿Había cambiado el tono de la voz?

—Sí.

—¿Cómo era la ropa?

—Vestía un jersey de lana, una falda beige y unas botas marrones por debajo de las rodillas... ¡Preciosa!

—¿Era la utilizada habitualmente por Alba?

—No. Su rostro tenía una claridad y una paz inmensas. La gente se apartaba a mi paso y, al fin, llegué hasta ella. Me arrodillé y abracé sus piernas, al tiempo que le decía, llorando: «¡Alba, mi vida! ¿Dónde has estado? ¡No te vayas más! ¡Quédate aquí, conmigo, cariño mío! ¡Quédate!». Y ella respondió: «Pero mami, si no me he ido nunca... Yo estoy haciendo un viaje». Y me cogió la cara.

—¿Un viaje? ¿Eso te dijo?

—Sí, estaba haciendo un viaje. Yo la agarraba con fuerza, tratando de que no volviera a escapar. Y, de pronto, desperté. Para mi desgracia, todo fue un sueño. Salí de la habitación y pregunté a Juanjo y a mis padres por la niña... Entonces volví a la cruda realidad. Ella no estaba. Su olor, sin embargo, se había quedado en mí.

—¿Su olor?

—Me olían los brazos. ¡Era su olor! También notaba el calor de su cuerpo. La impresión fue tal que me desmayé.

—¿Se ha repetido el sueño?

—Nunca más he vuelto a soñar con Alba.

—¿Y qué opinas del sueño?

—Sé que ese día estuvo conmigo...

—¿Creéis que la niña sigue viva?

Ambos respondieron afirmativamente, y con total seguridad.

Esa noche, al concluir la reunión con el matrimonio Infante, sucedió algo no menos sorprendente.

Fue Juanjo quien se percató de ello.

¡En el rostro de Blanca, que asistía a la conversación, aparecieron algunos puntos brillantes, color salmón!

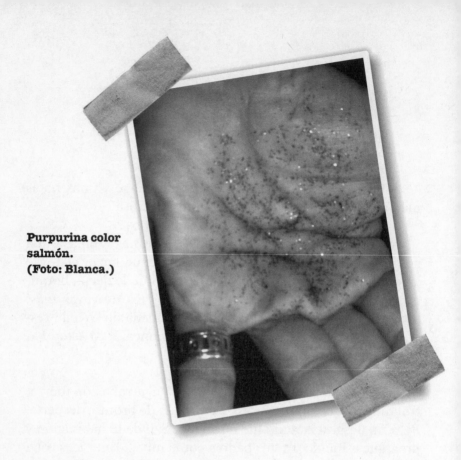

Purpurina color salmón. (Foto: Blanca.)

¡Era purpurina!

Quedamos perplejos.

Y Luisa recordó:

—Hoy, 15 de febrero, se cumple el décimo aniversario de la muerte de Alba.

No fueron necesarios más comentarios.

Al día siguiente, 16 de febrero de 2013, ya de regreso a «Abbā», a eso de las diez de la noche, los puntos brillantes se presentaron de nuevo en la cara y en la ropa de Blanca. Eran también de color salmón (!).

¡Era purpurina!

No supimos explicarlo.

Pura magia...

89
EL NEGRITO

En cierta ocasión comenté el caso de Alba y la purpurina con Pilar, esposa de mi amigo-hermano Castillo.

Pilar, entonces, hizo un comentario:

—Yo conozco una historia parecida...

Y pasó a relatar lo siguiente:

—En Barbate, hace años, vivía una mujer a la que llamaban Mariquita. Tenía un muñeco. Antes de morir solicitó que la enterraran con dicho muñeco. Y así fue. La metieron en el nicho y la familia regresó al pueblo. Pues bien, el muñeco estaba allí, en la casa, en el sitio de siempre.

Me apresuré a concertar una reunión con la familia de Mariquita. Pilar me ayudó.

Lamentablemente, los protagonistas del suceso habían fallecido.

Pero los nietos recordaban los hechos con precisión.

Y el 17 de mayo de 2013 me reuní con Mari Francis y otros familiares. Y comprobé que los rumores que corrían por el pueblo no eran exactos.

Mari Francis, nieta de Mariquita, me puso en antecedentes:

—Mi abuela se llamaba María Dolores Malía Cifuente. Era viuda. Su marido, Diego Cruz Pacheco, ya había muerto cuando sucedió lo del *negrito*.

—¿*El negrito*?

—Sí, el muñeco de plástico...

—¿Cómo era y de dónde salió?

—Era feo y pequeñito.

El negrito.
(Foto: Blanca.)

Mari Francis indicó las dimensiones con los dedos.

—Una cosa así...

Calculé alrededor de catorce centímetros.

—A decir verdad no sabemos cómo llegó a la casa de Mariquita. Pudo encontrarlo en la calle. O quizá se lo regalaron. En esa época, los barcos iban mucho a Marruecos. Allí pudieron comprarlo...

Y Mari Francis prosiguió.

—Mariquita tuvo tres hijos: José, Francis y Manolo. Francis fue mi madre. Vivían en la calle Colón, en el patio del tío Pepe. A mi abuela la llamaban Zangá: María o Mariquita Zangá. El caso es que Francis, mi madre, le cogió manía al *negrito*. No le gustaba.

—¿Por qué?

—No lo sé con certeza. Quizá por lo feo que era... Francis quiso deshacerse de él en varias ocasiones, pero la abuela no lo permitió. Mariquita le tenía cariño.

—¿Cuándo aparece el muñeco en la casa?

—Probablemente en los años cuarenta. Con seguridad, antes de 1953. Y un día, en 1971, Mariquita cayó enferma.

Mariquita Zangá.
(Gentileza de la
familia.)

Manuel Cruz,
hermano de Francis.
(Foto: Blanca.)

Mari Francis,
nieta de la Zangá,
con *el negrito*.
(Foto: Blanca.)

Tuvo un ictus y quedó paralizada del lado derecho. No podía moverse. Permanecía en la cama. Fue en esas circunstancias cuando Francis decidió eliminar al muñeco.

Y Mari Francis aclaró:

—Mi madre tomó una palangana, la llenó con la basura, y puso al *negrito* en lo alto. Y por la tarde, al oír la trompetilla del camión que recogía la basura, salió de la casa y se dirigió al referido camión. Lo conducía un hombre llamado Suárez. Entregó la palangana al que iba en la caja del camión y éste la vació. Y *el negrito* se perdió entre los desperdicios. Acto seguido regresó. Y mi madre, al entrar en la casa, recibió el susto de su vida: ¡allí seguía el muñeco! Estaba sentado, sobre la cómoda, y en la posición de siempre. Y Francis dio un grito.

—Pero eso no es posible...

—Eso dijo mi madre...

Ese mismo día hice las mediciones oportunas. La distancia entre la casa y el lugar donde se detenía el camión de la basura era de treinta metros. Según mis cálculos, Francis pudo emplear cinco minutos en recorrer el camino de ida y de vuelta.

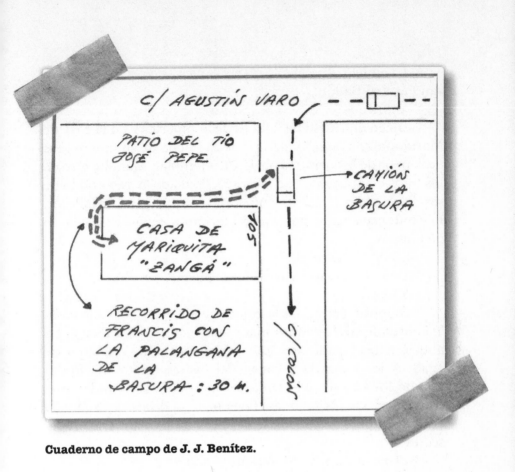

Cuaderno de campo de J. J. Benítez.

—¿Pudo tratarse de un error? Quizá se le cayó de la palangana y alguien lo volvió a dejar en la cómoda.

—Mi madre juraba que lo llevó en lo alto de la basura. Y vio cómo lo arrojaban a la caja del camión.

—¿Se lo contó a Mariquita?

—Sí, y la abuela le decía, riéndose: «Te dije que no lo tocases».

—¿Cuál era el secreto del muñeco?

—No lo supimos.

—¿Y Francis?

—Probablemente tampoco. Ella murió el 4 de febrero de 2007.

María Zangá sufrió un segundo ictus y falleció a las pocas horas. Era el 9 de mayo de 1972. Así consta en el certificado de defunción. Tenía setenta y seis años.

—La abuela —prosiguió Mari Francis— le rezaba mucho a san Pascual Bailón...

—¿Para qué?

—Dicen que avisa de la hora de la muerte. Y en la casa de Mariquita Zangá pasó algo raro. La noche de su muerte, los cacharros de la cocina se pusieron a temblar. Manolo, otro de los hijos de Mariquita, se levantó, alarmado. Y recordó lo de san Pascual Bailón. Y así fue. La madre acababa de fallecer. Fue entonces, nada más morir Mariquita, cuando sucedió lo de Luarda...

—¿Quién era Luarda?

—Una vecina. Mi abuela tenía amistad con ella.

—Y bien...

—Al morir Mariquita la colocaron en el ataúd, en la casa. Y Luarda le confesó a mi madre un secreto de la Zangá. La abuela había tenido una hija, pero murió a los dos años de edad. A los cinco la sacaron del cementerio y Mariquita guardó los huesos. Los tenía en una bolsa, escondida en la cómoda, entre las sábanas. Pues bien, el deseo de la abuela era que la enterraran con los huesos de la niña. Ése era su secreto.

—¿Tu madre, Francis, no sabía nada?

—Nada. Encontró la bolsa y la depositó junto al cadáver. Y fue en esos momentos cuando tuvo la idea...

Mari Francis hizo una pausa. Me observó con picardía y comentó:

—Pero antes te contaré lo que le sucedió a Luarda...

Y esperé, impaciente.

—Mariquita Zangá y Luarda tenían una especie de trato: «Si hay vida en el otro lado —decían—, la que muera primero avisará». A los pocos días de la muerte de mi abuela, Luarda se hallaba en el patio, con otras personas. Y, de pronto, junto al árbol, apareció la Zangá. Y movió la cabeza, afirmativamente. En otras palabras: le dijo que «sí», que había vida después de la muerte. Luarda dio un chillido y salió corriendo. Y gritaba: «¡La he visto, la he visto!».

—¿Vieron a Mariquita las otras personas?

—Creo que no; sólo Luarda.

Y Mari Francis prosiguió con la historia del *negrito*:

—Al dejar la bolsa junto al cadáver de Mariquita, mi madre pensó: «Ya que he metido los huesos, meteré también el muñeco». Dicho y hecho. La Zangá fue amortajada y Francis ocultó el muñeco bajo las ropas que cubrían a la abuela. Pocas horas después cerraron el ataúd. Lo hicieron con llave.

—¿Quién lo cerró?

—Francis, mi madre. Y guardó la llave. Después se llevaron el féretro y la abuela fue enterrada en el cementerio de

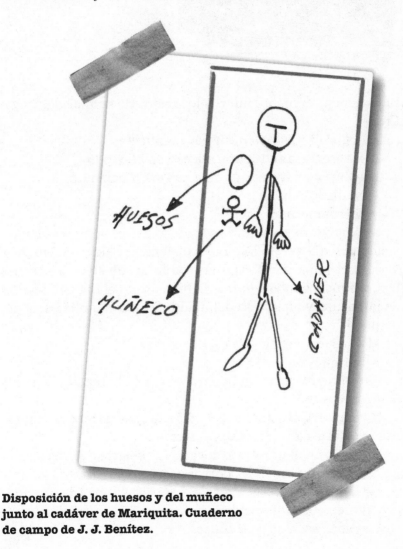

Disposición de los huesos y del muñeco junto al cadáver de Mariquita. Cuaderno de campo de J. J. Benítez.

Francis ocultó el muñeco en el ataúd. (Gentileza de la familia.)

Barbate, en un nicho, junto a los restos de su marido, Diego Cruz.

Imaginé lo que iba a decir y lo manifesté:

—Y al regresar a la casa, allí estaba *el negrito*...

Mari Francis se encogió de hombros. Y comentó:

—Nadie lo sabe...

—No comprendo.

—Te contaré, tal y como sucedió. Pasó el tiempo —años— y, un buen día, mi tío Manolo Zangá fue a visitar a mi madre. Y salió el tema de Mariquita. Hablaron de sus cosas. Pues bien, Francis confesó lo que había pasado el día del camión de la basura y añadió lo del ataúd. Su hermano la escuchó, perplejo.

«Eso no es posible», le dijo.

«¿Por qué?»

«Porque *el negrito* está en mi casa, en el arca donde guardo las cosas...»

Y la familia, al completo, acudió a la casa de Manolo Zangá. Abrieron el arca y allí estaba el muñeco...

—¿Pudo alguien sacarlo del ataúd y dejarlo en la casa?

Mari Francis me miró, horrorizada.

—Nadie se atrevería a revolver entre las ropas de un cadáver; al menos en mi pueblo...

Llevaba razón. Pero entonces...

—Dado que nadie vio cómo mi madre escondía al *negrito* en el ataúd —explicó Mari Francis— cabe la posibilidad de que, al llevarse el féretro, el muñeco «regresara» a la casa, como lo hizo el día del camión de la basura, y, al verlo, mi tío Manolo no le diera mayor importancia. Nadie, salvo Francis, sabía lo que había ocurrido.

Y *el negrito* sigue en la casa, como un invitado muy especial.

¿Se encuentra *el negrito* en el nicho de Mariquita Malía y Diego Cruz? (Foto: J. J. Benítez.)

L a triple experiencia vivida por Ana Pareja —*Anini*— se halla íntimamente ligada a Mariquita Zangá, a la que me he referido en el capítulo anterior.

Anini asistió también a la conversación en la que Mari Francis y otros familiares me informaron sobre las peripecias del *negrito*, el célebre muñeco de plástico.

Mari Francis y Anini son como hermanas.

Anini. (Foto: Blanca.)

—Mi relación con María Zangá —puntualizó Anini— era excelente. Nos queríamos mucho.

Como dije, Mariquita Zangá falleció el 9 de mayo de 1972, en Barbate.

Pues bien, siete años después, en 1979, sucedió algo extraordinario.

Así me lo contó Anini:

—Vivíamos entonces en Madrid, en el barrio de la Concepción... Mi hija Ana Belén tenía cuatro meses... Y una noche, la del 22 al 23 de junio, tuve un sueño muy real... Vi a Mariquita en la puerta de la casa... Era un sexto piso... Mejor dicho, la vi al otro lado de la puerta... Pero no entraba en el domicilio... Yo lloraba y lloraba... Le indiqué que entrara pero no quiso... Tenía el rostro triste... Y a la mañana siguiente, al acercarme a la cuna de la niña, noté algo raro... Presentaba los labios morados... El jesusito[1] olía a muerte... Fue horrible... Mi otra hija también lo comentó: «La hermana no está bien»... Y asocié el sueño con el estado del bebé... No lo dudé... Tomé a la niña y la llevé al hospital del Niño Jesús... Tenía una invaginación intestinal... Llegué a tiempo, según los médicos... Esa misma tarde la operaron... Todo salió bien... Cinco días después, en la noche del 27 al 28, tuve un nuevo sueño... Y volví a ver a Mariquita... La vi al otro lado de la puerta, como en la primera ocasión... No quería entrar... Insistí, pero no entró... También presentaba el rostro triste... Por la mañana acudí al hospital, para estar con la niña, y comprobé que los médicos me buscaban... «La estábamos llamando», dijeron... La niña había sufrido una segunda invaginación intestinal... Y fue operada nuevamente... Todo fue bien... Esa noche del 28 tuve un tercer sueño... Vi a Mariquita... Su cara estaba radiante... Esta vez sí entró en la casa... Y fue a sentarse junto a mí, en la cama... Me tomó las manos... Parecía muy feliz... Y la niña se recuperó.

Anini respondió a todas mis preguntas.

—¿Cuál era el aspecto de Mariquita en los sueños?

---

1. Especie de faldón.

Ana Belén. (Gentileza de la familia.)

—En los dos primeros parecía triste. Después, en el último, la vi feliz.

—¿Qué ropa llevaba?

—Al principio vestía el hábito de la Virgen del Carmen: marrón con cinto negro. En el tercer sueño era un hábito o túnica gris, pero no sé decirte más.

—¿Veías el cuerpo completo?

—No, sólo de cintura para arriba.

—¿Te dijo algo en algún momento?

—Nada. Sólo miraba. Al final me tomó las manos y con enorme amor.

o concibo la vida sin lectura.

Es otro regalo de los cielos.

Me fascina la galaxia de los libros.

Y si ese universo entra en conjunción con el de las señales, el resultado es indescriptible.

Veamos algunos ejemplos...

Pero antes de arrancar con este nuevo bloque quiero referirme a la que, sin duda, fue la Señal (con mayúscula) para quien esto escribe (la frase me suena). Se trató, en mi opinión, de un oportuno guiño del Padre Azul; un «aviso» que me marcó para siempre.

Sucedió en 1962.

No recuerdo la fecha con exactitud y bien que lo lamento (en esa época no tenía mucha idea de lo que es un cuaderno de campo).

Me hallaba al final del bachillerato.

Era una tarde gris y lluviosa (probablemente en marzo).

Habían terminado las clases en el colegio de los Hermanos Maristas, en Pamplona. Antes de regresar a casa dediqué unos minutos a mi gran pasión: el dibujo.

Me encerré en un minúsculo cuarto, bajo las escaleras, y tomé las tizas de colores.

Allí dibujaba los murales.

Cada mes sacábamos a la luz una corrosiva crítica a los profesores y, por supuesto, a nosotros mismos. Era algo insólito. En aquel tiempo, como saben los de mi generación, la iglesia tenía más poder que Franco.

Pues bien, mientras pintaba, acertó a entrar un hermano marista: Patxi Loidi Isasti, profesor de literatura, conocido como *el Picaraza*.[1]

Loidi era un tipo flaco, todo sotana, con una cruz de metal en el pecho, y una nariz empeñada en llegar a todas partes antes que el Picaraza.

En realidad era tan feo como buena persona.

Sobresalía por su inteligencia, generosidad y espíritu conciliador, amén de por su nariz.

Lo querían hasta las piedras...

Loidi me habló de Jesús de Nazaret, pero no como un Dios de escayola y palo y tentetieso. Lo dibujó como lo que es: un Creador tierno y compasivo; un amigo; un confidente...

No sé cómo lo hizo pero, desde entonces (yo tenía dieciséis años), el Maestro se quedó a vivir en mi corazón.

Loidi, además, me presentó a Beethoven.

Un día entró en el aula con un tocadiscos y, ante la sorpresa general, hizo sonar las oberturas de *Egmont* y *Coriolano*.

Y Beethoven me llevó de la mano a la estratosfera de mí mismo.

Desde entonces amo la música.

Loidi, en fin, me enseñó a humanizar las cosas.

«Todo tiene alma», decía. Y señalaba las orillas, los azules, las estrellas, las gotas de lluvia perdidas en un cristal, las migas de pan o el rodar de las canicas...

Y me hizo distinguir entre el Padre Azul y el Jefe (Jesús de Nazaret). «Si uno es bueno —aseguraba— el otro es bondadoso a rabiar.»

Loidi fue otro ángel susurrador...

Y ese día marcó el rumbo de mi vida.

Se acercó al mural, examinó los dibujos detenidamente y, sin mirarme, permaneció en silencio, atentísimo a mis dedos.

Yo olía su sotana...

Después, sin venir a cuento (¿o sí?), y sin mirarme, preguntó:

—¿Quieres ser periodista?

---

1. La picaraza es una urraca de largo pico y plumaje negro o blanco.

Mágico reencuentro con Loidi, cuarenta y seis años después de aquella pregunta, en el cuarto de los murales. (Foto: Blanca.)

Continué dibujando, al tiempo que respondía con otra pregunta:

—¿Qué es eso?

Siguió atento al mural y, siempre sin mirarme, replicó:

—Escribir la verdad...

Quedé pensativo.

Loidi, obviamente, no esperaba una respuesta. Y, al retirarse, sin mirarme, ordenó:

—Dile a tu padre que venga a verme.

Y desapareció.

¿Periodista?

Yo soñaba con ingresar en la escuela de Bellas Artes de San Fernando, en Madrid, aunque sabía también que mi padre (un humilde guardia civil) carecía de los medios económicos necesarios.

Mi padre acudió al colegio y habló con Patxi Loidi.

Algo vieron en mí, sin duda, porque mi padre, a partir de esos momentos, se afanó en conseguir una beca y las cinco mil pesetas para la matrícula en Periodismo, en la Universidad de Navarra. Y ese mismo año de 1962, con la oposición de mi supuesta madre, ingresé en la Cámara de Comptos, en Pamplona.

Fue así como me hice periodista, aunque sigo soñando con ser Miguel Ángel...

ALGUNOS CUADROS Y DIBUJOS DE J. J. BENÍTEZ
(DE CUANDO QUERÍA SER MIGUEL ÁNGEL)

El piloto interior.
Por razones personales, J. J. Benítez nunca termina los cuadros.
(Foto: Blanca.)

Miguel Ángel, 1960.

590

Hubo un tiempo en
el que **J. J. Benítez**
firmaba los chistes
como «Lucifer».
Ya apuntaba...

Existió *otra humanidad* se publicó en septiembre de 1975. Fue mi primer libro.[1]

Pues bien, treinta y ocho años después de su publicación recibí una emocionante y divertida carta.

La firmaba Fernando José Plá. Procedía de La Rioja (España).

Decía así:

3 de septiembre de 2013
LA PROMESA
Estimado Juanjo:

No sé muy bien cómo empezar esta carta, y ni si hago bien escribiéndola, pero al final sabes que uno no toma realmente las decisiones, así que si lo estoy haciendo será por algo.

Es la historia de una promesa..., incumplida. Una promesa que le hice a tu «compadre» Fernando Múgica, y no por falta de oportunidad, sino por indecisión (timidez).

Me explico: hace un tiempo asistí a una conferencia que dio Fernando en Logroño. Al terminar, cuando ya se marcha-

---

1. En realidad fue el segundo libro escrito. El primero —*Ovnis: S.O.S. a la humanidad*— fue rechazado por la editorial Plaza & Janés. Su director literario —Mario Lacruz— no lo consideró interesante. Y el libro permaneció un año en un rincón de la casa, olvidado. Al cambiar al director literario, José Moya publicó *Existió otra humanidad* y consiguió veinte ediciones. Entonces reclamó *Ovnis: S.O.S. a la humanidad* y el éxito fue fulminante, con un total de cincuenta y tres ediciones.

Existió otra humanidad, firmado por Fernando Múgica y J. J. Benítez.

ba, me acerqué a él con un libro en las manos (fui el único), se lo enseñé y rogué que me lo firmara. Él, extrañado, lo cogió, lo miró, y con una expresión de sorpresa y alegría exclamó:

—¡Juanjo Benítez! ¡Las piedras de Ica! ¡Pero esto es la prehistoria!

Le comenté que no todo el mérito se lo tenía que llevar Benítez, así que le pedí una firma. Él, amablemente, lo firmó y antes de entregármelo me dijo:

—De acuerdo, lleva mi firma, pero prométeme que este libro te lo firmará también Juanjo. ¿Me lo prometes?

Yo, en esos momentos, sólo acerté a decir que sí, lógicamente.

Nada me gustaría más pero, en el fondo, pensé que sería complicado cumplir esa promesa.

Hasta aquí la primera parte de la historia. La segunda se produce en mayo de 2010.

Cojo quince días de vacaciones y decido visitar una zona que no conozco y que tengo unas ganas enormes de hacerlo desde hace mucho tiempo (Cádiz y su provincia). Así que busco un alojamiento económico en algún lugar de la costa y, al final, después de mucho buscar, me decido por Caños de Meca, «casualmente» al lado de Barbate.

«¡Barbate! —pensé—, el pueblo de Benítez...»

Así tendré la ocasión de conocerlo (te he leído tanto en tantos años sobre él que ya es como mi pueblo también).

Así que se acerca la fecha de partir y, al preparar el equipaje, una idea loca me «vino» a la mente: «¿Y si el día que visite Barbate veo a Juanjo y puedo cumplir la promesa?

**Fernando José Plá.
(Gentileza de la familia.)**

¡Bah!, imposible. Demasiada casualidad. Es posible que ni siquiera esté en casa, sino de viaje...».

Y casi me convencí de no coger el libro.

Pero esa «fuerza» que tú conoces mejor que yo hizo que lo agarrase al final y lo metí en la maleta. «Por si acaso», me excusé.

EL VIAJE

Salí temprano de mi ciudad y, después de algo más de mil kilómetros (se dice pronto), llegué a mi destino. Aún pude esa tarde, después de tomar un bocado, dar un paseo por la playa solitaria hasta el faro de Trafalgar y dar las gracias al «Jefe» por estar allí y ver la mar.

Después de una noche de descanso (a pesar del levante), me levanté feliz y con ganas de empezar a ver cosas. Tenía un listado de sitios que visitar, pero sin orden, así que decidí, para aliviarme de la paliza de coche del día anterior, hacer alguna visita cercana. Miré el mapa y me dije: «¿Por qué no empezar por Barbate? Sólo está a ocho kilómetros...».

Antes de partir recordé el «libro de la promesa»: *Existió otra humanidad.*

—¿Qué hago? ¿Lo cojo o no? ¿Para qué lo has traído?

Lo terminé agarrando y lo metí en el maletero.

18-5-10. BARBATE

Crucé el parque de la Breña y divisé el cartel indicador de Barbate, y un cosquilleo, entre emoción, curiosidad y satisfacción me llenó en ese instante.

Atravesé la arena que el levante hacía que invadiera la calzada y aparqué el coche. Agarré la cámara de fotos y comencé a callejear con tranquilidad. Pasé por la playa del Carmen, saludé a la mar (al levante no) y llegué a un puesto de venta de la ONCE. Miré los números que tenía colgados y ¿te puedes imaginar la terminación que tenía la mujer? Efectivamente, el 101.

Alto y claro, pensé (yo también tengo el virus del 101). ¿Quién me habrá contagiado?

**Cupón de la ONCE, comprado en Barbate
por Fernando Plá.**

EL ENCUENTRO

Después de un rato de paseo siento la necesidad de ir al baño. Así son las cosas... Y busco un bar para tomar algo y aprovechar. Entro en uno que se llama La Plata, o algo así, no lo recuerdo bien, y ¡tate! ¿A que no imaginas a quién me encuentro? ¡Al señor ovni! ¡A ti!

¿Y ahora qué hago? ¿Le saludo? ¿Pido algo para tomar? ¿Le digo que tengo una promesa que cumplir en forma de libro? ¿Voy a orinar? (No olvides que me estoy meando.)

Dudo.

Estás tomándote un café con leche y leyendo una pila de correo que tienes sobre el mostrador (si todas las cartas son como ésta, pobre).

Estás ensimismado y, de vez en cuando, sonríes.

Y yo, nervioso, pienso, intento pensar: «¿Qué hacer? ¿Te abordo? ¿Te digo lo del libro? ¿Voy al WC?».

El sentimiento de que te voy a molestar, que te gusta pasar desapercibido, me puede...

Pero, por otra parte, ¿no es un buen motivo, y una excusa, lo del libro?

Veo que estás tan metido en la lectura que me sabe mal, y luego está el café con leche (qué tendrá que ver eso; y yo qué sé).

Pido un refresco y por fin decido..., ir al váter.

Mientras estoy en el tema, y con más claridad, tomo la decisión de pedirte la firma y cumplir mi promesa y, a lo mejor, en un exceso, te comento la alegría por verte, te pido una foto, ver el anillo, en fin, lo que se le pide a Benítez.

Empieza a entrarme una euforia cuando, de pronto, caigo en la cuenta: ¡El libro! ¡Lo tengo en el maletero del coche! ¡Y está a doscientos o trescientos metros!

Reacciono rápido, a riesgo de pillarme algo al terminar, y al salir de los servicios no me lo puedo creer: ¡no estás! ¡Te has ido!

EL DESENCUENTRO

Apuro rápido el refresco y salgo.

¿Cómo se ha podido ir tan rápido? ¡Es una gacela!

En esas veo que vas por la acera de enfrente. Caminas con Blanca, charlando.

¿Cruzo y te suelto el rollo? ¿Te digo que esperes, que voy al coche?

No me decido. Se me escapó el momento de euforia y me limito a ver cómo compráis el pan en un puesto del mercado y desaparecéis.

Al otro lado de la acera, ajeno a vuestro discurrir, un pasmarote se maldice por su torpeza...

Acudo al coche con una mezcla de alegría (por verte) y derrota. Extraña mezcla. Abro el maletero y tomo el libro (ahora para qué), lo miro y me digo: «Fernando, no puedes ser más tonto».

El resto de la jornada por Barbate fue muy bien; incluso encontré el «21» de la casa de tu abuela, la Contrabandista.

El resto de las vacaciones fue genial y me encantaron las tierras y las gentes gaditanas.

Uno de los días me lo tomé de descanso (en las excursiones) y volví a Barbate. Después de comer fui al café de Revuelta. Recordé tu poema sobre el lugar y los cuadros de lances toreros en la pared y me senté al lado de un poema tuyo, enmarcado. Pero en esta ocasión «sabía» que no te vería y eso que, como quien no quiere la cosa, me acerqué al bar del no-encuentro. Debía ser así, pensé, tratando de quitarme la culpa. Tenía gran ilusión por saludarte y transmitirte el enorme aprecio que te tengo, por alguien con quien «convivo» desde hace cuarenta años (yo nací en el 65, el 30 de marzo, por si quieres sumar algo, y casi aprendí a leer contigo y tus artículos en *La Gaceta del Norte*; mi familia recuerda que sólo se veían el periódico y unas pequeñas piernas). Por cierto, estuve en las ruinas de Bolonia y no pude evitar imaginarte dando saltos por las piedras, ocultándote para fotografiar al «tartaja», al que visité, al de verdad, en el museo arqueológico de Cádiz (le guiñé un ojo y me devolvió el guiño). ¡Qué majo!...

La carta de Plá, como digo, me dejó perplejo.

En esas fechas (2010) no era habitual que yo acudiera a Correos.

Esa labor la hacía Blanca.

Y mucho menos que me sentase en un bar, a leer la correspondencia.

Pero ese día fue mágico y los cielos maquinaron para que yo estuviera en Barbate, en el lugar preciso y en el momento justo.

¡Asombroso!

Como decía Rafael Vite, «lo imposible es bello».

Alguien mueve los hilos en alguna parte y lo hace de forma magistral.

Algún tiempo después, Plá cumplió su promesa: yo le firmé *Existió otra humanidad*.

El 22 de septiembre de 2013 recibí una nueva carta de mi amigo Plá.

En ella me informaba sobre un caso de «resucitados».

El protagonista era él.

No alcancé a incluir la experiencia en *Estoy bien* (el libro estaba ya en la editorial).

He aquí una síntesis del caso:

... En cuanto a lo de mi abuelo, no es un caso espectacular (lo es de por sí ver a un fallecido «vivo»), pero para mí fue muy trascendente. No puedo dar muchos detalles concretos porque tenía cuatro años cuando pasó, pero intentaré ofrecerte lo que recuerdo.

Mi abuelo paterno se llamaba Antonio Vicente Plá Borrell y falleció el 30 de octubre de 1969. Tenía setenta y tres años.

Nosotros vivíamos en Arnedo (La Rioja), donde nací, y es curioso: de esa edad no recuerdo munchas cosas, ni cosas muy concretas y, sin embargo, los momentos previos, y el momento en sí, los recuerdo bastante bien. Recuerdo perfectamente que mi familia estaba viendo la televisión en el comedor. Era por la noche. Yo jugaba con un cochecito marrón, una furgoneta Citroën, de las antiguas. Estaba en el pasillo de la casa. A un lado quedaban las puertas, abiertas, de un dormitorio y de una salita, de manera que aparecían suavemente iluminadas por la luz del pasillo, pero en penumbra. Recuerdo que miré por «azar», o porque algo me llamó la atención, en dirección a la salita. En ésta, al fondo, se encontraba un sillón, y sentado en él vi la figura de mi abuelo. Vicente hacía pocos días —quizás dos o tres— que había fallecido, pero yo no tenía conciencia ni de su muerte, ni de la muerte. Los niños, creo, a esas edades, están más cerca de la Realidad (los adultos lo llamamos fantasía) que de la realidad con minúsculas, y quizá por eso puedan ver con más naturalidad otras realidades. Pero, a lo que iba...

Vi la figura de mi abuelo sentado, creo recordar que con los brazos apoyados en los reposabrazos y con un gesto sonriente, pero más que sonriente en sí, con gesto de paz y de felicidad.

Yo lo veo y lo veo natural. No conozco la muerte. Es mi abuelo y está en casa. No me asusto, pero algo me dice que aquello es un poco raro (antes no estaba), y salgo a decírselo a mis padres al comedor: «¡El abuelito está en la salita!» o «sentado en la salita» (algo así).

Fernando vio a su abuelo después de muerto. (Gentileza de la familia.)

No recuerdo qué hicieron mis padres. Es posible que se asomaran y no vieran nada, pero el hecho es que lo recordaban y me sirve como prueba de que no fue imaginación mía.

El contorno de la figura no puedo precisarlo, no llego a ese detalle, pero tenía y tengo claro, <u>sin lugar a dudas</u>, que era mi abuelo.

¿Por qué yo?

La conclusión es que no me iba a asustar y podía dar el testimonio de su Realidad tan convincentemente como cualquiera de mi familia.

Recuerdo que mi padre comentaba a veces, pasados los años: «Un niño de cuatro años no inventa algo así».

Pues eso.

Esto es lo que puedo decirte, que no es poco. A mí me ha servido para afianzar la idea de nuestra supervivencia tras la muerte. Esa es la verdad.

Que sirva este recuerdo de homenaje a mi abuelo, generoso, bondadoso, divertido, que hacía mejor la vida a los que lo rodeaban. Vamos, un *kui*...

Cuando murió mi padre, hace ya veinticinco años, pensé que quizá podía verlo, pero no fue así. Mi madre sí tuvo un «sueño» muy especial, a los dos o tres días del fallecimiento. En el «sueño» vio a mi padre, pero cuando era joven, con el pelo largo. Y le habló. Mi madre no recuerda ya muchas cosas, pero, entre otras, le dijo (cosas de madres) que por qué se había ido sin dinero. A lo que mi padre le contestó: «No te preocupes. Aquí no hace falta dinero».

Es posible que fuera un sueño provocado por la pérdida de mi padre, pero no hace falta que te diga nada más. Quien tenga oídos, que oiga.

Pues eso...

Como decía mi abuela, Manolita Bernal, *la Contrabandista*, «bien está lo que bien acaba».

EL TESTAMENTO
DE SAN JUAN

eo en otro de mis venerables cuadernos de campo:

«8 de octubre de 1985 (martes).

Aeropuerto de Ben Gurión. Tel Aviv (Israel).

Tomo un taxi colectivo *(mesher taxi)*. Viajamos siete personas.

Me deja en el hotel Hilton.

Telefoneo a Elías Zaldívar, de la agencia EFE. Concertada la cita para mañana. Veremos.

La agencia de turismo que me recomendaron en el aeropuerto, para contratar un guía con coche, no responde.

¿Mala suerte?

No lo creo.

Algo me reserva el Padre Azul...

Necesito un guía. Tengo que peinar Israel. Tengo que comprobar muchos detalles... La información contenida en *Caballo de Troya* es fascinante, pero debo verificarlo todo.

Pregunto en el hotel.

El recepcionista, muy gentil, efectúa un par de llamadas.

Negativo.

Los guías consultados se hallan comprometidos.

Sonriente, a pesar de lo intempestivo de la hora (casi las once de la noche), continúa telefoneando.

Finalmente acierta.

Mañana, a las ocho, se presentará en el hotel un tal Hayyim Hazan.

Tarifa: 100 dólares por día (incluye vehículo). La hora "extra" me costará otros 20 dólares.

Veremos...

9 de octubre (miércoles).

Hayyim, el guía, de raíces hispanas, parece un excelente profesional. Habla cinco idiomas (incluido el árabe), conoce Israel como la palma de su mano y, lo más importante, ha entendido en qué consiste mi trabajo: verificar nombres, distancias, lugares... (todo lo relacionado con el Maestro).

Rumbo a Tiberíades, como si nos conociéramos de toda la vida, confiesa algo sorprendente. Aunque, a estas alturas del "negocio", no sé por qué me extraño...

Acaba de regresar de Argentina. Un viaje familiar, dice. Hayyim es judío. Sin embargo, desde antiguo, siente una enorme curiosidad por Jesús de Nazaret. Y cuenta cómo un pariente suyo, conocedor de esta afición, le regaló un libro.

—¡Increíble! —exclama, echando mano del volumen en cuestión.

Me lo entrega.

Lo ojeo y sonrío, divertido.

—¿No te parece mágico? —continúa con su monólogo—. Lo llevo en el coche desde que regresé de Buenos Aires. Aprovecho para leerlo en los ratos libres. Y, mira por donde, anoche me llaman del Hilton, me ofrecen un servicio y el cliente es el autor del libro que estoy leyendo...

Al devolverle *El testamento de san Juan* respondo:

—Cosas del Padre Azul...

Hayyim no sabe a qué me refiero. Me toma por un bromista».

En ese mismo cuaderno de campo leo:

«Datos oficiales.

Hoteles existentes en Jerusalén, en 1985: alrededor de setenta.

Guías de turismo, autorizados para trabajar en cualquier punto de Israel: cinco mil.

Reflexión final:

**Hayyim Hazan (izquierda),
con J. J. Benítez, en Israel.
(Foto: Blanca.)**

En un martes cualquiera, de un octubre cualquiera, de un año cualquiera, servidor conecta con el hotel y el recepcionista adecuados. Y éste me conduce al único guía —entre cinco mil— que, en esos momentos, lee un libro mío y regalado a veinte mil kilómetros.

Si esto es casualidad, yo soy el emperador del Japón».

Hayyim, con el que hice buena amistad, me acompañó después en otros quince viajes por Israel y Jordania, siempre a la búsqueda y a la comprobación del dato.

Con él viví momentos angustiosos en un campo de minas...

Con él visité muchos de los lugares que, posiblemente, pisó el Maestro...

Con él he vivido bombardeos en la frontera de Israel con el Líbano...

Con él ascendí a lo alto del Ravid y me emocioné profundamente...

Con él he seguido los pasos del mayor norteamericano por Tierra Santa...

Hayyim fue amigo de Marcos Gabriyeh, el hombre que ayudó al mayor en el mar Muerto...[1]

En suma, el Padre Azul sabía lo que hacía cuando lo puso en mi camino.

Siempre estaré en deuda con ambos.

1. Amplia información en *El día del relámpago*.

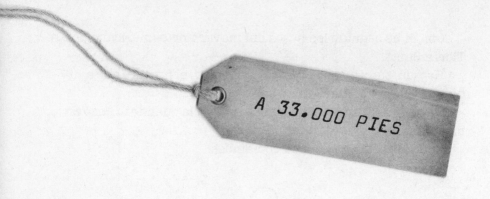

A *33.000 pies* fue publicado en mayo de 1997.

En él se recogen tres meses de «conversaciones» con Dios, con el Número Uno, a 33.000 pies de altura. Fue muy divertido...

Pues bien, el 15 de mayo de 2007 recibí un correo electrónico que me emocionó.

Decía, entre otras cosas:

... Mi nombre es Adriana. Transcribo una carta redactada por mi suegro.

«Buenos Aires. Marzo de 2007.

Gil Coto, nacionalidad española (Asturias). Residente en Argentina. Capital Federal....

Estimado Sr. D. J. J. Benítez:

En primer término quiero hacerle una pequeña reseña de mi persona...

He nacido en Pola de Allande (Asturias) (o sea, en el Consejo). Como sé que usted es de Pamplona, esto me anima a tomarme el atrevimiento de enviarle estas líneas porque nadie me puede interpretar mejor.

Nací en el año 1925 y cuando tenía veintiséis años llegué a Argentina. Usted ya sabe cómo eran las escuelas en las aldeas en aquellos años.

Dicho esto, entraré en el tema...

Se trata, nada más y nada menos, que de nuestro amado BISABUELO.

Portada de *A 33.000 pies* en Argentina.

Benítez, nunca pensé que pudiera sentirme tan feliz. No tengo palabras para manifestar tanta emoción...

Quiero hacerle llegar un sueño que tuve un par de meses antes de que apareciera en Argentina su libro *A 33.000 pies*.

En ese sueño vi al Señor en un camino de campo... Estaba recostado al borde de una senda, con una ropa de campesino, y me habló:

—Soy Dios, tu abuelo —dijo—. Bueno, en realidad, tu bisabuelo.

Y yo le pregunté en el sueño:

Foto histórica: J. J. Benítez en plena «conversación» con el Bisabuelo. (Foto: Iván Benítez.)

—¿Usted es Dios y mi abuelo?
—Sí —respondió—. Soy tu bisabuelo.
Allí terminó el diálogo.

Como yo sabía que con Dios no se sueña si no es cierto, no he tenido duda de que esto es absolutamente real...

Mi nuera, Adriana, esposa de mi hijo Óscar, escuchó atentamente mi sueño y no tuvo respuesta... Pero dos meses después me regaló el libro *Conversaciones con Dios a 33.000 pies*.[1]

1. En Argentina, el libro recibió un título distinto: *Conversaciones con Dios (a 33.000 pies)*.

610

Ése ha sido el día más feliz de mi vida. Allí descubrí que el sueño había sido real. En el libro, como usted sabe, Dios dice que es nuestro Abuelo; en realidad nuestro Bisabuelo...

Mi felicidad se ha multiplicado día a día. He perdido la cuenta de las veces que lo he leído y cada día encuentro cosas nuevas en su lectura. Me encanta el sentido del humor del Padre... Aunque lo lea en soledad me hace reír a carcajadas. Les amo desde lo más profundo de mi corazón...

Reciba todo mi amor.»

¿Cómo pudo saber Gil Coto que el Número Uno es nuestro bisabuelo? El sueño lo tuvo en enero de 2007 y el libro lo recibió en marzo...

Sí, todo está mal contado.

Según mis informaciones, Jesús de Nazaret no es el Hijo de Dios, sino uno de los muchos (muchísimos) «nietos» del Padre Azul.

Si esto es así, dado que el Maestro es nuestro Creador, el buen Dios, el Número Uno, sería, en realidad, nuestro Bisabuelo (o algo así).[1]

---

1. Cada galaxia necesita un Dios. Jesús de Nazaret es el Creador de lo que llamamos «Vía Láctea». Quien tenga oídos, que oiga...

MI DIOS FAVORITO

L a señal proporcionada por el Padre Azul a Rufino Ortiz, en mi opinión, es químicamente pura y difícil de superar. Me explico.

Aquel viaje a USA fue especialmente provechoso desde el punto de vista profesional.

Tras concluir la investigación del caso Pittsburgh, sobre «resucitados»,[1] regresamos a Miami.

Lo mejor, sin embargo, estaba por llegar...

El lunes, 23 de febrero de 2004, despegamos de Miami, rumbo a Madrid. Volvíamos a casa, a Barbate.

Según mi cuaderno de campo, el vuelo 68, de American Airlines, despegó a las 19 horas, 7 minutos y 32 segundos. El vuelo tuvo una duración de ocho horas. Aterrizaje en Madrid (Barajas) a las 9 horas y 40 minutos del martes, 24.

Estaba rendido (nunca duermo en los aviones) pero, al llegar al control de pasaportes, pregunté al funcionario por Rufino Ortiz, un guardia civil que prestaba servicio en dicho aeropuerto y que me había ayudado en algunas indagaciones. En esos momentos no supe por qué lo hacía. Sólo pretendía saludarle... Ahora sé por qué lo hice.

El policía llamó a Rufino, pero no respondió.

Probablemente, no estaba de servicio.

Y lo dejé para otra ocasión. Ya le vería...

---

1. Llamo «resucitados» a los fallecidos que han sido vistos por amigos o familiares. Amplia información en *Estoy bien.*

**Visado a Estados Unidos de J. J. Benítez: 13 de febrero de 2004.
No hay registro o sello de entrada en Barajas.**

A las doce embarcamos en el AVE, rumbo a Sevilla. Desde allí, en coche, a «Ab-bā».

Meses más tarde, cuando el Destino lo estimó conveniente, volví a ver a mi amigo Ortiz.

Y contó algo que me dejó pasmado.

Le rogué que lo escribiera, con detalle, y así lo hizo.

He aquí la asombrosa experiencia:

En la noche del día 23 de febrero de 2004, alrededor de las 11.30, mi mujer y mi hija ya se habían acostado y yo estaba terminando de ver una aburrida programación de televisión.

Me disponía a acostarme. Al día siguiente tenía que madrugar para ir a trabajar. Pero, cuando me disponía a hacerlo, un impulso me llevó a la sala de estar para buscar un libro de temática ovni.

Cogí el primero que me pareció, de J. J. Benítez. El título: *Mi Dios favorito*.

Con el libro en la mano volví al salón y empecé a pasar páginas, leyendo algunas, casi sin ganas, o, mejor dicho, las leía por encima, pues la idea era irme a dormir.

De pronto me paro en la página 46, donde leo:

«Tengo un secreto...

Un día aprendí, al fin, que a Dios no hay que pedirle nada material. ¡Nada! Él es, sobre todo, AMOR (con mayúsculas) y Él sabe lo que precisamos antes de que abramos los labios. Ésa es otra de sus maravillosas "virtudes". Al Jefe sólo hay que pedirle INFORMACIÓN. RESPUESTAS. Ése es mi secreto. Y puedo garantizarle que siempre responde. Haga la prueba».

Terminado de leer esto me quedé tocado, no sé por qué.

Este libro lo he leído mil veces y no había tenido en ninguna ocasión la idea de hacer lo que hice a continuación.

Sentía dentro de mí, en esos momentos (después de la lectura), una paz interior... Estaba contento de pronto. No sabría cómo explicarlo.

El caso es que empecé a hablar con Dios (mentalmente), como si fuera un padre, como un amigo... Y casi de forma

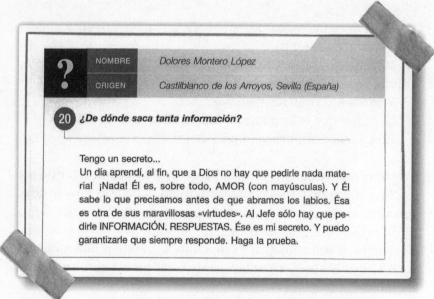

| ? | NOMBRE | Dolores Montero López |
| | ORIGEN | Castilblanco de los Arroyos, Sevilla (España) |

20 ¿De dónde saca tanta información?

Tengo un secreto...
Un día aprendí, al fin, que a Dios no hay que pedirle nada material. ¡Nada! Él es, sobre todo, AMOR (con mayúsculas). Y Él sabe lo que precisamos antes de que abramos los labios. Ésa es otra de sus maravillosas «virtudes». Al Jefe sólo hay que pedirle INFORMACIÓN. RESPUESTAS. Ése es mi secreto. Y puedo garantizarle que siempre responde. Haga la prueba.

Texto leído por Rufino Ortiz en _Mi Dios favorito_ (página 46) y que dio lugar a la petición de la señal.

divertida le propuse —de tú a tú— UNA PRUEBA. Le pedí que me diera una RESPUESTA.

El que me conoce sabe que vivo mi vida terrenal como cualquier otro humano, pero mi mente o mi espíritu están en constante búsqueda de la VERDAD. No me conformo con lo que veo, con lo que oigo, con lo que toco, no. Necesito <u>buscar</u>, <u>saber</u>, <u>evolucionar</u>, saber mi origen y mi destino, avanzar con el resto de la humanidad en la búsqueda de Dios, nuestro Creador.

Y en esto estaba cuando, como decía antes, le dije a Dios: «Si realmente existes, como así creo, si Jesucristo es tu Hijo, que vino a la Tierra hace más de dos mil años, y si es cierta mi búsqueda de ti, de la forma que lo hago, si J. J. Benítez tiene razón en la forma de entenderte, y así es como te entiendo también, dame una prueba y ésta es: que mañana, día 24 de febrero de 2004, se presente J. J. Benítez en el aeropuerto y hable conmigo, referente a sus investigaciones».

Debo reconocer que cuando hice esta proposición a Dios, como si de un amigo se tratara, sé que lo que le pedía era casi imposible. Lo hice como un reto.

Me metí en la cama y le di vueltas al asunto.

Yo sabía que no iba a ocurrir nada y empezó a parecerme todo una tontería, una de mis «locuras». Pero, por otro lado, pensaba: «¿Y si ocurriese que el investigador J. J. aparece por el aeropuerto?». Habían transcurrido siete meses desde la última vez que le vi, cuando me pidió ayuda para una investigación sobre unos sucesos registrados en el aeropuerto de Barajas en 1987. Si se presentaba al día siguiente, para mí significaría la RESPUESTA DE DIOS a mi pregunta, y seguro que en esos momentos me produciría una gran zozobra o un *shock*, al mismo tiempo que una gran alegría.

Llegó el día y pasó sin tener noticias (como era de esperar).

Y comprendí que era lo lógico.

No comenté nada a nadie. ¿A quién le podía comentar semejante locura?

Hoy, día 25 de febrero, me entero por un compañero llamado Ismael que ayer, día 24, J. J. Benítez vino de Miami y habló con él. Ismael preguntó por mí, pues yo estaba de servicio, aunque no me encontraba en ese momento en la aduana. Preguntó por mí porque Ismael estaba presente el día que J. J. y su mujer, Blanca, me pidieron ayuda para una investigación.

Cuando este compañero me comunica que en el día de ayer Juan José Benítez estuvo en la aduana 1 del aeropuerto, él era ajeno al vuelco que me dio el corazón. Disimulé como pude, alejándome de la aduana, y dirigiéndome a nuestra oficina, busqué la soledad para poder dar rienda suelta a las lágrimas y a un llanto ahogado.

¡ÉSTA ERA LA PRUEBA QUE HABÍA PEDIDO A DIOS!...

No tengo palabras ¡Dios!, no tengo palabras. Me has dado la prueba que te pedí, pero SIN ASUSTARME. Has dejado pasar un día para que no la tomara de sopetón.

¡Dios, mi Dios, mi Padre, mi Amigo, GRACIAS, MUCHAS GRACIAS. GUÍAME!

Madrid, 27 de febrero de 2004.

Rufino Ortiz (derecha) e Ismael Álvarez.
(Gentileza de Rufino Ortiz.)

El Padre Azul, definitivamente, es tan amoroso como prudente.

Si Rufino Ortiz hubiera respondido al teléfono esa mañana del 24, martes, la impresión hubiera sido peligrosa...

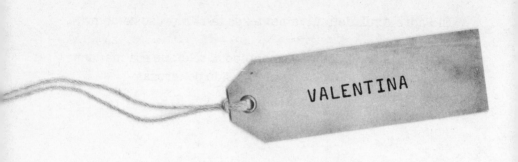

VALENTINA

(M) e equivoco muchas veces. Dos de cada tres...
Supongo que así consta en mi «contrato».
Menos mal que el Padre Azul, y su «gente», están al loro.
Esto fue lo que sucedió en la historia de Valentina.
La primera parte del caso tuvo lugar el martes, 20 de marzo de 2001.
Esa mañana llegamos a Uyuni, en Bolivia.
Me acompañaban Blanca y mi hijo Iván, periodista. Procedíamos de la cordillera de los Andes.
Llevaba años empeñado en la búsqueda de Valentina Flores, una campesina y pastora que, al parecer, se había enfrentado a un tripulante ovni en 1967. La mujer la emprendió a palos y a pedradas con un ser de pequeña estatura que estaba matando sus ovejas. Golpeó al tipo en la cara y en un brazo, obligándole a huir. Y lo hizo en una «silla voladora». En el corral quedaron 63 ovejas muertas...[1]
Pues bien, después de mil peripecias, conseguí localizarla.
Vivía en una remota población, al sur de Bolivia.
La cadena de señales recibidas, hasta dar con ella, fue impresionante.
Ese día (20 de marzo de 2001) llamé por teléfono para confirmar que Valentina vivía en la referida aldea. Era el único teléfono del pueblo.

1. Amplia información sobre el incidente en *El hombre que susurraba a los «ummitas»* (2007).

618

Negativo.

Allí no vivía nadie con ese apellido.

Consulté de nuevo a mi fuente y confirmó lo dicho: «Valentina Flores vivía en..., con su marido». El sujeto de la «silla voladora» los dejó en la ruina y tuvieron que emigrar.

Volví a llamar.

Negativo.

Blanca, a la derecha, con Valentina. (Foto: Iván Benítez.)

—Aquí no vive ninguna Valentina Flores —respondió una señora al otro lado del hilo telefónico.

Estaba perplejo.

¿Qué hacía? ¿Abandonaba la investigación? ¿Me arriesgaba y viajaba al pueblo? Eran muchos kilómetros...

En esas estaba cuando Blanca recibió la noticia de la muerte de Rafa Basurto, un viejo amigo de Algorta, en Vizcaya (España).

Y se me ocurrió hacer el pacto con él. Un pacto interesado, lo reconozco...

Y escribí: «Mañana acudiré a... Si estás vivo, como creo, encontraré a Valentina Flores».

Al día siguiente, 21, nada más entrar en la aldea, dimos con Valentina (!).

Su primer apellido no era Flores, sino Polo. De ahí que no la conocieran.

Y Valentina confirmó la historia y amplió detalles. El caso, en mi opinión, era espectacular.

Pasó el tiempo y, cuando me dispuse a escribir *Pactos y señales*, comprobé que no tenía fotografías de Rafa Basurto. Quería publicar una... Pero habían pasado doce años y carecía de pistas sobre la viuda. Blanca me ayudó, pero los resultados fueron infructuosos. Mari Carmen Ardanza, viuda de Basurto, había desaparecido.

Finalmente terminé por archivar el caso.

Disponía de otros cuatrocientos...

Pero, obviamente, los planes del Padre Azul no eran esos.

Y llegó el jueves, 21 de noviembre de 2013.

Por razones familiares, Blanca y yo viajamos a Bilbao.

Y sucedió algo imposible...

Leo en el correspondiente cuaderno de campo:

«A las 09.40 horas, Blanca y yo salimos del hotel y nos dirigimos al metro... No sé qué pasa, pero nos equivocamos de línea y tomamos la que discurre por la margen izquierda de la ría... Nuestro destino es Algorta, en la margen derecha... ¿Estamos dormidos?... Retrocedemos y tomamos el metro correcto... Esto supone un retraso... Llegamos a Algorta a las 10.30, justo para acudir a la reunión con los informáticos... La remodelación de mi página web me gusta... Doy la aprobación a lo diseñado por Alain y compañía... A las 13 horas nos presentamos en el banco, en la calle Euskalerria... Miguel Ángel, el director, está ocupado... Tomamos café en un bar cercano y hacemos tiempo... Regresamos a las 13.30... Conversamos con Miguel Ángel y firmamos no sé cuántos papeles... Blanca llama a su hijo Alain y quedamos directamente en el restaurante... Pensábamos en el Ugartena pero cambiamos de opinión y nos decidimos por el Boga... Son las 14.20 horas... Caminamos por Amesti y por la avenida de Algorta y, al llegar a la calle Basagoiti, nos cruzamos con un hombre... Blanca lo reconoce y se vuelve, llamándolo... No sé quién es... Blanca me refresca la memoria: es el hermano de la viuda de Basurto (!)... Nos facilita un teléfono de Mari Carmen y consigo las fotografías de

Rafa Basurto sigue vivo.
(Gentileza de la familia.)

621

Rafa... Asombroso... Algorta tiene 39.184 habitantes y fuimos a cruzarnos con el hermano de la viuda... Es más: de no haber sido por la confusión en el metro, por el retraso en la reunión con Miguel Ángel, y por el cambio del restaurante, lo más probable es que no hubiéramos estado en el lugar adecuado y en el momento justo...

Pero Él sabe...».

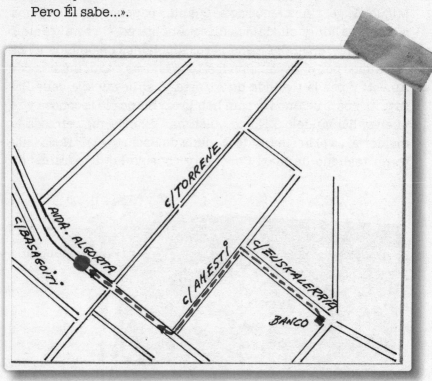

Recorrido de Blanca y J. J. Benítez por Algorta. Señalado con el círculo: lugar del providencial encuentro con el hermano de la viuda de Rafa Basurto (una contra 40.000). Cuaderno de campo de J. J. Benítez.

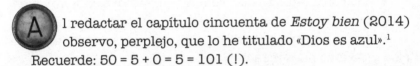

ESTOY BIEN

 l redactar el capítulo cincuenta de *Estoy bien* (2014) observo, perplejo, que lo he titulado «Dios es azul».[1]

Recuerde: 50 = 5 + 0 = 5 = 101 (!).

En Kábala, 101 («palo-cero-palo») equivale a «Mikael», el verdadero nombre de Jesús de Nazaret.

Pero la cosa no termina ahí...

En Kábala, el «azul» está asociado al «amor» y a los siguientes conceptos: «cielo (!), descanso, regalo, armonía, sabiduría secreta, luz, claridad, resplandor, acercamiento, dos en uno, equilibrio, aguas de oro, liviano, abundancia, sorpresa, asombro...».

En otras palabras, Durdana tenía razón: Dios es azul. Dios es amor (AMOR). Dios es el cielo. Dios será nuestro descanso. Dios es un regalo. Dios es la superarmonía. Dios es la sabiduría secreta (eso es la Kábala). Dios es luz (la luz por excelencia). Dios es claridad y resplandor y acercamiento. Dios es dos en UNO. Dios es equilibrio. Dios es aguas de oro. Dios no pesa. Dios es abundancia de todo. Dios es la continua sorpresa. Ni remotamente podemos imaginar cómo es el más allá (asombro).

Y el «5», además, es la letra *he*; es decir, el «Espíritu». Y me atrevo a redondear: «Dios es el Espíritu azul y amoroso que me habita y que me proporciona armonía, claridad, luz, equilibrio,

1. Durdana, una niña paquistaní, tuvo una experiencia cercana a la muerte. Dijo haber visto a Dios. Y dijo que era azul. No hubo forma de sacarla de ahí.

623

abundancia y sabiduría. Con Él soy dos en UNO. Si me acerco a Él descanso. Es mi regalo de todos los días. Si le presto atención, resplandezco. Con Él soy liviano. Con Él tengo abundancia de mí mismo. Con Él voy de sorpresa en sorpresa y de asombro en asombro (como ahora).

Sí, Dios es AZUL...

Y sigo con algunas de las señales contenidas en *Estoy bien*, otro libro mágico (en el que he tenido poco que ver).

Según mis notas, necesité 45 años para reunir la información y 85 días para redactarlo.

O lo que es lo mismo (en Kábala):

«45» equivale a «parir o dar a luz» (!).

«85» = «novilunio». El día que terminé *Estoy bien* (9 de abril de 2013) fue novilunio (!).

Sigamos...

Necesité 635 folios.

El número «635», en Kábala, tiene el mismo valor numérico que «coronar».

Por último, si sumo los dígitos que integran la hora, día, mes y año en los que fue terminado *Estoy bien*, aparece un triple «palo-cero» (!) (10.10 + 9 + 4 + 2013 = 101010).

En Kábala, el «10» equivale a «mago» y a «Padre» (letra *yod*).

Y si sumo 10 más 10 más 10, obtengo 30 (3 + 0 = 3). El «3», en Kábala, es «revelación» y «Dios Padre», el Padre Azul (!).

¿Cómo es posible semejante coincidencia?

EL HABITANTE DE LOS SUEÑOS

Nadie lo sabe.

Durante dos años (2007 y 2008) permanecí encerrado en «Ab-bā», absorto en la redacción de una novela que fue rechazada por la Editorial Planeta: *El habitante de los sueños.*[1]

Y ahí sigue, en un cajón, dormida...

Pues bien, durante la creación del libro (1.111 páginas) recibí un río de señales.

Una de ellas me hizo sonreír...

Leo en el cuaderno de pactos y señales:

«4 de junio de 2007.

No estoy registrando las muchas señales que recibo casi a diario en la redacción de *El habitante de los sueños*... Pero la de hoy me resisto a silenciarla... Andaba pensando en la resolución de una secuencia... Folio 182... El protagonista, una vez más, deja su cuerpo físico al cuidado de su sombra y emprende otra aventura... Y pienso que hay que bautizar a la sombra... Pero ¿qué nombre puedo elegir?... Recibo Fide (por aquello de la fidelidad), pero dudo... A las 19.30 horas consulto un libro de nombres... Fidelio se presenta en la página 144... Después leo Fidel, en la página 70... Consulto la Kábala... El número "70" no me dice nada... "144", en cambio, me deja perplejo... Equivale a ¡"sombras"!... Mensaje recibido...».

1. La obra, que forma parte de una trilogía, y que permanece inédita, cuenta parte de mi infancia y de mi primera juventud.

Y me pregunto: ¿quién mueve los hilos?
¡Qué pregunta tan tonta!

El 5 de febrero de 2008, al redactar uno de los anexos de *El habitante de los sueños*, caí en la cuenta. La pregunta 101, dirigida al Padre Azul, dice así: «¿Por qué esa manía tuya con el "5"?» (Recuerde: 5 = 101).[1]

1. El anexo en cuestión dice así:

«Preguntas que pienso hacer a Dios, al Número Uno se entiende, en cuanto pase al otro lado:

1. ¿Cómo no se te ocurrió crear un mundo doble, como sucede en las cabinas de los aviones? La alegría, por ejemplo, no terminaría.

2. ¿Eres el final? Lo digo porque siempre sorprendes.

3. ¿Qué es el NO TIEMPO?

4. Suponiendo que viajes, ¿cómo lo haces? ¿Te llevas a la creación contigo o te esperamos?

5. ¿Hay que llevar reloj después de la muerte?

6. ¿Por qué se te ocurrió crear a los peces con espinas? ¿Te quedaste dormido? ¿No hubiera sido más práctico y estético que, al menos, las pintaras de colores?

7. ¿Podré volar —después de muerto, claro— a 9,5 veces la velocidad de la luz? Yo me entiendo...

8. ¿Por qué esa afición tuya al "ahora"?

9. ¿Qué te distrae más: el "ahora" o lo "instantáneo"?

10. ¿Por qué los pensamientos humanos tienen que ser blindados? ¿Sucede lo mismo en el mundo espiritual?

11. ¿Vamos o venimos de la eternidad?

12. ¿Quién es realmente mi familia?

13. ¿Existe el papel higiénico después de la muerte?

14. Si el placer sexual es difícil de superar, ¿cómo se las arreglan los espíritus?, ¿qué has inventado a cambio?

15. Jesús de Nazaret, sinceramente, ¿es tu Hijo o tu Nieto?

16. ¿Yavé fue pariente tuyo o sólo son habladurías?

17. ¿Es cierto que no eres religioso? ¿Es verdad que practicas la religión del arte?

18. ¿Y qué sucederá cuando te aburras?

19. ¿Por qué nunca te has metido en política? (Que yo sepa.)

20. ¿Cuánto cuesta un café con leche?

21. ¿Eres tú el responsable del cambio climático?

22. ¿Es cierto que un día te dio por escribir la Biblia y al día siguiente el Corán? ¿Son también habladurías?

23. ¿Puedo imaginar lo que no existe o es rematadamente imposible?

24. ¿Has entrado alguna vez en el Vaticano?

25. No puede ser que no cometas errores. Dime uno, sólo uno.

26. ¿Eres chiripitifláutico?

27. ¿Madrugas? En caso afirmativo, ¿por qué?

28. Los japoneses han inventado las sandías cuadradas. ¿Puede ser una señal del final de los tiempos?

29. Por cierto, ¿por qué no permitiste que Juan terminara el Apocalipsis?

30. Algunas malas lenguas van pregonando que no has tenido niñez. ¡Defiéndete!

31. Dime que en el cielo no hay niños, por favor...

32. Si no tienes forma humana —supongamos que eres una esfera—, ¿cómo haces para sonreír?

33. ¿Por qué permites que los porteños hablen así?

34. ¿Por qué se ríen los pesimistas? Mejor dicho, ¿de qué se ríen?

35. ¿Hay rebajas en el más allá?

36. ¿Existe algún Dios mujer?

37. ¿Por qué todo en la naturaleza es curvo? ¿Tuviste algún trauma infantil?

38. ¿Es verdad que no te hablas con la línea recta?

39. ¿Qué fue primero: la derecha o la izquierda?

40. ¿Prefieres al que oye o al que habla?

41. ¿No te parece injusto que la mar no descanse?

42. ¿Quién fue primero: tú o el silencio?

43. ¿Por qué las nubes son apátridas?

44. ¿Por qué las cosas no se mueven voluntariamente?

45. ¿Cómo fue que se te ocurrió dormir a las piedras?

46. ¿Has pensado qué sucederá si el agua se desviste algún día?

47. ¿Por qué las mujeres hablan con la mirada?

48. ¿Por qué los muertos no se mueven?

49. ¿Te has muerto alguna vez?

50. Lo de la muerte, ¿se te ocurrió a ti solo?

51. ¿Sueñas tonterías, como nosotros?

52. ¿Parpadean los espíritus?

53. ¿Por qué se vive hacia adelante y no hacia atrás?

54. ¿Tu sombra también te sigue a todas partes? Es más: ¿tienes sombra?

55. Lo de la omnipresencia me tiene perplejo. ¿No te afectan los cambios horarios?

56. Cuando llueve, ¿qué haces para no mojarte?

57. Somos muchos. ¿Cómo funciona lo de la vivienda después de la muerte? ¿Hay protección oficial?

58. Siempre me he preguntado si entiendes el latín...

59. ¿Nunca gritas? ¿Se debe a que estás en todas partes a la vez?

60. ¿Inmortal quiere decir para siempre o tiene truco?

61. ¿Por qué la razón llega tarde?

62. ¿Eres creacionista o evolucionista?

63. ¿De qué lado está la intuición: del bueno o del malo?

64. ¿El alma es tuya o mía?

65. ¿Qué es la perla amatista de lo imposible?

66. ¿Cuándo hablas de negocios?

67. ¿Consideras a estas alturas que eres un triunfador?

68. ¿Alguna vez se te ha derramado algo?

69. ¿Por qué te empeñas en que la mar sea salada?

70. ¿Tiene la perfección marcha atrás?

71. ¿Puedes susurrarme una palabra mágica?

72. ¿Llevas una contabilidad "B"?

73. ¿Qué tal la relación con los otros Dioses?

74. ¿Por qué nieva hacia abajo?

75. ¿Siempre fue fácil para ti?

76. ¿Tiene la eternidad algún fallo técnico?

77. ¿Tú también hablas solo?

78. Si se te cae algo de las manos, ¿adónde va a parar?

79. ¿Qué es más emocionante para ti: llegar o ver llegar?

80. ¿Por qué sólo algunos pájaros son capaces de detenerse en el aire? ¿Volviste a fallar?

81. ¿Qué pasa si tropiezas?

82. ¿Por qué las palabras nunca regresan?

83. ¿Quién te plancha la túnica?

84. ¿Cómo te gusta que te acaricien?

85. ¿Podré quedarme algún día a solas contigo?

86. ¿Por qué andas insinuando por ahí que $2 + 2 = 5$?

87. ¿A quién se le ocurrió pintar las mariposas de colores?

88. ¿Por qué razón los sentimientos son incoloros?

89. ¿Te gustan las haches intercaladas?

90. Pregunta formulada sin ánimo de molestar: ¿en el cielo hay democracia?

91. No comprendo por qué los humanos te tuteamos.

92. Sabemos que tienes un Hijo. ¿Tienes sobrinos?

93. ¿Tú también cambias las piedras de posición, para que contemplen la vida desde otro punto de vista, o te da lo mismo?

94. ¿Qué haces si te quedas a oscuras?

95. ¿En qué pensabas cuando inventaste el agua?

96. ¿Por qué la luz tiene tanta prisa? ¿Es consejo tuyo?

97. ¿Hay algo, ahora mismo, que tengas en mente? (Si no es mucha indiscreción.)

98. ¿En los cielos hay estatuas?

99. ¿Por qué se te ocurrió crear la dualidad? ¿Por qué negro y blanco o masculino y femenino o blando y duro o lejos y cerca? ¿No hubiera sido más fácil una sola cosa?

100. Sé que te gusta instalarte en el interior de los seres humanos cuando han cumplido cinco años. ¿Haces lo mismo con los animales y las cosas?

101. ¿Por qué esa manía tuya con el "5"?

102. ¿Por qué las montañas viven inmóviles?

103. ¿Es cierto que el universo se estremece cuando se corta una flor?

104. ¿Por qué los insectos van descalzos? ¿Es cosa tuya?

105. ¿Qué sucede cuando te distraes o das una cabezada?

106. ¿Consideras, como yo, que el alma de la mujer es supersónica?

107. Cuando envuelves un regalo, ¿qué color de papel prefieres?

108. ¿Te has caído alguna vez en un agujero negro?

109. ¿Cuál es tu mejor perfil?

110. ¿Tú repicas por dentro?

111. ¿Qué debo hacer para ser perfecto: avanzar o retroceder?

112. ¿Es verdad que si dudo te beso?

113. ¿Y qué haces cuando quieres estar solo?

114. ¿En el cielo hay puertas?

115. ¿Tú suspiras? ¿Por qué o por quién?

116. Con sinceridad: ¿eres zurdo o diestro?

117. ¿Tienes GPS?

118. ¿Por qué las ostras tienen el cerebro pegado al culo? ¿Es una indirecta?

119. ¿Por qué has puesto letras en las palmas de las manos de los humanos?

120. ¿Tú también estás obligado al secreto profesional?

121. ¿Cómo andas de memoria?

122. ¿Sabes nadar y guardar la ropa?

123. ¿En qué color amas mejor?

124. ¿Por qué dicen que te alejas montado en el rojo?

125. ¿Cuál es tu nombre de pila?

126. ¿Y qué sucede si te entra hipo?

127. ¿Es cierto que respiras números?

128. ¿La tuya fue una creación a granel o al por menor?

129. ¿Por qué no has creado dolores que provoquen risa?

130. ¿Te gustan las bisagras? ¿Por qué?

131. ¿Qué te dice la palabra "mulata"?

132. Tú lo miras todo —dicen—, pero, a ti, ¿quién te mira?

133. ¿Por qué no has creado un presente que dure dos presentes?

134. ¿Es cierto que tú, en persona, le diste cuerda al número pi?

135. ¿Por qué las despedidas matan un poco?

136. ¿Por qué nunca te dejas ver en un adiós?

137. ¿Has bendecido alguna vez algo?

138. ¿Debo bendecir lo bueno o lo malo?

139. ¿Qué tiene de malo la poligamia?

140. ¿Piensas como hombre o como mujer?

141. ¿Alguna vez te has quedado desnudo en público?

142. ¿Qué opinas de los héroes?

143. ¿Te parece de buena educación que, a tu edad, se te escapen los terremotos?

144. ¿Has pensado en una alternativa a la verticalidad?

145. ¿Es cierto que no puedes desear nada, porque se cumple?

146. Convénceme de que eres imprescindible.

147. ¿Por qué la naturaleza te sigue como un perro fiel?

148. Estás obsesionado con repartir. ¿Por qué?

149. Lógicamente, no has hecho testamento. ¿Piensas hacerlo?

150. ¿Tú tampoco sabes enviar mensajes por el teléfono móvil?

151. ¿Prefieres un contrato o un apretón de manos?

152. ¿Por qué ordenas un día de descanso si tú no paras?

153. Dime que tú no has inventado el matrimonio...

154. ¿Por qué el cerebro tiene que permanecer a oscuras?

155. ¿Es cierto que un día te peleaste con el método científico y por eso eres indemostrable?

156. ¿Estás circuncidado?

157. ¿Qué te pareció la broma de Adán?

158. ¿Es verdad que Eva fue la segunda esposa?

159. ¿Por qué las sombras no tienen partida de nacimiento?

160. ¿Eres ciencia o ficción?

161. ¿Qué te queda por ver?

162. Elige una abreviatura...

163. ¿Hay gemelos en tu familia?

164. ¿Alguna vez te has quedado de piedra?

165. ¿Cuál es tu temperatura corporal?

166. ¿A quién llamas cuando aparecen goteras en el Paraíso?

167. No puede ser que no estés estresado...

168. ¿Hay algo que se te resista?

169. ¿Quién te complace más: el que pide o el que no pide?

170. ¿Dónde te sientes más cómodo: en el Espacio o en el Tiempo?

171. ¿Te suena Roswell?

172. ¿En los cielos hay despido libre?

173. No me entra en la cabeza por qué pasas del Tiempo.

174. ¿Por qué la luz se curva cuando nadie la ve?

175. Cuando se derrama sangre, ¿tú también te derramas?

176. $E = mc^2$: ¿es reciclable?

177. ¿Lo de Lucifer fue despido improcedente?

178. ¿Es cierto que los cipreses creen en ti? ¿Todos?

179. ¿Usas papelera? En caso afirmativo, ¿podría mirar en el interior?

180. ¿Qué te gusta más: hacer llover ideas o hacerlas nevar?

181. ¿Por qué los necios se reproducen?

182. ¿Alguna vez se te ha pasado el arroz de la creación?

183. ¿Estabas de coña cuando dijiste "Polvo eres y en polvo te convertirás"? ¿O no lo dijiste?

184. Explícale a un ciego quién eres...

185. Y a ti, ¿quién te ayuda a cruzar la calle?

186. ¿No te marea tanto arriba y abajo?

187. ¿Por qué las canas no son de colores?

188. ¿Tienes idea de lo que es un peluquín?

189. ¿Las Diosas se cubren el cabello con un velo?

190. ¿Por qué los mandarinos perfuman a distancia?

191. ¿Viajas de incógnito en la música?

192. ¿Qué cara se te queda cuando adelanto el reloj?

193. En la Nada, ¿quién tira la basura?

194. ¿No te da pena que los árboles sólo se muevan con el viento?

195. ¿En qué idioma piensas?

196. ¿Te han explicado para qué sirve una fotocopiadora?

197. Si no existes, ¿quién susurra en mi interior?

198. ¿Quién te enseñó a hacer carambolas con los sentimientos?

199. ¿Cómo te las arreglas para mover las estrellas sin tocarlas?

200. ¿Es cierto que coleccionas certezas?

201. ¿Qué cara puso Nietzsche al verte?

202. ¿Te caes en los sueños?

203. ¿En alguna ocasión has conseguido no pensar?

204. ¿Lo de los renglones torcidos es por la vista cansada?

205. Si tú no llevas las cuentas, ¿quién las lleva?

206. Y si pienso por mí mismo, ¿me querrás igual?

207. ¿Quién dibuja la creación antes de que cojas el cincel?

208. Cuando te miras en un espejo, ¿qué ves?

209. ¿Por qué las uñas no duelen cuando las cortas?

210. ¿Es cierto que Noé era meteorólogo?

211. ¿Quién escapa de quién: las nubes de las sombras o las sombras de las nubes?

212. ¿Qué prefieres: la fe que rueda o la confianza que tropieza?

213. ¿Quién controla el mando a distancia en el Paraíso?

214. ¿Por qué el ego no es de talla única?

215. ¿Son parientes la teología y el sentido común?

216. ¿A qué se dedican ahora Lorca y Neruda?

217. ¿Cuánto pesa un litro de alma pura?

218. ¿Dios tiene su "K"?

219. ¿Todavía te emociona crear de la nada?

220. ¿Es cierto que te han visto jugar a los dados, con Einstein, a escondidas?

221. ¿Qué cara puso Minkowski cuando llegó al mundo no físico?

222. ¿Es verdad que el Tiempo es uno de tus mejores detectives?

223. ¿Qué es más divertido: aparecer o desaparecer?

224. ¿A ti te gusta la palabra "colegir"?

225. ¿Has circulado alguna vez en dirección contraria?

226. ¿Dios tiene puerta trasera?

227. ¿No te parece que la ley de la gravedad es integrista?

228. ¿Qué palabra te gusta escribir con mayúscula?

229. ¿Por qué el Tiempo es intocable?

230. ¿Qué pasa si te tragas un taquión?

231. ¿Cuál es tu mejor metáfora?

232. ¿Cuántos amores caben en un Amor?

233. ¿Por qué se te ocurrió hacer el Tiempo invisible?

234. ¿Tienes un nombre científico y en latín?

235. ¿Alguna vez se te ha caído encima la eternidad?

236. Y en el cielo, ¿cómo llaman a las llaves inglesas?

237. ¿"Yo soy el que soy" es un órdago?

238. ¿No crees que las puestas de sol tienen algo triste?

239. ¿Eso de que amanezca siempre por el este es una indirecta?

240. ¿Te cae bien el cero absoluto?

241. ¿Por qué el "siempre" se lleva tan mal con los niños?

242. ¿Por qué los animales no tienen marcha atrás?

243. ¿Por qué el Tiempo jamás se despide?

244. ¿Eres reversible, como los calcetines?

245. ¿En la eternidad hay puentes?

246. ¿Es cierto que eres huérfano?

247. ¿Qué es lo negativo de lo tangible?

248. No creo que pueda ocurrirte, pero ¿qué sucedería si te diera por estornudar?

249. ¿En los cielos se necesitan taxidermistas?

250. ¿Por qué el cerebro humano necesita traductor?

251. Si es cierto que creaste a Adán antes que a Eva, ¿estás arrepentido?

252. ¿Has votado alguna vez?

253. ¿Has estado en los cerros de Úbeda?

254. ¿Estás tú detrás del silencio de los corderos?

255. ¿Conoces algún lugar que sea la ausencia de lugares?

256. ¿Qué te cae mejor: el siempre o el ahora?

257. ¿Qué sucedería si no tuvieras suficiente voluntad?

258. ¿Tú ves como nosotros?

259. ¿No te has parado a pensar que lo de la manzana de Eva fue discriminatorio? ¿Por qué no pudo ser un plátano?

260. ¿Estás permanentemente bronceado?

261. Entre los Dioses, ¿hay algún negro?

262. Si un día viste que todo era bueno, ¿qué sucedió con la serpiente?

263. ¿El Tiempo sabe sonreír?

264. ¿En el cielo también hay descomposición de la luz?

265. ¿Por qué no estás en el santoral?

266. ¿Se puede ser Dios y ser daltónico?

267. ¿Has perdido alguna vez las llaves del reino?

268. ¿Dónde estás empadronado?

269. Y entre Dioses, ¿en qué idioma habláis?

270. Si tú eres lo único real, ¿qué soy yo?

271. ¿En el cielo hay republicanos?

272. ¿Te parece bonito que las galaxias secuestren estrellas?

273. Estoy intrigado: ¿quién o qué rige las mareas gravitatorias?

274. ¿Es cierto que el Espacio se hallaba anestesiado antes de que te diera por crear el Tiempo?

275. ¿Qué color obtienes si mezclas el infrarrojo con el ultravioleta?

276. ¿Te puedes mojar en los océanos estelares gravitatorios?

277. ¿Es cierto que las galaxias se tiran de los pelos en cuanto te descuidas?

278. ¿En el cielo hay inflación?

279. ¿Eres feliz porque no caminas o no caminas porque eres feliz?

280. ¿Por qué la esperanza no está sujeta al método científico?

281. ¿Hay un director de orquesta en cada galaxia?

282. ¿Quién inventó las sorpresas?

283. ¿Alguna vez has emigrado?

284. ¿Alguna vez te han crecido los enanos?

285. ¿Es la materia oscura del cosmos un atracador?

286. ¿Qué te dice la palabra "fósil"?

287. ¿Sabes de algún ateo que ejerza después de muerto?

288. Y Darwin, desde que está contigo, ¿ha evolucionado mucho?

289. Y tú, ¿cuándo cambias?

290. ¿Qué prefieres: una certeza o mil dudas?

291. Si vives en un continuo presente, ¿significa eso que no tienes memoria?

292. ¿Cuál es tu símbolo favorito?

293. ¿Alguien va por delante de ti, sondeando el Espacio?

294. ¿Creces hacia dentro o hacia fuera?

295. ¿Quién te pasa las páginas cuando lees la historia?

296. ¿En el cielo hay perdedores?

297. ¿Eres lo que dicen, lo que parece o lo que intuimos?

298. ¿En el Paraíso está prohibido asomarse al exterior?

299. ¿El Uno produce Dos o mucho más?

300. ¿La intuición eres tú, que avisa?

301. ¿Qué haces cuando llegas a un cruce de caminos?

302. ¿Lo tuyo es trabajo vertical?

303. ¿Cómo lees: de derecha a izquierda o de arriba abajo?

304. ¿Eres velocista o corredor de fondo?

305. ¿Qué es mejor para localizarte: el telescopio o el microscopio?

306. ¿Tienes álbum familiar?

307. Y tú, cuando regresas, ¿adónde vas?

308. ¿Qué pesa más: una risa o una sonrisa?

309. ¿Tu intemporalidad se encuentra por encima de la inmortalidad?

310. ¿Cuál es la distancia más corta entre dos imposibles?

311. ¿Qué sucedería si un día te levantaras y no estuvieras?

312. ¿Has probado —sólo por probar— a ser malo?

313. ¿A qué sabe el Tiempo?

314. ¿La creación está en ti o tú en la creación?

315. ¿Eres bueno por convencimiento o por economía?

316. ¿No te produce vértigo no tener límites?

317. Si un día tuvieras que huir, ¿dónde te esconderías?

318. ¿Qué te costó más: inventar el pasado o el presente?

319. ¿Podrías vivir sin simetría?

320. ¿Cómo puedo agarrarme al presente?

321. ¿Hay futuro-bis?

322. ¿Sabes silbar?

Insisto: ¿quién mueve los hilos de nuestras vidas y de cuanto existe?

Idéntica respuesta: qué pregunta tan tonta...

323. ¿Te reflejas en las miradas o son suposiciones mías?

324. ¿Los Dioses ascienden por antigüedad?

325. ¿Qué tal te llevas con la casualidad?

326. ¿Los ángeles se secan el pelo?

327. ¿Sabes qué es un clip?

328. ¿Vas a todas partes con la Santísima Trinidad? ¿No es un poco incómodo?

329. Si el pasado, el presente y el futuro están en la palma de tu mano, ¿qué hay en la otra mano?

330. ¿Eres mejorable?

331. ¿Sabes sorber?

332. ¿Alguna vez te han hecho el "túnel" en la creación?

333. ¿Por qué te gusta tanto la palabra "oops"?

334. ¿Internet es el segundo diluvio universal?

335. Para ser Dios, ¿qué es mejor: tensión alta o baja?

336. ¿Hay túnel de lavado para los transportes seráficos?

337. ¿Quién te inspira más confianza: el Todo o la Nada?

338. ¿Es cierto que los malos son de quita y pon?

339. ¿Alguien mira hacia otra parte cuando te ve llegar?

340. Y cuando hay que dar un puñetazo en la mesa de la creación, ¿quién lo da?

341. ¿Qué cara ponen los curas cuando te ven?

342. ¿Cómo se te ocurrió lo del sentido del humor?

343. ¿Te gustaría obedecer, aunque sólo fuera una vez?

344. ¿Cómo te las arreglas para disimular en el corazón humano?».

EL HOMBRE
QUE SUSURRABA
A LOS «UMMITAS»

R afael de J. Henríquez Theran es un prestigioso ingeniero, egresado de la Universidad del Aire (Oklahoma), de
la Real Escuela de Tráfico Aéreo de Bornemouth (Inglaterra),
de la Escuela Nacional de Aviación Civil de Toulouse (Francia)
y del MIT (Massachusetts). Fue director regional para Sudamé-
rica de la Organización de Aviación Civil Internacional (OACI).

Hasta el 9 de noviembre de 1989 entendía que el fenómeno
ovni era un asunto «altamente cuestionable». Y así lo hizo saber en un programa de televisión sobre «no identificados», emitido el día anterior en Colombia (Canal 9). Henríquez participó
en su calidad de director de la OACI. Y volvió a repetir que los
ovnis presentan una veracidad dudosa.

Horas después de participar en dicho programa de televisión, el ingeniero, y su familia, recibieron un buen susto.

He aquí, en síntesis, lo que me contó:

Un día después de aquella intervención en la tele, a las 7 horas (p. m.) del 9 de noviembre de 1989, algo o alguien se encargó
de hacer pedazos mi escepticismo... Junto a mi esposa y mis
cuatro hijos (un médico, un ingeniero electrónico, un comunicador social y una niña estudiante de bachillerato) fuimos
«abordados» mientras conducíamos nuestro coche en un trayecto cercano a nuestra vivienda campestre, entre las localidades de Tabio y Tenjo, en el departamento de Cundinamarca, a
escasos treinta kilómetros de Bogotá, por un objeto alargado de
dimensiones descomunales (dos o tres veces un Boeing 747), el

Ingeniero Henríquez Theran.
(Gentileza de la familia.)

cual no sólo contestó a la intermitencia de las luces del automóvil, sino que se detuvo sobre nuestro coche durante algunos minutos a una velocidad mínima y silenciosa y torció luego hacia Occidente hasta perderse en un pequeño valle de las cercanías.

La «señal» recibida por el escéptico ingeniero fue de infarto. Pero no quedó ahí la cosa...

A partir del avistamiento, Rafael y los suyos empezaron a tener sueños inquietantes en los que aparecía un no menos enigmático símbolo:)H(.[1]

El ingeniero se puso en contacto conmigo y yo intenté explicarle el posible significado de dicho símbolo. Fue así como hicimos amistad.

El caso, finalmente, fue incluido en *El hombre que susurraba a los «ummitas»*. El libro fue terminado en marzo de 2004 y enviado a Barcelona, a la Editorial Planeta.

Pero el manuscrito se perdió (!)...

Tras no pocas peripecias, el libro fue publicado en marzo de 2007. Y me apresuré a enviárselo a Henríquez.

El 23 de mayo de 2007 me remitía el siguiente correo electrónico:

Querido amigo:

Ayer se dio en la sabana de Bogotá un inusitado fenómeno a las doce del día cuando un sol brillante, de esos de las montañas de la zona tropical, iluminó el cielo y a su alrededor se formaron tres arco iris concéntricos. La gente del pueblo de Tabio salió a las calles a observar el bello espectáculo. Estaba yo en esas, poseído por una extraña sensación de felicidad profunda, cuando sonó el teléfono. Mi hija Alexandra, desde Bogotá, me daba la gran noticia: había llegado tu último libro. Aún no lo tengo en mis manos (mañana la visitaré). Me leyó tu carta, la dedicatoria del libro y la noticia de tu posible viaje a Venezuela, en diciembre (también que habías comen-

1. La célebre «H», de «Ummo», podría ser el emblema (?) de dicha civilización «no humana». Amplia información en *El hombre que susurraba a los «ummitas»* (2007).

638

El triple arco iris concéntrico me recordó la bandera de Mikael...
Cuaderno de campo de J. J. Benítez.

zado a leer *Bitácoras*). Me siento feliz en este instante y van para ti mis agradecimientos. Te deseo lo mejor del mundo...

Y quedé igualmente sorprendido.

¡Qué «causalidad»!... El triple arco iris[1] apareció el mismo día que llegó el libro a Bogotá.

Que cada cual saque sus propias conclusiones...

1. El arco iris de triple círculo es una consecuencia natural de la combinación de refracción, dispersión y reflexión de la luz en el interior de las gotas de lluvia.

DE LA MANO CON FRASQUITO

A veces, cuando termino una carta, o al firmar ejemplares de mis libros, me gusta rematar lo escrito con un pequeño dibujo: generalmente un ovni (sonriente).

Es una forma de rendir homenaje al que ha sido (y es) uno de mis enigmas favoritos.

Pues bien, en cierta ocasión sucedió algo mágico, relacionado con ese inocente ovni.

Me encontraba en la Feria Internacional del Libro, en Guadalajara (México).

De pronto, en una firma de ejemplares, fui abordado por un joven...

Traía un libro en las manos.

—¿Me lo puede dedicar? —preguntó con timidez.

Accedí, encantado.

Y aproveché para sondear:

—¿Qué le ha parecido?

El muchacho —Daniel Díaz— replicó:

—*De la mano con Frasquito* es pura magia...

Y relató lo siguiente:

—Me hallaba en mi casa, leyéndolo. Estaba tan impresionado que me detuve y dirigí el pensamiento a los cielos. Y solicité una señal...

Sonreí para mis adentros. Eso me sonaba.

—«Si todo esto es cierto —prosiguió el joven—, dadme una prueba»...

—¿A qué se refería?

—Al contenido del libro.

—¿Y bien?

—Salí al jardín y vi un papel en el suelo...

Daniel me mostró el papel.

Quedé asombrado.

En él aparecía el dibujo de un ovni, parecido al que yo suelo pintar.

¡Era un ovni sonriente!

Sin comentarios...

«Respuesta» a Daniel Díaz.

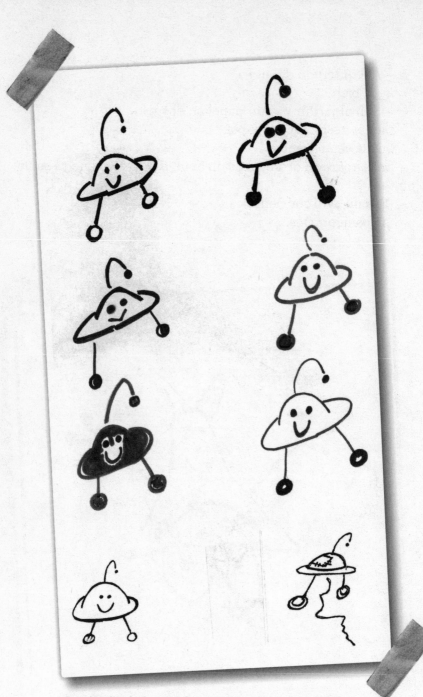

Ovnis dibujados habitualmente por J. J. Benítez.

AL FIN LIBRE

 ablé de ello en su momento, pero no me importa repetirlo.

Merece la pena.

Aquélla fue una señal de categoría...

La noche del 2 de julio de 1999 fue especialmente amarga.

Tumba del padre de J. J. Benítez, en Pamplona. (Foto: Blanca.)

La pasé en el tanatorio Irache, en Pamplona (Navarra), frente al féretro de José Benítez Bernal, mi padre.

Me hice muchas preguntas.

Tenía el rostro sereno, con una levísima sonrisa.

Y allí permanecí, como digo, preguntándome: «¿Dónde te has ido? ¿Estás vivo? ¿Por qué no te mueves?».

Yo le quería, aunque no tuve el valor de decírselo jamás.

¡Qué gran misterio la muerte!

Lo observé mucho tiempo...

«¿Dónde estás? Porque sé que estás en alguna parte.»

Al día siguiente, 3 de julio, durante el funeral, volvieron las dudas: «Sé que tu alma se ha ido, pero ¿a qué lugar?».

Y solicité una señal.

«Si en verdad estás VIVO, como creo, dame una prueba. Hazme saber dónde estás.»

Fue al día siguiente, 4 de julio, cuando recibí la respuesta a mi petición (eso creo al menos).

Me hallaba frente al tanatorio, aguardando la salida del coche fúnebre que debería trasladar los restos de mi padre al cementerio de Pamplona.

De pronto apareció y la «fuerza» que siempre me acompaña me obligó a fijarme en la matrícula del vehículo.

Quedé perplejo.

¡NA-1946-AY!

¡El año de mi nacimiento! ¿Casualidad?

Consulté a mi maestro de Kábala y la respuesta me desconcertó.

Las letras y número de la matrícula (a la que me he referido en páginas anteriores), previa conversión al hebreo, respondían a la señal solicitada en el funeral: «Desfalleció (murió). Destinado a la altura».

En la «respuesta», incluso, figuraba mi propia pregunta: «NA-AY» («por favor, dónde»). Eso fue lo que formulé: «Por favor, ¿dónde está?».

Naturalmente, me faltó tiempo para indagar sobre el número de vehículos matriculados en esos momentos en Navarra, incluyendo, claro está, los coches fúnebres. Las sucesivas respuestas de los centros oficiales vinieron a ratificar lo que suponía: vehículos matriculados (a diciembre de 1998): 306.034. Total de coches fúnebres matriculados en Navarra: 49.

Estaba claro.

La probabilidad de que un coche fúnebre —en este caso, el que trasladaba el cadáver de mi padre— portara la mencionada matrícula, con el año de mi nacimiento, y la «respuesta» a mi petición, se hallaba sometida a tal cúmulo de parámetros que la presencia de dicho furgón en ese lugar y en ese momento resultaba casi nula desde el punto de vista matemático.

En otras palabras: entendí que mi padre sigue vivo...

A raíz de ésta, y de otras vivencias, decidí escribir un libro titulado *Al fin libre* (con el consiguiente mosqueo de la viuda, mi supuesta madre).

Y pasó el tiempo...

El 2 de julio de 2008, en el noveno aniversario de la muerte de mi padre, María Villamán me envió un correo electrónico al que no presté mucha atención y en el que, entre otras cosas, decía:

... Como recordarás, te envié un «mp», para el aniversario del señor José Benítez. La idea me vino cuando releía *Al fin libre*... Me di cuenta de que se acercaba el aniversario y le dije a mi marido: «Me voy a Pamplona, a visitar la tumba»... Se lo dije a mi hija y, como es azafata, me dice: «Mamá, dime el día, y te saco el billete»... Pero se acercaba el día y no me veía con ganas... Finalmente decidí ir... Salgo el día 1 de julio (2008). Vuelo IB-8414. Despega a las 15.10. Retraso de 20 minutos... Llego al hotel Maisonave, en la calle Nueva, 20... Suelto la maleta y pido un taxi (en casa ya me habían informado de que en Pamplona sólo hay un cementerio)... Me dirijo al cementerio y veo el plano de localización, pero no me aclaro... Pregunto a unas señoras y me dicen que tengo que tener el número del grupo. Eso me lo dan en la oficina, pero por la mañana... Sólo dispongo del número del nicho. Así no lo encontraré... Decido hacer un recorrido y camino y camino durante más de una hora... Imposible. Nada de nada... No lo encuentro... Llamo a un taxi y regreso al hotel...

Hoy, 2 de julio, me levanto a las ocho menos cuarto de la

mañana. Desayuno y me voy al cementerio... Doy el nombre del señor Benítez y el chico que me atiende me entrega un plano... Está en el grupo 21, nicho 239... Me dicen cómo llegar... Me dirijo al lugar... A las 8.45 estoy delante de la tumba de José Benítez... Me emocioné mucho al ver la lápida... Me invadió una gran paz... Vi un rosal y tomé una flor... La coloqué en el nicho, como pude, porque está alto... Me aparté un poco y esperé... Quizá se presentase Juanjo Benítez... ¡Qué tontería!, pensé... Y pasaron los minutos... Nada... Tomé otra rosa y decidí limpiar la lápida... Busco una escalera y me pongo a limpiar... Rezo para que nadie me pille... ¿Qué voy a decir?... Termino y me alejo unos pasos... Me pongo a fumar... Me siento en un panteón y espero... ¿Llegará Juanjo?... A las doce tengo que dejar la habitación y marchar al aeropuerto... Mientras fumo me digo: «¿Qué hago aquí?»... Sé que no veré a Juanjo y, sin embargo, estoy tranquila y relajada... En eso, mientras medito, veo que se acerca un señor... Se dirige al lugar donde se encuentra el nicho del padre de Juanjo Benítez... Me acerco, disimuladamente, y le doy los buenos días. Y pregunto:

—¿Visitando a algún pariente?

—Sí...

Y señala un nicho, más abajo. Yo me había fijado anteriormente en aquella sepultura. Allí estaba enterrada una señora llamada Blanca. Alguien había dejado unos dibujos infantiles, muy tiernos. «Blanca»... Como la esposa de Juanjo.

—¿Viene a ver a Blanca?

—Sí —responde—, es mi mujer...

—La extraña, ¿verdad?

—Mucho...

—No se preocupe —le digo—. Esto es un «hasta luego». Cuando usted pase al otro lado, ella le estará esperando.

—¿Tú crees?

—Sí, la muerte, en realidad, es el comienzo de la vida.

—¿Cómo estás tan segura?

—Mire ese nicho...

Y señalé el de José Benítez.

—Se lo dijo a su hijo. Y él escribió este libro.

Entonces le mostré *Al fin libre*. Y añadí:

—Además, mi madre, que murió el año pasado, vino y me lo dijo. Por eso la muerte se tiene que tomar como algo natural.

El hombre me miró como un niño pequeño y preguntó:

—¿De verdad la veré cuando muera?

—Sí. Ella le esperará...

—¿Seguro?

—Segurísimo.

—Pero, si me queman, no la veré...

—Eso no tiene nada que ver. El cuerpo no importa. Se queda en la tierra. Lo que interesa es el alma...

Se echó a llorar y me dice:

—Hoy no me sentía bien y vine a verla...

Me aparté y le vi hablar con Blanca.

**María Villamán.
(Foto: Blanca.)**

Al cabo de unos minutos me salió al encuentro y me dio las gracias.

Noté un brillo especial en sus ojos. Sonrió y se despidió.

Fue entonces cuando comprendí por qué me hallaba frente a la tumba del padre de Juanjo...

Miento. Sí presté atención al correo de María. La mención a la aparición de la madre, muerta, me alertó. Y solicité detalles. María respondió, gentil, y volví a utilizar la técnica de la «nevera»...[1]

En octubre de 2012, cuatro años después, me reuní con María Villamán y con su marido.

Y confirmó lo que ya sabía.

Fue entonces cuando bajé a las profundidades del correspondiente cuaderno de campo. Y quedé maravillado...

El 1 de julio de 2008, martes, cuando María llegó a Pamplona, yo viajé de Bilbao a Elizondo, en Navarra (España). Allí me reuní con Santi Arriazu, periodista y compañero de universidad, y con Bernabé Cebrián, otro viejo amigo. Y emprendí una serie de pesquisas y comprobaciones en la cercana población de Urdax. En la visita nos acompañó Santiago, alcalde del pueblo.[2]

A las 21.30 horas, terminadas las investigaciones en torno al suceso de Urdax, viajamos a Pamplona y nos alojamos en el hotel Yoldi, en la avenida de San Ignacio (habitación 204).

Esa noche, Santi, Bernabé, Blanca y yo cenamos en una sidrería de la calle Estafeta, cerca del hotel Maisonave (!).

A la mañana siguiente, 2 de julio, miércoles, tras una consulta en el Registro Civil, nos dirigimos al colegio Santa María

1. El primer correo electrónico de María Villamán, enviado el 2 de julio, fue leído por Blanca y por mí cuatro días después (6 de julio).

2. A la edad de seis años, J. J. Benítez tuvo un singular encuentro a las afueras de Urdax. Un ser de gran altura, y la cabeza cubierta con un casco, salió entre la niebla y llevó al niño a una gruta (?). Allí lo introdujo en una especie de «sarcófago» (?), en cuyo fondo aparecían fuertes luces blancas. J. J. Benítez permaneció perdido durante varias horas. Finalmente fue encontrado en el interior de una casa del pueblo. Nadie se explica cómo llegó allí.

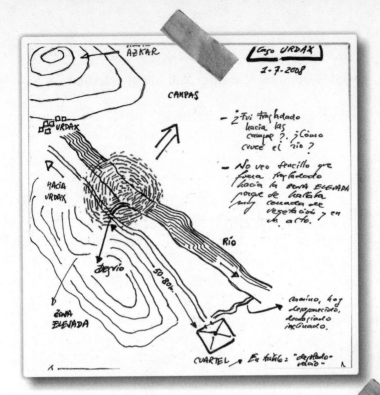

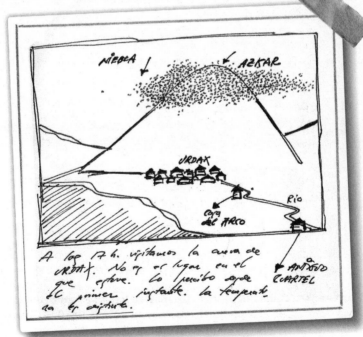

Caso Urdax. Cuaderno de campo de J. J. Benítez.

la Real, de los Hermanos Maristas. Allí había estudiado el bachillerato.

Fue una visita puramente romántica.

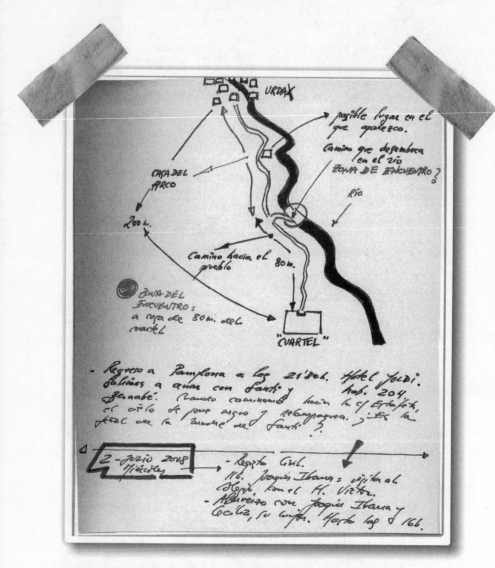

Pura magia. Mientras María Villamán se hallaba frente al nicho de José Benítez, en el cementerio de Pamplona, J. J. Benítez visitaba el colegio Santa María la Real, en la misma ciudad. Y tuvo un pensamiento que rechazó: era el noveno aniversario de la muerte de su padre. Debería visitar la tumba. Cuaderno de campo de J. J. Benítez.

Y recorrí las viejas y añoradas dependencias en compañía del hermano Víctor Pastor Abáigar y de otro querido compañero de aulas: Joaquín Ibarra Zulategui.

A las once, al ingresar en la hermosísima capilla, mientras contemplaba las esculturas de Alfredo Surio, en el altar, llegó un pensamiento: «Era el noveno aniversario de la muerte de mi padre. Podía visitar su tumba».

En esos instantes, María Villamán se encontraba frente a la sepultura de José Benítez, esperando que yo me presentara en el cementerio (!).

No lo hice.

«Algo» que no puedo describir me retuvo.

Ahora lo entiendo. Aquel hombre que conversó con María era más importante...

Al día siguiente continué viaje hacia Elche.

Durante la última visita a Brasil (octubre de 2012) tuve la satisfacción de conocer a César González, entonces gerente de la Editorial Planeta en aquel bello e inmenso país.

Una de las noches acudimos a cenar al Rubaiyat Figueiras, en São Paulo, famoso por la gigantesca higuera que lo preside.

Hablamos de mil cosas.

Y César se interesó por mis proyectos literarios.

Enumeré algunos de los 140 libros que tenía en preparación en esos momentos.[1] Y al detenerme en *Estoy bien*, el gerente, intrigado, solicitó detalles. Se los di, naturalmente.

—*Estoy bien* es el fruto de muchos años de investigación por todo el mundo. He reunido cientos de casos de personas que aseguran haber visto, hablado y tocado a familiares y amigos..., muertos y enterrados.

César escuchó, atento y escéptico.

---

1. Obviamente, a razón de un libro por año, no salen las cuentas. La solución sería escribir un libro sobre lo que nunca podré escribir...

Y al final de la exposición comentó:

—Pero todo eso pueden ser alucinaciones...

Entonces procedí a contar la experiencia de Beatriz Teresa, en la República Dominicana.

—Un día se le presentó su ex marido, muerto hacía siete meses. Le pidió que no se asustara y le informó sobre un dinero del que no sabían nada... Estaba depositado en un banco. Beatriz indagó y, efectivamente, descubrieron una cuenta secreta, con miles de dólares.[1]

—¿Y cobraron el dinero?

—Por supuesto.

—Entonces estás convencido. Hay vida después de la muerte...

Asentí.

—Pero —insistió César—, ¿por qué nadie regresa y se queda?

—Al parecer está prohibido. Cuando leas *Estoy bien* lo comprenderás.

Y la conversación derivó hacia la madre del gerente.

César explicó que se había quedado viuda y que echaba de menos a su marido.

No sé por qué lo hice, pero prometí enviarle *Al fin libre*, un libro que podría aliviar la soledad de la madre.

A mi regreso a España (2 de noviembre), nada más pisar tierra, creí escuchar la «voz» que siempre me acompaña:

—Recuerda tu promesa...

—¿Qué promesa?

La verdad es que lo había olvidado...

—Enviar *Al fin libre* a César...

Me apresuré a cumplir.

Y el 5 de noviembre, lunes, eché el libro al correo.

Y proseguí los viajes y las investigaciones.

Semanas después, Blanca recibió un correo de César. Decía, entre otras cosas:

... Te pido que le transmitas a Juanjo el especial agradeci-

---

1. Amplia información sobre el caso en *Estoy bien*.

miento de mi madre por el libro que tan gentilmente le envió y dedicó. Por increíble que parezca, el libro llegó a sus manos el 14 de noviembre, día de su cumpleaños, así que fue como contar con la presencia de mi padre. Lejos de entristecerla la llenó de esperanza. Leyó el libro de manera demorada, para poder disfrutarlo más y cuando llegó al final me dijo que lo adoptará como libro de cabecera. Yo también quiero expresarte mi agradecimiento por este gesto.

Ni que decir tiene que César, en aquella cena, no mencionó cuándo era el cumpleaños de su madre.

Una mano invisible y benéfica —lo sé— cuida de todos los humanos..., aunque, en ocasiones, no sepamos interpretarlo.

JESÚS DE NAZARET: NADA ES LO QUE PARECE

T odo llega cuando tiene que llegar; ni un minuto antes ni un minuto después.

Esto fue lo sucedido aquel martes, 27 de noviembre de 2012.

Durante años, como conté en *Estoy bien*, traté de localizar a una vecina del pueblo sevillano de Alcalá de Guadaíra. Según mis informaciones, la mujer había protagonizado un suceso intrigante. Estaba a punto de dar a luz y fue trasladada a un hospital de Sevilla. Por razones que desconocía, la parturienta permaneció en un pasillo, recostada en una camilla, a la espera de que la trasladaran a los paritorios. Pero el parto se adelantó. En esos críticos momentos se presentó un médico y ayudó a la mujer a dar a luz. En la bata se leía su nombre: López de la Manzanara. Y el médico desapareció. Pues bien, lo desconcertante es que ese doctor había muerto tiempo atrás, como consecuencia de un accidente de tráfico.

La búsqueda de la señora no dio resultado. Parecía como si se la hubiera tragado la tierra. Solicité ayuda a otros investigadores, pero fue igualmente inútil. No disponía de pistas. Me sentía fracasado...

Pero aquel 27 de noviembre, como digo, todo cambió.

A las 19 horas presenté en la ciudad de Sevilla mi último libro: *Jesús de Nazaret: nada es lo que parece*.

El acto se celebró en la librería Beta, en el centro.

Amén del pánico que siento en esta clase de actividades, todo fue bien.

Se desarrolló un coloquio y, finalmente, los que lo desea-
ron, hicieron cola y procedí a firmar libros.

Una hora después llegó hasta mí un joven llamado Jesús
Gómez.

Traía el libro en las manos.

Y solicitó que se lo dedicara.

Lo miré, con curiosidad, y pregunté:

Jesús Gómez (derecha),
el día del providencial encuentro
en la librería Beta, en Sevilla.
(Foto: Blanca.)

—¿De dónde eres?

—De Alcalá de Guadaíra...

Fue instantáneo.

Una idea se posó en mi mente. ¿Podía conocer a la mujer que buscaba? Y le planteé mi problema.

El muchacho escuchó con atención y terminó sonriendo.

—La conozco. Es fulanita... Su hijo, el que fue ayudado a nacer por ese médico, es conocido mío.

Me quedé de piedra.

Llevaba años intentando localizarla y, de pronto, de forma inesperada, aparece alguien con la solución.

Fue así como terminé llegando a la protagonista de la historia.

Nunca olvidaré a Jesús Gómez...

Su presencia en la librería Beta, sencillamente, fue un regalo del Padre Azul. Otro...

EL DÍA DEL RELÁMPAGO

A Renato lo conocí en otra firma de ejemplares.

Había vivido una interesante historia de «resucitados».

Pero empezaré por el principio...

El 23 de abril de 2013 presenté *El día del relámpago* en la ciudad de Lima. Era la primera vez que presentaba un libro en Perú.

Ante mi sorpresa, y la de la editorial, más de cien personas se quedaron en la calle. El local resultó pequeño.

Una de las personas que tuvo problemas para asistir a la presentación y al coloquio fue el mencionado Juan Renato Martin.

Yo tenía que conversar con él, pero ninguno de los dos lo sabíamos...

El Padre Azul, afortunadamente, lo tenía todo previsto...

Así me lo contó Renato días después:

... Hola. Aquí les cuento lo que padecí cuando me gané el libro de Juan José...

El domingo, 21 de abril de 2013, por la noche, estaba navegando por Internet (escuchando también Radio Capital: el programa del señor Anthony Choy, *Viaje a otra dimensión*) y oí que Juan José Benítez venía a Perú a presentar un nuevo libro y que la radio y la Editorial Planeta estaban realizando un concurso que consistía en contar una historia paranormal... El premio era un libro de Juan José y, además, el estar en la presentación y en la firma de autógrafos.

Anuncio del concurso.

Ni corto ni perezoso me puse a escribir algo que me pasó con mi padre... Y ante la incredulidad de mi hijo envié a la página web del programa, vía Facebook, la referida historia.

Los resultados, al parecer, los harían públicos el lunes, 22.

Ese lunes, por la tarde, ingresé en la página del programa, pero nada... También lo hice más tarde: nada...

El martes, por la mañana, tampoco dijeron nada.

Y a eso de las cinco (p. m.) me llamó mi hijo, anunciándome que había sido uno de los ganadores.

La alegría me invadió.

Tenía que estar en el lugar de la presentación antes de las 19.30 horas.

Salí del trabajo a las 18.30, para estar media hora antes. Pero, al llegar (hacia las 19), la calle estaba a reventar de gente. Incluso habían cerrado las puertas del local. Ya no entraba nadie más. El tumulto llegaba hasta la vereda...

Los de seguridad repetían que no iba a ingresar nadie más...

En ese momento pensé: «No puede ser».

Intenté acercarme todo lo que pude a la puerta, con el fin de comunicarles que había ganado un concurso, pero fue en vano. Había tanta gente que era inviable.

Esperé veinticinco minutos para ver si abrían alguna otra puerta, pero no fue así. Y los de seguridad empezaron a decir que habría otra presentación al día siguiente... Algo que resultaba obviamente falso...

En esos momentos me puse a pensar qué hacer...

¿Había otra puerta?

Primero se me ocurrió intentar el acceso por la playa del aparcamiento. No tuve suerte. Había mucha seguridad.

Estaba casi al borde de la desesperación y pensé en ir por un costado del edificio.

Allí había una pequeña puerta, de vidrio...

Toqué y me atendió uno de los de seguridad. Le dije que había ganado un premio de la editorial y que deseaba entrar.

Pero me pidieron mis documentos y reclamaron a la representante de Planeta.

La señora de la editorial acudió al lugar y me entregó un libro de Benítez. Yo vi el cielo abierto, pero no...

Y de pronto me dice que está todo lleno y que no puede entrar nadie más.

Y se marchó...

En esos momentos, mientras la representante de Planeta y los de seguridad hablaban con el público que se hallaba en la calle, varias personas entraron por la puerta de vidrio. Y preguntaron dónde era la conferencia. Les dije que sólo sabía que era en la sala Alcides Carrión... Y entraron... Me fui tras ellos... «Lo peor que puede pasar —me dije— es que me saquen.»

En el segundo piso me encontré con los que acababan de entrar.

Nadie sabía nada...

Nos metimos en el ascensor y subimos a la sexta planta.

La sala, en efecto, estaba llena.

Los de seguridad no dejaban entrar a nadie...

Muy cerca se hallaba Anthony Choy, que presentaba el

acto, y me acerqué a él. Le dije que había ganado el concurso pero, lamentablemente, no pudo ayudarme. No dependía de él, sino de la editorial.

Y me dije: «Esperaré la llegada de J. J. Benítez. Entonces intentaré que me firme el libro».

Llegó Juanjo pero no pude aproximarme. Además, no quería que me tomara por un fanático. Y decidí esperar al final.

Empezó la presentación y me paré en la puerta. Desde allí escuché lo que pude.

Conforme se aburría el de seguridad me fui colando y colando, hasta que logré entrar en el salón. Permanecí de pie, pero me di por satisfecho.

Renato, con J. J. Benítez, el día de la firma. (Gentileza de Renato Martin.)

Cuando acabó la presentación se hizo una cola, para la firma de autógrafos.

Me puse al final, y ciertamente temeroso... La gente decía que era sólo para los que compraban el libro...

En la cola observé cómo Juan José conversaba con todos y cada uno de los lectores.

Y pensé: «¿Qué le voy a decir?»... No se me ocurrió nada.

Cuando me tocó el turno, Juanjo me dio la mano, me saludó, y empezó a escribir. Fue entonces cuando preguntó qué me parecían sus libros... Hablamos un momento y le dije que me había llamado la atención lo que había comentado en la presentación sobre un próximo libro que tenía en preparación... Un libro sobre encuentros con personas fallecidas... Entonces le expliqué que yo había tenido una de esas experiencias, con mi padre... Juan José cerró el libro y dijo: «Cuéntame»... Y yo empecé a hablar...

La cola empezó a impacientarse, pero eso, a Juanjo, no le importaba, y a mí menos...

Finalmente me pidió un teléfono o un correo, para estar en contacto.

Yo estaba fascinado...

Tres días después, Renato y yo pudimos conversar tranquilamente en el hotel Ariosto. Y contó su interesante experiencia con su padre, muerto.[1]

No cabe duda: el Padre Azul escribe recto con renglones torcidísimos...

1. Amplia información sobre el suceso en *Estoy bien* (2014).

92
EL RETRATO

Durante décadas he oído y leído la misma cantinela: «Los *Caballos de Troya* son fruto de la imaginación del autor».

Al principio me apresuraba a desmentirlo.

Y repetía, hasta el aburrimiento: «La información que aparece en los *Caballos* procede de una fuente capital que no debo desvelar».

No sé si me creyeron...

Ahora ya no polemizo.

Que cada cual piense lo que quiera o lo que pueda...[1]

Pues bien, en el presente bloque daré cuenta de algunos hechos que vienen a confirmar lo que he repetido tantas veces: los *Caballos* son mágicos. Ni en mil años podría conseguir una *bellinte* así...

Veamos.

En marzo de 1984, durante la Semana Santa,[2] se publicó el *Caballo de Troya 1.*

Al poco, alguien llamó a la puerta de mi domicilio, en Negurigane (entonces vivía en Lejona, Vizcaya, España).

Ese «alguien» preguntó por mí.

---

1. Si yo disfrutara de una imaginación tan desbordante, capaz de inventar discursos inéditos de Jesús de Nazaret, sería un serio candidato al Premio Nobel de Literatura. No es el caso ni he venido a este mundo a ganar premios. Mi misión es otra, y muy distinta.

2. Recuerde: nada es casual...

Yo no estaba...

Y el «mensajero» entregó un paquete.

Después se esfumó...

Nadie firmó nada.

Cuando regresé inspeccioné el paquete (en realidad se trataba de un cilindro de cartón, muy liviano).

No presentaba remitente, ni franqueo. Nada.

Lo abrí, intrigado.

Contenía una cartulina.

No aparecía nota alguna...

Miré en el interior del cilindro.

Negativo.

En la cartulina se distinguía una imagen de Jesús de Nazaret. Eso creí...

Era la foto de un retrato al carbón.

Por más vueltas que le di no hallé el nombre del autor.

Nada de nada. Ni una sola pista...

La imagen era (es) espléndida.

Me cautivó desde el primer instante en que la vi.

La mirada del Maestro es dulce y misericordiosa. Tiene algo especial y enigmático.

Supuse que lo enviaba algún lector agradecido. El *Caballo 1*, como digo, acababa de aparecer.

Interrogué a mis hijos.

Nadie sabía nada, salvo Lara. Ella abrió la puerta y se hizo con el cartucho.

Lara, entonces, tenía nueve años.

—Era un hombre —explicó—. Preguntó por ti... Le dije que estabas de viaje.

—¿Lo conocías?

Lara negó con la cabeza.

—¿Era el cartero?

Volvió a negar.

—¿Era joven o mayor?

—Como tú, más o menos...

Yo, en esa época, tenía treinta y siete años.

Tras no pocas preguntas conseguí reconstruir, en parte, el aspecto del «mensajero»: moreno, sonriente, joven y

La imagen que llegó al domicilio de J. J. Benítez.

guapo. Según mi hija hablaba castellano. No era muy alto. Vestía cazadora negra con unas alas en el pecho. Junto a las alas aparecían unas letras, pero Lara no recordaba cuáles.

Pensé en el emblema o logotipo de alguna empresa de mensajería.

La conversación, siempre en la puerta, fue breve.

El hombre entregó el cartucho y desapareció, escaleras abajo.

El resto de la familia no vio nada.

Quedé extrañado.

¿Por qué el «mensajero» no preguntó por un adulto?

¿Por qué no dejó un justificante? ¿Por qué nadie firmó nada?[1] ¿Cómo sabía la dirección?

Inspeccioné la imagen detenidamente.

Mide 18 por 31 centímetros.[2]

Aparentemente es el busto del Maestro. Está delicadamente trazado. Yo diría que fue dibujado al carbón.

Durante años traté de averiguar quién era el pintor.

No lo conseguí.

Tampoco hallé una pintura que se le pareciese.

Pero un día, en Noruega, surgió la sorpresa...

«Alguien» me entregó «algo».

Ese «algo» contenía una información preciosa y una copia —exacta— del retrato que llegó a mi casa en marzo de 1984 (!).

Ese «alguien» era Eliseo, el compañero del mayor norteamericano.

---

1. Con el paso de los años volví a interrogar a Lara, pero el recuerdo de aquel «mensajero» (?) se había borrado de su memoria. No recuerda nada.

2. En Kábala, «18» equivale a «Dios». Por su parte, «31» = «dar» o «donar». La suma de 18 y 31 es igual a 49 (4 + 9 = 13). El «13» tiene el mismo valor que «amor». En otras palabras: «Dios regala amor». Eso fue para mí la llegada de aquella imagen: un regalo de Dios (pero lo supe mucho después).

El «18» equivale también a «entrada, llegada o venida». El resultado podría ser: «La llegada o la entrada de un Dios» (a mi casa) (!).

La imagen, en efecto, es el único retrato conocido del Hombre-Dios.

Pero ésa es otra historia...

La imagen de Jesús de Nazaret acompaña a J. J. Benítez en su despacho. (Foto: Blanca.)

«IMPOSIBLE:
YO MISMA LO TIRÉ
A LA BASURA»

E n mayo de 2004 recibí una carta procedente de Madrid. La firmaba Margarita Garnica.

Decía, entre otras cosas:

... Estimado Sr. Benítez:

Me llamo Margarita, tengo veintisiete años, soy abogada y vivo en Madrid.

Siempre he admirado y respetado su trabajo por su seriedad, su rigurosidad, su profundidad y su valentía. Sus investigaciones resultan apasionantes, pero lo que más me emociona son esos libros personales, comprometidos, profundos, poéticos *(Mágica fe, Al fin libre, A 33.000 pies...)*. Y me emocionan porque no se ha limitado a narrar unos hechos, sino que ha profundizado en ellos, los ha incorporado a su vida, y el resultado es maravilloso, esperanzador.

Le escribo para contarle mi experiencia en la búsqueda personal de Dios y para darle las gracias por haberme ayudado a empezar esta gran aventura. Supongo que recibirá cientos de cartas iguales que ésta y hablando de lo mismo, pero aun así me hace ilusión escribirle ya que, después de todo, usted es el «culpable».

Cuando tenía dieciséis años caí en una profunda crisis de fe. Las figuras de Dios y de Jesús siempre habían despertado mi curiosidad, pero en ese momento empezaron a surgir muchas dudas, muchos interrogantes. Sin embargo, cuanto más intentaba profundizar en el tema menos encajaban las piezas. Sólo encontraba argumentos contradictorios y oscuros que siempre solían conducir a un Dios triste, vengativo y cruel. Me replanteé todas mis creencias, sabía que algo fallaba pero no lograba encontrar la clave, no sabía dónde buscar. Quería creer, pero no me sentía capaz. Y en ese momento cayó en mis manos *Caballo de Troya* (de un modo un poco sorprendente, por cierto).

Estaba en la biblioteca del colegio buscando algunos libros interesantes, pero tenía poco éxito. Cogí las escaleras para mirar en los altillos de los armarios y en un rincón encontré *Caballo de Troya*. Iba a empezar ya la siguiente clase, así que como la bibliotecaria no llegaba me lo apunté yo sola en mi ficha y me fui. La sorpresa llegó al devolverlo. *Mother*

La monja tiró el *Caballo de Troya* a la basura y volvió a aparecer en un armario de la biblioteca.

María, la monja encargada de la biblioteca, me preguntó de dónde lo había sacado y me dijo que era imposible que estuviera allí: ella misma lo había tirado a la basura después de leerlo. Pensaba que era una «herejía». Y así fue como la «casualidad» puso su obra en mi camino, cuando más me preguntaba por Jesús y, como he comprobado después, en el momento justo y preciso para prepararme y ayudarme a afrontar una época difícil que empezó poco después.

Cuando empecé a leer *Caballo de Troya* me enganchó tanto que no pude parar hasta que lo terminé. Fue la primera y la única vez que he llorado con un libro. Lloré de emoción, y también de alegría. Por fin había encontrado lo que sabía que debía existir, pero que hasta entonces había sido incapaz de adivinar. Descubrí un mensaje tan simple y a la vez tan grandioso que superaba con creces todo lo que podía esperar. «Algo» me decía que aquel libro no era una versión más de tantas que hay, sino que era la versión más cercana a la realidad. Sé que sonará a frase hecha, pero realmente noté como si una «luz» se escondiera dentro de mí, una «luz» que nunca se ha apagado y que me impulsa a seguir buscando y avanzando. Desde entonces he comprobado que cuando dudas, y te preocupas por conocer a Dios, Él siempre sale a tu encuentro y se pone en tu camino de un modo u otro, a veces de maneras insólitas e inesperadas. También he comprendido que estaba equivocada al intentar racionalizarlo todo. La mejor manera de acercarte a Dios es con el corazón. De ese modo sientes que las piezas encajan definitivamente, como si siempre hubieras tenido la respuesta dentro de ti, como si tuvieras la capacidad de intuir cuál es la verdad.

En esta búsqueda he encontrado no sólo a Dios, sino también al Padre, con todo lo que significa y conlleva esa palabra. Un Padre alegre, amistoso e infinitamente cercano a nosotros. He aprendido a confiar en Él y a ponerme en sus manos sin reservas, y le aseguro que nunca me ha fallado. Lo noto siempre conmigo, en cosas grandes y sobre todo en cosas pequeñas. Es increíble pararte a pensar y comprobar cómo te ha ido llevando sutilmente, a veces sin que te des cuenta en el momento, cómo ha puesto en tu camino justo lo que necesitabas en cada ocasión. Lo veo día a día, en planes que se tuercen para llevarme a otra opción que luego resulta ser infinitamente mejor, en encuentros fortuitos, en conversaciones inesperadas, en casualidades que nunca resultaron serlo... Pero, sobre todo, he aprendido a confiar en los momentos duros, en circunstancias difíciles que he tenido que afrontar y en las que lo más fácil era caer en la desesperación. Sin embargo, ha sido en estas ocasiones cuando más cerca he notado la mano de Dios, cuando mi fe en la Providencia se ha visto más fortalecida, y siempre ha terminado por pasar «algo» que me ha ayudado a seguir adelante.

Además he puesto en práctica su sistema de señales, y le puedo asegurar que siempre ha funcionado, que siempre he encontrado respuesta. A veces con cosas pequeñas, y otras de manera espectacular, como me sucedió en Sevilla (aunque soy de Madrid, he vivido muchos años en Sevilla). Ese día pedí una señal; quería comprobar si realmente existe algo parecido al «ángel de la guarda», algún tipo de entidad superior que nos acompaña y que nos guía. Me concentré en la cuestión y, de repente, se encendieron todos los focos que iluminaban la fachada de mi casa. Eran muy potentes, y por un momento pareció que se hacía de día. Lo curioso es que esos focos nunca se habían encendido, y después de ese momento no se volvieron a encender...

Leí la carta con curiosidad y con admiración. Y me propuse conversar con Margarita..., a su debido tiempo.

Empleé, una vez más, la técnica de la «nevera»...

Y el 24 de octubre de 2012 (ocho años después) me reuní en Madrid con la abogada. La acompañaban su madre, también llamada Margarita, y Cristina, su hermana.

La muchacha confirmó lo que había expuesto en su carta y amplió detalles:

—Lo del *Caballo de Troya* —explicó— sucedió cuando tenía quince o dieciséis años. Estaba en segundo de BUP...

—¿En qué colegio?

—En las irlandesas, en Sevilla.

Margarita (derecha), con su madre y Cristina, su hermana. (Foto: Blanca.)

—¿Dónde encontraste el libro?

—En un altillo. Los libros aparecían apilados, en columnas. El *Caballo* se hallaba en lo alto de una de ellas.

—¿Y por qué te decidiste por él?

—Por la portada. En esa época quería ser astronauta...

Aquella edición, en efecto, presentaba un astronauta en la cubierta junto a la figura del Maestro.

—Dices que, al devolverlo, la monja responsable de la biblioteca se extrañó...

—Sí, *mother* María aseguró que ella misma lo había arrojado a la basura.

—¿Por qué?

—Era un libro «desestabilizador». Eso dijo. Y nosotras éramos muy jóvenes...

—¿Qué edad podía tener la monja?

—Unos setenta años.

—¿Quién compró el libro?

—Supongo que la comunidad. Tenía una pegatina, con la referencia, y el sello de las irlandesas en el canto (IMBVM).

—Si la monja lo tiró a la basura, ¿cómo es que apareció en lo alto del armario?

Margarita no supo responder a mi pregunta.

—Lo único que sé —comentó— es que, al asomarme al altillo, allí estaba. Y me lo llevé a casa. Lo devolví al cabo de una semana.

—¿La monja estaba segura de que lo arrojó a la basura?

—Completamente.

—¿Lo había leído?

—Sí, y lo consideró una herejía.

—¿Lo tiró a la basura por segunda vez?

—No sabría decirte. Supongo que sí...

En eso intervino la madre de Margarita y puntualizó:

—Cuando mi hija trajo el libro a casa recordé que lo había leído diez años antes, pero se perdió en una mudanza.

Pasé después al asunto de los focos. Margarita explicó:

—Estábamos las tres en la casa, en el número 7 de la calle San Fernando, también en Sevilla...

—¿En qué fecha?

Número 7 de la calle San Fernando, en Sevilla. (Foto: Blanca.)

—En 1996 o 1997 —aclaró Cristina—. Veíamos un programa de televisión sobre ángeles. Y alguien dijo que si se solicita una señal, responden...

—Entonces nos concentramos —prosiguió Margarita hija—. Y solicitamos una señal. Yo pensé: «Dame una señal que entienda». Y al abrir los ojos se produjo el encendido de los focos de la fachada.

—Es decir, la señal la solicitasteis las tres...

—Así es.

—¿Cuánto tiempo duró el encendido?

—Segundos. El tiempo suficiente para que nos diéramos cuenta. Al apagarse nos acercamos a la ventana, pero todo estaba normal.

—¿Qué hora era?

—Atardecía.

—¿Pudo algún vecino prender los focos?

—Éramos cuatro o cinco familias. No lo creo. Esos focos nunca se encendían. Y tras la «señal» nunca más volvieron a prenderse.

—¿Cómo lo interpretáis?

—Nos quedamos perplejas.

Y Margarita habló en nombre de su madre y de su hermana:

—Fue la señal...

—En resumen, ¿creéis en el ángel de la guarda?

—Por supuesto. Y te contaremos algo más...

Y Margarita procedió a relatar un suceso acaecido el 7 de marzo de 2001. He aquí una síntesis:

... Yo había terminado la carrera y, desde octubre de 2000, estaba estudiando un máster en el CEU, en el edificio de la calle Martín de los Heros, en Madrid. Las clases empezaban a las 16.00 y terminaban a las 22.00, de lunes a viernes. Aquel día en concreto, mi hermana y yo habíamos quedado con una amiga por la mañana en aquella misma zona. Mi plan era ir después a comer en la cafetería de la facultad y terminar allí un trabajo que tenía que entregar por la tarde. Nos dimos una vuelta, viendo tiendas y después fuimos a tomar algo a una cafetería de la calle Alberto Aguilera. El caso es que empezamos a hablar y se me echó el tiempo encima. Cuando me quise dar cuenta ya había pasado la hora de irme, pero aun así acompañamos a mi amiga hacia el metro de San Bernardo, justo en dirección contraria a donde tenía que ir. Cuando la dejamos, mi hermana (que no sé por qué pero decidió acompañarme) y yo volvimos para atrás, ya hacia clase, por la misma calle Alberto Aguilera. Íbamos casi corriendo porque no me iba a dar tiempo a terminar el trabajo. Y en esas se desató el cordón del zapato. Tropecé y no me abrí la cabeza de milagro. Iba cargada con el bolso, libros y con carpetas, y además llevaba puesto el abrigo, así que nos dimos la vuelta y retrocedimos otra vez para buscar un banco y poder atarme el zapato... Llegué, solté todo y me até el cordón, y fue precisamente en ese intervalo cuando se cayó un edificio al final de la calle y justo a la hora en que había planeado

Derrumbe en el centro de Madrid. Margarita y Cristina, su hermana, se salvaron por segundos y gracias al cordón de uno de los zapatos...

pasar por allí. ¡Imagínate cómo nos quedamos al ver lo que había pasado!

Margarita se refería al derrumbe de un edificio en la calle Gaztambide (esquina con Alberto Aguilera) y en el que perdió la vida una persona, resultando heridas otras veintitrés.

—Es decir, si no te hubieras retrasado, por unas cosas o por otras, la caída del edificio podía haberos afectado...

—Sin duda. Lo del zapato fue crucial. Y eso que tengo la costumbre de hacerme tres nudos en cada cordón...

—¿Tres nudos?

Margarita asintió, sonriente.

—Y aun así se soltó...

—Sí, y no fui a parar al suelo de milagro.

—¿Cómo lo interpretas?

—Alguien cuida de nosotros.

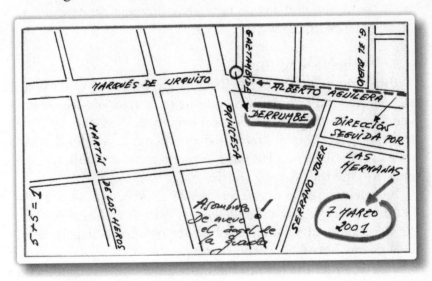

Cuaderno de campo de J. J. Benítez.

LA REPRIMENDA

 a experiencia de Charo Camacho me pareció desconcertante.

Al leer su primera carta recibí un flash.

He aquí una síntesis de la misiva, enviada desde Suiza el 10 de abril de 2013:

... Estimado señor Benítez:

Imagino que debo ser de las últimas personas que me dirijo a usted para comentarle que he terminado de leer el noveno *Caballo de Troya*... Fue mi regalo de Navidad... Lo he leído muy lentamente, para disfrutarlo más... Me ha llenado de alegría e ilusión... He pasado momentos maravillosos. La emoción me mueve a escribirle.

Le mentiría si le dijera que desde el principio he seguido *Caballo de Troya*. No tenía idea de su existencia hasta el 13 de septiembre de 2002, cuando el misterio rodeó la llegada a mi vida de sus libros. Sí, como suena...

Hasta aquel día yo llevaba cinco años sin hablarme con Dios. No porque fuera atea. Todo lo contrario. Había puesto tanta fe en Él, en asuntos difíciles, que estoy segura que a usted mismo le hubiera parecido injusto todo lo que viví... Así que todo aquel barullo de acontecimientos nefastos que era mi vida me hizo pensar que Dios no me amaba como yo a Él... Y opté por lo que en aquellos momentos me parecía lo más apropiado: «Si Él no me ama, yo tampoco».

Aquel día andaba muy ocupada, reponiendo plantas en

los supermercados de Chipiona (Cádiz) que con tanto veraneante se habían quedado sin nada.

Justo cuando estaba cogiendo unas cuantas plantas, y con las manos ocupadas, oí detrás de mí una voz de mujer que me decía:

—¿A qué está esperando?

Al girarme vi a una mujer sonriente, a la que no conocía (rarísimo pues por aquella zona yo conocía a todo el mundo). Y la señora continuó:

—¿Cuándo vas a leer *Caballo de Troya*?

No supe qué decir. No sabía qué era eso. Nada de nada... Sólo sabía que si soltaba las plantas se me iban a caer y menuda se podía liar...

Así que, sin querer ofender, le dije:

—Espere usted un momentito que suelto las plantas y me dice qué es *Caballo de Troya*. ¿Vale?

Cuando dejé las plantas en el súper y regresé, ya no estaba... No habían pasado ni dos minutos... La busqué con la mirada, pero nada...

Recuerdo que cuando iba para mi casa seguía oyendo su voz. Y repetía, sin cesar: *Caballo de Troya*.

Sabía que no había sido una alucinación.

Así que cuando llegué a casa pregunté a mi marido si sabía qué era *Caballo de Troya*... Él recordó que era un libro que salió a la venta en los tiempos del instituto... Y que tuvo mucho éxito... Ni idea... Así que le conté lo que me había pasado y me dijo:

—Eso es un mensaje de tu Destino.

Aquella misma tarde me planté en la librería... Menuda cara se me quedó cuando vi que se habían editado seis tomos... ¿Dónde había estado yo?...

Ese día compré el primer libro y no he parado hasta ahora (con los años de pausa que usted nos ha dado).

Con el tiempo he comprendido que sus libros han llegado a mi vida cuando tenía que ser.

Pude comprobar que muchas de las personas que admiro habían leído y tenían *Caballo de Troya* en sus casas. ¿Cómo no lo vi antes?

Charo.
(Gentileza
de la familia.)

Le he contado todo esto porque soy una persona nueva, sin miedos, ilusionada y fuerte... Llevo el nombre de Jesús de Nazaret no sólo en mis palabras, sino en mis gestos, en mis actos y en mis pensamientos...

En aquel camino de pesares encontré *Caballo de Troya* y fue la llave para abrir de nuevo la fe y amar a Dios como Él quería. Por todo ello quiero darle las gracias, que es una palabra que uso muchísimo desde que sus libros iluminaron mi vida.

Cuando solicité más datos sobre la misteriosa mujer que le habló de *Caballo de Troya*, Charo contestó lo siguiente:

Estimado amigo:
Cuando escribí mi anterior carta imaginaba que su secretaria le pasaría nota de ello y ya está.[1] Siempre he creído que

1. Nunca he tenido secretaria, querida amiga...

los escritores sólo tienen tiempo para ordenar las ideas y escribir y escribir... Así que figúrese mi sorpresa al recibir su carta y, además, dirigiéndose a mí con el nombre que sólo usa mi madre, mis hermanos y mis amigos de la infancia...

Creo que para que comprenda por qué le di importancia a las palabras de aquella desconocida debo decirle algo más. Sé el día que ocurrió porque tengo la costumbre, cada vez que empiezo un libro o un dietario, de escribir una oración o un «escrito de sentimiento», como a mí me gusta llamarlo... Y en el primer *Caballo de Troya* escribí lo siguiente: «Comienzo a leerlo el día 16 de septiembre de 2002. Comencé a leerlo porque una misteriosa mujer, el día 13 de septiembre de 2002, me abordó en medio de la calle para reprenderme porque no lo hubiera leído todavía... Fue tal la intriga que no lo dudé».

Así que, tal y como escribí en su día, fue el 13 de septiembre de 2002 cuando aquella señora se me acercó. Y la llamo misteriosa porque nunca la había visto; cosa rarísima en mí, pues suelo quedarme con las caras de las personas y sé ponerle fecha y lugar aunque hayan pasado veinte años. Además siempre realicé trabajos para el público y conozco a muchísimas personas en Sanlúcar, Chipiona, Rota..., lugares por donde había trabajado. Estoy segura de que no la conocía.

Su aspecto, aunque el sol me daba en los ojos, no lo he olvidado.

Color de pelo oscuro. Media melena. Alta. Piel suave. Dientes rectos y boca grande. Ojos grandes. Constitución delgada.

Creo recordar que llevaba falda o vestido...

Recuerdo la luz de su piel, pero lo achaco al sol...

El lugar exacto del encuentro fue en la calle, justo donde solía aparcar (encima de la acera) para trasladar las plantas al supermercado El Gato, en Chipiona, cerca del santuario de Regla.

Lo que sí pensé (hasta el quinto *Caballo de Troya*) es que aquella mujer conocía mi triste historia e intentó ayudarme. Quizá fue su manera de solidarizarse conmigo. Quizá había leído los *Caballos*... Pero, a partir del quinto *Caballo*, me entraron las dudas. ¿Fue un ángel? ¿Me avisaba de que no podía seguir así?

Tengo la sensación de que no se ha ido y de que me observa... Quizá algún día vuelva a verla.

En fin, sea un ángel o no, o una lectora de sus libros, aquella mujer apareció en mi vida en el momento justo. A lo mejor a Dios le gusta tenerme como amiga, más que como enemiga. Miro fotos de aquella época y tengo la mirada perdida... Ahora es diferente.

Aquel «encuentro», para mí, fue mágico y esclarecedor. Me gusta saber que usted forma parte de ello. Por eso, amigo, debe sentirse feliz... Su mensaje es renovador y lleno de amor.

NOTA.

Después de escribir esta carta quise saber algo más de usted y me fui a Internet..., y vi la parte donde cuenta que cuando era un niño vivió una experiencia parecida a la que yo tuve... Mi madre me dijo que sólo eran tonterías y nunca más lo conté.

Tendría diez años y ya en la cama me despertó una luz inmensa que entraba por la ventana. Como soy curiosa fui a ver. Delante de la casa, en el descampado del viejo peral, había mucho humo. Era un humo luminoso. Y empecé a sentir nerviosismo... Vi una figura oscura... A diferencia de usted, yo corrí a mi cama, muerta de miedo. Y cerré los ojos... Sentí cómo entraba en la habitación (que compartía con mis abuelos) y cómo se acercaba. Lo sentía, mirándome. Y acarició mi cabeza. Calculo que fueron unos veinte minutos. Sé que no fue un sueño...

Insistí de nuevo y Charo, paciente, respondió a mi carta, proporcionando más detalles sobre la misteriosa mujer. El 6 de mayo (2013) recibía la siguiente información:

... En el momento que giré y me encontré con la mujer, yo llevaba en cada mano una bandeja de plantas mixtas...

... Eran las doce del mediodía...

... Justo al oír la voz fue cuando giré...

... Usted sabe que las personas curiosas tenemos la manía

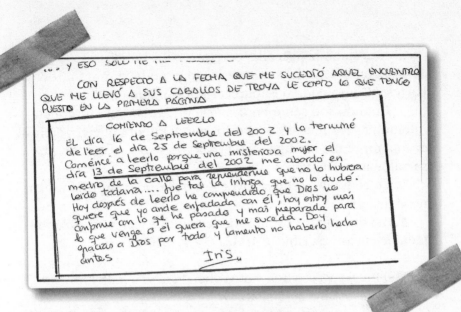

... y eso solo... [...]

CON RESPECTO A LA FECHA QUE ME SUCEDIÓ AQUEL ENCUENTRO QUE ME LLEVÓ A SUS CABALLOS DE TROYA LE COPIO LO QUE TENGO PUESTO EN LA PRIMERA PÁGINA

COMIENZO A LEERLO
EL día 16 de Septiembre del 2002 y lo terminé de leer el día 25 de Septiembre del 2002.
Coménce a leerlo porque una misteriosa mujer el día 13 de Septiembre del 2002 me abordó en medio de la calle para reprenderme que no lo hubiera leído todavía.... fue tal la intriga que no lo dudé.
Hoy después de leerlo he comprendido, que Dios no quiere que yo ande enfadada con él, hoy estoy más conforme con lo que he pasado y más preparada para lo que venga o él quiera que me suceda. Doy gracias a Dios por todo y lamento no haberlo hecho antes

Iris

Escrito de Charo tras la lectura del *Caballo de Troya*.

de fijarnos en ciertas cosas. Pues bien, su cabello era oscuro y moldeado (sin ser de peluquería). Yo diría que no había sido secado con secador. Ni muy rizado ni muy liso.

... Los dientes eran blancos y alineados (siempre me fijo en eso).

... El color de los ojos era como el de mi madre: miel verdoso. Esos que en la oscuridad son marrones y con la luz se vuelven verdes.

... No iba maquillada. Los labios eran rosados (sin estar pintados).

... Le calculé cincuenta años (bien llevados). Me llamó la atención que no tuviera arrugas, papada o canas.

... No tenía lunares o pecas, cosa típica de las mujeres de mi tierra.

... Tampoco vi pendientes, anillos, pulseras o colgantes.

... Otra cosa rarísima: su traje era azul (tipo azulina), de media manga, recto, y con sandalias. En mi tierra jamás te pondrías un vestido así con sandalias. Por eso pensé que no era de allí.

... No tenía acento extranjero, pero tampoco usaba la jerga de Chipiona, ni la de Sevilla, Sanlúcar o Jerez. No era andaluz cerrado, ni de la costa, ni serrano.

... No estaba bronceada, pero tampoco pálida.

... Cuando salí del supermercado, y no la vi, miré a todas partes. ¿Cómo pudo desaparecer tan rápidamente?

... Cuando me senté en la parte de atrás de la furgoneta, intentando asimilar lo ocurrido, me di cuenta que el perrito que siempre me ladraba (en la casa frente a la que aparcaba) se hallaba en silencio.

... Yo conocía a todos los vecinos de la calle. Aquella mujer no vivía allí.

... Así que agarré mi libreta de pedidos y en la contraportada de cartón escribí: «*CABALLO DE TROYA*».

Y el flash regresó una y otra vez. En él vi a Ricky...[1]
Pero desestimé la «visión».

---

1. Amplia información en *Ricky-B* (1997).

«181»

Al transcribir la información facilitada por el mayor norteamericano dudé.

En ella describía a Jesús de Nazaret como un Hombre alto (para la época).[1]

Afirmaba que el Maestro alcanzaba 1,81 metros de altura.

Hice comprobaciones y observé que algunos especialistas hablaban de 1,78 metros y también de 1,83.

¿Quién tenía razón? ¿Cuál era la verdadera estatura del Hombre-Dios?

Y decidí consultar al doctor Manuel Larrazabal, mi maestro de Kábala.

La respuesta fue rápida y nítida:

... Tú siempre has dicho —escribió Manu— que cuando estás seguro de algo pero no sabes cómo encontrarlo, has de pedir UNA SEÑAL. Yo estaba seguro de que la talla correcta era la primera que nos diste: la de 181 cm. Y la señal que vino fue: «¡Mira en el *Diccionario Numérico Cabalístico*, de Jaime Villarrubia!». Estaba seguro de que mirando las cifras entre 178 y 183 iba a encontrar algo especial.

Y, efectivamente, en la página 105, bajo la cifra 181, en negrita, aparece la palabra «**Dios**».

Se refiere a la expresión hebrea *ELOQUIM*, utilizada por los judíos ashkenazíes, habitantes u originarios de la Europa

---

1. Amplia información en *Caballo de Troya 1*.

central y oriental. Su equivalente en el más conocido hebreo de los judíos sefardíes (judíos mediterráneos) es el archiconocido *ELOHIM*, el primer nombre de Dios que aparece al comienzo del Génesis, y es el nombre que más vinculo a la naturaleza divina de Jesús. Me acuerdo de que, alguna vez, te he referido extensamente la especulación cabalística que lleva a ello.

Así que, estate tranquilo, la talla del Maestro era **181** cm.

Verifiqué las palabras del doctor.
«181», en efecto, equivale a «Dios».
Los otros números —178 y 183— no me dijeron nada...
El mayor, por tanto, llevaba razón.
Magia. Pura magia...

LA FLAGELACIÓN

l leer aquella secuencia tuve que detenerme.
Me ahogaba...

Durante días no fui capaz de pensar en otra cosa.

Hoy, transcurridos más de treinta años, la flagelación de Jesús de Nazaret en el *Caballo de Troya 1* me parece una de las escenas más duras que conozco.

El mayor enumera los impactos que detectaron: 225 puntos «calientes».[1]

Pues bien, el 18 de enero de 2010 (veintiséis años después

---

1. El minucioso recorrido sobre el cuerpo del Galileo —escribe el mayor en *Caballo 1*— nos permitió distinguir, al menos, 225 puntos «calientes», correspondientes a otros tantos impactos, provocados por los *flagrum* —látigos—. Las excoriaciones, hematomas y desgarros habían originado otras tantas áreas inflamatorias, generalmente circulares, que marcaban con su alta temperatura el trágico «mapa» de los azotes. Ésta fue la «guía» de la flagelación, pormenorizada por el ordenador central del módulo: espalda y hombros: 54 impactos; cintura y riñones: 29; vientre: 6; pecho: 14; pierna derecha (zona dorsal): 18; pierna izquierda (dorsal): 22; pierna derecha (zona frontal): 19; pierna izquierda (frontal): 11 impactos; brazo derecho (ambas caras): 20; brazo izquierdo (ambas caras): 14; oídos: un impacto en cada uno; testículos: 2 y nalgas: 14 impactos. A estos destrozos hubo que añadir un sinfín de estrías o «arañazos», producidos por la correas de los látigos. La inmensa mayoría de estas lesiones tenía una longitud de tres centímetros, con la típica forma de «pesas de gimnasia», ocasionadas por los «escorpiones» de las puntas: bolas de metal y tabas.

En síntesis, un castigo tan brutal que ninguno de los especialistas

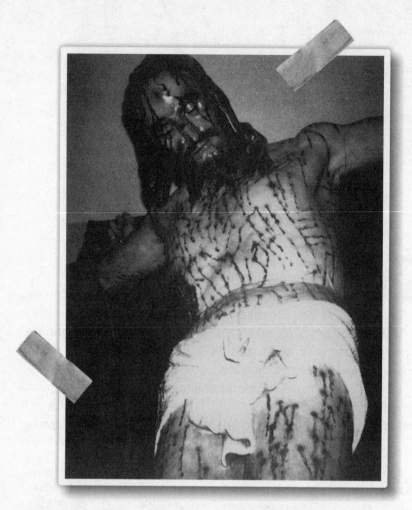

El Maestro, según *Caballo de Troya*, presentaba 225 puntos «calientes» en su cuerpo (resultado de la flagelación). «225», en Kábala, equivale a «señal y marca» (!).

de la publicación del citado *Caballo 1*), al releerlo, caí en la cuenta.

La «guía» de la flagelación encierra una lectura subterránea y secreta. Una lectura imposible...

Consulté al maestro de Kábala y confirmó mis sospechas.

He aquí su respuesta:

---

del proyecto llegó a comprender jamás cómo aquel Hombre pudo resistirlo.

18 de febrero de 2010

Querido Juanjo:

Hoy, Miércoles de Ceniza, que nos recuerda que nuestro cuerpo volverá al polvo, al barro de la tierra, de donde RÚAS, el Soplo Divino, lo sacó, hoy es un buen día para escribir esta carta, contestación a la tuya del 19 de enero (2010) sobre las marcas que dejaron las tabas de los *flagrum* romanos en el cuerpo de Jesús de Nazaret...

Lo primero que te digo es que me acerco a ello con el mayor respeto y humildad. No deseo ni la más mínima frivolidad al aplicar numerología a los números que me propones. No quiero que esto sea un tonto divertimento destinado a asombrar a gente aburrida. Jesús de Nazaret merece el mayor de los respetos y no sólo porque sea Él (que también por eso), sino porque cualquier hombre torturado hasta la muerte por ser consecuente con sus creencias o por el bien de los demás merece un total respeto.

Así que esta carta queda entre tú y yo, porque los números que me indicas sí que pueden tener una lectura.

El cuerpo humano tiene una zona, a nivel de la cintura, que lo divide prácticamente en dos. Es la zona lumbo-sacra, en la parte posterior, donde el peso de la cabeza, tronco y miembros superiores, descansa sobre el sacro y se transmite a las dos «columnas» que soportan el peso: los miembros inferiores.

Esa crucial zona lumbo-sacra tiene veintinueve marcas de las tabas de los látigos romanos. Da escalofríos... «29» lleva a la palabra *DAKÁ* («quebrantamiento»), y a esta otra que se escribe con las mismas letras: *DIKÁ* («machacar, humillar»).

También el NÚMERO TOTAL DE MARCAS (225) lleva, no por casualidad, a *HEKER* («señal, marca»), pero también a «reconocimiento y distinción».

El número «14», que se repite en tres zonas diferentes, con distinta valoración según la zona, lleva a la palabra *YAD* («mano, poder, fuerza»).

Así, en el pecho, aparece el «14» y en su zona posterior, la espalda, el «54», que nos lleva a *DAN*, que no sólo es el quinto hijo de Jacob, sino que significa «juzgar».

Así que el pecho y la espalda nos dicen:

«PODER PARA JUZGAR».

Estamos hablando de Jesús de Nazaret.

De la parte superior del tórax (pecho y espalda) salen dos miembros superiores. El izquierdo tiene catorce marcas y aquí sí le doy el significado de «mano», que está en su porción más distal. El derecho tiene veinte marcas. «20» es el valor numérico de la letra *KAF* que jeroglíficamente representa (¡qué casualidad!) una «mano abierta, en posición de ir a coger algo». Pero también, jeroglíficamente, por extensión del símbolo, significa «copa o cáliz». Pero, en Kábala, la letra *kaf* se interpreta a través de la palabra *KAVOD* («honor y gloria»).

Honor y gloria a Jesús que con sus manos sujeta el cáliz.

Como vas viendo, esto es muy impresionante. Ningún divertimento ni curiosidad.

El conjunto «vientre» (por delante): seis marcas; nalgas (por detrás): catorce marcas y genitales: dos marcas, nos lleva a lo siguiente:

- «6» es la letra *vav*, jeroglíficamente significa «HOMBRE», que se hinca por debajo, en la tierra, y su cabeza se eleva al cielo. Pero en Kábala también significa «hijo y enlace».

- «14» es el «poder y la fuerza» y también «ofensa e insulto».

- «2» es la letra *bet* («asa, templo y dentro de»).

Interpretación: Jesús penetra dentro de nuestra casa o templo interior para, mediante su poder de Hijo, darnos la fuerza para enlazar desde nuestra naturaleza terrestre con la región celeste del Reino.

Sigamos.

Todo el conjunto de nuestro cuerpo sostiene en su cúspide la cabeza. En la cabeza hay una marca en cada lado. Así que tenemos el «1» repetido dos veces. El «1» es la letra *alef*, la Unidad (principio de la Manifestación) y dos veces es *ARIJ ANPIN* («el Gran Rostro»).

Llamamos «Gran Rostro» al conjunto de las tres primeras séfiras del Mundo de la Manifestación: la Corona, la Sabiduría y la Inteligencia de Dios. Allí radica la inmensa «Luz» de Dios que, si alcanzara directamente a nuestras conciencias, las anularía porque nos sentiríamos tan uno con ella que nuestro yo dejaría de tener sentido y no podríamos evolucionar. Pero el sentido de esa evolución es la búsqueda y ascenso a ese Gran Rostro a través de las siete séfiras inferiores o «Pequeño Rostro» donde sólo queda la «luz» atenuada del Espí-

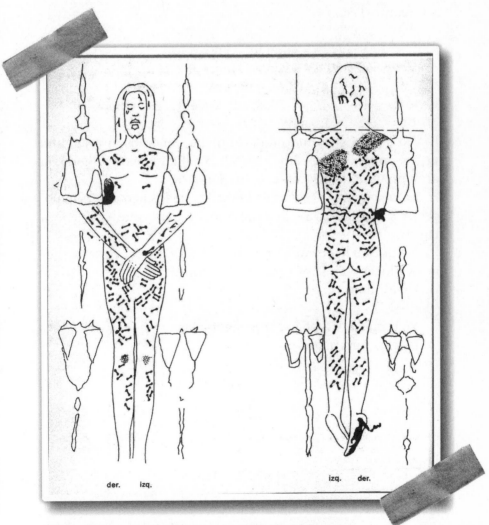

«Guía» de los azotes en el cuerpo de Jesús de Nazaret. (Archivo de J. J. Benítez.)

ritu de la Verdad o Shejiná, que nos guía. Jesús desciende al mundo, como dijimos, para servir de enlace. Él es el camino y la verdad que lleva a la VIDA verdadera. Él nos conduce al Gran Rostro a través del Reino y el Conocimiento...

Y sosteniendo todo el edificio del cuerpo están los miembros inferiores. El izquierdo, en la zona frontal, presenta once marcas; en la dorsal, veintidós (el doble). El derecho, en la frontal, diecinueve y en la dorsal, dieciocho marcas.

Veamos:

«11» *(EI)* = «dónde, cómo, qué»
«22» *(BAJ)* = «en ti» (masc.)
«19» *(GUEVÍ)* = «cuerpo»
«18» *(JAI)* = «Dios, ser, viviente, existente»

Así que, sosteniendo todo lo dicho, tenemos la pregunta: «¿Qué en ti?» o «¿Qué hay en ti?». O, dicho de otro modo, la gran pregunta: «¿Quién eres tú, Señor?».

La respuesta (a través de la «guía» de los azotes) sobrecoge: «CUERPO-DIOS». ¡Un cuerpo humano que contiene a Dios!

No quiero hacer ningún comentario. Sólo cabe rezar: ¡honor y gloria a Ti, Dios y Rey de la Gloria!

Un abrazo.

Yo tampoco deseo hacer comentarios.
Magia, pura magia...

LOS DADOS

Durante la crucifixión del Maestro —según *Caballo de Troya*—, los mercenarios romanos que permanecieron al pie de la cruz se jugaron a los dados las vestiduras del Hijo del Hombre.[1]

La secuencia numérica resultante fue la siguiente: 153-634-135-153.

Según el mayor norteamericano, la secuencia encierra un mensaje; mejor dicho, varios.

Necesité tiempo —mucho tiempo— para hallar las claves.

Fue el código de Cagliostro (al que me he referido con anterioridad) el que me condujo a la primera lectura secreta.

Al convertir los números de la secuencia de los dados en letras aparecieron ante mí dos nombres: «Jesús-Michael» (!).

Quedé maravillado.

El primero era el nombre del Maestro en la Tierra.

El segundo —según mis informaciones— es su verdadero nombre. Así lo llaman en el universo del que es Creador. Más exactamente, «Micael».[2]

---

1. El mayor cuenta en sus diarios: «... El soldado responsable del saco de cuero no tardó en regresar junto al grupo, haciendo tamborilear en una de sus manos un trío de dados. Formaron un cerrado círculo y, uno tras otro, fueron arrojando los pequeños cubos de madera... 1-5-3 (en la primera caída de los dados); 6-3-4 (para el segundo jugador); 1-3-5 (en el tercero) y 1-5-3 en la última jugada...».

2. En mi deseo de comprobar y analizar cuantos datos aparecen en los diarios del mayor, sometí las referidas tiradas de dados a un examen

Pero hallé mucho más...

Reduje la secuencia numérica a cuatro dígitos (1 + 5 + 3 = 9), (6 + 3 + 4 = 4), (1 + 3 + 5= 9) y (1 + 5 + 3 = 9) y obtuve lo siguiente: «9-4-9-9».

Finalmente me aproximé a la Kábala y quedé nuevamente maravillado.

Se trataba, en efecto, de un mensaje múltiple.

Veamos:

1. Al convertir la cifra completa a Kábala («9499») aparece una doble frase: «Conocer a Dios es renacer» y «El eco de Ab-bā es el conocimiento».

2. Contemplando la cifra en dos grupos («94 y 99»), el resultado es: «La muerte es una interrupción, una pausa, una tregua o un cese».

3. Leído de derecha a izquierda: «99-49» = «Dios es información».

4. La suma de las cuatro cifras (9 + 4 + 9 + 9) es igual a 13. Este número, como dije, tiene el mismo valor numérico que la palabra «amor». El «4» por su parte, equivale a «Ab-bā». En otras palabras: «El Padre Azul es amor».

5. Si sumo «9» y «4» obtendré «13» («Amor»). Si sumo «9» y «9» surge el «18» («llegada y Dios»). Es decir: «La llegada de Dios».

Increíble...

por parte del catedrático de Ciencias Matemáticas y Estadísticas, J. A. Viedma, y de un grupo de especialistas en informática, encabezados por mi buen amigo José Mora. Pues bien, según los expertos, el cálculo de probabilidad matemática de que puedan salir dichos números, y en ese orden, es de 0,00000059537.

La secuencia numérica obtenida en las tiradas de dados contiene el verdadero nombre del Maestro. Cuaderno de campo de J. J. Benítez.

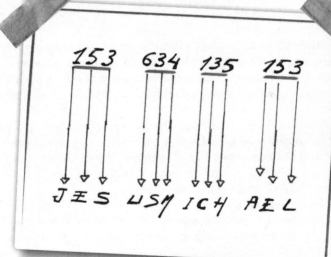

Código de Cagliostro. Los números, convertidos a letras, proporcionan dos nombres. Cuaderno de campo de J. J. Benítez.

LAS TINIEBLAS

La minuciosidad de *Caballo de Troya* asombra.

Ejemplo: en el primer volumen *(Caballo 1)*, el mayor describe un objeto que, al parecer, provocó las célebres tinieblas, previas a la muerte del Galileo.[1]

1. En el *Caballo 1* se lee:

Aquella «cosa», según Eliseo, se había estabilizado a unos 4.000 metros sobre la vertical de Jerusalén. Y así permaneció por espacio de dos o tres minutos. A juzgar por la altura a la que se encontraba y por su tamaño aparente —superior al de diez lunas— sus dimensiones eran enormes.

Mientras observaba boquiabierto aquel fenómeno pasaron por mi mente un sinfín de posibles explicaciones, que, por supuesto, no terminaron de satisfacerme. Era el segundo objeto volante que veía en las últimas 14 horas. ¿Cómo podía ser? ¿Qué significaba aquello? Y, sobre todo, ¿quién o quiénes lo tripulaban?

Pero mis elucubraciones se vieron definitivamente pulverizadas cuando mi hermano, después de verificar hasta tres veces el diámetro de aquel artefacto, anunció sus dimensiones: ¡1.757,9096 metros! ¡Casi un kilómetro y ochocientos metros! Es decir, una superficie ligeramente superior a la de toda la ciudad santa...

La presencia de aquel monstruoso disco, totalmente silencioso y flotando en el cielo como una frágil pluma, hizo pasar a la escolta y a los hebreos de la estupefacción al miedo. En un movimiento reflejo, el centurión y algunos de sus hombres desenfundaron sus espadas, replegándose hacia la base de las cruces. [...] A las 14 horas y 8 minutos, según los cronómetros del módulo, el objeto osciló ligeramente —como si «temblase»— y, despacio, en un ascenso que me atrevería a calificar

Pues bien, el narrador ofrece el diámetro de dicho objeto —1.757,9096 metros—, idéntico al de una esfera que fue «vis-

---

de majestuoso, se dirigió hacia el sol. Al alcanzar el nivel 180 (18.000 pies) volvió a hacer estacionario.

Un alarido escapó de las gargantas de los judíos cuando vieron cómo aquel artefacto empezada a interponerse entre el disco solar y la Tierra. Y lo hizo de Este a Oeste. [...]

En segundos, el formidable objeto tapó el ardiente círculo, dando lugar a un progresivo oscurecimiento de Jerusalén y de un dilatado radio en el que, naturalmente, me encontraba.

Esta interposición con el sol, milimétrica y magistralmente desarrollada por quienes gobernaban aquel inmenso aparato, se produjo con cierta lentitud, pero sin titubeos. Hoy, al recordarlo, tengo la sensación de que los responsables de dicha operación quisieron que el «eclipse» pudiera ser observado paso a paso.

En menos de 120 segundos, el astro rey desapareció y, con él, la claridad. Mejor dicho, un ochenta por ciento de la fuente luminosa. Obviamente, aunque la gran masa metálica —confirmada por el radar— proyectó al instante un gigantesco cono de sombra sobre la ciudad santa y sus alrededores, las radiaciones solares siguieron presentes, formando una «corona» o «aura» luminosa que abarcaba toda la curvatura del enigmático objeto. Las «tinieblas», en efecto, se hicieron sobre Jerusalén, aunque no con el carácter absoluto de una noche cerrada, por ejemplo. La claridad existente alrededor del disco era suficiente como para que pudiéramos distinguir el entorno con un índice de luminosidad muy similar al que suele seguir a una puesta de sol. Y así se mantuvo hasta que llegó el momento fatídico...

(No creo necesario extenderme en profundidad sobre esa ilógica explicación científica, que trata de resolver este fenómeno de las «tinieblas» con ayuda de un eclipse total de sol. Basta recordar que en aquellas fechas se registraba precisamente el plenilunio y, en consecuencia, tal eclipse de sol era imposible. La luna, a las 14 horas del 7 de abril del año 30, se hallaba aún oculta por debajo del horizonte oriental. Los astrónomos saben, además, que un eclipse de esta naturaleza siempre se inicia por la cara Oeste del disco solar. Aquí, en cambio, ocurrió al revés. El oscurecimiento del sol se inició por el Este.)

Eliseo, una vez consumado el ocultamiento solar, verificó los parámetros de a bordo, confirmando que aquella especie de «superfortaleza» volante había quedado «anclada» a 18.000 pies de altura, manteniendo una velocidad de desplazamiento de 1.431,055 km/hora. En los 45 minutos que duró el fenómeno de las «tinieblas», aquel objeto cubrió un total de 1.073,2912 kilómetros, siempre a una altitud de 6.000

ta» por el mayor durante un sueño (?), en el Firán, uno de los afluentes del río Jordán.[1]

En aquel tiempo (década de los años ochenta) solicité un estudio de la secuencia de las «tinieblas» sobre Jerusalén a un experto de la Armada Española.

El informe, minucioso e impecable, confirmó la exactitud de la información proporcionada por el mayor.[2]

Y el diámetro del disco —no sé por qué— quedó grabado en mi memoria.

Y la «bella intuición» avisó.

Aquel «1.757,9096» ocultaba «algo»...

Pero, absorto en otros menesteres, olvidé el asunto y dejé pasar el tiempo...

¡Sólo veintiún años!

Y en 2005, el Destino me situó de nuevo ante el diámetro del disco que provocó las «tinieblas».

---

metros. (El diámetro solar aparente correspondía a un arco cuyo valor aproximado era de 33 minutos y 10 segundos.)

[...] No puedo resistir la tentación de recordar otro suceso que parece guardar una estrecha relación con éste: el sol que «bailó» en Fátima (Portugal), en 1917. En cuanto al objeto que provocó las «tinieblas» sobre Jerusalén y su entorno, el computador del módulo estimó que giraba geosincrónicamente sobre la ciudad santa (paralelo estimado para Jerusalén: 5.463 kilómetros).

1. El mayor escribe en *Caballo 8*:

La esfera podía hallarse a quinientos metros sobre la vertical del afluente. Era, sencillamente, majestuosa.

Y en el «sueño» (?), quien esto escribe supo (?) que aquel artefacto medía, exactamente, un kilómetro y ochocientos metros (1.757,9096 metros). No sé cómo lo supe, pero llegó a mi cabeza nítido y rotundo. Y algo más: yo había visto aquel objeto, pero ¿dónde? En esos momentos no recordé.

En cuanto al diámetro (insisto: 1.757,9096 metros), ¿qué significaba? ¿Por qué la cifra permaneció, y permanece, en mi memoria?

Todo era absurdo y loco. ¿O no?

2. Amplia información sobre el estudio del oficial de la Armada en mi página web oficial: ‹www.jjbenitez.com›. («Inédito y muy personal»: «El mayor tenía razón».)

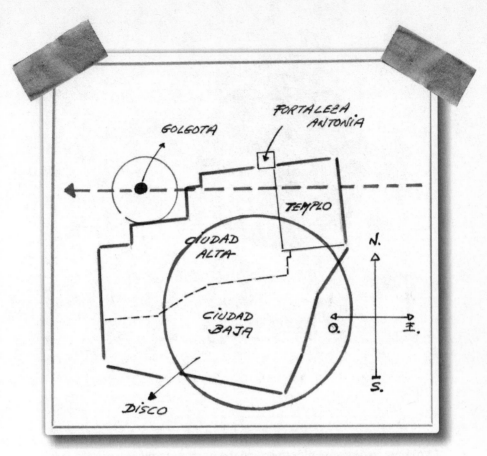

Un gigantesco disco —de 1.757,9096 metros de diámetro— se situó entre el sol y la ciudad de Jerusalén, provocando las célebres «tinieblas». Al morir el Maestro, el objeto desapareció. Cuaderno de campo de J. J. Benítez.

¿Qué encerraba aquel misterioso «1.757,9096»?

Y solicité ayuda al doctor Larrazabal.

El 3 de diciembre de 2005 llegó la respuesta.

Decía, entre otras cosas:

... Si separamos los millares de las centenas (1.757,9096) tendremos:

«1» *(ALEF)* = Símbolo del Absoluto.

«757» es la suma de las letras de *KETEM OFIR*; es decir, «oro».

697

**El diámetro de aquel objeto guardaba varios «mensajes».
Cuaderno de campo de J. J. Benítez.**

El «oro» alquímico que emana del Absoluto. La transmutación del alma del hombre que se hace posible por la enseñanza de Aquel que muere y resucita.

Segunda cifra. Hacemos lo mismo:

«9» *(TET)* = Símbolo de la «percepción», entendida como «fuente de conocimiento».

«96» es el resultado de la suma de las letras de la palabra *SOD YHWH*: «El secreto del Eterno».

Quedé nuevamente perplejo.

El «mensaje» decía: «Oro (puro y alquímico) es la intuición: el secreto del Eterno» (!).

¿Cómo podía ser?

¡La bella intuición es el secreto del Padre Azul!

E hice caso a la «bella»...

Según el mayor (ver *Caballo 1*), Jesús de Nazaret murió a las 14 horas, 57 minutos y 30 segundos del viernes, 7 de abril del año 30 de nuestra era.

Sumé los dígitos (14 + 57 + 30 + 7 + 4 + 30). Todo ello me llevó al «7».

¡Sorpresa!

En Kábala, el «7» tiene el mismo valor que «Dios, mi Señor de la Tierra, y morir». Interpretación: «Dios murió» (a la hora citada).

Sencillamente prodigioso...

Y repito: ni en mil años hubiera sido capaz de construir semejante *bellinte*.

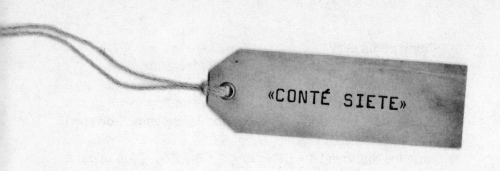

«CONTÉ SIETE»

 l 4 de noviembre de 2005 fue otro día singular...
No lo olvidaré.

Esa mañana, cuando escribía *Caballo de Troya 8*, llevé a cabo la transcripción de un pasaje en el que el mayor describe extrañas «luces» en el firmamento.[1]

1. En el *Caballo 8* se lee:

Quizá fueran las once o las doce de la noche. ¿Qué importaba la hora?

Tampoco estoy en condiciones de asegurar, al ciento por ciento, que aquello fuera un sueño. ¿No lo fue? Quién sabe...

El recuerdo, eso sí, es nítido. Todavía me estremezco...

Entre cabezada y cabezada, siempre sobresaltado, me pareció ver algo en el negro y repleto firmamento.

¡Eran «luces»!... ¡Unas «luces» se desplazaban lentamente, sin prisas!

¿Luces?, ¿en el año 25?

Sí, quizá fue un sueño...

Conté siete. Todas idénticas, en un blanco luna y con una magnitud que oscilaba entre 1,7 y 2,2.

No sé qué sucedió, pero permanecí atento. Las cabezadas no volvieron. [...]

La «luces» navegaban por la constelación de los Gemelos.

Mantenían una impecable formación en «cruz latina».

¡Era fascinante y, al mismo tiempo, absurdo!

¿Quién volaba en el siglo primero?

Y me vinieron a la mente otros sucesos, relativamente similares, observados por mi hermano y por quien esto escribe durante el primer y segundo «saltos».

Sinceramente, dudé.

¿Y si los diarios son una fantasía?

¿Inventó el mayor las siete luces en formación de «cruz latina»?

Efectivamente, que sepamos, nadie volaba en el siglo primero.

Y la «voz» que me habita susurró:

—Solicita una señal...

Me encogí de hombros, pero terminé acudiendo al cuaderno de pactos y señales. Y anoté con escepticismo: «Si lo que escribe el mayor es cierto, hoy recibiré una prueba». Pero no especifiqué qué clase de señal.

A las 14.30 horas, al sentarme a comer, Blanca me entregó un correo electrónico de Giorgio Bongiovanni. Acababa de llegar.

Palidecí.

Con la comunicación, mi amigo Giorgio había adjuntado una fotografía.

En ella se veían ¡siete luces! Eran siete ovnis, captados por Steven Burns el 14 de agosto de ese mismo año (2005), en Florida (USA).

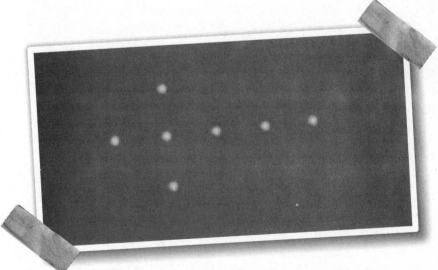

Formación ovni, en «cruz latina», sobre Florida. (Foto: Steven Burns.)

¡Y la formación ovni se presentaba en forma de «cruz latina»!

Sonreí para mis adentros...

Lo tenía merecido, por dudar.

Pero el asunto no terminó ahí.

Al finalizar la comida, mi esposa, al echar un vistazo al periódico, levantó la mirada y exclamó:

—¿Sabes qué película dan esta noche en televisión?

No tenía idea.

—*Encuentros en la tercera fase*...

Y volví a oír la «voz»:

—Hombre de poca fe...

13.013 DÍAS

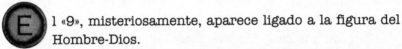l «9», misteriosamente, aparece ligado a la figura del Hombre-Dios.

Así se desprende de la lectura de los *Caballos de Troya*.[1]

Al descubrir el asunto en el *Caballo 1*, me apresuré a ponerme en comunicación con el doctor Larrazabal.

La respuesta confirmó lo que tenía a la vista, y algo más...

En carta del 11 de marzo de 1986, Manu decía, entre otras cosas:

... Se me ha ocurrido también ponerme a calcular los días, semanas y meses que vivió Jesús, de acuerdo a las fechas que me proporcionaste:

Año 747...	132 días
Años no bisiestos: 365 por 26.............	9.490 días
Años bisiestos: 366 por 9....................	3.294 días
Año 783...	97 días

Total: 13.013 días.

1. Algunos ejemplos: Jesús nació en el año 747, que suma «9». (Herodes el Grande murió en el 750, según el cómputo romano. El Maestro nació tres años antes: en el -7 de la era cristiana.) Jesús de Nazaret murió en el 783 (año de nuestra era), que también suma «9». El año «cero» no se contabiliza. El Maestro vivió 36 años (los habría cumplido en agosto): otra vez el «9». Su resurrección se registró el día 9 y la «ascensión» o desaparición ocurrió el 18 de mayo (vuelve el «9»).

O sea, dos «cuatros» separados por el «cero»: símbolo de la eternidad...

La adición teosófica de «13.013» da «8» que, entre otras cosas, simboliza el infinito, y la muerte.

13.013 / 7 = 1.859 semanas

Los meses no son exactos: 415 y 17 días.

Seguí las pistas proporcionadas por el maestro de Kábala y hallé otras *bellintes*...

A saber:

1. Jesús vivió en la carne un total de 13.013 días. O lo que es lo mismo (en Kábala): «13» (Amor), «0» (Eternidad y sumar) y «13» (Amor). En otras palabras: «El amor rodea la eternidad» y «El amor provoca (suma) más amor».

«13.013» equivale a 1 + 3 = 4, cero, y 1 + 3 = 4. Es decir: «404». La lectura de esta última cifra, en Kábala, equivale a «Ab-bā: principio y final de la eternidad». También tiene el mismo valor numérico que «dedicar y consagrar». Curiosamente, Jesús de Nazaret «dedicó y consagró» su vida (13.013 días) a la voluntad del Padre Azul (!).

«404», además, equivale a «muerte» e «infinito» (la muerte llegó al final de estos 13.013 días).

2. Jesús vivió 1.859 semanas.

«18» = «Dios» y «59» = «desplomarse». Tras vivir 1.859 semanas, el Hombre-Dios se desplomó (falleció) (!).

Y no lo olvidemos: la suma de los dígitos de «1.859» es igual a «5» (es decir, «palo-cero-palo»).

3. El Maestro vivió en la materia 415 meses y 17 días.

«415» equivale a «El Santo». «17» = «círculo». Es decir: «Dios, el Santo, es un círculo».

La suma de ambas cifras (415 y 17) desemboca también en el misterioso «9».

4. El Hijo del Hombre vivió 35 años (casi 36).

En Kábala, «35» tiene el mismo valor numérico que «Dios,

fijar los límites y brillar». El Hombre-Dios, en efecto, «fijó los límites» a los 35 años (murió) y «brilló».

5. Pasar al cálculo de las horas, minutos y segundos que vivió el Galileo en la Tierra fue casi obligado.

Y obtuve los siguientes resultados:

Mi «socio» (según mis cuentas) vivió un total de 312.291 horas.[1]

La suma de los dígitos (3 más 1 más 2 más 2 más 9 más 1) nos coloca de nuevo frente al «9» (!).

Mi «socio» vivió en la materia un total de 18.737.460 minutos.

La suma de los dígitos proporciona «9» (!).

Mi «socio» vivió 1.124.247.600 segundos.

La suma arroja «9»...

Quedé maravillado.

Y busqué el simbolismo del «9».

Entre otras cosas representa el renacimiento interior (desaprender), lo sublime, el coronamiento de los esfuerzos, la perfección en la perfección, el orden en el orden (la supersimetría), lo Absoluto que predicaba Parménides, la unidad en la Unidad, el que fue «6» (hombre), la solidaridad cósmica y germinar hacia abajo.

Y empecé a comprender el porqué de la singular relación del «9» con el Hombre-Dios...

1. Jesús nació a las doce del mediodía del 21 de agosto del año -7 (restar 12 horas). Murió a las 14 horas y 57 minutos del viernes, 7 de abril del año 30 (restar 9 horas).

EL VOLVO AZUL

 l 7 de enero de 2014 recibí una carta que me sorprendió y me emocionó, a partes iguales.

La firmaba Alfonso V. Teruel.

Decía, entre otras cosas:

Apreciado señor Benítez:

Hace pocos días terminé de leer el último tomo de *Caballo de Troya*.

No es el motivo de esta carta felicitarle por la obra.

Primero me presentaré.

Me llamo Alfonso. Soy camionero (en paro desde hace tres años). No importa: «confío».

El principal motivo de escribirle es darle las gracias, sobre todo por este último libro, que me ha hecho sentir emociones que no he tenido con ningún otro libro de los que he leído. Ninguno me había hecho llorar de emoción (la curación del niño al principio de la novela y, sobre todo, el final, cuando describe el milagro de la curación colectiva...).

Pero quiero contarle algo que me sucedió con el *Caballo de Troya 2*.

Lo leí hace muchos años (en las fechas en las que se publicaban en el Círculo de Lectores). Yo, entonces, trabajaba para una empresa de Barcelona.

Durante las tediosas esperas en las operaciones de carga y descarga pasaba el tiempo leyendo.

Me reclinaba en el asiento, con los pies en el volante y lo más cómodo que permitía la cabina...

Y así leía.

Un día, cuando estaba en esas, me quedé dormido. Fue después de comer. Pudo más la siesta que la afición.

Y tuve un sueño. ¿O no fue un sueño? Yo prefiero pensar esto último...

De pronto, en el asiento del acompañante, había una persona, sentada, mirándome.

Y, sin hablar, no hacía falta, me transmitió una paz que no puedo describir. Fue una sensación de bienestar que no he vuelto a sentir en mi vida...

Nos miramos a los ojos un momento. Después, al despertar, ya no estaba.

Nadie había abierto la puerta. El seguro estaba echado.

Puede que fuera un sueño, como le digo, o una escena inducida por la lectura, una casualidad, aunque sé también que

Alfonso, con su hija. (Gentileza de la familia.)

nada ocurre por casualidad, pero no quiero pensar eso. Lo que creo es lo siguiente: lo imaginé y me dejó verle. Creo que no hace falta que le explique más...

No me gustaría ponerme pesado. Le doy las gracias por esta obra que, supongo, al igual que a mí, a otras muchas personas les ha tocado el alma.

Sepa que en mi modesta condición de desempleado cuenta usted con mi admiración y, si lo desea, con mi amistad.

Me interesé por el «sueño», naturalmente, y, al poco, Alfonso aportó nuevos detalles.

He aquí, en síntesis, la segunda carta:

... Me ha sorprendido, gratamente, la prontitud de su respuesta.

Llevo dos días intentando recordar un sueño que no se puede olvidar (cada uno a su oficio), y no sé por dónde empezar.

Esto fue lo que ocurrió alrededor de 1995, más o menos (no recuerdo el año exacto). Sé que fue poco antes del verano (mayo o junio tal vez). Hacía calor, pero no demasiado. Me quedé dormido con el *Caballo* en las manos. Sentía una sana envidia del mayor y de las gentes que conocieron al Maestro. Estaba pensando que el mayor describe a Jesús con el rostro un poco redondeado y casi todas las imágenes que tenemos de Él le dedican un rostro más bien alargado.

Ya dormido noté una presencia. Giré la cabeza a la derecha y le vi en el asiento del acompañante.

Vi un rostro normal, proporcionado, no recuerdo que llevara barba. Cada rasgo transmitía confianza. Tenía el pelo castaño oscuro, por debajo de los hombros y algo ondulado.

Vestía una túnica blanca, como de lino, de manga corta.

Era un poco más alto que yo. Calculé sobre el 1,80 o 1,85 m.

Le miré a los ojos, marrones claros, y hablé con Él sin abrir la boca.

Le dije:

—¿Eres tú?

Sonrió y me contestó:

—Sí, soy yo...

También me dijo que no sintiera envidia porque Él está en todas las épocas, y que no me preocupara.

Una paz empezó a invadir mi alma, y sentí una enorme tranquilidad. Fueron unos sentimientos tan fuertes... Ni los había tenido antes ni los he vuelto a sentir después. Y disfruté del momento, hasta que desperté al poco rato. Ese sentimiento de paz me duró dos o tres días...

En aquella época trabajaba para C. Transmar, ya cerrada hace años.

Llevaba un Volvo azul, con rayas naranjas en los costados: un F-12 (385), matrícula B-2012-IF, con un semirremolque de tres ejes y doble rueda.

El «sueño» (?) lo tuve en el polígono industrial de Gavà, en Barcelona. La nave en la que estaba era de un almacenista de alimentación, también cerrada, situada casi enfrente de la estación de tren. Hacía la ruta de Barcelona a Cádiz y estuve casi doce años en esa empresa.

En algunas ocasiones, en el taller, cuando arrancaba el motor, venía algún mecánico y me decía: «Qué bien suena». En otras ocasiones, al parar, otros camioneros decían lo mismo, sin conocerme: «Qué bien suena ese motor». Creo que el Jefe dejó huella hasta en el vehículo. Supongo que estará desguazado. Me da pena pensarlo...

Sólo fue un sueño, señor Benítez, pero demasiado hermoso para olvidarlo. ¿O tal vez no? Cada uno que piense lo que quiera, pero yo me quedo con la versión que más me gusta...

Yo también creo que no fue un sueño, aunque aparezca «disfrazado» de sueño...

Como decía el bueno y sabio de Rafael Vite: «Lo imposible es lo bello».

EL PEAJE

No tengo palabras...

¿Qué son realmente los *Caballos de Troya*?

Sucedió en 1999.

Al releer la información sobre las apariciones o presencias de Jesús de Nazaret después de muerto volví a estremecerme. En cada lectura encuentro una perla, algo nuevo y diferente que me hace pensar y, sobre todo, que me hace sentir...

De pronto, la «fuerza» que siempre me acompaña me condujo —casi por la nariz— hasta un mapa de Israel y de los países que lo rodean.

Y susurró:

—Sitúa las apariciones de tu «socio» en el mapa.

—¿Para qué?

—Confía...

Así lo hice.

Eran diecinueve apariciones. Y fui señalándolas en el mapa.

—Ahora traza una línea —prosiguió la «voz»— y une Alejandría, Tiro, Tiberíades y Filadelfia (actual Ammān).

Obedecí y descubrí una figura geométrica trazada por dos triángulos irregulares unidos por un lado. En los vértices se hallaban las mencionadas ciudades.

—Mide las distancias entre esas ciudades...

—¿Para qué?

La verdad es que no entendía nada.

Y la «voz» reclamó:

—Confía de nuevo...

Llevé a cabo las mediciones, en kilómetros, y me quedé mirando la figura y los números, como un tonto...

—¿No te dice nada?

Me encogí de hombros y la «voz» se apagó.

Y me entraron dudas. ¿Había efectuado los cálculos correctamente?

Puse las mediciones en manos de expertos y coincidieron.

Pero me distraje con otras investigaciones.

Y, sin querer, probé mi propia medicina...

Durante cuatro largos años me vi sometido a la técnica de la «nevera».

En 2003, cuando el Destino lo estimó conveniente, la curiosa figura geométrica me salió al encuentro en una rutinaria inspección de la «jungla» (los archivos).

Y recordé la aventura con la «voz» que me habita.

¡La Kábala!

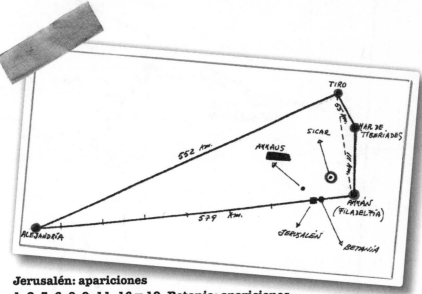

Jerusalén: apariciones 1, 2, 5, 6, 8, 9, 11, 16 y 19. Betania: apariciones 3 y 4. Ammán: aparición 10. Sicar: aparición 17. Tiberíades: apariciones 13, 14 y 15. Tiro: aparición 18. Camino de Ammaus: aparición 7 y Alejandría: aparición 12. Síntesis de las apariciones en *Caballo de Troya 6*. Cuaderno de campo de J. J. Benítez.

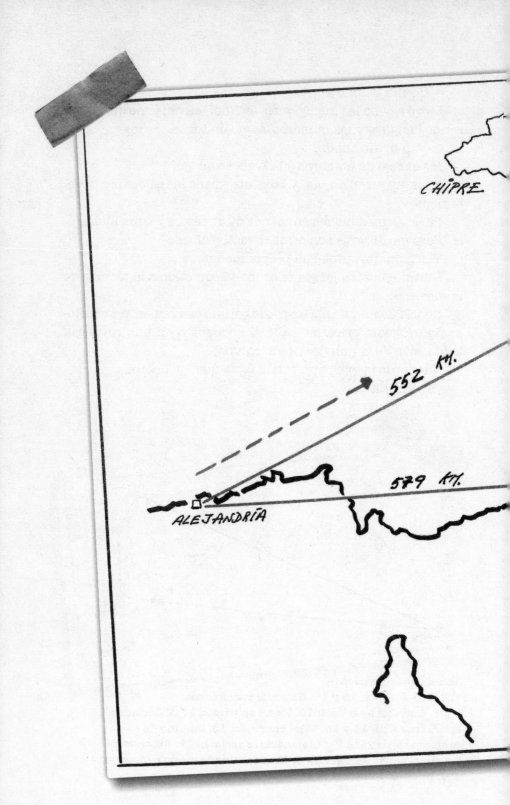

CHIPRE

552 KM.

579 KM.

ALEJANDRÍA

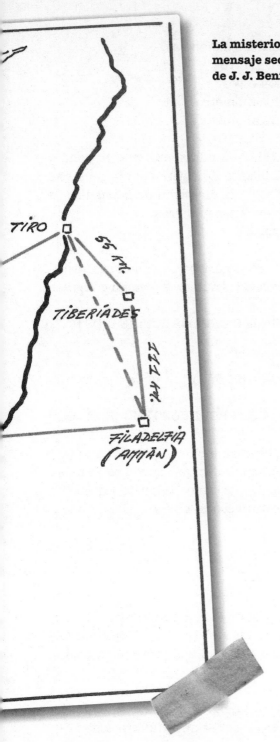

La misteriosa figura contiene un doble mensaje secreto. Cuaderno de campo de J. J. Benítez.

Y me apresuré a estudiar las distancias...

Alejandría-Tiro: 552 kilómetros.

Tiro-Tiberíades: 55 kilómetros.

Tiberíades-Ammān: 111 kilómetros.

Ammān-Alejandría: 579 kilómetros.

¡Oh!

«552», en Kábala, equivale a «fundamento, origen, y muerte». Me sirvió como «fundamento u origen» (punto de arranque) para los cálculos. Y seguí la dirección de las agujas del reloj en el análisis de los siguientes números:

«55» = «peaje o disposición».

«111» = «Dios».

«579» tiene el mismo valor numérico que «cambio de forma».

En otras palabras, los referidos números forman la siguiente frase:

«LA MUERTE ES UN PEAJE O DISPOSICIÓN DE DIOS PARA CAMBIAR DE FORMA».

¡Sublime!

Leído al revés (579-111-55-552), el «mensaje» resulta igualmente notable:

«UN GOZO MARAVILLOSO (PRODIGIOSO) SUCEDE (OCURRE) CON LA MUERTE».

El Maestro inyectó esperanza, incluso, en la arquitectura de sus apariciones después de muerto. ¿Se puede pedir más?

Dudo que el mayor norteamericano, autor de los diarios, fuera consciente de esta lectura secreta.

El 12 de abril de 2014, cuando *Pactos y señales* estaba concluido, recibí una carta procedente de Irún, en Guipúzcoa (España). La firmaba Francisco Martín. Decía, entre otras cosas:

Estimado señor Benítez:

Soy un fiel lector de sus libros y artículos...

Desde que tenía alrededor de 14 años (ahora tengo 30),

me ha enseñado y me ha llevado con sus palabras a los lugares donde, por desgracia, nunca podré ir, pero que gracias a usted he descubierto...

Sin más le expongo lo siguiente:

En su libro *Planeta encantado (El mensaje enterrado)* habla de un «desafío» (que el lector debería descubrir). En la página 215 se refiere a las distancias (en kilómetros) existentes entre algunas ciudades en las que el Maestro se apareció después de muerto.

Pues bien, sumando las cifras (por separado) que componen cada una de esas distancias obtenemos lo siguiente:

552 km: 5 + 5 + 2 = 12
579 km: 5 + 7 + 9 = 21
55 km: 5 + 5   = 10
111 km: 1 + 1 + 1 = 3

Unimos todos los dígitos: 1221103.

Creando una tabla de equivalencias (de números a letras) aparece lo siguiente:

1	2	3	4	5	6	7	8	9	10
A	B	C	D	E	F	G	H	I	J

Al sustituir los referidos números (1221103) por las letras correspondientes obtenemos la doble palabra: «Ab-bā» y «J.C.».

En otras palabras: el Padre Azul («Ab-bā») y Jesús de Nazaret (J.C.).

Quedé, logicamente, maravillado.

E s otro personaje que me fascina...
¡Cómo disfruto con él!

Aparece, por primera vez, en *Caballo de Troya 8*.

Se trata del tipo de la sonrisa encantadora.

Los lectores preguntan: «¿Es un ángel?».

Y sonrío y guardo silencio...

El caso es que un día, releyendo el *Caballo 9*, volví a encontrarlo.

El mayor dice, textualmente:

Según contaron Perpetua y Zaku, esposas de Pedro y de Felipe, respectivamente, el lunes, 24, al día siguiente de iniciar la gira por el lago, cuando el Maestro y quien esto escribe nos hallábamos en Nazaret, alguien llamó a las puertas de las casas de Pedro y de Felipe. Primero a la de Perpetua. Era un personaje extraño, que causó una viva impresión a cuantos lo vieron. Era muy alto, con una vestimenta poco común, y una sonrisa encantadora.

Recuerdo que me atraganté con la leche caliente.

El Galileo me auxilió con unas amables palmaditas en la espalda. Lo vi sonreír, divertido.

En resumen, según Perpetua, aquel hombre les entregó una bolsa con una importante suma de dinero: 413 denarios de plata. Y al depositar la pequeña fortuna en las manos de la esposa de Pedro comentó: «De parte de Ab-bā..., y de su gente».

Después se alejó.

Eso sucedió hacia la sexta (mediodía).

Poco después, siendo la nona (tres de la tarde), la escena se repitió, pero a las puertas de la casa de Felipe, también en Saidan. La cantidad de monedas de plata fue la misma, y también el comentario del «mensajero».

Aquel dinero era suficiente para el sostenimiento de las familias durante un año, o más.

¿413 monedas? Mejor dicho, ¿826?

Busqué refugio en la Kábala, claro está.

Y surgieron nuevas sorpresas...

«413» equivale a «sonrisa».

No podía creerlo.

«4», además, es «Ab-bā» y «13» equivale a «regalo y amor».

Eso fue lo que hizo el tipo de la sonrisa encantadora: regalar amor («De parte de Ab-bā y de su gente»).

En cuanto al «826», he aquí lo que descubrí: «8» tiene el mismo valor numérico que «amor, sorprender y quedar estupefacto». El «26», por su parte, equivale a «tramar, valioso y Dios».

O lo que es lo mismo: «Amor de Dios» o «Urdido o tramado por Dios».

Por supuesto, todos «quedaron estupefactos».

Yo también...

Mágico es poco.

ESTABA SOLITA

quel domingo, 27 de diciembre de 2009, tras escribir, acudí a la playa, según mi costumbre.

Se había colado un frío y largo viento de poniente.

La mar, al verme, hizo olas...

Me sentía desconcertado, pero no por las olas.

Esos días me hallaba en plena transcripción del prodigio de Caná, en el *Caballo de Troya 9*.

¡Qué *bellinte*!

Y hablé y hablé con el Padre Azul.

«¿Cómo puedes ser tan imaginativo?», le decía.

Y en esas andaba, de tertulia con Ab-bā, cuando, de regreso a casa, a las 13.30 horas, apareció ella.

¡Oh!

Qué extraño. En el camino de ida, hacia el faro, no la había visto.

E inspeccioné los horizontes, como un bobo.

Me arrodillé en la arena y la observé.

Estaba solita, como perdida.

Lloraba.

La mar, celosa, llegó un par de veces y quiso cubrirla de espuma. No lo permití.

Vestía un pijama azul...

La tomé con delicadeza y la limpié.

Ella, coqueta, dejó hacer. Y sonrió desde sus azules.

—¿Quieres venirte conmigo? —pregunté.

Y la pequeña pelota azul dijo que sí, pero con timidez.

**La pelota azul, con el pijama
a rayas. (Foto: Blanca.)**

El pijama —o lo que fuera— aparecía cubierto de rayas.

Después me fijé mejor. No eran rayas.

Se trataba de círculos concéntricos grabados en la piel. Supuse que era una pelota africana (por lo de los tatuajes): seis series de tres círculos concéntricos cada serie.

Los círculos estaban entrelazados.

«¡Vaya —me dije—, la bandera de mi "socio", el protagonista del *Caballo 9*!»

Y empecé con las cábalas...

Tres círculos concéntricos... Seis series de círculos... Total: 18 círculos...

«3-6-18.»

Y la Kábala me abrió los ojos, una vez más.

El «3» tiene el mismo valor numérico que «Jefe, Creador y revelación».

«6» = «hombre».

El «18» equivale a «Ab-bā».

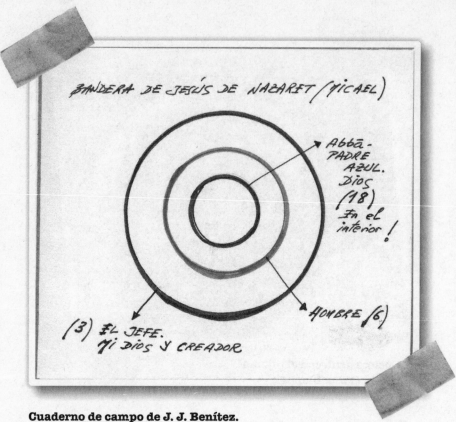

BANDERA DE JESÚS DE NAZARET (MICAEL)

Abbā-PADRE AZUL. DIOS (18) En el interior!

(3) EL JEFE. MI DIOS Y CREADOR

HOMBRE (6)

Cuaderno de campo de J. J. Benítez.

La lectura fue: «Ab-bā (en el interior) (la «chispa») y el hombre rodeado (protegido) por el Jefe, mi Dios y Creador».

¿Es este el simbolismo de la bandera de Jesús de Nazaret (Micael), el Dios de la «Vía Láctea»?

Al sumar los dígitos (3 + 6 + 18) se presentó el «27» = «Dios».[1]

Desde entonces, la pelota azul vive a mi lado...

¿Quién la puso en mi camino aquella fría mañana?

¡Qué pregunta tan tonta!

1. Por cierto, 13.30 (la hora en la que encontré la pelota azul) equivale, en Kábala, a «13» («amor») y a «30» («profundo»). Sí, es un «amor profundo» el que Él siente por mí y viceversa...

JASÓN Y ELISEO

Un día, casi jugando, me puse a hacer números con los nombres de Jasón y Eliseo, piloto y copiloto del proyecto Caballo de Troya, respectivamente.

Los sometí al código de Cagliostro y surgió lo siguiente:

«Jasón» equivale a «11-3-75». «Eliseo», por su parte, es «53-13-57».

Al llevar los números a la Kábala me llevé otra sorpresa:

El «11» equivale a «bueno».

El «3» = «futuro y revelación».

«75» tiene el mismo valor que «fe».

La suma de «11», «3» y «75» es igual a «17» («bondad»). La suma de «1» y «7» es «8» («amigo»).

Curioso. Eso fue para mí el mayor: «amigo, bondad y revelación». Mi vida, en realidad, se divide en «antes y después de *Caballo de Troya*». Y todo se lo debo a él.

Cuando le tocó el turno a Eliseo quedé igualmente perplejo.

«53» equivale a «falso».

«13» = «odio, división, aborrecer y recelo».

«57» tiene el mismo valor numérico que «engaño, fraude, amenaza y pequeño».

La suma de los dígitos (53 + 13 + 57) es «6». En Kábala, el «6» equivale a «mentira» (!).

Los números también retrataron a Eliseo...

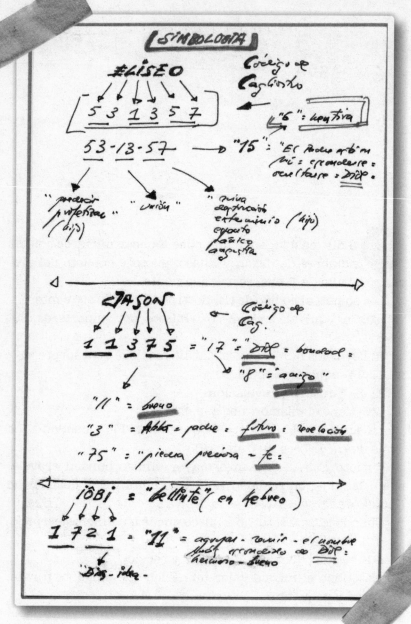

Cuaderno de campo de J. J. Benítez.

LOS ÁNGELES

En la transcripción de *Caná. Caballo de Troya 9*, quedé asombrado muchas veces.

Una de ellas tuvo lugar durante la secuencia de las «luces», en lo alto del Ravid (lugar del asentamiento de la «cuna»).

Al presentarse dichas «luces», «Santa Claus», el ordenador central, registró la caída de los sistemas de seguridad de la nave.[1]

1. El mayor dice textualmente:

A eso de las dos de la madrugada, «Santa Claus» me alertó. Había «saltado» el cinturón gravitatorio. Como se recordará, Eliseo cambió los límites de dicha defensa, estableciéndolos a 500 metros de la «cuna». Era el primero de los escudos protectores del módulo. El cinturón gravitatorio actuaba como una cúpula invisible. Si alguien pretendía traspasar dicho límite, una fuerza arrolladora le impedía el paso. Era como un viento huracanado o como un muro. Nadie estaba capacitado para traspasarlo. [...]

Era extraño. En el exterior se observaba una intensa luminosidad violeta... [...]

En el último «salto» en el tiempo, las defensas de la «cuna» fueron establecidas de la siguiente forma:

Cinturón gravitatorio (ya detallado). La poderosa emisión de ondas partía de la compleja membrana exterior de la nave [...].

Cinturón «IR» (infrarrojo). Detectaba la presencia de cualquier ser vivo. [...]

Cinturón de hologramas. Fue ubicado a 173 metros de la «cuna» [...]. [...] Los hologramas fueron dotados de sonido y movimiento.

(Amplia información en *Caballo de Troya 1 y 6.*)

En un momento determinado, el mayor establece «contacto» con tres luces rojas (al parecer, luces de posición de un solo objeto). Esas luces formaban un triángulo.

Jasón utiliza un láser y la nave responde.

Así se registra el siguiente «diálogo» (vía morse):

Pregunté:

«¿Amigos?».

Esta vez tuve que sentarme.

Hubo respuesta, e inmediata. Tuve la sensación de que adivinaban el pensamiento antes de que este explorador emitiera las señales luminosas.

La respuesta fue asombrosa:

«Más que amigos».

Tragué saliva y pregunté de nuevo:

«¿Sabéis quiénes somos?».

Respuesta:

«Lo sabemos».

Pregunta:

«¿Sois ángeles?».

Respuesta del «triángulo»:

«Quizá».

Y me animé del todo:

«¿Qué tenéis que ver con Jesús de Nazaret?».

Silencio. No hubo destellos. No se produjo respuesta.

Insistí y repetí la pregunta, modificándola en parte:

«¿Sois su "gente"?».

Silencio. No hubo más destellos.

Y el «triángulo» se elevó en la oscuridad a una velocidad increíble, perdiéndose en el firmamento. El silencio quedó flotando en la noche y sobre mi desconcertado corazón.

Al final de la secuencia, el mayor escribe:

«Santa Claus» ofreció también una síntesis de lo sucedido desde que fui despertado (a raíz de la presencia de las «luces»):

«Alteración del cinturón gravitatorio a las 2 horas y 1 minuto. Duración de la anomalía: 21 segundos».

Luz violeta. Permanencia total: 9 minutos y 3 segundos.

La temperatura en la cumbre del Ravid descendió, bruscamente, en 2 grados Celsius. Al desaparecer la luz violeta todo volvió a la normalidad. La temperatura se elevó de nuevo a 18 grados Celsius.

Caída del suministro eléctrico en la «cuna». Se registró a las 2 horas y 10 minutos. Duración de la extraña «caída»: 39 segundos y 7 décimas.

Con el corte del suministro eléctrico se vinieron abajo todos los cinturones de seguridad.

No hubo razón para dicha «caída» en el suministro eléctrico.

Inexplicable.

Pues bien, la presencia de los números me alertó de nuevo. No me equivoqué...

Según la Kábala, «21» (duración de la anomalía en el cinturón gravitatorio) equivale a «desgracia y calamidad» (!).

La presencia de la luz violeta, según *Caballo 9*, se prolongó durante 9 minutos y 3 segundos.

Asombroso: «93», en Kábala, tiene el mismo valor que «ángeles y violeta» (!).

La caída del suministro eléctrico tuvo una duración de 39 segundos y 7 décimas.

Pues bien, «39» = «silencio» y «7» = «trabajo invisible de Dios».

Insisto: ¿quién mueve los hilos en los *Caballos de Troya*?

ara la redacción del *Caballo 9*, necesité un total de 218 días.

Así consta en mis cuadernos de campo.

Acudí a la Kábala y quedé maravillado...

«218» tiene el mismo valor numérico que «brillante, resplandeciente, cuidadoso y rayo de luz».

Eso, justamente, es *Caballo 9* para mí: un libro que emite luz. Con seguridad, mi *Caballo de Troya* favorito.

Al terminarlo me dio por contar las notas a pie de página.

Sumé 394.

Sorpresa: en Kábala, «394» equivale a «investigación, búsqueda, indagación y averiguación».

En definitiva, ése fue el trabajo del mayor en las referidas notas a pie de página.

¿Cómo puede ser?

Sólo hay una explicación: los *Caballos* son magia, pura magia... Magia del Padre Azul, me atrevo a añadir.

Pero las sorpresas no concluyeron ahí...

Cuando el *Caballo 9* vio la luz (noviembre de 2011) caí en la cuenta: *Caná* se publicó 1.981 años después de la muerte del Hombre-Dios. ¡1981 fue el año en el que falleció el mayor![1]

Otra vez la magia...

Poco después, en abril de 2012, me llegaba una carta procedente de Totana, en Murcia (España).

---

1. Prometí al mayor que esa parte de los diarios (*Caballo 9*) se haría pública treinta años después de su muerte. Y así fue: noviembre de 2011.

La firmaba Cecilia Martínez.
Decía, entre otras cosas:

... Una noche soñé que paseaba por el colegio de monjas en el que estudié... Al llegar al hueco de la escalera apareció ante mí un libro muy grande, abierto, y con las páginas en blanco... Al entrar en una clase lo volví a ver de la misma forma, colgado en una vitrina, en la puerta... Este sueño ocurrió un año antes de la publicación del *Caballo 9* y me quedé con la duda: ¿de qué libro se trataba?

En noviembre de 2011, con el *Caballo 9* en las manos, durante su lectura tuve varios *déjà vu*... Fueron varias las ocasiones en las que me había visto leyéndolo... Lo escrito en el libro me sonaba. Era como si ya lo hubiera leído antes... También tuve un sueño mientras lo leía... Me encontraba en un lugar extraño, donde la gente, sentada en su lugar de trabajo, dormía... Estaban a oscuras... Yo me sentía muy bien. Llevaba abierto en mis manos el *Caballo de Troya 9* (con certeza)... El libro emanaba «luz»... Sólo él estaba iluminado... Fue entonces cuando relacioné aquel libro del sueño con éste... Pensé que era un libro que estaba por escribir y por esa fecha, el *Caballo 9* no había sido escrito ni publicado. Mi emoción y sentimientos por este libro han sido tan profundos que no tengo la menor duda de que se trata de su libro...

NOTA:
Un día antes de la recepción de su carta (17-04-2012) se me apareció en sueños un hombre con el pelo blanco, largo sobre los hombros, túnica blanca y una «vara» en la mano. Me llamó por el nombre de «Davidia». Al buscar el significado de la palabra todo me condujo a pensar que era Jasón. En el *Caballo 9* empecé a sentir una profunda admiración por el mayor, que va en aumento...

Lo dicho: un libro «luminoso»...

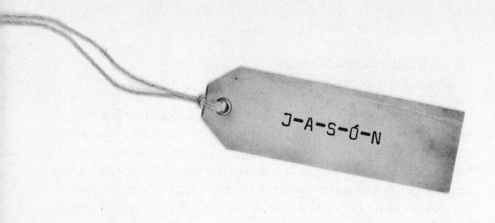

E l 12 de julio de 2011, siendo las 12 horas, anuncié en mi página web la terminación de *Caná. Caballo de Troya 9*.

A los pocos días (22 de julio) llegaba un correo electrónico procedente de América. Lo firmaba William Omar Angarita, ingeniero de sistemas.

Decía así:

Cordial saludo. He recibido con agrado que próximamente tendremos por fin *Caballo de Troya 9*, de acuerdo al anuncio en la página oficial <www.planetabenitez.com>.

Me llama la atención que fue terminado de transcribir en julio (mes de Jasón) (la iglesia católica lo celebra el día 12). Supongo que lo tendremos en noviembre, por la siguiente razón:

Julio .... J
Agosto .... A
Septiembre .... S
Octubre .... O
Noviembre .... N

J	ulio	J
A	gosto	A
S	eptiembre	S
O	ctubre	O
N	oviembre	N

Asombroso...

En ese mes de julio (2011) nadie sabía cuándo se iba a publicar el *Caballo 9* (ni siquiera la editorial).

Por supuesto, nadie preparó o calculó algo así...

Mejor dicho, Alguien sí lo tuvo en cuenta.

El *Caballo 9*, en efecto, como dije, vio la luz en noviembre de ese año.

SUBLIME

E n *El día del relámpago* (continuación de la serie *Caballo de Troya*), el mayor cuenta cómo en la visita a la casa de campo del general Curtiss, jefe del proyecto, de pronto suena el *Ave María*, de Schubert.[1]

1. El texto en cuestión dice así:

Curtiss y Domenico finalizaron la letanía, y el *Ave María*, de Schubert, se adueñó de lo visible y lo invisible.

Fue una reconciliación de todos con todo.

Ave María... gratia plena...

Estrella regresó y depositó una vela sobre la mesa de roble.

Se sentó y guardó silencio, sobrecogida.

La llama amarilla brillaba, pero no brillaba. Éramos nosotros quienes brillábamos.

Y aquella voz, limpia y transparente, se fue elevando hacia el firmamento. Los corazones salieron tras ella.

Las estrellas no daban crédito a la belleza procedente de aquel minúsculo y remoto mundo azul.

Sólo alguien enamorado pudo componer una música así.

Ave María... Mater Dei...

Schubert hizo el prodigio.

De pronto me transporté y vi a la Señora a las afueras de Caná, alegre y feliz. Recogía flores... Y la vi ayudando a traer un bebé al mundo, en la caravana mesopotámica de Murashu... Y la vi lavando el rostro de Ruth...

Ave, ave dominus... Dominus tecum...

Y la vi en la «casa de las flores», en Nahum, a oscuras, rota por el dolor... Y la vi, triunfante, en las bodas de Caná...

Sumé los minutos y segundos que menciona el mayor: 6 + 17 = 23 =5 = 101 (!).

«5», en Kábala, equivale a «Espíritu, volar y lo femenino».

Eso es el «Ave María»...

Y exploré también los números de las páginas de *El día del relámpago* en las que aparece el texto sobre el *Ave María* de Schubert.

«240» y «241».

Pura magia...

«240», en Kábala, equivale a «alto, elevado, sublime y embeleso».

«241», a su vez, tiene el mismo valor numérico que «elevar, alzar, expresión y palabra».

Y el colmo de los colmos: la suma de los minutos y segundos que duró la canción (6 + 17) es «14» = «plegaria» (en Kábala).

¿Imposible? Sí, pero cierto...

Ave María...

Tuve que sujetarme para no llorar.

Curtiss fue más sincero. Y una lágrima se asomó, incrédula, a su rostro de veterano de guerra.

Domenico también lloró.

Estrella permitió que el azul de sus ojos se desbordase.

Después, al concluir el *Ave María*, vimos llegar al silencio. Nos cubrió y así permanecimos un tiempo, arropados.

Yo recordé la tumba de Franz Schubert, en Viena.

Y no estuve de acuerdo con la leyenda que fue grabada en la lápida: «La música enterró aquí una rica posesión...».

Lo más valioso de Schubert no está sepultado.

La delicia cantada por la soprano norteamericana, de origen griego, Ana María Cecilia Sophía Kalogeropoúlou, se prolongó 6 minutos y 17 segundos. La divina cantó en alemán y yo fui traduciendo al latín, en mi corazón.

Nunca olvidaré aquellos 6 minutos y 17 segundos...

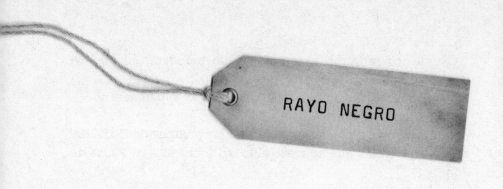

RAYO NEGRO

C uando el mayor describe «Rayo negro»[1] experimenté una extraña y desagradable sensación.

Me pareció una máquina infernal.

Al igual que Jasón, sentí miedo.

«Aquello» no me gustó.

Y decidí consultar la Kábala.

Quedé perplejo.

La sucinta descripción de «Rayo negro» puede leerse en las páginas 368 y 369 de *El día del relámpago*.

Pues bien, «368» equivale a «tinieblas y oscuridad».

Por su parte, «369» tiene el mismo valor numérico que «diabólico» (!).

La intuición nunca falla...

1. Amplia información en *El día del relámpago* (2013).

11.627.204

Y sigo con *El día del relámpago* y las señales...

En dicho libro, el mayor norteamericano afirma que el número de espacios que integran esa parte de los diarios es 11.627.204.

Jasón dice textualmente:

Al imprimir por las dos caras, el número de folios se redujo a la mitad. Aun así, el volumen era considerable: miles de hojas.

Total de espacios, según la computadora: 11.627.204.

Acaricié el papel con emoción.

Allí estaba la casi totalidad de mis vivencias y conversaciones con el Hijo del Hombre.

Otra vez los números...

Y me puse a jugar.

«11», según la Kábala, equivale a «reunir, agrupar y juntar».

«627» = «enseñanzas».

«204» tiene el mismo valor numérico que «cierto, verdadero y Dios».

Nueva sorpresa...

Ésta fue la interpretación de la cifra completa: «Los diarios reúnen o agrupan las verdaderas enseñanzas de Dios (el Maestro)».

Después, al sumar los dígitos (11 + 627 + 204), apareció un

viejo conocido: «5» = «palo-cero-palo» (!). En otras palabras: «El Espíritu que planea sobre los diarios (sobre los *Caballos de Troya*)».

No hay palabras...

GIRO A LA DERECHA

<big>C</big>uando *El día del relámpago* fue publicado (2013) se me ocurrió (?) sumar las estrellas de cinco puntas que separan los párrafos.

Las estrellas de cinco puntas (invertidas), según los iniciados, simbolizan el mal (químicamente puro) y la magia negra. Las estrellas de cinco brazos (no invertidas) —dicen los expertos— son la representación máxima de la luz y del universo en expansión.

Si no sumé mal conté 115 estrellas (todas invertidas).

De éstas, 53 se presentan en páginas impares.

¿Qué dice la Kábala al respecto?

«115» equivale a «Satán, matar, destruir, ir a la derecha, crecer y violencia».

Estrella de cinco puntas (invertida), tal y como aparece en *El día del relámpago*.

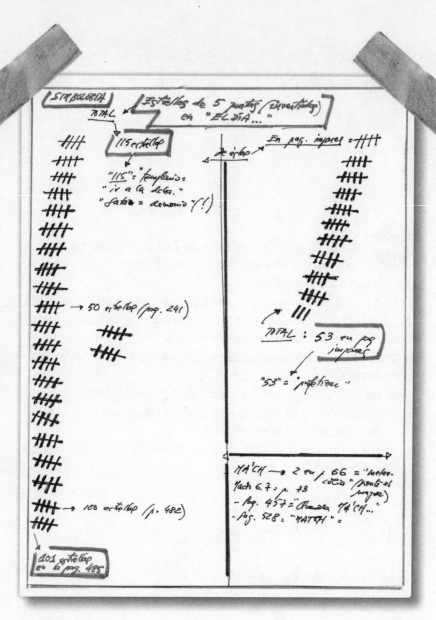

Cuaderno de campo de J. J. Benítez.

«115» — 53 = 62.

«62» tiene el mismo valor numérico que «señal y evidencia».

Entonces llegó aquel flash: «El mundo se dispone a girar a la derecha y crecerá la violencia».

Lo olvidaba (?): «53» = «profetizar»...

Las señales contenidas en los *Caballos de Troya* son interminables.

LOS JAPONESES

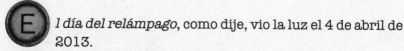

El *día del relámpago*, como dije, vio la luz el 4 de abril de 2013.

Ese día, como es habitual en mí, me llené de pánico.

¿Cómo lo recibirían los lectores?

Pero el Padre Azul y su «gente» están en todo...

Al día siguiente, 5 de abril, Blanca me mostró un correo electrónico, emitido por la agencia AFP.

Decía así:

Un equipo de investigadores japoneses anunció haber logrado descifrar parcialmente el contenido de los sueños, una experiencia intrigante que consideran útil para el análisis del estado psíquico, la comprensión de enfermedades psicológicas o, incluso, el control de máquinas con el pensamiento.

«Desde hace mucho tiempo, los humanos se interesan por los sueños y sus significados, pero hasta ahora sólo la persona que sueña conoce el contenido de su sueño», explican los investigadores del laboratorio de Yukiyasu Kamitani, del Instituto Internacional de Investigación de Telecomunicaciones Avanzadas (ATR), en Kioto.

Para avanzar en la comprensión científica de los sueños, estos investigadores crearon un dispositivo para decodificar las imágenes que una persona observa durante la fase onírica.

Para ello registraron repetidamente la actividad cerebral de tres personas durante la fase del sueño. Cuando aparecía en la pantalla de análisis una señal correspondiente a una fase del sueño, los científicos despertaban a los voluntarios y les preguntaban qué imágenes acababan de ver. La operación fue repetida unas doscientas veces por persona.

Este ejercicio permitió crear una tabla de correspondencias entre la actividad cerebral y objetos o temas de diversas categorías (alimentos, libros, personalidades, muebles, vehículos, etc.) vistos en los sueños. Se trata de un tipo de léxico que asocia una señal cerebral a una imagen.

Una vez que esta base de datos fue creada, la exploración de la actividad cerebral mediante resonancia magnética permitió saber qué imágenes veían las personas durante sus sueños, gracias a la aparición de las mismas señales características...

Los científicos imaginan, incluso, fabricar un día una máquina que permita grabar los sueños para luego reconstituirlos en imágenes.

«Por ejemplo, si un día usted tiene un sueño increíble, sería bueno poder mostrarlo a alguien más», asegura Onuki, uno de los voluntarios.

Estos trabajos podrían también contribuir a los estudios sobre el control de las máquinas movidas con el pensamiento, un tema de investigación importante en Japón.

Quedé atónito.

¡Los japoneses trabajan en un dispositivo para «leer» y grabar los sueños!

No podía creerlo...

Esto es lo que describe el mayor en *El día del relámpago*... ¡Pero fue escrito cuarenta años antes![1]

1. Relación de inventos e ideas (inéditos) contenidos en *Caballo de Troya* (publicados a partir de 1984):

1. Partícula elemental *swivel*. Modifica el concepto del espacio y del tiempo.
2. El cosmos goza de un sinfín de dimensiones.
3. Cosmos gemelo.
4. Nueva definición de «instante».
5. Viaje a otras dimensiones.

Lo tomé como lo que era: una nueva señal del Padre Azul...
«Tranquilo —vino a decir—. La intendencia no es cosa tuya.»

---

6. Computadores llamados «amplificadores nucleicos» (basados en cristales de titanio).

7. Membrana de emisión infrarroja (protege y hace invisible).

8. Dispositivo en el recto para la eliminación de heces.

9. «Piel de serpiente» (protección corporal).

10. Sistemas de protección (operación Marco Polo).

11. «Cabezas de cerilla» (sistema de transmisión).

12. Sistema de alimentación de pilotos en vuelo.

13. Generadores de oxígeno en el interior de la nariz.

14. Trajes espaciales diseñados para la inversión de masa.

15. «Anclaje» en el espacio.

16. «Viento huracanado» (sistema defensivo).

17. Lentes gaseosas para cámaras.

18. Microcomputador nuclear.

19. Ultrasonidos «encarcelados» en una guía láser.

20. «Crótalos»: lentillas especiales para ver en la gama del infrarrojo.

21. Relojes monoiónicos.

22. Parabrisas monitorizado (permite el vuelo a ciegas).

23. Altímetros gravitatorios.

24. Sandalias electrónicas.

25. Sistema ultrasónico de defensa.

26. «Ojo de Curtiss».

27. «Tatuaje».

28. «Cíclope» (sistema de microláseres).

29. «Nemos» (robots miniaturizados).

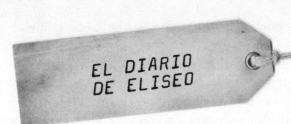

EL DIARIO DE ELISEO

 Tengo que repetirlo. *El día del relámpago* (continuación de la serie *Caballo de Troya*) vio la luz el 4 de abril de 2013.

Hasta ese momento, nadie conocía su contenido; ni siquiera Blanca.

Pues bien, en mayo de 2012 (once meses antes de la publicación del referido libro) recibí una carta que me dejó atónito.

Procedía de Málaga (España) y la firmaba una lectora a la que llamaré Gema.

Decía así:

¡Estimado amigo!

Espero que estés bien. Prometí escribirte cuando terminara de leer *Caballo de Troya 9*, y espero puedas perdonar que lo haga tan tarde, teniendo en cuenta que hace ya muchos meses que lo acabé.

El motivo de volver a escribirte a mano es porque he intentado hacerlo por tu web, pero no hay manera. Supongo que debe ser así.

Como te dije en mi anterior carta, desde el primer *Caballo de Troya* tengo un deseo extraño de ponerme en contacto contigo. Y te pido disculpas por ello porque, por norma, jamás he tenido ese sentimiento. No sé si te puede molestar que te vuelva a escribir... ¡Ah!, gracias por contestarme. Me hizo mucha ilusión. Por fin alguien me escribe (que no sea el banco).

Debo sincerarme antes de nada.

Me ha sabido a poco el libro. Me he quedado con ganas de más...

La sensación que tuve al terminar fue una tristeza enorme. Lloré. Me emocioné. Lo echo de menos (a Él)...

Decirte todo esto es porque, hace cosa de un mes y medio, tuve un sueño extraño, con una persona muy especial que acaba de fallecer, que a modo de despedida me dijo: «Ahora no lo puedes entender. Mira el libro de Eliseo. Entonces comprenderás».

La verdad es que no entendí nada.

Fue un sueño tan real...

No lo asocié con *Caballo de Troya*, para nada.

Estuve mucho tiempo buscando en Internet. Busqué por el libro de Eliseo, Eli, Eliya, etc., y nada. No encontré nada.

Al instante, al leer las palabras de Gema, me vino a la mente *El diario de Eliseo*. Pero ¿cómo podía saber? A día de hoy (6 de febrero de 2014), esa obra está por publicar...

Solicité detalles y Gema envió una nueva carta.

Aparecía fechada el 12 de junio de 2012.

Estimado amigo —escribía Gema—. Acabo de recibir tu carta y me gustaría poder ser lo más clara posible. Disculpa si no me explico bien, pero es que la narración no es mi fuerte.

La mujer que falleció era mayor. Aunque no era familia, teníamos una afinidad muy estrecha. Era desconfiada, muy autosuficiente y sólo quería estar conmigo cuando enfermó. El 27 de marzo me despedí de ella en el hospital. Aquella noche falleció.

Justo a la semana (la noche del 4 al 5 de abril) tuve el sueño extraño del que te hablé. Te cuento:

Yo entraba en la habitación del hospital, donde la dejé tan malita antes de irme. Me acerqué a ella y preguntó que dónde estaba. Miré a mi alrededor y estaba en la habitación de siempre, en el hospital. En una esquina, asustada, se hallaba la cuñada (la poca familia que le quedaba). Le dije que estaba en el hospital, pero no comprendía... No me atreví a explicarle que estaba muerta.

Me acerqué y empezó a ponerse bien.

Ella estaba desnuda y preguntó que por qué no tenía ropa.

Yo sólo decía: «Es que estás en el hospital».

Le di la mano, para tranquilizarla y para que supiera que estaba con ella.

Y fue cuando empezó a mejorar.

Entonces se levantó de la cama. Vestía una túnica blanca. Era mucho más joven.

Me dijo que la acompañara, y también a la cuñada.

Abrió la puerta del armario y entramos en un lugar en el que he estado en otros sueños.

Es un prado verde y llano, repleto de paz y de tranquilidad.

Hay una especie de velador de piedra...

No hay nada hecho por el hombre...

Y delante de ese pedestal me dijo: «Ahora no lo entiendes. Mira en el libro de Eliseo y comprenderás».

Y añadió: «Ahora debes irte».

Y me invitó a mí y a la cuñada a salir de allí.

Supe que estaba en paz, pero no entendí nada.

Ella se quedó allí...

¡Asombroso!

La primera mención a *El diario de Eliseo* la recoge *El día del relámpago* (página 551), pero fue publicado, como dije, un año después del sueño de Gema.

Sí, fue otro guiño del Padre Azul...

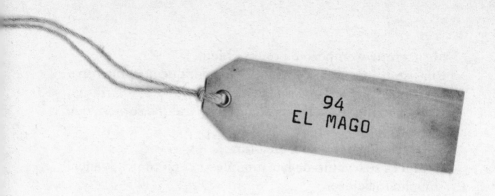

 o vivido por María José Ortiz fue, sencillamente, extraordinario.

Y yo participé, sin saber...

Primero me llegó una carta.

La firmaba la referida María José. Procedía de Alcantarilla, en Murcia (España).

Lamentablemente no la guardé.[1]

Hablo, por tanto, de memoria.

En ella, más o menos, María José confesaba que los *Caballos de Troya* habían cambiado su imagen del Jefe (Jesús de Nazaret). Ella sabía que esos libros son mucho más que literatura...

Calificaba a Jesús de «Mago».

Y añadía que, lamentablemente, uno de los *Caballos* —el número seis—, se había perdido. «Lo presté —decía— y no he vuelto a verlo...»

Leí la carta con atención y, de pronto, la «voz» que me habita susurró:

—Envíaselo...

—¿El qué? —pregunté como un idiota.

—El *Caballo 6*...

Al principio me resistí. No conocía a María José de nada.

—¿Y qué tiene que ver eso? —insistió la «voz».

1. Recibo una media de dos o tres cartas al día. Las leo todas. En ocasiones las guardo; no siempre. Depende...

—A la orden...

Busqué un ejemplar del *Caballo de Troya 6*, se lo dediqué y lo eché al correo. Creo que lo hice el 5 de enero de 2012, miércoles.

Y olvidé el asunto.

El 10 de enero recibía la rápida y desconcertante respuesta de María José.

Esta vez sí la guardé.

Decía:

Hola Juanjo:

Yo no sé si te vas a creer lo que te cuento, pero supongo que pocas cosas te sorprenderán (¿o sí?).

Al día siguiente de mandarte la carta, y dando por hecho que no ibas a responder, decidí hacer el pacto: Él hacía aparecer el *Caballo 6* y así yo sabía que lo que sentía era cierto, que había algo en aquellos libros...

**Dedicatoria de
J. J. Benítez en el *Caballo 6*.**

Al principio pensé: «Dejo el hueco en la librería y que aparezca». Pero enseguida pensé que Él hace las cosas —no sé—, de forma más natural...

Así que dije: «Vale. Hacemos una cosa. El "J" lee mi carta y tú le "soplas" que me mande un libro... Pero tiene que ser el lunes, que no me gusta esperar».

E hicimos el trato.

Además recuerdo que le dije, muy celosa: «Si al "J" le mandas pistas, pues a mí también».

Y el lunes, 9, por la mañana, a eso de las 13.30, llaman al telefonillo:

—Cartero... Traigo un certificado.

—Vale.

María José Ortiz, con el
Caballo 6 **(dedicado).**
(Gentileza de la familia.)

746

Y pensé: «Algún recibo de la luz».

Cuando vi el paquete, imagínate...

Pero eso no fue nada con la cara de tonta que se me quedó cuando vi el libro y leí la dedicatoria: «¡De parte del "Mago"!».

Dejé el libro y me fui a comprar el pan. Y por el camino iba pensando de todo: «Claro, es que el Benítez sabe mucho... No, es que tiene poderes... No, no... Soy yo, que le pasé el mensaje telepáticamente...».

Y sentía que «Alguien», detrás de mí, se partía de la risa...

Y claro, me contagiaba...

Y así iba por la calle, intentando disimular la risa, para que no me tomaran por loca.

Cuantas más vueltas le doy, menos lo entiendo. Pero, como lo siento, pues casi me da igual no entenderlo.

Gracias por presentarme al MAGO. Ahora me toca a mí ir conociéndolo.

Un abrazo. Nos vemos. (10-01-2012)

Yo fui el segundo sorprendido...

E l 3 de julio de 2011, a la hora del segundo café, Blanca me dio la noticia: había muerto Anfrúns.

Jorge Eduardo Anfrúns Dumont ha sido uno de los grandes investigadores del fenómeno ovni.

**Jorge Anfrúns.
(Foto: J. J. Benítez.)**

Fue publicista, comunicador social, escritor, conferencista y fundador y director de la MUFON[1] en Chile (1985). Era un investigador de campo. Dedicó su vida a los ovnis. Llegó a verlos y tuvo las ideas muy claras: los objetos volantes no identificados son máquinas, astronaves tripuladas por criaturas no humanas. Y así lo defendió en medio mundo.

Fuimos amigos y compartimos secretos. Cada vez que nos despedíamos hacíamos una solemne promesa: volveríamos a vernos y acariciaríamos una botella de buen vino.

Y así fue durante años.

Ese mismo 3 de julio decidí hacer el pacto.

Y escribí: «Querido Anfrúns: si estás donde imagino, por favor, dame una señal. Lo dejo a tu criterio...».

Al día siguiente, 4 de julio, lunes, me tocó vivir una experiencia que no olvidaré mientras viva (y después tampoco).

Estaba terminando *Caballo de Troya 9*.

Siempre que finalizo una jornada apunto en un calendario los folios escritos. Ese día, en rojo, anoté el folio 1.300.

Y, siguiendo la costumbre, a las 13.30, me separé del *Caballo 9*.

Acudí a la playa y caminé y caminé, siempre en conversación con el Padre Azul.

A las 14.30, cuando regresaba a «Ab-bā», me llevé un susto importante...

Ocurrió a cosa de ochenta metros de la casa.

Al doblar una esquina, y entrar en un callejón de piedra, quedé paralizado.

No la había visto...

A tres metros apareció una serpiente verde, tipo escalera, con casi metro y medio de longitud.

Descendía hacia mí, por el centro del callejón, y a toda velocidad.

No tuve tiempo de nada.

No pude echarme a un lado, ni retroceder.

---

1. MUFON es una red de investigadores del fenómeno ovni (Mutual UFO Network).

Y la serpiente llegó a mi altura, tropezó (?) con mi pie derecho y se enroscó en el tobillo.

Sentí la piel, rugosa...

Y, por puro instinto, levanté la pierna.

La serpiente se desenroscó y huyó hacia la maleza cercana. Y lo hizo rápida y limpiamente.

No sufrí ningún daño.

Y durante unos segundos permanecí inmóvil y lívido.

¿Qué había ocurrido?

¿De dónde salió el ofidio?

Aquel callejón era el único acceso peatonal a la playa. Habitualmente aparecía transitado. ¿Cómo es que se decidió a entrar en el mismo? ¿Por qué se deslizaba por el centro del camino de piedra? Y mucho más: ella tuvo que percibirme antes que yo la viera... ¿Por qué no se escondió o retrocedió?

Pero estos pensamientos llegaron después...

Entré en la casa y Blanca notó algo.

—¿Qué ha pasado? Estás verde...

Expliqué lo sucedido e intenté pensar.

Aquello no era una casualidad.

Y recordé el pacto con Anfrúns.

¡Qué mala leche!, pensé.

Y seguí dándole vueltas.

La serpiente procedía del este y se escondió por el oeste. Era verde. Se enroscó en el tobillo derecho, pero no me mordió.

Tenía que haber una simbología...

Y a las 16 horas, intrigado, acudí al Diccionario Cabalístico del sabio Villarrubia.

Busqué la palabra «serpiente».

Al comprobar la equivalencia recordé lo que había apuntado en el calendario: ¡1.300!

El folio 1.300 tenía el mismo valor numérico que «serpiente, ofidio, reptil, serafín y ángel».

¿Cómo era posible?

Y consideré que Anfrúns sigue vivo.[1]

1. Después recibí algunas explicaciones. El doctor Larrazabal, mi maestro de Kábala, me dijo:

Interpretación de Néstor Rufino Sánchez.

... Contesto a tu carta del 4 de julio. ¡Vaya aventura que tuviste con la pobre serpiente! El animal, tímido por naturaleza, se enroscó en tu pierna derecha para protegerse y, de la misma, huyó. Y te dejó un símbolo hermosísimo.

Habías apuntado en el calendario haber concluido el folio 1.300 ya que el 1.301 aún lo tenías sin terminar. El número 1.300 nos lleva a la palabra *SARAF*. La letra *FE*, final, tiene un valor numerológico de «80» según la antigua forma de numerar, que es la que habitualmente se usa en numerología... Este valor aumentado no se usa en numerología porque representa «estados del ser aún no realizados». Pero si consideramos la letra *FE* (final) en valor aumentado (800 en lugar de 80), la palabra SARAF, que significa «serpiente», alcanzará un valor de 1.300.

Pero *SARAF* no sólo significa serpiente. También «serafín», una potencia angélica de la quinta séfira de Yetzirá (Formación) que es el tercer plano o mundo de la Manifestación. Su plural es «serafines».

La quinta séfira de la Manifestación (Atzilut, primer plano o mundo manifestado) es Guevurá, el Rigor, que se balancea con la cuarta, Jésed, la Misericordia. En los altos mundos espirituales, si una criatura tan evolucionada cometiera una grave falta (casi impensable), el Rigor actuaría como consecuencia de inmediato. En nuestro plano material, no. El Rigor se atempera por la Misericordia y da lugar a la criatura a darse cuenta de la falta y a rectificar. Y, ¿cuál es la letra que forma el sendero o canal que une las séfiras cuarta y quinta, los dos platillos de la balanza? Pues, precisamente la letra novena, la tet, que representa una serpiente que se enrosca: $\mathcal{V}$. Ése es su símbolo. Se halla en la barra que une los dos platillos. Pero Guevurá (Rigor) se halla en el pilar izquierdo del Árbol de la Vida y a ti, Juanjo, la serpiente se te enroscó en la pierna derecha, en el lado del pilar de la Misericordia. La serpiente venía del este, donde la luz brota y se dirigió al oeste, donde todo se consuma.

El mensaje seráfico es claro: «Aprovecha el tiempo que queda. Completa tu obra y rectifica tus errores en base a todo lo que has aprendido». «Estados del ser aún no realizados.»

Los habituales en el foro de mi página web también dieron su opinión sobre el incidente con la serpiente. Vemos algunos ejemplos:

«Neith» explicó: «La serpiente es sabiduría y conocimiento. Curiosamente, en el libro *El principito*, éste tropieza en el desierto con una serpiente que se le enrosca en el tobillo derecho... Esa persona ha trascendido toda prueba en la vida, llegando a la sabiduría y al conocimiento por voluntad de sus pasos. Ha vencido lo finito... Puede conseguir hasta lo más increíble».

«Nirnel», por su parte, aseguró que el incidente podía ser una señal de paz y de confianza (me hallaba protegido contra el peligro).

«Pat» insinuó que la escena era un aviso de muerte.

«Nnd» arriesgó otra opinión interesante: «Saber más es imposible».

«Elnuevohuttor», también en el foro, aseguró que el encuentro con la serpiente simbolizaba a una persona libre y sabia, que sueña con escapar muy lejos.

Para «Solmi05», la serpiente podía ser Satán.

«Amocio» habló de Kábala. Serpiente equivale a «358» y éste, a su vez, tiene el mismo valor numérico que «Mesías».

«Lorca» estuvo muy acertado: «Yo creo que Juanjo pidió una señal y una serpiente se le enroscó en la pierna».

Nieves Quibús, en una carta, se refería a la serpiente como lo oscuro y misterioso. «Parece que te están diciendo que hay un obstáculo en el camino. La serpiente te avisa. Por eso no te muerde. Se avecina un cambio importante en tu vida.»

Néstor Rufino, a su vez, explicaba que la serpiente simboliza los secretos. Algo grande se avecina...

«Jmhuelva», también en el foro, habló de un hombre pacifista.

«Cualquiera» me igualaba con la serpiente. «Por eso no le hizo nada.»

«Ancóroa» coincidió con «Lorca»: «Juanjo recibió una señal».

Lice Moreno fue más explícito: «La serpiente anuncia traiciones».

Lo había leído en los diarios del mayor de la USAF.

El 14 de enero del año 26, tras el bautismo en un afluente del Jordán, Jesús de Nazaret se retiró a una cueva.

Allí permaneció 39 días.

No fue en el desierto, como dicen los evangelistas, sino en unas colinas, cerca de Pella, entre olivos.

Allí reflexionó y planificó las líneas maestras de lo que debería ser su vida pública o de predicación.[1]

El mayor apuntaba algunas pistas sobre la ubicación de dicha cueva. A saber: Jordania, muy cerca de una aldea llamada Beit Ids y próxima a un manantial.

Desde que leí estos pasajes por primera vez sentí la necesidad de localizar la gruta del retiro.

No era fácil, pero tampoco imposible.

Y confié en el Padre Azul, una vez más. Él sabe...

Y llegó el momento.

Así lo recogí en el correspondiente cuaderno de campo:

«Octubre de 1997.

Vuelo en el Airbus A-130 de la Royal Jordania.

Despegue de Madrid a las 12 horas, 2 minutos y 20 segundos. Tiempo estimado de vuelo: 4 horas y 45 minutos. Hay tiempo de sobra para repasar el plan. Iván duerme. Blanca lee.

Veamos: ¿qué tengo? Muy poco...

1. Amplia información en *Jordán. Caballo de Troya 8* (2006).

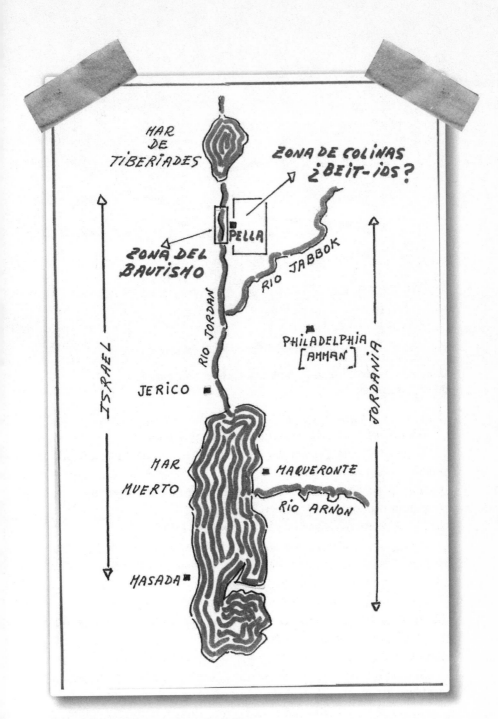

Cuaderno de campo de J. J. Benítez.

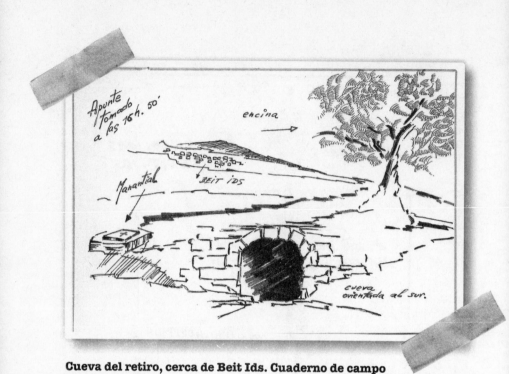

Cueva del retiro, cerca de Beit Ids. Cuaderno de campo de J. J. Benítez.

Blanca observa, intrigada. No sabe qué escribo.

Examinaré de nuevo las pistas. Según la información proporcionada por mi amigo, el mayor norteamericano, tras el bautismo, mi "socio" se dirigió a un lugar relativamente cercano y permaneció allí durante 39 días.

Ubicación: al oriente de las ruinas de Pella.

Más pistas: Jasón, en sus escritos, afirma que el Hijo del Hombre estableció su refugio en una gruta natural existente muy cerca de la aldea de Beit Ids.

Se trata, por tanto, de hallar una cueva, situada al norte de Jordania, a cosa de cuatro kilómetros al este de la antigua ciudad de Pella. Junto a la gruta hay (o había) una fuente o un manantial...

Me pregunto por qué termino embarcándome en estas aventuras "imposibles". ¿Encontrar la cueva en la que vivió Jesús de Nazaret durante su retiro, después del bautismo? Nadie lo ha logrado. ¿Por qué tendría que conseguirlo este pobre soñador? Recuerdo el comentario de Blanca cuando, tiempo atrás, la hice partícipe del proyecto: "Estás loco. De eso, suponiendo que sea cierto, hace casi dos mil años. ¿Cómo vas a encontrarla?".

Y recuerdo también mi respuesta: "Si existe, daré con ella".

Fue una seguridad inexplicable. La misma que me acompaña ahora, en pleno vuelo hacia Jordania... Miento: es una seguridad totalmente explicable. CONFÍO en Él...

14 horas. Anuncio a Iván lo de la cueva. Me observa perplejo pero, como esperaba, acepta encantado. Me ayudará a buscar la gruta. Tampoco sabe cómo, pero lo hará. Formula una sola pregunta: "¿Por qué?". La respuesta es simple: creo en lo escrito por el mayor pero, una vez más, debo cerciorarme. Necesito ver y palpar esa cueva, suponiendo que exista.

Blanca, conocedora de mis sueños y locuras, asiente con la cabeza.

16.30 horas.

Ammān, bañada en oro, nos recibe cálida y ruidosa.

Hotel Jerusalén. Habitaciones 513 y 514.

Primera reunión con los guías. Expongo mis objetivos. Mal asunto: ninguno de los jordanos ha oído hablar de la aldea de Beit Ids...

Hay que buscar otros guías.

Por prudencia silencio el asunto de Jesús de Nazaret.

No debo rendirme.

Mañana saldremos hacia el norte.

Jueves, 2 de octubre de 1997.

5.30 horas. Veo amanecer. Me siento inquieto. El sentido común se revuelve y me acosa: "No podrás. Es absurdo. Esa cueva no existe".

Pero algo sutil e intangible tira de mí.

Consulto los mapas por enésima vez.

Vayamos por partes. Primero conviene localizar las ruinas de Pella, la antigua ciudad de la Decápolis. Por allí pasó el Maestro. Después les tocará el turno a las colinas orientales. Hay que "peinarlas" una por una.

7 horas. Llega Al Jarabi Hamdi, nuevo guía. Se trata de un joven afable, discreto y culto. Habla inglés, italiano y francés.

Creo que ha comprendido mi objetivo.

8 horas. El termómetro marca 23 grados Celsius. Día soleado y radiante.

Al partir me pongo en las manos del Padre Azul: "Que se haga tu voluntad".

Conforme avanzamos en el descenso hacia el río Jordán crece el nerviosismo.

10 horas. Hamdi detiene el automóvil en las cercanías del río sagrado. Señala hacia el norte. Las ruinas de Pella se encuentran a poco más de un kilómetro, escondidas entre un largo —casi interminable— amasijo de colinas calcáreas y desoladas. Tiemblo. El paraje es más extenso y complicado de lo que imaginaba...

"Una aguja en un pajar."

No me rindo.

Y comienzo un fatigoso peregrinaje por la zona. Hamdi, en árabe, interroga a los lugareños:

—¿Beit Ids?

Nadie sabe.

Y, aldea tras aldea, sólo cosechamos el más rotundo de los fracasos.

Blanca me observa, compasiva.

Puede que tenga razón. Quizá la aldea nunca existió. Quizá existió hace dos mil años. Quizá estoy loco...

Dos horas más tarde —peligrosamente confuso— dejo hacer al guía. Hamdi, impasible, opta por lo más sensato: hacer un alto en el camino. Y asciende por las colinas al encuentro de Pella.

12 horas. A un paso de las ruinas se levanta un pequeño restaurante. Un café me tranquilizará. Debo conservar la calma. Es curioso: a pesar de los pesares, el instinto me dice que la cueva existe. ¡Está ahí, en alguna parte! ¡La intuición!, ¿cuándo aprenderé a confiar en la bella?

Miro a mi alrededor y me desespero. Las colinas, al este de Pella, descritas por el mayor, ocupan una inmensa franja, paralela al Jordán. Necesitaría meses para explorarla en su totalidad...

Pero el buen Dios sigue atento.

De pronto, como lo más natural, se hace el milagro.

A las puertas del Rest House, de espaldas, aparece un hombre. Se encuentra regando un heroico corro de flores.

Hamdi toma la iniciativa y lo aborda. Conversan.

No sé por qué pero, instintivamente, me acerco.

El guía, sonriente, me presenta a Deeb Hussien, director del restaurante. Y añade, eufórico: "¡Él conoce el lugar!".

No puedo creerlo.

La aldea existe. Mejor dicho, existió en la antigüedad.

Deeb sabe dónde están las ruinas y algo más: ¡sabe de una gruta, muy cerca de lo que fue la antigua población!

La llaman la cueva de la "llave", asegura. Y afable y curioso se brinda a guiarnos.

Dicho y hecho. No hay tiempo que perder. El providencial árabe se une a la expedición pero, a los pocos minutos, en el

Cueva del retiro, en Jordania. Iván, a la izquierda. Al fondo, el providencial Hussien. (Foto: Blanca.)

abrupto sendero que nos lleva hacia el este, el guía y Hussien discuten.

Algo no va bien...

Hamdi, finalmente, explica. Dado que la gruta en cuestión es de propiedad privada, lo aconsejable —dice— es pedir permiso.

Y lo aparentemente sencillo se complica. Olvidaba que estoy en un país árabe...

Confiemos en mi buena estrella.

No salgo de mi asombro. Durante horas asistimos a un cansino y desesperante peregrinaje por los ayuntamientos de la zona. Es increíble: Hussien ha logrado convocar dos plenos. Uno en el pueblo de Kufr Awan y otro en Kufr Rakeb, muy próximos a Beit Ids.

Las discusiones son interminables.

Alcaldes y concejales nos toman por buscadores de oro.

Permiso denegado.

Intento explicar. No comprenden. No aceptan la verdad. No admiten que sólo pretenda localizar y visitar una cueva. Estoy a punto de revelar que en esa gruta, quizá, vivió Jesús. Me contengo.

Alguien apunta una solución: acudir al Departamento de Antigüedades de Ammān y recibir la pertinente bendición oficial.

Me desespero.

Hamdi intercede inteligentemente. Quizá no sea preciso regresar a Ammān. A media hora de camino, en Kufr Alma, a orillas del Jordán, existe una delegación del referido Departamento de Antigüedades. Quizá el permiso pueda ser tramitado telefónicamente.

Nueva reunión. Los arqueólogos deliberan. Desconfían. Dudan.

Me veo obligado a contarles parte de la verdad.

Blanca, ágil, echa mano de la mochila y muestra un ejemplar de *Caballo de Troya*.

¿Qué hace este libro en Jordania? Cosas de Blanca...

Los arqueólogos ojean el volumen. Comprueban la fotografía de la solapa —mi foto— y aceptan, con una condición: formar parte del grupo.

Le guiño un ojo a mi mujer aunque, sinceramente, no sé si la presencia de los arqueólogos es algo bueno o malo...

15 horas. Un total de nueve personas —¡esto es increíble!— descendemos de los automóviles en una zona próxima —dicen— a Beit Ids.

Por más que busco no encuentro un solo resto del citado asentamiento. En cuanto a los arqueólogos, parecen tan despistados como yo.

El rastreo de las colinas resulta inútil. Entre rocas y olivos hallamos tres o cuatro agujeros. Son pozos superficiales. Nada que ver con la gruta que busco. Conozco de memoria las palabras del mayor: "Una amplia caverna natural". Los pozos tienen bocas angostas y de difícil acceso. Nadie, en su sano juicio, elegiría estas cisternas como refugio. Aun así penetro en algunos de ellos. Nada. Sólo encuentro escorpiones.

Agotado y desanimado me dejo caer al pie de uno de los olivos. El resto del grupo se dirige a los vehículos.

No comprendo.

Los arqueólogos no tienen ni idea.

Y llega la sorpresa.

Deeb se acerca y me susurra, en inglés: "La cueva de la 'llave' está más arriba, más hacia el este".

¿Me está tomando el pelo? El árabe se excusa. Dice que los arqueólogos no le han permitido hablar.

De nuevo aparece la bella intuición.

Le miro fijamente y Hussien sostiene la mirada.

Está bien. Le pido que tome el mando. Él conducirá al grupo.

Los arqueólogos no replican.

Entramos nuevamente en los coches y partimos hacia algún lugar, en el este. Es absurdo consultar los mapas. No sé dónde estoy.

Ha sido en esos instantes, al acomodarme en el coche, cuando —no sé muy bien por qué— me dirijo a los cielos y solicito una señal. El buen Dios podría hacerme un pequeño favor...

El sentido común protesta: "¿Una señal? ¡Qué ridiculez!".

Me fío de la bella. ¡A la mierda la razón y la lógica!

Una señal, sí, algo que confirme que la cueva de la "llave" es la "amplia caverna natural" mencionada por el mayor.

Hamdi, al volante, avanza entre polvo y guijarros. El camino es infernal.

"Una señal —me digo—, pero ¿cuál?"

Los pensamientos se atropellan.

"Debo darme prisa."

Y a mi mente llega algo concreto y nítido. Me aferro a ello.

"Eso es. Si estoy en el buen camino, si la gruta en cuestión fue el refugio de Jesús de Nazaret durante su retiro, en algún lugar —dentro o fuera de la cueva— aparecerá una cruz."

La lógica se revuelve de nuevo: "¿Una cruz? ¿En un país musulmán?".

No le falta razón. Estas remotas y peladas colinas, al oriente del Jordán, no guardan relación alguna con los llamados "santos lugares". O mucho me equivoco o es la primera vez que alguien sitúa el célebre retiro del Hijo del Hombre en tierras jordanas. Los cristianos afirman que el monte de las Tentaciones se encuentra en las proximidades de Jericó, en Israel.

Incomprensiblemente apuesto por la bella intuición.

"No importa. Más difícil todavía."

Los vehículos siguen ascendiendo. Y en mi repentina "locura" trato de amarrar la señal:

"Una cruz, sí, pero ¿cómo?, ¿dónde?... ¿En piedra?, ¿en madera? ¿Pintada?".

Poco importa. Sencillamente, una cruz.

Por un momento, ese "Alguien" que siempre va conmigo sugiere que comparta la singular petición con Blanca y con mi hijo Iván.

—Aún estás a tiempo. Háblales...

Sin embargo, el miedo al ridículo gana la partida. Y guardo silencio. ¡Pobre idiota!

Minutos más tarde nos detenemos. El sendero está impracticable. Imposible continuar.

Salto del coche.

"¿Qué sucede? Mejor dicho: ¿qué me ocurre?"

Hussien señala a lo lejos y proclama:

—La cueva de la "llave"...

A doscientos metros, en la falda de un pequeño valle, distingo una boca negra y semicircular.

Y en silencio, sin razón aparente, me despego del grupo, corriendo hacia la gruta.

"¡Una cruz!... ¡Una cruz en alguna parte!"

Conforme me aproximo, algo frena la carrera. Algo inexplicable e inexorable.

Y sucede lo incomprensible.

En lugar de entrar en la cueva me detengo a seis o siete metros.

"Algo", en efecto, ha captado mi atención.

"Algo" situado a la izquierda de la boca de la cueva.

Me aproximo, perplejo y nervioso.

Y al contemplarlo palidezco.

¡Un manantial a la izquierda de la gruta!

El dueño del terreno lo ha protegido con una chapa de hierro, pero el rumor de las aguas es inconfundible. Recuerdo el

Una cruz sobre el manantial (primera señal). (Foto: J. J. Benítez.)

texto del mayor: "... Y muy cerca de la amplia caverna natural brotaba una fuente".

Al principio, presa de la emoción, no reparo en otro "detalle".

Y ese "Alguien" magnífico y bondadoso que, sin duda, ha guiado mis pasos, solicita de nuevo mi atención. Y lo veo. Al fin lo veo...

"¡No es posible!"

Sí lo es. Sobre la chapa de metal aparece una cruz.

"¡Una cruz pintada en rojo!"

Tiemblo de emoción.

Me inclino y la acaricio. No estoy soñando. La fotografío. Y me pregunto: "¿Nueva casualidad?".

Yo sé que no...

El grupo me alcanza. Pasa de largo, penetrando en la cueva. Sólo Blanca, con su fino instinto, comprende que sucede algo especial.

Sigo inmóvil (Blanca dice que pálido), con la vista fija en la chapa de hierro.

Mi mujer, prudentemente, no pregunta.

Finalmente, despacio, me pongo en movimiento. Y me sitúo frente al arco de piedra de la cueva.

Todo ha cambiado en minutos.

Lo que sólo era una sospecha, ahora es un convencimiento.

"¡Es el lugar! ¡Es la cueva en la que mi 'socio' se refugió durante 39 días! ¡La cueva del retiro!"

Dudo. Voy a pisar y a contemplar un lugar sagrado. ¡Él estuvo aquí! ¡Él durmió aquí! ¿Y quién soy yo?

Retrocedo, asustado.

Y la "fuerza" que siempre me acompaña me detiene. Y escucho en mi interior:

—¡Adelante!

Iván, Blanca, Hussien y los arqueólogos me han precedido en la inspección de la gruta. Hamdi, muy cerca, me contempla sonriente. Y, respetuoso, consciente —supongo— de la importancia del "hallazgo", me cede gentilmente el paso.

Desciendo muy lentamente por el breve túnel de tres metros que conduce a una "amplia caverna natural".

El corazón sigue loco...

Varias linternas colaboran. ¿Qué veo? Nada. La cueva está vacía y abandonada. Huele a humedad y a excrementos de murciélagos.

Poco a poco voy serenándome.

Iván no deja de fotografiar. Su instinto es inmejorable.

Quince metros de longitud máxima por seis de fondo y tres de altura. No hay rastro de la "viga de madera" mencionada por el mayor. No hay rastro de hombres...

Sólo oscuridad y polvo.

Los nervios terminan traicionándome. Miro sin ver. Me niego a seguir tomando datos. No quiero medir. Sólo deseo sentir. Sentir...

Y el tiempo parece detenerse.

Me siento en el fondo, sobre una roca.

Inspiro profundamente y dejo volar la imaginación.

Lo veo con claridad. ¡Es Él! Entra y sale de la cueva. ¡Es Jesús de Nazaret! Me mira y sonríe...

Por fortuna, Iván conserva la sangre fría y dispara las cámaras sin cesar.

El grupo, poco a poco, abandona la gruta.

Me quedo definitivamente solo, con mis pensamientos y sensaciones.

De pronto oigo la "voz" que me habita:

—¿Deseas otra señal?

Me resisto.

—¿Quién habla?

La "voz" insiste:

—¿Necesitas otra señal?

Y ocurre de nuevo. Sucede "algo" imposible...

Esta vez no pienso, no calculo, no establezco una señal.

En realidad no hay tiempo.

Y, sin más, sin poder explicar por qué, me inclino hacia el suelo de la gruta. Los dedos se hunden en la seca y esponjosa tierra.

¿Qué está pasando?

En la oscuridad, los dedos tropiezan con algo.

Lo capturo.

Es metálico, pero no veo, no distingo su naturaleza.

El corazón vuelve a agitarse.

Me pongo en pie y, desconcertado, me dirijo a la boca de la caverna.

Al contemplarlo a la luz del atardecer palidezco de nuevo.

Mi mano, sin querer (?), ha tropezado con un enorme clavo.

"Nadie me creerá."

Es un clavo con una curiosa y significativa forma: ¡un clavo en forma de "J"!

Vuelvo a observarlo. Le doy vueltas...

Y me digo: "¿'J' de Jesús?".

¿De nuevo la casualidad? Por supuesto que no...

Y el "Ser" maravilloso que me habita —la "chispa" divina— sonríe, cómplice».

El clavo en forma de «J», hallado en la cueva del retiro (segunda señal). (Foto: Blanca.)

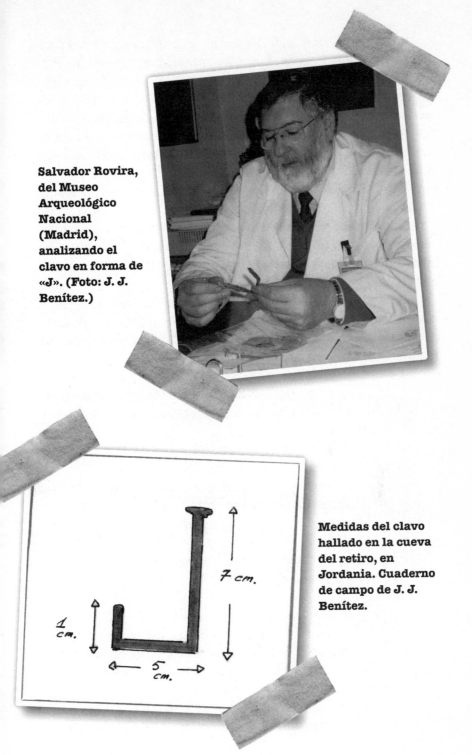

Salvador Rovira, del Museo Arqueológico Nacional (Madrid), analizando el clavo en forma de «J». (Foto: J. J. Benítez.)

Medidas del clavo hallado en la cueva del retiro, en Jordania. Cuaderno de campo de J. J. Benítez.

7 cm.

1 cm.

5 cm.

Del resto de la estancia en las suaves colinas de Pella apenas recuerdo gran cosa. Tomé apuntes, sí, y exploré las ruinas situadas a corta distancia de la cueva. Unas ruinas que los arqueólogos identificaron con la primitiva Beit Ids, la aldea mencionada por mi amigo, el mayor de *Caballo de Troya*. Pero todo eso, a decir verdad, quedó en la sombra. Lo importante, para mí, fueron las dos «señales». Estaba claro: mí querido Maestro, mi Dios y Creador, Jesús de Nazaret, había estado allí. Y ésta era la primera vez que alguien fotografiaba la gruta...

Al examinar el clavo, arqueólogos y expertos coincidieron: se trata de una pieza de origen romano. En otras palabras: del tiempo de Jesús. Pero convenía analizarlo con mayor rigor...

Al regresar a España, el clavo fue medido, pesado y examinado por dos universidades y por el Departamento de Conservación del Museo Arqueológico Nacional. Su antigüedad fue calculada en dos mil años.

Y pasó el tiempo...

En septiembre de 2005, ante el lógico e importante deterioro de la pieza, tomé la decisión de embutirlo en metacrilato. Eso lo protegería.

Mi amigo, el doctor Moli, se ocupó del asunto. Y se lo llevó a Granada (España).

Y allí sucedió algo curioso...

—Al mostrárselo al que debía embutirlo —explicó Manolo Molina— el empleado se quedó mirando el clavo y preguntó: «¿Tiene algo que ver con Jesús?».

Obviamente, el empleado no sabía nada.

Pero ahí no terminó el asunto...

—El hombre se lo dio a besar a su madre —prosiguió Moli— y le dijo: «Es lo más cerca que vas a estar de Jesús».

Tres meses más tarde, cuando me hallaba en plena transcripción del *Caballo 8* (más exactamente en la narración de las jornadas del Maestro en la cueva de la «llave»), sucedió algo venial, aunque a mí me llenó de emoción.

Ocurrió el 5 de enero de 2006, jueves, a las 17.30.

Me encontraba en la huerta, cavando.

Segundo clavo, en forma de «J», encontrado por J. J. Benítez en «Ab-bá». (Foto: Blanca.)

Y pensaba y pensaba en el clavo que hallé en Jordania...

En esos instantes, la azada golpeó algo metálico.

Me incliné y lo extraje.

¡Era un clavo, en forma de «J»!

Comprendí.

Miré en mi interior y lo vi a Él, sonriente.

Mensaje recibido.

Fue entonces cuando volví sobre el clavo de Jordania y me detuve en las medidas del mismo: 1 × 5 × 7 centímetros.

Me fui a la Kábala y leí, perplejo:

«157» = «viejo, túnel y galería».

Al sumar los dígitos (1 + 5 + 7) apareció el «13», otro viejo amigo. Su equivalencia, en Kábala, es «amor y regalo».

Contemplando cada número, individualmente, obtuve lo siguiente:

«1» equivale a «Dios».

«5» = «caverna» (!).

«7» tiene el mismo valor numérico que «Señor de la Tierra».

Y leí: «Dios, señor de la Tierra, en la cueva».

Genial...

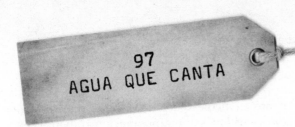

97
AGUA QUE CANTA

o he comentado en otras oportunidades.

Caballo de Troya presenta, además, una lectura subterránea en la que —obviamente— no tengo nada que ver.

He aquí otro ejemplo, tan hermoso como inquietante:

Ocurrió durante la transcripción del *Caballo 9*.

Al leer de nuevo aquella larga secuencia numérica saltaron las alertas.[1]

1. En la extensa descripción del prodigio de Caná, el mayor escribe textualmente:

... Simultáneamente (16 horas, 6 minutos y 1 segundo), el agua almacenada en las seis tinajas experimentó una leve oscilación de sus átomos. La frecuencia fue de 10 a 100 gigahercios. Más o menos, entre 1010 y 1011 ciclos por segundo. El agua perdió su carácter dieléctrico (con una permisividad de 80) y se produjo un fenómeno no menos singular. Las moléculas, formadas por un átomo de oxígeno, unido a dos de hidrógeno, que habitualmente presentan una forma triangular, sufrieron dos importantes modificaciones: los ángulos de los dos enlaces (habitualmente en 104,5 grados) cambiaron a 105. La distancia de enlace O-H no resultó modificada, pero el momento dipolar (1,85 debye) apareció en 1,84. Creí que «Santa Claus» había perdido la «razón»...

El agua vibró como el parche de un tambor al ser golpeado por una baqueta.

Aquello fue el caos. Pero un caos que sólo duró femtosegundos [*un femtosegundo* (10^{-15} segundos: una milésima de billonésima de segundo) es un «tiempo» inferior al «tictac» del reloj atómico más refinado. Un femtosegundo es a un segundo lo que un segundo es a 32 millones de años]. Al instante (?), los «nemos» fotografiaron y midieron el desplazamiento de las oscilaciones y comprobaron cómo, también en fem-

Estuve seguro.
Allí se escondía otro mensaje.
La secuencia dice: 4173-45-51-61314147.

---

tosegundos, el movimiento caótico evolucionaba hacia una vibración coordinada de los trillones y trillones de átomos que integraban el agua de las tinajas.

Todo volvió a la normalidad (?), aunque fue por poco tiempo (siempre medido en «fem»: femtosegundos).

Y se registró otro fenómeno increíble.

Los trillones de átomos de cada cántara se «transformaron» en destellos luminosos... ¡azules!

Fue una locura.

Los «nemos fríos» no daban abasto.

Era similar a un gigantesco faro estroboscópico que lanzaba trillones de *flashes* azules y con una cadencia de cinco «fem». Al terminar dicho «tiempo» se registraba un intervalo de un attosegundo, y vuelta a empezar.

¡Cómo hubiera disfrutado Harold Edgerton, del Instituto de Tecnología de Massachusetts! [Harold Edgerton fue el iniciador de una importante tecnología basada en *flashes* electrónicos estables que lanzaban destellos luminosos periódicos con una duración de microsegundos.]

¡Cada átomo era un foco emisor de «luz azul»!

Y fue «Santa Claus», al evaluar la información, quien detectó algo «imposible» para la ciencia, pero real...

Los «lamparazos» de los trillones de átomos se registraban en forma de secuencia numérica (algo parecido al morse). La secuencia se repetía 1.530 veces. Se producía una «pausa», y el fenómeno continuaba. La computadora sometió los números a toda clase de cálculos y combinaciones, pero los resultados fueron negativos. No supe de qué se trataba, suponiendo que «aquello» tuviera algún sentido.

La serie en cuestión era la siguiente:

«4173-45-51-61314147».

No hacía falta ser muy despierto para comprender que el agua «hablaba»...

¿Cuál era el mensaje? Lo ignoro.

Pero ¿desde cuándo habla el agua? Pensé que me volvía loco...

«Santa Claus» revisó la información una y otra vez. No había duda. Los trillones de "flashes" azules escondían un orden numérico. Otra cuestión es que la computadora, y quien esto escribe, no supieran decodificar el supuesto enigma del «agua parlante».

Quizá alguien, algún día, sepa descifrarlo.

Y procedí a estudiarla.

Después de mil vueltas, lo único que saqué en claro es que, «traducida» al código de Cagliostro, arrojaba una frase con cierto sentido: «Dios me ha visitado» (!).

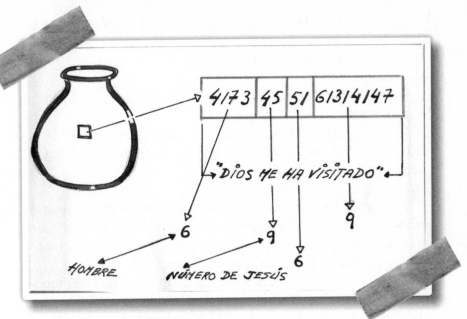

Cuaderno de campo de J. J. Benítez.

¿Qué quería decir?

¿Dios había visitado el agua de las cántaras, en las bodas de Caná?

Evidentemente, sí...

Pero no pasé de ahí. No supe profundizar.

Revisé el manuscrito.

La secuencia numérica se presentó en la página 383. En Kábala, «383» equivale a «agua hirviente», pero no caí en la cuenta...

El mayor asegura que el agua de las cántaras «vibró» como el parche de un tambor al ser golpeado...

Ni idea.

Me hallaba en blanco.

Y opté por lo más sensato: solicitar ayuda a los especialistas.

Y cursé cartas, con la secuencia numérica, a matemáticos y expertos en criptografía. No mencioné el origen de los números.

Y en esas andaba cuando, de pronto, oí la «voz» que me habita:

—No olvides al doctor Larrazabal...

—¿A quién?

—Qué bobo eres... A tu maestro de Kábala.

Así lo hice.

La respuesta de Manu se hizo esperar. Aparecía fechada el 8 de febrero de 2011. Fue una carta histórica. Decía, entre otras cosas:

... Contesto a tu carta del 27 de diciembre de 2010 sobre el prodigio de Caná. He tardado tanto porque no sabía «ni por dónde cogerla». ¡Me voy haciendo viejo! Y no sé si lo que te voy a contestar tiene mucho sentido pero, ¡ahí va!

Si para el prodigio hicieron falta 19.680 gramos de glucosa y 80 litros de agua, esto equivale a 246 gramos de glucosa por litro. La suma de las letras de la siguiente frase es «246»: *NAJAL MAYIM JAYIIM* («Un río de agua de vida»), que puede tener relación con el agua de las cántaras...

Queda un último asunto: el de la «pulsación» o serie de frecuencias mientras se modifica la estructura del agua.

No veo símbolos, ni letras hebreas, ni nada así.

Lo que veo es una secuencia de notas.

En la serie o secuencia numérica, el número más alto es el 7. Y siete son las notas de la escala musical. La más baja es DO y la más alta SI. Luego la cosa es fácil: 4173-45-51-61314147...

1 = Do; 2 = Re; 3 = Mi; 4 = Fa; 5 = Sol; 6 = La; 7 = Si.

Las rayitas de separación entre las cifras serían silencios.

Así que esto quedaría de esta forma:

Fa, Do, Si, Mi (sil.), Fa, Sol (sil.), Sol, Do (sil.), La, Do, Mi, Do, Fa, Do, Fa, Si.

Lo tienes fácil. Busca a alguien que sepa tocar un instru-

Carta histórica del doctor Larrazabal, mi maestro de Kábala.

mento musical y que te lo interprete. Y si puedes, lo grabas. ¡A ver qué suena!

No tengo la menor duda: la carta de mi maestro fue inspirada por Alguien...

¡Notas musicales!

¡La secuencia numérica que se registró en el prodigio de Caná tiene mucho que ver con la música!

No se me habría ocurrido ni en mil años (entre otras razones porque no sé música).

Seguí el consejo y envié el «hallazgo» a varios músicos amigos. Tampoco dije de dónde procedían las notas.

El primero en responder fue Abraham Sevilla, un joven talento.

Estaba entusiasmado.

Y orquestó las notas.

Me reuní con él en varias oportunidades y nos mostró el resultado.

A Blanca y a mí nos emocionó. Era una música vibrante y profunda.

Tenía algo especial...

La oí muchas veces (y todavía la oigo).

Envié la melodía al maestro de Kábala y respondió lo siguiente:

Abraham Sevilla. (Gentileza de la familia.)

Juanjo, no sólo felicita al compositor que ha traducido a música la «pulsación» que transmutó en Caná el agua en vino. No sólo felicítale, sino que mándale también un fuerte abrazo de mi parte. Aunque no sé su nombre, me ha parecido una persona de grandísima creatividad. Las cuatro primeras notas son pegadizas como un mantra. El desarrollo de las siguientes asciende con el optimismo y la alegría de una boda y, a la vez, tiene un trasfondo religioso o espiritual evidente. Me ha gustado mucho. También el título: *Un río de agua de vida* (*NAJAL MAYIM JAYIIM* = 246)... Un río de agua de vida que nos lleve navegando a la Luz del Espíritu de Dios.

Revisé minuciosamente los diarios del mayor y comprobé —asombrado— que existen otras relaciones kabalísticas con el «agua de vida» o el «agua que habla».

Son decenas...

Ejemplo: en la página 348 se habla de ello. Pues bien, «348» en Kábala, equivale a «borbotear»; también significa «miércoles». El prodigio de Caná se registró el 27 de febrero del año 26, ¡miércoles!

Naturalmente volví, una y otra vez, a la larga secuencia numérica que menciona el mayor. Y continué batiéndola.

Y encontré algo, ya lo creo...

Al sumar el primer bloque de dígitos (4 + 1 + 7 + 3), se presentó el «6». En Kábala equivale a «hombre».

El segundo paquete (45) es igual a «9» (el número del Maestro). Su equivalencia es «renacer».

El tercer bloque de dígitos (51) suma «6», de nuevo.

En cuanto al cuarto y último grupo (61314147), la suma de los dígitos es «9».

¡6969!

Y «leí» perplejo: «Dios me ha visitado y renazco doblemente.»

Por último, al sumar los números de esta cifra final (6 9 +6 + 9) apareció el «3». O lo que es lo mismo: «El Padre Azul llega con la revelación».

Y empecé a intuir el profundo y magnífico significado del «agua que habla»...

En abril de 2013, el Padre Azul me condujo hasta Bogotá.

Allí tuve la oportunidad de conversar con Jaime Ángel, prestigioso violinista. Y me atreví a mostrarle la secuencia numérica, así como las notas musicales que se derivan de ella.

Prometió estudiar el asunto.

Semanas después enviaba un correo electrónico en el que apuntaba la posibilidad de que la melodía en cuestión fuera un mensaje de la armonía cósmica.[1]

Totalmente de acuerdo..., y mucho más.

Ahora leo *Caballo de Troya* con otra actitud.

Esa información sobre el Hombre-Dios contiene mucho más de lo que podamos imaginar...

1. El correo decía así:

Apreciado Juanjo:

He estudiado desde la perspectiva lógica y armónica la secuencia numérica y las notas. Mi concepto es: para comenzar he modificado, por razones armónicas, el nombre de las notas, utilizando más bien la notación hoy día universal que asigna la letra «A» a la nota LA, para la cual he asignado el número 1. La escala universal queda así:

Escala:	LA	SI	DO	RE	MI	FA	SOL
Número:	1	2	3	4	5	6	7

Enseguida he uniformado la secuencia numérica, separándola íntegramente por pares y he observado el comportamiento armónico de estos pares. El resultado es un conjunto de intervalos «justos». La cosa, pues, queda así:

Números:	41	73	45	51	61	31	41	47
Intervalos:	RE	SOL	RE	MI	FA	DO	RE	RE
	LA	DO	MI	LA	LA	LA	LA	SOL

Observando la frecuencia (y escuchándola al piano) encuentro que los dos intervalos, o acordes de a dos, correspondientes a las cifras 45 y 51 pueden fundirse en uno solo que sería RE-LA, pues a mi juicio la nota MI es aquí una especie de apoyo utilizado para evitar la repetición del intervalo en 41 (RE-LA).

Entonces, la serie queda así:

Un río de agua de vida, por Abraham Sevilla

O

Números:	41	73	<u>41</u>	61	31	41	47
Intervalos:	RE	SOL	RE	FA	DO	RE	RE
	LA	DO	LA	LA	LA	LA	SOL

Los intervalos en 73 y 47 son perfectamente armónicos con la «composición», y deben conservarse. Los demás, en su mayoría, apoyan, como es evidente, en las notas RE y LA. Particularmente el intervalo RE-LA es armónico justo.

Desde el punto de vista lógico, no creo haber introducido excesivos elementos de reordenamiento en la serie; más bien, he hecho de ella una lectura al tiempo lógica y armónica. De esto se concluye que el escenario de la serie es «objetivamente armónico», cosa que llama la atención al final del análisis.

Comentario libre: La serie puede entenderse como un mensaje de la armonía cósmica. Los intervalos justos, tal como RE-LA, son particularmente agradables al cerebro, como lo explica la ciencia. Intervalos de este tipo son utilizados en la partitura musical de filmes como *Encuentros en la tercera fase* (Spielberg).

NOTA: La serie o secuencia numérica es «circular», pues se repite en ilación continuada. No termina en el último acorde. Vuelve al inicio. El mensaje es continuo...

NOTA de J. J. Benítez: El número «41», en Kábala, equivale a «Mi Dios» (!).

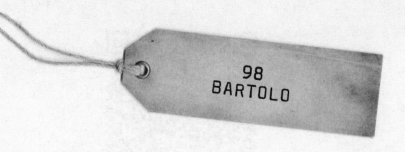

98
BARTOLO

Bartolo S. Ortiz Henríquez fue un hombre bueno (literalmente).

Lo conocí en los años setenta. Era gerente general de la Editorial Planeta en Chile.

Bartolo se hizo a sí mismo.

Empezó vendiendo ollas por la cordillera.

Bartolo.
(Foto: Blanca.)

Vio tanto en la vida que terminó por no creer en casi nada.

Caminaba con la cabeza baja, como los sabios.

En noviembre de 2011 viajé a Chile, con el propósito de presentar *Caná. Caballo de Troya 9.*

Bartolo nos acompañó desde el primer momento, como siempre.

Y bromeamos acerca del peso del libro...

Le pedí que lo pesara, por curiosidad.

Lo hizo en la editorial: 1.353 gramos.

Y tomé nota de la anécdota.

El 14 de noviembre, lunes, celebramos un almuerzo de despedida. Todo había ido bien. Esa tarde regresábamos a España.

Y sucedió algo que me sobresaltó.

Nada más sentarme recibí un flash...

Vi a Bartolo, muerto. Le quedaba poco.

No dije nada a nadie, naturalmente. Podía ser otra paranoia...

Y la comida continuó.

Yo estaba angustiado...

A los postres oí la «voz» que me habita:

—Haz el pacto con Bartolo...

Me costó decidirme.

Finalmente, utilizando la excusa del libro que tenía en preparación *(Pactos y señales)*, medio en broma, le propuse el pacto.

—El primero de los dos que muera —expliqué— deberá avisar al que se quede..., suponiendo que haya algo después de la muerte.

A Bartolo no le gustaba el «negocio» de la muerte y trató de escurrirse.

Esbozó una sonrisa lejana —muy típica en él— e intentó cambiar de tema.

Insistí:

—Sólo se trata de una broma —mentí—. Es un juego...

Por último, no sé si por complacerme o quizá para zanjar el asunto, Bartolo dijo que sí; de acuerdo.

Nos dimos la mano y quedó en el aire el «detalle» de la señal.

Teníamos que concretar...

—¿Y cómo lo hacemos? —preguntó ingenuamente—. ¿Qué señal establecemos?

En esos instantes vi aparecer una idea: «1.353». ¡El peso del *Caballo 9*!

—El que sobreviva —arriesgué— recibirá un número... 1.353.

—¿Cómo dices?

—Lo que has oído.

—Pero ¿cómo se hace algo así?

—Ni idea. Supongo que en el más allá tienen medios...

Bartolo sonrió de nuevo, escéptico. Pero un trato es un trato. Y así quedó establecido.

El 3 de abril de 2012 recibimos la noticia del fallecimiento de Bartolo. Habían transcurrido cuatro meses desde que recibiera el flash.

Blanca lloró.

Y recordé el pacto. El superviviente debería recibir un «1.353».

No fijamos plazo, ni tampoco la forma de recibirlo.

Y permanecí atento.

¿Aparecería el «1.353»?

Dos días más tarde (5 de abril) llegó un correo electrónico de Sergio Ávila.

Yo le había sugerido que echara un vistazo a la secuencia numérica de Caná, mencionada en páginas anteriores.

El correo decía, entre otras cosas:

Como ejercicio me puse a escuchar la canción de tu web y de la numeración deduje su valor en notación musical, por lo que al trasladarlo al piano me daba la melodía tema; je, je, je, je, muy divertido:

FCBE FG GC ACECFCFB...

¡Tarea hecha!...

Aquellas letras finales me intrigaron.

Y jugué con ellas...

Al someterlas al código de Cagliostro apareció la corres-

Blanche r̶o̶ ̶b̶l̶a̶n̶c̶a̶r̶o̶@̶g̶m̶a̶i̶l̶.̶c̶o̶m̶   5 de abril de 2012 18:34
Para. sergioavila̶r̶e̶a̶l̶@̶h̶o̶t̶m̶a̶i̶l̶.̶c̶o̶m̶

Estimado amigo
Muchas gracias por tan oxigenantes palabras. Las necesito. Las críticas
y ataques han sido y son terribles. Pero no importa. Sé lo que debo
trasmitir, y así será. Ha descrito ud. el mensaje de los "Caballos" a la
perfección. Pero, aunque sea una obra leída hoy, su objetivo real es el
futuro. Por cierto, en la cabecera de mi pag. web se escucha una música
que tiene que ver con una secuencia numérica que aparece en el
prodigio de CANÁ. Quizá le apetezca investigar un poco.
Saludos y gracias
Juanjo Benítez

Sergio Avila La Magia del Sax   5 de abril de
s̶e̶r̶g̶i̶o̶a̶v̶i̶l̶a̶r̶e̶a̶l̶@̶h̶o̶t̶m̶a̶i̶l̶.̶c̶o̶m̶   2012 21:57
Para: blanca̶r̶o̶@̶g̶m̶a̶i̶l̶.̶c̶o̶m̶

Saludos JJ y tambien a Blanca, de la cual imagino es ésta cuenta. Sobre
las críticas y ataques a tu serie de libros era lo normal y esperado.. a
Jesús le costó la vida enfrentarse a las instituciones de poder!!!! Acabo
de ver recientemente un video llamado Thrive (en la primera oportunidad
véelo, es muy interesante, del tipo complots mundiales y esas cosas), y
ahi denuncian que a personas que han intentado desarrollar energía
blanca, universal y gratuita los han silenciado, perseguido y difamado.
Ahí te das cuenta de los demonios que se pueden desatar con
información como la que has revelado.

Sin embargo, así como yo, miles (y espero, millones) en el mundo te lo
agradecemos y como bien dices, las palabras que son dichas hoy, serán
entendidas por las generaciones del mañana.

⌐Como ejercicio me puse a escuchar la canción de tu web y de la
numeración deduje su valor en notación musical, por lo que al trasladarlo
al piano me daba la melodía tema; jejejeje, muy divertido:

8 3 2 5 8 3 3 3 ⌐1 3 5 3⌐8 3 8 2 → Caglistro
FCBE FG GC ACECFCFB ▸Iut: = 6325-67-73-⌐1353⌐6362
4173 45 51 61314147

Tarea hecha!!!! ..⌐Saludos y que tengan un excelente día.

Cambia:
cambia todo
menos "1.353"

Correo electrónico de Sergio Ávila, con los cálculos de J. J. Benítez.

pondiente secuencia numérica: 8325 83 33 13538382.

¡Allí estaba el «1.353»!

¡Bartolo!

Repetí la operación con el alfabeto normal y la secuencia resultante me dejó de piedra:

6325 67 73 13536362.

¡Dios mío! Allí estaba, de nuevo, el «1.353»...

Aquello era matemáticamente imposible...

Y comprendí: Bartolo sigue vivo.

Esta vez, la sonrisa no fue lejana. Esta vez sonrió feliz. Muy feliz...

¡Gracias, hermano!

99
EL CÁLIZ

upe de los diarios del mayor, por primera vez, en 1981 y 1986.[1]

Los he leído muchas veces.

Por una serie de circunstancias «especiales» (que algún día me gustaría contar), varios de los pasajes del *Caballo 9* me impresionaron vivamente.

Una de estas secuencias tiene por protagonista un cáliz de metal.

Jesús de Nazaret lo recibió en las bodas de Caná.

Ticrâ, madre del novio, se lo regaló en agradecimiento por la «conversión» del agua en vino.

El regalo, como cuenta el mayor, fue premonitorio.[2]

En numerosas ocasiones, mientras conversaba, el Maestro tomaba el cáliz y lo acariciaba...

Esas escenas, como digo, me impresionaron.

Yo sabía que aquella copa de metal encerraba una historia secreta y emocionante. Pero no lo supe por los diarios...

Pues bien, el *Caballo 9* vio la luz en noviembre de 2011.

Hechas estas aclaraciones me centraré en la señal, propiamente dicha.

En septiembre de 2006 —cinco años antes de la publicación del mencionado *Caballo 9*— recibí una carta procedente de México.

1. Amplia información en *Caballo de Troya 1* y *Caballo de Troya 3*.
2. Amplia información en *Caballo de Troya 9*.

La firmaba la doctora Olivares, pediatra.

Con la misiva llegó también una fotografía que me tocó el corazón.

Parecía expresamente dirigida a mí...

La carta decía, entre otras cosas:

Estimado J. J. Benítez.

Le envío un cordial saludo y mis más sinceros reconocimientos por toda su trayectoria literaria. He leído varios de sus libros y siempre me han dejado mucho en mi interior. En esta ocasión intento ponerme en contacto con usted para solicitarle AYUDA y analizar una fotografía que el VIERNES SANTO de 1995 me tomaron, en la cual, estando la TV apagada, aparece una imagen hermosa de JESUCRISTO resucitado...

En la fotografía se veía un aparato de televisión y, en la pantalla, la imagen del Maestro, sentado, mirando a cámara, ¡y con un cáliz en las manos!

La doctora, en el salón de su casa.
En el televisor se aprecia la imagen.
(Gentileza de la familia.)

**El Maestro, con un cáliz en las manos, mirando a cámara.
¡La escena del *Caballo 9*! (Gentileza de la doctora Olivares.)**

No podía dar crédito...

Solicité detalles y Olivares, encantadora, respondió a todas mis preguntas.[1]

¿Pudo tratarse de una coincidencia?

Sí y no...

1. La foto fue tomada el Viernes Santo (14 de abril de 1995), aproximadamente a las 13 horas. La doctora añadía: «No recuerdo si la tele estaba encendida o apagada. Revelé la foto en agosto. Mi madre piensa que estaba prendida... No lo sé. De lo que sí estoy segura es que nadie la estaba viendo. Cuando revelamos la película pensamos que se trataba de una "casualidad"... Alguien me comentó que era probable que la televisión estuviera encendida (por la franja negra)... La foto la tomó mi mamá con su cámara Olympus DX (34 mm)... Me encontraba en el salón de mi casa, en el DF. La persona que me acompaña en la fotografía era mi novio, en aquella época...».

La madre de la doctora Olivares llevó a cabo la foto y lo hizo en el momento justo en el que el Hombre-Dios (probablemente en una película de las que acostumbraban a proyectar en Semana Santa) miraba a cámara (!). Ni antes ni después.

¡Qué increíble y maravillosa «coincidencia»!

Obviamente, no fue tal...

Era la escena que tanto me impresionaba y tomada mucho antes de la aparición del *Caballo 9*.

Lo tomé como un guiño del Jefe...

En marzo de 2014 pude conversar personalmente con Rosa Elena Olivares, en México, y confirmó cuanto me había adelantado.

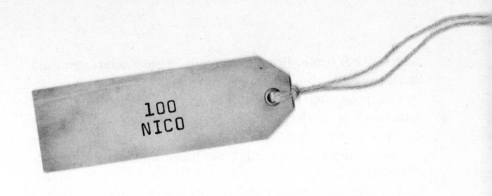

100
NICO

H ay experiencias, relacionadas con *Caballo de Troya*, que me atrevo a calificar de sublimes.

La vivida por Laura Acedo fue una de ellas...

Esto fue lo que me contó:

¡Hola!

La verdad es que no sé muy bien cómo comenzar esta carta. Supongo que lo mejor es empezar dándote las gracias (perdona que te tutee pero somos de la familia).

Gracias por los libros, por las palabras y por «sus» palabras.

Antes de leer tus libros me sentía bastante perdida. Perdí la fe cuando murió mi abuela..., pero al leer *Al fin libre* recordé que todavía me quedaba la CONFIANZA. Desde aquel momento me he sentido un poco 10I puesto que lo llevo en mi fecha de nacimiento: 01-01-1981, y veo la vida con otros ojos.

Desde aquellos años (dieciocho años) hasta ahora (tengo treinta y uno) han pasado muchas cosas en mi vida. Las que más he valorado han sido las Pequeñas Grandes Cosas. Ahora, cuando echo la vista atrás, veo que todo va teniendo sentido, que todo ha sucedido «en su momento».

No voy a aburrirte con sucesos de mi vida. Sólo me gustaría contarte lo que ocurrió leyendo *Caballo de Troya 9*. Estuve esperando este libro muchos años hasta su publicación. Deseaba leerlo porque tenía la intuición de que ese libro guardaba «algo», algo importante para mí... No sé cómo explicarlo pero tenía el presentimiento de que Él me hablaría en ese libro a través de ti...

Compré *Caballo de Troya 9* el día 9 de noviembre del 2011 y terminé de leerlo a finales de ese mes y no encontré ese «algo» que esperaba...

Pero el día 6 de diciembre me hice un test de embarazo y dio positivo...

El embarazo no fue buscado, así que sé el día en el que me quedé embarazada. Fue la noche del 8 al 9 de noviembre; es decir, mientras leía el libro estaba embarazada. Para mí fue ese «algo» que buscaba...

Meses después, el 13 de julio de 2012, nació Nicolás.

No lo supimos hasta que nació, pero Nico tiene síndrome de Down.

Cuando me dieron la noticia me eché a llorar. Pensaba que no podía ser verdad, que no me podía pasar a mí, que tenía mala suerte...

Es curioso cómo, a veces, nos olvidamos de aquello en lo que confiamos.

Pero al minuto siguiente me di cuenta de que he tenido suerte y que Nico decidió en su «contrato» tener síndrome de

David, Nico y Laura. (Gentileza de la familia.)

Down y que yo fuera su madre. Y yo decidí, en el mío, que él fuera mi hijo...

Por eso y por otras cosas que han pasado, y que sé que pasarán en mi vida, gracias...

Besos. Laura Acedo.

PD. Y gracias por hacerme saber que mi hijo es un **HÉROE**.

Recordaba la secuencia, en el *Caballo 9*, en la que el Maestro explica a Mateo que Telag, hijo del discípulo y también con síndrome de Down, no era un endemoniado. Todo lo contrario.

Acudí de inmediato al *Caballo 9* y leí las páginas 866 a 870.

El texto en cuestión dice así:

Fue en esos momentos, mientras Jesús elogiaba la *bellinte* del Creador, cuando reparé en Mateo Leví. Se hallaba sentado cerca del Maestro. Los ojos azules estaban húmedos. Noté cómo los labios aleteaban ligeramente. ¿Qué ocurría? Lo primero que pensé es que las palabras del Galileo le habían emocionado.

Sí y no...

El Maestro prosiguió, entusiasmado, y, de pronto, Mateo se vio asaltado por un llanto incontenible.

Jesús se detuvo. Todos miramos al discípulo, y Andrés, solícito, echó el brazo sobre los hombros del *gabbai* [recaudador], tratando de consolarlo. Pero ¿de qué? ¿Cuál era el problema?

Andrés preguntó al recaudador y éste, sin poder evitarlo, dejó que las lágrimas fluyeran. Bajó la cabeza y gimió desconsoladamente.

Suvas palideció.

Yo noté un nudo en la garganta.

Y el publicano, finalmente, terminó confesando.

Jesús hablaba y hablaba de la maravillosa *bellinte* del Padre, pero él no podía apartar de su mente la imagen deformada y vencida de su hijo Telag, el niño *down*.

«¿Dónde está la *bellinte* en alguien así?»

Mateo se vació.

«Telag es un endemoniado...»

Jesús replicó, negando con la cabeza. Pero Mateo con la vista baja, no le vio. Y relató, con toda clase de detalles, cómo el niño envejecía por momentos, y cómo todo el mundo le huía. Por aquella casa, en Nahum, había peregrinado lo mejorcito de los *rofés* o «auxiliadores» (médicos), y no digamos el gremio de los brujos, caldeos, echadores de cartas, hechiceras, y demás tunantes. Mateo llevaba gastada una fortuna, inútilmente. [...]

Sentí tristeza. Telag tenía seis años pero, en efecto, parecía un viejo. Todo se debía a un problema genético: al desequilibrio de la dosis génica originado por la existencia de tres cromosomas 21 (en lugar de dos). Por esta razón, las neuronas del *down* se oxidan más rápidamente y mueren antes de lo normal. Pero, como decía, quien esto escribe no pudo aclarárselo.

[...]

Cuando Mateo se calmó, Jesús insistió:

—Tu hijo no es un endemoniado...

El publicano seguía sin prestar atención al Hijo del Hombre.

—Sé que todo se debe a mis muchos pecados...

—Mateo —el Galileo levantó el tono de voz—, Telag no es consecuencia de tus culpas...

El publicano miró a Jesús, e intentó comprender.

—Nadie puede ofender al Padre, aunque lo pretenda...

También lo habíamos hablado.

Pero Mateo, Andrés y el matrimonio etrusco no entendieron. No importaba. Jesús continuó:

—Telag forma parte de los designios de Ab-bā.

—Entonces —musitó el publicano—, ¿qué es?, ¿por qué ha nacido así?

El Maestro repitió, y con énfasis:

—Telag no es un endemoniado, ni tampoco la consecuencia de tus muchos pecados...

Dejó correr una pausa y preguntó, con acierto:

—¿Tus muchos pecados?

Sonrió, y añadió:

—Con los dedos de una mano podría contarlos...

Mateo Leví no prestó atención a la interesante conclusión del Maestro sobre sus pecados, y regresó a lo que le atormentaba:

—¿Qué es Telag?

El Hijo del Hombre respondió con una seguridad que me dejó atónito:

—¡Un *guibôr*!

Jesús utilizó el hebreo, no el arameo. *Guibôr* significa «héroe».

Le miramos, perplejos.

Supongo que el publicano pensó: «El rabí se burla...». Pero no. Ése no era el estilo del Hijo del Hombre.

Y el Maestro leyó en la mente de su entristecido discípulo:

—No me burlo, Mateo...

—Lo sé, rabí, pero no entiendo... ¿Telag es un héroe?

Y Jesús procedió a explicar lo que había avanzado en los pantanos de Kanaf: eliges al nacer...

Creo que los varones no le creyeron. Suvas, en cambio, asintió, sorprendida.

Mateo resumió el sentir de los hombres:

—¿Cómo puede ser que alguien elija una cosa así?

—En el reino del espíritu —proclamó Jesús— hay leyes y razones que la materia ignora... Ellos escogen encarcelarse en sí mismos y viven una dramática experiencia...

Guardó un respetuoso silencio y añadió:

—La más dramática... ¿Entiendes por qué los llamo héroes?

Silencio.

E intenté trepar a las mentes de los *down*, de los autistas, y de los paralíticos cerebrales que he conocido, y que conozco. ¿Héroes? ¿Criaturas «encarceladas» entre los barrotes de sí mismos? Si fuera cierto —y el Maestro jamás mentía—, esas dramáticas experiencias tendrían sentido, supongo...

El Hijo del Hombre leyó igualmente en mi corazón y se apresuró a declarar:

—Esos héroes, además, multiplican el amor allí donde están, y allí por donde pasan. Nadie ama tanto como el que ama a una de estas criaturas...

Rectificó.

—Nadie ama tanto como el que ama a una de estas maravillosas criaturas...

Mateo, atónito, dejó de sollozar. El azul de sus ojos se hizo más «profundo o agachado», como decía Suvas.

—Mateo, nadie ejerce la generosidad, y el amor puro, como lo hacen los padres y cuidadores de estos seres..., irrepetibles.

»Sí, hijos míos... Telag, y los que son como él, son en realidad héroes... Hace falta mucho valor para llevar a cabo un trabajo de esta naturaleza... Ellos también construyen el mundo, y con amor puro.

»Mateo, no mires sólo las vestiduras de Telag...

Jesús utilizó la palabra *begadim* (vestiduras), pero no terminé de captar el sentido exacto del término. Supuse que hacía alusión al cuerpo, como «vestidura» del alma y de la «chispa».

—Aprende a mirar el interior de las personas. La lectura no es la misma...

Observó intensamente a Mateo y preguntó:

—¿Crees ahora que Telag es una *bellinte*?

Suvas tenía los ojos humedecidos. Nadie se atrevió a responder.

La anciana se levantó y, en silencio, caminó hacia uno de los «invernaderos».

Jesús prosiguió, con la voz quebrada por la emoción:

—Arrodillemos el alma cuando estemos en presencia de un *guibôr*...

»Son la admiración de los cielos.

Mateo y Andrés estaban pensativos, muy pensativos.

Y en eso regresó Suvas. Traía un hermoso ramo de lirios amarillos. Eran iris con los sépalos punteados en negro, y unas ligeras manchas verdes. Disfrutaban de tres pétalos cada uno. Eran lindos. Parecían robados del jardín de Monet, en Giverny, o de alguno de los cuadros del genial Van Gogh.

Se acercó a Mateo y le entregó los iris, al tiempo que deseaba:

—Acéptalos, para que Telag cumpla la condena con brevedad...

[...]

Jesús señaló el ramo de iris y añadió:

—Si Ab-bā pinta a mano, cada noche, todos y cada uno de estos iris, ¿qué no hará por una criatura humana?

Miró a Mateo, después a Andrés, y, finalmente, al matrimonio, y casi gritó:

—¡Confiad!... La belleza de Telag es infinitamente mayor que la de un iris.

Mateo se alzó y, sin mediar palabra, abrazó al Galileo. Y el discípulo lloró de nuevo (supongo que de alegría).

Todos lloramos...

Era, sencillamente, maravilloso...

Yo también creo al Maestro...

En consecuencia, tanto Telag como Nico son héroes.

Leí la carta de Laura muchas veces.

¡Dios santo!

Ella buscaba «algo» en el *Caballo 9* y el Padre Azul le entregó a Nico.

Me arrodillo ante la *bellinte* del buen e incomprendido Dios.

En las páginas del *Caballo 9* estaba la señal para Laura... y llegó Nico. (Gentileza de la familia.)

101
NILO AZUL

Nada es casual y, mucho menos, el final de *Pactos y señales*.

Del orden de los capítulos, como dije, se ocupó «Alguien» más notable que yo...

Si el lector ha llegado hasta aquí comprenderá por qué un día, en Etiopía, frente a las cataratas del Nilo Azul, decidí renovar mi consagración a Ab-bā.

Aquella tarde del martes, 20 de noviembre de 2001, llegamos a Baliar Dat.

Las cataratas están a treinta kilómetros.

Me habían hablado de su belleza pero, al verlas, comprendí: se habían quedado cortos.

Y a las 16 horas me vi caminando hacia otra *bellinte*...

Toneladas de agua y espuma se volvían locas y se suicidaban, de pronto, entre los verdes y los azules de la sabana.

El rugido se perdía en un cielo casi transparente.

Y el «agua de vida», pulverizada, al verme, me empapó, feliz.

Me sentí transportado.

Cerré los ojos y dejé hacer a mi alma.

Ella se arrodilló en mi interior y proclamó:

**Permite, Padre Azul,
que renueve mi consagración
a tu voluntad...
Te lo suplico: para siempre...
Te lo suplico: aquí y allí...
Te lo suplico: pase lo que pase...**

Y ahora, mientras experimento la
imperfección, llévame de la mano.

Cuaderno de campo de J. J. Benítez.

Sentí cómo el Padre la acariciaba...

Y se hizo el prodigio: el «principio Omega» se materializó y, al regalar mi voluntad al Padre Azul, la energía infinita de la creación se colocó de nuestro lado, a nuestro servicio.[1]

Ya no fui el mismo...

Al regresar a España, mi hijo Iván, que nos había acompañado a Etiopía, me hizo un regalo muy especial: la secuencia fotográfica de mi consagración a Ab-bā, frente a la *bellinte* del Nilo Azul.

No la había visto.

En una de las fotografías —a mi espalda— aparece un bello y oportuno arco iris.

Fue la señal...

Él estaba allí.

Lo sé: el Padre Azul me ama y yo, a veces, también le amo. Pero todo se andará...

Consagración a la voluntad del Padre (Nilo Azul). (Foto: Iván Benítez.)

1. Amplia información sobre el «principio Omega» en *Jordán. Caballo de Troya 8* (2006).

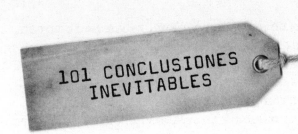

101 CONCLUSIONES INEVITABLES

1. Todos recibimos señales (a todas horas), pero sólo unos pocos se percatan y se aprovechan de ellas.

2. ¡Ojo con las aparentes coincidencias! Dios puede estar detrás.

3. Carl Jung se aproximó, pero poco...[1]

4. En los pactos y señales, la realidad supera la ficción.

5. Las señales abren puertas y ventanas a otra realidad.

6. Si las señales son ciertas, ¿quién está ahí?

7. Las señales demuestran que todo está pactado.

8. Yo escribo mi propia historia, pero no como creo.

9. Dios derrama «causalidades», aparentemente por casualidad.

10. Cada vida la escribimos todos.

11. Las señales no se ajustan a la psicología y mucho menos a la física.

12. Las señales están a años luz de la subjetividad.

13. Milan Kundera llevaba razón, en parte. El ser es insoportablemente leve (hasta que los Dioses le revelan su destino).

14. En el universo de las señales, el hombre está ciego (por poco tiempo).

15. Las señales son mucho más que ciencia.

---

1. En 1952, Jung acuñó el término «sincronicidad» («Sincronicidad: un principio de conexión acausal»). Para Jung, la sincronicidad es una «coincidencia significativa».

16. Las señales no necesitan ser analizadas. Son o no son.

17. Las señales contienen símbolos. Y al revés...

18. Las señales demuestran que no sabemos nada.

19. Las señales demuestran que no hay azar.

20. Las señales rompen el abrumador silencio de Dios.

21. Las señales no demuestran la existencia de Dios, pero casi.

22. Dios escribe recto con señales torcidas.

23. Las señales responden a una petición, y mucho más.

24. Las señales enseñan a desaprender.

25. Siempre estoy esperando la Gran Señal.

26. Las señales anuncian al Padre Azul, en la lejanía.

27. Las señales son el poder de Dios, derramado.

28. Las señales son peldaños (hacia el interior).

29. Las señales demuestran que no estamos solos.

30. Las señales confirman que somos arte.

31. ¿Hay algo más tierno y sublime que un Creador atendiendo la petición de un ser humano?

32. Todo está escrito en nuestras vidas; incluso lo no escrito.

33. Admiro a la Gran Computadora, coordinadora (?) de las señales.

34. Por cada señal que capto hay 99 que se me escapan.

35. Lo que sé de mí mismo es la punta del iceberg.

36. Von Franz decía: «El azar es el enemigo». Error. El enemigo es el olvido.

37. Las señales terminan con el miedo.

38. Si la «ley del contrato» es cierta (está por ver), nadie malgasta su vida (aunque lo parezca).

39. Al ser consciente de la primera señal, la vida gira 180 grados.

40. Dios no juega a los dados; lo hace con las señales.

41. Las señales son la punta del iceberg del Padre Azul.

42. Las señales son el prólogo del libro de cada día.

43. Llegó un momento en el que sentí pudor al solicitar una señal; había comprendido el mensaje.

44. Dios no improvisa; para eso estamos nosotros.

45. Somos dueños del olvido; de nada más.

46. Cada vida es una diversión divina; algún día lo descubriremos.

47. Las ideas, como las señales, proceden del exterior.

48. Un orden magnífico y benéfico nos envuelve (por dentro y por fuera).

49. Falta perspectiva; ése es nuestro único problema.

50. Al recibir una señal, el éxito y el fracaso se diluyen.

51. Una señal es la culminación de un deseo.

52. Las señales regeneran el alma.

53. La única condición para detectar señales es abrir los ojos.

54. Las señales nievan; sobre todo en los sueños.

55. El futuro no existe y, sin embargo, las señales lo describen.

56. Percibir el futuro exige visitar el NO TIEMPO. O que él te visite...

57. Las señales, cuanto más simples, más trascendentes.

58. Soñar es «leer» en otra dimensión.

59. Las señales sirven para comprender-me.

60. El Padre Azul da, aunque no pidas; y recibe siempre.

61. Me pregunto qué habrá sido de las señales que no supe «leer».

62. Deduzco, por todo lo anterior, que mi alma es más lista que yo.

63. Mi alma llega donde yo no me atrevo (menos mal).

64. El más allá es un universo físico, pero intangible.

65. Muchos amigos muertos me han respondido. ¿Qué debo pensar?

66. Si uno analiza las señales con atención no necesita maestros.

67. Tanto los pactos como las señales me han hecho más seguro.

68. Cada señal es un sorbo de cielo.

69. Cada despertar espiritual está minuciosamente diseñado (mediante señales).

70. Si descubres que los cielos te acompañan lo tienes todo.

71. Los niños no necesitan señales porque CONFÍAN.

72. La vida es una señal.

73. Las señales confirman que lo más bello está por llegar.

74. Mediante las señales podemos intuir —sólo intuir— quiénes somos y hacia dónde avanzamos.

75. Las señales balizan el camino.

76. Las señales motorizan la esperanza.

77. Las señales muestran el TODO.

78. Las señales son la tarjeta de visita de Ab-bā.

79. El Padre Azul es nuestro cómplice, pero no lo hemos descubierto (aún).

80. Las señales no nos hacen santos, pero recuerdan que lo seremos.

81. Las señales no tienen nada que ver con las religiones. ¿O es al revés?

82. Demostrado: los apóstatas también recibimos señales.

83. Las señales no son milagros, aunque tienen toda la pinta.

84. Señales y frivolidad están reñidas.

85. Al llegar una señal, el ego empequeñece.

86. Las señales emparentadas con la muerte son las más vivas.

87. Las señales desapegan.

88. Dios está en todas partes, en todos los momentos; las señales lo demuestran.

89. Lo importante de una señal es que me suceda a mí.

90. Captar una señal es renacer.

91. Yo soy yo y mis señales.

92. Las señales preceden a Dios. Y le anuncian.

93. La coherencia no tiene nada que ver con la felicidad.

94. Las señales obligan a mirar en el interior.

95. Dios susurra señales.

96. Al decidir hacer la voluntad del Padre Azul, el universo maquina a nuestro favor.

97. Las señales me hacen más humano.

98. Las señales asombran y estremecen; si no, no son tales.

99. Las señales son salvavidas.

100. Las señales alumbran para siempre.

101. Si usted está leyendo *Pactos y señales* es que va a contraflecha. ¡Felicidades!

He recibido —y sigo recibiendo— otras señales (la mayoría de «régimen interior»), exactamente igual que usted. Si el Padre Azul me lo susurra las sacaré a la luz.

En «Alcatraz», siendo las 18.30 horas del 26 de marzo de 2014.

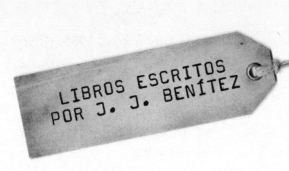

LIBROS ESCRITOS POR J. J. BENÍTEZ

1. *Existió otra humanidad*, 1975. (Investigación)
2. *Ovnis: S.O.S. a la humanidad*, 1975. (Investigación)
3. *Ovni: alto secreto*, 1977. (Investigación)
4. *Cien mil kilómetros tras los ovnis*, 1978. (Investigación)
5. *Tempestad en Bonanza*, 1979. (Investigación)
6. *El enviado*, 1979. (Investigación)
7. *Incidente en Manises*, 1980. (Investigación)
8. *Érase una vez un ovni*, 1980. (Investigación). Inédito
9. *Los astronautas de Yavé*, 1980. (Ensayo e investigación)
10. *Encuentro en Montaña Roja*, 1981. (Investigación)
11. *Los visitantes*, 1982. (Investigación)
12. *Terror en la Luna*, 1982. (Investigación)
13. *La gran oleada*, 1982. (Investigación)
14. *Sueños*, 1982. (Ensayo)
15. *El ovni de Belén*, 1983. (Ensayo e investigación)
16. *Los espías del cosmos*, 1983. (Investigación)
17. *Los tripulantes no identificados*, 1983. (Investigación)
18. *Jerusalén. Caballo de Troya*, 1984. (Investigación)
19. *La rebelión de Lucifer*, 1985. (Narrativa)
20. *La otra orilla*, 1986. (Ensayo)
21. *Masada. Caballo de Troya 2*, 1986. (Investigación)
22. *Saidan. Caballo de Troya 3*, 1987. (Investigación)
23. *Yo, Julio Verne*, 1988. (Investigación)
24. *Siete narraciones extraordinarias*, 1989. (Investigación)
25. *Nazaret. Caballo de Troya 4*, 1989. (Investigación)
26. *El testamento de san Juan*, 1989. (Ensayo)

27. *El misterio de la Virgen de Guadalupe*, 1989. (Investigación)

28. *La punta del iceberg*, 1989. (Investigación)

29. *La quinta columna*, 1990. (Investigación)

30. *Crónicas desde la Tierra*, 1990. (Narrativa). Inédito

31. *A solas con la mar*, 1990. (Poesía)

32. *El papa rojo*, 1992. (Novela negra)

33. *Mis enigmas favoritos*, 1993. (Investigación)

34. *Materia reservada*, 1993. (Investigación)

35. *Mágica fe*, 1994. (Ensayo)

36. *Cesarea. Caballo de Troya 5*, 1996. (Investigación)

37. *Ricky-B*, 1997. (Investigación)

38. *A 33.000 pies*, 1997. (Ensayo)

39. *Hermón. Caballo de Troya 6*, 1999. (Investigación)

40. *Al fin libre*, 2000. (Ensayo)

41. *Mis ovnis favoritos*, 2001. (Investigación)

42. *Mi Dios favorito*, 2002. (Ensayo)

43. *Planeta encantado*, 2003. (Investigación)

44. *Planeta encantado 2*, 2004. (Investigación)

45. *Planeta encantado 3*, 2004. (Investigación)

46. *Planeta encantado 4*, 2004. (Investigación)

47. *Planeta encantado 5*, 2004. (Investigación)

48. *Planeta encantado 6*, 2004. (Investigación)

49. *Cartas a un idiota*, 2004. (Ensayo)

50. *Nahum. Caballo de Troya 7*, 2005. (Investigación)

51. *Jordán. Caballo de Troya 8*, 2006. (Investigación)

52. *Al sur de la razón*, 2006. (Ensayo). Inédito

53. *El hombre que susurraba a los «ummitas»*, 2007. (Investigación)

54. *De la mano con Frasquito*, 2008. (Ensayo)

55. *El habitante de los sueños*, 2008. (Narrativa). Inédito

56. *Enigmas y misterios para Dummies*, 2011. (Investigación)

57. *Caná. Caballo de Troya 9*, 2011. (Investigación)

58. *Jesús de Nazaret: nada es lo que parece*, 2012. (Ensayo)

59. *Rojo sobre negro*, 2013. (Narrativa). Inédito

60. *El día del relámpago*, 2013. (Investigación)

61. *Estoy bien*, 2014. (Investigación)

ÍNDICE

Si desea ponerse en contacto con J. J. Benítez, puede hacerlo en el apartado de correos número 245, Castro Urdiales 39700 Cantabria (España) o bien en su página web oficial: <www.jjbenitez.com>.